岁 的 如
月 歌

2015
《上海纪实》
精选本

《上海纪实》编辑部 编

文汇出版社

图书在版编目（CIP）数据

如歌的岁月：2015《上海纪实》精选本／《上海纪
实》编辑部编. —上海：文汇出版社，2017.8
ISBN 978 - 7 - 5496 - 2182 - 8

Ⅰ. ①如…　Ⅱ. ①上…　Ⅲ. ①纪实文学—作品集—中
国—当代　Ⅳ. ①I25

中国版本图书馆 CIP 数据核字（2017）第 148155 号

如歌的岁月——2015《上海纪实》精选本

编　　者：《上海纪实》编辑部
顾　　问：赵丽宏　罗达成
主　　编：朱大建
副 主 编：陆幸生　程小莹
特约编辑：杨绣丽　孔明珠　傅　亮

出 版 人：桂国强
责任编辑：张　涛
装帧设计：梁业礼

出版发行：文匯出版社
　　　　　上海市威海路 755 号　邮政编码：200041
经　　销：全国新华书店
印刷装订：上海天地海设计印刷有限公司

版　　次：2017 年 8 月第 1 版
印　　次：2017 年 8 月第 1 次印刷
开　　本：787×1092 1/16
字　　数：500 千
印　　张：26.5

ISBN：978-7-5496-2182-8
定　　价：38.00 元

· 《上海纪实》电子刊主管主办单位：上海市作家协会

序　言

　　2015 年 5 月，由上海作家协会创办的《上海纪实》电子刊（季刊）创刊，当年试刊三期，在上海作协主管主办的华语文学网上线供阅读，由此成为国内首个专注于报告文学、纪实文学、传记文学的多媒体电子期刊。

　　上海文坛拥有深厚的纪实文学传统，20 世纪 30 年代，夏衍创作了影响很大的《包身工》；改革开放之后，出现了以黄宗英、叶永烈等为代表的一批全国知名的优秀纪实文学作家；红火一时的《文汇月刊》，作为全国报告文学的重要阵地，在创办十年中，培育了众多杰出的报告文学作家，刊发了一大批产生重大影响的报告文学力作和佳作。因为种种原因，纪实文学，特别是报告文学创作在新世纪前后遭遇了一些新挑战、新问题：产生重大影响的优秀作品比较稀缺，直面现实的勇气和力量有所削弱，创作队伍出现断层，作品发表阵地大幅萎缩等等。然而近年来，我们欣喜地看到，纪实文学创作出现了升温的趋势，出现了一些具有大视野、大情怀、打动人心的好作品，作品的题材、内容和表现形式也更为丰富多样。与此同时，一些小说家、诗人参与到纪实写作中来，如阿来的《瞻对》、金宇澄的《回望》，纪实文学领域还出现了一些年轻的新面孔，以"非虚构"命名的纪实写作受到欢迎……大家在为这些变化感到欣喜的同时，热切期盼能有一个阵地，一个平台或窗口，来集中展示、呈现今天纪实文学创作的新发展、新收获，并通过写作实践，推动纪实文学的创新发展。正是在这样的背景下，《上海纪实》应运而生，可以说它的面世，是上海作家协会、上海文学界的顺势而为之举，是时代和文坛期待呼唤的产物。

　　《上海纪实》于 2015 年 5 月开始试刊，以每季出刊的频率至年底陆续推出三期，共计发表了 51 篇、54 万多字的原创作品。这些作品的作者，有国内著名作家，纪实文学领域的名家、大家，然而更多的作品出自上海作协会员、上海作家之手；期刊的编辑团队，也是由上海知名作家、作协会员兼职组成的。

　　《上海纪实》倡导"在场"精神，关注当下，直击现实，记录历史、时代变迁，反映时代进步和人的精神成长历程，体现创作者责任担当、理性良知、人文情怀，追求真实性、思想性、文学性三者统一。秉持这一办刊宗旨，《上海纪实》以关注和反映当下现实生活的作品为"主力"，这类作品集中体现在"在场""弄潮""亲历"等栏目中；与此同时，积极提倡作品题材的广泛性和叙事风格的多样性，既有重大现实及历史事件的宏大叙事，也有以小见大，见微知著的作品。创刊以来，《上海纪实》初步形成新鲜、厚重、广博、灵动的风格特征，得到文学界的关注和认可，也产生了一定的社会影响。

区别于传统文学期刊，《上海纪实》从一开始就选择了纯电子期刊的形态，为的是适应互联网时代文学传播和读者阅读方式的新变化，探索"互联网+"时代文学的新机遇、新空间，期望以主流、优质、正能量的文学内容，优化和改善网络内容生态。《上海纪实》的在线形态有三种：一为在华语文学网上线的网络版；一为依托《上海纪实》微信公众号推出"微刊"；三为设在机场、车站及高档社区等城市公共空间的600多块大型电子阅读屏。通过这三种不同的途径，《上海纪实》获得了广泛的阅读传播，不少文章受到市民和文学爱好者的热捧。

为了进一步扩大《上海纪实》的影响，进一步汇集并呈现近年来上海纪实文学创作的成果，在上海作家协会的支持和上海文化发展基金会的资助下，我们以编辑出版年度精选本的方式，让《上海纪实》从"线上"走到了"线下"。

《如歌的岁月——2015〈上海纪实〉精选本》收入的是2015年度《上海纪实》三期试刊的优秀作品。入选作品由《上海纪实》编辑部全体成员无记名投票选出，所选作品兼顾了题材、栏目、类型及作者的广泛性和代表性，编辑部对纪实文学现状及创新发展的思考、回应和推动也蕴含其中。我们期待以《上海纪实》年度精选本，回馈文学界和广大读者的支持和关爱，同时继续我们在纪实文学创作、出版领域的探索和实践。

《上海纪实》主编　朱大建

2016年6月

目录 CONTENTS

【亲历】

【记忆】

【往事】

【风情】

【万象】

在场

山高人为峰

——"上海中心"建造纪实

陆幸生 中国作家协会会员，上海市作家协会理事，散文报告文学创作委员会副主任，原上海文新联合报业集团高级记者。曾获中国报告文学优秀作品创作奖和编辑奖，2006 年获上海长江韬奋奖。

　　总有新的高度在前方。新的高度，就是新的未知领域，渴望到达，是人的天性。

　　史界有言：任何历史首先都是地理史。上海中心大厦海拔 632 米，在 2014 年之前，这个高度在上海，还没有"出现"。创造这个高度，抵达这个高度，成为一次世纪探索，探索成就了一部新的历史。

　　在工地采访，无数次撞进耳膜的建筑专业用词，张口就是上海中心大厦的"高、深、挑、转"，双幕墙钢结构空间的无比复杂，闭嘴是"地下桩基大底板不比地上施工容易"，总包管理层说，"我真是相当相当的痛苦"，分包施工者说，"夜里困觉都困不着"。眼前闪动的是一张张经历了"艰难困苦"的面孔，说的是惊心动魄的过去和当下，但所有人透出的同一是豪迈心情：632 米超高的摩天大厦，上海中心大厦的所有难题，统统摆平，我就是把它笔直地立起来了。

从"最高"到新的最高，八十年幡然而过

　　2008 年 11 月 30 日，上海市政府新闻办公室发布网络消息，标题是："上海中心大厦"静静开工。短文写道：上海城市新高度——上海中心大厦于 11 月 29 日正式开工，开始了总高 632 米的攀登。到 2014 年，上海陆家嘴金融贸易区将矗立起一座全新的绿色"垂直城市"。时任市委副书记、市长韩正发来贺信，时任市委常委、浦东新区区委书记徐麟、副市长沈骏出席开工仪式。

　　在这一派的"静静"中，是否有人会想到，将 2014 年向后倒退 80 年，即 20 世纪的 1934 年，恰恰是上海国际饭店的竣工时日。这个 80 年的整数，为阐述天翻地覆的历史，给予后人回忆以整体框架，提供了最简洁表达的基石。

　　20 世纪的 1934 年，上海国际饭店竣工落成。大楼 24 层，其中地下 2 层，地面以上高程为 83.8 米，钢框架结构，钢筋混凝土楼板，它是当时全国也是当时亚洲最高的建筑物。当年媒介报道：国际饭店是美国摩天大楼在东方的摹本，享有"远东第一楼"的美誉。楼高惊人，特意到此观望的市民或游人，曾有"仰观落帽"一说。

　　高层建筑作为相应时代建筑技术的结晶，自然地成为一座城市或一个国家展示成就的有效手段。1949 年仲春，陈毅市长在国际饭店接见入沪部队团以上指挥员；同年 11 月，根据政务院总理兼外交部部长周恩来指示，陈毅在这里设宴款待新中国第一个外国代表团波兰科学界代表团。其用意是非常清晰的：建筑高度的最直接用途，就是被看见。

　　在"前三十年"里的 1955 年，命名为中苏友好大厦的苏式建筑，在原哈同花园的故址拔地而起。它的 110.4 米高的镏金塔尖顶，成为上海的新地标。实际

上，这栋建筑的主体高度，没有超越国际饭店。来到"后三十年"，在中国社会的大转型时期，经济建设成为中心任务。1982 年，上海宾馆落成，这座方方正正的建筑以 90.5 米的高度，首次实现对国际饭店高程的超越。1987 年，静安希尔顿大酒店落成，建筑高度直冲 143.6 米的新纪录。1990 年，位于南京西路的波特曼大酒店隆重登场，以当时最雄伟的体量、最豪华的功能及主楼最挺拔的 164.8 米高度，让上海以往建筑的高度，统统收归到自己的麾下。

历史经常在制造巧合。"前三十年"由苏联设计师设计的上海展览馆，与"后三十年"由美国设计师设计的波特曼大酒店，在上海中心城区南京西路的两侧，毗邻而立。仿佛就是为展示过去与迄今仍在蔓延的"对峙"，两栋建筑就这样完成了自己的形象塑造。

历史无法假设，现实属于创造，浦西——作为上海建筑高度领跑者的身份，却也至此结束了。1990 年初，世纪老人邓小平对时任上海市市长的朱镕基做了这样的嘱托："我一贯就主张胆子要放大，这十年以来，我就是一直在那里鼓吹要开放，要胆子大一点，没什么可怕的，没什么了不起。我是赞成你们浦东开发的。""你们搞晚了。现在搞也快，上海人的脑袋瓜子灵光。"

1993 年 12 月，市政府批复原则同意《上海陆家嘴中心区规划设计方案》，规划方案中明确建筑三幢超高层建筑。其中，Z3－2 地块（即现上海中心大厦建筑所在地）将与金茂大厦、环球金融中心等组成超高层建筑群，形成小陆家嘴中心区的制高点区域。

1994 年，金茂大厦开工建设，1999 年竣工开业。设计师以创新的设计思想，巧妙地将世界最新建筑潮流与中国传统建筑风格结合起来，成功设计出世界级、跨世纪的经典之作，成为海派建筑的里程碑，金茂大厦荣获新中国 50 周年上海十大经典建筑金奖第一名。

1997 年初，上海环球金融中心首次开工，后因亚洲金融危机停工，于 2003 年 2 月工程复工。上海环球金融中心楼高 492 米。2008 年 8 月 31 日，上海媒体报道：会当凌绝顶，一览众楼小。今天下午，上海环球金融中心观光厅正式对游客开放。

只是，从 2008 年 11 月的下旬开始，以上的历史都将更变：沪上凌绝顶的高度，很快就要由上海中心大厦来领衔了。

在不是白纸的纸上，画最新最美的图画

做个简单比喻，摩天大厦是一个空中巨人，这个巨人由传统的钢结构、混凝土，以及当代科技的各类成就，彼此"勾肩搭背"组合而成。摩天大厦高耸入

云，这巨人的外观形象和内里实质，都是"硬邦邦"的。造最高房子的人，"腰板"肯定比房子还要"硬"：技术水准要硬，执行能力要硬，团队管理要硬，社会通盘协调能力要硬，等等。由"上海建工上海中心大厦工程总承包项目经理部"编撰的《上海中心大厦简介》中，对建工集团的介绍，充分体现了这一份"硬"：

"上海建工集团是中国建设行业的龙头企业，承担了中国城市现代化建设的重任。上海建工是上海中心大厦工程总承包商，为上海中心大厦的建设配备了最强的施工管理团队和技术保障力量，本着和谐为本、追求卓越的集团理念，实施全过程最高标准、最严格管理，提供最优质服务。预计 2014 年 12 月 30 日完工的上海中心大厦将以绿色垂直城市的姿态出现在浦东的天际线上，成为上海城市新的地标性建筑。"

预设了竣工日期，而上海中心大厦施工遇到的第一个难题，就是软扑扑的上海软土层。

面对中央电视台的镜头，相关人士将一块"大体积"的豆腐，放到桌子上：由于冲积平原的原因，上海地基就像这样一块豆腐，看起来它是"方方正正"的，但它又是晃晃悠悠、摇摇欲坠的；如果在它的上面加以重物，它必定会坍塌。讲解人士边讲边示范，将一个上海中心大厦袖珍的塑料模型，小心翼翼地放置在这块豆腐的中央，以期保持顷刻的静止状态，但这个袖珍模型立即"无声"地倒塌了。

这个上海中心大厦的袖珍塑料模型，在设计图纸上的实际体量是 85 万吨。万丈高楼平地起，这句老话实际并不正确，万丈高楼"地下"起，先期打桩、浇灌基础，这是建筑业界的常识。超深、超高、超大、超转的上海中心大厦，遭遇的第一个课题，就是超深桩基施工。

上海建工集团副总裁、上海建工上海中心大厦工程总承包项目经理部总经理房庆强这样表述：从建筑规模上看，上海中心大厦有两个金茂大厦，或一个半环球金融中心的体量；陆家嘴这个地方位于黄浦江"大弯势"的突出部，旅游者看起来，陆家嘴是浦东以及上海的风景最佳处，但此地软土的"年龄"也是最低的，也就是最松软的；地下水的水位也高，浦东陆家嘴地区的承压含水层又处于连通状态，地下水位要高一起高，要低一起低。上海中心大厦是世界上第一次在这样地基上建造的重达 85 万吨的单体建筑，地面层高 632 米，地下室深度达30 余米，整体的超深地基必须达到 86 米，先要在"豆腐土打洞"，防止软土坍塌。

除去看不见的地下要求，还有看得见的地上制约。"每一栋建筑都是技术建筑，都是地理建筑，更是社会建筑。已经造好的金茂大厦、环球金融中心，这两栋上海数一数二的摩天大楼近在咫尺，与工地相邻的最近处也就相距 20 多米，这两座大山碰不得,也碰不起,螺蛳壳里做道场,在上海中心大厦施工的时间内,不能对它们产生一丝一毫的'任何影响'。"

房庆强继续补充:"地下不仅仅只有地质难题,也有社会难题,我们更要看见地下'埋伏'的其他高楼桩基,密布的各种公共管线,经过 20 余年的市政建设,地下环境条件复杂,还有地铁列车日夜穿行。"

一张白纸好画最新最美的图画。20 世纪 90 年代初,金茂大厦轰轰隆隆的打桩声响,被美誉为"打破千年沉睡的静寂","敲响了浦东改革开放的晨钟"。白驹过隙,20 年过去,又在同一个地方施工,如果采用同样的方式,再度响起同样的轰鸣,得到的肯定不是赞扬,而是诅咒。"你不能想象,那么多的中外办公机构,那么多的资深白领,那么多有身份的高级住宅区居民,还有更多的普通市民,会容忍一天到晚身边发出这样巨大的声音?"参加过金茂大厦和环球金融中心建设的上海中心大厦总承包项目经理部常务副总经理许建强的话,简洁明了:"老早都是田,现在都是楼",当年金茂大厦和环球金融中心施工的社会环境,现在已经没有了。

内外困境的叠加,使得一个地下作业的技术课题,成为上海中心大厦城区地面的综合社会课题。上海中心大厦工程总承包项目经理部面前的这道课题,难度是空前的:怎样在一张已经不是白纸的纸上,画上最新最美的图画?

桩基误差值是百米运动员的一半

"七分准备三分施工",在上海中心大厦打下第一根桩基的日子,即 2008 年 11 月 29 日之前一年,房庆强就带领预备团队,提前进入研讨上海中心大厦建设方案的日程。

当年支撑起金茂大厦的是"429 根空心钢柱桩",到了二十多年后,针对上海地域的地质层,以及周边环境的限制要求,钻孔灌注桩所具有的无振动、低噪声、对周边环境影响小的特点,成为桩基施工最受欢迎的方式。上海中心大厦施工中采用大直径超深钻孔灌注桩的技术施工,其复杂性和施工难度前所未有。根据整幢建筑 85 万吨体量的要求,主楼桩基的设计承载能力为 26 000 吨。经过技术确认,最后确定的施工方案是:采用大直径超深钻孔灌注桩,主楼最大桩深达到 86.85 米,桩径 1 000 毫米,采取桩端后注浆工艺;裙房深度最大桩深 64.8 米。

这一超常规工程在上海地区属首例。对于超大钻孔灌注桩,施工人员肉眼看不见的第一难题是:如何保持桩体垂直度。主楼 955 根直径 1 米、深度 86 米的钻孔桩,顶端与下端的技术原则垂直度允许误差在 1/150 以内,也就是说,桩体上下两端的垂直误差必须控制在 0.57 米之内。可以做这样的比较：体育运动一百米赛道的标准宽度是 125 厘米，睁大着双眼的运动员也难以保证自己在奔跑途中，不出现略斜略偏的"刹那"误差，而上海中心大厦桩基工程的允许误差值，只能是百米运动员的一半。不允许"出轨"，更不能出现相邻桩基一根向左一根向右"相向超额倾斜"的致命误差，地下某个部位的发生碰撞，两桩俱废，后果不堪设想；也不允许有坏桩出现，桩距严密，没有补桩的余地。

上海中心大厦一开始，就没有从头再来的任何可能性。

成功承建了东方明珠电视塔、金茂大厦等标志性超高层建筑的基础公司项目部，直面技术要求严、质量标准高、施工工期紧的超深钻孔桩施工局面，正视难度，科学组织，采用针对性的技术手段，确保完成任务。按照桩基工程一般规范，对整体装机数量的 10% 予以技术检测，达标即可，上海中心大厦桩基属超常规工程，项目部对所有桩基实施 100% 检测，即对每根桩基的每道工序和最终结果，从始至终都进行了实时检测。

2009 年的春节，是施工队伍在上海中心大厦工地遇上的第一个新春佳节。当夜，饭厅里张灯结彩，高高挂起大红灯笼，包括职工家属在内的 300 多人，宴开 36 桌。席间，业主、上级领导为每桌农民工敬酒，祝福牛年大吉、万事如意，给农民工家属孩子发压岁钱，共祝新春快乐。

小年夜这一天，完成 6 根钻孔灌注桩。仅仅停机两天，在大年初二上午 9 时，桩机再度开钻。2009 年 7 月 18 日，桩基工程竣工。通过严密组织和精心作业，955 根钻孔桩成桩率到 100%，钻孔灌注桩成孔垂直度质量不断上升，最终垂直度不超过 1/150 的，占 87%，不超过 1/300 的，占 12.5%，不超过 1/700 的，占 0.5%。负责成孔质量监测的第三方勘查院现场责任人感叹道："这是我头一次见到如此高的成孔质量。"经过孔壁检测、清渣，混凝土一次性连续浇筑，钻孔灌注桩质量优良，单桩承载力均达到 28 000 吨，全部符合设计要求。

挖土 37 万方的"环保便民工程"

995 根超长超高承载力的超大孔径灌灌注桩的完成，上海中心大厦的"地下工作"有了一个良好开端。几乎同时，主楼围护结构 66 幅深达 50 米、壁厚达 1.2 米的地下连续墙施工，也于 7 月 25 日完成。这道围护墙就像一层坚厚的铠甲，将上海中心大厦从根部牢牢"捆绑"，做到"根系"稳固，也与周边建筑的根基实现了彻底分割。紧接着要进行施工的项目，是挖一个底部深度为 -33.7 米，面积为 590 平方米的主楼基坑，预计基坑的挖土方量为 35 万立方。

基坑挖土工程地处浦东陆家嘴金融开发区的核心地带，施工场地北侧为 88

层金茂大厦，其地下室距主楼基坑边界最近距离约 45 米；东侧为 101 层环球金融中心，其地下室距主楼基坑边界最近距离约 62 米；南侧为盛大金磐住宅小区，其地下室距主楼基坑边界最近距离约 60 米；西侧为在建的太平金融大厦，其地下室距主楼基坑边界最近距离约 103 米。

2009 年 9 月 23 日，主楼基础正式开始挖土。对于挖土数量要求：考虑各方面原因，在第二道环形支撑完工前，每天至少挖土 5 000 立方。

对主楼基坑加固的 6 道环形支撑数据，采用全天候监测，是为了时时刻刻保证这个超大型基坑是个"正圆形"，不能有一丝一毫变形，如果"有一点点椭圆"了，就是表明基坑地质发生变化，施工机械缺乏同步，使基坑周边受力状态发生差异，"如果检测到'椭圆'了，实际说明我们头顶上的两座大山，金茂大厦和环球金融中心已经发生水平位移，紧接着的就是上下倾斜，这样的'地震'，后果是无法补救的"。

如何在上海中心大厦工地挖土，是个技术问题，怎样让中心工地外的"所有邻居单位"理解并且放心，就是个社会沟通问题，也就是与人打交道的问题；而且，这里所指的"人"，都是"外人"。工程总承包项目经理部党委副书记、副总经理宣学明把这个任务称作：社会联建。

宣学明必须对上海中心大厦从头至尾的施工，清晰地通晓全程，细腻地掌控环节，才能将社会沟通都做到"提前一步"。宣学明"旋转"起来：在基坑挖土"很早"之前，我就与金茂大厦、环球金融中心等"摩天大厦"级别的四邻右舍联手开会，书面告知，口头保证，"绝对不会出现因操作而产生任何地质问题"，"是否能够让对方都理解和放心上海中心大厦的建设，这是一个非常复杂的社会事情，让所有人都绝对放下心来，这是不可能的；但是，我必须照会，必须告知，必须承担可能面对的一切质询，能够圆满回应对方的问题"。

事隔经年，到 2010 年 2 月 9 日，通过 4 个多月的顽强掘进，上海中心大厦主楼基坑土方工程全部完成，完成土方工程量累计达到 374 710 立方，整个小陆家嘴地区安然无恙。

这年的 2 月 13 日，是农历除夕，这也是上海建工上海中心大厦工程总承包项目经理部在这个工地迎来的第二个大年三十。这顿年夜饭吃得安生。

6 万立方混凝土浇筑"世界纪录"

"让人怎么睡都睡不着的事情"，在上海中心大厦施工工地上，一桩接着一桩。

工程紧接着要做的事情是：浇筑主楼基础大底板。这块直径为 121 米，厚度

6米的钢筋混凝土基础大底板,浇筑面积相当于1.6个足球场大小,混凝土厚度达到2层楼高,预计浇筑混凝土将达到6万立方米,其混凝土用量相当于环球金融中心基础大底板用量的一倍。罕见的超大面积、超深厚度、超大方量和高标号"四碰头"工程,为当今世界民用建筑混凝土基础底板之最。

6万立方米混凝土必须在60个小时内浇筑完毕,从这个要求的终端反向追溯:参与运输的所有车辆,必须像飞机一样,严格设定出发和到达时间,前后连贯,间隔恰当,迟到将影响浇筑质量,早到会造成现场拥堵,甚至失序;此地的难题是:这些混凝土运输车要从市内不同地点的4个区8座搅拌站"飞机场"出发,路径各不相同;混凝土凝固时间有明确技术要求,市内参与供应的搅拌站也必须"依次排队",在不同时间节点加工要求数量的成品待运,或早就会提前结块,或晚就会供应不上。由此,数量庞大的原材料采购,要保证品质始终如一。这是国内建筑史上一场难度空前、挑战空前、关注空前的攻坚战,一场挑战意志和智能的大决战。

为实现主楼基础底板的准时浇筑,确保一举成功,上海市政府领导莅临工地检查,集团领导召开现场会议,成立指挥小组,高度关注,靠前指挥,从技术准备、方案论证、原材料供应、劳动力组织、现场宣传报道、后勤保障等各个方面,组织一建公司、材料公司、机施公司、上安公司等进行多次专题会议。

安装公司项目部日夜开工,安装3.5万米长度的防雷接地扁铁和450米长的给排水管道。机施公司项目部派出螺栓安装施工分队,精心安装496只大柱地脚螺栓,1155件墙体定位螺栓及塔吊底部的预埋件。一建公司项目部用34天时间,完成1.6万吨的钢筋绑扎任务。

材料分公司成立专项工作小组,派专人在现场负责对口,确保混凝土材料供应,对所辖的混凝土浇捣施工计划进行优化和调整,组织长桥、张桥、浦新、浦莲等4个区的8座搅拌站,为施工供应商品砼,共计调集450辆搅拌车、19台泵车(13台汽车泵、6台固定泵)参加会战,派专职机修人员现场蹲点,时刻监测设备的运行情况,确保"万无一失"。

一建公司项目部精心组织基础混凝土浇捣组织机构,优化底板混凝土浇捣施工方案,详尽制定原材料供应、混凝土质量控制等各类保障措施,以应对整个施工过程中可能发生的任何问题;600余名施工人员,分两班参加大底板混凝土的浇捣。

负责工地安保的东宁公司,24小时在工地三个大门昼夜值班,确保不发生场内的交通事故。食堂员工积极备好货源,做到24小时全天候供应,荤素搭配,服务周到。

施工惯例,浇筑混凝土的任务都在夜里进行。但上海中心大厦基础大底板的浇筑，方案设计需要 60 个小时，至少涉及一个白天。大上海的白天，道路机动车的拥堵永远是"高峰"，更何况，这次超量、超密集车队的运输终点，是在浦东最"热闹"的小陆家嘴地区。上海中心大厦与交警系统"联建"，以保证获得最精准的配合。上海市政府下达相应文件，在市重大办、市区交警等部门的协调下，上海建工集团对混凝土浇筑工程中的交通组织进行了周密安排。

据事后技术统计，这次担任运输任务的"橄榄车"，计 450 辆，来回运输达 9 000 辆次，这也就是说，在 3 天时间里每一辆车跑了 20 趟，按一天 24 小时跑 6 趟计算，每跑一趟的时间控制在 4 小时以内；这个 4 小时，恰恰就是保证混凝土质量从搅拌到浇筑的设计限定时间。

3 月 26 日上午 10 时，上海建工集团总公司徐征总经理一声令下，上海中心大厦主楼底板 6 万立方米混凝土浇捣会战正式打响。经 63 个小时连续拼搏，3 月 28 日晚 22 时，有 2 000 余人参与的基础大底板浇筑胜利告捷。这次浇筑成功，被称为"创世界级记录"的一次亮剑。

在 2010 年上海的建筑志上，上海中心大厦工程的施工"名次"，排列在世博会工程的后面。世博会开园期间，整个上海获得继续施工资格的，仅上海中心大厦一家。

"表里不一"的 120 度旋转难题

主楼基础出土的最大标志，是钢结构"露头"。这也就是说，"工程上部施工"意味着攀登上海珠峰的开始。技术文本表述：上海中心大厦由核心筒结构、超级柱结构、楼板、内层玻璃幕墙、辐轴式桁架、外玻璃幕墙等组成，为巨型框架体系和双层幕墙结构。整个结构中以钢结构为主体骨架，总用钢量达 10 万吨。上海中心大厦工程的特点及难点，是相关专业界面顺序复杂，钢结构本身的结构分布繁杂，建筑体形呈螺旋上升，内外幕墙体系与主体结构互为交融。

这个"交融"是"可怕"的：如果发生钢与钢的巨型冲撞，玻璃与玻璃的大块粉碎，后果就是坍塌。

在今天，迈入上海中心大厦工地现场，站立在已经组装完毕的内外幕墙的偌大空间里，抬头望去，高悬在头顶的，是由数也数不清的大小、粗细、长短不一，正规的或异形的钢梁，组合起来的"钢铁海洋"。凸现在每一位参观者眼中，都会在心中留下最深刻印象：这里到底有多少'钢梁'，而这些钢结构究竟是怎样组装起来的？

上海中心大厦采用了全世界唯一的"双幕墙"造型，核心筒内圆是个正圆，外幕墙也是个"圆"，但这是个不规则的圆，从地表面上升到 120 层的 580 米处，每一个层面"正时针旋转一度",120 层楼高完成了 120 度的"外观旋转"。这个 120 度旋转向上"横截面缩小"形成的 V 形导风槽,将一部分风力导出转移,为大楼降低了 24% 的物理风荷载。120 层每一个楼层面积的递次缩减,用中国建筑行话表达,就是"收分"。柱子做出收分,即稳定又轻巧。小式建筑和大式建筑柱子的收分,都有相应的尺度规定。

设计双层幕墙结构的设想,将上海中心大厦建设成为世界上最大的"保温瓶"。上海中心大厦不是世界上第一座双层幕墙的建筑,但在同等规模建筑中采用这一设计,却是首开先河的。内外幕墙的"表里不一",使得上海中心大厦的建设者遭遇到了"第一次"的绝对不对称:这栋大厦所有的钢结构构件和玻璃幕墙,每一根和每一块,其尺度和转接方式,都是不一样的。

人的脑子不够用了。有一位热心市民,从自己的居住地看过来,"随便怎么看,浦东的上海中心大厦都造斜掉了",他写了一封给主要市领导的"人民来信"。市领导批示,意思是不仅要让个别市民了解,而且要让上海所有市民晓得,上海中心大厦没有造坏掉,而是造得很好,创造了建筑业界的很多世界第一;至于"看上去斜,实际并不斜"的问题,要给这位市民回复一个"满意的答复"。

逐级批示,这封信最后"落实"到大厦项目总承包部的办公桌上。这是一桩"多出来"的事情。中心没有斜,而且很正,只是要把这样一个非常详尽的理念设计和实施建造事宜,采用通俗的方法表达出来,让写信的人"从此放心",是要花费一番工夫的。

不仅是外部人士的脑子不够用了,"不够用"同样表现在建筑者队伍"内部"。副总工程师许建强用一个例子来予以说明:上海中心大厦的钢结构,有过一个构件为实现"方方面面"的转接,动用了 866 根螺栓,"一个人的脑子再怎么'立体想象',也是没有可能把这里面的互相结构'想清爽'的"。

深化设计就这样成为上海中心大厦项目工程上部施工总承包的实施前提。总经济师忻金儿说话了:聘请具有资质的社会设计部门,参与审核设计,从业主的角度而言,"无这笔支出","在建工集团的单位框架里,集团属下就有'自己'的设计院,一家人不说两家话,超过 10 家设计单位的 14 个相关专业参与了'上海中心大厦'深化设计,将图纸进行漏斗式过滤"。

招标设计图纸是"理念蓝图",施工深化图纸是实现理想的"详细路径"。今天的深化施工设计,采用信息化模型工具来解决诸如钢结构本身碰撞、钢结构与土建结构施工顺序、钢结构与幕墙结构的界面等问题。至 2014 年 10 月,招标设计方的"理念"图纸数量是 6 000 张,而建工项目部深化设计图纸达到了 12 万张。超过十万张计的深化设计图纸,相当部分就是被上海中心大厦这座摩天大厦"旋转"出来的。

选择 BIM 是最明智的选择

繁复到人脑无法想象的钢结构工程，为实现其最正确、最准确的转接，上海中心大厦项目部机施公司采用了 BIM 现代技术。总经理房庆强对 BIM 操作路径做了几何学范畴学理化的概括：我们的钢结构施工，已经从三维思考进入到了四维领域。

人当然拥有三维思维，长和宽确定一个平面，再添个"高"字，某个物件的立体形象就赫然在目。三维思维由事物的长、宽、高构成，"四维思维就是在三维思维的基础上加上时间定义"。比喻很生动：房间里飞着一只蚊子，这蚊子已经有了立体的三维位置，即上下、东西、南北的相交点，只是，这只蚊子一直在飞，要判定这个"是又即刻不是"的三维位置，就必须加上第四个维，也就是这只蚊子在这个时间"点"的数据。

然而，以往的施工实施往往会出现这样的问题，按照图纸加工出来的钢结构部件，即使吊装到位，这部件与那部件在设计上要组成的那个"自然空间"，与图纸上的"几何空间"，并不能完全吻合。一个年代的技术只能是一个年代的水准，以往几十吨乃至上百吨的钢结构制件，"总会有点误差"。

人脑不够用了的内质，实际是以往的施工方式，在日益发展的新建筑新需求方面，束手无策地落伍了。

"社会一旦有技术上的需要，这种需要就会比十所大学更能把科学推向前进"（恩格斯）。提前大踏步进入到上海中心大厦工地的上海建工集团，早就做好了心理准备和技术准备。BIM 的英文全称为 Building Information Modeling，国内翻译为：建筑信息模型。BIM 技术是应用于工程设计建造管理的数据化工具，通过参数模型整合各种项目的相关信息，在项目策划、运行和维护的全生命周期过程中进行共享和传递，使工程技术人员对各种建筑信息做出正确理解和高效应对，为各方建设主体提供协同工作的基础，在提高生产效率、节约成本和缩短工期方面发挥重要作用。

总承包部面对"上部工程"前所未有的高难度挑战，全面运用 BIM 技术，这在国内超高层建筑施工是第一次。

在深化设计图纸上，运用 BIM 技术，把每一个钢构件的相应数据输入电脑，有多少钢构件就输入多少钢构件的数据。然后，把这些钢构件在电脑上实施预拼装，让上海中心大厦建筑钢结构的所有空间、所有管线走向都直观可见，通过模拟叠合，是否有错有漏，彼此是否"碰撞""打架"，一旦发现误差，即刻在电脑上进行纠偏。经电脑修整后建构的严丝合缝，决定了所有钢构件的三维数据，这也就是确定的加工数据。在钢构件加工场地，将加工完成的钢构件数据，再在电脑上进行"模拟叠合"，如有误差马上进行实地整改，直到实际尺寸和电脑数据完全相符。这样的确定与合成过程，被称作为BIM的"大数据合模"。这是一个需要绝对的专业责任心，业务极其精细，"肩胛上分量重得睡觉都睡不好"的过程。

打开总承包项目部BIM工作室的电脑，一个虚拟的透明的"上海中心大厦"呈现在屏幕上：密密麻麻的设计线条、一幅幅彩色三维图，准确勾勒出摩天大楼各部位的"骨骼"。图中一些显眼的"红色"，这是提示设计发生了"碰撞"：风管"撞"了钢梁，擦窗机"碰"到外幕墙支撑，钢结构"触"及内幕墙，等等；这在以往的二维图纸上极难辨别，而在现在"静态"的四维空间"动态"中，可以立即进行优化和调整。"在过去，四维空间的人为想象叠合是完全不可能的"。在上海中心大厦建造过程中，提前发现并解决的碰撞点总数超过10万个，按单个碰撞点可能造成的损失，平均的单点单价1 000元计算，应用BIM至少为上海中心大厦节约费用大约为1亿元人民币。

当今的教科书称：从三维空间到四维空间的发展是几何学的一次革命。BIM的应用，"是建造上海中心大厦这座高楼最明智的选择"，覆盖了工程的"全生命周期"，保障了施工的顺利推进。

±0.000 "后面" 的垂直运输课题

工程数据的±0.000，简而言之，就是地平面，意味了地上结构建造的开始。主楼地上钢结构的大型构件，平躺着运进工地，但施工的最终目标是要把让它竖起来，直至突破600米云霄。钢构件要上去，人更要上去。这就涉及三个向上提升的垂直运输问题。

上海建工集团副总工程师、上海中心大厦总承包项目经理部总工程师高振峰说：超高层建筑建设过程中，最紧缺的资源是什么？是垂直运能。自重达85万吨，相当于73座埃菲尔铁塔的上海中心大厦，需要超过10万吨钢结构、2万个板块的外幕墙、4万片玻璃、上百万件各种材料，以及每天几千工人的上下运送，"怎么运输上去"？

每一件材料，都要到达不同楼层不同地点，在垂直运能极其有限的条件下，原先的粗放管理显然行不通。上海中心大厦首次引入物流管理管理理念，采用信息流转技术，工厂把进场的各种材料打包，用二维码分发流程，一级在仓库，二级到现场，三级到楼上，系统分配清晰，所有材料运输状态、目的地、先后次序一目了然。这可以比作"超市配送"和"快递服务"，根据各种配件的形状、重量、特性分别组合装箱，实现精确投送，工人也像在超市货架一样精准取用各种材料。

机施公司未雨绸缪，从"地下工作"的时候就已经"谋定"，采用 4 台自重 450 吨，起重力矩达 2 450 吨·米的大型动臂塔式起重机，从负 25 米开始，塔机外挂在 30 米见方的核心筒翼墙上，以 5 层（20 米至 25 米）为基本爬升距离，累计爬升 27 次，就此一直爬升至逾 540 米的高度。爬升途中，要遵循核心筒 4 次大的平面变化，墙厚从 1.2 米缩至 0.5 米的调整，在高空进行多次平移。

紧接的问题是，采用大型吊车吊到相应高度的钢构件，"放在哪里"？金茂大厦、环球金融中心的建造，都采用了施工钢平台系统，既有行动平面，也有保卫围栏，为操作工人提供安全可靠的工作区域。当年的钢平台是个刚性体系，每当一个工作层操作结束，必须拆分，分别吊至上一工作层，再次拼装成形。费事、费工、费时，是以往"钢"性平台的缺欠。面对上海中心大厦核心筒复杂的交叉施工，一建公司精心编制施工流程，反复验算技术参数，对钢平台体系进行改革创新，解决提升过程中平台解体和重装的难题，最终形成跳爬式液压整体自升钢平台脚手体系。这个平台面积有两个篮球场大，可容纳 150 吨钢筋堆放，平台体系根据楼层需求，可分块拆除，水平提升到位后再行组合成整体。这一关键装备，使工程主体结构实现了从 7 天一层攀至 3 天一层的速度。

最后是人的输送问题。在建造一般建筑时，人货两用运输电梯"这只笼子"紧贴在外墙上，就超高建筑而言，外挂电梯"贴牢墙壁"垂直爬升到 600 米高度以上，从技术、安全和经济角度考虑，都不可取。再者，大厦不断收分的外墙呈圆弧形"斜面"，人货两用电梯又该怎样"斜"着爬到需求的最高度？

只有一个办法，在核心桶内部的井道先行布置施工电梯。设计中的上海中心大厦，拥有 108 部在不同楼层停靠的电梯。根据实际测算，施工需要 21 部能够抵达相应层面的人货共用梯，建工项目总包与电梯工程分包方达成协调方案：根据从低到高的需求，运输材料或人员的逐次递减，在相应时间段使用运输施工梯；再从低到高地逐步拆除，把井道空间"归还"给分包方，保证预留充分时间装配正式客梯。

2010 年 11 月 8 日下午，上海建工集团与上海三菱电梯有限公司举行上海中心大厦工程电梯供应及安装分包工程（A 标段）合同签约仪式。不过，由于超高、超转、超挑的缘故，上海中心大厦需求的垂直运能，"依靠 4 台塔吊和 21 部施工电梯，电梯上一次顶层至少需半个小时，始终捉襟见肘"。

向 600 米高空泵送"糯米团子"

钢构件和混凝土，是物理形态完全不同的两种建筑材料。到达工地的时候，钢构件已是固态成型的钢筋铁骨，而混凝土还是"一摊"呈软扑扑液态的无规则"待用品"。

任何建筑的往下"浇"混凝土，当然都是有施工技术标准的，由于地球的自然引力，使这个混凝土的向下浇筑，成了"习以为常"的惯性过程。平面浇筑，乃至在今日上海建造三四十层楼的房子，混凝土浇筑也是小事一桩。只是，上海中心大厦的混凝土浇筑，最高施工点在海拔 620 米。在建筑界，用泵送方式高度超过 200 米的现代混凝土浇筑技术，属施工尖端难题，从混凝土泵的选型、混凝土配合比及混凝土拌制、运输、泵送的整个过程中，任意一个环节出现偏差，都可能造成施工失败。

在俗语中，混凝土是水泥和石子的混合物，呈不规则形、具有坚硬锐角的石子，由于强大泵送力一次又一次的"推举"，对于输送管道内壁不断地磨损是肯定的。将混凝土泵送到 600 米以上高度，需要巨大的推力，泵送管道的耐压是理所当然的，而耐压性能的高低，又不能与管壁厚度成正比例，不能越耐压管壁就超厚；管道"太"厚，自身超重，这会给施工造成另一个大难题。超高泵送管道必须耐压，但不能太厚；不能太厚，但又必须耐磨，事情就是这样的矛盾。上海中心大厦总承包部土建副总监、一建集团有限公司工程总监花力介绍：我们使用的泵送管道是特制的，长度是 3 米一根，一根重 150 斤，我们最高的泵送高度是 620 米，但这个泵送管道不是笔直的，要通过不同的水平连接，这个水平连接的长度是 80 米，所以泵送管道总长度远超过了 620 米。这个超过 600 米长度的泵送管道整体，由 200 多根三米长的管道连接而成，那么，这 200 多个的接头，400 多处的封闭接口，本身就是一项必须保质保量的艰巨操作。

对混凝土"料"有严格的要求：混凝土配合比设计的原则是既满足强度、耐久性要求，又要经济合理、具有良好的可泵性，这就涉及如何确定水泥和外加剂品种，即选择优质矿物掺和料，寻找最佳掺和料用量比例，等等，使其达到最佳配合比，从而在泵送过程中，使混凝土具有良好的流动性，阻力小、不离析、不易泌水、不堵塞管道，质量不发生异变。花力说，上海中心大厦使用的混凝土石子，都是"磨"过的，这个加工是为了让石子"圆润"一些。在金茂大厦和环球金融中心建设中创出当时泵送世界纪录的上海建工材料公司，经反复调试，研制并采用了 c100 的超高强度混凝土，这种被业界称作"糯米团子"的超高强度混凝土，黏稠度极大，泵送阻力远大于普通混凝土。这混凝土的黏稠度要高，但又要保持泵送畅通，如何让充满了矛盾的"糯米团子"不在"某一段管道"里撒赖停顿，直达 620 米高度，这正如俗话所说的，既要马儿好，又要马儿不吃草，难。

超高层建筑是现代城市建设的象征，也是现代建筑科技力量的完美体现，在上海中心大厦施工中，突破了"目视"经验的局限，对混凝土匀质性检测手段的研究，提高到混凝土内部性能剖析，始终牢牢掌控住"三口状态"：出厂口、入泵口和出泵口，做到泵送主系统压力为 17 MPa，做到泵送压力在合理泵送区间内浇筑"一气呵成"。

上海中心大厦主楼核心筒的混凝土浇筑，一共进行了 243 次。混凝土的浇筑最高度，是 128 层的"结构板砼"。按照 4 年来计算，每一年浇筑的楼层数量为 32 层，这也就是说，每个月要浇筑 3 次左右，而每一楼层的浇筑，要根据不同情况，分解成若干次。每一次浇筑的测试、泵送、拆卸、清洗、组装、受压测试，"每一个楼层都是不一样的"，还要专人清洗，专人紧固，整套程序都要始终如一地"再走一遍"，以确保下一次浇筑的通畅顺利。"这 200 多节的输送管道，究竟拆卸组装了多少次，已经算不清楚了"。

上海中心大厦工地上这样的混凝土泵送管道，共有三条，两条作业，一条备用。如上所说的每次浇筑都要"再走一遍"的工作程序，至少还要乘以二，甚至要乘以三。

2014 年 7 月 10 日，第 57 期工地简报报告：建筑高度 606 米的上海中心大厦主楼屋面板混凝土浇筑施工日前完成，标志着主体结构土建工程圆满收官，这再次刷新了高强混凝土超高泵送的世界纪录。

2 年 3 个月，两万块外幕墙玻璃到位

在上海中心大厦工地上，从来没有过一个"单纯"的日子，主楼核心筒、地下裙房以及各分包项目，都在按照各自的预定施工规划，犹如战场上的各兵种协同作战，为实现一个共同的目标，分进合击，朝着最后的高度攀登。

上海中心大厦外幕墙施工被称为"世界顶级幕墙工程"。整个玻璃幕墙体系，不仅需要克服上下跨度大、支撑玻璃幕墙钢环梁构建超长等难题，更要综合考量如何在台风、地震、高低温、幕墙玻璃板块自重加载等各种环境因素影响下，对幕墙变形及结构安全实施有效的控制。为确保在狂风、暴雨和高压等恶劣条件下，上海中心大厦外幕墙的密封性和抗变形性等达到设计要求，在国家建筑工程质量监督检验中心属下的上海建科院检测中心，沈阳远大铝业工程有限公司进行了世界规模最大的外幕墙"四性测试"，即水密性能、气密性能、抗风压性

能、平面内变形性能四方面进行测试。

如上的硬件数据和测试，表示了外幕墙玻璃跟大风或台风"硬碰硬"的过程。不过，与大自然抗争的最有效方式，不是硬顶，而是顺势而为，最主要的手段是"以柔克刚"。外幕墙工程在支撑结构体系的关键点上，选择了允许结构伸缩的"可滑移支座"方案，赋予外幕墙在外界作用下能在允许范围内发生竖向或水平的位移，从而避免幕墙结构因应力过大而遭到破坏。中方以一亿八千万元人民币的投资预算，拟进口境外技术，但对方远超预算的高价位，使其成为不可能。"可滑移支座"方案国产化的任务，落到了上海建工集团副总工程师、上海市机械施工有限公司总工程师吴欣之肩上。经过近两年的研究攻关，吴欣之带领的团队再次攻克外幕墙玻璃"可滑移支座"方案的课题，整个费用支出节约了一个亿。

上海中心大厦玻璃外幕墙的施工，是世界建筑业界第一次实施这样复杂的外幕墙工程。钢结构幕墙总监助理贾宝荣团队在电脑上"造楼"，创新设计了"主结构+子结构"的悬挂式整体升降操作平台，满足了上海中心大厦各个区幕墙支撑安装的施工要求。从地面看去，支撑升降钢平台是悬在空中的，透过钢平台组件的缝隙，施工的工人可以看到地面上的车辆，像只蚂蚁一般在爬行。原设想这个钢平台要随旋转的建筑主体"转起来"，有人随口道出一句：这像一只飞船。由是，"飞船装玻璃"就成了上海中心大厦工地上"流传"的一句口头禅。

2012年8月2日，当天风速一度达到6级，第一次的外幕墙玻璃安装作业照常进行。一块4.5米×2.2米、重达800公斤的外玻璃幕墙，安装在上海中心大厦的8楼，宣告了玻璃外幕墙安装工程的正式开始。至2014年4月底，外幕墙玻璃顺利地完成4区第47层的封闭施工，累计完成总工程量的33%。玻璃幕墙的吊装，以4天一层的步伐进行。2014年11月19日，历时2年3个月，上海中心大厦总面积达14万平方米的主楼玻璃幕墙全部安装到位。

贾宝荣说道：所有外幕墙玻璃，工厂化制作，单元化安装，产品精度保证了气密性，气密性保证了水密性，全部保质保量，一次到位。

最高峰巅也是最险峻的悬崖

上海中心大厦是上海的珠穆朗玛峰，最高的峰巅也就是最险峻的悬崖。面对悬崖，攀登者的心态是矛盾的：无限风光在险峰，花费万千心血，吃尽万千辛苦，熬过雨雪风霜，为的就是最后登顶；然风光无限好，高处不胜寒，悬崖上的舞蹈，每一步的形态优雅，都源于尺度精确，掌控到位。这是对建筑者"手艺"的最后考验，也是对管理层心理的终极挑战。

　　悬崖上的行走，决不允许施工者有丝毫的"手软"，更不允许各级管理层有任何的"心软"，否则就会使在场的所有人陷入困境，一步失足，前功尽弃，万劫不复。2014年4月25日，机施公司承担的121层观光桥箱吊装完毕。5区灯架层工完毕，98层飞船安装完毕，阻尼器最后一道工序扇形板安装完毕。5月，核心筒钢结构施工升至第132层，柱顶标高609米。大厦主楼鳍状桁架开始吊装。鳍状桁架结构系统位于中心大厦塔冠区，从此，整个吊装过程在600米的高空进行。

　　6月，机电安装工程正步行进：主楼标准办公区逐步进行末端设备调试；设备层冷冻水、冷却水系统初循环完成；各区域高压受送电完成，低压电缆敷设完成，七月底前具备受送电的条件；各区各类机房全面进入系统调试准备阶段。7月，中心大厦工程主楼塔冠部分鳍状桁架，架设完成五节；建筑高度606米的上海中心大厦主楼屋面板混凝土浇筑施工完成。

　　工地上"全面开火"，高管层如履薄冰。工地简报上由"工程协调部"报道的"工程施工主要进度"，名目繁多到"眼花缭乱"的地步。高管层所有人的每句话都围绕着"质量"，每个字都提醒着"确保"：各班组管理要坚持，"安全知识学一学、操作程序记一记，安全措施订一订，预防预测做一做，麻痹思想扫一扫，上岗交底讲一讲、安全纪律说一说，穿戴护品看一看、环境隐患查一查，安全警钟敲一敲，危险部位喊一喊，违纪违规治一治，设备保养严一严，蛮干行为禁一禁，工完料清理一理"。

　　2014年8月3日上午8时许，一榀宽0.8米、高0.9米、长6.8米，编号为"125NG124H6－1"的钢梁，搁在特制的架子上，等待2名上海建科监理工作人员的验收。9点07分，钢梁验收完毕，监理同意起吊。约30分钟后，"125NG124H6－1"顺利到达580米钢平台，6名早已在平台上等候的安装工人，熟练地将钢梁安装就位。经建科监理验收确认合格，贾宝荣通过对讲机向总经理报告："125NG124H6－1钢梁安装完毕。"

　　9点45分，房庆强宣布："上海中心大厦580米钢梁就位成功，工程结构封顶圆满完成！"

86米高的"21世纪国际饭店"

　　最后一榀钢梁到位，铸就了上海中心大厦顶部的钢铁悬崖。不过，事情还没有做完，犹如欧洲诸多的山崖上都建有城堡一样，在上海中心大厦这座悬崖的上面，还要建造一顶皇冠。上海中心大厦的塔冠，位于主楼第118层至137层，546米至632米高度之间，总垂直高度为86米。如果将历史与现实来进行比较，那座在 80 年前建造在南京路上国际饭店的高度，是 83.8 米，这也就是说，从未来观光厅的 118 层算起，"头上"顶着的塔冠，就是一座"21 世纪新造的国际饭店"。

这顶戴在整座大楼头上的"皇冠"，因 632 米的制高点傲视申城，更因集钢结构、幕墙、灯光秀、风力发电、通讯、耗能支撑、设备等多种功能为一体而独具特色。塔冠部分是未来"上海中心"灯光的点睛之处。

上海中心大厦塔冠结构形式多样，空间关系复杂，核心筒内外八角框架结构、外幕墙鳍状桁架支撑结构，集中了擦窗机、风力发电机、阻尼器、冷却塔、水箱、卫星天线等特殊设备，空间定位和安装难度极大。塔冠建筑 86 米高度的攀登，好比是田径赛场上最精彩也是最激烈的百米冲刺。

2014 年 11 月 19 日，塔冠 556 米至 632 米外幕墙系统的最后一块玻璃，分毫不差吊装到位。至此，上海中心大厦总面积达 14 万平方米的主楼玻璃幕墙吊装工程，宣告结束。12 月下旬的晚上，当上海中心大厦塔冠顶部变换起红色、绿色和蓝色的绚丽灯光，路人驻足，仰脸观望，久久不去，这是一种由新鲜而已引动的感觉，但又似一种旧地重游，哦，这楼就是这样的，一直是这样的。

当这座城市又一栋标志性建筑耸立起来，上海人的感觉似乎是有些"矛盾"的：它是崭新的，它又是"很老"的，本来就在这儿，已经很久了。

时来天地皆同力。让我们回顾建筑全程：以简略的平均数计算，上海中心大厦上海建工总承包项目部每天带领两千名建设者奋斗在工地上，一年"活跃"在工地的人次，就高达 72 万。漫漫 6 年的长途上，总包分包、天人合一，神经绷紧、思路清晰，职责分散、步履划一，地下云上、遥相呼应，所有奔波的人次总计起来，足有 432 万之多。与参加上海中心大厦的建设者实际人数而言，这是一个相当保守的计算数字。

请允许这样计算，截至 2012 年末，现有上海户籍为 524 万户，这也就相当于在 6 年时间当中，有三分之二的上海户籍人口，每户一人，排着队轮流到工地来，"辛苦劳动一整天"。这些几乎必须是壮劳力级别的男士，代表着上海，作为速度力量和技术水准结合得最佳的"运动员"，以恒定不变的奔跑能力，接棒，再传棒，坚持跑完了这长途接力赛的全程。

1999 年开业的金茂大厦，"金茂"实为经贸的谐音，金茂的含义既表达了国家外经贸部是核心投资方，也体现了这座摩天大厦的业务指向是明确的，就是：对外贸易者，即"本国对其他国进行商业上的经济贸易"之谓也。货源地、发货地、进出口额度、海关，等等这样的名词，都在表达当年开放国门的主要指向：与世界进行实物经济的商业活动。来到新的世纪，2008 年上海环球金融大厦开张，金融者，专业表述为"实行从储蓄到投资的过程，对现有资源进行重新整合之后，实现价值和利润的等效流通"，通俗说法是"金融是动态的货币经济学"。金融交易的频繁程度是反映一个地区、区域，乃至国家经济繁荣能力的重要指标，现代的金融本质就是经营活动的资本化过程。

2014 年，上海中心大厦建成。中心者，"汉语词语之一，其意思有跟四周距离相等的位置，中央"。上海中心大厦的命名，形象地表达了上海海纳百川的世界眼光、来者都是客、等距离交友、等距离商贸的大气姿态。

上海中心大厦上海建工总承包部高管们的理性表达是：我们建造的不仅仅是一幢超高层建筑，我们在六年中的努力，更在于超越了建造上海最高大厦的物理范畴。我们建造这座摩天大楼，是一次国家乃至世界级建筑科技水平的大展示。在近 6 年的建设期内，参与上海中心大厦建设的企业达到数百家，各参建单位和建设者们用激情与梦想，在物理高度的背后，打造了一个个"无形"的新高度。从如何掌控行业状态，如何从事技术管理，使得当今世界最新最高的建筑技术和管理要求，在我们上海建工集团的身上，代表国家水平，获得集中的体现，建造了一幢技术和管理现代化的超高大楼。这幢科学的超高大楼，具有里程碑意义。

上海"猎狐"风暴

童孟侯 中国作家协会会员，上海市作家协会会员。获得过"全国五一新闻奖"和"上海五一文化奖"。出版过纪实类专著5本：《女囚》《上海犯罪现场调查》《最后一招看谁的》《基诺啊基诺》和《现代漂流瓶》。

深思熟虑——决定开辟反腐"第二战场"

腐败，是老百姓最关心也是最痛恨的事。中央提出：老虎要打，苍蝇也要打——对此，老百姓举双手赞成！

接下来，老百姓很关注另一个问题：一些贪官和腐败分子养肥了，贪够了，然后逃到国外去了，怎么办？听之任之？放任自由？

在国内，一只只大"老虎"被锁进笼子，一只只小"苍蝇"被关进瓶子，但是，国门之外，还有多少贪官和腐败分子在"泣血蝇虫笑苍天"？这些"老虎"和"苍蝇"到了国外，摇身一变成了狐狸，来无踪去无影的狡猾狐狸。我们对之难道束手无策？

其实，这也是中央关注的极其重大的问题：怎样开辟反腐的"第二战场"？

是啊，中国迄今为止到底有多少贪官和腐败分子逃亡海外仍是个谜。最高人民检察院检察长曹建明说：从 2008 年到 2013 年这 5 年间，中国一共抓获外逃的贪污贿赂犯罪嫌疑人 6 694 人！这个数字不包括 2014 年和 2015 年，那么没被抓获的还有多少人？

贪官和腐败分子出逃，不是人一走就了之那么简单，一般都卷走了巨额资产。媒体上有一种说法：他们人均卷走一亿元人民币。

更为严重的还不仅仅是金钱：贪官和腐败分子躲在海外，既影响中国的国际形象，在国内也会影响到反腐大局，关系到民众对反腐工作的信心。中国要建立法治国家，要依法治国，决不能仅仅限于国内；国外，哪怕尚未和我们签订双边引渡条约的国家，也不应该是法外之地。

十八届四中全会说得很明确：加强反腐败国际合作，加大海外追逃追赃、遣返引渡力度！

2014 年 11 月 8 日，在北京召开的亚太经合组织第 26 届部长级会议，通过了《北京反腐败宣言》，成立了反腐执法合作网络——这是第一个由中国主导起草的国际性反腐宣言，加强反腐败国际追逃合作正是《北京反腐败宣言》的核心。

中国领导人只要有机会，就会做外国领导人的工作，积极推动国际上达成共识：腐败犯罪以及腐败分子是国际社会的公敌，世界上没有腐败分子的"避罪天堂"。

对于这些后继的举措，老百姓举双手赞成！

2014 年 7 月 22 日，中国的反腐败国际追逃工作提速换挡，公安部部署开展"猎狐"行动，专门缉捕在逃境外经济犯罪嫌疑人。这个行动的代号既概括又形象。

应该承认：上海是腐败分子出逃较多的一个城市。

上海"猎狐"领导小组由副市长、上海市公安局局长白少康担任组长，由经侦总队、刑侦总队、指挥部国合处等部门领导成为领导小组的成员，并设立专项行动办公室。全市 17 个公安分、县局也迅速成立了由一把手挂帅的组织领导架构……强大的合力形成了。

2015 年 1 月 15 日，专项行动办公室负责人李公敬警官陪同我走进办公室。那里，贴着外逃的犯罪嫌疑人的数据报表和包干情况。

我问李公敬：一只"狐狸"专门派一名"猎手"包干吗？

他回答：哪里？一只"狐狸"我们配备了三名"猎手"！

我算了一下，如果 2014 年上海有 1 000 名计划追逃对象的话，公安局就要配备 3 000 名警力！这个力度不可谓不大，这个场面不可谓不壮观，此间发生的故事一定精彩纷呈。

根据 2015 年年初统计，全国开展的"猎狐"行动，一共抓获了海外逃犯 680 人，其中上海抓获 56 人，占总数的 8%——此乃后话。

一波三折——才把章为押回了上海

1997 年 8 月 1 日，也就是十七八年前，有个叫章为的人来到上海某银行溧阳路营业所，他说他是银行经理。其实，章为伙同他人以"手拉手"存款短期内即可支付高额息差手法，用一张伪造的"企业存款证实书"，把某单位一张面值 1 000 万人民币的银行本票骗走了。本票到手后立刻转账，这个"经理"立刻提取现金。

8 月 13 日，是约定支付息差的日子，可是存款单位没有收到高额息差。找章为，找不到；找资金掮客，不知去向。这个单位才发觉上当，火速向警方报案！

上海市公安局大吃一惊，特大骗局发生了，不要说 1997 年的 1 000 万，就是今天的 1 000 万也是一笔大数目！

立刻成立破案小组，具体由刑侦总队 8 支队负责，侦查员是林峰和他的同伴。林峰是个小青年，刚当上警察就遭遇特大案件，1 000 万！

林峰他们沿着章为逃跑的轨迹：先追到南京，再追到重庆，再追到成都，再追到广州，再追到北海，一路咬住不放。但是，18 年前的信息系统哪有现在这么发达？林峰他们追到广西北海，眼看就能抓住章为了，章为也感觉到后面有追兵，他急速办理手续，从海口机场出境，逃到印度尼西亚首都雅加达去了，随身带的现金是 60 万！

章为是"长脚"（上海话腿长个子高的意思），他溜得比谁都快。

林峰有点沮丧，他们立刻返回上海，追踪那个资金掮客。所幸的是从掮客那里为被害单位追回了部分资金。

几天后，林峰搜索到章为的电话，立刻打到雅加达：是章为吗？我们奉劝你立刻回国投案自首……

章为"啪"的一下把电话挂了。就这样，这只"狐狸"从人间消失。

2014年，"猎狐"风暴刮起，大诈骗犯章为又被提上议事日程，专项领导小组专门成立专案组，抓捕章为。巧了，专案组成员就有当年追踪的侦查员林峰。

逃犯在境外，基础却在境内。侦查员默默地梳理每一个嫌疑人的信息，一人一档案（不是一个案件一个档案），一人一对策，一人一专班，实时更新信息，紧盯不放松。就像大战开始前构筑坚固的战壕和碉堡，就像在作战室仔细研究敌方的行动意图，就像通过外围侦察、内线透露，收集起足够多的情报。

无准备的战役往往要失败。战前做足"功课"，胜算比较大。

专案组汇总了各路情报，掌握了轨迹：1997年章为到了印尼之后，当时最想做的事情就是漂白身份，漂白之后，变成一个印尼人，然后再逃到第三国去，叫上海的林峰永远都没有方向。

过了不多久，章为离开雅加达，失联了，生死未卜。关键人物下落不明，当时，这件案子只能成为积案。

其实，章为离开雅加达迫不得已，当时的印尼正好出现排华事件，为了躲避风头，他来到印尼一个小城市。那些日子，如果他站出来说"我是刚从中国过来的中国人"，不就让排华分子逮个正着吗？

等到第二年，排华的风潮过了，章为才着手做漂白身份这件事。章为觉得他带去60万，办一张印尼的身份还不是毛毛雨？又不是办一张美国绿卡。

很快，他就买到一张印尼身份证，一切顺顺溜溜。

没过几天，章为在首都街头行走，一个警察拦住他，要检查证件。章为胸有成竹地把自己的证件递了过去。警察经过核对，发现身份证是假的，把他带到警察局关了起来。

章为好说歹说，最后用了很大一笔钱，才把自己保释出去。

接下来，章为又找到印尼的黑道，重新买了一张印尼身份证。他问：这一张没问题吧？

黑喽啰们回答：绝对是真的，放心吧。

一个月后，章为走在马路上，又被警察查到了，又要看身份证。警察问他：你是从哪里来的？

章为听不懂。

警察说：既然你是印尼人怎么连印尼话都听不懂，都不会讲呢？

章为还是听不懂。

警察给他戴上了手铐。警察的判断是正确的，身份证是假的。

章为又用了一笔钱打点，才从拘留室出来。

出来以后，他又去买了一张印尼身份证，他不相信就搞不到真的，这一次绝对是真的了。章为兴高采烈，开始在酒店和夜总会里花天酒地，庆贺自己成为印尼人。他说：用魔鬼的方式赚到钱，最终还要用在魔鬼身上。

一天，警察突击检查夜总会，叫所有人把身份证拿出来。章为站起身，从裤兜里掏他的印尼身份证。警察看到他1.90米的身高"鹤立鸡群"，立刻就把他带走了：我们印尼没有这么高个子的，你肯定不是印尼人。

到了警察局进行身份核对，章为的那张东西还是假的。

如此这般，章为在印度尼西亚前前后后一共买了6次身份证，每一次都是假的；每一次都让警察局关押起来；每一次都用钞票打通关节。有一次，他身上没带多少钱，干脆就把手腕上的劳力士手表脱下来送给检查他的人。

章为是一个地地道道的骗子，可是他连续买了6次身份证，6次都被骗子骗得晕头转向，骗子骗骗子，这是一种报应呢，还是一种黑色幽默？

到了第7次，章为总算买到一张真正的印尼身份，他终于是"印尼人"了。按他原先的计划，这时候他可以逃亡到第三国了，可以叫上海的林峰们从此找不到他的踪迹。可是，他已经没有钱了，他的钱大部分花在买身份证上了，花在花天酒地上了，没有"财力"逃到第三个国家去。

不逃也罢，养家糊口是必须的，必须有一份工作，必须正儿八经地挣钱，否则就饿死。于是，章为只能在棕榈园打短工，在海边养鱼虾，甚至爬进煤矿当黑头乌脸的矿工……他成了一个外国来的"民工"。

章为的妻子因为老公长期不回，又信息全无，在国内起诉离婚。法院予以同意。

章为单身之后，在印尼找了一个华侨女子结婚，他隐瞒了在中国骗取1 000万的事，隐瞒了被中国警察追逃的事。章为其实很想家，很想他的原配妻子，很想自首，但他如何开口？诈骗了1 000万啊，那是杀头的罪！

2011年，也就是距章为外逃13年以后，侦查员了解到章为不但没有死，而且漂白了自己的身份。上海市公安局通过国际刑警组织在全世界发布"红色通报"，通缉章为。

过了两年，2013年，国际刑警印尼国家中心传来一个好消息：有一个和章为相似年龄相似长相的华裔男子，因为身份问题，正接受我国巴厘省移民局的审查，希望中国警方能进一步提供指纹、DNA等信息，核实他的身份。

　　上海警方喜出望外，立刻把章为的相关信息搜集好，专门派了侦查员送到印尼巴厘省警察局，希望能直接把章为抓捕回国。

　　两天后，一个令人遗憾的消息传来：狡猾的章为趁看守人员不备，从移民局监管所逃走了——一次绝好的抓获章为的机会丧失了。

　　到了2014年，公安部刮起"猎狐"风暴，上海专项领导小组决意抓捕境外"狐狸"，对象之一就有最老的老"狐狸"章为。

　　4人抓捕小组成立，公安部派来一位警官担任组长，组员有林峰、施杰和苏德荣。当年追踪章为的时候，林峰还是小青年，如今快40岁了，已经是803第7支队的支队长。林峰接到任务亢奋之极：不是冤家不聚头，我一定要去亲自抓住这只逃亡17年的"狐狸"。

　　侦查员往往都有这样的脾气：追踪一个嫌疑人，眼看就要抓住了，结果让他逃脱，侦查员会一辈子记住这件案子，永远忘不了那个嫌犯，做梦都会碰到。

　　要抓章为难度是很大的，当年他就凭一张假的什么证实书，就能到银行骗走1 000万元，这个"本事"非同小可——章为是极其狡猾和警觉的。

　　抓捕小组终于了解到章为现在加入巴厘岛的一个旅行社，因为他会讲中国话，所以中国来的旅行团，老板都叫他当导游。但是，章为带团时只讲普通话，从来不讲一句上海话。虽然他听到上海话是那样的亲切，但他害怕有上海来的游客认出他来。以至于后来上海警察见到章为时，他一句上海话都不会讲了。

　　抓捕小组是2014年8月26日到达印尼首都的，他们懂英语，但是不懂印尼话，想找一个会讲中国话的印尼人当翻译，又不敢，因为在印尼，圈子很小，万一走漏了风声，要逮章为就难了。印尼懂英语的人还是有的，抓捕小组找了一个会讲英语的印尼人。

　　抓捕小组联络印尼警察总局。一位叫捷康的警官被派来协查这个追逃案。捷康很热情，立刻叫来好几位印尼侦查员和林峰他们开会，分析案情，提供情报。会议结束，捷康介绍中国侦查员直接到巴厘岛去，直接找谱图警官：他是我的好朋友，他会帮助你们的。

　　谱图警官果然也是热心人，千方百计制定最佳抓捕方案。

　　没有当地警察的协助，几乎寸步难行。中国警察在异国没有执法权，要是直接去抓章为，给他戴上手铐，那么章为可以告中国警察，最后被抓起来关起来的不是章为，而是中国警察——这是在国外抓捕逃犯的困难之处。

　　谱图说：到时候我们去抓章为，你们和我一起去吧，你们认定那个人确实是章为，我们来抓。

　　苏德荣说：你真够朋友。

　　林峰咬牙切齿：放心吧，我认识章为，把他烧成灰我都认识他！我十多年前抓捕他，让他溜了。

真要抓捕章为，手续还是很复杂的。一晃十多天过去了。公安部批给抓捕小组在印尼的时限快到了，四个侦查员急得像热锅上的蚂蚁。公安部来电话，紧急召回担任抓捕小组的组长。

这样，抓捕小组只剩三人，两个留在首都，和印度尼西亚警察总部保持联络，施杰派到巴厘省单兵作战。

经过仔细核对，谱图警官把苏德荣从雅加达叫到巴厘岛：我们可以采取抓捕行动了！

9月1日，中国侦查员悄悄靠近巴厘岛的某旅行社，已经是晚上10点多了，导游们正回到总部向总经理汇报当天的工作。谱图敲了敲门，对里面说：我们要找章为先生。

出来一个高个子，有1.90米，他衣衫不整，脚上拖着一双拖鞋，手里拿着一把折扇，一副穷困潦倒的样子。施杰和苏德荣向谱图点点头：就是他。

谱图一挥手，几个印尼警察立刻给章为戴上了手铐。

章为一脸无辜：为什么抓我？为什么？

苏德荣立刻上前，用上海话说跟他说：阿拉是从上海来格。

章为一听就瘫痪了：这么多年了，你们怎么还来抓我？

大功告成！"长脚"抓到了，把他带回上海就行了。捷康警官听到喜讯，打电话指示谱图：把章为带到雅加达警察总局来。

谱图和中国侦查员一起到达雅加达。捷康警官笑着说：我们总局长要和你们见个面。

苏德荣琢磨，礼节性的会面，大家一起开个会庆祝一下。

总局长是个热情奔放的人，他介绍了有关案情，还唱了一首中国歌《茉莉花》。中国侦查员笑了，拼命鼓掌。

没料到第二天情况突变，捷康告诉：总局长说关于章为的身份，我们总局还要调查一下。还要召集移民局、中国大使馆等单位一起研究研究，这件事急不得。

总局长的180度的大转弯，是不是有些话还没有说透？是不是有些"工作"还没有做到位？苏德荣请求再见总局长。总局长办公室回复：没空。

抓捕小组委托雅加达的一位华裔大企业家，请他代为拜访总局长……最后，总算把总局长的"工作"做通了。

印尼警察和中国警察一起，押着章为往飞机场赶，只要上了中国航班，那就是中国领土，追逃就算成功了。

当警察押着章为出关时，移民局的官员一把拦住：不能把这个人带出境，把他关到移民局去！

中国侦查员浑身冷汗淋淋：移民局的监狱正在装修，章为是个狡猾的老"狐狸"，很可能又让他逃跑了，他不是没有做过这样的事。真要这样的话，岂非前功尽弃了！

施杰立刻打电话给捷康：为什么移民局要扣留章为呢？我们有警察总局的文件。

捷康笑了：移民局的官员很辛苦，大家沟通一下，聚一聚嘛。

于是，中国警官挑了雅加达最高档的专门吃海鲜的饭馆，邀请移民局的官员。对方回答：我们有十多个兄弟，大家一直在加班，很忙。

苏德荣说：那么下班以后把你的兄弟们都请过来吧！

饭桌上气氛热烈，大家互相祝贺。那位移民局的官员打了一次手机，听完后他对施杰说：好吧，明天你们可以把章为带走。

直到飞机飞上蓝天，上海的侦查员才松了口气，应该不会再有意外了吧？他们坐在机舱的最后一排，一左一右，把章为夹在中间。

章为横坐不舒服，竖坐也难过，因为他的腿实在太长了，死死顶住前面的座位。苏德荣说：你老实一点，给我坐好了！

章为在飞机上忏悔道：我不像个男人，我对不起我的老婆，我没有责任感，这17年我竟然一次都没有回来过看看老婆……

施杰说：现在懊悔，晚了。

施杰是个"阿胡子"，脸上的胡子浓浓密密。中国的公安系统不允许民警留胡子，否则他是个"美髯公"！原来计划到印尼去抓捕章为最多一个星期，所以施杰只带了一把自动剃须刀，没带充电器。结果一待待了22天，没电了，他没法刮胡子，只能任由胡子疯长，又浓又乱。

从浦东国际机场出来，两个警察上来夹住章为，施杰拉着行李箱走在他们身后。一个前来迎接的侦查员开玩笑说：这次到印尼抓了两个逃犯，后面还有一个，拉行李箱的那个。

施杰哈哈大笑！

章为到了上海，已经不认得家乡，已经不会讲上海话了，整整17年了。他后来到了监狱才开始重新学讲上海话，因为不讲上海话，打菜打饭的师傅不理他。他只能用上海话请求：师傅，侬饭菜拨我多一眼，我模子大，吃勿饱……

抓捕章为的历程可谓一波三折，惊心动魄。章为是逃出去时间最长的嫌疑人。上海侦查员用了最长时间抓到他：22天。

施杰告诉我：2015年初，公安部在全国上千个追逃案件中评选出20大经典案例，上海占了3个，抓章为的案例是3个里面的一个。

上海市公安局给施杰记了一次二等功，以往，这个功都是授予在战斗中受伤甚至牺牲的警察的。

迂回曲折——就等大鱼上钩

有一个案子挂在上海市公安局已经有 6 个年头了，对象叫姜勇，合同诈骗犯，他伪造货运提单、人为制造信用证单证不符等手法，造成生产厂家无法按约收到货款；他还用拆东墙补西墙的办法，利用生产、出口、运输由他一手掌控的便利，把单笔货款分别支付给多家厂商，诱骗厂商继续为他生产……这只"狐狸"老奸巨猾，造成多家厂商重大损失，金额超过 3 600 万元！

姜勇吃了两头肥了自己，然后玩失踪，生产厂家和销售公司无处可寻。2007 年，姜勇逃到美国，他觉得那是天涯海角。

上海公安局的侦查员兵分两路——

一路，对资金流向、厂商受损规模、作案手法等进行侦查。侦查员在翻阅一份合同时，发现了姜勇的妻子孙某的居住地。于是放下合同，立刻赶到孙某家。

孙某一脸无辜：我 2007 年就和姜勇离婚了，这么多年没什么联系，我不知道他在哪里。你们知道吗？告诉我。

这一反问狡诈异常，侦查员的心头咯噔一下，原想他问她，结果她问他。

另一路侦查员寻找姜勇在中国和美国的踪迹。当他们赶到姜勇户籍所在地辽宁锦州时，发现这里不是他的老家，只不过是他读大学时挂靠的地方。

侦查员再查姜勇原籍地上蔡县，由于旧户籍档案缺失，没有姜勇父母以及直系亲属的联系方式。

姜勇年纪不大，却狡兔三窟，一有风吹草动，立刻躲得无影无踪。

上海公安局通过公安部向美国联邦调查局（FBI）发出协查请求，想通过国际协作的司法资源和渠道，探寻姜勇在美国的下落。先不说抓捕他，打探一下下落总是可以的吧？

可是，等待了长长的 1 000 天，联邦调查局一个字的回复都没有。

有些事，美国的反应如闪电般迅速，比如要攻打伊拉克；有些事，美国人拖起来如笨熊爬树，比如国际货币改革。

就在侦查员对姜勇案失去信心的时候，2014 年的一个下午，也就是距 2007 年的 7 年之后，美国 FBI 突然回复上海警方：据查，姜勇到美国之后，已经和一个韩裔女子结婚，生了一个儿子。他取得了美国护照。我们对姜勇进行了调查，姜勇否认他在中国进行合同诈骗。因为证据缺乏，我们没有对姜勇采取任何限制行动……

很多国家对大多数暴力犯罪的法律规定基本趋同，但对经济犯罪的规定相差极大，尤其在涉及对"合法资产"还是"贪腐财产"的来源认定，双方不尽一致。

再说，中国并没有和美国签订双边引渡条约，中国的侦查员不能到美国去对姜勇采取什么行动，哪怕知道姜勇在哪个城市哪个社区。

坦白地说，要到美国追逃，几乎比到世界上任何一个国家去追逃都困难。2015年3月，中国给了美国一份追逃"优先名单"，据业内人士估计，这个名单起码有100人，而全部外逃美国的贪腐分子超过千人。

美国回答得很客气：我们曾收到过中国提供的逃美贪官名单。在证据确凿的情况下逮捕这些嫌疑犯，冻结它们的账户和房产……

在这个地球上，每个国家每个集团都有很多方面的利益，因此，国家之间和集团之间，总有许多利益的对立和一致。看不清利益，是愚蠢的；不承认利益，是伪善的。我们有些人既看不清利益又不承认利益，那么，他只能是愚蠢加伪善。

侦查员接到美国的回复，陷入了苦苦的思索：难道让姜勇逍遥法外？他诈骗了3 600万哪！那些被骗的厂家和公司苦不堪言，有的倒闭了，有的负债经营。

骗人的人是很容易忘记过去的，但是被骗的人却是永远记住过去的，刻骨铭心。

有一天，侦查员小何在分析会上提出一条特别的思路：既然姜勇已经取得了美国身份，那么他很有可能变更姓名，对不对？如果真的变更了姓名，那么他很可能和中国人做外贸生意，继续走他的诈骗之路，对不对？如果真和中国人做生意，那么他很可能来往于中国和美国之间，对不对？如果他真的回到中国，那么在中国抓捕他不是有机会了吗？对不对？

如果……那么……对不对——只是假设和推断，但它不失为一条可以继续侦查的路子，为什么不试一试？

于是，侦查员回到侦查的起点，盯住了姜勇的前妻孙某，就是那个反问侦查员"你们知道吗"的女人。他们很快就发现孙某和姜勇生过一个儿子，夫妻离婚后儿子判给了母亲孙某。眼下，这个姜家小孩在上海读小学。

再查，蹊跷了，姜家小孩有过单独从上海出境美国的记录，他妈妈孙某则没有陪他出国。

侦查员推测：姜家小孩会不会到美国去见他爸爸姜勇呢？

继续查找，事情更加蹊跷：姜家小孩竟然有去无回，去了美国之后，没有入境回国的记录。姜家小孩到哪里去了？难道他和他爸爸一样玩失踪？

侦查员悄悄到姜家小孩曾经读书的学校去查访。校长很吃惊，指着一个在操场上奔跑的学生说：他就是姜某某，上学下课都很正常，没有发现有什么异常现象。你们要找他吗？我把他叫过来。

侦查员赶紧摇手：不用不用，我们只是看看他。

原来，姜勇已经把儿子移民到美国，姜家小孩从美国回来时，已经是个"美国人"，所以没有他的入境记录。

专项行动办公室立刻进入科技查控战。

大数据时代已经来临，如何从海量数据中发现知识，寻找隐藏在大数据中的模式、趋势和相关性，揭示社会现象和社会发展规律，需要我们的侦查员有识别的洞察力，更需要有数据洞察力。科技查控已经是不能不用的侦查手段了。

侦查员深入分析在逃嫌疑人姜勇的特点和活动规律，运用信息资源系统，开展大数据比对，查找使用了新身份的，或者偷偷溜回来的嫌疑人；查找和姜勇的姓氏、姜勇的长相、姜勇的行动规律比较吻合的人……这无异于大海捞针。茫茫人海，何处寻找这个失踪7年的姜勇？更何况侦查员在明处，逃犯在暗处；侦查员在中国，逃犯在外国。

突然，有线索了！一个叫 Jiang Jason 的美国人跳出来了，并且有了他的照片，其长相很像姜勇。

一个侦查员喊出了声：可以吃准这个 Jiang Jason 就是姜勇，你们看看墙上姜勇的照片，我一天起码看100遍，他烧成灰我都认识！

小何说：Jiang，用汉语拼音来读，不就是"姜"吗？

侦查员再查 Jiang Jason 的出入境记录。查到了，他几乎每个月都要到中国来一次，非常频繁，也非常有规律。他真的像侦查员小何推断的，来上海和中国公司做起了"外贸生意"。

他会不会继续以外国人的身份变诈骗的戏法呢？完全可能，因为恶习难改。他很可能变一出"外国戏法"，继续危害中国企业和商家。

上海"猎狐"专项行动领导小组指示侦查员：要尽快抓住这只"狐狸"！

姜勇下一次什么时候会到中国来？大数据再次比对，信息再次汇集，有了：2014年8月9日，Jiang Jason 先生，也就是外逃7年的姜勇，将到达上海。

侦查员在机场放出吊钩，就等大鱼上钩。

8月9日上午，当一架美国飞机缓缓降落在浦东国际机场跑道上，当旅客缓缓走下舷梯，当上海警察出现在姜勇面前，姜勇很吃惊：我是美国人 Jiang Jason，这是我的护照，你们为什么……

两个侦查员拍拍姜勇的肩头，笑着说：算了吧，你漂白了身份，我们可以把你染回去，我们可以褪去你的马甲。

小何告诉我：这是上海"猎狐"行动中抓获的第一个外逃美国的逃犯。从

2004 年开始，美国在 11 年间仅仅向中国遣返过 2 个贪官。我们能从新闻中看到，其中一个就是中国银行开平支行原行长余振东……

做足功课——拍死了一只小"苍蝇"

2006 年春天，来自延边的胡三在上海莲花路租了一间办公室，挂出一块牌子：出国留学中介。主要办理到韩国去的业务。

胡三长相忠厚，对人十分热情，又能说一口流利的朝鲜话，让来客觉得通过他的介绍到韩国留学是靠谱的，似乎他本人就是从韩国留学回来的，榜样摆着呢。

其实，胡三是朝鲜族人，他会讲朝鲜话顺理成章。他并没有取得教育部和公安部核发的《自费出国留学中介服务机构资格认定书》，用上海人的话来说，他的公司是"大兴"的。可是，急于到韩国留学的上海青年不管三七二十一，纷纷找到胡三，委托他办理出国手续。

中介要中介费，中介到韩国去要收比较高的中介费，这一点双方都懂。此外，办研修签证要先付押金，押金不能少，这一点也是行业规矩。于是，一笔一笔费用打到胡三的账上，几个月就有了 15 万元。胡三窃笑不已，得来全不费功夫！

8 月初，刘小姐到莲花路胡三的中介公司去，想打听一下她的签证是不是办下来了，学校是不是联系妥当了。推门而入，室内空空如也。立刻有人站起来迎接她：小姐，你是不是要租这套房子？

原来，胡三几天前就退租了，连个人影都没了。刘小姐立刻报警。随后，又有十多个受骗者前来报警。

2006 年 8 月 9 日，闵行公安分局以涉嫌诈骗，对胡三立案侦查。可是，上海、延边、青岛、威海、烟台……哪儿都没有胡三的下落。

2010 年 8 月 19 日，闵行分局决定对胡三批准刑事拘留，并且在网上追逃。

可是，没有胡三的踪迹，怎么拘留他？公安网上没有他的任何消息，怎么追逃？诈骗 15 万——这个胡三只能算是只"苍蝇"，然而，"老虎"要打，"苍蝇"也要打，不能让他逍遥法外。

侦查员没有放弃，多次来到延边，拜访胡三的哥哥和姐姐，查找胡三的蛛丝马迹。搜索圈越来越小，坐标越来越清晰，查到了，胡三已经不在中国，他在韩国。收了委托人的钱，他没有把任何一个委托人介绍到韩国去，自己却逃到韩国去了——这是设计好的一个圈套。

侦查员们深知，凡是外逃的人，有个大致相像的罪恶过程：仓皇出逃的比较少，预先谋划的比较多，一些贪官和腐败分子把出逃作为最后一着棋，他们事先做好资产转移，然后申请了多本护照，然后是家属先行，然后是猛捞一笔，然后是辞职（或者不辞而别），然后在国外藏匿寓所，然后是获得身份，最后是销声匿迹……

侦查员们还知道：那些外逃的犯罪嫌疑人在一步一步做准备工作的时候，总会露出"马脚"，不可能天衣无缝；他们出逃以后，也会留下很多犯罪证据。所以，必须仔细调查、取证，梳理、分析，全面固定证据，及时提请检察机关批准逮捕，迅速提请国际刑警组织发布"红色通报"，在世界各国布下天罗地网。侦查员五个必查：逃犯综合信息必查、案情信息必查、财产信息必查、互联网信息必查、关联人动态信息必查。

上海公安局向韩国警方发函：胡三在不在韩国？在韩国的什么地方？在干什么？

韩国警方很快答复：确有其人，胡三现在韩国的仁川市，不知道他在干什么。

那些案值大身份高的贪官，看中的是美国、澳大利亚、加拿大、新西兰等移民国家，因为这些国家容易接纳外来者。中国周边国家，如泰国、缅甸、蒙古国、俄罗斯等，这些国家是涉案金额相对小、身份级别相对较低的出逃人员的首选，但其风险也较大。

要让逃亡在外国的罪犯归案，不容易。如果胡三在国内，无论任何省任何市任何县任何乡，侦查员当天就出发，警车、火车、飞机，赶到那里实施抓捕。到国外去追逃，难了，两国关系，两国法律，两国警察，两国签证……都有差异，都是问题，侦查员只能等待时机。

从2014年的7月份公安部刮起"猎狐"风暴，这下，侦查员可以主动出击了。

同时还有一个机会：2014年9月，第17届亚运会要在韩国召开，具体地点正是仁川，正是胡三所在地。

上海警方联络韩国警方，动之以情，晓之以理：为了仁川亚运会更加安全地进行，必须清除一切隐患。从其他国家逃过去的犯罪嫌疑人，不能不说是一个很大的隐患吧？

韩国警方觉得中国警察言之有理。

中国侦查员继续说：我们中国警方和韩国警方一直保持良好合作，上海警方曾经帮助韩国抓捕过好几个韩国逃犯，我们希望这样的合作继续下去。

用一句比较直白的上海话说，这是"划翎子"。

韩国警方回话：我们愿意积极配合中方抓捕犯罪嫌疑人。

几天以后，4 位中国警察组成境外追捕组，直奔仁川。刚到仁川，就有个好消息迎接他们：出逃多年的胡三已经被仁川警察抓住。

一位韩国警察局的系长（大概相当于中国的处长）出面迎接中国追捕组。追捕组为了感谢系长的大力配合，请他聚一聚。

人和人的很多关系，有时候并没有政治上的、经济上的、法律上的明确规范，却含着某种不成为的契约。"聚一聚"也许就是其中的一种"契约"。

系长举起杯子大声说：喝酒，让我们好好庆祝一下！

侦查员小施犯难了，他不会喝酒，只要喝两口葡萄酒就会醉。

系长笑了：你这么壮壮实实的小伙子，怎么可能没有酒量？

为了能顺利把逃犯胡三从韩国警方手里接过来，也为了表示谢意，小施喝了一大口葡萄酒。果不其然，他顿时满脸通红，头晕眼花，趴在饭桌上睡着了。

系长拍拍小施的肩说：不要睡了，醒一醒，我们干一杯！

系长拿起酒杯，又让小施喝了大大一口葡萄酒。这一下小施彻底醉了，系长让他躺在饭桌边的沙发上。酒宴结束，大家把小施扛回了宾馆……

第二天下午，系长把胡三交给了中国追捕组。中国侦查员顺利登上了飞机。

逃出去的时候，胡三只有 36 岁，回来的时候已经 44 岁，这七八年，其实他度日如年，每一次听到警车的鸣叫都会浑身发抖。

百般劝说——最后，让她们自己回来

中国刮起的"猎狐"风暴，从某种意义上说是一项"软性行动"，或者说是一项软中带硬的行动，或者说是一项以柔克刚的行动。老子说"柔弱胜刚强"是也。侦查员不能在国外把一个外逃的罪犯直接扑到在地……

有一对亲密无间的闺蜜，很浪漫，却又很幼稚；很滑头，却又很愚蠢。一个叫董芳，一个叫尔圆，她们听说阿联酋是世界上最富有的地方，虽不能至，心向往之："能过上那种日子，才是到了天堂，听说那里的水龙头都是金子做的！"

2006 年那一年，这两个"宝货"都是 27 岁。有一个晚上，在夜总会喝啤酒的时候，董芳突发奇想：哎，亲爱的，我们为什么不能来个一女多嫁呢？

尔圆心领神会，董芳说的当然不是把她们两个嫁给四个或者八个男人，而是……两个人立刻说起了悄悄话。

第二天，"一女多嫁"开始实施：董芳有一套住房，老式的公房，她决定把它卖了。广告刚刚贴出去，就有买家王先生上门打听：总价多少？

董芳说：50 万。

王先生问：可以便宜点吗？

尔圆说：你不要，我们接待另外两家客户了，他们等着要和我们谈呢。50 万还贵吗？

王先生被她一激，说：我决定买下这套房子，什么时候办手续？

董芳说：明后天去办手续吧，你先付 2 万定金，证明你是真要这套房子。

这一回是真的"嫁"，真的把房子卖给王先生。等房产交易所把手续都办完，立刻过户，剩下的 48 万到了董芳的手上。

又有想买房的张阿姨上门来：小姑娘，房子总价多少？

董芳说：50 万。

张阿姨问：可以打个折吗？

尔圆说：你花这点钱到别的地方去买买看？这是最便宜的。

张阿姨问：49 万好不好？

董芳说：老实告诉你吧，王先生要了这套房子，定金 2 万都已经付掉，喏，定金在这里。

张阿姨急了：我要这套房子了，我决定要了，你把王先生的定金退掉，我给你定金。

董芳摇摇头：除非你先把 50 万房款一次付清，我就把房子卖给你。收了王先生的定金，不卖房子要赔偿损失的。

张阿姨点头：好的好的，我回去拿，一次付清，你把王先生的定金退掉！

这一次是假"嫁"，收到张阿姨的 50 万，房子哪里有？早就是王先生的了。

董芳和尔圆怀揣 100 万，乘飞机逃到迪拜。

到了"天堂"，只过了几个月，她们就发现语言说不通，房子买不起，工作找不到，很快，连吃饭都要吃不起了。100 万人民币在迪拜算什么大数目？在六星级大酒店的总统套房里，也就能住上四五天吧。

两个女子开始做非法的小生意，东躲西藏，吃饭也是有一顿没一顿的。她们想过打道回府，但是骗了张阿姨的 50 万，怎么跟上海公安局交代？怎么还这笔钱？

董芳和尔圆的行踪，其实一直在上海警察的视线内，数据库里留下了两个女骗子的每一次鬼鬼祟祟。"猎狐"风暴刮起，负责女骗子案件的侦查员小林打电话给董芳：趁这个机会，你和尔圆应该回国投案自首。50 万的案值不算很大，只要你还清，只要你认罪，可以从轻处理。我这就把中国最高法院、最高检察院、公安部、外交部联合制定的《关于敦促在逃境外经济犯罪人员投案自首的通告》传到你的邮箱，你好好看。我们的刑事政策是宽严相济的，当然，我们的决心是有逃必追，你不要有什么幻想。

董芳结结巴巴：我……没有电脑。

小林说：电脑你是有的，但是你如果不愿意我们给你发邮件，我仍然给你打手机，或者把通告用信件寄给你。

就在林警官给董芳打手机的同时，侦查员小陈给董芳和尔圆的家属和亲戚发了微博和微信，希望他们做两个女骗子的劝返工作。

劝返，这是针对一些思乡心切的外逃贪官和骗子的有效手段，政策攻心。

董芳跟手机这头的侦查员讨价还价：如果你们把我的案子撤掉，我就回来。

小林说：案子怎么能撤了？这不是我能做的事情。我再告诉你一遍：给你机会你要珍惜。你在"猎狐"行动开展期间回来，可以得到从轻处理。你不回来，在那里还有路可走吗？我了解到你在阿联酋已经走投无路，不是吗？

董芳被说通了，愿意回国自首，正像上海警察说的那样，她确实在阿联酋穷困潦倒。

可是，半路杀出个程咬金，就在董芳签证回国时，阿联酋警方拘留了她，原因有三：第一，董芳持有的证件早就过期；第二，董芳曾经在阿联酋非法销售盗版 VCD；第三，董芳有交通肇事后逃逸的不良记录。

既然犯法，只能被罚，董芳进了监狱。上海的侦查员摇头叹息：又不能让迪拜警方放她回国。

2014 年 11 月 21 日，董芳的拘留期满，她踏上东航的飞机。她对前来的侦查员小林小陈说：我来投案，接受你们的处罚。

上海警方决定让董芳取保候审。

当晚，董芳就打长途电话给尔圆：我没有坐牢，我在妈妈家呢。你也回来吧？在迪拜那个"天堂"，我们是穷鬼，是叫花子。

尔圆想了很久，说：还是让我想想，这里的朋友都叫我不要回去呢。

过了几天，尔圆主动打电话给林警官：我愿意回国投案自首，飞机票已经订好了，是 2014 年……

四处流窜——敬酒不吃吃罚酒

上海有家蛮有名的公司叫灿易服装制作有限公司，总经理姓简叫岈，他的灿易公司经营得不错，电视上常有灿易公司的广告播出，它们制作的衣服用料考究，款式也很新……其实，公司搞财务的知道：灿易公司的账目上漏洞百出，入不敷出。用摇摇欲坠四个字来形容，很确切。

但是，灿易公司表面看来很光鲜，很生动。

沦落到这个地步，总经理简岈是不是来个慢慢收场，卖掉厂房，卖掉机器，辞退职工，而后惨淡倒闭？不，恰恰相反，简岈总经理兴师动众，开始大规模建造厂房，他要扩大生产场地和制衣销售。

2011年6月，灿易服装制作有限公司和A建筑工程公司签订了《施工协议》，由A建筑公司承包灿易公司需要建造的大楼。简岬要A建筑公司先付给他1 500万元人民币的保证金。A公司同意——建筑市场有这样的做法。

拿到1 500万保证金以后，总经理简岬欣喜不已，他把其中的300万充到灿易公司的账户上，作为私人归还的借款。还有1 200万，则通过工程担保公司，分别把它们打到B公司和C公司。没过几天，这些钱就被简岬套现提取。

A建筑公司发现事情有些不对头，灿易公司拿去的1 500万不是作为保证金，而是让简岬提走了。A公司立刻到公安局报案。

2011年6月28日，上海市公安局因简岬涉嫌职务侵占罪被立案侦查。可是，案子的主角简岬却找不到了，他不在上海，那么他到哪里避风头去了？在公安内网上查，没有；在各地宾馆饭店查找，甚至到大浴场电脑游戏房夜总会洗脚店查找，也没有。侦查员最后查出入境记录，哦，简岬带了巨资溜到柬埔寨去了！

又一个外逃，又一个骗了1 500万的恶人！

2011年10月31日，简岬被批准刑事拘留，并被上网追逃。中国警方及时把案子通报给柬埔寨警方，希望能得到国际合作。

境外追逃有多个途径：其一，引渡，这是国际刑事法合作的重要途径。中国已经和38个国家缔结了双边引渡条约，并加入了《联合国打击跨国有组织犯罪公约》和《联合国反腐败公约》。

其二，移民法遣返，在无引渡合作关系情况下，这是实现对逃犯的遣返有效手段之一。抓获厦门特大走私案主犯赖昌星，就是运用这个移民法成功遣返的。

其三，异地追诉，就是由中国主管机关向逃犯躲藏地国家的司法机关提供该逃犯触犯该国法律的犯罪证据，由他们依据本国法律对其实行缉捕和追诉……

我国大部分外逃贪官和腐败分子藏身的国家，恰恰是没有和我国缔结双边引渡条约，这是追逃追赃行动首先碰到的障碍。

柬埔寨警方表示收到中国方面的通报，然后没了下文。

要在国外追逃，侦查员必须有足够的忍耐力、克制力和控制力。

2012年，上海刑警803的张警官正好要到柬埔寨去调查一件跨国电信诈骗案，上海经侦总队委托他实地调查一下简岬在柬情况。

不查不知道，查了吓一跳！简岬到了柬埔寨之后并没有把身份漂白成了柬埔寨人，他还是中国人，还是中国护照，但是摇身一变，他已经是那里极有实力的外资企业大老板，他不但在柬埔寨投资建造制衣工厂，还在另外一个国家越南成立了制衣实业公司。不得了，简岬几乎是跨国公司大老板！

为了办好企业，简岬经常两头跑，柬埔寨——越南——柬埔寨；为了打通关节，他还跑高官跑军队……可谓神通广大，不可一世。当地政府十分器重简岇，原因很简单，他带来了就业机会，带来了可观的税收。

在国内追逃，难；在国际上追逃，难上加难，难于上青天——因为上海的侦查员无法发挥主观能动性，有劲无处使。有时候到了国外，看见犯罪嫌疑人在马路对面走，但是不能抓；有时候约了外逃的家伙在咖啡店喝咖啡，大家坦诚交谈，但还是不能抓他，中国警察是中国的警察，要抓必须是外国的警察。

侦查员多次告知柬埔寨和越南警方，希望得到他们的合作。

"猎狐"风暴刮起之后，上海专项行动领导小组通知简岇的家属：他签证的年限已经到了，不能一直非法在柬埔寨滞留下去。我们劝他投案自首，回到上海来。

数天后，侦查员又和简岇本人通了电话：你投案自首，和被我们抓捕回来，后果是不一样的。根据你自首的情节，我们可以请求法庭从轻处理。希望你抓住这个机会。

简岇似乎有些心动：我是愿意回来坦白的，可是怎么回来？

侦查员说：只要你愿意回来，我们会帮你把飞机票买好，从金边飞到上海。

简岇很犹豫地问：我在柬埔寨和谁联系呢？

侦查员说：我告诉一个电话，他是我国大使馆的一个工作人员，姓赵。你有什么问题可以找赵先生，他会帮助你的。

简岇迟疑了一会儿，说了两个字：好吧。

挂断电话之后，简岇没有给大使馆的赵先生打电话，没有准备回国自首的意向，刹那间烟消云散，手机不通。之前，他是和侦查员打"太极拳"，想摸摸底。他是一只狡诈的变化无常的"狐狸"，不是董芳和尔圆那样的无知女性。

2014年12月17日，越南警方突然通报中国警方：我们已经抓到被中国通缉的简岇了，可以把简岇移交给上海警方。

好消息！可是有没有搞错，怎么是越南警方？而不是被柬埔寨警方？

有时候一个很偶然的因素，会决定一次追逃的成败。

原来，几天前简岇从柬埔寨过境要到越南，越南有他的工厂，他要管。越南警察因为他持过期中国护照入境，扣留了他。

简岇被关进拘留室之后，立刻要求越南警察让他打一个手机，只打一个，别的没有什么要求——他想通路子，找关系。

此事让刚刚上任的越南移民局局长知道了。局长摇摇手：犯罪犯法者刚刚被扣留，怎么能让他和外面取得联系，要是通风报信怎么办？

局长要求下属按照越南和中国签订的有关条约，立刻通知中国驻越南大使馆：贵国犯罪嫌疑人简岇已经被我们抓获，同意移交中国警方。

过了三个小时，局长布置的事情落实完毕，越南警察才同意让简岵打一次手机。简岵急急忙忙拨通号码，叽里咕噜说了一番话。

只过了 10 分钟，就有越南的一个将军打电话到移民局，过问中国人简岵被扣留的事情。移民局官员告诉将军：我们已经通报给中国大使馆，将立刻把简岵移送给中国，此事木已成舟，牵涉到国与国之间的关系。

2014 年 12 月 22 日，当两位越南警察把简岵押下飞机交给上海侦查员时，侦查员向对方深深地敬了一个礼。

侦查员把简岵塞进警车。简岵说：我是自己回来的，可以从轻处理吗？

侦查员笑了：你这次回来，可不是自首投案，而是被越南警方和我们抓捕归案的。这是你选择的道路，你自己吃下苦果吧……

一个逃犯，即使骗取、受贿再多的钱财，他还是非常渺小的，还是胆战心惊的，他时时被中国"猎狐"风暴掀刮着，不知哪天就被掀翻了。

风暴再起——一定要切断腐败分子的后路

李公敬支队长告诉我：自从去年 7 月开展"猎狐"行动，他和他的同事们已经到过柬埔寨、越南、印尼、老挝、香港、南非、菲律宾、澳门……每一次都有犯罪嫌疑人被他们带回国内；他们还到过美国、意大利、澳大利亚、新西兰、英国……在逃犯所到之处，都有中国警察跟踪的足迹。

李公敬感叹道：真应该感谢"猎狐"行动，过去我们追一年，只能追逃到 10 个对象，2014 年只用了半年不到时间，就抓到了 56 个对象！

2015 年 3 月底，公安部部署了"猎狐 2015"行动，这一次风暴是 2014 年风暴的继续，重点对象是外逃的经济犯罪嫌疑人、外逃党员和国家工作人员、涉腐案件外逃人员。公安部说：2015"猎狐"行动要深挖发现逃犯行踪，并通过查封扣押冻结涉案财物，挤压它们的生存空间！

"挤压"二字何等惟妙惟肖？国内打虎，境外猎狐，对腐败分子形成紧逼和合围！

连续不断的"猎狐"风暴，印证了中央的决心：不能让国外成为一些腐败分子的"避罪天堂"，腐败分子即使逃到天涯海角，也要把它们追回来绳之以法，5 年、10 年、20 年都要追，要切断腐败分子的后路。

眼下是第二次风暴，继续追逃，加大力度，一定要向人民群众兑现"追逃永远在路上"的庄严承诺，一定要让外逃的贪腐分子惶惶不可终日，一定要让全世界知道中国的反腐决心。

燃烧自己，抽出肋骨当火把

——追记法治"燃灯者"邹碧华

江胜信 江苏江阴人。中共党员。毕业于上海复旦大学新闻学院。现任上海《文汇报》首席记者、高级记者、北京办事处副主任。中国作家协会会员。作品《情洒昆仑，梦回浦江》获首届全国短篇报告文学奖三等奖；作品《方永刚：真情传播真理》获中国新闻奖一等奖；作品《回荡大巴山的呼唤》获上海新闻奖一等奖。出版作品集《风景人生》。

从来不说累的他"累了"

司机李小马好像患上了创伤性应激障碍的选择性遗忘，变故发生时的很多细节已回忆不起来。"邹院长发病时，我刚把车开到光启公园门口，离下午 2 点在徐汇区法院的会议还有 10 分钟。这之后，我脑子一片空白，只记得闯了一个又一个红灯，跟救护车一样。"

"全都想不起来了。"李师傅红着眼睛，哀伤而无助，突然又有些气愤，"我比他大一轮，老天爷怎么不把我跟他换一换!"李师傅跟了邹碧华 6 年，清晨上班、凌晨下班是常事，累是累，但他心甘情愿，"邹院长心地善良，路上见到乞丐，会给他们零钱。"

关于那个电话，上海市高院政治部主任、司改办副主任郭伟清很确凿地描述道:"碧华不舒服，吩咐司机'快叫郭伟清帮我去开会'。司机打电话给了机要室，机要室告诉我，'邹院长让你代他开会'。"

郭伟清原本要去参加另一个会，接到电话后调转车头。他想起前一天中午在电梯里的对话。郭伟清问:"你是不是又瘦了?"邹碧华回答:"我最近感到特别累。""休息几天吧。"邹碧华则回答:"明天还有几个会。"

从来不说累的邹碧华突然说累了，但郭伟清并没往深处想。连续数月的高速运转，让"累"变成很多人的常态，司改办的微信群干脆起名叫"五加二，白加黑"。车开到光启公园，也就是邹碧华"出事"的那个路段，郭伟清仿佛心灵感应般打了个寒战:"不对!碧华做事一向亲力亲为，让别人代他开会，不像他的风格。"

他给李师傅拨手机，只听到李师傅带着哭腔:"邹院长很不好⋯⋯很不好。"郭伟清直奔瑞金医院急救室。眼前的碧华好像睡着了，但衣服敞着，周围有些凌乱，可以想象刚才发生的一切。"我第一次这么近距离仔细端详他的脸，感觉有些陌生。他一只手垂着，我下意识想去把它扶好。当我触摸到那只手时，冰冷冰冷的。"一股尖锐的痛攫住郭伟清，"这怎么可能呢!"

前一天，额头沁着汗珠的邹碧华负责接待陕西高院一行，演示了 200 多页 PPT，从下午 2 点一直讲到 5 点，激昂而诚恳:"我们没有保留，司改需要共识，需要全国上下一起推动。"送走陕西高院的客人之后，邹碧华叫住郭伟清:"我觉得应该给年轻人更多机会，咱再想想办法。"恍若一梦，当下却已天人永隔。

2014 年 12 月 10 日 17 时 20 分，冷风凄雨的黄昏，上海市高院副院长、司法改革领导小组办公室主任邹碧华因病辞世。天地无情，人间有义，47 岁，如此年轻。

司改设计的大数据支撑

　　邹碧华和郭伟清，分别担任上海市高院司改办的正副主任，好比同一条战壕里的战友，而正在进行的战役即 2013 年秋十八届三中全会做出总体部署的司法改革。这次司改是中央第一次自上而下通过顶层设计来推动，是所有法律人实现法治梦想的难得机遇。上海法院作为改革的首批试点单位之一，更是责任重大，使命光荣。

　　与光荣相随的，是那一处处的"险滩"。改革走到今天，已不再是初期的普惠欢庆，而是一场触动既得利益的深层变革。上海作为全国司改排头兵，没有经验可循，没有样板可仿，没有捷径与坦途，每一项改革都是前所未有的突破，考验的是改革者的意志。上海高院随即成立司法改革领导小组，并下设办公室。谁来做司改办主任呢？时任上海高院代理院长的崔亚东想到了邹碧华，"他那会儿已经在法院工作了 25 年。从书记员到法官，从高院研究室主任、庭长、基层法院院长到高院副院长，他不仅具备长期的司法实践经验和扎实的法律功底，而且在美国专题研究过法院内部机构设置和法官助理制度，对改革有着自己的思考和想法，他应该是最合适的人选"。

　　"组织上信任我，我一定尽全力把它做好。"邹碧华的回答很干脆。

　　以智力、体力、精力的百分百付出，邹碧华扛起了千斤承诺。司改办的楼层是最晚下班的楼层，6 楼邹碧华办公室的灯光常常亮到深夜。"有时候，他凌晨两三点才下楼，我都已经眯过一觉了。"司机李师傅说，"他可是连轴转啊，白天最多一次去了 7 个地方调研，身体怎么吃得消？"邹碧华曾让一家试点法院将 200 余名法官近 5 年来审判的案件卷宗全部调出来。技术部门的工作人员惊讶不已："把数据拷贝到硬盘上就要 4 个小时，他怎么看得完？"但邹碧华就是看完了，每天熬夜，双休日也用上。不仅看完了，还做了统计。

　　上海法院裁判文书层层审批的情况究竟占多少？每个法院的审委会每年讨论的个案数量有多少？领导对审判的行政干预究竟有多严重？邹碧华反对"毛估估"，讲求真凭实据。沉默的数据会"说话"，是改革举措的有力支撑。他带领司改办的同志在全市召开了 30 多场座谈会，梳理了 5 大类 100 多个问题，研究了 10 多个国家和地区的法院管理及法官职业保障制度，历经 34 稿磨合，制定出《上海法院司法改革工作实施方案》。2014 年 7 月 31 日，该方案经审议通过。

　　那天下午，全市司改动员大会之后，司改办的陆伟下班回家。他在朋友圈发了一条微信："庆祝本月第一次准点下班回家！"

　　最高人民法院司法改革领导小组办公室主任贺小荣将邹碧华的作用，比作行船的"压舱石"："上海司改可行的每一项改革措施，邹碧华团队都进行过调研分析，让人就踏实多了。"

作为司改一线的探路先锋，邹碧华以无我的境界、无畏的勇气和无悔的担当攻坚克难。他写下一篇题为《知行合一》的文章："我越来越清晰地认识到，我必须对党的事业负责，党把任务交给我，我就不再只是我自己了。我的角色要求我必须把推动我国法治事业的进步作为自己的使命。只有实实在在把这种使命感融入自己的内心，才有可能转化为一种强大的动力。因此，在这种状态下，无论承受多大的工作压力也不会感到累，无论遇到任何困难也不会屈服，无论处于何种逆境也不会退缩。"

改革是一点一点往前拱的

摆在改革者面前的，是一块块难啃的硬骨头。

人员分类管理制度改革，这是司改首当其冲的"牛鼻子"。眼下法院"混岗"现象普遍，有些法官并不审案，从事行政工作，但行政干预审判的事件时有发生。人员分类管理制度改革将法院今后的工作人员分为法官、司法辅助人员、行政管理人员三类，各就其位，各司其职，各尽其才，"让审理者裁判，让裁判者负责"，杜绝金钱案、人情案、关系案，规范权力清单，保障司法公正。为此，邹碧华提出了"权力运行可视化"，把立案、接待、调查、庭审等多个关键环节用信息化方式晒在阳光下，做到"把权力关进制度的笼子里"。

紧接着的是法官员额制改革。上海法官数量占法院工作人员的49%，法官员额制改革要按照法官精英化的思路，将比例缩小为33%，这意味着全市将有729名法官不能入额，部分人员归入行政系列，其他的划为司法辅助人员。从法官变成司法辅助人员，进而在工资分配等方面立见高低，这显然挑战了传统职务通道只进不退的模式。谁留谁退？有人劝邹碧华，论资排辈的"一刀切"最为保险，即让助理审判员"就地卧倒"转为法官助理。

"一刀切"看似易操作、阻力小、见效快，但"一刀切"也可能会是条后患无穷的"歧路"，目前不少案件的审理工作都是由助理审判员独立完成的，他们实际上已经担当了审判员的角色，而一些执证的审判员，却常年不审案，甚至"武功"尽失。邹碧华不妥协，"做改革，怎么可能不触及利益，怎么可能没有争议呢？对上，该顶住时要顶住，对下，该担当时必担当。一定要设立一个科学的考核标准，让真正胜任审判工作的优秀法官进入员额，不能让那些在一线辛苦办案的老实人和年轻人吃亏，不能让今天的改革努力，变成未来的改革对象"。

"那么，你们会怎么制定标准？怎样科学考核？如何合理设定过渡期？没有进入员额的'老人'该如何安排出路？怎样给未来的法官留下足够的入额空间？"2014 年 11 月下旬，到上海开会的最高人民法院司改规划处处长何帆一连抛出好几个问题。邹碧华的回答透着自信："你的担心和疑虑，我们也想到了，而且做了充分的准备。这项工作很快就会启动，相信上海一定会给全国法院提供一个很好的示范。"

邹碧华的自信来源于科学的评估体系和可持续的人才管理办法，重头戏叫作"案件权重系数"。案件有难易之分，"案件权重系数"把每个案件的审理天数、笔录字数、庭审时间等元素统统归入换算公式，精确计算出每个法官的实际工作量和审判质量。法官水平的高下，一目了然。

水平高下的后面，跟着的就是法官薪酬制改革。上海法官的待遇原先参照公务员薪酬体系，现在要改为设置法官职务序列，不同序列对应不同工资级别，工资还要和奖金及年金相结合，这些都是"大动作"，光法院自己说了不算，还涉及其他部门。邹碧华将全市法官分布情况、世界各国法官人均结案数、法官辅助人员配比、法官薪酬待遇等进行调研、对比和分析，呈送各职能部门、兄弟法院、人大及政协，为法官薪酬制改革提供决策依据。目前，相关方案已报中央审批。

"案件权重系数"的考核动了某些人的"奶酪"。面对质疑，邹碧华颇有些凛然的意味。在邹碧华看来，"人不管在什么地方，都是一个过客，任何一个单位都是'铁打的营盘流水的兵'，所以不要去计较"。"在党的航船上，我们要做'水手'，而不是'乘客'。作为一个共产党人，除了党的利益、人民的利益，没有个人利益。"他甚至放言："我把自己在高院的每一天都当作最后一天来工作。"

上海市委常委、政法委书记姜平记得，两次讨论员额制方案时，各方意见非常尖锐。"邹碧华语气强烈，几乎拍案而起。他还两次到我办公室，详细解释其中利害，带着厚厚的资料，有数据分析，也有现实案例。最后的方案，采纳了邹碧华的意见。"邹碧华说得最多的三句话是，"哪有把船划到江心就弃桨投江的道理"，"改革是一点一点往前拱的"，"背着'黑锅'前行，是改革者必须经历的修行"。

"做一个有良心的法官"

"崇德尚法，慎思明辨"，走进上海市长宁区人民法院新大楼，迎面墙上的八个大字跃入眼帘。这是邹碧华倡导的院训。2012 年底调高院之前，他在这里任了 4 年院长。

　　邹碧华将这种刚柔并济的工作方法描述为，"不仅要解'法结'，还要解'心结'"。邹碧华在主编的《法庭上的心理学》一书中写道："当事人所面对的是充满人文品格的司法者，而绝非冰冷的法律适用机器。也正因如此，当事人所感受到的是法律对每一个人生命、人格、尊严、情感的尊重和保护，以及法律真正的强大的力量。"

　　邹碧华走出江西大山，考入北京大学法律系，1988 年毕业后来到上海高院。看过煤油灯，也看见了霓虹灯的他，打电话把消息告诉家人，只有小学文化程度的母亲叮嘱儿子："要做一个有良心的法官。"母亲这句叮咛在儿子心中重千钧。2006 年参评"上海市十大杰出青年"时，时任上海高院经济庭庭长的邹碧华动情演讲："有的案件会有利益的诱惑，这时良心意味着自律；有的案件因为拖延，每天承受的利息损失相当于两辆奔驰，这时良心意味着效率；我必须把法律的精神钻研透彻，因为一个决策失误，会影响上千件同类案件的审理，这时良心意味着责任。我读过很多法学名著，对法官都有经典的论述，但是在我内心分量最重的，还是母亲告诉我的，要做一个有良心的法官。"

　　一位行动不便的 83 岁老母亲独居阁楼。2008 年 9 月的一个晚上，阁楼突然失火，地板烧穿，她连人带沙发坠到楼下，葬身火海。第二年 3 月，60 岁的儿子将物业公司告上法庭。相关部门向法院出具火灾原因认定书，指出火灾系室内电气线路故障引起。家属一再申诉，然一审、二审、再审均为败诉。由此，儿子年年上访。

　　2013 年 5 月，已经担任上海市高院副院长的邹碧华，看到这起经年未决的老案，便主动揽了过来。听完申诉人讲述，邹碧华眼圈泛红，说："这是多么大的不幸！你提出任何要求，我都能理解，会尽全力帮你。"邹碧华对一旁的信访法官说："这个案子的判决没有问题。但我们都是有母亲的人，一位 60 岁的老人为了母亲的事四处奔波，我们不能让他寒心。"

　　"走，去现场看看，找找突破口吧。"邹碧华来到阁楼走访。经实地勘查，邹碧华跳出"物业公司是否负责"这一信访纠结点，张罗起"分外事"：他联系街道、电力、消防、道路施工等多个部门，大家坐下来，全面分析起火原因，讨论后续安排。申诉人看到那么多部门围在一起商量，相关部门协助他进一步修缮阁楼，梗在心里的那一口气顺了。2014 年清明节，儿子在母亲坟前说："妈妈，您安息吧，这件事已经处理好了。"

　　对老人如是，听到有个孩子的遭遇时，邹碧华更是心急如焚。铭铭是个不幸的孩子，父母离异，两人抛下孩子不管，铭铭跟着年迈的爷爷奶奶生活。2009年，不幸再次降临，5 岁的铭铭突患白血病。面对巨额医疗费，爷爷奶奶先是想到卖血。他们去血站，血站的工作人员说，血不能卖，只能献，而且你们都超过献血年龄了。他们又想到卖房，可房产证上是铭铭父亲的名字，他好像人间蒸发一样，怎么都联系不上。走投无路的老人走进了长宁区法院。

时任长宁法院院长的邹碧华闻讯表态："法律是死的，但人是活的。孩子必须要救！"邹碧华立即组织相关专家研究法律条文，找出立案依据，派人埋伏在小孩生父新女友家门口，第三天将其逮个正着。为了抢时间，该案采用"先予执行"的办法，将房产划归孩子，为治疗筹措医药费的事情就此获得解决。

孩子的爷爷奶奶商量着该怎么回报，看到电视上说医学研究需要遗体，就签下了遗体捐赠协议，"我们这把老骨头身后就交给国家吧！"2014年岁末，带着两张遗体捐赠协议，牵着孙子的手，爷爷奶奶来到龙华殡仪馆为恩人送行。男孩已经上小学三年级，个头窜到了1.5米。"邹伯伯，我来送你。没有你，我活不到今天。"

写亲笔信，这个被现代快节奏和即时通信手段日渐抛弃的沟通方式，被邹碧华视为工作法宝。"他曾用写信的方式化解了一起棘手案件"，长宁区法院立案庭法官徐叶芳讲述道：2009年，某小区因世博会改造统一移动空调外机，一位王姓老人认为，改造后开窗有噪声，欲将建筑公司告上法庭。建筑公司很为难：因为一户反对而重做全小区工程，这不现实。邹碧华带领大家商量对策，为老人提供了两个方案：给予经济赔偿或世博会后移机。老人选择第二个方案。邹碧华连夜写了一封信，并准备了一盒月饼，让徐叶芳带给老人，感谢他的宽容，这让老人十分激动："你们做得太周到了！"世博会结束后，徐叶芳再次回访，老人说："收到邹院长的信，心情特别好。现在身体不错，就不要移机了，影响小区形象。"这封信，老人收在一个装宝贝的匣子里。

邹碧华总对同事们说："把最难的事交给我。"正如他自己所言："法律既是公平公正的，也是保护弱者的，要用法的精神解决问题，服务百姓。"老上访户则说："看在邹院长面子上，我不跟你们瞎搞了。"

做事做人，真心真情

如是点点滴滴，既是做事，更是做人，用真心换来真情。2014年12月14日清晨，长宁法院收发室的何勇扛着花圈为邹院长送行，边哭边说："要是我能代替你去那边，我绝没有二话。"这位在自卫反击战中担任过连队指导员、看过无数战友牺牲、穿过枪林弹雨、三次大难不死的老兵，泪不轻弹，而他的泪水却一次次因邹院长而流。

何勇是2008年6月见到邹院长的。邹碧华到长宁法院上任的第二天，来到了何勇那间不起眼的收发室。在法院干了那么多年，级别晋升却无法解决，像何勇这批社会招干进来的老科员早已做好了"科员做到退休"的准备。"我们一直感到'低人一等',没想到邹院长来看我,还叫我'何老师'。"

2009年12月,邹碧华让何勇对收发室一年的工作量进行统计。一个月后的新春茶话会上,坐在会场的何勇突然听到在台上祝词的邹院长提到自己的名字——

"在恭贺新禧的同时,我们除了要感谢一线法官、书记员的共同努力,不要忘记感谢那些默默无闻的普通工作人员。像何勇老师,他这一年发放报纸7万份,发放杂志4 422本,与法警交换文件3 800份,收寄各类信件35 600封,处理退信4 000封,接待业务庭邮件查询、复印清单2 300人次,纠正信件差错近200封,节约邮费760元。让我们大家一起为何勇老师鼓掌!"会场掌声雷鸣。何勇站起身,深深鞠躬。那一刻,他泪流满面。

2010年1月27日,何勇57岁生日这天收到一份意外的"大礼",党组决定晋升他为副科。这好事居然是邹院长为他"跑"政法委"跑"来的,他一次次去找政法委领导,一次次呼吁:"这些老科员看不到任何希望但仍然默默无闻地做事,我们不能让老实人吃亏。"何勇再一次淌下热泪。

"我们这些'底下人',聚在一起就总说邹院长怎么怎么好。"有一位合同工阿姨在食堂滑了一跤,正在吃饭的邹碧华跑过去扶起她,当看到阿姨表情疼痛,便马上安排司机送她去医院。"那个阿姨后来告诉我,她在车上哭了",何勇说,"她被感动了。"

在邹碧华眼里,"良心"是突破高低贵贱之分的悲悯之情和道德法则,"做一个有良心的法官",就像是信仰的星空,照彻内心,时时谨遵。邹碧华将自己的微信起名为"庭前独角兽"。在中国古代,独角兽獬豸懂人言、知人性,高智慧,性情中正,明辨是非曲直,识别善恶忠奸,是公正执法的化身;而西方传说中,独角兽形如白马,诞生于大海的滔天白浪,代表高贵、纯洁和永恒不变的坚定。誓做庭前独角兽,正是邹碧华对母亲"要做一个有良心的法官"最有底气的回应。

我们终将风雨同舟

邹碧华"走"的这天,正好是中华全国律师协会副会长吕红兵的48周岁生日。邹碧华比吕红兵小一个月,将近"知天命"的年纪,吕红兵陷入从未有过的哀伤。那一晚,吕红兵的微信朋友圈被所有法律人的追思刷成了灰白色。每一张照片,每一段文字都引起共鸣,触痛神经。

对社会而言,这里折射的是对党的好干部的由衷点赞;对业界来说,这是职业共同体意识的意外动员——职业框架内两个长期存有"歧见"的群体——法官和律师，都发自肺腑悼念邹碧华，凝聚起鲜有的舆论认同。

现实中法官和律师的关系，在现实各种因素的胶着影响之下，并不尽如人意。律师们尊重邹碧华，是因为他先给予了律师以尊重。

2014 年 11 月，中华全国律师协会民事专业委员会进行 2014 年年会，邹碧华做了题为《司法改革背景下构建法律共同体的思考》的演讲。这是他生命中的最后一次演讲。邹碧华呼吁：在法官和律师之间建立相互独立、相互配合、相互尊重、相互学习的良性互动关系；他还传播了一个新理念——法官应该把律师看作老师。"法官不可能在每一类案件当中都是专家，当你遇到一个特殊案件的时候，那个律师就会教给你这个领域的相关知识，所以你应该把他视作专家。"

系统地思考法官和律师的关系，缘于他 2000 年赴美司法考察期间一件事情的触动：当地一位法官邀请邹碧华旁观庭审。一开庭，该法官就询问双方律师："我今天邀请中国的同行，穿着我们的法袍坐在我边上，观察我庭审。你们觉得有没有问题？"两位律师毕恭毕敬地回答："没有问题，法官大人。"然后又很有礼貌地对邹碧华说，欢迎中国的法官大人。开庭开到一半，双方律师言辞的火药味上去了，法官招招手让两位律师过来，压低声音说，你们两个注意一点形象好不好，别吵得这么难看。开完庭，那位法官跟邹碧华解释，法官在法庭上面是不可以当着当事人的面批评律师的，那样律师会很没有面子。我们是一个法律共同体，法官应该照顾律师职业的便利，这是法官给予律师基本的尊重。

这件事情，邹碧华在后来的多个场合公开提起。他山之石可以攻玉，反观国内法官时常打断律师发言、呵斥律师的行为，以及律师对法官表面尊敬、内心对立的现象，邹碧华感到忧心："这些问题如果不加以治理，将会破坏法治彼此信任的根基，司法公信力也无从谈起。"

在担任长宁法院院长期间，邹碧华主导推出了《法官尊重律师的十条意见》，内容包括庭审中法官不得随意打断律师发言，不应当着当事人的面指责、批评律师，更不得发表贬损律师的言论，为律师预留车位、提供休息区、提供复印设施等细节也都收录其中。

"一个基层法院，能在全国法院系统内率先为保障律师权利出台一个实施意见，这让我们做律师的心生敬佩和感动。"吕红兵感叹。

时任上海律师协会会长的刘正东记得，当时律师界看到了《法官尊重律师的十条意见》后，纷纷给予积极回应：上海律师学院在新执业律师授课的课程中，列入了"做好庭前准备工作，在法庭发言时注意控制情绪，给予法官充分尊重，避免冲突"等内容。

一位老律师从深圳赶到上海开庭，在法庭上一时找不到一份证据材料，急得满头大汗。作为审判长的邹碧华安慰道："您别急，慢慢找，大家都会等着您。"老律师静下心来，找到了材料。"邹法官真是善解人意。"邹碧华在律师界的口碑广为传播。"律师对法官的尊重程度，表明一个国家法治的发达程度；而法官对律师的尊重程度，则表明这个社会的公正程度。"邹碧华的这句"名言"，很多律师都能背出来。

邹碧华的微博上关注了 2 967 个人，近一半是律师。有人问他："你不怕律师托你办人情案？""法官和律师不是对立者，我们的目标是一致的，就是找到真相。如果我们都有一颗纯净的心，就不会担心这些问题。"邹碧华说，"如果组织层面多交往，那么个人层面就会少来往，公开层面多交往，私下层面就会少来往，工作层面多交往，生活层面就会少来往。"

在邹碧华看来，法官对律师的尊重，说到底是对当事人的尊重，是司法为民的具体体现。正如他在一篇博文中写的，"当法官做到这一点的时候，法庭内就会建立起一种信赖的气氛。当这样的法官多起来的时候，整个司法就会获得受人尊崇的社会基础"。

邹碧华清醒地认识到，法官、律师、检察官、法学教授等法治力量，都是为公众输送公平正义的平等一环，唯有珍视这种相生相存的价值纽带，才能凝聚起法律职业最大共识、重拾社会对司法权威应有尊重、赢得人民群众对依法治国的真诚信仰。

法官与律师这"两个群体"在邹碧华身上求得了最大公约数。上海市高级人民法院院长崔亚东的答案是："邹碧华对司法改革的推动，对法律工作者的平等和尊重，对学术的专注钻研，对年轻同事的热情引导，对学生的耐心教导，都令人感动，他无愧是司法改革道路上的'燃灯者'和前行者。他以一个法官的身份赢得整个法律界的尊敬。"最高人民法院司改规划处处长何帆撰文写道："虽然大家常常说'法律职业共同体'，但明眼人都知道，所谓'共同体'，还只是一个一厢情愿的传说。但在碧华离世这天，想象中的'法律职业共同体'，终于在网络上的各种自发悼念中出现。他以自己的远见卓识、法律素养和对司法事业的热忱，赢得所有人真诚的敬意。即使在一个众声喧哗的时代，一名追求卓越、敢于担当的法官，仍然是受到众人尊重的。"

照亮别人，也照亮自己

邹碧华曾在一次同学聚会后，写下这样的文字："当我离开家乡的时候，阳光正静静地照着潦河的水面。白色沙洲上，飞鸟们正自由地玩耍。岸边金黄色的油菜花，似乎透过清凉的空气向我招手，又似乎在开怀地欢笑。那欢笑中有宁静，有智慧，有成熟，也在暗示着秋天的果实。于是，我不禁想到，生命中最为可怕的，不是青春的流逝。比那更可怕的，是生命热情和诗意向往的流逝。我们已经开始步入到人生的平和、稳定、闲逸和满足的时期。这个阶段，应该开始细细品味人生的韵律之美，像欣赏交响曲一样去欣赏人生的起起落落。"

自北大校园就与邹碧华一路牵手的妻子唐海琳，看到了 26 年来丈夫的变化，1984 年至 1988 年的 4 年间，恰逢中国一点点填补法律空白的流金岁月，他们聆听教授们的"立法故事"，感受着法治前行者笃志革新的理想与信仰。"成功不必在我，而功力必不唐捐"，胡适于 1932 年 6 月致北大毕业生的寄语，像穿透晨雾的钟磬声一样穿透历史，赐予莘莘学子以雄心和定力。"刚走上工作岗位那会儿，他时常觉得累，性子比较急。后来，他的担子越来越重，每晚工作到凌晨两三点，却不喊累了，也不急躁了。我弄不懂，他就兴致勃勃跟我解释什么叫'游刃有余'。我想，这得归功于他的积累。"

1993 年，身怀六甲的她把丈夫送上了北上的列车。接下来的七年，邹碧华在北京大学法学院读研、读博，后根据组织安排，前往美国联邦司法中心担任研究员。"回来时，他花一大笔钱托运了几大箱复印资料。"无论时间如何流逝，邹碧华始终保持着为理想不懈追求的那份执着。

"不是时间在流逝，是我们自己在流逝。我们流逝了生命，获得了什么？"颇有演讲天赋的邹碧华在讲台上侃侃而谈，既是问人，亦是问己。伴着生命的流逝，他既遨游法学之天空，又仰望心理学、管理学、文学、大数据、信息化之宇宙，既根植中国土壤，又广汲世界养分。

中福会党组副书记阚宁辉回忆，2008 年春夏和邹碧华一同在市委党校中青班学习的日子："他在班上年龄偏小，却表现出高于年龄的成熟和智慧。大家坐一起讨论时，他口才一流，充满思辨，观点前沿，理论功底扎实，又很实在，具有可操作性，大家都很佩服这个'小兄弟'。他后来做那么多事，以及今天你们这么宣传他，我们这些党校的同学并不意外，因为他那时就已经表现出了优秀的特质。"上海市激光技术研究所所长韩华是邹碧华在市委党校中青班的"老大姐"，她眼里的邹碧华阳光、热情、风趣，擅长与人交流，也能善意直言。让她印象最深的是，邹碧华总要在随身的手提包里放一两本书。班级去延安考察，他一路都在看书，但每到一处，就立即把书一放，掏出相机，给同学们拍照。后来才知，3 个月的党校中青班学习时间，邹碧华读了 30 多本管理学著作，包括德鲁克的《管理的使命、责任与实践》、彼德圣吉的《第五项修炼》等等。毕业后，同学间经常走动，有一次去邹碧华家，韩华被镇住了，"他家的书房，简直是个小型的图书馆，法学的、文学的、哲学的、管理学的、心理学的、建筑学……太丰富了。每一本，他真看"。

最高人民法院司改规划处处长何帆在给邹碧华的悼念文章中写道:"碧华大我 11 岁,却比我们这些人更'潮'。《大数据时代》《定位》《基业长青》……这些信息化与管理学题材的书籍,最初都是他推荐给我的。他说,'我们做司法改革,光懂审判业务和法院那点儿事是不够的,你必须及时吸取其他学科的最新成就,可视化、大数据、移动终端……都是未来的大趋势,法院现在不研究、不跟上,将来就会被别的行业嘲笑。'"

如此惜时如命、广泛涉猎、潜心积累,终至游刃有余的境界:他触类旁通,信访、诉调的难点,用心理学、信息化手段化解;他业精目远,成为全国参加合同法、公司法起草的五位专家之一;他舌耨笔耕,既在讲台上传播他的法治理想,又能把从实践中获得的真知汇成《公司法疑难问题解析》《中国法官助理改革研究》等十余部专业著作。

对于幸福,邹碧华有着自己的理解:"幸福不在未来。如果你今天没有幸福,明天也不会有幸福;如果你当下没有幸福,未来也不会有幸福。幸福就在当下,就在此时此刻。"用流逝的生命换得枚枚果实,邹碧华无惧这样的流逝,甚至可以从容谈及死亡,"我希望我的墓志铭上写着'因为我的存在,这个世界变得更加美好'。"

他曾是国家三级跳高运动员,每次体检,各项指标都没问题。但生命却在 47 岁的时候戛然而止。有人给邹碧华发邮件感慨道:"听你讲课的时候感到振奋,回到工作中,感觉又陷入了黑暗。"邹碧华回复:"黑暗之中,看见一支蜡烛点亮,你会感觉到温暖和光明。为什么我们自己不能成为那根蜡烛,照亮别人的同时也照亮自己?"

由邹碧华点燃的烛光,正照亮着法治中国的前行之路。

"小联合国"秘书长

李　动　祖籍山东，1958 年 5 月 1 日出生于
上海，曾当兵、做片警、任教师凡 12 载，中共党
员，毕业于上海电视大学中文专业，华东师大中文
系古代汉语班结业。现任上海公安书刊社总编辑，
兼《人民警察》主编。著有《大上海小弄堂》《上
海首任公安局长传奇》《画像》等报告文学集和散
文 10 种，另有 300 余万文字散见于报刊，作品获奖
40 多种。中国作家协会会员、上海作家协会会员、
全国公安文学创作协会理事。

一

当评选"十佳优秀社区民警"评委时,在一堆材料中,见到黄浦公安分局豫园派出所民警的事迹后,眼睛突然一亮。陈国梁,30 岁,众鑫城小区社区民警,上海公安专科学校毕业。该同志除发扬爱民为民的好传统外,发挥了英语特长,该小区现居住境外居民来自 46 个国家和地区,有 300 多户,占小区总户数的一半以上,境外人员近 500 人。居民戏称小区为"小联合国",社区民警则被称为"小联合国"秘书长。在现代化社区的管理中,探索总结出境外人员管理的"433"工作法,即注重四项能力:会语言交流、会辨认护照、会调处纠纷、会处罚教育;知晓三种情况:知来、知情、知去;做到底数清、情况明、信息灵。他的"433"工作法得到了公安部的高度赞赏,这个被誉为"小联合国"的小区 7 年来无重大刑事案件发生、未发生一起盗窃案件,也未发生一起火灾事故,为小联合国打造了一个安静、祥和、温馨的环境。他先后被公安部树立为"社区和农村警务建设每日一星",被上海市政府授予新长征突击手荣誉称号,荣立二等功一次。

看完材料,虽然文字简单抽象,但我隐约感到这个小区有上海特色和时代特征,这个民警有创新精神,小区里发生的故事,有着开风气之先的特点。于是,我决定马上前往采访。

第二天下午 2 点,我来到豫园派出所底楼的一间办公室。进门后,见陈国梁是个阳光帅气的小伙子,有着一张国字脸、皮肤黝黑、留着三七开小分头。

一阵寒暄后,陈国梁指着坐在对面的一位中年男子介绍说:"这是我的师傅,老白。"

陈国梁很谦虚,让白师傅先介绍。老白有点谢顶,皮肤黝黑,一脸的沧桑。一笑满脸的皱花儿绽放了。他抽着劲很大的万宝路香烟,抓起一只大号的咖啡瓶,喝了一口浓茶,说开了。

"小陈是 2001 年公专毕业分到我们分局的,骑自行车当了两年的巡逻民警,两年后调到我们派出所,跟着我当社区民警,分管方西小区。几年前,这个小区还是个'穷街',住的大多是工薪阶层和自由职业者,石库门紧挨着石库门,许多住户是两代人一室,甚至有三代同堂。为了解决生存空间,不少居民屋内叠屋架床,楼顶开墙破顶,利用阁楼的空间当住房。石库门里的厨房大多合用,为了生活琐事,自然矛盾多多。这些陋屋里还没有卫生设备,每天清晨居民们第一件事便是倒马桶。这里最头痛的不是刑事案件,而是邻里纠纷。为了电费、水费和公用部位东西放的多少矛盾不断,真可谓大闹三六九,小吵天天有。"

　　陈国梁插话说："我发现白师傅有一手绝活，小区虽然大吵纠纷多多，但他会讲普通话、上海话、苏北话等诸多方言，他一去，用当事人的方言调解几句，矛盾便化解了。因为他已熟悉了每家每户主人的性格脾气，办事也公道，所以大家都买他的账。白师傅是老先进了，他管理的方西小区多次被评为市级安全小区。"

　　白师傅调侃地自嘲："这些都成为历史了，如今是老革命遇到了新问题。石库门动迁了，众鑫小区里住进了那么多金发碧眼的老外，我想摸清他们的基本情况，但不会讲国际普通话——英语。不懂英语，无法与这些洋居民交流沟通，我这个自以为身怀社区基础工作十八般武艺的老法师，突然间被英语废了，没了用武之地。小陈很谦虚，善于学习，现在的 80 后有文化，所以我们这些 50 后该淘汰让贤了。他们懂英语，会电脑，现在是年轻人的天下了，看你们的了。"

　　陈国梁认真地说："英语和电脑只是工具而已，但调解居民纠纷、处理各种违法乱纪，以及帮助失足青少年等事情，还是师傅有经验，老辣，厉害。"

　　我评价说："老的传统不能丢，但社会发展了，也需要你们年轻人去探索，毛主席早就说过，世界是你们的，也是我们的，但归根结底是你们的。"

　　师徒俩点头认可。

　　我问老白："社区民警到底有哪些职责？"

　　老白想了想，掰着手指说开了。社区民警到底有哪些职责，谁也说不清、道不明。概括起来就是"上管天文地理，下管鸡毛蒜皮"。你看，社区民警管的事有户口管理、治安防范、侦破案件、调解纠纷、帮教失足者，等等，甚至拆迁违章建筑、杀鸡杀鸭、计划生育等事都要找到社区民警，真可谓是"上面千条线，下面一根针"。居民都戏称社区民警是"百管部长"。不是说家庭是社会的细胞嘛，里弄其实就是社会的缩影嘛。社区民警承包着小区这块"责任田"，确保小区的一方平安。

　　所长见陈国梁已跟我学了一年多"生意"，有了一定的基础工作经验，见这个小伙子英语基础好，又会电脑，人也蛮机灵的，就让他单飞了。陈国梁可谓是初生牛犊不畏虎。他昼夜苦练英语，虚心好学又善于动脑，边学边干，通过一段时间的实践摸索，很快就适应了与老外打交道，并摸索出了一套适应"小联合国"的工作路子，且干得风生水起，有声有色。

二

　　陈国梁想了想，说："那我先谈谈自己来到新小区的感受，再给你讲几个小故事。"

　　"小联合国"与"穷街陋巷"外表反差甚大，而老外的思想观念和生活习惯与中国人更是大相径庭。动迁之前，民警可以在石库门里随便串百家门，可以说是静态的。可现在这个小联合国里的情况完全变了。这里每户人家都大门紧闭，且都装有坚固的防盗门，彼此之间是鸡犬之声相闻，老死不相往来。独门独户的居民不喜欢民警上门，老外更是惊讶民警无事打搅，陈国梁上门问老外一些基本情况，他们认为是隐私会拒绝回答。

　　这里的居民与户口大多分离，许多人都是临时租房，连房东都不了解住户的情况，邻居就更不知情了。这里完全是一个流动的状态，需要上门了解，这就出现了民警要上门、居民反感上门的两难窘况。尤其是因东西方文化背景的不同、理念上的碰撞，陈国梁与老外打交道遇到了许多尴尬。

　　有次，陈国梁走访一户外国人家，敲开门见一位性感的金发碧眼的女士穿着浪漫的"三点式"兀立眼前。陈国梁一看差点晕过去，以为来到了北京的"水立方"游泳池，颇为尴尬地挠头抓腮。这位外国女郎见了警察突然上门，也瞪着美丽的蓝眼睛惊讶地问："出了什么事了？"陈国梁不知所措地说："没，没有什么事，只是上门了解一下情况。"这时，陈国梁想溜又不好意思，想进门又不敢进门，正进退维谷，踌躇不定之时，法国女郎却大方地说："Come in！"（请进）陈国梁红着脸用英语害羞地说："小姐，我觉得你穿上外衣会更加漂亮。"女郎马上理解了中国警察的意思，微笑着扮了一个鬼脸，回卧室穿上了外衣又出门迎客，一场尴尬就这样化解了。

　　女郎换好衣服，一脸惊讶地问："我犯了什么法没有？"陈国梁解释说："在中国，不一定非要犯法了警察才上门，我是这里的社区警察，想了解一下情况。"对方明白后感到更是奇怪，她告诉陈国梁："在我们法国警察是不随便上门的，只有犯了法才上门的。你们中国的警察挺有意思，没有违法也上门。"她说罢围着陈国梁转了一圈，好奇地问："我们法国警察都是腰上别着手枪，威风凛凛的样子，你怎么腰上没有手枪？"陈国梁解释说："中国破案的刑警才佩带枪，社区警察是不带枪的，因为我们这里的秩序比较好，到社区不需要带枪。"她又问："你会中国功夫吗？"陈国梁解释说："在警校里学过擒拿格斗，会一点。"女郎告诉陈国梁："我们那里的警察整天脸上没有笑容，你却满面春风，挺和蔼可亲的，我与你照张相，回去给朋友看看。今天晚上我与妈妈通电话时也将告诉她，我没有什么事却与中国的警察聊天了。"在她的要求下，陈国梁与她合了影。临别，她还幽默地做了个敬礼的手势。因彼此的文化不同，老外对陈国梁上门感到惊讶而有趣，陈国梁亦感到老外挺幽默滑稽。

　　外国人入住有登记制度，但大多数老外不知道居住需要登记的中国法律，所以也不会主动来到派出所登记，这样势必给社区民警掌握住户的情况带来了困难。不了解住户的情况，就无法对社区进行有效的管理，住户出现什么违法情况更是茫然不知。陈国梁开始为此有些苦恼，通过摸索，他建立了一个信息员网络，以居委干部、物业人员、电梯工、清洁工等作为小区的"第三只眼"，依靠他们的配合，成为眼观六路的"火眼金睛"和耳听八方的"顺风耳"。

为了做到对住户基本情况的了解，尤其是对境外人员入住情况的掌握，陈国梁坚持上门对老外宣传中国法律，动员新来的洋居民及时到派出所来办理登记。但要找到这些来上海的老外非常难，几次上门都是铁将军把门，他意识到这些老外大多早出晚归。于是，他利用早晨老外出门前和周末休息日上门，效果甚好。大多数的老外对"不速之客"都感到惊讶，但他们一旦知晓了中国的法律后都及时地来派出所登记。

给陈国梁印象最深的是新天地的常务副总经理德国人杨先生，新天地如今在上海非常火爆，除了外滩、城隍庙之外，成了上海新的旅游热点，里面有几十家酒吧、饭店和商场，还有电影院、剧场。

那天，陈国梁得知新天地的副总经理杨老先生借住众鑫城小区的公寓，却没见他来派出所办理登记手续，便一个电话打到新天地，秘书接的电话，陈国梁问秘书："你们副总经理杨先生居住在众鑫城有多少时间了？"秘书说："大约有两个星期了。"陈国梁说："他为什么不来派出所登记？你转告一下，请他抓紧来登记。"秘书解释说："他太忙了，外国政要、名人、大企业家和国内、市里的领导三天两头来参观，他整天忙着接待，没有时间来派出所登记。他很严厉的，你还是自己与他联系吧。"

陈国梁不是他的部下，也没有什么顾忌，一个电话打了进去，杨总接电话后，陈国梁自报家门："我是你居住小区的社区警察，听说你住进小区两个星期了，为什么还不来办理登记手续？"杨总解释说："我最近很忙，实在是没有时间。"陈国梁提醒他说："你的工作重要，还是签证重要？如果你的签证出了问题，比工作损失更大，更麻烦。"杨总被提醒后，明白了问题的严重性，他对陈国梁说："好的，我今天下午3点准时来办理登记手续。"

中午吃饭时，所里接到了110火灾报警，大家一起赶到现场忙活起来，扑灭火后陈国梁一看手表，哇，已是下午2点50分，陈国梁赶紧骑上自行车往所里赶，当陈国梁气喘吁吁地走进派出所大厅时，只见杨总绷着脸，见到陈国梁劈脸就质问："不是约好下午3点整的吗，怎么迟到了7分钟，我这么忙赶来，你却让我空等了7分钟。讲好的时间，怎么不守信用？"陈国梁见这个1.90米的大个子，西装笔挺，皮鞋锃亮，注意细节。果然是个严谨和严厉的家伙。陈国梁解释说："对不起，民宅发生了火灾，刚扑救完火，我请假匆匆赶来了。"杨总听罢马上道歉说："对不起，我不知道原委，我接受你的道歉，但是以后再遇到这样的事，你应该提前打个电话，重新预约时间。"陈国梁点头道："我也接受你的批评，以后遇到紧急情况，一定提前通知对方。"

双方和解后，陈国梁话归正传："按照中国的法律规定，到小区居住 24 小时内必须到当地派出所办理登记手续，你已延期两个星期，为了教育你以后遵守中国的法律，罚款 500 元。"杨总双手一摊地解释说："我确实不知道中国的法律，每天早出晚归，我的员工也没及时提醒我，我认罚，以后再也不会发生类似错误了。"

陈国梁按照程序做了笔录、开裁决书、陪他秘书去银行交款。秘书窃笑地告诉陈国梁："这个杨总平时特严厉，办什么事都严格按照规矩来，别人出错后，他责备起来一点不给情面，现在自己错了，态度好得令人惊讶，老老实实地坐在你的面前，双手放在膝盖上，像小学生受老师罚一样的老实，与平时简直是判若两人。"

前后折腾了 3 个小时才办完。临别，杨总对陈国梁诚恳地建议道："现在外国大多数城市的警察局都是电脑办公，迅速高效。上海也是个国际大都市，也应该配备电脑办公提高效率。"陈国梁点头接受，但有苦难言。

打那以后，杨总每次出国回来都让秘书及时来办理登记手续，再也没有超时。德国人确实做事有板有眼，一丝不苟，陈国梁从他身上学会了严格按规矩办事，以后也再没发生迟到和失约的事儿。

陈国梁感到杨总建议电脑办公不无道理，但派出所在新世纪之初尚只有几台公用电脑，一时难以做到，他干脆自己买了台手提电脑拿到了派出所率先开始了电脑办公，不仅处理对外事务用上了现代化工具，而且在户籍内册和管理上都试探地用上了电脑。

经过电脑打印的英语笔录，不仅字迹清楚一目了然，而且速度明显加快，更重要的是正规化了。还有那本户籍内册，原来是手工抄写的，每次户口变动都要重新抄一遍，厚厚的一本，每次查找要一张一张地翻阅。在过去很少变动的静态情况下，手抄本还能适应，但如今日新月异不断变化的动态情况下，手抄本显然已跟不上时代发展的步伐。

陈国梁见缝插针地将小区里住户的基本情况全部输入了电脑，制作成电子文档，并将信息划归分类，将常住人口涂层白色，外地人口涂层灰色，境外人员涂层橙色，整个大楼 164 户什么地方的人层次分明，清晰易辨，并使之汇编串联，形成信息网页，整个小区的情况轻点鼠标，一目了然，大大提高了办事效率，促进了对各类人员的有效管理。

三

听完陈国梁介绍新天地的杨老总的故事，我提议到那里去感受一下。陈国梁想了想说："那个德国的杨总很忙，我先带你去见见那个意大利的李老板，这个老板很有趣，我们可谓是不打不成交。"

陈国梁颇有感触地说，老外不是都一样的，文化背景不同国家的人各有其特点，通过一段时间的接触，他感到德国人最严谨刻板，日本人次之，其后是英国人，他们严格按照规矩办事，而法国人、意大利人就比较浪漫随意，南美人就没有谱了，完全是随心所欲。陈国梁发现小区里的老外也不是都主动自觉遵守中国法律，有的是不知情，也有的故意躲避，甚至明知故犯。如果放任自流，不去管理教育，他们就会将中国的法律视为儿戏，只有动真格，老外们才会引起重视，才会自觉遵守中国的法律。

去新天地的途中，陈国梁又讲起了一个叫李文莱的意大利老板的故事。他在新天地开了家叫"乐美松"的餐厅，为了吸引食客，他招来了俄罗斯、乌克兰、罗马尼亚等国金发碧眼的女演员来餐厅表演歌舞，那些袒胸露背的异国女性果然吸引了大量醉翁之意不在酒的食客，生意马上红火起来。为了解决女演员的住宿问题，老板在新天地附近的众鑫小区租了四套房子，每套房子里住了10多个女演员，且白天晚上错时居住，一批昼伏夜出，一批昼出夜伏，人员流动频繁，都不到派出所去登记。陈国梁从信息员那里获悉情报后，一大早上门清查，见房间里居住着一大帮年轻漂亮的外国女郎，她们睡眼惺忪、披头散发地听了陈国梁宣传中国的法律后，表示来去匆匆，没有时间上门登记。陈国梁感到照章办事每人都来派出所登记确实有点难，应该上门找老板商量，想个法子解决一下这个实际难题。

陈国梁离开了住地，直奔"乐美松"餐厅，老板听说警察上门商量演员住宿之事，开始也不当回事，叫了一位中国男招待来应付。陈国梁吃了"软钉子"后，当天晚上又突击清查一下，发现有一个没登记的就开一张500元的最高罚单，三套住房一下子开了20来张罚单。第二天老板就意识到了问题的严重性，赶紧派了一位女员工上门来处理罚款事宜。她盛情地邀请陈国梁晚上去餐厅坐坐，一切消费免单，又提出可否放一码？陈国梁婉拒道："我们有纪律，不能到自己管辖的地方去消费，老板的心意我领了，至于罚款并不是与你的老板过不去，而是为了让他像招揽生意一样地对演员的住宿引起重视。"

给了老板一个"下马威"后，陈国梁又来到"乐美松"餐厅找老板，他主动地站在门口恭候，握手寒暄，热情异常。陈国梁解释了中国的法律后，从实际出发，诚恳地对老板说："听说你每天也搞不清走马灯似的一批一批演员，让你这个房客一一来登记不现实，让那些来去匆匆的演员来登记也没有时间。我看这样吧，你派一个专职人员，制作一张表格负责登记每个演员的基本情况，然后由专人到派出所来统一登记，你看这样行吗？"老板一听这法子好，激动地握着陈国梁的手，一选连声说："Thank you very much！"（非常感谢）又真诚地邀请陈国梁晚上务必用餐，观看表演，陈国梁又婉拒了，老板伸出大拇指动情地说："中国警察 OK！"从此以后，那个女员工专门落实登记住宿，每次变动住宿人员都及时上门申报，做到了如数登记，有条不紊。

陈国梁带我进了这家餐厅，找到了这位意大利老板的办公室，李老板见到陈国梁到来，热情地上来与陈国梁拥抱，他们操着英语叽里呱啦，我虽然学过多年英语，却听不懂。只见李老板有点像米开朗琪罗的雕塑，卷发隆鼻，肌肉分明。

陈国梁用中文告诉我，李老板想请我和他的朋友吃饭，但我婉言谢绝了。李老板热情地送我们到餐厅外，助理在门口不停地招手示意，直到我们步出弄堂口，令人感动。我能感受到这位意大利老板对陈国梁是发自内心的尊重和热情。

走出新天地已是万家灯火，陈国梁要请我吃饭，我谢绝了。我们约好后天采访直接带我到老外的住处看看，陈国梁爽快地点头答应。

四

第三天下午，我准时来到众鑫城小区，陈国梁先带我来到居委，他热情地喊"爷叔""阿姨"，不停地与熟人打招呼，将我领进了一间办公室，继续聊了起来。

小区里有来自 46 个国家的洋居民，现在感到仅用英语交流明显力不从心，陈国梁注意在小区里发现小语种人才，从地区的留学生、有境外打工经历者、退休的老工程师，以及涉外婚姻的配偶中挖掘和物色"临时翻译"，弥补了自己语言上的不足。不过，为了与各国居民沟通感情，陈国梁还自学了德国、日本、意大利、韩国等国简单的问候语，上门前还特意关心该国的风土人情和地理历史，彼此交流时一下子拉近了距离。他注意把握好每次社区便民、安全宣传和物业服务的机会，通过一些身边小事尽力提高中国警察的亲民形象，也为今后上门办事做铺垫。

除了督促居住的老外办理登记手续外，邻居纠纷、违法乱纪等各种八卦的事都会冒出来，经过陈国梁机智果敢的处理，均得到了圆满化解。陈国梁给我讲起了不久前发生的一件事。

那年春节前夕，有一对到上海来做钢铁生意的美国父子遇到了头疼事。起因是儿媳妇怀孕了，正巧楼下的住户开始装修房子，噪声刺耳，油漆味刺鼻，尤其是中国民工早晨6点多就开始用电钻钻墙，将尚在美梦里的老美惊醒，老头愤怒地来到楼下，比画着手势让他们不要再闹，但民工一句话也听不懂，望着愤怒的金发碧眼，不知发生了什么事。等老美走后不久，他们又用电钻打洞，老美对此无可奈何。

楼下的装修一点也不讲时间段，没有星期天，没有夜晚与白天，严重地影响了他们的休息。美国老头担心影响儿媳肚子里的小孩，决定走为上策。而房东李经理却是来上海做生意的东北人，他回沈阳做生意了，走以前将买下的房子与房客签了三年的租赁合同。他接到美国房客的电话后，为难地说："你应该提前一个月告知我，我可以赶来协商此事，马上就要过年了，现在我是最忙的时候，没空过来。"美国人不理解你们过年是怎么回事，你再忙坐飞机来一下，也就一天时间处理了，怎么连一天时间也抽不出来？

美国房客实在无法忍受，便决定不辞而别，星期六早晨老美叫来了搬家公司的卡车，准备搬走自己买的家具，但保安看到后不准他们随意搬走，要房东同意后才能搬。老美立马给房东李经理打手机，李经理为难地说："我正在哈尔滨办事，没法赶过来，等半个月过完年后，我才有时间过来。"老美解释说："我有一个月的押金还在你那里，我们可以等你来了再协商，现在我不搬你的东西，只是搬我自己的东西。"但李经理认为房客提前一年擅自解除合同，应该负全责，故不同意他搬家具。

老美不理解房东的做法，第二天深夜12时，他让搬家公司的卡车像鬼子进村一样悄悄地开到地下车库，神不知鬼不觉地搬走了自己的家具，另外租了房子。

春节过完后，房东李经理风尘仆仆地赶到上海，按门铃里面却没有一点动静，他打房客的手机对方没有反应。这时，李经理才感到事情的严重性，你现在没有解除合同，人家还有居住权，你不能擅自进门，否则私闯民宅打官司肯定输。

李经理住在宾馆里一连过来按了三天门铃，里面毫无动静，打手机对方始终不理，李经理感到再等下去也是白等，急得像热锅上的蚂蚁，无奈找到了物业求助，物业带着李经理又找到了派出所的社区民警陈国梁。

陈国梁听说是3号楼的那对老美父子，对他们印象颇深。过去陈国梁上门送法律宣传材料时，他们都热情接待，陈国梁还在今年的春节前给老美送过红色的中国结和儿童粘贴画，老美很是喜欢，马上就将中国结挂在了客厅里，将儿童画贴在厨房的玻璃门上，一迭连声地夸奖喜欢，彼此结下了友谊。

这次，陈国梁听说房屋纠纷后，不清楚老美为何不接电话，陈国梁也不知他搬到哪里去了，他过去给过老美一张警民联系卡，上面印有自己的手机号码，并告知他有急事可以找警官，一定热情协助。

陈国梁心想，这个美国人平时彬彬有礼，一般不会如此不讲理的，一定是这个东北人有什么事得罪了他，所以引起了他的不满。一问李经理，果然有前因后果。陈国梁批评了李经理后，抱着试试看的心情拨通了老美手机，对方见是陈警官的手机后便接了，陈国梁开门见山地问："听说你租借房子的房东赶来了，你们联系上了吗？不知现在事情处理得怎么样了？需要我帮忙吗？"老美听说房东声音马上变了，生气地说："为了房子的事，我非常生气，我媳妇大着肚子受不了噪声，我联系他，他却不理我们，还让我等半个月，所以我也不理他，要不是你陈警官打来电话，我不要这1.5万元押金了，看他怎么办？"陈国梁劝慰他说："我作为中国警察给你提个建议，这事拖下去不是办法，中国有句古话叫"和为贵"，房东大老远地赶来，能与房东了结此事最好。"老美还是余气未消地说："我是不会与他联系的，请他与我的律师联系。"陈国梁一听与律师联系便放心了，马上记下了律师的电话。陈国梁放下电话对房东说："这是房客律师的电话，你与律师好好讲，不要再闹大了。"

第二天，房东便送来了感谢信和花篮，他感激地说："律师说是看在陈警官的面子来谈的，否则房客准备不要押金与我僵持下去。这样我还要来上海，也不知是什么结局，现在一切手续都办妥了。谢谢陈警官！"

陈国梁讲完这个事，告诉我说："这个老美搬走了，无法带你上门，我带你到另一个意大利房客家去看看，她也是与我不打不成交，现在见到我非常客气。"

上门之前，陈国梁说起了这个意大利女人的故事。那是初春的一天上午，居委主任向陈国梁反映："3号楼6楼有位外国女士在家里办幼儿园，又是吹哨，又是吵声，影响邻居休息。楼下的居民上门反映多次，都没用，居委和物业也上门打招呼，做手势示意请她轻点，但她叽哩呱啦讲了一通谁也听不懂的话，不以为然，还是那么闹。"

陈警官听到反映后，立刻来到3号楼6楼，见面感到似曾相识，陈警官操着英语一问她是6号24层的房客意大利女士林达，她的丈夫在意大利一家公司当总代理。陈警官反映了居民的意见，但是林达却解释说："请几位朋友的孩子来家里玩玩违法了吗？"陈警官见房内没有家具，墙上贴满了儿童画，地板上铺着海绵垫，便提醒她说："居民反映你在家里办幼儿园，每天都有吵闹声。"林达女士伸出手来问："有证据吗？"陈警官无言以对。老外都讲究证据，你没有证据人家不听你的，而且办幼儿园要通过工商、房产局办手续，也不是警察管辖的范围。无奈，陈警官只好走人。

提醒她没有效果，陈警官有点郁闷，他体会到与老外打交道，要有证据意识。于是，第二天一大早，他来到小区门口，见带孩子的老外就问："你们去哪里？"都回答去 3 号楼 6 楼，陈警官又用英语追问金发碧眼的小孩："去阿姨家干吗？"金发女孩天真地答："去幼儿园。"陈警官问了几个送孩子的家长后，了解到林达确实在办私人幼儿园，上午 20 人，下午 20 人，每小时收费 100 元。

陈警官马上请在场的居委干部和门卫写了几份证明材料，他带着整理好的材料又上门对林达女士说："据了解你是在办私人幼儿园，我先说明一下，没有办理执照在居民楼里办幼儿园是不可以的。"林达女士先是一愣，继而追问："有证据吗？"有备而来的陈警官将笔录递上去，她不服地表态说："这样吧，你找我的律师谈吧。"陈警官也不想把事情搞大，便对其说服教育："你这是属于非法务工，我们通过调查，你还收费了，上面有签字。"林达接过笔录认真地看了起来，但都是些方块汉字，她虽然不认识，但意识到是证据。最后，林达表态说："好的，明天我就搬了。"

这件事情虽小，但促使陈国梁悟到与老外交涉必须重视证据。

我们来到 3 号楼 6 楼这户意大利人家，陈国梁按了一下电铃，里面有动静，他用英语讲了一句我是陈国梁警察，门马上打开了。

林达也是热情地欢迎我们，陈国梁要脱鞋子，林达女士不停地"No! No!"但我们自觉地脱鞋来到了客厅。经过一番介绍，林达女士热情地让座，要去冲咖啡，陈国梁坚持不让她冲咖啡，解释说："记者来感受一下就走。"林达女士与陈国梁比画着手势聊了起来，我趁机给他们拍了一张合影。

出得林达女士家门，陈国梁颇有感触地说："就是这个女士教会我如何与老外打交道的，就是要有证据意识。那次 4 号楼发生了邻居纠纷，我就注意采用证据，结果圆满地解决了一起中外纠纷。"

这起中外纠纷发生在 2008 年"黑色六月"高考前的一天晚上，一帮老外来到 4 号楼聚会，喝酒弹琴、唱歌跳舞，好不热闹。其实，老外在异国他乡很寂寞，周末那些"天涯沦落人"一起聚会热闹一下也无可厚非，关键是不要扰民。正巧楼下有位考生明天要参加高考，睡觉时被楼上的吵声闹得无法入眠，于是，他家拨打了 110，警察赶来后，请老外们声音小一点，他们点头 yes! 等警察走后，他们我行我素，甚至声音更大了。派出所第二次接到 110 后，陈国梁会英语便一起前往，他知道老外讲究证据，特意带上了录像机和录音笔。这次警察敲门，里面大声弹唱，置之不理。敲了 10 分钟的门还是不理你，气死你。这时正巧赶来一位高个子老外，他用法语一叫，开门了。

老外进门后，陈国梁准备跟他进去，里面的人却不让进门，陈国梁见里面有二十多人，便用英语告知进去协商一下，但他们坚持关门，陈国梁用脚抵住门，一帮人满嘴酒气地围过来，大声责问："你没有经过主人的同意不准随便进来，你这是侵犯了人权！"陈国梁解释说："已经这么晚了，楼下的孩子明天要高考，被你们吵得睡不着觉，请你们理解一下。"对方却理直气壮地反问："有这么响吗？"陈国梁问他："你叫什么名字？请出示一下护照。"对方大声地嚷道："我没有护照。"陈国梁严厉地告知："你没有护照违反了中国的法律，请跟我到派出所去接受调查。"

三个老外拿出了手机拍照，又给法国领事馆打电话，陈国梁也让同事录像和录音，双方打起了证据仗。

僵持了40分钟，那位声称没有护照者只能取来护照，陈国梁检查护照时，一位华裔法国太太忍不住出来了，她一把抢过护照，用上海话责问："警察有什么了不起？"陈国梁重申："已经是深夜了，你们如果还大声吵闹，我们就要治安处罚你们。"这下子对方被镇住了。警察走后，果然声音轻了许多。

第二天上午，陈国梁叫来了房客，他酒醒后，态度冷静了许多，但还是责问："为什么不能开派对？违反了中国的法律吗？我要找法国领事馆和律师。"陈国梁说："你们先看一下录像，然后再说。"当他们看完自己喝酒后失态的录像后，马上偃旗息鼓了，主动歉意地说："我们错了，以后一定注意，谢谢你的关照。"一场纠纷在证据面前化解了。

这种聚会吵闹倒是调解起来比较容易理解，这些老外背井离乡来到万里之外的上海，远离亲人，寂寞孤独时，找几个朋友聚会唱歌，无可非议，关键是不要干扰邻居。但有的老外与房东发生的纠纷却比较棘手，陈国梁曾经遇到过这样一起八卦的事情，说来有点好笑，也佩服老外的智商。

过去陈国梁总以为老外一般比较讲诚信，但事实教育了他，不管是什么地方的人都有无赖，老外也不例外，也会干出偷梁换柱的勾当，实在是让人叹为观止。有次，陈国梁发现有一对新来的南非夫妇住进了6号楼的三室二厅，便上门检查了他们的护照，发现他们来上海没有工作，又是短期签证，一般短期签证没有必要租借公寓房，职业的敏感使陈国梁感到蹊跷，他便给房东打电话，对方却反问："我租借房子与你有什么关系？"陈国梁提醒他注意，他不耐烦地挂了电话。

几天后，陈国梁又打他的手机，他一听是社区民警，不耐烦地说了一句我正在看牙齿，便挂了手机。

半年后，房东却主动给陈国梁打电话，语气哀求地说家里东西被人偷了，陈国梁赶去后，他指着客厅里那台破旧电视机说："我原来是台日本原装进口的夏普全高清液晶42吋彩电，1万6千多元钱买的，却被换成了18吋的国产长虹电视机；那台西门子3门大冰箱被换成了国产二手货，还有西门子的洗衣机也变成了老式的水仙牌洗衣机。"房东哭丧着脸说罢，又乞求道："没想到外国人也这么垃圾，中国警察一定要帮中国人忙。"陈国梁双手一摊无奈地说："我上次就提醒过你，你却说与我没关系，现在出事了你才感到与我有关系了。这事比较难办，因为房客已不辞而别，你到哪里去找，他们早已远走高飞了。"陈国梁让房东取出租房合同，仔细一看合同上只是粗线条地写着一台电视机、一台电冰箱、一台洗衣机。陈国梁告诉房东："即使找到他们，你也没办法。一台电视机不是还在吗？因为你的合同订得不严密，所以你找到房客打官司也肯定输掉。老外到底素质不一样，这属于智能犯罪，文明犯法，是个雅贼。"房东听罢似有所悟，无奈地说："等于让这两个赤佬白住了两个月，以后不会再吃外国骗子的药了。"

五

采访了几次，我对"小联合国"有了一点了解，我有好奇地问："你总结一下洋居民与中国居民有什么区别。"

陈国梁笑着说："客观地说，老外们大多遵纪守法，文明礼貌，做事讲规矩，但他们缺少一点中国人的热血仗义，对邻居的事有点冷漠。这大概是国情和文化不同的缘故吧。"说罢，他讲起了一起中外完全不同看法的救人事件。

那是几年前夏天的一个傍晚，5号楼5楼有对中国夫妇吵架，女方一时想不开，从阳台上爬到了4楼至5楼的平台上，声言要跳楼自尽。老公见之吓得马上报警。警察风风火火地赶来后，好言相劝，稳定其情绪，但这位外来妹媳妇站在高楼边缘不愿下来，彼此僵持着，围观者众多。晚上7点10分，分局领导闻讯赶来坐镇指挥，并调用了交巡警控制了现场的秩序。警察苦口婆心地劝说到晚上9时许，女子的情绪又波动了起来，并从4楼平台爬到了501室的阳台上，随时有可能跳下来。陈国梁决定派民警通过501室就近营救女子，他敲开了501室瑞典夫妇的家门，提出想请他们配合一起营救女子时，没想到遭到了对方的一口回绝："这种事在我们瑞典是警察的事，与我们无关。万一女子出事了，我们要负法律责任的。"陈国梁解释说："不会的，这你完全可以放心。"陈国梁解释后，他们还是摇头。

所长听了汇报后，对陈国梁说："你可以找个愿帮助我们的外国人进入501室，劝说这对瑞典夫妇，也许他们容易沟通，让愿意相助的老外麻痹阳台上情绪激动的女士，然后见机行事。"陈国梁急中生智地想起了15楼有对丹麦夫妇，平时与他们聊天时谈起美人鱼和安徒生童话，这对夫妇像是遇到了知己，对陈国梁很友好。情急之下，陈国梁不顾一切地敲开了他家的门，丹麦男子安德森见警察老朋友半夜上门，一脸惊讶，陈国梁急切地求助道："5楼有个女子与丈夫吵架情绪失控想跳楼，非常危险。她现在站在501室的阳台上，有随时跳楼的危险。

我想请你们协助营救一下。"

"我们不是警察，没有这个义务。"对方两手一摊表示拒绝。陈国梁极力劝说："这对青年夫妻只是吵架，女士一时冲动想不开。你们西方人很重视人的生命，现在那位女子的生命受到了威胁，希望你们从人道主义出发，协助警察一起挽救她。"男子有些犹豫地问："她身上有武器吗？"陈国梁解释说："我们只是想请你们夫妇劝说那对瑞典夫妇离开房间，你俩扮演房屋主人进入房间，然后自然地打开阳台的门，假装没发现外面有人，随后回到屋里关灯，等我们进去营救女子。"

经过20分钟的劝说，这对夫妇终于同意协助营救。安德森夫妇随着陈国梁一起来到了501室，他们进房后，与瑞典夫妇一阵交流后，这对瑞典夫妇走出了房门，并随手打开顶灯，丹麦夫妇开始唱主角。阳台上的女子见房间里灯突然亮起，敏感地向里张望，见是一对外国夫妇，又发现他们在灯下接吻，女子放心了。须臾，外国女子打开了阳台门，又拉上窗帘离去。不久，房间里的灯熄灭了。突然，四五个黑影闪电般地冲入阳台，将彷徨中的女子一下子抱住，营救终于成功，楼下顿时响起了激动的掌声和呼叫声。此时已是凌晨2时50分。

第二天下午，陈国梁特意买来了鲜花上门感谢安德森夫妇。他们见到警察送鲜花后非常激动，安德森笑着说："我与中国有缘。在中国我认识了现在的妻子，结婚在中国；我的事业在中国发展，公司规模扩大了许多。昨晚又经历了客串警察救人的经历，可谓终生难忘。"陈国梁高兴地夸奖他："你真会说。你对我们营救工作的支持，令人佩服和感动。"安德森自豪地说："我是搞推销的，要说服客户买我的产品，当然表演是我的天赋，你找我算是找对人了。"彼此在笑声中又加深了友谊。

还有件事陈国梁特别感慨，有一位台湾回来的老兵，是个豪爽的山东人，陈国梁走访他时，这位老兵侃起了自己当年在黄埔军校的"辉煌历史"，他太寂寞了，滔滔不绝地陶醉在如烟的往事里。陈国梁告别时，他拉着陈国梁的手恳求他多来走走。从此，陈国梁经常到老兵那里去转转，聊聊天，特受老人欢迎，老人说他不缺钱，但精神上缺少交流，所以陈国梁每次上门，老人是眉开眼笑。重阳节到了，陈国梁上门还带去了糕点水果等慰问品，老兵感叹地说："我现在想明白了，为什么当年共产党军队打败了国民党军队，就是像你这样的爱护老百姓！人心哪，这就是人心！"

陈国梁颇有感触地说："其实，不必刻意地去做好事，只要有人找我办事，我都热情地办好每一件事，就是学习马天民。"

我点头认可。

采访毕，离开众鑫城小区，已是华灯初上。与陈国梁握别后，我开着小车汇入了滚滚的车流，见鳞次栉比的高楼大厦里都亮起了灯光，霓虹灯更是闪烁美丽。上海这座国际大都市充满着活力，外国的诸多大公司纷纷注册在上海，外国的管理人员和员工也随之大批涌入上海。许多外国创业者在上海租房、甚至买房，各国的老外因其风俗人情迥异，这就对上海社区民警的语言、处事和执法等能力的综合素养提出了新的、更高的要求。

陈国梁堪称新一代社区民警中的佼佼者。他堪称"小联合国"秘书长。

狙击日本疫区牛肉

孙建伟　20 世纪 60 年代生人，毕业于华东政法学院。出版长篇历史纪实文学《开禁：海关诉说》、作品集《狂飙乍起》等。有纪实、小说、随笔 150 余万字散见于报刊。作品曾获公安部、上海市作协等颁发的多种奖项。中国法学会会员、上海市作家协会会员。供职于上海海关缉私局。

据国家统计局公布的 2014 年我国食用牛肉量 689 万吨计算，有接近四分之一的牛肉，来自非法途径并进入市场，流向遍及一线到五线城市，感染疫病和食源性疾病风险大增。2015 年以来，海关总署部署对走私牛肉在内的重点物品走私开展集中专项打击。

——题记

云南勐腊。地处中国最南端，与老挝和缅甸接邻的这个边境县城常年空气湿润，雨水充沛，虽说夏无酷热，冬无严寒，但因地属北热带季风气候区，全年受副热带高压带控制，所以暑气氤氲仍是这里的主基调。

勐腊是傣语，"勐"意为平坝或地区，"腊"为"茶"，"勐腊"也即"产茶之地"。传说释迦牟尼巡游到此时，把喝不掉的茶水洒向这片美丽的土地，泼出去的茶水顷刻变成一条河流，这就是勐腊的母亲河——南腊河。勐腊也因此以茶闻名，据说普洱茶山多源出于此。

2015 年 3 月 12 日。午后。一辆出租车蜿蜒行驶在山路上，显出疲惫的样子。在勐腊镇停下的时候，计程表上显示的数字表明它已经走了二百多公里。几个男人从车上下来，一张张全是隔夜面孔。然后进了一家旅馆。之前的一整晚，他们几乎都没睡觉。进得房间，就迫不及待点烟，泡浓茶，因为现在他们还不能躺下。

前一天晚 8 时，从上海飞昆明，翌日凌晨一时到达，宿机场附近，然后，一夜无眠，眼睛被烟熏得通红，但是神经和躯体均处于高度亢奋状态。清晨 7 时许，一干人马再次登上从昆明飞往景洪的飞机，下机后立即以游客身份租车，在景洪市展开排摸，对沿途葱茏的热带风光根本无视。这一干男人当然不是来此地旅游的，更不是专程来品茶的，他们真正的目的地是五十公里之外的磨憨口岸。不直接去目的地，是以防给人一种兴师动众之感。一帮上海男人突然出现在这个边陲口岸，可能会引起某种骚动。因为他们身负使命，不得不防。

从"火腿进冰库"查起

时间回溯到 2014 年 10 月底，成立才 7 个月的上海市公安局食品药品犯罪侦查总队（以下简称"食药侦"）获悉线索，位于本市长宁区仙霞路上的"上海乡家酒吧有限公司"经营销售来自日本的"和牛肉"，销售数量和金额巨大。警方立即启动侦查程序。虽然听说过所谓"和牛"的"高大上"，但侦查员还是被它的价格吓到了。一名穿着和服的女性大堂经理言之凿凿：我们这里的牛肉都是正宗从日本过来的，很肥很嫩，300 克一份的 600 元，150 克一份的 5A 级铁板和牛 880 元。和牛肉需要提前预订。侦查员最关心的还不是令人咋舌的价格，而是牛肉的来源地日本。

"和牛肉"是日本良种肉牛食材的业内称谓，神户牛肉是此中的极品，只是，在中国海关稽查的术语里则是：日本疫区牛肉。

几乎与此同时，上海海关缉私局在对疫区牛肉走私情报进行梳理时，也对从终端消费市场收集到的信息进行深度调研。有信息表明，上海地区多家食品餐饮公司经营的"和牛肉"上家为一家名为"万龙"的食品有限公司。缉私警察经过一系列排摸后，确认万龙公司向终端餐饮提供的确是日本牛肉，随后就展开对万龙公司的全方位侦查。

该公司实际控制人为日籍人员山内，中国代理人为曾经留日的萧峰，极受山内信任。这两人已进入"食药侦"的视线之内。双方相互通报之后，上海海关和上海市公安局领导高度重视，研究决定以情报互通，证据共享，混合编队方式成立联合专案组，连手对走私、销售疫区牛肉行为进行全环节侦查。海关缉私局负责打击走私通关集团，公安食药侦总队负责打击市场非法销售网络。

日本海归，上海乡家酒吧有限公司法人代表田刚、日籍人员寺田和戴昌等三人进入警方视野。此三人系"日本东藏株式会社"在上海销售牛肉的联络人。很快，通过日本网站查询到该会社从事进出口贸易，主营海鲜、牛肉等食品，并在上海、四川设有分公司。社长即是山内。不过，网站上并未提供任何分公司的经营信息。

如此景象重复出现：天还未亮透，田刚等三人就出现在机场，等待从昆明发过来的货。在虹桥机场接完货，小客车就闯进了沉沉夜色之中。到了松江九亭一个僻静的所在，另一辆车已在此等候，接着驳货，动作熟练而利索。如果货来自浦东机场，就送往浦东的冷库。这些货都有一个统一的名称——"火腿"。然后，这些火腿被田刚等分发给冻品批发公司或者日本料理店。是的，火腿是云南特产，名闻天下。但是，火腿还需要冷冻吗？日本料理店现在也料理火腿了，推出的是什么新品种？三天两头弄进这么多火腿，火腿真的"火"了吗？

这些情况被连续十多天守候跟踪的专案组成员尽收眼底。稍做分析应该不难推断，田刚等人玩的仅是简单的障眼法，答案很清楚，"火腿"就是"日本牛肉"。那么，接下来就得查查这个昆明的发货人程宏了。

程宏在昆明有一家陆航国际货运有限公司，经营正规，无懈可击。但这么多的"火腿"出自他的名下，究竟又是怎么回事？连续一个月，犹如那些触感发达灵敏的生物，专案组成员的触须渗透到程宏和他的公司员工那里。原来程宏还有另一家设于西双版纳磨憨的报关公司，公司名字就是程宏的倒写——"鸿程报关"，前程鸿大嘛，寓意不错。标着"火腿"的日本牛肉就是鸿程报关做的业务。

消息迅速回馈到上海的专案组。寻着程宏和田刚这一对上下家，另一个新线索呼之欲出了：田刚等在机场接货之前，有一个人总会飞往泰国一个名叫清莱的地方。

清莱位于泰国最北面，与缅甸、老挝为邻，是泰国重要的通关和贸易中心。人们可能并不太知道清莱，但几乎无人不晓大名鼎鼎的"金三角"。清莱即属"金三角"区域的一部分。不过，如今的清莱"金三角"已悄然变身泰北旅游的一个景点。出现在清莱的这个人就是萧峰。他在清莱的行踪就成了专案组关注的焦点。

萧峰，四川人。留日期间与山内结识成为朋友。几个来回之后，又成为铁哥们。除了是山内在中国的代理人，萧峰也属于在编的"东藏株式会社"员工。不过，为了更好地保护自己，萧峰在成都也有个正规注册的"成都贝雨科技信息有限公司"。这个"科技信息"与"日本牛肉"究竟有多少关联只有他自己清楚了。专案组立即抽调干员专赴四川，对萧峰展开侦查。不久，一个牛肉走私团伙的结构图渐渐被侦查员勾勒出来。萧峰在这个团伙中地位很重要。先是和山内共同在日本组织货源，每次发货他都事必躬亲，到清莱清点牛肉，然后配货装箱，再向程宏、田刚发出接货指令。

一年多来，一切都运作得有条不紊。

盘山路百公里时速熄灯跟踪

2015年元宵节前后的二月底和三月初，专案组侦查员先后奔赴云南昆明和西双版纳，基本证实了疫区牛肉从中国老挝边境磨憨口岸进境的事实，但并未掌握走私团伙的运作方式和具体流程，于是就有了本文开头的3月11日专案组成员第二次的磨憨之行。

为了达到事先确定的"见地、见人、见货"的要求，必须对团伙的办公地点，冷冻仓库和车辆运输等情况全面探查。侦查员的压力前所未有。这里是边境，而且是26个少数民族聚居的边境。侦查员人生地不熟，不谙规矩，却必须尽可能入乡随俗，不让人家生疑。这里多为山地，三月已是接近35℃的高温，白天光照十分强烈，侦查员一身短衣四处转悠，看似闲逛，他们的眼睛却在灿烂灼热的光线中射向停在路旁、摊位或者犄角旮旯的车辆牌照上。他们是想通过车牌找到他们要找的人。

作为中老两国唯一的国家级一类口岸，磨憨口岸的进出口贸易十分活跃。它也是中国连接东南亚的一条重要纽带。通向口岸的这条路被命名为"东盟大道"，名字气派响亮，其实也就是一条长约三百多米的小街道。"大道"上店招林立，其中以一个产业最为惹眼。只要有个门脸，多半挂着"报关公司"的牌子，即使不挂，也可能兼营着"报关"。所谓"靠山吃山"，靠着口岸搞报关，倒也是此地独一无二的特色。因此，将这条路称之为"报关大街"也许更为恰当。

侦查员兵分两路，一路找车牌，一路去门店。几个侦查员肤色均黑，倒是很容易与当地人打成一片。70后老干探阿华是第二次到云南边境办案，若干年前是到孟定口岸追缉一个逃窜缅甸的毒品走私嫌疑人。现在，他正沐浴在骄阳之下，热汗涔涔地走进一家报关公司，说自己是做木材生意的，有单业务要从磨憨口岸走，想找他们做。对方看看他，说我们这里做水果，不做木材。阿华继续没话找话闲聊，眼光偷偷扫描。如此这般的阿华，跑着跑着不知不觉进了一个傣族村寨。进得寨子，才感觉人家目光有异，赶紧抽身而退。一天跑下来，无功而返。

晚上，几个人都疲乏之极。窗外，蛙鸣虫唱。在侦查员听来似乎带着嘲弄的意味。第二天破晓，郁闷归郁闷，他们打赌，今天不把这口闷气吐出来，绝不收兵。

这天傍晚，那个苦苦寻找的牌照终于落入侦查员的视线。然后不久，这个人出现了。此人叫杨杉，土生土长的西双版纳人，程宏手下的报关员，负责来自泰国的"小鱼渣、鲜山竹和菠萝蜜"的申报进口。杨杉的行踪已被侦查员掌控，直到他回到磨憨口岸。

紧接着，专案组获悉，一批牛肉将在近日以夹藏方式从柬埔寨经泰国从磨憨口岸入境。两天之后再次获悉，运送入境走私牛肉的一辆集卡已从昆明空置出发，前来接货。

专案组决定蹲守集卡，但一直等到傍晚，集卡并未出现。第二天蹲守继续。十二个小时以后，集卡终于神龙现身。大家都很兴奋。此时天色已黑，上得车后，才知道这次跟踪真正是"这口饭真难吃"（上海话"事情难弄"之意）。

从景洪到磨憨只有一条公路，其实就是山间公路，两车交会时需要避让。但集卡竟然开到时速一百公里。阿华的驾驶技术当属上乘，但在这种没有路灯的山路夜间行驶还是第一次，而且自己的车不能打灯。正半夜23时，这条公路上只有这么两辆车在行驶。跟在人家后面，打开车灯就要暴露自己。坚决不能开灯，还必须保持五百米左右的间距，还不能跟丢。阿华瞄一眼租来的别克商务里程表上的一百公里时速，有点发虚。这家伙集卡都开得这么疯，这条公路一定走得像自己家里一样了。阿华不敢怠慢，一路上神经紧绷。前方出现大弯道时，他才不得已让夜灯"唰唰"闪烁几下，否则极可能发生意外。等看到集卡停车，车上四个侦查员才把心放下。想想都有点后怕。

　　零点之后，这辆集卡被侦查员完全掌控。翌日一早，在磨憨口岸继续蹲守，目送集卡出境。中午时分集卡返回入境。此时车上已夹藏走私牛肉。

　　上海专案组又一行干员从上海出发，与云南专案组会合磨憨口岸。其时，云南专案组已在勐腊边境"窝"了三周，除了疲劳和压力，也被无处不在无孔不入的小米辣和柠檬酸折腾了三周。三周的酸酸辣辣，有人已被刺激得痔疮复发。内热比天热更加难以抵挡。同行到来的消息传来，有人说了一句，这下好松口气了。大家应和着，一种虚脱的感觉顷刻在身体里弥漫。

　　早晨的磨憨口岸热闹非凡，各式车辆把三百米长的东盟大道挤得水泄不通。侦查员的目光依然锁定那辆集卡。突然发现驾驶员向车头走去，先是打开前车盖，又弯腰朝车辆底部瞄，上下打量，探头探脑，难道他发现了什么？侦查员的神经又吊了起来。阿华叼着他喜欢的"七匹狼"，晃悠着走近正在打手机的驾驶员听壁脚，隐约听出了意思，原来是冷冻箱电源不会接。"哦，在车头面里，哪个位置？哦，知道了。"少顷，阿华神抖抖晃回来，烟雾从鼻孔里喷出，然后对众人说了句，没事，虚惊一场。

精心设计跨越五国的走私线路

　　打击疫区食品走私，维护食品安全历来是海关的关注重点。2014年12月12日，海关总署在"关于开展打击疫区牛肉走私专项行动的通知"中称，"疫区牛肉走私猖獗，在社会上引起强烈反响"，要求明确重点，坚决打掉边境地区疫区牛肉走私犯罪团伙的嚣张气焰。此次行动就是这份"通知"的成果之一。

　　此前同年2月24日，海关总署曾组织开展打击农产品走私的"绿风"专项行动，贯穿2014年全年。其中，包括"冻牛肉及牛副产品"在内的"冻品类"被列为"打击重点"之一。而在专项行动打击的"重点领域和区域"的"主要交易地、集散地、消费地"中，"云南边境地区"赫然在列。

　　此前的2012年8月，在海关总署开展的"打击洋食品走私专项行动"中，"走私冻肉"名列首位，同时特别强调，"境外动物疫病国家（地区）高达107个，对我国食品质量安全构成严峻威胁"。因此要求集中力量破获一批"走私洋食品"重大案件，查处一批专业从事"洋食品"走私的违法犯罪团伙，有效遏制"洋食品"走私的泛滥势头。

　　按上级领导部署，专案组坚持把"破大案、打团伙、除源头"作为主攻方向，作为一个跨省市重大案件，专案组及时报请公安部协调云南省公安部门联合开展侦查打击，公安部高度重视，选派业务部门领导统筹指导该案侦办。

　　经过侦查，路径清楚了：山内和萧峰经过精心谋划，设计出这样一条跨越五国的疫区牛肉走私线路：

第一站是柬埔寨。该国未把日本列为疫区，故可以正常贸易出口牛肉，进入其国境。由一名华裔日籍人员在柬埔寨接货，并由他负责更换包装，去除日文标识，贴换中文标识，保留重量、可追溯牛肉源头的十位数条形码等数据，运送至泰国清莱的冷库中。之后萧峰抵达清莱监督。

包装更换就绪后，萧峰联系已在泰国待命的程宏，由程宏及其侄子王某前往泰国曼谷附近采购大量小鱼渣、菠萝蜜、鲜山竹等作为道具货物运到冷库。把牛肉塞至最里层，用泰国水果层层包裹，日本疫区牛肉就变身"泰国水果"了。然后用货柜车运输至距离中国磨憨口岸不到十公里的老挝磨丁口岸。

杨杉就在这时出现。他是鸿程公司报关员，将走私牛肉以"小鱼渣、菠萝蜜、鲜山竹"之名申报进入中国磨憨口岸。货物入境后，水果即在昆明批发市场就地出售。程宏再调动刘某联系昆明大生物流有限公司空运订舱，将牛肉以"火腿"名义运往上海、广州和杭州等地。作为主要销售地，在上海的一些酒吧、日式餐厅和食品公司，这些号称"和牛料理"或"神户牛肉"的日本疫区牛肉，每五百克以八百到数千元的昂贵价格推向市场。

一块疫区牛肉跋山涉水，奇幻漂流五国之后，抵达中国人的餐桌。

柬埔寨的合法通关之便，泰国的水果和冷库，水果走陆路申报进口进入中国，这是一条极为正常的贸易线路，毫无破绽。为了绕过"疫区"管制，山内和萧峰还是谨慎地以云南特产"火腿"之名为牛肉隐身，可谓环环相扣。

2015年3月25日下午16时许，机场发出通知，从泰国清莱飞往中国昆明的国际航班将延误一个小时起飞。萧峰像往常一样低头刷屏，静静等候。17时05分，飞机起飞了。

当日中午，来自上海海关缉私局和上海市公安局食药侦总队的近百名警力，已在上海、成都、昆明、西双版纳等地同步实施集中收网行动。各抓捕组、搜查组已控制所有涉案人员，各就各位。

19时许，从清莱飞来的航班徐徐降落昆明长水机场。飞机停稳不久，萧峰刚想从座椅上站起来，就被摁住了肩胛。一个低沉的声音不容置疑地对他说，先生，请你等一下。萧峰眼神中现出一丝惊慌。似乎为了释疑，那人补充了一句，海关找你有点事。那只手加重语气般在他肩胛上又摁了摁。萧峰感觉得到手上的分量，便不再问。走下飞机舷梯的一刻，他已经非常平静。接着，一副冰冷的手铐箍上了他的双手。

与此同时，这起"跨国走私销售疫区牛肉案"的17名犯罪嫌疑人分别在各地到案，刚从磨憨口岸走私入境的13吨日本疫区牛肉被依法查扣。

经初步侦查，自2013年10月至2015年3月案发，这个走私团伙涉嫌走私日本疫区牛肉共 22 批，计 97 吨。批发价每公斤 300 元左右，运至上海，立即飙升至最高 600 元销售，总涉案金额达人民币 3 000 余万元。

被刑事拘留的田刚懊悔不已："我从日本留学回来，在一家日资公司工作，后来在这家公司里遇到了日本人仲实。"在后者的资助下，田刚于 2013 年在仙霞路上开了一家"酒吧"。田刚投资 10 万元，并出任法人代表。他的获利标准是酒吧赢利的百分之十。"再后来，仲实就介绍我认识了山内和寺田。有次喝酒的时候他们问我要不要日本牛肉，要的话可以和寺田联系。"

田刚不否认自己知道国家禁止进口日本牛肉，寺田也无法提供检验检疫证明，但还是被巨大的利润吊起了胃口。进来的牛肉有的在酒吧里做成菜卖掉，有的卖给做冻品生意的客户。明知故犯，但田刚似乎还在为自己叫屈，"他们三个日本人一直在向我推销牛肉，我现在想想就是被他们坑了"。然退一步讲，即使他早知道他们在坑他，他会歇手吗？他负责联系买家，寺田和后来加入的戴昌负责收、发货。各司其职，乐此不疲。一段时间后，峰井等四家高端日本料理先后问世，人均消费均在五百元以上。老板便是田刚。

赚钱就是赚钱，同伙就是同伙，没有"坑"什么事。

高端消费，饕客迭出，助澜江湖

日本牛肉以神户牛肉最为著名，享有世界声誉，香而不腻入口即化的感觉常常使人不忍停箸。门户被打开之前，牛在日本通常被用作耕耘和交通。受佛教影响，日本天皇曾发布《生物怜惜之令》禁食神户牛肉。日本西化后，明治天皇才解除牛肉禁令。以牛肉为主要肉制食品的西方商人到神户后便向农户购买，自行屠宰，即被它的美味征服，大为赞叹。自此神户牛肉名扬天下，直至有人给它戴上"牛肉中的劳斯莱斯"桂冠。

2001 年 9 月 10 日，日本农林水产省宣布，东京附近的千叶地区发现亚洲首例疯牛病，祸根就是牛饲料。疯牛病的学名"牛海绵状脑病"是对该病临床症状的描述，也就是牛的大脑变得像海绵一样，形同一堆糨糊。人感染后也一样。这是一种侵犯中枢神经系统的致命性疾病。其实牛的感染过程也近乎"疯狂"。牛本来吃草，但因人类对牛奶和牛肉的需求量逐渐增大，以吃草的速度成长太慢，完全不足应付，于是改吃饲料。饲料由骨髓和肉类混合而成，其中也包括死了的牛，经胃肠消化吸收，经血液到大脑，终有一天吃出了疯牛病。这是当年日本农林省专司疯牛病研究的研究员的描述。由此看来，疯牛病原来是人祸。

导致疯牛病的朊病毒是一种超级病毒，煮不死烧不坏，极耐高温，即使加热到 360℃，感染力仍存，170℃ 的植物油沸点都不足以灭活，因此对动物和人类具有极强的传染性和危害性。中国政府为保护民众健康安全，对肉类进口一直严格管制，从2001年起就全面禁止进口日本牛肉，禁令至今未变。允许进口的国家只有乌拉圭、阿根廷、哥斯达黎加、澳大利亚、新西兰和加拿大等。

在走私这行里，牛肉一向兴旺。走私牛肉售价远低于国产牛肉，常常被包装成国产牛肉销售，利润远高于国产牛肉。按现行《进出境动植物检疫法实施条例》规定，对未报检、未依法办理检疫审批手续或未按检疫审批规定执行的违法行为，最高罚款不超过五千元。与过低的处罚力度相比，暴利驱动是走私牛肉屡禁不止的重要原因之一。

走私成功后，鲜货或冻品都将经历一个变身"中国肉"的"洗白"过程。那些接受走私肉的下家，备有条形码、生产日期、标识，一应俱全，随时可以整装待发。一线经营销售的老板们表示，外国牛中国牛，切片之后有几个消费者能从外形上分辨出来？更似乎是中国胃"百毒不侵"，且来者不拒，疯牛病又能奈我何？高端消费引领追风，饕客辈出，助澜江湖。那个肥美鲜嫩，让人流着口水的东西，更不是想吃就能轻易吃到的。再说是否得病还有个概率"管着"。所以，虽然国家明令禁止，有关部门措施频出，但走私牛肉依然见缝插针，一直未断过档，以满足高级吃货追求奢"吃"品的口腹之欲和虚荣心理。

正式施行"史上最严"《食品安全法》

2013年至今，海关总署先后轮换抽调各直属海关10批次1 100多名缉私警察屯兵口岸，集中围剿遏制走私牛肉。然而，据国家统计局公布的2014年我国食用牛肉量689万吨总量计算，依然有接近四分之一的牛肉，来自非法途径并进入市场，流向遍及一到五线城市，感染疫病和食源性疾病风险大增。

2015年以来，海关总署部署对包括冻品走私牛肉在内的重点物品走私开展集中专项打击。2015年的4月24日，中国最高立法机构通过新修订的被称为"史上最严"《食品安全法》，并于10月1日正式施行。截至6月中旬，全国海关共查获冻牛肉、冻牛猪副产品等走私冻品42万吨。上海此次涉案价值3 000万元的97吨和牛肉，只是其中的一小部分。

6月11日，上海海关和上海市公安局联合召开破获"跨国走私销售疫区牛肉案"新闻通气会。同日，全国加强食品安全工作电视电话会议在北京召开。李克强总理做出重要批示：食品安全关系每个人的身体健康和生命安全。要以贯彻落实新食品安全法为契机，以"零容忍"的举措惩治食品安全违法犯罪，以持续的努力确保群众"舌尖上的安全"。

6月16日，国务院副总理、国务院食安委副主任汪洋在出席"尚德守法，全面提升食品安全法治化水平"为主题的"全国食品安全宣传周"活动上强调，要坚持法治先行，德法并举，加快构建食品安全法治秩序，用最严谨的标准，最严格的监管，最严厉的处罚，最严肃的问责，确保广大人民群众"舌尖上的安全"。

6月26日，上海海关再次发出通知，要求全力铲除严重扰乱"冻肉类冻品"进出口秩序的专业化走私团伙，严防系统性、区域性走私活动。

一部最严《食品安全法》，两位国家领导人批示发声，警戒部门闻风而动，点赞如潮，万众期待。

（文中所涉人员均为化名）

弄潮

与"凤凰"共舞
——"十二生肖"的巴黎首秀　　　吴　越

与"凤凰"共舞

——"十二生肖"的巴黎首秀

吴　越　上海作协会员，80后，复旦大学中文系毕业后进入《文汇报》工作。记者生涯十年间，连任两届首席记者，多次获中国新闻奖、上海新闻奖等。散文作品发表于《美文》《书屋》《笔会》《夜光杯》等。现为《收获》杂志编辑。

一位法国商人的"上海忧虑"

　　2013 年的 9 月，刚下过雨的上海，空气黏稠。一位住在上海的法国人，望着窗外近在咫尺的上海马戏城，额头上也是一片"黏稠"。两个月后，已经签约的上海马戏团，将赴巴黎演出。在上海举行的项目"验收"会议上，这位法国人说："我非常渴望能在巴黎呈现一台代表上海水平和现代马戏的晚会。"随着话锋一转，"巴黎不是上海。"结束语非常严肃："我想讲的情况是很严重的。"

　　上海方面的回答是："我们会举全团之力做好这次合作。"

　　这位法国人名叫阿兰·巴士里，身份是法国演出商巨头。上海作回答的是上海杂技团团长、上海马戏城有限公司总经理俞亦纲。

　　每年秋冬，当雪花飘落，炉火腾起，圣诞钟声临近，整个欧洲延续百年之久的秋冬"马戏演出季"就开始了。巴黎是演出重镇，从岁尾的 11 月中旬至次年 1 月，有十几台大型表演秀在巴黎郊外 Vincennes 森林安营扎寨，个个有备而来，家家奇招迭出。其中，法国演出和大型活动公司麾下的凤凰马戏推出的杂技晚会，是全城瞩目的焦点。

　　法国"演出和大型活动公司"全称为 Societe de Spectacles & Evenements，作为品牌演出公司，其经济实力和市场份额占有力在法国业内雄踞榜首。"杂技晚会"先在世界最大马戏棚，能容纳五千多位观众的凤凰马戏棚里演出，随后在法国及瑞士、比利时巡演。年近七旬的阿兰·巴士里的口头禅是："在巴黎，人家不来看你的演出，这日子就过不下去。"

　　应允合作的俞亦纲心里明白：即将参加赴法演出剧组的大部分演员，是从沪西文化宫驻场演出团队中调来的。这个既是"团"又是"宫"的演出组合，其演出和经营似在给人一种"机制混杂"的印象。俞亦纲面临两个难题：一、当下演出队伍缺乏国际舞台演出经验，根据合约，在巴黎演出两个多月，共计 70 多场，接下来要在全法境内和欧洲法语区巡演，体力强度很高，很难预料不出现"情况"。说得容易，希望全体演员在异国现场迅速成长、成熟起来。但这事情想起来就有点玄乎，上海的苗，移植到欧洲的地里，还要茁壮成长，谁能做这个保证？二、以往与外方的合作，上海杂技团只要按部就班地上奉献"绝活"就行，演一场挣一场的演出费，类似摊贩出货，卖掉一件是一件。这次"与国际接轨"，上海杂技团与法方公司共同制订商业演出方案，其中包括重新设计节目，连演两个多月，那就是"大中型企业批量化的订单生产"；在经济收益方面，中方拿商谈好的固定酬劳，且这份收益的数额，超过了以往到法国参加演出的中方杂技团收入上限，这无疑是在表示法方的姿态：我们已经开出最高的"收购价格",且看中国人将以怎样的姿态来提升"走红毯"的眼球效应。

第一个是人的问题,第二个是钱的问题。法国商人的额头"黏稠",滴沥着汗水,是有原因的。

从黄金地段到"荒凉乡下"

上海杂技团的瘫痪,在那个辽远的"文革"年代,是当然的事情。

1971年,为准备招待柬埔寨西哈努克亲王以及美国尼克松总统,周恩来总理直接指示,上海人民杂技团恢复正常排练。下一年的2月,由周恩来总理陪同来沪的美国总统夫妇观看上海杂技团的专场演出。那个日子,后来被称为"改变世界的一周"。这话的口气说得太大了,杂技表演哪有改变世界的功能?事实是,小小杂技团的命运被世界改变了。具体地说,就是上海杂技团借此开启了中断多年的招生,以扭转杂技人才几近断流的颓势。

所谓"招生",是到全市各所小学去"看"去挑。在教室里,安排一群孩子做游戏,首先看长相俊不俊俏,讨不讨喜欢,这决定了以后站到舞台上有没有"观众缘"。其次是看身材,也就是看形体和骨架,主要看手脚骨骼的线条直不直。第三看机变能力,也就是"胆子加灵敏度加判断力"。

从上海的10个区、10个县挑来60个学生,男女各半,最大的12岁,最小的8岁,组成一个训练班。后来当上了副团长的蔡荣华,当年是静安区一小的孩子,才刚满11岁。1972年10月,孩子们走进新华路的上海杂技训练班,过上新的集体生活,也早早尝到了练功的艰辛。在孩子记忆中,天天有人"吃生活",也就是吃苦头。"练功苦,老师凶",谁"偷懒"就可能在屁股上挨上一下,俗称"竹笋烤肉"。训练房里,不时地会从角落里传出小孩的哭声。一年多过去,班里就有3个身体条件不错的孩子,被家长坚决地领回去了。

手脚受伤是家常便饭。去医院打个石膏,回来照常训练,手坏了练脚,脚坏了练手,左手坏了练右手。蔡荣华就曾经手腕骨折,后来又脚腕骨折。他不想让家人担心,星期天父母来看望,他先把石膏拆掉,等家人走了再给自己绑上。

时光艰难,经岁月雕琢的这些孩子,到了能够上台演出的时候,恰逢"文革"结束。付出有了回报。蔡荣华"刚上班"的工资是36元人民币,比工厂学徒的要高多了。他第一个月领工资,与全家人的收入凑在一起,买了台红梅牌12吋黑白电视机。在邻居的羡慕中,蔡荣华感到一份"经受风雨就有彩虹"的满足。更为旁人羡慕的,是作为当时"中国文艺界标志之一"的杂技团,经常有机会出国演出。在当年的年轻演员眼里,这是"一份相当大的福利",挣外币,买洋货,那是"上海人再有钞票也没法买到的原装进口货啊"。

　　1980 年，上海杂技团首赴美国纽约等 6 个城市商演，开中国文艺团体出国商演之先河。第二年，上海杂技团组织 70 人东渡日本巡演 4 个半月，走了 20 多个城市，从最南的冲绳到最北的北海道。这次日本之行，蔡荣华带回一台三洋牌14 时彩色电视机。团里几乎人人都采购了电视机、电冰箱等家用电器，托运回上海。

　　经多次出国演出，家里进口电器也渐渐配齐，1986 年，蔡荣华再度赴日演出 4 个半个月，买回来一台全上海罕见的踏板摩托车。他骑车上下班，被一交警拦住，为的是看一下这辆"豪"车。那时，一个杂技演员在日本演出一天的生活费是 6 000 日元，折算成人民币，相当于当年上海一个普通工人的月薪。

　　出国演出让演员个人尝到甜头，也为杂技团的后续发展迎来了活水。1988年，中国第一所培养杂技人才的专业学校上海马戏学校诞生，启动资金中很大的一部分，就是杂技团出国商演挣下的外汇。

　　老上海人都记得南京西路上又名"风雷剧场"的上海杂技场。这座大型圆顶建筑，每晚的大型霓虹灯招牌吸引着来往行人。但凡国家元首、政界要人莅沪访问，必到此观看杂技晚会。到杂技场看杂技，去豫园吃小笼、到淮海路买皮鞋，成了抵沪游客的"标配"。

　　那是上海杂技人怀念的黄金时代。"那时生意真好，周边黄牛都靠我们发财。"偶尔，关在杂技场后面兽笼里的马戏动物"伺机越狱"，猴子翻窗，小狗翻墙，甚至曾有一只老虎冲出兽笼，幸亏及时捉回，要不就"流窜"到南京路上去了。

　　20 世纪 80 年代，中国演出界迎来的是"名利双收"的黄金岁月，演员们迎来自己的第一个艺术高峰。

　　1984 年，第一届全国杂技比赛在兰州举行，上海的《大跳板》获总分第三。同年，同类型节目《跳板蹬人》参加第十届蒙特卡洛国际马戏节，获得摩纳哥城市奖。1987 年，第二届全国杂技比赛在上海举行，上海杂技团囊括了杂技、驯兽、魔术三项第一，《大跳板》获得金奖，成为上海杂技团的保留节目。

　　饺子再好，也不能顿顿吃，好日子总有到头的一天。90 年代，市场经济激活了千姿百态的文艺演出，杂技表演的"老一套"光彩寥落，在最凄冷的时候，风雷剧场租给了商家，成为卖羊毛衫的铺面。"眼看他起朱楼，眼看他宴宾客，眼看他楼塌了"。1995 年，这座著名的地标式建筑被拆除了。

　　上海杂技团整建制北迁到闸北区的共和新路。搬家后，杂技团面临的是"荒凉乡下"。"那时一号线还没有延伸段，高架也没架到这里，夜里一片漆黑，一星期只在双休日演出两场。"

"苦练"两字不再是唯一台阶

上海杂技人在经历阵痛，外面世界的同行们也不安宁。如何走出"套路"，赢得新的掌声和票房，是同一难题。

在平行的时间段里，1974年，摩纳哥大公雷尼埃三世创办了蒙特卡洛国际杂技节。蒙特卡洛国际杂技节秉承欧洲古老传统的杂技马戏血统，迄今依然是规模最大、水平最高的国际杂技艺术节。1977年，法国演出与大型活动公司创办"明日"世界马戏节，该节每年1月下旬在"凤凰马戏棚"举行。"明日"马戏节以"艺术审美"为首席标准，奖掖节目编排，鼓励马戏艺术呈现多样化，这被约定俗成地称为"新马戏风格"；并坚决摒弃动物保护人士反感的驯兽类节目。如是，在杂技马戏业的躯壳里，有"传统"与"明日"两颗心脏在同时跳动。

1984年，也就是上海杂技团的《大跳板》获得国内第三名而不甘心的这一年，加拿大魁北克省的两个街头艺人，创办了一家娱乐公司，起名叫索拉奇艺坊。凭借"马戏艺术和街头娱乐颠覆性的戏剧性组合"，所到之处引起潮水般的轰动，富有蓬勃生命力的演出被称作"太阳马戏"。

太阳马戏是欧洲"明日"风格的杰出代表，后来到上海杂技团来洽谈业务的法国人阿兰·巴士里，就是明日马戏节的评委会主席。这位年近七十的巨商，自身麾下的凤凰马戏，当然也属"太阳风格"。

外行看热闹，内行看门道。太阳马戏融歌剧、花样游泳、马戏、魔术、芭蕾等艺术形式于一体，还是马戏的那些技巧，还是杂技的那些手法，技术难度并不高，然而场面大，演出效果惊人。与太阳马戏节签约的80多个国家的杂技演员，内中不乏华人，其中就有漂洋过海来讨生活的前国内院团演员。

经历了十多年摇摇晃晃的日子，在新世纪初，俞亦纲出国考察。耳闻不如眼见，他被"太阳马戏"的火爆而震撼。太阳马戏有很多著名作品，在美国拉斯维加斯奢华酒店百丽宫驻场演出的《O》秀，票价近两百美元，场场爆满，头几排位子还要提前几个星期预订。《O》秀从头到尾没几句台词，依靠肢体语言，将剧情演绎得天衣无缝。演员表演精确到位，舞台设计、音乐声效、桥段处理，旨在体现人类幻想的恢宏与壮丽。太阳马戏具有"灵魂魅力"，时而流露出对小人物的同情，充分表达一个小丑含泪的笑，时而描摹爱情的绝望，让天空巨大的船只为之燃烧毁灭。

如何让杂技马戏给人看出丝丝缕缕的哀伤，这是中国杂技界从来没有设置过的"课程"。

中国杂技难度高，给观众观感最大的震撼是化险为夷、"安然无恙"，这样的演出形态，当属传统范畴内的最优秀作品。脚下已是新的世纪，俞亦纲明白，全球杂技业界同时跳动着两颗心脏，那就意味着自己的道路只能是：老牌竞技不可放弃，潮流涌现亟待跟进；既要立足国内，更要走向世界，国际演出市场对"新马戏"的青睐，这决定了上海杂技团再不能躺在旧的表演套路上睡大觉，"我们的演出观念和美学境界已经落后了，我们还在苦练，人家已经巧练"。

团长俞亦纲在咀嚼"方向"，当了 24 年演员的副团长蔡荣华考虑的是"出路"。

杂技演员的台上生涯，非常短暂。"如果一直以'难'字挂帅，中国杂技的发展肯定萎缩。杂技这个行当，对人的身心是有影响的。一些演员身体有伤，女演员练蹬人节目，个别动作需要蹬到肚子，这样的 10 年下来，是会妨碍正常生育的。类似的节目、技巧，必须淘汰。还有，因为一成不变，再难的节目人家也会看腻。没有故事，没有新的内涵，就是个天桥卖艺的形态，有谁再愿意买单？"

"苦练"两字，曾经是荣誉和成功的基石，概括了中国杂技节的昨天；而当下，它却不再是艺术和效益的唯一台阶。

创造"上海水平的现代马戏"

年轻时的俞亦纲是一名空军地勤兵。这段职业经历让他惯于打量飞在天上的事物，他也知道，"遥远"并非不可抵达。

考察回国的俞亦纲，当然地感到了距离。曾有人说，中国杂技就像遍布长三角、珠三角的外贸工厂，给人家贴牌制造产品一样，中国杂技演出队跑遍世界，挣的也就是一点"Made in China"的演出血汗钱。这还是好的，俟世情世风更变，人家演出内核的寓意已经远远递进，观众欣赏口味大大改变，中国杂技"过硬"的技巧，居然已经无牌可贴。2005 年，三思而行的他，主动向上级主管单位 SMG 即上海文广传媒集团提出改革建议；然后北上首都，"联络"文化部所属的对外演出公司——中演公司，陈情现实利弊和可能的前途之路，三方组建项目公司，启动资金是向银行借贷的 1 000 万元人民币。

跻身在新旧之间，上海杂技团派员远涉重洋，引进加拿大"太阳马戏"班底中的几位外籍编导，来策划崭新节目的结构框架。这个后来命名为《时空之旅》的演出，从一开始，就往中国传统杂技的血液里注入了"太阳马戏"的基因。

《时空之旅》在 2005 年首演。形式也是内容，这是头一次。在演出票面上，《时空之旅》前面的定语，既没有杂技，更没有马戏，被冠以了"多媒体梦幻剧"的名称。在广告牌上,这台节目就用了一个"秀"字来概括。这是上海杂技团第一次启用"秀"的概念:"秀一个上海给世界看。"卸下"卖艺"的面目,"报幕—挨个表演—谢幕"的舞台流程从此隐身。整台演出用讲故事的形式,融杂技、舞蹈、戏剧、音乐和多媒体技术于一身,采用声光电技术,给观众带来强烈的观赏冲击。

《时空之旅》每晚在上海马戏城准时开演。从 2005 年首演至 2013 年 9 月,演出票房收入突破 4 亿元人民币。《时空之旅》的横空出世,成为一个艺术创新话题,更是一个市场经营话题,成为上海新闻媒体和文化节的关注焦点。

资本嗅觉具有这个世界最高的灵敏度。上海同行的成功,引得巴黎商人闻讯而来。

自 1994 年起,经中国驻法国使馆文化处牵线,法国演出和大型活动公司开始了与中国杂技界的合作。法国公司每两年在本土秋冬的"马戏演出季"里,举行一台中国杂技晚会的演出。15 年来,已有中国沈阳杂技团、广州杂技团等表演的 6 台节目,在"世界最大的,能容纳五千多位观众的凤凰马戏棚里"上演。法方与上海杂技团签约,共同创排中文名《十二生肖》的全新节目,到时参演。

这是中国杂技团赴巴黎演出的第 7 台杂技节目。

凤凰马戏的节目制作,要求灵活而严格。每年,它在世界范围内遴选顶尖杂技团作为"舞伴",再共同原创一台既具异域色彩而又符合法国口味的舞台秀。凤凰马戏曾与墨西哥马戏团制作的是《雨林历险》,与俄罗斯冰上杂技团推出的是《冰雪传说》。节目成型,凤凰马戏的广告片,就会滚动式地通过各种媒介渠道,反复播放,"拽"着人们掏钱买票。一年一新,常变常新,这是凤凰马戏半个多世纪来立于不败之地的铁律。

十二生肖是中国传统文化的代表,外国人不明白这十二个动物与人类有什么血脉关系。所谓文化的标志之一,就是彼此的不同,也就是区别。在文化区别中缔造人类经验的通感,这就是艺术的使命,也是商业收益的命脉。法国商人阿兰·巴士里深谙其中奥秘,为便于高傲的巴黎人理解和感受,在广告的图文介绍中,他把神秘东方符号的"十二生肖"与欧洲文化语境下的"十二星座"捏和在一起,从而搭建了一座商业演出抵达双赢彼岸的桥梁。

参加 2013 年凤凰马戏秋冬季会演的,有 16 个国家的杂技团,其中就有加拿大"太阳马戏"剧组,上海杂技团中标"主打演出",这就明摆着,上海与"太阳"有一场近在咫尺的针锋相对的竞争。这是阿兰·巴士里的一次冒险。阿兰·巴士里在上海的工作会谈,总是先以欧式的口吻表示问候,紧接着就用"那一张扑克脸"进行毫不客套的细节追问。一轮会谈讨论几百个细节,小至道具用铝合金原色还是漆成黑色，某段开场音乐用唢呐还是用鼓，大至节目排序、人员增减，等等。法国人一丝不苟，亲力亲为。而在每一轮会谈结束时候，他的结语又会恢复含蓄的欧式期待：我非常渴望能在巴黎呈现一台代表上海水平的现代马戏晚会。

俞亦纲当然听懂了这句话：上海水平，现代马戏，水乳交融也好，硬件焊接也罢，"法国老板就等着看上海人的脑子怎样转动了"。

从"镇住别人"到"感染观众"

冲撞和协调无处不在。

上海设计的开场白，即遭法方否定。《十二生肖》创排阶段，剧组精心准备了一段长达6分钟的"亮相"，这源自中国式的惯性思维，朋友相逢，行礼招呼，寒暄暖场。欧式舞台上的演绎，没那么烦琐的铺排，在预演合成阶段，法方将之删减到只有1分钟。"法国人认为，一台好的演出，一开场就要立即抓住观众的兴奋感，迅速进入主题。中西文化有差异，无优劣，关键是要看这一场演出面对的是什么观众。"

与亮相的时间减缩相反，谢幕的时间则大大加长。剧组习以为常的谢幕形式，遭到阿兰·巴士里拒绝：不要走动，不要鞠躬，不要挥手，不要抱拳，不要有人"领掌"，不要"板脸"，更不要摆阵型；要的是"原位微笑5分钟"。

上海杂技团人力资源部副主任赵雪把阿兰·巴士里归纳出来的上述几个"不要"，一条一条地翻译成中文，但她一时并不明白为什么"不要"。舞台监督陈姝苗发现，这最后5分钟的法式谢幕，站着纹丝不动，并非易事。无论观众怎么鼓掌，演员站在自己最后的演出位置上，眼睛平静而自信地注视前方，演员最后的结束形态，就是你的谢幕姿势，一切静止：用你的肩膀、你的脖子、你的指尖，即身体的全部，来充分享受掌声和欢呼，享受演出成功的荣耀。阿兰·巴士里要的是阳光神情，中国杂技教练们讲授过瞬间的"职业微笑"，但就是没教过"怎么静止微笑5分钟"。

不止一个演员说，练这样的微笑，比练个新动作还要难。"你试试看，微笑5分钟，肌肉就会不听自己的指挥，就会僵硬，随后自己的心会动摇。"这个自自然然的、"一动不动"如沐春风般的微笑，所有演员花了1个月才慢慢达到要求。

对于52岁的副团长蔡荣华来说，掌声和欢呼，他早已听得太多。他在北京师范大学进修时读过中国杂技史，了解到杂技原是有"身价"的艺术。"杂技、魔术、驯兽，在古代统称角抵、百戏。唐前，百戏不出宫廷，是专门为天子演出的艺术。宋朝之后，市民阶层兴起，百戏流入民间，在勾栏瓦肆设摊卖艺，一切礼仪就演变得简易、简陋，甚至'残缺'起来。"巴黎人对谢幕的要求，让蔡荣华感到自己这个杂技人一夜之间的社会地位，回归到了盛唐年代。

25岁的徐滨滨，是从中国杂技之乡吴桥学校引进的尖子。一开始，他也不会笑。随着在巴黎两个多月的演出，他渐渐找到了感觉。作为一个杂技演员，打小走南闯北的他，终于感到自己在巴黎是一位艺术家。"法国观众热情，谢幕三次还不走，站在原地鼓掌，对我们欢呼"，"听翻译说，法国人看马戏和看歌剧的消费差不多，都算是高雅艺术"。

更意想不到的是，一台吸引人的演出未必依靠"讲故事"，也就是没必要详尽交代来龙去脉。新编《十二生肖》不设置完整的故事，只有一个基本情节，就是玉皇大帝依次召见十二个生肖动物。然而，舞台没有出现玉皇大帝，上来的只是卡通造型的生肖动物。事后证明，观众没有"看不懂"。凤凰马戏的制片方通过音效、灯光、人物服饰，把大棚气氛烘托得极其绚丽，人们像是被施受了魔法，运送到一个神幻世界，一切未知，一切正在发生，大家开始"如痴如醉"地一起做梦。

当然，绝活还是要的。每种动物都采用高难度动作出场。丛林中斑斓老虎的腾跃嬉戏，实际是金奖节目"大跳板"的360°旋、直体两周等高难动作的展示。一群小白兔的跃动，其实是"女子车技"的翻版。在一面大鼓上矫健翻滚的白龙，也就是在蒙特卡洛国际马戏节夺得"金小丑奖"的"男子单人造型"。蛇仙出场采用"绸吊"，羚羊盘角实际是"软钢丝"表演。胖猪和瘦鼠的滑稽转盘，在国内演出的具象是炊事班里的游戏。

赵雪说："法国人提出修改的地方似乎都不大，但都很准确。这让我意识到，一个杂技节目的吸引力不在于制作方认为它是什么样子，而在于观众认为它应该是什么样子，这是法方的制作节目理念。"俞亦纲的概括是：国内杂技演出还是把难放在第一位，美和趣在其次，总想镇住别人，而不是感染观众；最高级的故事"表演"，不必拘泥交代，重要的是要激发全体观众的经验感知和想象，来共同参与和完成"演出"，这才是一种更深层次的艺术能力。

从容自信的上海风度

阿兰·巴士里确实有赌一把的意思。

凤凰马戏的演出票不便宜，成人票70欧元一张，儿童票能打折，但也要15到20欧元一张。2013年的欧洲经济情况不佳，法国许多家庭已经取消了这笔开支。自当年11月始，至2014年初的演出，能否打响，赢得票房，是压在他心头的一块石头。他希望：上海杂技团演出成功，媒体蜂拥，口碑诱人，"人们掏皮夹子的动作会爽快一点"。

登台的日子终于到来。在上海验收会议的两个月后，巴黎的凤凰大棚里已是一片"红色海洋"。入口帷幔是红的，脚下地毯是红的，环形墙壁是红的，5 000个座席是红的，头顶的穹窿也是红的。场内红色灯柱交织映照，整个帐篷沉浸在一片梦幻而又煽动的氛围中。活动着的领位员服装也是红的。

观众就座，大多是家长带着两三个孩子的家庭组合。孩子们在翻看演出图册：12 种动物围成圆圈，中间被一道"S"形曲线分为两半，两边各有一个点。孩子们的关注点，不是这个中国式神秘的太极造型，他们看到的是两条鱼。也有孩子在问父母："我是哪种动物？"

中场休息。背着红色小箱的"小贩"们迅速进入场内，拉起箱盖，开始售卖冰激凌。孩子们忙不迭地摇起了旁边大人的胳膊，这是西方剧场中最常见的一幕。不少孩子随着父母来到中庭的一块展板前，一个女孩尖声笑道："我就想属狗，因为我喜欢狗！"一个男孩小声问"刚刚属了蛇"的母亲："妈妈，你难道不害怕蛇吗？"

作为演出商阿兰·巴士里，通过打造中法文化通感，从而抵达业界利润，此时的他，已经在感受自己的成功了。

上海杂技人也在感受自己的成功。巴黎十二区，首演成功后的每个早晨，身穿红色工作背心的副团长蔡荣华就会走在这条明净的 Minimes 大街上。经过地铁站，再往前一点儿，有一家烘焙房。蔡荣华向柜台里的金辫子姑娘竖起两根手指："Twenty, bread, this."（20 个面包。）姑娘拿出两根法棍。蔡荣华摆摆手："No, twenty, two-ten, twenty."（不对，是 20 根，两个 10 根，20 根）姑娘终于相信她要一口气卖出这么多。排在后面的顾客耐心等待。一位法国老人瞅着中国人红色夹克衫外套背面印着的"phoenix circle"（凤凰马戏）字样，往外蹦出几个英文单词："You, great, phoenix circle, very good!"（"你们，很棒，凤凰马戏非常好！"）

捧着两纸袋金黄的法棍，蔡荣华原路返回，走过白色木栅栏，就是凤凰马戏流动帐篷剧场的后台。后台是与帐篷无缝对接的一组板房，窗外的森林里鸟声唧啾。在上海杂技团的厨房里，井然有序地码放着装有土豆、鸡蛋、番茄和青葱的纸箱。国外的葱价格约是国内 10 倍，所以在当地第一次买回的葱都作了种子，在门外用大盆培土种植，"自产自销"。铁架上是酱油、醋、糟卤和大米，长条桌面上摆着煤气灶和半旧的电饭煲，还有洗净的不锈钢饭盆。

在厨房里忙活的壮汉，是大跳板节目的教练沈为民，凡出远门便兼任火头军，身兼二职，为的是减少一个人工的成本支出。演员们每人一碗热腾腾的中式番茄蛋花汤，搭配咬劲十足的法棍，便经常是演员们在候场时候的点心。

2014年1月12日，上海杂技团的《十二生肖》在凤凰帐篷剧场演出最后一场。阿兰·巴士里手握上海杂技团的演出成绩单：从2013年11月14日首演至今，不到两个月的时间，《十二生肖》上演76场，观众人数超过35万人次。在整个巴黎大区16个马戏团的打擂战中，选择来观看《十二生肖》的观众人数是最多的，这也标志着在与"太阳"的竞争中，上海完胜。当然，跟在票房数字后面，还有一个属于商业机密的盈利数字。这大大超过了法国人的预料，一霎时他还有点不相信。

他必须表达自己的谢意。中场休息时间，赵雪得到法方剧务传来的消息，她来到后台告诉大家："待演出结束谢幕的时候，阿兰·巴士里邀请中方所有教练、工作人员和领导，全体上台。"

谢幕时刻，团长俞亦纲、副团长蔡荣华、教练兼大厨沈为民，还有陈姝苗、赵雪、徐滨滨等40多位上海杂技人，挺立在舞台前沿，享受掌声，享受欢呼。阿兰·巴士里手执话筒致辞。法国观众们看到的，是一位同胞、一位演出商无比兴奋的脸庞。对艺术，法国眼光是高雅的，也是苛刻的；应对这份高雅和苛刻，上海杂技人的现场风度是从容和自信。舞台上没有翻译，但所有人都知道，阿兰·巴士里是在说，这是一台原汁原味的中国杂技晚会，自己非常荣幸能够邀请到上海杂技团，来巴黎做这样精彩的演出，希望将来能够继续这样良好的合作。

向永恒的中国之美致敬

在巴黎凤凰马戏大棚的演出大获成功，这对上海杂技团而言，可谓是实现了自己完美的涅槃。然而，事情没有结束，甚至可以说只是刚刚开始。

巴黎的成功，关键在于中法同行共同定制的那件"华丽外衣"，凤凰马戏的核心竞争力是它的整体创意、包装和合成。与"凤凰"共舞，对上海杂技团是一个"弯道超车"的学习机会，在近两个月的朝夕相处中，在"实战"中琢磨和消化法方的行业规范和制度，上海杂技团学会了如何更好地理解国际市场，以及自己如何掌握话语权的能力。

感悟的，还有差距。凤凰马戏市场部在每场演出后，都会认真地进行问卷调查，请部分观众填写观后感受，综合后将结果、分析和"整改"意见上报给阿兰·巴士里。演出的"蹬板凳"节目，最后一段是令人屏息的巅峰炫技，但调查结果显示，不少观众看到这里觉得"时间太慢"。法方立即与中方商谈，哪怕取消难度最高的那几个经典动作，也必须把炫技时间缩短。

在演出后请观众填写字面观感，这是中国杂技业界从来没有想到和做过的事情。问卷调查的弦外之音，非常清晰：对诸种"惊险"的对人能力的极限挑战，外国观众并不喜欢，甚至反对。杂技是世界语言，表演有意境高下；内外有别，必须与时俱进。法国家长们最喜欢给孩子们看的，不是"最危险"，而是富有表演性的轻松诙谐的节目。

法国人对第三个出场的《舞空竹》，给予了最高评价。舞空竹是中国民间游戏，演员巴建国另辟蹊径地使用单轴空竹，使其舞动起来呈水平圆周飞行，"行云流水""望月"和"九节鞭盘颈"等技巧令人眼花缭乱。根据巴建国的形貌气质，编导将他"包装"成一名头戴斗笠、腰束长带、手执长鞭（空竹），身背竹篓的华夏游侠形象，轻盈飘逸。编导更在场上设置了一个"非杂技"角色：特邀一位"非杂技女演员"出演"琵琶女"。在中国民乐伴衬下，身着旗袍的典雅佳人轻掩慢捻，潇洒男儿灵动跳跃，两人心有灵犀，互诉爱意。这个《舞空竹》是上海杂技团编创得最有新意，也最不像"杂技"的一个节目。

在上海商谈演出细节时，阿兰·巴士里担心，"琵琶女"会抢主演的风头，"巴黎那么多观众没法明白这种安排的文化含义"。俞亦纲对他说："你放心，绝对相对益彰。"剧团到巴黎，阿兰·巴士里还在"将信将疑"。

任何文化的第一特征就是地域性，"这个节目的技巧不是最高的，但它是一个散发着优雅气息的编排，具有中国特色"。在现场，浪漫的法国观众伸出双手，热烈地拥抱了侠男琴女的迷人场面。高傲的阿兰·巴士里低下头来：这真是一个意想不到的风景。

法国《费加罗报》的评论，则向上海杂技团的巴黎凤凰之行高高举起了庆贺的酒杯："向永恒的中国之美致敬！"

［经典］

与黄宗英争议《小木屋》

罗达成 中国作家协会会员，报告文学作家。《文汇报》高级编辑，曾任《文汇月刊》副主编。著有《中国的旋风》《与大海签约》等报告文学集。《杭州市001号》获上海市首届报告文学奖一等奖，《"十连霸"的悔恨》获全国首届体育报告文学奖一等奖，《一个成功者和他的影子》获全国第四届优秀报告文学奖。2002年获第四届上海韬奋新闻奖。

20世纪80年代初，在一场浩劫之后，迎来了文艺复兴的大好时刻。文汇报创办的《文汇月刊》，也于1980年1月应运而生。不过，因为仓促上马，纸张供应不在计划中，出月刊难以保证，刊名在最后一刻暂改为《文汇增刊》。刊物主编梅朵，也是劫后重生，他被打成右派，送去劳改21年，刚刚重回文汇报怀抱。

我是在1980年秋天应梅朵召唤，接手亟待开张的《文汇月刊》报告文学专栏的。北京的刊物，特别是《人民文学》，占天时地利，得风气之先，在发表徐迟写"数学怪人"陈景润的《哥德巴赫猜想》一炮打响之后，又一鼓作气，陆续推出几位名家的重磅报告文学，赢得了口碑和发行量。心气极高的梅朵很眼红，也很不甘，决意自1981年起在《文汇月刊》上强势推出报告文学，而且要在一两年时间内，将《人民文学》一家独大的报告文学霸主地位抢占过来，取而代之。说大话容易呵，组报告文学稿子太过艰难。而且，我组稿正酣，又被梅朵强令"救场"，替代临时变卦的报告文学名家理由，为配发第一期的封面，去北京赶写了一篇《你好，李谷一!》。在第一期上，梅朵还抓到了他的老友、作品以悲壮美著称的一位报告文学作家的《好人啊，你不该这么软弱》。第一期上，我们虽然发表了两篇报告文学，但手里没有粮草，还是没有底气推出这个栏目。

不过，从1980年第二期起，我们已经站稳脚跟，郑重推出报告文学专栏，刊登了刘登翰的《通往心灵的歌——记诗坛新人舒婷》，以及肖复兴、张辛欣的《带不和谐音的美妙旋律——记舞蹈家陈爱莲的舞蹈晚会》。第三期，我们又力推陈祖芬的《中国牌知识分子》。刘登翰、肖复兴、张辛欣、陈祖芬的报告文学，都是在《文汇月刊》上首次亮相。其时，陈祖芬作品大热，肖复兴也蒸蒸日上，此后十年他们作为我们的铁杆、中坚，跟刊物相依为命，把最好的作品给了《文汇月刊》。他们跟梅朵跟我，也结下深情厚谊，成为终身的朋友。

梅朵是电影评论家，20世纪50年代就曾创办过发行量过百万的《大众电影》，和赵丹、黄宗英相识多年，很有交情，创办《文汇月刊》后，怎么能放过黄宗英？黄宗英也欣然赐稿。创刊后的第二期上，她就给了散文《涓涓小集》，之后又写来《旅美即兴小诗》。

黄宗英的报告文学成名久矣，60年代当《小丫扛大旗》等几篇作品风靡一时，给读者留下深刻印象之际，她的写作被"文革"的狂风暴雨打断了，不得不搁笔十年。浩劫后，她心潮难平，为悼念屈死的亡友上官云珠"哭肿了眼睛"，写了一篇《星》。1978年6月在《上海文艺》上发表了《美丽的眼睛》，1979年1月又在《十月》上发表了《大雁情》。黄宗英走进全新领域，两篇文章都反映了中青年一代知识分子的追求和命运，喊出了他们的心声，并为他们的境遇发出呐喊。

　　《文汇月刊》的报告文学专栏开张后，黄宗英等几位前辈报告文学作家成为这个栏目的镇舱石。1981 年 4 月号头条，是梅朵催讨来的黄宗英第一个报告文学《他们三个》。文章反映三个上海"老三届"青年，尽管命运坎坷，浩劫过后还是卧薪尝胆，研究医学测量中出现的令人头疼的"0 点漂移"难题，试制成功我国第一台医用自动永停滴定仪。

　　宗英大姐是最早触碰"老三届"这个苦涩题材的报告文学作家。正文伊始，她就笔蘸深情、语气沉重地提出发问，发出呼喊：

　　　　人们常比较：在"文化大革命"中被残害最甚的是文艺界？教育界？是老干部们？……历史的进程告诉我们：以上的答案，是，也不是。应该说：是青年！尤其是"老三届"学生。

　　　　"老三届"，这些"文革"中的畸胎儿，是在他们最富于幻想地走向生活的当口，满腔激情地接错了电源：闪光、雷霆、迷雾、风暴掀倒了这整整一代人。十年动乱，光怪陆离，噩梦过去，都已经是"三十而立"的人了。有的已经当了爸爸妈妈，却还在为一个户口、一个在编名额而奋斗奔波。究竟有多少青年找到"而立"的"0"点呢？减去十年负荷、十年创痛，恢复真正的青春！

　　　　小韩、小林、小陈——他们三个曾是上海复旦中学的学生，高中时是同班。这个班在"文革"前是试点班，五十名同学中有四十名"地富反坏右"和历史反革命的子女。而正因为他们的父母都是"革命的对象"，他们不能掌握自己的命运，必须逆来顺受。是"老三届"，又是异类青年，他们在"文革"中为谋生计不得不备受折难，却又在困境中各自攻读、自学，难能可贵地掌握了一技之长。当"文革"十年噩梦结束，三个人重新坐在一起时，他们突然发现了自己，重新衡量了自己。小陈是搞化学的，得知他所在领域的空白与要害。小韩是搞电子的，深悉电子王国的条条脉络。小林是搞机械的，能把无形的思索变成有形的实体。这三个人加在一起，将是多么理想的科研组合！他们怀着为国家填补空白的热望，决定试制自动永停滴定仪。这个意愿，得到了小陈所在单位上海医药公司领导的大力支持，公司批准试制费用实报实销，为他们三个开了一张叩开科学迷宫大门的通行证……

　　作为一个作家，又是一个母亲，黄宗英敢怒敢爱，激情磅礴地写下《他们三个》。这篇 8 000 字的报告文学，是宗英大姐为我们所写的报告文学中最短一篇。脱稿后，意犹未尽，她又加上一个别致的"后记"《不要说》：

　　写完这篇文章，心中涌起几句诗，顺手写在下面——

不要说我们的生活多枯燥/只有元件和线条/离开了科学/花儿暗淡，鸟儿不叫

不要说我们的生活多糟糕/只留下伤痕和烦恼/丢弃了事业/爱情之神才会失去微笑

不要说我们的幻想太无聊/只是做梦瞎唠叨/心灵的旋律/将奏响快乐的圆号

黄宗英的报告文学写作年产量不高，很少有刊物能向她如愿索稿。而素来组稿作风蛮横，咄咄逼人的梅朵，对黄宗英也破例地宽容，约稿只是写信、打电话，从不像对付王蒙、丁玲那样，动辄用加急电报狂轰滥炸。梅朵给黄宗英的底线是，诗歌、散文不算，每年至少给一篇报告文学。

投桃报李，宗英大姐的自觉性也很高。整整一年后，当我们准备撞击出巨大声响，在1982年4月号推出第二个"报告文学特辑"时，身在无锡疗养院养病的梅朵，早早告诉我，已经约到黄宗英一篇重头稿《越过太平间》，她说还要打磨几天。

我们这回用半本杂志、40多页的篇幅一下发了7篇报告文学，其中多半是全国获奖名家。另外，还有一篇首屈一指的大名家谈报告文学写作的《报告的报告》。这规模与声势在全国刊物中绝无仅有，反响堪称"爆炸性"，这就是梅朵的风格与胆量。梅朵好生得意，乐呵呵地在长途电话里明知故问："达成，报告文学专辑反映不错吧？"

作为"压舱石"，黄宗英的《越过太平间》不过一万字，却很有分量，采写时间跨度长达两年。作者写宣武医院对癌症下战表的医生，文章开头就很吸引人，对她起的吓人标题做了注脚：

1979年。初冬乍冷。迎着大西北风，我走进北京第二医学院附属宣武医院，去寻找太平间，不是去寻找死亡；相反，是去寻找希望。不是为自己，那年，我和我的亲人都还没病没恙。只因我听说，在这座医院里，有位默默无闻的女医生，神不知鬼不觉地向死神递了战表，誓与癌魔争夺生命。她就安营扎寨在太平间的后边。

1979年、1981年，黄宗英两次采访宋慕玲，第一次就睡在羊圈旁边、兔房对面宋大夫的小屋里，她采访好深入、吃得起苦呵。从1979年9月起，宋大夫就住进动物室，日夜盯着白鼠不回家：

此刻，小屋里又为我挤了张床……小屋有暖气管道通着动物室，温度不低，更加重了农村牲口棚似的粪便气味、饲料发酵的酸味，还混合着莫名其妙的药味。最讲卫生的女医生能一住几个月，我住几天还不行吗？不过，老实说，乍去，恨不得鼻孔里能生出个自动启闭器来。

尽管条件艰苦、设备简陋，宋慕玲还是在这里研究出用中药制成对付脑胶质瘤的"抗癌粉1号""抗癌粉2号"。黄宗英急切地关注她的成果，和药物疗效印证，并忘情地为之奔走、呼吁：

> 两年多来，我曾经向许多亲友介绍宋大夫。在软卧车厢里，在轮船甲板上，当我得知旅伴是书记、是院长、是去探望生癌症的职工，我也都会为他们写下宋大夫的名字和地址；我安慰外国籍的朋友：'为你的亲人试一试中国医生的药吧。'但作为一个作家，我始终没敢发表我的文章，虽然我已经写了草稿、初稿、二稿……

文学界的朋友劝黄宗英："别惹事！人物还没'上榜'。"更有人劝她稳妥："等宋大夫的试验通过了成果鉴定试验后，再写吧。"那当然好。可是黄宗英着急呵，以宋慕玲这个组现今的试验条件，何年何月得以通过与国际水平相等要求的科学成果鉴定?!

难啊，真难啊！黄宗英无奈而又愤懑地写道：

> 李时珍生在现代，其《本草纲目》不知能不能被通过为科学成果？我说的不是气话，一个时代有一个时代的要求。所以……我想……我想不清楚了：怎么这位在科学鉴定上不知该打多少分的女医生，我这个文学家越来越刹不住非要写她不可了呢？

当事人不像黄宗英这么冲动，她能尽心拯救绝望的病人，却无意也无力改变和拯救僵化的体制：

> 不算成果就不算成果吧！宋大夫稳稳笃笃地坐在那小小的门诊室里，每天每天诊治那四面八方来的病人，敲打着她的打诊槌、音叉器……加加减减她那复方的药面："只要能给绝望的人一线希望；只要病人能治好了，站起来了，就行啦"！

　　当宗英大姐在归途火车上，还在看那份《抗瘤粉治疗脑胶质瘤》的论文，思考在世界上这场攻癌战役中，中国医学学派能否成为一支方面军时，宋大夫什么也不想，她只想到黄宗英那满头美丽的标志性白发。有这样一个名作家在关心她，为她写文章呼吁，她已经感到很温暖、很满足，夫复何求？

　　在不到半年时间里，《文汇月刊》两度强势推出报告文学特辑，在文学圈和读者中激起经久而又强烈的回响，这对兄弟刊物也形成很大的压力和推力。梅朵身在疗养院，却不安分，他很坚决地让我把隔三岔五出现的"特辑"转化为常态：即，以后每期发三到四篇报告文学，总计不少于四万字。我好为难呵，在京城所有大牌刊物都在抓在抢报告文学情况下，要虎口夺食，太艰难了。而刊物本身，原本已经粥少僧多，报告文学再这样扩大地盘，每期要挤掉多少别的栏目稿件？

　　梅朵好贪婪，为了要让《文汇月刊》的报告文学专栏最具影响力，他要我拉网式组稿，一定要把第一流报告文学作家团结在身边，甚至牛气冲天地放出豪言："没有在《文汇月刊》发过报告文学的，不能算真正的报告文学作家；没有在《文汇月刊》报告文学专栏发过头条的，算不上第一流报告文学作家！"后来乔迈苦笑着告诉我，"我就是被梅老板这个话吓坏了，不能不、不得不赶紧给你们文章。"

　　得陇望蜀，梅朵还要我在刊物上抓紧展开"报告文学讨论"，一定要把报告文学的话语权掌握在手里。1982年8月号拉开讨论，率先推出理由的《报告文学的遐想》；梅朵也在病中操刀，写来《成功者的力量和勇敢者的道路——关于报告文学的随想》。随后，他又为9月号的"讨论"，约来黄宗英的《与人物共命运》。黄宗英说她一讲理论，往往越说自己也越糊涂，还是只谈谈自己写报告文学的体会，而且只谈一个问题——报告文学，重在选题。那么，她选什么呢？

　　1.如果把笔者的感情比作一团带电的云，能击撞出雷电的，就意料不到地落在了我的稿纸上。不是我选题材，是题材撞上了我。

　　2.首先，我不是作为一个作家而活着，我是作为一个人而活着：一个姐妹、一个女儿、一个母亲、一个阿姨、一个长者、一个晚辈、一个知心朋友。我应该随时随地想到自己应该做什么——在生活中以自己的身心去写；而后，才谈得上在稿纸上写。

　　3.写普通人。普通人总是绝大多数，我也是其中一个。世界毕竟是普通人的，佼佼者也是从普通人中涌现出来的。如果佼佼者是普通人所不能理解的，那我也没法理解他、写他了。

　　4.写正在行进的人们。写胜利者，更也写失败者；为最需要援之以手的人们，助一"呼"之力。不重在写一个人做成了什么；而重在写他是什么样的人。报告文学不能等同于英雄榜、劳模榜。有所追求的人们，我愿与之同行。强者，携着我；弱者，我挽着。我更喜欢强者，由于我软弱，我需要力量。

……

总之，我不纯客观地去描写人物、报告事件，而是与我描写的人物同甘苦、共命运去迎艰涉险，痛醉黄龙。

过了一年，黄宗英又写来一篇报告文学《小木屋》。这是她跟着多年来在西藏人烟稀少的原始森林地区进行科学研究的女生态学家徐凤翔考察、采访，"为最需要援之以手的人们，助一'呼'之力"，并与之"同甘苦、共命运去迎艰涉险"的作品。是给我们写过的三篇报告文学中最长、最具影响的一篇。稿子是由梅朵向她约的，梅朵养病一年多后已经归队；成稿是交由《文汇月刊》的编委、影视编辑，同时还兼任《文汇电影时报》副主编的余之拿来，而对稿子拍板提意见的主要是我。

处理宗英大姐稿件的这般周转，是少有的特例。《文汇月刊》的报告文学专栏的责编，一度只有我这个"孤家寡人"。而报告文学的约稿，一般从头到尾，看稿、提意见、寄小样、索要配发的照片，大抵都由我一气呵成。但宗英大姐既是电影人，又是文学家，老梅和余之跟她特熟，走动比我多得多。顺水推舟，我这个责任编辑，也乐得放弃了一部分责任。

黄宗英虽然萍踪不定，但梅朵、余之却很清楚她的去向。因为她外出采访，用的是"特别通行证"——文汇报特约记者证，作家中很少有人享受这个规格。而一笔紧巴巴的得省吃俭用，住普通旅馆、坐硬卧车的采访费用，也由文汇报报销。

无怪乎，时至 2008 年重阳，在华东医院养病、已经 83 岁高龄的黄宗英，在见到余之和他的新作《岁月留情》后，会在《新民晚报》副刊上大发感慨：

我又见到好朋友余之了，怎么会有三十年不见了呢？他还年轻，心里有诗的人，永远年轻。

他在文汇报工作，我们是见面熟的朋友，可以谈知心话的。1978 年，我对他说："你能不能跟你的领导谈谈，给我一张'文汇报特约记者证'，并给我报销写报告文学的旅费。你试试看。"那时候，我 50 岁出头，经过要求自我改造的下乡劳动和浩劫中的强迫劳动，我身子骨不错。我想趁还跑得动，就跑得远远的，至于上海嘛，是窝边草，老来再说。那时候，从上海到北京的一张软卧票是 96 元，我的工资是 230 元，不算低。可我要去的是边疆啊。余之果然给我办妥了记者证和路费报销。让我想上哪儿就去哪儿，从此我出差都只坐硬卧了。契诃夫说：作家要坐三等车。很有道理，我是尽力找机会多接触普通劳动者。到了外省，我不去拜访省委，而是自己找个普通招待所住下，没浴室，天热，男旅客都穿着短裤衩在院子里水龙头下冲澡；我只好冲进短裤衩阵接一脸盆冷水，回屋从头到脚洗个遍。上路歇脚时，我渴了，就买两个甜瓜洗洗，两瓜一磕碰开来，啃了，又解渴也解饿更解馋。我所以能写成个报告文学家，和我对生活的适应能力强很有关系。

那时候，记者证可管用啦，火车票紧张，有记者证不用排队。记者证也避免我自己变成被采访对象。我对文汇报铭心感激。

我写深入西藏的女生态学家徐凤翔的《小木屋》是首发在《文汇报》上的，余之是我的责任编辑。我的《小木屋》获得了当年的优秀报告文学奖。余之获得了优秀编辑奖。

宗英大姐大人雅量，挑好的说。说她跟文汇报、《文汇月刊》间的关系融洽，跟梅朵、余之"可以谈知心话的"；说她的《小木屋》最终拿了全国奖。不过"首发在《文汇报》上的"说法不准确——虽然刊登文章的《文汇月刊》是由文汇报主办的。

她回避了当时与我之间对《小木屋》的争论，我坚持要她删掉其中一节文字，她"执意保留"。如果不是梅朵和稀泥，采用了"非常手段"先斩后奏、强行刊用，这个稿子很可能就"煮熟的鸭子飞了"，不会出现在《文汇月刊》上。而之后余之会获得优秀编辑奖，也是歪打正着的一个意外。

《小木屋》的采写来得突然，不在黄宗英事先计划之中。1982年10月3日，黄宗英所率领的中国作家协会参观访问团，在西藏参观访问一个月后，第二天就要飞返北京。访问团能按预定日程回返，是对邀请来的贵宾的特殊优待，预订机票已登记到开年三月。代表团的成员谁也没想到，黄宗英这时竟突然提出退票，她要留下，不走了。代表团秘书长、《人民文学》杂志的周明，后来曾撰文详尽回忆这次风波：

> 黄宗英曾先后进藏三次。这里，她说的便是第一次进藏。这也是中国作协派往西藏的第一个作家访问团呢。我们在西藏跋山涉水，走草原，登高山，访问牧民，参观拉萨、日喀则、羊八井和水电站等近一个月，每个人都大大丰收。可就在访问结束，我们好不容易拿到了返程的飞机票时，临行前一天，黄宗英却突然变卦，说她不走了，要退票！怎么说不走就不走了，何况她还是团长。在大家伙强烈追问下黄宗英也急了，才"坦白"说：三年前她在成都参加一个科学会议时，偶然听到一位女科学家的发言，讲述了她多

年克服重重困难，在西藏林区考察和进行科研的事迹，大大吸引了她。她们互相表示期望今后能在西藏相见。她兴奋地说：太巧了！昨天下午在招待所院里意外碰见了徐凤翔，她正要进林区。因此黄宗英也要跟着去，所以她不走了。

恰巧在头两天，驻拉萨的新华社一位朋友邀我们去他家做客，他可是"老西藏"了。言谈间，他无意中说起原始森林里许多常常会遇到的野生动物伤人的恐怖故事，如毒蜂恶意蜇人，大狗熊从后背偷袭伤人……黄宗英也在场，如今她却竟然要去冒险！大家再三劝她，还是一块儿回北京吧，以后有机会再来。谁知，她一听急眼啦，和我"吵"起来！她不无激动地说："周明，咱们是老朋友了，你难道这点都不理解我，支持我?!"

她坚定不移，我只好让步。第二天清早我们要乘早班飞机离开拉萨，头天晚上已和她告别，请她不必再送行了。不料，她又早早起身跑到院子里为我们送别。汽车发动时，她突然塞给我几封信，悄声说："你帮带到北京后付邮，路上不许看！"什么保密的信，不许看？我见信封上的收信人都是她哥哥、弟弟、孩子们，还有上海她单位领导，便产生好奇心，想偷看。但我还是克制了自己，怕犯法。飞机将从成都中转北京，所以，在成都要住一夜。晚上，我将我的疑心告诉了几个"顽皮"的伙伴，他们也产生好奇心，说：咱们就犯一次错误吧，反正她也没封口。打开一封看看是啥内容？天哪，全是安排后事的"遗书"。比方其中在她写给大哥黄宗江的信中说：

亲爱的大哥：您好！我跟随植物学家徐凤翔到西藏林区采访去了，那里人烟稀少，有蛇，还有熊瞎子。听说熊瞎子在人面前一挥掌，人的脖子就断了。可我写报告文学必须采访，我进林区了，万一出了事，请您有个思想准备。

小妹：宗英

她是告诉家人，她要去遥远的原始森林区，那里有很多危险存在，万一她出事儿回不来了……

这次，她跟徐凤翔进林区时间较长。经过一段时间和徐凤翔朝朝暮暮的相处以及密密森林里的生活体验，她在西藏波密写出《小木屋》的草稿，次年3月在上海修改定稿。由于林区无联络工具，我和朋友们在北京牵肠挂肚，生怕有什么意外……

还记得看《小木屋》原稿时的最初感受，我对已然58岁的宗英大姐充满敬意。她不避生死，吃苦耐劳，跟着多年来在西藏人烟稀少的原始森林地区做科学研究的女主人公进行考察、采访。尤其是读最后一节"不醒的梦"，我一直心悬着，担心他们在恶劣气候、险峻而又结冰棱的山道上，会有去无回。

当徐凤翔、黄宗英一行，要从波密回到成都时，热心而又为她们行程安全操心的部队领导劝说："你们从波密往拉萨，只600多公里。到了拉萨，民航买不到机票，用军用机送你们。"

飞机上是难以详察树木的，所以徐凤翔全然不听部队领导的，固执地非走川藏公路不可，还非要走远而险的老公路线，要行驶1 838公里到成都。才结棱的山道，最容易出事，责任重大，部队领导说要请示上级。徐凤翔转而在拉萨招待所说动了运输站领导，答应放一辆车。运输站领导再三叮嘱司机冯随科：安全第一，绝对保证不出事故。

黄宗英也准备舍命陪君子了："我呢？说实在的，我真想在波密孵到明春雪化时节；路况实在是险。我在哪儿写作不都是一样！可今番……我……豁出去了。有权的帮权场，有人的帮人场。为了小木屋的梦，奉陪了。"她跟徐凤翔终于坐在一辆老旧的"解放"牌卡车驾驶室里，带着部队炊事员起大早为她们蒸的馒头、炸的油饼上路了。

这卡车太老啦，虽然刚刚中修过，但在山路上一颠簸就问题多多：刹车不灵、离合器不灵。底盘的螺丝，四个掉了仨。防滑链也挂不上去。一路走，一路修，遇到的险情就不用说了。尽管走这条道，徐凤翔是熟路，可她一路后悔，对黄宗英说："我不该让你和我一起走，出了事，我怎么承担得起？"黄宗英说："我出事，你也出事了，谁也用不着承担。"徐凤翔兴致勃勃，一会儿叫停车，下去采标本；一会儿下去拍照，一会儿到河滩上取水样……

她们对科学如此虔诚，却还是被朝圣者震撼了。悬崖深壑，一片寂静，连会车也极少。车灯的光射出去，她们往往会发现：远远的，一个、两个、三五成群的小黑点。迎面，一步一长跪、五体投地、叩着头走来。有时一群黑影，缩在岩边睡着。他们就这样地向拉萨——神住的地方走去。走两个月、三个月、半年。如果有人因冻饿死在路上，会很欣慰地认为是被神接去……

徐凤翔、黄宗英不是第一次见到朝圣者，但现在还是感到强烈的震慑：

　　"我不如他们虔诚……"徐喃喃地，她的眼睛凝视前方，眸子里蕴蓄着内在的坚定。

　　我懂，我承认："……远远不如……"

《小木屋》的结束语亦如朝圣者的誓词，令人震慑：

　　我们——一个一个、一群一群、一批一批知识的苦力，智慧的信徒，科学与文化的'朝佛者'啊，我们也是一步一长跪地在险路上走着。凭是怎样的遭遇，我们都甘心情愿、情愿甘心。

　　宗英大姐与女主人公生死与共、百折不回的朝圣精神，让我们这些后辈报告文学作家望尘莫及。她的激情，在通篇文章中，在情节跌宕中，炽热而又浓烈地散发出来，读来既感人肺腑，又发人深思：黄宗英为徐凤翔在稿纸上搭建的"小木屋"，这不算高的要求和目标，什么时候才能化为现实呢？

　　宗英大姐用心血凝成的《小木屋》，是不可多得的好稿，我们准备用来做这期"报告文学专栏"的头条。好的作品是由作家和编辑共同创造的，编辑的责任是让作品更臻完美，版式和图片也力求完美，但这也需要眼光、勇气和坚持，特别是面对大名家的时候。

　　我对黄宗英这篇23 000字的文章整体赞赏，但不能接受文章的第二节"波密会议"，不仅觉得整节可有可无，而且有游离、停滞感，如果删去，文章一气呵成，会更流畅。我把这节"波密会议"仔细看了好几遍——

　　　大狗熊，端坐在云杉枝叶的沙发上。

　　　西藏东南，波密县境。岗乡秋日胜春朝。

　　　百鸟恰恰争啼，百兽怡怡相嬉。

　　　"怎么？"大狗熊问，"月亮缺过又圆了，还查不出那几个连毛也不长的人，究竟来干什么？"

　　　"我汇报过多少遍啦！"喜鹊喳喳地，"他们一共是四个藏族人、五个汉族人、支起三顶帐篷。为首的是南京林学院教生态学的徐老师，女的，还有一个女的……"

　　　"头脑简单！"大狗熊生气地，"我们需要明确的结论：是好人？坏人？是朋友？是敌人？"

　　　夜莺婉转："我看，他们是勤劳的人。我夜夜飞过他们的帐篷，他们都点着蜡烛，细数树哥哥的年轮。从东南西北对着数。数了量，量了数，仿佛在弹奏新式的琴……"

　　　阳雀抢板："是啊，一大早，他们就钻林子，背着干粮，一干一整天……"

　　　牦牛说："唔，他们把树枝树叶都称过。一天要称几千斤。我恨不得借点力气给他们。"

　　　地鼠说："他们连树根根、树须须也称。"

花大姐说："一片叶子也不放过。有一位叫胖朱的，把大小避债蛾、云杉木虱、松褐天牛……这些败类，钉了起来，把我们瓢虫类同胞姐妹请进小匣，高兴地说，'可能是新种！'"

"本质！要看本质！"大狗熊提醒。

山羊咳嗽一声。他昨天钻进帐篷想吃白菜，没想到咬了一嘴辣乳腐："依我看……咳咳，他们是来毁我家园的。那个徐老师，她说一共要砍十棵树。咳咳咳，愚蠢的人类！"

白唇鹿补充："人类终将毁灭他们自己。"预见的惨景，使他的嘴唇更白了。

獐子说："人类委实愚蠢混蛋之至，我今天一早，跑了九百九十九道岗，发现负责检查林木出境的林管站干部，又在搞'关系学'，乱敲图章，放一车一车的原木出山，我看这一小队人，也不会比同类聪明。"

……　……

我写了封信，陈述了我对文章的感觉，肯定有加，但建议宗英大姐去掉"波密会议"这段近 2 000 字文字，删去对全文毫无影响，且更干净利落；同时，请她对文章的某些地方稍加调整。附带的原因，我没说：如果删掉这一节，我们可以多发一篇散文或是两篇杂文了。当时稿挤，每期总有十几页、二十几页的版面被拉下来。

虽然，我很自信我的看稿直觉，而且我一直雷厉风行，看完稿件会立即跟名家或朋友通电话，或是写信告知感觉和意见，从不犹豫，也绝少去征求梅朵意见。只是有时很直率，有时较婉转。

记得山东一位全国得奖作家，曾专程来上海送稿。他写了一篇改革题材的报告文学，有两万多字。我在看稿，他自信豪气地施压道："你们能马上用吗？《人民文学》已经看过，说可以做头条。"我看完，随即告诉他："假如《人民文学》真这样说过，那你赶快给他们吧。我认为现在这个稿子，连发表线都未达到，要在《文汇月刊》发表，必须大改。"老实说，是否能发表，不是看你是否拿过全国报告文学奖，而且我并不很把某些得奖作家放在眼里。全国报告文学奖确有好作品，但如肖复兴所说，每次都会评出一些莫名其妙的篇目来，引起争议和非议。而这些"莫名其妙的篇目"，在《文汇月刊》上也未必能够发表。这位牛气冲天的得奖作家，他低估了《文汇月刊》的眼光和豪气，他的文章跟我们一些骨干作家的作品质量，也完全不在一个当量级上。

我们对名家也能直言相告，跟当时文坛的风清气正有关，跟《文汇月刊》内部干净的风气有关。《文汇月刊》分管杂文和理论文章编辑的刘绪源，曾在一篇回忆文字中感叹不已地写道：

> 编辑部里还有一个极大的好处，就是平等。对于刊物和稿子，人人有发言权。不管谁拿来的稿子，不管作者名气多大，你都可以提否定的意见。所以，为着某一篇稿子要不要上，常常争得不可开交，外人看来简直如天塌下一般，可是一散会，月刊编辑们便又像没事人一样嘻嘻哈哈了。嗓门最响的当然数梅朵，据我所知，他的玻璃板就不止拍坏过一次。另外，即使是主编，他要发某一篇稿子，也得同分管的编辑商量。有编辑坚决反对，他也会很无奈。我就多次碰到梅朵拿来杂文或评论稿，悄悄地、开后门似的说道："老作家的稿子，质量还可以，发了吧，发了吧。"时至今日，世风大变，一想到一个堂堂大刊物的名主编，那样一种孩子般的语态和神情，我常常会起一种莫名的感动。我不知道今后还会不会再遇到这样的人，这样的情景。

有意思的是，刘绪源与我"师出同门"。我们当年都出自复兴岛上的中华造船厂，出自那个设在地下防空洞的业余写作组。我到《文汇月刊》七年后，他也从电台调动到《文汇月刊》，后来成为有相当影响的文艺评论家和《笔会》主编。而与刘绪源同时走出防空洞的，还有后来成为作家和新民晚报著名法制记者的钱勤发。

我给宗英大姐写信，表现了少有的慎重，甚至先请梅朵"审读"。这是因为，黄宗英是前辈作家，是上海报告文学的一面旗帜。我是她虔诚读者，也是追随在她后面的上海后辈报告文学作家。十年后，我还读到由陈沂主编、当代中国出版社出版的《当代中国的上海》，在"作家队伍的壮大和文学创作的繁荣"中，有一节归结了20世纪80年代前几年上海的报告文学现状："在报告文学领域中，黄宗英是取得突出成绩的一位。当追踪名人足迹成为一种风尚时，她却以细腻委婉的笔触描绘那些不知名的科学家的献身精神。她的大部分作品汇集在报告文学集《星》中。罗达成的报告文学也开始崭露头角。"宗英大姐已经名满天下，而我才刚刚崭露头角，我的写作也才刚刚进入喷发期。

好在黄宗英的这篇文章我们早早拿到，还有足够时间切磋、修改。我给宗英大姐的信，梅朵没有表示异议，而负责版面的元老编辑徐凤吾认同我的意见。我把信和小样交给余之，不知他是面交还是邮寄给宗英大姐的。一个多星期后，接读黄宗英1983年3月14日发出的回信：

梅朵、余之、罗达成同志：

"小木屋"已理好，我调整了结构，但并没删去多少，也还加了一些。

我想：编辑如无己见，算不得好编辑；而作家，无如己见，是根本不能当作家。我执意保留林中鸟兽聚会和两位藏族兄弟，否则，我岂不白白去了西藏密林？

如你们不同意，或嫌太长，我可以给别的刊物，以后另给你们写。这是很理智的话，不带半点情绪。我一向非常感谢文汇月刊对我创作的支持，不要因为在一篇文章上所见不同，而造成疙瘩。而且确实，用在"月刊"委实太长了，不如给季刊。

望三思，盼退稿，或即给小样，我等着办大事！

紧握手！宗英

这是一封柔中有刚的信。态度很友好、很理智，但文章又增加了近两千字，而我以为是白璧有瑕的"林中鸟兽"那一节，她执意保留。否则，"此处不留爷，自有留爷处"了。我不赞同她的执意，但我能理解她为什么如此执意，她太看中这次西藏之行，太看中这篇文章了！而她偏爱那一节，可能觉得是想追求梦境般、仙境般、神话般的效果吧。

作为责任编辑，我的态度很明确，我很尊重宗英大姐，也喜欢这篇稿子，但还是不能接受这个段落；如果作者坚持，那就只能忍痛割爱，让她另处吧。我觉得刊物要有坚持，要有底线，不能为任何一位作家破例。而那么多名家所以看中我们、高看我们，不也正因为《文汇月刊》牛气冲天？！

矛盾上交到梅朵手里，他犯难了一阵。他太了解黄宗英的"只讲道理，决不通融"，也熟悉我的六亲不认、不可动摇。他找来版面责编、"刀斧手"徐凤吾，吩咐说："《小木屋》做头条，马上让美编画版式，照达成的意见把那一段删掉。"梅朵是鱼和熊掌统统要。他知道黄宗英可能会不高兴，但决不会翻脸，他们有几十年的交情垫底呢！

黄宗英不知我们怎么决断，怎么这么长时间不给清样看呢，这不像是《文汇月刊》的风格。1983 年 4 月 19 日，黄宗英从北京写信给我和余之，问道：

我今天（19 日）去天津。没接到清样，不知道还给不给我看清样？

来得及的话，把第一个小标题，改为——九九八十一个连环迷。

还是寄一张清样到北京弓弦胡同×号童大林处吧。我在准备录音的时候，也还发现一些语病或错字，能让我看看清样才好，那怕电话里修改。

宗英大姐身经百战，报告文学老惹麻烦，几天后，她又来信叮嘱，文章可能牵涉到民族政策，千万要小心。

　　我按宗英大姐给的地址，把删去"波密会议"的清样寄到北京去了。不过，为了多给梅朵争取一点时间，让爆发点来得晚些，我没用"航空"，而是寄了慢悠悠的"挂号"。当黄宗英看到清样时，我们这期刊物已经付印，木已成舟了！

　　我们给了《小木屋》以很高规格，23 000字篇幅，连同配发的四张徐凤翔和考察队其他成员，以及黄宗英的照片，占了28 000字地位。而这期报告文学所占篇幅为56 000字，又大大超标了。

　　宗英大姐也许真的不高兴了。我不知道她是否跟梅朵通过电话，或是写过信？我只看到，过了一两个月，在跟黄宗英同去西藏访问的"秘书长"周明的《人民文学》上，重新刊登了全本的《小木屋》。堂堂的《人民文学》，不是"选刊"却转发刊登过的作品，大概也是开天辟地头一回。虽然，这触犯办刊大忌，坏了规矩，但对我们而言，却不失为好事，因为它让宗英大姐得到宣泄，有利于安定团结。

　　还有更圆满的事，在随后的1983—1984年全国优秀报告文学获奖名单中，《文汇月刊》有四篇：《小木屋》《关东奇人传》《胡杨泪》和《南通虎》。《文汇月刊》是刊发报告文学的大户，也是获得报告文学全国奖的大户，而且由此成为每届评奖的常态。

　　《小木屋》的责编，我主动填上余之的名字，他也去南京参加领奖活动了。宗英大姐似乎并不记"恨"，后来无论是她到《文汇月刊》来，还是在一年一度的北京《报告文学》杂志编委会上——我和黄宗英都是他们的特邀编委，宗英大姐都跟我热情打招呼，依然是一头银发，满脸充满阳光的笑。我敬重宗英大姐，她是个有坚持的好作家。也许，宗英大姐也会认可我，是个有坚持的好编辑。

后　　记

　　都说报告文学不是用手写出来，首先是用脚跑出来的。而1982年10月，黄宗英为《文汇月刊》采写《小木屋》，深入采访常年在西藏原始森林里研究高原生态保护的女科学家徐凤翔，则是以生命为代价跑出来的，她给哥哥、给孩子一一留下了遗书。

　　黄宗英和女主人公信念相通、生命与共。当徐凤翔为了能深入考察树木状况，谢绝部队领导走近路，或用军用飞机运送的建议，执意要走一条远而险、长达1 838公里的川藏老公路时，黄宗英豁出去了，舍命相陪。破旧的卡车，才结冰棱的山道，每时每刻，都可能出事故。险情不断，半路上，徐凤翔感到后悔，"我不该让你和我一起走，出了事，我可怎么承担得起？"黄宗英安慰道："我出事，你也出事了，谁也用不着承担。"

1983年5月，《小木屋》在《文汇月刊》上发表。第二年5月，黄宗英又带着中央电视台中国电视剧制作中心电视摄制组二进西藏，在波密的原始森林里和徐凤翔再次相会。拍摄期间，黄宗英还说服摄制组负责人，从拍摄经费中省下一笔开支，在当地驻军帮助下，为徐凤翔建起了一座真正的小木屋。

10年后的1993年岁末，已经声明"归隐书林"的黄宗英，突然接到一封徐凤翔的来信。信上怅惘地说："我已经过了60岁，还有一个愿望未了，那就是雅鲁藏布江大拐弯考察，但是没有这笔经费。"一封信如同一把火，黄宗英重燃热情，为徐凤翔四处呼吁，还在《北京日报》上发表了一篇《小木屋在呼唤》。名人效应发酵了：一位香港商人捐资20万元给徐凤翔做考察经费，北京武警总队提供越野吉普车，天津宝坻县送来了考察队野外使用的帐篷，北京电视台派摄制组跟踪拍摄。

然而，岁月不饶人，黄宗英毕竟年近七旬，当她翻过山头，再次深入到峡谷中去时，高原反应非常强烈，鼻子出血，手发麻，手臂上出现很多紫血块。但她执意要按计划完成行程，完成拍摄任务。后来，她呼吸困难，失去知觉，考察队派车连夜将黄宗英送到林芝115医院。醒来后，她还执拗地要求去一次拍摄现场，被送回北京后，直接从机场送往医院。

黄宗英儿子心痛地说：高原反应引起妈妈全身毛细血管坏死，内分泌紊乱。后来有朋友问黄宗英：12年里，你三进西藏，身体付出沉重代价，感到后悔吗？回答是否定的，她无怨无悔："唯一的遗憾是没能在西藏光荣献身，以后不可能再找到比这更好的机遇、更好的地方了。"

值得一提的是，《文汇月刊》1983年5月号上的《小木屋》，差一点不能刊登。因为，对于这篇感人至深的稿件中，有关"林中鸟兽开会"那一节，我和宗英大姐看法严重分歧。我觉得是白璧之瑕，有游离、拖沓之感，应当删去；她则觉得是得意之笔，执意保留。最终，还是主编梅朵拍板，先斩后奏，删掉这一节，付印再说。他和黄宗英有几十年交情，不怕她翻脸。

不落征帆的黄宗英

陆正伟　男，1983 年调入上海市作家协会工作至今。汉学语言专业毕业。中国作家协会会员、上海市作家协会会员。主要作品：《世纪巴金》（上海人民美术出版社）、《晚年巴金》（文汇出版社）、《巴金这二十年》（上海人民出版社）、《永远的巴金》（复旦大学出版社）。曾获首届冰心摄影文学奖。

在当今文坛上从事过表演艺术又经历过文学创作并在文学艺术上都颇有建树的人物就数黄宗英了。

这位当年浪漫的"小丫"如今已是九旬高龄，因年老体弱几乎是以医院为家了。虽然淡出公众圈已多年，但她并没闲着，做着自己心中想做的事，当大部头作品已无力完成时，她便忍着病痛写些短小精炼的文章，她比喻用碎布做衣服那样一针针地缝补，一块块地拼接，在《新民晚报》副刊上开设专栏，起名"百衲衣"，在写作过程中，她感叹地对我说，千把字的文章，看起来不起眼，难度颇高，文章虽短，但五脏齐全。经过长年的努力，终于制成了一件五彩缤纷的"新衣"，由上海文艺出版社结集出版。今年初，她撷取赵丹的一幅书法"天下都乐"之名又在《新民晚报》开设了新的专栏，由于病情多变，写作只得写写停停。

宗英大姐待人十分随和，毫无架子可言，所以不论是医生护士，还是身边的护理员都感到与她特好处，在吃、穿上也很随意，身上穿的是护理员小姚为她编织的毛衣，在饮食上小姚做什么她就吃什么，从不挑剔，有时为图省事，干脆让小姚到附近的丁香花园买些小点心充当主食，为的是把省下来的时间用在写作和读书看报上，她有"约法三章"，就是凡来看她的人，一不许带吃的，二不许买花，三是要带一本书。她现在除了治疗，每天下午一定要看书读报，此外，她还要挤时间学英语。"我的英语还不到中学水平，所以一定要学。"她很认真地对我强调"中学"这两个字，好像这真是她学英语的原因。今年4月12日，我去华东医院探望她时，见她手捧着最新一期的《收获》读得津津有味，坐定后，我对她说，数年前，时任《收获》杂志社主编李小林托我向你约稿，你终因身体欠佳，不能如愿。她听后无奈地摇了摇头并叹了口气。我深知她作为用笔来说话的人，最终因身患疾病的困扰，自己想做的事做不了，心中是多么的苦痛啊。见此我怕戳到她的痛处，忙把话题转到最近刊登在报刊上的热门话题。在她病房里，不仅有上海作协为离休干部订阅的《文汇报》《新华每日电讯》《上海老年报》和《上海老干部工作》，还有友人赠阅的《新民晚报》和《炎黄春秋》等报刊。所以，她人虽住在医院里，但他得到的信息不仅多，而且新，让她感到可惜的还是她多年来一直订阅的如今已并入《文汇报》，不再独立发行的《文汇读书周报》，说起来这份充满书卷气的报纸，宗英大姐与它有着一段鲜为人知的故事呢。多年前，我到北京探望已与冯亦代结成连理的宗英大姐，当我来到小西天宗英大姐家时，冯亦代重病在床，我与大姐便在客厅内交谈，谈话间，她告诉我最近写了一篇稿子，准备给《南方周末》发，说着她让我看，我接过一看，心头突感一惊。原来，此文她以亲历者的身份来证明"反右"时毛泽东在上海锦江小礼堂召集知识界人士座谈时与罗稷南的一段对话，谈到鲁迅如活到现在要么闭口不说话，要么蹲监狱的说法。但由于年代已久，当时社会上众说纷纭，又拿不出真凭实据，于是争论不休，莫衷一是。此时，宗英大姐以亲耳聆听，她用平静的语调，在文章中娓娓道来。我读后，深知此文的分量，于是，向她提出，稿子我留一份，等《南方周末》刊登后，我交给上海报社发表，她答应了我的要求。回上海后，我把稿子交给了《文汇读书周报》的徐坚忠，他拿到后如获至宝赶紧腾出版面，精心编排，醒目的标题上还套了红，不仅头版头条，还找到了当年座谈会上赵丹、黄宗英夫妇坐在毛泽东身后小桌旁的新闻照。因此，一经发表，如同一台大功率的消声器，原本一场争论不休的笔仗被宗英大姐用历史的事实画上了句号。

宗英大姐是位十分重情义的人，走进她的病室到处可见友人、读者来探望时赠送的工艺品和为她创作的作品，如墙上贴着的画像，窗台上摆放着照相架和一叠叠送来的新书，最吸引眼球的还数床头和床上摆着、挂着的长毛绒玩具，有猴、马、羊、兔……在众多的长毛绒玩具中，她最喜欢的还数牛。因自己属牛，更因崇尚牛吃苦耐劳的精神，她把上海作协赠予的一头硕大的长毛绒牛，单独摆放在床上，用她的话就是每天与它同床共眠，可以使她经常想起作协的老友们的友情。

宗英大姐告诉我，她现在最主要的病还是头疼，那是从1959年开始的。"那年我在上影厂，开大会的时候，电影局长突然就说，黄宗英调到创作组写剧本，我的头'嗡'一下就疼了。我怎么会写电影剧本呢？写不出来怎么办？他也不征求我的意见，就宣布让我写剧本了。我从那时就头疼了，一直疼到现在，有50多年了。"所以，楼面的医生、护士最了解宗英大姐的病情了，她们经常看到大姐在创作时遇到头疼就用毛巾紧紧扎住额头以解病痛的情景，见此都会主动劝她稍作休息并帮助她做些物理治疗以解病痛。为了方便黄宗英读书写作，俞卓伟院长特地让医院为大姐量身定做了一张小书桌。不久前，黄宗英在小桌上创作出了一篇由南通市赵丹纪念馆约她撰写的自传，主治医生郑安麟想收藏大姐的几页手稿留念，但欲言又止，大姐看出了他的心思，慷慨地将有着五六万字的手稿赠予了郑大夫。当我为此感到惋惜时，她只淡淡地说："他喜欢，我就给他了。"在宗英大姐眼中这都是身外之物，所以她把钱财看得很淡薄，只要听到别人有困难她便会伸出援助之手，护理员小姚由于家境困难，大姐便多次拿钱拿物帮助她，她还经常资助失学儿童，这样的义举不胜枚举。今年春节前夕，市作协党组书记汪澜在探望慰问时向她介绍上海作协正在呼吁筹建上海文学博物馆，用以展示上海现当代作家创作成果，弘扬曾为我国文学事业做出过杰出贡献的老作家们的精神，她听得很认真，也听得很仔细，她不仅支持，还表示愿意将她与赵丹使用过的书籍、物品捐献出来。

　　我一直在探究这位年已古稀的老人，为何能始终保持着一颗充满朝气的心呢？去年盛夏，见宗英大姐精神尚可，便取出一个空白扇面请她在上面提个词，她拿出软笔抬头望着我说，要提什么内容？当时我给她问住了，不知所措。宗英大姐一手拿着扇面，一手握着笔不假思索地写下了"一息尚存，不落征帆，正伟小弟共勉，黄宗英补白"。这就是她的真情流露，难怪她年已九旬仍壮心不已，因为她有一颗永远不老的童心。她之所以连续几年获得全国优秀报告文学奖，现在还不断写着恬淡美丽的散文，在于她身上的一派浑然天成的天真，就是她进行文学创作最为宝贵的本源。我相信她仍会奉献给读者更多的佳作。

《傅雷与傅聪》创作手记

叶永烈 1940 年生于浙江温州。1963 年毕业于北京大学。11 岁起发表诗作，19 岁写出第一本书，20 岁时成为《十万个为什么》主要作者，21 岁写出《小灵通漫游未来》。

主要著作为 150 万字的"红色三部曲"——《红色的起点》《历史选择了毛泽东》《毛泽东与蒋介石》，展现了从中国共产党诞生到新中国诞生的红色历程；《反右派始末》全方位、多角度反映了 1957 年"反右派运动"的全过程；200 万字的长卷《"四人帮"兴亡》增订版以及《陈伯达传》《王力风波始末》，是中国十年"文革"的真实写照。《邓小平改变中国》是关于中共十一届三中全会全景式纪实长篇。《受伤的美国》是关于美国"9.11事件"这一改变世界历史进程重大事件的采访记录。此外，还有《用事实说话》《出没风波里》《历史在这里沉思》《他影响了中国——陈云全传》《中共中央一支笔——胡乔木》《毛泽东和他的秘书们》《钱学森》等。还出版"叶永烈看世界"丛书 20 卷、500 万字，包括《美国！美国!》《我在美国的生活》《三探俄罗斯》《漫步欧洲》《米字旗下的国度》《目击澳大利亚》《真实的朝鲜》《樱花下的日本》《大陆脚游台湾》《叩开台湾名人之门》《梦里南洋知多少》《这就是韩国》《从金字塔到迪拜塔》《神秘的印度》《畅游加勒比海》等。《叶永烈科普全集》28 卷、1 000 万字正在出版。《改革开放的大功臣——万里》《走近华国锋》在报审之中。2015 年完成 30 多万字长篇小说新作《东方华尔街》以及 70 万字的《历史的绝笔》。

《萌芽》约我写《傅雷与傅聪》

我的报告文学创作的转捩点是从写傅雷与傅聪开始的。

喜欢音乐的我，很早就注意到傅聪其人。但是，他曾有过"叛国分子"的可怕名声。

1979年4月，傅聪从英国回到阔别已久的祖国，回到阔别已久的故乡上海，出席父亲傅雷的追悼会。这时，傅雷的冤案已经平反，可是笼罩在傅聪头上的"叛国者"阴影并未散去。关于傅聪的报道，在当时是严加控制的。就连傅聪的报道不能超过多少字、必须安排在第几版，都有严格的规定。我当时从《中国青年报》的一份内参上，看到详细的傅聪的动向报道，傅聪又爱国、又"叛国"的曲折经历，引起我的注意。

我对傅聪有了些了解之后，我发觉他和他父亲傅雷都有一颗火热的爱国之心。尽管当时无法发表关于傅聪的报告文学，我还是以他为模特儿写成15 000字的小说《爱国的"叛国者"》，发表在《福建文学》杂志上。

《傅雷家书》由傅雷次子傅敏整理。最初交给上海人民出版社——因为傅雷是在上海出生并在上海工作的，而且傅敏有一位老同学在上海人民出版社工作，愿意为此书的出版牵线搭桥。意想不到，这么一本好书，竟遭上海人民出版社退稿！那是因为上海人民出版社当时的领导人总以为傅雷曾是"右派分子"，傅聪是"叛国分子"，出版这么一本由"右派分子"写给"叛国分子"的家书集，不妥……

北京的三联出版社总编辑范用得知，马上"抢"走了书稿。《傅雷家书》由三联书店出版之后，产生了广泛的影响，印了一版又一版。这时，上海人民出版社才后悔莫及！

由于《傅雷家书》的大量印行，1983年8月，当时任上海《萌芽》杂志编辑的作家赵丽宏，约我写关于傅聪的报告文学。我一口答应下来。

然而，当时傅聪远在英国伦敦，无法直接采访。我只得在上海着手采访。我访问了傅雷诸多亲友，内中特别采访了傅雷的老保姆周菊娣，因为傅雷夫妇晚年和周菊娣生活在一起。

我到上海江苏路傅雷故居采访的时候，意外地遭到"白眼"：傅雷的房子是租的。傅雷夫妇死后，房子已经住进另一家人家。我进去采访的时候，一提到傅雷，住户马上不悦，不让我进去参观。我好说歹说，才给我进去，匆匆看了一下，却不许我拍照。

后来我才明白，傅雷夫妇当年自杀于屋里。后来搬进的这家，最初并不知道此事。当他们知道之后，心中感到害怕，再也不许别人提及此事。正因为这样，当我前去采访、拍照，理所当然，他们不予欢迎。

1983 年 9 月 14 日，我应中央电视台之邀，飞往北京，担任电视系列片《小灵通》编剧。我借此机会，在北京进行采访。

在北京，我得知中共中央总书记胡耀邦在 1982 年 2 月 19 日对傅聪问题做了明确的批示：

> 应该欢迎这种特殊情况下出走者"归队"。
> 要较充分地体现国家对这样一个艺术家的慈母心肠。

胡耀邦的批示，更加坚定了我写好傅聪的信心。

在北京崇文门宾馆，我写出了报告文学《家书抵万金——傅雷与傅聪》。最初是以傅聪第一人称写的，我以为这样读来有一种亲切感。正巧赵丽宏也出差北京，他看了之后，认为写得很好，唯一的缺点是以傅聪第一人称来写，不妥。我同意赵丽宏的意见。他说，改一下人称，属"技术性修改"，可以由他带回上海改一下，马上发稿。

《家书抵万金——傅雷与傅聪》迅速排出清样，本来已经安排在第十二期《萌芽》杂志头条地位。已经箭在弦上。

就在这时候，发生了变故：那支在弦上的箭，没有射出去！

原来，形势陡然发生变化："清理精神污染"开始了！

本来，这篇报告文学与"清理精神污染"无关，但是在《萌芽》主编、上海作家协会副主席哈华脑子中，傅雷那"右派分子"、傅聪那"叛国分子"的影子并未去除。满头飞霜的哈华是个大好人，但是那一次次政治运动把他整怕了。他担心这篇报告文学会出什么麻烦。他对我说："叶永烈，你为什么不写点别的，偏偏写傅雷、傅聪？"

哈华鉴于当时的政治形势，提出《家书抵万金——傅雷与傅聪》应该送审！

赵丽宏得知，坚决反对。他说，这篇报告文学为什么要送审？根据什么文件规定要送审？

我强调胡耀邦对傅聪问题做了批示，哈华说，他没有看到过！

毕竟主编说话算数。《家书抵万金——傅雷与傅聪》清样被送往有关部门审查。

《萌芽》杂志是在每月 15 日付印。13 日、14 日，《萌芽》杂志接连打电话向审查部门请示，都说"没有时间看"。

《萌芽》无法，只得临时抽下《家书抵万金——傅雷与傅聪》！

赵丽宏非常焦急，因为这篇报告文学是他主动约我写的，而且他认为写得很好，没有任何理由不予发表。

在无奈之中，他把《萌芽》的清样转给了江西《百花洲》编辑洪宜宾。

于是，重演了《傅雷家书》被上海退稿、成为北京三联书店畅销书的一幕。

《百花洲》当即决定发表，并排在头条地位。直至这时，赵丽宏才把有关情况告知我。

那一期《百花洲》尚未运到上海，上海《文学报》倒是先发表了关于《家书抵万金——傅雷与傅聪》的消息！

紧接着，上海发行量甚众的《报刊文摘》刊登《家书抵万金——傅雷与傅聪》的摘要！

许多报纸也摘载了《家书抵万金——傅雷与傅聪》！

接着，《报告文学选刊》全文转载了《家书抵万金——傅雷与傅聪》！

人们笑话《萌芽》编辑部是"买了炮仗给人家去放"！

我还航寄《家书抵万金——傅雷与傅聪》给傅聪和傅敏，也寄赠了傅雷诸多亲友，他们亦均表示非常高兴。

从此，我与《百花洲》有了密切的联系，在《百花洲》发表了诸多报告文学。

查清傅雷夫妇死因

在采写《家书抵万金——傅雷与傅聪》的过程中，我采访了诸多傅雷亲友。我继续进行采访，着手写关于傅雷的报告文学。

我完成了这篇报告文学，题为《傅雷之死》，交给人民日报主办的杂志《报告文学》。

然而，我紧急通知《报告文学》编辑部，《傅雷之死》暂缓发表！

为什么我要求暂缓发表呢？因为我要对《傅雷之死》做重大修改。

我庆幸在《傅雷之死》发表之前，发现了我的重大差错！

傅雷的保姆叫周菊娣，是浙江镇海人。从29岁起，周菊娣就来到傅家工作，尽管她与傅雷夫妇非亲非戚，然而11年朝夕相处，如同一家人。

我采访了她。

她回忆说："傅先生是好人。有几次，我生病了，傅先生把医药费放在我的面前，一定要我上医院看病。我不去，他就发脾气。我看病回来，他才放心了。我的女儿住在浦东。有时我去看女儿，如果晚上八点还没回来，傅先生就坐立不安，生怕我路上出什么事情。有几次我把饭煮烂了，觉得真过意不去，赶紧向傅先生打招呼，他并没有生我的气，高高兴兴吃烂饭。还有一次，我失手把一盆大排骨翻在地上。我赶紧向傅先生道歉，他反而笑笑，幽默地说成了'拖地板排骨'啦，没有责怪我……"

她说起了傅雷的为人："傅先生正正派派，整天埋头于书房写作。来了客人，占了时间，他当天晚上就多工作一会儿，把失去的时间补回来。有时候，我到书房里擦玻璃窗，他连头也不抬，一句话也不说，只顾自己工作。他的脾气非常直爽，见到不对的地方，就当面'开销'。他心地好。傅太太性格温和，为人善良。我在傅家工作那么多年，从未见过傅太太发过脾气，她整天笑嘻嘻的……"

在傅雷夫妇晚年，长子傅聪在英国，次子傅敏在北京，唯一与傅雷夫妇生活在一起的是保姆周菊娣。

第一个发现傅雷夫妇自杀，是保姆周菊娣；去派出所报案的，也是保姆周菊娣。

正因为这样，我以为根据周菊娣的回忆写成的傅雷夫妇之死，当然是准确的。

周菊娣告诉我，傅雷夫妇是喝敌敌畏自杀的。

傅雷的两个儿子傅聪和傅敏也这么告诉我。

我把傅雷夫妇喝敌敌畏自杀，写进了报告文学《傅雷之死》……

我差一点掉进错误的泥潭！

幸亏在发表前，为了更加准确起见，我以为应该到公安部门核实一下傅雷的死因。

在上海公安部门的帮助下，我查阅了傅雷的死亡档案，这才弄清傅雷之死的真实情况，更正了种种误传——我明白，就连傅雷之子傅聪、傅敏，就连当时唯一和傅雷夫妇生活在一起的保姆周菊娣所说的情况，都与档案不符！

验尸报告指出，傅雷颈部有马蹄沟。报告还附有傅雷夫妇自缢所用的床单的照片，这些档案确凿无疑地证明傅雷是上吊自缢……

那么重要的目击者、当事人傅雷保姆周菊娣为什么说傅雷夫妇是服敌敌畏自杀的呢？

我再度访问了傅雷的保姆，又访问法医及当时处理现场的户籍警，终于弄清真相：

那天上午八时半，保姆迟迟不见傅雷夫妇起床。按照傅雷家的规矩，保姆是不能随便进入主人卧室的。只是由于情况异常——傅雷夫妇连续被斗四天三夜，今天这么晚没有起来，会不会发生意外？

一直等到九时三刻，仍不见有任何动静。

当保姆走近傅雷夫妇卧室的时候，敲了敲房门，傅雷夫妇没有回答。

保姆又敲了敲房门，傅雷夫妇仍然没有回答。

保姆把房门敲得很响，傅雷夫妇还是没有回答。

保姆感到情况不妙，她非常紧张地推门，门没有反锁。她见到傅雷夫人直挺挺躺在地上——实际上，傅雷夫人当时并没有倒在地上，是保姆神经过分紧张造成的错觉。

保姆吓坏了，不敢再看一眼，就连忙跑到派出所报案。

当户籍警左安民赶来，进入傅雷夫妇卧室，保姆一直不敢进去。

后来，当保姆终于硬着头皮进入现场时，傅雷尸体已经被左安民放在躺椅上。保姆见到傅雷身上紫色尸斑，误以为服毒身亡。保姆凭自己的推测，以为傅雷夫妇是服敌敌畏自杀。

为了详细了解傅雷之死，我在 1985 年 7 月 10 日找到了当年去傅雷家的户籍警左安民。他是第一个进入现场的人。他的回忆，澄清了一些关于傅雷之死的误传。

以下是根据他的谈话录音整理出来的：

1966 年 9 月 3 日上午 9 点多，我接到傅雷家保姆的报案，就赶去了。

当时，傅雷卧室的房门关着，但是没有反锁。我使劲儿一推门，看见傅雷夫妇吊死在卧室的落地钢窗上（注：卧室外为阳台，他们住在底楼）。钢窗关着。夫妇俩一左一右吊在钢窗的横档上。傅雷先生在右边，傅雷夫人在左边。

我推门时劲儿太大，一股风冲进去，傅雷先生上吊的绳子就断了。他掉了下来，正好落在旁边的藤躺椅上。

我赶紧把门关上，打电话给长宁分局，治保科的经志明等来了，我们一起进入现场。我走上前，把傅雷先生扶正，躺在藤椅上。所以，后来进入现场的人，都说傅雷先生是躺在藤椅上死去的。其实不是那样，是我把他在藤椅上放好的。

他们上吊用的绳子，是浦东的土布。那是一床土布做的被单，撕成长条，打个结。你看，死亡档案上有当时拍的照片。这土布上有蓝色方格。照片上右面那个断了的布条，就是傅雷先生的。

当时，地上铺着被子。被子上是两张倒了的方凳。我把傅雷夫人放下来，放在棉被上。（注：这点与保姆周阿姨的口述不一致。据左安民说，保姆当时神情非常紧张，不敢正眼看，可能记错。）

长宁分局治保科经志明和长宁区法院有关人员，一致认为傅雷夫妇是自杀。

当时，除了把上吊的布条拿回去拍了照之外，现场没有拍照。

傅雷先生死去的时候，穿的是汗衫、短裤，夫人穿的也是睡衣。尸体曾用车送到上海市人民检察院法医检验所检验，法医是蒋培祖。他们根据颈部有马蹄状索沟，断定为自缢致死。身上有灰紫色的尸斑，说明死亡已有好几个小时。

区法院来了十多个人。我当时跟他们一起，在傅雷家清点财产。我记得，花了两天两夜。

当时曾发电报给傅雷在北京的一个儿子（注：即傅敏）。他回电说，后事托他舅舅（注：即朱人秀）处理。

傅雷死的时候，留下遗书和好几个信封。信封里装着东西，上面写着给谁。我没有动过。后来，舅舅来了，他跟法院一起处理的。舅舅是老干部，那时候靠边了。

我听保姆说，她在那天早上，很久没见傅雷夫妇起床，就在门外边喊傅先生。里面没有答应。她这才推门，一看，吓坏了，赶紧把门关上。她当时没有走进去看。一方面她有点害怕；另一方面傅雷有规矩的，未得同意，保姆不能随便进他的卧室。

我进去的时候，记得有一盏很暗的灯还点在那里。那时候，傅雷夫人挂在那里，这是很清楚的。是我亲手把她放下来的。

傅雷卧室的门，如果开了一点点，只能看到傅雷夫人——窗的左边。窗的右面是看不到的。

当时，我管的地段，文化界的人很多，500多户中有200多户被抄家。

一开始，遇上抄家，我就赶去查看有没有抄家证明。著名影星祝希娟（电影《红色娘子军》女主角）也住在那地段。当一些中学的红卫兵抄她家的时候，我赶去了。一问，他们没有证明，我就不许他们抄。他们骂我是"老保"。我说，要执行"十六条"。他们说，"十六条"之外，还有第十七条哩，跟我吵。尽管当时我对运动也认识不清，但是，我们做公安工作的，总还是按照制度办事。没有抄家证明的，就是不给抄。

后来，抄的越来越多，根本不跟派出所打招呼，社会上越来越乱，我也顾不上。

傅雷家，本来我以为不会有什么单位来抄家的，因为他不属于什么单位。上海音乐学院跟他们家没什么关系。他们的红卫兵来抄家，没跟我打招呼。所以一直到傅雷夫妇死了，我才知道。

那时候，自杀的很多，差不多天天有人死。当时，考虑到傅雷是社会上很有影响的作家，所以特地请市检察院的法医来验尸。不是重要的案件，市里的法医是不来的。

我是在1958年开始当这一地段的户籍警，1968年7月21日离开。那时候公检法搞"清队"，我被打成了"现行反革命"。我有一个本子，曾把我管的地段哪一家什么时候被抄家，什么单位来抄的，负责人是谁，都记下来。还有各单位来抄家时交给我的证明、抄家物资的收条，我都收集起来，有一大堆。很可惜，我被打成"现行反革命"之后，这些东西都丢了。

我管那个地段十年，傅雷家我常去的。傅雷待人很客气的。他是高级知识分子，并没有看不起我这个民警。一开始，我管那个地段，他成了"右派"。我总喊他"傅先生"。第一次去，问了他家几口人之类的。慢慢的，我们熟悉了，正好遇上傅聪出走。我常常上他家，他们都很和气，和我聊天，有什么说什么。他那样悲惨地死去，很可惜的。

应当说，左安民的这些回忆，是极为珍贵的历史资料。他的回忆，纠正了保姆当时在神经过分紧张情况下所造成的错觉。

又据保姆回忆，1966年9月3日下午4点多，一辆收尸车驶入上海江苏路，停在一幢贴满大字报的花园洋房——傅雷家前。在公安人员的监视下，傅雷夫妇穿着睡衣、光着脚，被抬上了车，说是送往万国殡仪馆。

保姆把傅雷夫妇前几天穿的外衣熨平，自己花钱买了两双黑色的软底鞋，于翌日赶往殡仪馆，给傅雷夫妇穿上……

其实，傅雷夫妇的遗体并没有直接送往万国殡仪馆，而是前往上海市公安局法医处。

据上海公安部门告诉我，傅雷因属著名人物，所以在他自杀身亡后，曾送上海市公安局尸检——这事，当时连他的保姆都不知道，只说尸体送火葬场，而实际上是送往公安局法医处……

查阅档案，使我的作品避免了一次重大的失误。

起初，傅雷的亲属不相信傅雷自缢——因为他们一直是听保姆说是服毒而死。经我说明了档案所载的事实，出示死亡档案复印件，他们信服了。

根据档案以及户籍警的回忆，我在报告文学《傅雷之死》中第一次披露了傅雷自杀的真实情况：

经过多方查询，1985年7月，我终于在上海市公安部门的帮助下，找到了这份案卷。

牛皮纸的封面，写着：

案别：上吊自杀

姓名：傅雷　朱梅馥

受理日期：1966 年 9 月 3 日

结案日期：1966 年 9 月 12 日

承办单位：××分局××科

这是一份触目惊心的死亡档案。其中有案情报告、验尸报告、周菊娣陈述笔录、傅雷和朱梅馥遗书、上吊绳索照片以及查封物品清单等等。

案情报告一开头，就非常清楚地写明了死者的身份：

傅雷　男　五八岁，上海南汇人，作家。

朱梅馥（傅雷之妻）　女　五三岁，上海南汇人，家务。

发现（非病死亡）1966 年 9 月 3 日。

报告　1966 年 9 月 3 日。

验尸　1966 年 9 月 3 日。

这是关于傅雷夫妇之死的最准确、最详尽的历史档案。我逐页细细阅读着，我的视线被夺眶而出的泪水所模糊。我仿佛听见屈死的亡灵的愤怒呼号，仿佛又回到中国历史上那灾祸深重的年月。

傅雷夫妇有两个儿子。当时，长子傅聪客居英国伦敦，次子傅敏在北京工作。在傅雷夫妇身边，唯有保姆周菊娣。周阿姨是第一个发现傅雷夫妇愤然弃世的人。案卷中的《周菊娣陈述笔录》，是一份十分珍贵的历史文件。现全文抄录于下：

陈述人姓名　周菊娣

性别　女

年龄　四十五

籍贯　镇海

职业　佣工

文化程度　小学二年

陈述时间　1966 年 9 月 3 日上午

问：你怎么发现他们自杀的？

答：平时我每天早晨起来后，买菜、打扫书房、洗洗东西。他们夫妇俩一般在八点多起来，我再进宿舍（注：指卧室）打扫。今天上午到八点半未听见他们夫妇俩起身的声音。

我到上午九点三刻左右仍未听到他们起身动静，我就静静（注：系"轻轻"之误）开开他们房门一看，床上无人，我将房门再开开一点一看，朱梅馥睡在地上。我立即到××路××小组支玉奇处报告，由支玉奇打电话报告派出（所）。

问：昨晚他们夫妇俩晚饭吃了没有？讲些什么？

答：他们夫妇俩均吃过晚饭。在八点左右我事情做好后到书房内去，他们夫妇俩均在。傅在写东西，朱在房间内。我也在房内坐下，三人一起。约九点不到，朱梅馥叫我早点去休息。

在吃晚饭时，朱梅馥说，明天小菜少买一点。

问：他们（家）有哪些单位来搜（注：指抄家）？什么时后（候）来的？

答：在8月30日下午，有区房管局来搜，到七点半左右离开，到楼上宋家去。

在当晚十一点多，由上海音乐学院红卫兵来搜，一直搜到9月2日中午一点不到才离开，他们夫妇俩这几天均没有睡过。

问：平时你听到他们讲过什么话？

答：在上星期二（注：即8月23日）里弄突击读报回来后，他们夫妇俩整理一些旧画、小古东（董）。在星期三（注：即8月31日）晚，傅雷在书房内讲："音乐学院可能要来扎（砸），要扎（砸）让他们扎（砸），最多大不了两条命！"其他什么话我未听到。

问：最近家中有什么人来过？

答：有一医生×××，工商联××。8月28日，朱的姑母来。其他人没有。

依靠档案查清傅雷夫妇之死这件事，给了我深刻的教训，从此我更注意依靠档案，发挥档案的作用。

我在1986年第二期《报告文学》杂志发表的《傅雷之死》，被许多报刊所转载，并选入《历史在这里沉思》等书。就连远在纽约的我的表妹，也见到当地华文报纸连载，只是改了标题——《傅聪之父傅雷之死》，因为在海外傅聪的知名度超过了他的父亲傅雷。日本译成日文发表。

［亲历］

中国医生在摩洛哥

刘红炜 上海市作家协会会员，长期从事卫生行政管理工作。20 世纪 80 年代开始文学创作，在《萌芽》等文学杂志和报刊发表作品。90 年代转向电视剧及专题片创作，先后投入拍摄并在电视台播出。2007 年参加中国援助非洲医疗队并任总队长，著有散文集《北非迁徙》。总共发表小说、散文、影视作品 80 余万字。

"有困难找法蒂玛"

法蒂玛是中国医疗队员名副其实的好朋友。法蒂玛的家在一个叫塞达特的中等城市，这个城市是中国医疗队在摩洛哥的发源地，44 年前，第一支中国援摩医疗队就是根据两国协议在这个城市开展援外医疗工作的，以后逐步扩大，直到发展成今天 120 名医疗队员分布在摩洛哥全国 12 个地区的规模。

法蒂玛是何时并且如何成为中国医疗队员的好朋友的我已经无从查考了，反正从很早以前，她就和中国医疗队员有着亲密无间的关系，而且这层关系是由医疗队员们一代又一代传承下来的，也就是说，法蒂玛是一批又一批塞达特医疗队员相互传承的好朋友。

塞达特医疗队每到新旧轮换的时候，有一个不成文的规矩：就是必将法蒂玛像交班一样由医疗队的老队员向下一届医疗队的新队员交接。就这么一批又一批的医疗队员，简直像个铁打的营盘，连法蒂玛本人也说不清她究竟认识多少中国医生了。可是在塞达特工作过的中国医生几乎没有一个不认识法蒂玛的，在这举目无亲的异国他乡，好像法蒂玛就是他们的依靠，这种依靠不光是物质上的，还包括精神上的：有困难找法蒂玛——是啊，法蒂玛为中国医疗队提供过多少帮助，谁也说不清了，但是他们全都能从法蒂玛无私的帮助中感受到亲人般的体贴和关怀，从法蒂玛那里找到家一般的温馨。

初见法蒂玛是在我到达摩洛哥后的四个多月，塞达特队的张威浩队长邀请我到塞达特和大家一起过 2008 年元旦。我想在拉巴特队部我们四个人原本就冷冷清清的，去和塞达特的队员们共度新年是不错的一个选择，再说拉巴特距离塞达特才 160 公里路程，于是决定前往。

到塞达特后张威浩队长好像无意间向我提起了法蒂玛。当时我对张威浩说，我们两男两女四个人，为我们找一家旅馆住下，两个标准间即可。张威浩对我说，这事托给一个叫法蒂玛的朋友了，让她为我们找了一家旅馆，不过这位法蒂玛提出，让我们一行四人住在她的家里，洗澡和睡觉都极其方便的。我说这多不好呀！再说是摩洛哥人的家，贸然住到人家家里，不合适的。张威浩不以为然的样子，轻描淡写地说了一句："不搭界的，这位朋友不一样，她是我们的好朋友！"我心想：你张威浩本事倒是挺大的啊，才来摩洛哥两个多月（他们队是 2007 年 10 月抵达塞达特的），就已经有这么铁的朋友啦？

塞达特的队员们见到总队部人员来和大家过新年都很兴奋，见到我们就像见到亲人一样，纷纷上前互致问候，嘘寒问暖。厨房里也已经开始为晚上的聚餐煎炒烹炸，诱人的香味不断窜进我的鼻子……离晚饭时间还早，张威浩建议先把我们的住宿安顿好，回来吃饭也不迟。我说这个主意好，于是驱车前往法蒂玛的家。法蒂玛的家住在塞达特的近郊，这是一幢三层高的楼房，楼前横着一个不高的台阶，拾阶而上，即到了主人家的客厅。法蒂玛正满面春风地在门口迎接我们："Amies, Soyes les bienvenus!"（欢迎你，朋友！）她光着脚，穿着一件淡蓝色的吉拉巴，人有些发福，45岁左右的模样。一进客厅，我就在一边的小屋子里看见一位忽闪着一双水汪汪大眼睛的美丽小姑娘，她坐在沙发上，面前正摆放着一大盘Couscous（摩洛哥人用米粉荤蔬菜做成的主食），小姑娘正拿着勺子一口一口往嘴里舀着，吃得正香呢！法蒂玛这时立刻张罗着要去厨房取勺子，要让我们也尝尝她做的Cuoscuos，我们马上阻止她，婉言谢绝了。我们被引到二楼，二楼也有一间宽大的客厅，客厅内是阿拉伯风格的长条沙发，沙发前是一只只雕花的棕色茶几。我们在客厅内坐下，环顾四周，发现这幢楼的房间确实很多，每一层都有四通八达的屋子，屋子四壁装潢讲究，阿拉伯风格的壁毯悬挂在屋子的四周，桌子和木架上置放着各类银器和瓷器。从张威浩处得知，法蒂玛的丈夫拉罕带着两个儿子做地产生意，且生意做得相当红火。难怪，一看上去这个家庭在摩洛哥就绝对属于殷实富足的那一类。

　　法蒂玛冲摩茶招待我们，不一会儿，法蒂玛的小女儿静悄悄地从楼底下走了上来，她接到了母亲的指令，上楼来和所有人打招呼。法蒂玛有两儿两女，这个小姑娘是她家最小的女儿，小女儿好像很得宠，也就三岁左右的样子，娇滴滴嗲溜溜的，一双眼睛像一潭深水，油黑透亮，十分可爱！让我为之惋惜的是，小姑娘的面颊上有一块淡红色的胎记，否则就堪称完美了。小姑娘已经悄然走到了我的面前，像个小猫咪似的伸出她的小手，亲热地将你的脸捧住，然后凑上她的小嘴，在你脸上轻轻地一吻，然后挪动一下位置，用同样的方式去吻下一个客人。就这样，所有来客的脸上都留下这位阿拉伯小姑娘热情好客的吻。张威浩告诉我，法蒂玛的两个女儿都是在中国医疗队出生的，而且是由中国医生亲手接生的。难怪法蒂玛一家与中国医疗队有着如此深的情缘呀！

　　接下来法蒂玛开始向我做动员了，指着楼上介绍说，这里有许多的房间，睡觉和卫生洗漱设备一应俱全，我们完全不必介意，可以像在自己家一样在这里住下。她的态度很诚恳，几乎是竭力挽留我们。但是思虑再三，我还是不愿意给法蒂玛添麻烦，坚持要住旅馆。见我态度如此坚决，最后法蒂玛只好将我们安排到市中心的一家小旅馆住下，记得她是亲自带我们到旅馆，跑前跑后将我们安排停当后才离去的。就是这第一次，法蒂玛给我留下了深刻印象，她与中国医疗队员之间没有任何距离，的确是中国医疗队的好朋友。张威浩很坦诚地说：只要我们医疗队在当地遇到困难，集体的也好，私人的也好，首先想到的求助对象就是法蒂玛，而法蒂玛会为解决医疗队的困难去四处奔走，全力以赴。即使在平时，也时常能在医疗队驻地见到法蒂玛的身影，她总是对大家的生活嘘寒问暖，水果熟了，她会提上一篮水果上门，让中国医疗队员尝尝鲜；每逢节假日，她总忘不了做上几样拿手的摩洛哥点心，嘱咐儿子特意开车送上门来。她的吃苦耐劳、勤劳善良、和蔼可亲，深深感染着医疗队的每一位队员。大家还记得，前不久医疗队来了四位家属探亲，在饱览了摩洛哥的大好河山风景名胜后，她们即将踏上返程的归途，就在出发的前一个夜晚，队员宿舍的房门被敲开了。起先队员们还有些诧异，开门后才发现，是法蒂玛笑盈盈地站在了黑暗中，她手里提着一只鼓鼓囊囊的包裹，里面全是阿拉伯式的尖头皮拖鞋，有红的，有黄的，还有蓝的，她取出一双递于中国医疗队员的手中，说："你们的亲人万里迢迢来到摩洛哥，现在要走了，我送一点小礼品，不成敬意，请收下吧。"队员们无不被她的诚意所打动！只见她的身影在黑夜中挨家挨户地将礼品送到每一位家属的手中……

现在我有点明白了：为什么历届塞达特医疗队都会将法蒂玛作为交接班的重要内容，一届一届如此传承下去！

时间过得真快，转眼一年过去，眼看2009年的元旦又近在眼前了。塞达特队的张威浩队长再次发出邀请，说既然去年的元旦是在塞达特过的，今年干脆还是到塞达特和大家一起吃年夜饭吧！于是，我们总队部四个人又倾巢而出，再次来到塞达特。这天是2008年的最后一天，一到塞达特，就听队员们说，中午法蒂玛要请我们全体队员吃饭，共贺新年。原本大家想请法蒂玛一家到医疗队来过元旦的，没想到这次又让她抢先一步，她盛情邀请大家："还是到我们家过一个具有阿拉伯风格的元旦吧！"几乎不容推辞。于是队员们忙着梳妆打扮，女队员穿得花枝招展，男队员整得像绅士，很有些过节的气氛。

这天天空飘着小雨，我们一行15人浩浩荡荡高高兴兴地来到法蒂玛家。法蒂玛的丈夫拉罕先生和两个儿子已经恭立在家门口迎候大家，他们一会儿用阿拉伯语，一会儿用法语，一会儿又用从中国医疗队员处学到的中文，不断地说着"欢迎、欢迎"。

踏进屋子，我一眼看见了法蒂玛的小女儿，时隔一年，她长高了，除了原先的娇小，还添了几分女孩子的羞涩。我喜不自禁地将她抱起来，她也落落大方并且友好地将自己的笑脸贴在我的面颊上。我想，这个由中国医生接生的小女孩，一定会从她的爸爸妈妈处知道：是中国医生亲手将她接到这个世界的，她会铭记中摩两国之间这份深厚情谊的。

客厅中央的两张圆桌上摆满了用大瓷盘盛装的各式各样的点心，还有五颜六色的水果。男主人拉罕告诉我们，得知医疗队要来，他和妻子一个星期前就开始张罗了，还动员老大老二两个儿子一起当帮手。桌上的十几样点心和三四种果酱全出自法蒂玛和两个儿子之手，这满桌的点心制作整整花了他们五天的时间。拉罕在一旁不停地张罗大家动手吃点心，大家好像已经和这家人家十分熟悉了，根本没有拘谨，纷纷下手品尝美味的点心来。餐前点心结束后，正餐开始了，法蒂玛端上了一只烤全羊，这可是正宗的摩洛哥烤全羊啊！只见硕大的银盘内，摆放着油光铮亮的一只山羊，烤得焦黄焦黄的，散发着阵阵香味。我撕下一块放进嘴里，果然外脆里嫩，美味可口！大家也开始用羊肉蘸孜然，吃得非常尽兴，赞不绝口。席间，法蒂玛说了一段意味深长的话，她说："塞达特是摩洛哥落后地区，缺医少药，甚至很多摩洛哥医生都嫌这儿条件艰苦，想方设法地想调往大城市，而你们中国医生却不远万里，带着你们的热忱，带着你们的精湛医术来到这儿救死扶伤。这么多年，不知有多少摩洛哥的兄弟姐妹在你们的精心医治下获得新生。正因为这样，我愿意和你们成为真挚的朋友。我家的大门永远为你们敞开，希望你们把我家当成自己的家，希望你们把我法蒂玛当作大姐，有空常来我家坐坐、聊聊。"一番话，温暖了在座每一位的肺腑！

餐后，拉罕为我们演示了摩洛哥茶道。他手提一只光可鉴人的大银壶，里面放少许茶叶，稍加开水后，晃一晃，把第一道洗过的茶叶水倒去，再加水煮沸，放上糖，一壶香喷喷的摩茶算冲好了。他将水壶提得高高的，展示出一个美妙的身段，然后倾斜壶身，茶水便通过壶嘴流入摆放在我们面前的茶杯内，整个动作干净利索，一气呵成。我们开始品尝这热气腾腾的香茶。

屋子里的气氛变得越来越随和，变得越来越热烈。法蒂玛突然想起什么似的，从里间取出几本影集给大家翻看，影集里全是历年来中国医生和她一家的合影。她指着一位中国医生抱着一个小女孩的照片说："这个小女孩就是我的大女儿。你们看，她现在是一个大姑娘啦。"不一会儿，法蒂玛又从自己房间拿出几件颜色鲜艳镶金嵌银的吉拉巴，几位女队员一时兴起，当众将吉拉巴穿在身上，左转右看，情不自禁！这时拉罕开启了墙脚的组合音响，欢快的阿拉伯音乐充斥在整个房间，穿着吉拉巴的女队员，干脆忘情地随着阿拉伯音乐的节拍，跟着法蒂玛的两个小女儿翩翩起舞，跳起了当地的民族舞蹈。大家有节拍地鼓着掌，那欢乐的气氛，使队员们暂时忘却了远方的亲人，挥去了远离家乡的惆怅……

后来我做了一个假设：如果在塞达特工作过的医疗队员共同邀请法蒂玛到中国上海去会是怎样的情景？历届的队员聚集在一起，我们的队员自己彼此间未必相识，而当法蒂玛站在他们面前的时候，所有的队员一定会异口同声地喊出：法蒂玛！此时的法蒂玛也一定会熟悉展现在她面前的每一张面孔。这是何等的有趣而又令人激动的场面！

布阿法的妇产科医生

　　布阿法是菲吉格省的省会城市，而实际上只不过是一个极小的边陲小镇，距离首都拉巴特900多公里。小镇地处摩洛哥东部地区，与阿尔及利亚接壤，比邻世界著名的撒哈拉大沙漠。由于横亘南北的阿特拉斯山脉的阻隔，大西洋温暖湿润的空气无法光临此地，于是常年被干燥炙热的戈壁沙漠气候所围绕。

　　在我们十二支医疗队里，布阿法的环境恶劣是出了名的。有一位队员曾这样描绘：刚才窗外还晴空万里，阳光灿烂，突然间就会天色阴暗，狂风四起。天地间一片昏黄，能见度不足20米，近在咫尺的房屋一下变得遥不可及。关着门窗，能听见门外有如千军万马在奔腾，风沙怒吼着，门窗被吹得咯咯作响，好似要被掀翻在半空中！仅仅几分钟，室内已积了一层厚厚的黄沙，空气中也弥漫着令人窒息的尘土味，一张嘴，沙尘犹如长了眼睛，立时钻进你的嘴里，在舌面上牙床间安顿下来——这就是经常光临布阿法的沙尘暴。

　　我听到的故事太多了，每次新队员带着新奇来到拉巴特时还兴致盎然的，待汽车向东部行驶，驶入茫茫荒漠时，全车人哑然，似乎不敢相信，两年中就将在这样的环境中度过。此时，女同胞哭鼻子是再自然不过的了。

　　每批派往布阿法的医疗队员中均有女性，而女队员多半是妇产科医生。说起妇产科，在摩洛哥有其独有的特征，特别是在边远穷僻的乡村，一是缺医少药，医疗资源严重不足；二是受宗教观念支配，摩洛哥人没有生育上的节制，尤其在乡村，一个女人生十几个孩子可谓司空见惯；三是由于医疗条件简陋，也就没有产前检查和妇女保健之类的说法，产妇大多是在家中分娩，等到出现异常，诸如大出血、休克等情况，才想到来医院求救；四是由于救治不及时，妇科各类疾病高发，很多在上海及世界发达国家已经罕见的妇产科疾病如子宫破裂、横位、子宫脱垂、三度会阴撕裂等等，在这里属于常见病。由此可以想见，作为医疗队的妇产科医生承受着何等的压力，据她们说，一个夜里在睡梦中两三次被唤起赶往急诊室是再平常不过的事情了。可以说，作为布阿法医疗队的妇产科，在十二支医疗队中是具有一定的代表性的。

　　我任期内的布阿法医疗队来自上海市的松江区，妇产科医生名叫王英。

　　初识王英是通过她的文章。医疗队总队部编有半月刊《中国援摩洛哥医疗队通讯》，通讯登载着各个医疗队队员撰写的反映医疗队工作和生活的文章，通讯定期发往各医疗队，还分发中国驻摩洛哥使馆各部门和国内相关领导，据反馈，很有些读者缘。一天我打开电子信箱，看到一篇颇具诗意的散文：《布阿法的雨》，署名王英，文字娟秀而流畅，字里行间浸透着对祖国和家乡的无尽情愫——

真想不到，在炎炎夏日中的布阿法也会看到雨。对位于撒哈拉沙漠边缘的布阿法，那可是难得又难得的了。

……

我不自觉地打开窗子，仔细聆听窗外，雨点毫不客气地拍击着地面，好似老天爷要惩罚这块不听话的土地。想到这个比喻，我不禁失笑，非洲的雨果然与众不同，粗鲁得像个莽夫。

那雨，一丝丝，一缕缕，就像银色的纱帐，直直垂下落地却已无声。炎热的暑气早已不知去向，眉黛远山，清清爽爽，单调的黄沙也被冲刷得披上了一抹金色，使原本枯燥无趣的景象变得温柔灵活起来。雨水冲刷着细小的沙砾，清清的像小溪，欢快地从门前划过，让人忍不住掬一把来亲近。邻居家的几个孩子早已迫不及待地跑出来，叽叽喳喳嬉着水，零星小雨打在身上冰凉凉的，说不出的清冽舒爽，一张张笑脸上也挂满了欣喜。我就这样傻傻地站在门口，心里却感叹着：这哪里是在沙漠中啊，分明就是小时候常见的场景，是如今无时无刻都萦绕在梦中的家乡啊！是的，此时的江南水乡，正是淫雨霏霏的季节，而这雨，让我又多了一分对家乡的思念……

读完文章，我不仅被文章中豁达的童趣、浓厚的思乡情所打动，还为文章中蕴含着的乐观情绪所感染。我通过 E-mail 给王英回了一封简短的回信，大意是文章收到，感谢她的投稿。文章也立刻发表了，还精心配发了一张画面精美的照片。

总说文如其人，我猜想，王英应该是一位干练清秀的妇产科医生吧？果然不久，王英和几位队友到拉巴特队部来，一见面，感觉和预先的想象颇为契合，她三十多岁的模样，愉快的笑容始终挂在脸上，性格开朗，似曾相识。见面第一个话题即是那篇《布阿法的雨》，她对我的夸奖和 E-mail 上的那封简短回信怀有几分兴奋，说压根没想到我会给她回信，接信后让她高兴了好几天呢！

此后，我就一直盘算着要到布阿法去一次，一是刚到不久，走访的对象理应选择距离最近、条件最艰苦的医疗队之一的布阿法；二也算是受人之托，有点兑现承诺的意思。因为临离开上海前，松江区卫生局的领导专门设宴为我饯行，席间，他们对远在异国他乡的医疗队员十分牵挂，不止一次说起布阿法条件艰苦，一再拜托我抵摩后对布阿法医疗队多加关照。他们的良苦用心我能实实在在地体谅到。

出发那天早上，厨师唐卫平从队部庭院的自留地上割下一大堆由我们自种的青菜，还从菜市场上买了牛肉。都说布阿法食品供应短缺，品种单调，更别说新鲜的绿叶菜了。所以，我们特意选择了这两样最紧俏，也是我们认为队员们最需要的食品。将东西放置妥当后，队部一行四人乘上由摩洛哥卫生部派的汽车，趁着黎明的曙光出发了。这次我们要穿越东西，长途奔袭900公里，这次我们要循着一批又一批布阿法医疗队员曾经走过的路途，去体会他们在这条路上曾经留下的悲喜苦乐。

摩洛哥地理环境和我国有相似之处，只是在我国，是东部地区雨量充沛，植物茂盛；摩洛哥相反，是西部地区多雨水，植物繁花似锦，而东部地区则干旱少雨，植被稀少。于是，我们沿途的风景分三个阶段：第一阶段是满目绿色，随处可见茂密葱郁的树林，五色缤纷的花朵到处竞放，尽显"北非花园"的本色；大约五小时后进入第二阶段，即植物逐渐稀少，沿途鲜有绿色，偶尔可以看到在荒瘠土地上种植的片片的橄榄树林，还有耐旱能力极强的仙人掌；车驶入第三阶段，展现在眼前的则是令人触目惊心的苍凉，除了黄土，就见乱石叠起的丘陵。周围的山石，经过长年风化，嶙峋怪异，变化出各种造型。起伏的石子路，被骄阳炙烤得滚烫，在车轮的碾压下四处飞溅。云也萧萧，风也萧萧，真的没有了生命的踪迹，给人"千山鸟飞绝，万径人踪灭"的感觉，只有我们的车辆显得格外的渺小，在弯弯曲曲的石子路上孤零零地颠簸前行。此时我在想，一些女队员的眼泪大概就是在这里落下的吧？是啊，他们像是到了与世隔绝的天边，到了生命罕至的大漠深处，作为来自上海繁华都市的她们，怎么能承受如此巨大的心理落差呀！

经过十多个小时的路程，我们终于到达了布阿法。

这是一个被椰枣树和棕榈树簇拥着的小镇，暮色中透着几分宁静。而这份宁静由于我们的到来被打破了。医疗队的宿舍在小镇居民区内的一座小楼内，队员们早就准备了饭菜，望眼欲穿地在那里等候多时了，见到我们的出现，真的像见到了久违的亲人，个个像孩子似的围着我们问长问短，发现我们带去的青菜和肉食，他们瞪大了眼睛："哇，青菜！"兴奋的情绪溢于言表！他们确实很年轻，除了队长和一名心内科医生为老年和中年外，其余五名队员全在35岁以下，年龄最小的是翻译，都称他小乐，才20岁，蹦蹦跳跳得尤其活跃，是队内公认的"开心果"，他叫王英为王姐，叫得特别甜，特别亲的样子。

看着队员们望着我们的那种兴高采烈心满意足的样子，我的心情着实有些复杂，既对队员们和谐相处、苦中作乐的精神面貌感觉欣慰，又暗暗在心底泛起股股的辛酸，他们在这里除了彼此之外，就再也见不到一个中国人，七个人相依相伴苦苦厮守，几乎是一个被人们遗忘的角落啊！难怪我们的到来俨然成了他们的一个盛大节日，更让他们领略到类似娘家来人般的无比喜悦！

王英曾经向我描述过初来布阿法时的心情，归结为一句话，就是恐惧和彷徨，一切都是那么陌生，语言不通，工作环境简陋，医疗器械残缺破损，老队员在医院里向她介绍了一大圈，结果摩洛哥同事的名字一个也没记住，简直心急如焚。交接工作时还一再强调：在这里只有你一个人，任何事情都只能靠你自己，别人爱莫能助。当时的感觉就是三个字：难、难、难。家中的孩子尚小，且从来没有离开过母亲，记得在机场分手时，听着儿子在身后阵阵呼喊着妈妈，她哪里敢回头？只怕一旦回头，就再也迈不开前行的步子！借助于网络的便捷，得以在网上与家人通话，嘴上对家人说这里一切都好，其实无声的眼泪却止不住地在往下流淌，至于儿子就根本不敢想，心念稍为一动，眼泪就控制不住地潸然而下……

作为一名年轻的妇产科医生，王英居然在这里站住了脚，而且将工作开展得有声有色。

第二天，我参观了医疗队所在的医院。这家省级医院其实也就相当于我国乡镇卫生院的规模。在王英的陪同下，我参观了妇产科，得知菲吉格全省约十几万人口，却只有王英这么唯一的一名妇产科医生，她介绍说，当初走进医院时，她是夹着几本法语工具书惴惴不安地到医院开展工作的，一切都得独当一面。这里的医疗环境实在超乎想象，医护人员没有无菌观念，接产前从不消毒，也不铺手术巾，一副手套从上班戴到下班，接生时仅用一片卫生巾保护会阴，有时干脆就用半张装消毒手套的包装纸来代替。医疗设备也破旧不堪，产房内只有一台胎心仪，还时好时坏。最觉得痛苦的是做阴道撕裂修补术，身边没有助手，连手术视野暴露都很困难，而且没有卵圆钳，只能用一把"考克钳"代替，缝合用的针也只有小三角针，硬性使用算勉强凑合。照明灯倒是有，但灯杆坏了，机灵的王英只好将灯杆架在自己的肩上，才能将眼前的一切看清。可是久而久之，她居然慢慢习惯了，只是每次手术结束，她总会累得腰酸背痛，汗水淋漓。

好在王英年轻，她凭借自身的活力，拳打脚踢、起早贪黑地在这里开辟出了一方属于自己的天地，她用自己的智慧，为菲吉格省的妇女辛勤劳作，用她一颗善良淳朴的心换来当地百姓对中国医生的尊重。王英零零碎碎地向我讲述过她在菲吉格省医院经她手治疗的一些病例。讲述中，她好像很平静，似乎觉得这一切都平淡无奇，我却从中找到了寻求已久的答案，找到了她成功的秘诀：

勤能补拙。王英不是来自什么大医院，职称也只是主治医生，要她一个人单独应对各种各样的病人，处理纷繁多变的病例，有时候显得勉为其难。但她的勤奋往往使一个个疑难的病例在她的手中成功地化解。例如她遇见一名子宫和膀胱同时下垂的病人，需要通过手术切除子宫，同时将膀胱上吊固定。这个复杂的手术王英以前在国内从来没有做过。她找来手术示范的 CD 光盘，通过电视屏幕一遍又一遍地仔细琢磨，前后整整思考了一个星期。最后她成功地拿下了这台手术。事后说起这台手术时，她还笑眯眯的，仿佛在说，只要勤奋努力，就没有什么克服不了的困难。

锲而不舍。一天医院一位护士带着一个年轻的孕妇找到王英，说是孕妇在外院做 B 超检查，提示腹内胎儿情况不佳，想让王英再看看。在中国时，医院分工细致，一般有专科医生为病人做超声波诊断，但在布阿法，一切都是妇产科医生一个人的事。为此，王英在临出国前突击向超声波医生学了一点皮毛，到了摩洛哥一般情况下倒也能应付自如。但是今天却把王英给难住了！打开 B 超机，在屏幕上显示的胎儿头围大于停经月份，颅腔内可见两个大暗区，正常颅内组织被挤压到边缘。当时闪过王英脑际的第一个诊断是：脑积水。可她毕竟不专业，且从来没见过脑积水的超声图像呀？她立刻打开电脑，在网上寻找有关脑积水的文章，试图找到图像好做对比。可是网上的画面均不理想。怎么办？如果是重度脑积水则需尽快引产，而诊断不明确贸然行事，又会给孕妇和她的家庭带来巨大的伤害。王英灵机一动，不是可以把这个病人的图像拍下来传回国内嘛？她立即打电话给国内的老师，请老师在网上接收照片。老师接到照片后马上找到医院 B 超室的同事会诊，数分钟后，王英电脑屏幕上跳出回复信息：可以肯定是脑积水。当时王英的那个高兴啊，真比吞了蜜还甜！

如今王英在布阿法工作似乎能应付自如了，在陪同我参观的一路中，见她频频用法语和她的摩洛哥同事们打招呼，摩洛哥同事也显得与她格外亲切。她已经开始适应了这里的一切，并且用她的心温暖着当地的百姓，让当地百姓感受着来自另一个遥远文明古国的诚挚爱心。

王英曾经叙述了这样的一段感受，她说：记得《圣经》中有这样一个故事，以前人类是说一种语言的，他们想要建造一座通天塔以示人类的力量和团结，可上帝因为嫉妒而施用了魔法，把人类分成不同民族，让他们说不同的语言，使他们无法沟通。可上帝也许忘记了，爱心可以使人类超越语言而进行心灵的沟通。

某天从很远的山区送来了一位临产妇，是柏柏尔族人。柏柏尔族是摩洛哥山区的少数民族，她们有自己的语言，不会说阿拉伯语，更不用说法语了。陪着来的是一位老太太，只见她叽里咕噜，指手画脚，连布阿法本地的护士们都面面相觑，不知道她在说些什么。孕妇很年轻，从她的表情、腹壁妊娠纹及羞羞答答遮遮掩掩的举止看，多半是个初产妇。面对着好几张陌生的面孔，孕妇显得很拘谨，瑟瑟地把自己缩成一团。但是王英注意到了她的眼睛，她的眼里盛满了戒备、痛苦和无助。于是，王英决定放弃休息，来个"导乐陪伴分娩"。王英先给了她一个灿烂的微笑，然后搬了把凳子坐定在她的身旁，紧紧握住她的手，让她的眼睛直视着自己，一面还轻轻地抚摸她的肚子以减轻她的疼痛。她看出了王英的善意，眼里的戒备似乎减少了许多。然而当王英撩起她的衣服准备检查宫口的情况时，还是遭到了她的拒绝。王英制止了摩洛哥助产士欲强行检查的举动。她通过腹部为孕妇检查，腹部检查显示胎儿入盆良好，宫缩也正常。王英示意她侧卧，以便为她按摩腰背部，王英脸上始终挂着微笑。

宫缩终于来临了，王英让她看着自己，为她示范做呼、吸的动作，开始她还不明白，两次以后居然跟着做了起来了。这对减轻临产前的阵痛是很有帮助的。王英不断给她擦去汗水，从她的眼睛里，开始读到了她对自己的感激和信任。王英的举动感染了周围的每一位助产士，她们都真心地竖起拇指对她说："Gyneco, vous etes tres gentil！"（医生，你太好了！）当着孕妇的面，王英再次戴上手套，示意要检查，并摆动手势，告诉她别害怕，王英用询问的眼光等待她犹豫再三，最后她终于点头同意了。嗯，很好，宫口已开，胎位正常，胜利在望！胎头露出来了，慢慢地，慢慢地，一个鲜活鲜活的小生命诞生了！随着孩子清脆嘹亮的第一声啼哭，在场每个人的脸上都写满了坦然和幸福……

人的心灵都需要呵护。语言并不能成为障碍，只要有爱，彼此的心灵是能够相通的。王英如是说。

这就是我援外医疗队妇产科医生的缩影，她们从对摩洛哥这块陌生土地的一无所知，从对这个民族的全然生疏，到走近他们，一直到融合在他们中间，与他们同忧患，同快乐，情感彼此交融。难怪王英提起前些日子的经历还一个劲地乐不可支，因为她为一位产妇接下一胎四个婴儿，哇，四胞胎！摩洛哥的同事兴奋地告诉她，这在布阿法从前是从来没有过的，你呀，可是遇上大喜了！

在布阿法逗留了两个夜晚，第三天我们要踏上归程。在这三天里，和队员们说说笑笑，改善生活，到街头的小咖啡馆一起喝咖啡聊天，洋溢着和和睦睦喜气洋洋的气氛。现在要走了，一切又要归于平静，明显感觉队员们的心情有些压抑，有些不舍。细心的王英暗暗为我准备了一件礼物：烹调摩洛哥传统食物Tajing的小砂锅模型，蓝蓝的花纹，鲜艳夺目，上面还特意写上了我的名字。这算作我到布阿法的最好纪念吧！汽车开动了，就这样将布阿法队的七名队员生生地抛在了车后，透过车窗，见他们在身后使劲挥手。我发现，包括王英在内的两名女队员表情僵硬，有些难以自持，因为泪水似乎在她们的眼眶内积蓄着，闪烁着……

我们又踏上了茫茫戈壁，强烈的阳光下，滚烫的沙石和山峦没有丝毫的生命迹象，只有簇簇的仙人掌在烈日下昂然矗立，顽强生长。我不禁想起一名原布阿法队女妇产科医生赞美仙人掌的文字来：

　　　大漠里的生命远不如沃野上的植物长得那样苗壮，它们因沙尘暴的凶狂而不能长成高高的躯干，它们因沙丘的贫瘠而不能拥有茂盛的叶片，它们因烈日的烤灼而显得没有光泽，然而它们却有着坚韧而苍郁的茎，他们那顽强的根深深扎进沙漠深处，默默地为大漠生命供奉着营养。在这恶劣的环境中，生命现象告诉我们，生命就是拼搏！

愿一切生命不致因飘落在荒漠间而期期艾艾，愿一切生命都敢于向恶劣的环境挑战。其实生命只有在困厄的境遇里才能认识自己、发现自己、锻炼自己、成长自己，最终才能完成自己、升华自己。

我与提篮桥监狱

钱勤发 上海作家协会会员，曾供职新民晚报社，当记者 30 年，于 2011 年退休。写有新闻报道 300 万字，著有报告文学、纪实文学、散文、随笔等 300 余万字，先后出版了萌芽文学丛书《出国热，迅速缩小的世界》、散文集《永远的女儿》、纪实文学集《名人名案》《美人劫》，以及海派文化丛书《海派大律师》、散文随笔集《我只说想说的话》等 8 种。不少作品在上海和全国多次获奖。

30年记者生涯，从未间断奔走于政法领域，连同笔下"演化"出的大量报道文字，刻于我心间最难抹去的记忆是：监狱——提篮桥监狱。

那是大上海里一个封闭而又神秘、不为外人所知的世界：是包罗社会丑态的一只"脓包"，是聚集了人之罪恶的一个"黑色洞穴"，是犯人在黑暗中追寻光明和新生的一扇"灵魂之门"，是开采不尽的一座矿藏……任凭岁月冲刷我的记忆，却怎么也冲不垮我心中的这座"桥"——提篮桥！

从1988年起，27个春夏秋冬的轮回，我已无法统计多少次地在高墙下目睹四道大铁门缓缓开启。我一次又一次走进这个外人不知的神秘世界，在众多失去"自由"的眼神包围下，走遍每一楼层的监房，刻下一个又一个犯人的面孔，以及那些面孔里的故事。

也许，有人会问：你今天写提篮桥监狱有何现实意义？

我说，前事不忘，后事之师，意义深远着呢：对往事的回忆，通常还历史一个真相，给出经验与教训，以作今人的一面镜子。我写提篮桥监狱，意在透过监禁犯人的这堵大墙，观照监狱里的人和事，让人们了解"提篮桥监狱"的昨天和今天；更要让大墙外的人明白：自由之珍贵，亲情之温馨，蓝天之辽阔，山水之美好……人啊，大墙外的人们，理当好好珍惜宇宙赐予你的一次做人的机会！

为完成上海作协《上海纪实》点名"交办"的这个选题，今年6月与7月，我又先后三次重访提篮桥监狱，一遍遍回放过去的场景，将难以释怀的坚硬的往事揉成放飞思绪的翅膀，将心中的这座"桥"演绎成警示后人的文字。

好吧，请读者朋友随我一起走向"提篮桥监狱"——

"十字楼"里的"304"

20多年前，去提篮桥，沿外滩，过外白渡桥，一路向东，从东大名路到长阳路147号——提篮桥监狱。现在，确切地说是今年7月6日、9日，我驾车前往"提篮桥"，穿越外滩隧道，至东长治路出口，直直而去，不消10分钟，就见提篮桥监狱大门。

上海变化巨大，但这座百年建筑旧貌不换新颜。还是我熟悉的大门：铁铸，黑色，厚重牢固，套用一句古话叫"一夫当关，万夫莫开"；还是刻在我心里的青红相间的砖石砌成的高墙，百年来风雨吹打，原貌依旧。

提篮桥，曾经是上海版图上的一座桥，后来成了一个地名，解放以后就是监狱的俗称。上海人只要一说"提篮桥"，都晓得那是100年前英国人建造的远东第一大监狱。现在，这座监狱是"近代优秀历史建筑""全国重点文物保护单位"！

　　我已不记得第一次去提篮桥监狱的确切日子，大约是 1988 年秋天吧？那是一个开启新闻透明大幕的时候。当时，22 路电车、永久自行车、霸伏助动车，这三种交通工具是我去提篮桥的"标配"。到了监狱门口，按惯例由穿制服的干警领进门。

　　无论是过去还是现在，凡外来者第一次到提篮桥监狱，监狱干部带你去的第一个参观点，必是"十字楼"。27 年前，我第一次走进 6 层高的"十字楼"时，映入眼帘的是一幢"废弃"的监楼监房，因建筑布局呈"十"字形，故名"十字楼"，亦称"西监"，监狱落成时专关洋犯人。当时，我眼里的"十字楼"，有监狱史展馆，有历史遗物，有展示监狱文化窗口的"习美"和"新岸艺术团"，却不设监房。后来，当我一次又一次走进"十字楼"，"十字楼"也就从我眼里走向心里。

　　今年 6 月 18 日上午，我又一次光顾了"十字楼"。这里，除了陪同我的两位警官外，别无他人，整幢楼静得让人发怵。然而，置身其中，那楼里老旧的扶梯墙缝地板……以无声的言语，向我讲述历史风云荡涤的众多事件，以及一些历史人物在狱中的灵魂博弈，这其中有我熟悉的人与事，也有我陌生的渴求探寻的事和人。

　　我最初接触陈璧君这个名字，就是在她曾被关押的"十字楼"里。那时，只知陈璧君是汪精卫的夫人，并不知这个汉奸、"汪夫人"在"提篮桥十字楼"从"不服"到"认罪"乃至病死的过程；更不知陈璧君追随汪精卫，梦碎后被国民政府宣判无期徒刑时法庭上的"唇枪舌剑"。翻翻陈旧的鲜为人知的档案，看看陈璧君在庭上的"伶牙俐齿"，在今天不只是阅读的猎奇，而是还历史一个真相，还汉奸一副嘴脸，兴许还能引出一些思考——

　　不必想象那时法庭的情景。我见过很多法庭，就像众人在电影电视里看到的那个模样，大小也差不了多少。法庭上，审判长宣判陈璧君无期徒刑后，陈璧君露出一丝冷笑："我有被枪毙的勇气，无坐牢的耐心。"

　　审判长："被告对本判决不服，可以向最高法院上诉。"

　　陈璧君："我当然不服，但我绝不上诉。判我无期徒刑，是最高当局早就决定了的，不过借你们嘴巴宣判而已。即使上诉，绝无可能更改，我比你们更清楚。"

　　审判长："不许污蔑神圣法庭！"

　　陈璧君哈哈大笑："什么神圣法庭？你们其实是被蒋介石一手操纵的牵线木偶！"

　　……冥顽不化的陈璧君在庭上"振振有词"，死不认罪，其性格"跃然庭上"。但，汉奸的罪行无法抹去。要说陈璧君的性格、陈璧君作为一个女人追求汪精卫，还有这么一个传说：汪精卫刺杀载沣行动之前的那个晚上，陈璧君来到汪精卫房间里，说"你明日赴死，我没什么能给你，就陪你睡一觉吧"！为苦苦追求心仪的男人，少女的陈璧君敢于献上最为珍贵的贞操。她那执着倔强无所畏惧的性格贯穿终身。尽管，她相貌平平，但凭着这种性格，击败了许多貌美如花的情敌，坐上了伪政府"第一夫人"座椅。

　　1949 年 7 月 1 日，陈璧君从苏州监狱押到上海提篮桥监狱"十字楼"服刑。历史有趣地打了个转，宣判陈璧君的国民政府和蒋先生逃离大陆去了台湾，而陈璧君却留在大陆，在共产党人民政府接管的提篮桥监狱里接受改造。

　　曾经关押陈璧君的监房就在"十字楼"四楼，就在我眼前。监房 8 平方米，有窗有床有桌有椅有抽水马桶，楼顶有放风场，与她同监房的是一个日本女犯。从我 27 年前第一次走进这个神秘的世界，便知监狱里的犯人均有番号。解放初期，女犯番号"20"带头，陈璧君番号"20304"，简称"304"。从此，在"提篮桥十字楼"，再也听不到"汪夫人""陈先生"的称呼，唯有"304"。这三个数字一直"跟随"到她 1959 年 6 月 17 日病死于提篮桥监狱医院。

　　今天，已经很少有人知道陈璧君在"十字楼"的番号，也不知"304"一开始既不服判也不认罪，更不知"304"灵魂博弈后写出的"思想汇报"。6 月 18 日这天，我在提篮桥监狱采访了研究上海监狱史的权威徐家俊先生，他说，陈璧君在 1955 年 7 月亲笔所写的一份思想汇报，可知解放后的提篮桥监狱如何融化这块又臭又硬的"顽石"。我们不妨来读读"304"的这份"思想汇报"——

　　1949 年 7 月 1 日，我到女监。初期是很不能心平气和的。以为成王败寇。但每天的《解放日报》和我幼子送进来的书，令我心平气和。知道共产党的成功，不是偶然的事。后来看到毛主席的《论人民民主专政》后，我更心悦诚服了。更后来，我挚友龙榆生又送来许多进步书给我学习，且每月寄一封勉励我努力改造的信来，我更加了解马列主义和毛泽东思想了。最近我忽然断了龙弟的信和赠书，我以为他已逝世了。他是一个患有胃溃疡的江西万载人。昨日在《解放日报》上看到龙榆生的名字，我真是惊喜万分。启发我的第一个思想转变的人是我的幼子和龙弟。我从书报的学习、吸收、反省和先生们（管教干部）的教育，更从广播的教育中得到更多的事实道理了。关于改造犯人思想的材料很丰富，有深奥的、有通俗的，都能适合各犯人的文化程度。我是一个自问很努力学习的人，也觉得恍如置身于革命大学，但可惜我的病亦随着我的年龄增加。

　　"304"的这份"思想汇报"，虽隔着岁月厚厚的幕布，但在今天读来，依觉可信，字里行间真实、中肯，并伴随着她内心和神情的变化。徐家俊也曾是提篮桥监狱的警官（后调任监狱局）。他说，那时，有个女干部要调离去苏北劳改农场，"304"闻悉后依依不舍，还流下了眼泪。她说这个女干部是"包青天"。她还在监狱读了大量的进步书籍，诸如《八月的乡村》《联共（布）党史简明教程》《母亲》《居里夫人》等。

"304"在提篮桥监狱一直多病，支气管炎加高血压，经常在监狱医院住院治疗，几次多方抢救起死回生。临终，她对管教干部说："告诉医生，不要再为我浪费针药了，你们已经尽到责任了，感谢你们！"1959年6月17日，"304"病死于提篮桥监狱医院，时年67岁。她在提篮桥监狱监禁了10年差13天，这也是她从一个汉奸被改造成认罪服罪者的10年。要不是档案开放，"304"的狱中经历将永久封存在提篮桥监狱。

光阴荏苒，在即将来到的抗日战争胜利70周年前，踏着时代节拍，我又走进"十字楼"的绞刑房。这间绞刑房建于1934年，至今保持原样。它见证了绞刑架下处决镝木正隆等五名日本战犯时的情景。绞刑房面积18平方米左右，地板中间有一个约1.8平方米的长方形孔，两侧各有一块活动地板，正上方天花板上装有一个绞架，平时极少使用。1946年4月22日上午8时，5名日本战犯被处以绞刑，这在提篮桥监狱历史上绝无仅有。而80年来，上海这间独一无二的绞刑房，也成为提篮桥监狱作为"国家级抗战纪念设施遗址"的一个佐证。

"十字楼"承载着厚重的历史，它对后人的意义无疑是刻于提篮桥监狱上的一个不可磨灭的"国不可欺、民不可辱、善恶相报"的天地之理！

一监区的重中之重

从我1988年秋天第一次踏入一监房（也称一大队）至今，这里一直是关押重刑犯和暂押死囚犯的地方（现在的提篮桥监狱已不再关押未决犯）。重刑犯无非是烧杀抢盗等刑期在15年以上的罪犯。所谓"重中之重"，即是对死囚犯执行前的看管。神秘吗？恐惧吗？这，我不由想起20多年前采访殡仪馆时的情景，那时穿着敲了铁钉的皮鞋，嘀笃嘀笃，伴着清脆刺耳的鞋底声，穿过窄窄的静静的走廊，来到停尸间，我把盖着白布的尸体统统当作睡着的人……又想起20多年前亲历刑场目睹处决死刑犯那一幕，子弹壳落在我皮鞋上……恐惧吗？相比之下，提篮桥一监房一点也不恐惧。在国家机器监管下，他们个个"有头有脸"，收拾得干干净净，举止有度，见了我彬彬有礼。27年前如此，现在依旧不变，对我来说毫无恐惧感。今年7月6日，我采访多年任一监区管教民警的程政委，他说：很多人看上去根本不像重刑犯，那个长相那种举止斯文得让你怀疑视觉是否错位？但，他们的的确确是重刑犯，包括重中之重的死囚犯。

还记得那个叫于双戈的死囚犯吗？就是曾经轰动上海滩的持枪杀人抢劫银行的于双戈。一审判决死刑后，他被关押在一监房八天八夜——

　　有关于双戈一案，我写过的大大小小报道乃至长篇纪实，算起来不下五六万字。从案子侦破到法庭审理判决，直至同案犯蒋佩玲、徐根宝在提篮桥监狱服刑，到他们出狱这一天，我"通透"了这一轰动上海的大案。这一案件简述起来也就几百个字：1987年11月16日午时，当过船警的于双戈，将在船上盗窃来的一把六四式手枪放入胸袋，骑着一辆自行车，来到大连西路一家银行抢劫钱财时，遇一女出纳，惊慌之下，拔枪扣动扳机，枪杀了这个女出纳。随后，于双戈在女朋友蒋佩玲和男同学徐根宝相助下出逃，后在宁波落网。案子破了后，于双戈被判处死刑，蒋佩玲和徐根宝因包庇罪分别被判处有期徒刑3年和5年。

　　揭秘于双戈的最后八天八夜，不啻旧闻里的新闻——

　　当年看管于双戈的程队长现在是程政委。我7月6日下午采访程政委，很是舒畅。他温和、热情、脸带笑意，且思路清晰记忆力强，于双戈的最后八天八夜被他细细道来，宛若昨日。那一监区的楼层走廊以及每个监房也齐刷刷地浮现在我眼前……

　　程政委说，他看管过不少死囚犯，除了于双戈，还有同样轰动上海的锦江饭店杀害日本人小林康二的原全国小翻冠军京剧演员朱文博，还有盗窃美领馆的王平，以及雇凶杀人的原上海国旅总经理谈龙如，等等。这些大案要犯，都是我在法庭旁听判决后，被押送至提监桥监狱的。对这些死囚犯的看管，监狱自有一套外人不知的"规矩"。这个"规矩"在提篮桥监狱相传至今。他说，任何一个死囚犯暂押在此，"安全"是第一位的。何谓"安全"？就是"送"出去之前，不能脱离监房，不能自残自伤，不能破相，必须完完整整地"送"出去。这说起来轻松，真要做到，谈何容易，得花费大量精力和智慧，诸如稳定对方情绪、鼓励对方检举立功、给予对方求生的一丝希望……死囚犯一般都比较配合，因为他们心里清楚，我们监狱干部履行职责，并无生杀大权，但可给他们最后的"关照"，能指明"生"的希望，那个盗窃美领馆的王平就是在被处决的边缘上检举立功而保住性命。稍事停顿，程政委感慨地苦笑道：古人说贼心难改，后来这个王平又进来了，看到我难为情地把面孔遮起来。我走过去说，不要拿面孔遮起来，烧成灰我也认得侬！

　　说起于双戈，程政委回忆道：从于双戈暂押在一监区时，我就将他关在离我视线最近的一间监房里，并配以两名服刑人员"左右夹管"，从他1987年12月4日傍晚，在市中级法院一审判处死刑后，押到一监区，前后八天八夜，我寸步不离。程政委感叹：人不可貌相，在常人的思维逻辑中，总以为凶手都是五大三粗、凶神恶煞，恰恰相反，于双戈细长瘦削、斯文、毫无杀人的凶相。

　　傍晚5时过后，于双戈进了监房。事务犯给他端来了晚饭：一盒米饭，上面盖着炒牛肉片和青菜。于双戈靠墙坐在铺板上，一动不动地望着冒着热气的饭菜。当年的程队长隔着铁栅栏对于双戈说:"吃吧,趁热!"

许是饿了,于双戈捧起饭盒狼吞虎咽,不消五分钟,连菜带饭汤汤水水扒了个精光,用手背一抹嘴角,自言自语:"这菜味道真不错。"

饭吃饱了,该让他情绪稳定下来。程队长开始"问寒嘘暖"了,说:"于双戈,冷不冷?如果冷,可再加件棉背心。"

"不冷!"

"如果你个人有什么要求可以提出来。"

"我想看一看女朋友。"

"这个要求有违监规,不可能,请你明白,不要胡思乱想。"大凡死囚犯都有见"亲朋好友"最后一面的愿望。唉,人啊,平时该见不见,等到想见就见不到了。不过,于双戈不在此列,他与女朋友蒋佩玲三日两头见面,出逃时更是"情意缠绵",蒋佩玲竟喊出"生一道生,死一道死"的石破天惊之言,这就是后来上海人说的"讨老婆要讨蒋佩玲"的由来。

再说于双戈,第一夜睡不安稳,辗转反侧,长吁短叹。而程队长也一夜没有合眼。翌日上午,身穿蓝色棉囚服、脚穿黑色灯芯绒棉鞋的于双戈,戴着手铐脚镣,被"请"进程队长的办公室,在屋中间的小方凳上坐下。程队长发问:"于双戈,一夜下来,你对自己的犯罪有没有反思?"于双戈沉默良久,吐出一句:"我怎么会变成这个样子?"

变?于双戈不是变"戏法",他的变化划出了一道至今依旧有着警世意义的"黑色抛物线"。这条线原先平稳妥帖,中学毕业招工进了海运公安局,当了个令人羡慕的乘警。没过几年,犹似海轮遇浪涛而起伏,于双戈的心船也随着外面世界的诱惑摇摆晃荡。200元的工薪怎经得起他咖啡厅音乐茶座打出租的花销和虚荣?"心船"开始慢慢下沉。他干起了"下出笼"生意,放行烟贩子走私香烟,从中抽头,跑一趟青岛就是400元,相当于两个月的工资。于是,"袋口"大了,出手大了,开销大了,欲望大了,债台高筑窟窿大了……他想"补洞",这"洞"已不是"洞",而是"天"了。女娲补天,那是神话,可于双戈"补天"却走向了深不见底的黑洞……这根线断了,这艘船沉了。他想在提篮桥监狱捞取最后一根救命稻草——

程队长问:"于双戈,你对中级人民法院判决服不服?"

于双戈未加思索,答:"服!"

"那为什么还要上诉呢?"

于双戈摇摇头叹了口气:"人到这个时候,总有求生欲望,就像掉进了大海,还想抓根救命稻草。"

我见过不少死刑犯,如轮奸犯陈小蒙、胡晓阳,如恋爱不成用硫酸对女朋友潘苹毁容的李兴华等，这些死囚面对死亡均怀着极大恐惧，求生欲望极其强烈。当死神降临的那一刻，各类死囚犯各不一样，陈小蒙安静，胡晓阳暴躁，李兴华则在白衬衫的袖口上写了"情殇"二字。

于双戈寄希望于救命稻草。但，这根虚幻的稻草根本救不了他的命。第六天，市高级人民法院的二审判决书送达提篮桥监狱。法官在监房里向于双戈宣读了判决书：维持原判……

法官问："于双戈，听清楚了没有？你还有什么要说的？"

于双戈泪水涌出，面对死亡依旧求生："希望能给我一次机会，我一定好好做人。"

法官说："高级法院已做出终审判决！不要抱任何幻想了。"

于双戈喃喃自语："后悔来不及了，后悔来不及了……"突然，他乞求法官："我要求见一见女朋友，可以吗？"

法律没有这一规定，更何况他要见的女朋友是在押的同案犯蒋佩玲。法律无法满足他的这一要求。

宣判以后，于双戈的生命开始倒计时，数着时分秒地度日如年；而程队长他们除了履行职责程序，看管的压力加重，直到"送"他出监，有好几个干警一刻没有离开过岗位。

打开手铐，脱下囚服，换上自己的衣裤……程队长见于双戈赤脚穿着棉鞋，便吩咐陪押犯："天冷，弄一双袜子给他穿上。"

于双戈穿戴整齐后，重又戴铐上镣。这一夜，于双戈一共写了6封遗书，除了给女朋友的遗书亲笔书写外，其余5封遗书均由同监房的犯人代笔。

查阅我27年前写的文字档案，于双戈写给女朋友的遗书最后一段如是写道：

"我爱你，透过窗口瞭望蓝天，仿佛见到了你，在那蓝天之中朝我微笑。我朝你走去，可是铁镣拖住了我的双手双脚，无法到达你的身边，共诉爱情的苦恼。玲玲，亲爱的玲玲，我将在死时，带走你给我的爱，直到我灵魂消失……"

这封遗书，字体越写越大，字迹越来越潦草，依稀可见淡淡的泪迹。有人说，当一个人的生命行将结束时，灵魂将得到最彻底净化，谁也不愿带着谎言去见上帝。于双戈真是这样吗？是的，他生命中最后一刻，最怀念最放不下最痛惜最想见的只有一个人，一个名叫蒋佩玲的女人！这是真的，没有丝毫的虚情假意。这是感情的厮杀、挣扎、熬煎和撕裂……事后，当"讨老婆要讨蒋佩玲"的"誓言般的愿望"在上海滩震天价响起，足以验证一个死囚犯最后时刻留给一个女人的真情。

两天后，于双戈押赴刑场前的最后两顿饭。午饭，程队长说："胃口蛮好。他是山东人，喜欢吃面食。我们跟炊场打了招呼，尽量满足他的要求，吃馒头。

晚饭，肉汁面，上面还加了两只荷包蛋。"于双戈全部吃光，还说："吃饱，味道很好。"

1987年12月11日正午时刻，法院的法警将于双戈从监房押出，程队长一路"送"到大铁门。于双戈不时回望监狱监房，还向程队长告别，说了声"谢谢"！程政委告诉我，凡死囚犯押出去执行枪决时，一般都同我们打声招呼，都说"谢谢"，没有一个说"再见"。因为，随着枪声响起，没有"再见"了。是的，不可能再见。押解死囚犯于双戈的警车拉响蜂鸣器，呼啸着朝刑场而去。

27年了，无论是程政委的回忆，还是我的"过电影"，那一幕幕情景在今天依旧透着新闻的价值，依旧能勾起"老上海"将往事作为谈资。记忆与现实碰撞后，常常会擦出火花。

新来的监狱长

我对提篮桥监狱的深刻记忆，起始于一个时间节点。如果，一定要精确到烙下印记的那一刻，就不得不说到一个人，一个监狱长，一个新上任的监狱长，他叫刘云耕。就是后来曾任上海市委副书记、市人大常委会主任的刘云耕。

监狱长，旧时称典狱长。在过往的电影电视书本里，我们见过太多的典狱长，大凡人高马大五大三粗一脸横肉……呵呵，我们的艺术塑造常常从概念出发而走样，与现实生活相去甚远。以我27年同各任监狱领导打交道，无论是正副监狱长还是政委，诸如周伟航、何道敏、李耀忠、董友根、于旭光、程颖等等，刻于我脑海里的这一张张面孔，无不透出一股热情和善爽朗的亲近感，他（她）们彻底颠覆了在我心里的监狱长形象。当然，印象最为深刻的要数刘云耕。

刘云耕没来提篮桥监狱之前，并非"局外人"，并非对"提篮桥"一点不熟悉。他，就在一墙之隔的市劳改局任研究室主任，专攻犯罪心理学，是王飞局长麾下的爱将。1988年11月，刘云耕调任提篮桥监狱任监狱长。

27年前的冬天，我初识新来的监狱长，不由暗暗一惊：太斯文了！白皙光洁的肤色，鼻梁上架副眼镜，中等个子，不胖不瘦，面带微笑，话速不缓不急，俨然一个地道的知识分子模样。

那年月，正是新闻宣传言路大开的大好时光。刘云耕甫一上任，就对各路记者特别客气，犹似久别重逢的老朋友。也就从那时起，我跑"提篮桥"像跑"娘家"，勤快得不能自己。农历1988年除夕，去看犯人吃年夜饭；翌日1989年大年初一，采访犯人如何过年；1990年开通犯人与亲属通话的热线后，我在电话旁被他们的泪水感染……大约连续数年，每当除夕和大年初一，我都去提篮桥监狱采访，不少犯人也认得我，其中有一个犯抢劫杀人罪的死囚犯，临处决前写了遗书给我，痛悔罪恶，要我在报纸上公开报道以警示后人。

也许，多年来对犯罪心理学的研究，新任监狱长的刘云耕将提篮桥监狱作为"理论与实践相结合"的一块实验田，用实践这块最好的试金石，去敲击大墙里的每一个监房。刘云耕没有长篇大论的夸夸其谈，而是从每一个细节着手，身先士卒。他曾写下过这样的文字："犯人是什么？犯人是触犯了刑法的人。因为他们是人，因此必须在人格上尊重他们，而不能侮辱，更不能体罚虐待。又因为他们触犯了刑法，因此我们依据法律予以惩罚与改造。"

一切尽在意料之外，一切又尽在意料之中。刘云耕在提篮桥监狱"一炮打响"震撼全监的只是两个字——"谢谢"！那天，上班后，刘云耕穿了制服，提了两只空热水瓶，到开水间去泡开水。一犯人见地上有水，生怕穿制服的"管教队长"滑跤，就从刘云耕手里接过两只热水瓶，灌满开水后，递给了刘云耕。刘云耕接过热水瓶，出于礼貌，说了声"谢谢"，话声不高，犹似日常生活里一样随和客气。然而，那个犯人犹闻"天外来音"，愣了好一阵……当他回过神来，回想刚才这一幕，是的，清清楚楚听到那个"管教队长"说了声"谢谢"两字。他压根不知，这个"管教队长"就是新来的监狱长刘云耕。很快，监狱长的一声"谢谢"，犹似惊雷一般在每个犯人心中炸响。是的，犯人也是人！他们也有尊严，他们渴求被管教队长尊重。显然，他们从未听到过一个监狱长对犯人道声"谢谢"。在这闭塞的惩罚罪恶的大墙内，一声"谢谢"远远胜过任何大道理的"洗脑"。监狱长这一声"谢谢"，也震撼了全监干警的心扉。提篮桥监狱由此揭开了改造犯人的全新模式。后来，刘云耕设立"监狱长信箱"，一只小小的木箱挂在各个监区，犯人有什么心事可写信，投入"监狱长信箱"，与监狱长直接沟通谈心。由此，不断有纸片投入"监狱长信箱"，有表扬有建议有申辩有申诉揭发控告等等。犯人们对新来的监狱长寄于极大希望。大墙内的希望分明是心的渴望。

有几个小故事至今记忆犹新。话说一个70多岁的老犯人"突发奇想"，投了一封信到"监狱长信箱"，建议监狱长给上了年纪的老年犯每天早上喝杯豆奶。消息传开，其他犯人都冲着他发笑，说他"异想天开"，说他"官司越吃越老糊涂了"，吃饱饭就不错了还想喝豆奶？一个上海本土的犯人打趣道："想吃豆奶？当心吃'头塌'！"

谁知，这封信竟然引起监狱长的高度重视！一周后，统计全监60岁以上犯人的名单；再一周后，凡是60岁以上的犯人，每天早上享用一杯豆奶。这下，犯人们齐齐地傻眼了，再次"怪话叠起"：提篮桥开"洋晕"了；新来的监狱长有魄力；"监狱长信箱"真不是摆摆样子的；……一杯豆奶没几钿，但对犯人的改造却无法估量。恰如刘云耕所说："你想改造好犯人吗？那么请你先要设法使犯人向你倾吐心里话，而绝不是看着你的脸色说话。如果连这一点都做不到，那么，想要有效地改造犯人只是你的一种良好愿望。"愿望与效果，有时像天和地，缺了外力的地球旋转，天地何以合一？何来"落霞与孤鹜齐飞，秋水共长天一色"？

另一个故事来自一次普通的接见。一个老妇人与一个干警为了500元钱相互推让。原来，老妇人来探望服刑的儿子。身处大墙里的儿子从自己女儿口中得知，父亲得了尿毒症，情绪一落千丈，整天垂头丧气。有个犯人将这一情况写信投入"监狱长信箱"。监狱长即批转大队长。其实，大队里也已获知这一情况，干警们捐了500元给探监来的老妇人以示慰问。老妇人怎么也不肯收下这500元，相互推让。一旁的儿子见此情景，双膝扑通跪地，泪水直流："妈，收下吧！儿子不孝，你多多照顾爸，你辛苦了……"泪水洒湿衣襟。

500元，不算多也不算少，却凝聚了大队干警的一片心意。它治不了尿毒症，但它结结实实地缝补了犯人灵魂的创伤。从那一天起，这个犯人改造越发积极，大步迈向新生之路。

还有一个故事也让人暖心。孙某的刑期快满了，那本该是飞向自由前的兴奋与急切。然而，他家乡江西遇上了一场特大洪灾，将原本一贫如洗的旧屋冲得片瓦不存。因家里穷，没有亲属在他服刑期间来探望和接济过，他并无任何怨言，安心改造。谁知，出狱前，家里遭遇洪灾，令他心事重重，像样的衣服没有一件，连回家的车马费也没着落，情绪极为低落。这时，同监房的"狱友"替他出了个主意，劝他写封信向监狱长求助。孙某摇摇头说：监狱管你教育改造，怎可能发钞票给你穿新衣回家呢？在"狱友"再三劝说下，孙某决定一试，不成也不伤感情，他原本就不抱希望。

不抱希望，就不至于失望。但，当希望活活地变成现实变成看得见摸得着的实物时，孙某及同监房同大队的犯人们都眼放光芒兴奋异常。他们还以为是做梦，一切犹似梦中一般：几天后，大队干警给孙某送来一只包裹。孙某一惊，打开包裹一看，里面都是衣服。"穿穿看，合不合身？"干警说，"这些衣服都是干警们捐献送你的，有的还是新衣服。"孙某顾不得试衣服，忙一把握着干警的手，热泪涌出，连连说道："谢谢，谢谢！"

刘云耕说，"监狱长信箱"绝不能摆摆样子装装门面，我们要通过这个"信箱"，解决他们一点困难，给他们一点温暖，用人性人道去洗刷他们的罪恶，使他们在安心改造中看到希望。比如，孙某家乡遭遇洪灾，我们理当给予救助，还得在全监摸情况，看看究竟有多少犯人的家乡遭遇洪灾，随后张榜公布，根据不同情况给予捐助……旧时被称为"最肮脏最黑暗"的监狱，在我们手里应该是干净的光明的温暖的充满希望的。

且说孙某出狱这一天，穿上干警捐送的衣服，收拾得干干净净，一脸堆笑，同大家告别。这时，大队长摸出一只信封，递给孙某，说："这是大队干部们捐献给你的 600 元钱，拿着，到家后给我们来信。"面对这只信封，瞬时，一股热流冲上孙某心窝，他双眼像开了闸，刷地流出两行热泪……

那时，我报道提篮桥监狱的频率极高。2015 年 7 月 24 日，我查阅在《新民晚报》上所有报道的剪贴本，查实 1989 年 5 月 19 日星期五第四版头条位置，以主标题《大墙内的新管家》、副标题"记上海市监狱监狱长刘云耕"（1995 年 7 月更名提篮桥监狱），报道了一个全新的监狱长，通篇以"谢谢"两字为契机。1990 年 5 月，刘云耕调离监狱，后任市公安局局长。他一直记着我对监狱工作的支持。很多年以后，他在市委副书记的任上，大大"感恩"了我一把。不是物质，也不是封我一个什么官位，而是在一份"监狱看守所如何深挖"的内部文件上，批转给我们报社党委："请钱勤发同志就深挖问题写篇特稿，刊发在新民晚报上。"报社领导一惊，立马忙开了。我心里明白，市委领导指名道姓请我一个记者写稿，除了器重信任，更多的是"客气"。后来，刘云耕任市人大常委会主任，几次邀我去人民大道 200 号他办公室坐坐。我一直没去。他越是客气，我脚头就越发沉重，市领导很忙，我去做啥？

20 多年以后，"显摆"这些往事，无非想说，从提篮桥监狱长、市公安局局长，到市委领导、市人大领导，刘云耕是一个记情重情的领导，泂属可敬。这就是我走进提篮桥监狱、走向提篮桥监狱深处、与提篮桥监狱结下深厚友谊的一个难忘的时间节点——1988 年 11 月至今，整整 27 年！

九号监的一扇文化窗口

九号监，在建筑上与其他监房没有什么区别。但，这里是外来参观者必到之地，也是提篮桥监狱最具特色的对外敞开的一扇文化窗口，是"中国监狱改造犯人成功的样本"！

27 年里，我曾多次采访这个"窗口"，积累的不仅仅是报道文字，还有那一双双被"洗净"的清炯的眼神下的种种故事。这扇窗口分为三大块：一张报纸，《劳改报》；一个画室，名叫"习美"；还有一个是由文艺小分队演化来的"新岸艺术团"。这"三大件"，统称"监狱文化"。

曾经掌管这"三大件"的，分别是资深警官老翟、老陆和严大地。时光如梭，一晃，这三位老狱警都已退休。为重现"监狱文化"那段辉煌的历史，去年秋天我曾去严大地家中拜访，今年 7 月 9 日上午，我又驾车去提篮桥监狱采访了翟春茂和陆刚。

老翟从 1986 年起接管《劳改报》，直至退休，整整 22 年。坐定，老翟开门见山："你也是老政法老监狱了，我无话不谈，由你取舍，不能写的就不要去写。"老翟一脸严肃，很有趣。我心知肚明，这个禁区，无非就是不要去"触碰""文革"时原市委领导徐某某王某某朱某某等这些吃官司的人。老翟说，肖某编过《劳改报》，我去时他已经出狱了。那时，叫徐某某游某某加入编辑队伍，但两人以身体欠佳推辞了。不过，两人分别用笔名"务实"和"山水"各写过一篇解读大墙内诗歌的文章，刊登在《劳改报》上。是的，这些曾经的"风云人物"在监狱里也放不下"架子"。有意思的是，原市委写作班负责人朱某某这两年在网上撰写长篇文章，客观真实地回忆了在提篮桥监狱 6 年的改造过程，"现身说法"，为提篮桥监狱唱了一曲"赞歌"。

20 多年前，我到《劳改报》编辑部时，在监房的走廊里，报纸散发着油墨香，"编辑们"都很斯文。老翟说，《劳改报》四开四版加中缝，5 个编辑各司其职。他们是从各监区里挑选出来的犯人，有专业的，有业余培训后上岗的。他们从选稿改稿制作标题到画版样，一竿到底。有一个编辑办报 4 年，出狱后不久，给老翟写来一封信，报告喜讯，说应聘南宁一家报社，要他当场画张版样，这是他拿手好戏，就凭一张版样被报社录用。他写信来感谢老翟，因为他这一手功夫全是老翟手把手教出来的。

那时，我还在报社上班，每隔半月就能收到《劳改报》，他们期期都给我寄。一报在手，读忏悔书，闻改造新风，知发明创造，见减刑名单……尽晓大墙内灵魂博弈的鲜为人知的故事。至今，刻在记忆里的是那篇《放飞"巴士底狱"的梦》的报道，犹似重又打开报纸，细细读来——

王某，入狱前是个汽车驾驶员，因犯盗窃罪被判处有期徒刑 15 年。漫长的刑期使他心烦意乱情绪急躁吵吵闹闹甚至拔拳相殴，大有"死猪不怕开水烫"之态。既然你把自个当作一头"死猪"，那好，管教干部就反其道而行之，不用"开水"，用"温水"，扬其长，避其短。有次在场外劳动中，王某拣到一枚 1 元硬币，交给了管教干部。管教干部当众表扬了他，并且还写了表扬稿在监狱广播台播出。这一下，王某"服"了。他觉得管教干部不错啊，并没有看扁他。他开始"安静下来"，开始读书，尤其爱读中外发明家的传记文学。一次，他从一本《科学博览》杂志上读到一则消息，说法国巴士底狱的一名犯人在狱中发明了"钻石棋"。这一夜，王某失眠了，他想，巴士底狱的犯人能发明"钻石棋"，提篮桥监狱的犯人为啥不能发明创造呢？

王某立志在大墙内放飞梦想。管教干部给他订阅了《科学画报》《科学博览》等杂志以及提供他一些科技类书籍。王某读书思考开动脑筋，先后研制了"折叠坐垫式雨披""汽车防滑装置"等，由于成本太高、监狱条件有限，无法加工制作，只得忍痛割爱。但王某毫无退却之意，反而对发明创造更是如痴如醉，最终将目标锁定桌面，发明了"星球大战棋"。棋盘非方非圆，采取地球经纬线的交织方法，在棋盘上形成了纵横斜弧四种线条的交错分布，共有 371 个交叉点；棋子分成四个部类，指挥系统（总部）、侦察系统（卫星）、防御系统（电波）、作战系统（激光、导弹、飞碟、航天飞机），红黑对战，共 64 枚棋子……这一天，监狱组织犯人进行"星球大战棋"的实战演习，红方黑方杀声四起难分难解。犯人们说，太有意思了，太有劲了！王某一脸喜气，泪光闪动。很快，"星球大战棋"获得了国家专利局正式授予的发明人专利权证书。35 岁的王某成了解放后上海监狱系统第一个获得非职务发明专利权的服刑犯人。后来，王某又发明了一种新的三人国际象棋，再一次获得国家专利证书和发明专利权。《劳改报》以它特殊的定位，每期用一个版面，报道犯人改造中的各种新闻故事，树立改造积极分子，使大墙内学有榜样赶有目标。大墙内的灵魂博弈，上演着一幕幕犯人们重新体现人生价值的大戏。

依旧九监区（九大队），依旧监狱文化。但，我们转换一个场景，看看警官严大地掌管的"习美"是如何用"色彩"来改造犯人的？

我最后一次采访"习美"，是在 2004 年 4 月底，当时"习美"在"十字楼"一楼。所谓"习美"，就是学习画画，油画、水粉、水墨、素描、木刻……用画笔和色彩矫正罪恶的灵魂。"习美"其实就是个画室，犯人集中在一起画画。严大地有个比喻，说这些犯人刚来"习美"时，就像一块粗糙的石头，棱棱角角很是锋利，稍有不慎，就会伤人伤己，破罐破碎。"习美"，就是让他们静下心来，用手中的画笔将粗糙的石头磨光，让他们从自卑走向自信。这种自信就是让他们看到成果，看到日后回归社会的生存希望。严大地是画家，10 多年里，教了 300 多个犯人，人人画艺长进，个个成果卓然。

我还记得，李某怯怯地坐在小凳子上接受我采访。面孔白白的瘦瘦的，戴副眼镜，面带微笑，本土郊县口音。说出来吓人一跳，他未满 18 岁时，盗窃杀人，被判无期徒刑，成年后押解到提篮桥监狱。他说，刚来"习美"时一窍不通，严队长叫我坐在旁边观看，看了两个月，严队长再手把手教我素描，后来临摹油画，一年后画得蛮像样了，心里交关开心，再后来就迷上了，一年画 60 幅至 70 幅油画，已经画了 8 年了，算算共计画了 500 多幅。严队长说，他变了，完全变了一个人。

美，无处不在。大墙里的美，不仅是"习美"赋予的，而是灵魂博弈后闪现的美。一个大学生重又在我脑海浮现，他将青春的美，毁在了盗窃电脑软件上，然而他在"习美"重又拾起了"美"。母亲每个月来探望他，总叮嘱再三，好好改造。有次，母亲来了，他将一幅素描给母亲看。母亲一惊："是你画的？"

"妈，是我画的。"母亲笑了。再一次，他画了母亲肖像的油画，叫母亲带回家。母亲回家后，配了镜框，挂在墙上，逢人便说："这是我儿子画的。"眉梢上挂着笑意挂着自豪。

严大地说，十多年了，300多犯人在"习美"获得新生，从"习美"出狱后，没有一个重新犯罪的。他们出去以后，有的创办了广告公司，有的开了画廊，为报答严队长，将画廊取名"大地"。严大地也是性情中人，向我述说这些人时每每动容。他说，有些人本质并不坏，一失足成千古恨，我们的责任就是要让他们从"千古恨"里解脱出来，使他们成为对社会有用的人才。现在，严大地在我微信朋友圈，我割舍不了提篮桥监狱的这份情谊。

如果说，提篮桥监狱的神秘，人所皆知；那么，它神秘之下的神奇，知晓的人就很少了。"监狱长信箱"神奇吗？"星球大战棋"神奇吗？"习美"神奇吗？还有神奇的"新岸艺术团"——

退休后的老警官陆刚说起"新岸艺术团"，如数家珍，将一幕幕场景呈立体式地展现在我眼前。其实，我对"新岸艺术团"并不陌生，刻在脑海里的有在大礼堂采访吹管乐的"团员"，有在办公室里采访过敲爵士鼓的"团员"。印象最深刻的就是"歌手"蒋佩玲，就是轰动上海滩的于双戈持枪抢银行大案里的包庇犯蒋佩玲，于双戈的女朋友蒋佩玲。那是1987年底在管教队长办公室里采访的，回想起来宛若昨日。

蒋佩玲犯包庇罪被判处有期徒刑3年。她压根不知，这个"3年"有我"据理力争"的"功劳"。当时，市中级人民法院审委会内定判处蒋佩玲有期徒刑5年，判另一包庇犯徐根宝有期徒刑7年，并连审带判。这案子透明度极高，全上海人关注着蒋佩玲和徐根宝的判决，舆情一致要求轻判。这天，大约距离开庭审判尚余一两个小时，我对法院院长老姚说：于双戈枪毙10次也不嫌多，该杀！但，蒋佩玲、徐根宝均为年轻人，又是初犯，认罪态度也蛮好，且本质不坏，只是缺乏法律意识，上海人民群众都要求法院从轻判处，5年7年好像重了点……多年来，老姚同我们记者相处和谐，平时非常支持我们，尊重我们，我们之间无话不说。他听了我一番话，默语，沉思，未直面回答。结果，案子当天开庭审理后，没有判决，而是择日宣判。后来的判决，蒋佩玲3年，徐根宝5年，确实从轻判处，上海人心服口服都能接受。时光过去28年了，至今想来，我对中级法院原院长老姚（姚赓麟）表示深深的敬意。

回头再说蒋佩玲到了提篮桥监狱不久，我即乘着新闻的"热点"，立马去监狱采访了她。从法庭到监狱，蒋佩玲走过了人生中最为"惊心动魄"的"在罪恶的泥淖里挣扎"的一段路之后，恢复了平静。她剪了短发，面孔白了胖了，但看上去终究稚嫩。她说："到了这里，我的胃口也大了，每顿三两。"她吃吃地笑，天真，单纯。我问："听说那些关于你的话了吗？"所谓的"话"就是"轧朋友要轧徐根宝，讨老婆要讨蒋佩玲"。蒋佩玲一听就懂，说："听到。全是傻乎乎的，我感到可笑。我真搞不懂，我有什么好？没立场，包庇罪犯，对国家对自己都没有好处。讨我这种吃官司的老婆何苦？那天判决后，徐根宝长长叹了口气，轻声对我说，'额角头碰到天花板'。他5年，我3年，法院对我们是轻判的。徐根宝比我还傻，230元买官司吃。我们是罪人，不是英雄，社会上的这些怪话，我实在无法理解。"

被称为"百灵鸟"的蒋佩玲，歌喉里流出的不是欢快的歌，而是沉痛的箴言，就像她在法庭上的"最后陈述"那般沉痛："……奉劝大家以我为镜子，不要学我的样！"她说："我将付出三年的代价来记取这个教训。代价越惨重，时间越宝贵。我想在里面多学些东西。这些天在学打毛衣，一针一线学得很认真，看到经过自己的手织成的毛衣，心里有说不出的高兴，真的。"

28年后，再来重现这一幕，真该点个赞，好一个蒋佩玲！纯净，透明；且在大墙内如此清醒如此淡定如此认罪服刑，实属不易。确实，与世隔绝的这堵大墙，使她很快成熟起来。有意思的是，7月6日，我在提篮桥监狱采访时，问程政委：不知监狱是否还留有有关蒋佩玲的一些资料？程政委说，有！他一个电话打到隔壁监狱局资料室，很快有人送来了全套《大墙内外》杂志，创刊号上竟然有我的名字，还有我采访蒋佩玲的照片，这篇题为《人生道路上的驿站》（副题"蒋佩玲狱中反思录"）全文六七千字，距今27年，那纸片已经发黄发脆，但往事却刻于我心里。我追踪蒋佩玲和徐根宝一直到他（她）们出狱这一天。

自我在监狱里采访蒋佩玲没过多久，她被"新岸艺术团"招去，成为团中最有"影响力"最受欢迎的女歌手。

我们的话题再回到"新岸艺术团"。接受我采访的陆刚，长我一岁，退休已5年，我称他老陆。老陆是1985年至1992年先后掌管"新岸艺术团"7年。这7年，恰是"新岸艺术团"最辉煌的7年。老陆不但能说会道，且高八度的嗓音充满激情。他说："新岸艺术团最多时有108人，俗称一百零八将，平时保持在90人左右。你问人从哪里来？我们最初搞过一次全监狱文艺会演，从中选拔了47个人，再由专业人员培训。"老陆说的"专业人员"，不是从大墙外请来的，而是他们被判刑后"走"进来的。这其中有指挥家陈某某；有风靡上海滩的"我比你先到"的吉他手张某；有一出场就欢声雷动的蒋佩玲；还有杂技、舞蹈、戏曲、曲艺、声乐、器乐等身怀一技之长的"各路人马"。其中，气势最为宏大的是36个人的管弦乐队。老陆笑着说：当时都是我去买乐器，财务限制多少钱多少钱，我不管，每趟超支，既然搞了就要舍得花钞票，也怪，领导从来不批评，为啥？因为越搞越大，名气越来越响；搞出成绩，墙里开花墙外香，搞得全上海都晓得了。老陆回忆说："有次带了队伍，到机电一局一连几天演了6场，场场爆满，市委书记来了，市长来了，演出结束后，他们握着我的手说，你带了一支好队伍。"说罢，老陆哈哈大笑，自嘲：什么"好队伍"，都是犯人啊！

是的，他们都是犯人。但，每次演出，他们最有组织性纪律性，从道具搬运到舞台场景布置，各司其职，雷厉风行，训练有素，这种"作风"令邀请单位啧啧称道敬佩之至。一上台，男演员全部西装领带，女演员配置色彩大方的便服，灯光一打，个个神采奕奕，交响乐《欢乐颂》《拉德斯基进行曲》响起来，声震全场，激情澎湃……如果不透底，你压根不知这是大墙内吃官司的犯人们啊！老陆说，"新岸艺术团"当时的名气毫不逊色于现在的春晚。他记忆里，因大卡车运送道具布景超高，先后6次被交警拦下，但一听是"提篮桥的新岸艺术团"，立马放行。今天回想起来，我第一次看"新岸艺术团"演出，是在监狱大礼堂，规模最大一次演出是在上海体育馆看的，邀请单位是上海《青年报》。今天，大凡上了点年纪的上海人，无人不知提篮桥监狱的"新岸艺术团"——全国罕见的全由犯人组成的艺术团。

老陆说，那时，正逢法制教育五年计划，监狱开门改造犯人，一年要出去演出上千场，上海体育馆、市政府礼堂、音乐学院礼堂、邮电俱乐部等，凡上海有名的剧场都去过，在上海市群众文艺会演评奖时，主办方打招呼，说你们实力太强，发扬一下谦让精神，结果上海监狱还是拿了50%的奖项。我问老陆：经常出去，安全吗？万一有人逃跑怎么办？老陆笑道：不瞒你说，我们的防范工作相当严密，每次出去除了他们相互监督之外，还配备"便衣"（警察），必须做到万无一失，千万不能闯祸，一闯祸就要关脱不得出去了。老陆还透露奥秘：知道为啥没有一个人逃跑吗？因为，这些犯人刑期都不长，逃跑抓住加刑，不值得；其次，正如犯人自己所说，管教队长不但信任我们，还让我们发挥专长上舞台出名，让我们感到集体的温暖，我们珍惜艺术生命，更珍惜这种宽松的改造机会，说到底我们不能对不起管教队长，不能对不起提篮桥监狱！

艺术与改造相结合，潜移默化洗刷着他们的罪孽，净化着他们的灵魂。他们在《拉德斯基进行曲》中苏醒，在《欢乐颂》里听到希望的召唤，在《迟到》的歌词中悟出了人生"迟到"的意蕴……他们先后减刑出狱，都走了，走出"新岸"，走向社会，走向大洋彼岸。

故事本该到此结束了。不想，老陆告诉我，还有"后续新闻"。我洗耳恭听，果真精彩，连连叫好，感叹不已——

艺术连接起来的这个名叫"新岸"的艺术团，至今没有"散去"，依旧连接在一起。人散，魂不散。这个"魂"，就是他们的微信群，他们都在"群"里。每年，平时小聚。过年时，在国外的"狱友"回来了，大家大聚一次，都来了，

6 桌人，济济一堂，有说有笑，十年廿年未见的更是亲热得说不完话，谁也不忌讳大墙里的那段岁月。这份大墙里结下的"深厚情谊"，是普通单位里的同事朋友根本不能比拟的。老陆说：有次，一个朋友结婚，浦东五星级饭店，"老新岸"来了 40 多人捧场，他们重又操起乐器家什，采用多媒体舞台效果，大幕一拉，"新岸艺术团"又回来了：歌舞、器乐、曲艺、杂技、沪剧……全场惊呆。饭店服务员纷纷打听，哪里请来的剧团？开销结棍嘞！年轻的服务员永远不懂，这是提篮桥监狱铸就的一个从来不计报酬，且由灵魂博弈后奔向光明奔向希望的历史产物。他们不收一分钱，包括后期制作成光碟，仅留存了一份难忘的演出。

现在，他们早已不是二三十年前的他们了。他们治愈了旧时的"疮疤"，健健康康做人，凭本事赚钱，有个在法国的李某，统揽了整个法国的电话卡生意。他们一半人在国内，一半人在国外，这个全国独一无二的微信群，将他们黏合一起，太有意思了，那种和谐外人根本不为所知。像我这种微信"老念头"，真想立马把他（她）们的微信号通通搜集拢来，加入这个趣味十足的"群"。但，转而一想，不可！万万不可！因为，他（她）们是一个特殊的"群"，一个属于他（她）们内部的"群"，我这个"外人"渗透进去，岂不破坏了他（她）们的和谐吗？不过，老陆已经加入了我的微信朋友圈，我若想听这个"特殊微信群"里的新故事，找老陆即可。真没想到，我与提篮桥监狱 27 年的故事，竟然延续到当今电子时代的微信群。他（她）们也在与时俱进。

石以砥焉，化钝为利；法以砥焉，化愚为智。程政委告诉我，自解放后人民政府接管提篮桥监狱后，到 2014 年底，粗略统计，提篮桥监狱共监押改造犯人 50 万左右。我们不能断定这 50 万人全部改造成新人；但，他们先后走出高墙走出大铁门，绝大多数人"脱胎换骨"，由愚蠢变得聪明，重返社会上重新体现人生的价值。这是提篮桥监狱"因时制宜，度势行法"创造的奇迹！

握别老陆老翟，握别程政委，握别为我安排采访"劳苦功高"的志坚兄郭主任，一一谢过后，我的车启动了，先过第二道大铁门，再过第一道大铁门，随后转入长阳路。"上海市提篮桥监狱"几个大字在我的后视镜里渐渐远去……

环球航行寻常梦

——记首艘中国出发的 86 天环球邮轮

徐新霞 海南省作协会员，上海市戏曲学会秘书长，资深电视制片人。1988 年参与创办海南金岛杂志。2000 年起，作为编剧及制片人，制作有电视剧《没有冬天海岛》《利益与代价》，电影《并非末日》。这些作品曾在中央电视台一套及多家卫视播出。86 天环游地球，是作者的一次人生新体验，《环球航行寻常梦》则是作者这一生活体验的部分见闻和感想。

梦想开始启程

88 岁的老人，也去坐邮轮环游地球？

如果不是亲眼目睹，我不敢相信。

2015 年 3 月 1 日，对我来说是个特别的日子。出门前，我在挂历上工工整整地写上一行字：今天出发，去环游地球。86 天后见。

初春午后的阳光，把热闹的上海吴淞口国际邮轮码头映照得喜气洋洋。邮轮前，这位 88 岁老先生端坐轮椅上，精神矍铄，灰白色的长髯，银光闪亮。这一镜头，定格在我的记忆中。

"毕可鑫老先生，这次环游地球您最想去哪里？"争相采访的记者们，好奇地发问。

"我哪里都想去。我现在身体还可以！"毕老大声回答。

"您父亲这把岁数去环游地球，你们家人不担心吗？"人们问毕老先生的儿子毕放世。

"当然有担心。父亲提出要坐邮轮环游地球时，把我们吓着了，以为他开玩笑。父亲很认真，他说他看到环球邮轮广告了，他想去看看海洋，看看世界。我们开了几次家庭会议，家人大多反对，最后我决定和妻子一起陪同老父亲完成这一心愿，孝以顺为先嘛。出发前，像过节一样的热闹，我们家族有一百多人为老人家饯行呢。"

88 岁的毕可鑫先生是这艘邮轮上最年长的，而年龄最小的游客刚满周岁。此刻，这艘名叫"大西洋号"的巨轮敞怀引来 600 多位游客登船，将首次从中国邮轮母港出发，开始环球航行。每个人都将兴奋和好奇的心情写在了脸上，在回答记者提问时最多的一句话便是："我很激动，终于可以实现环游地球的梦想了。"

"那您什么时候开始有这个梦想？"有记者问一位叫索群的戴眼镜先生。

索群看上去六十来岁，笑笑说："年轻的时候。看了《八十天环游地球》这本书，就想有朝一日我也要环游地球。"是的，19 世纪法国作家儒勒·凡尔纳的著名科幻小说《八十天环游地球》，曾经激发了全世界几代人环游地球的梦想。这部小说的主人公福格先生做出这个决定的起因近乎荒唐：他要和牌友们赌一把，可以在八十天把地球环游一周，赌注是他一半财产。这位平日里彬彬有礼的英国绅士，竟由此启动他的实践。为此他历经天灾人祸，九死一生，最终赢回了赌注，正好抵销掉沿途的花费。小说结尾标题很有意思："福格的这次环球旅行，除了幸福什么也没得到。"

幸福？这世间还有什么比幸福更令人神往的呢？而赶上当今这个年代，让无数中国的寻常百姓有了实现这种幸福的机会与可能。此刻，歌诗达大西洋号环球邮轮正带着 600 多名中国游客，和他们色彩缤纷的梦，从黄浦江这个梦想的起点，驶向三大洋五大洲……

移动着的小世界

第一个航海日，我拿上邮轮日报 *Today*，走进这个陌生的这个小世界。在环球邮轮上，每天第一件事是看服务生送到每个房间的 *Today*，上面有当天所有资讯，包括各种活动、各个餐厅用餐时间、天气风浪预报、沿途景观，以及各项通知。人之所以爱旅行，不是为了抵达目的地，而是为了享受旅途中的种种乐趣。乘坐邮轮旅游的人，大概就属于歌德说的这种。乐趣就从邮轮开始。

大西洋号环球邮轮，各层甲板都以意大利当代电影之父费德里柯·费里尼的作品命名。巴洛克建筑风格的大堂和走廊，四处可见大幅电影黑白剧照和壁画，弥漫着浪漫的艺术气息。

大堂有个好听的名字，叫"甜蜜生活"，取自费里尼同名影片。我到大堂一侧的前台，办理卫星互联网。邮轮到了海上，手机便没了信号，好在邮轮上全程覆盖卫星通信。前台服务员全是中国年轻人，我听过介绍，选择了上网 100 小时 420 美元的套餐。

自助餐厅的早餐很丰富，中西合璧，特意备了油条、腐乳。邮轮为这条航线专门聘用了 100 多个中国船员，包括一个中国厨师团队。

我在靠窗的位置坐下，可以看到窗外湛蓝的天空，碧绿的海浪，星星点点的渔船和岛屿。环球邮轮在东中国海朝东南方向行驶，前往第一站香港。

意大利歌诗达邮轮公司在 2013 年推出首个中国出发环球邮轮项目。看到这一广告，我立刻报名并办好了所有手续。谁知到年底，突然接到通知，环球邮轮因客源不足推迟一年起航。此次客源仍然不够，邮轮载客量可达 2 680 人、船员有 800 多，而游客仅有 611 名，对游客来说，好啊，超规格接待。对"歌诗达"来说，可能亏了点，但它有前瞻性，着眼开拓中国环球邮轮的市场。

也难怪呵，虽说中国人现在乘邮轮出游十天半月已是家常便饭、小菜一碟；但要整整三个月，把自己交给邮轮，中国人还不习惯，哪怕是自身早已具备有钱有闲有心愿这三大条件。朋友们听说我要航海环游地球，无不惊叹，叮嘱我保持微信畅通，期盼分享我的见闻及惊险经历。甚或让我留意，漫长航程中是否会酿就和爆发《泰坦尼克号》式的浪漫爱情，哈啊！

九层舞国甲板，是游客锻炼、跳舞、游泳、晒太阳的活动场所。甲板上，阳光煦煦，海风习习。我沿着船舷漫步，从那个戴眼镜的索群先生身边走过。他费劲地吹着萨克斯，断断续续吹出几个噪声。一听就是个初学者。

游泳池旁，一个身着白色瑜伽服的女子，旁若无人地练着瑜伽，身轻如燕，柔若无骨。围观的游客中有人问：是船上教练么？有人答：不是，她也是游客，姓赵，当过瑜伽老师。

甲板舞台上，娱乐部主管，正在用英语召唤游客们汇集到舞池。他是西班牙人，游客们管他叫小胡子。娱乐团队有好几个中国籍船员，陪练舞，兼翻译。一位中国船员向大家介绍，舞蹈老师是一对巴西籍的夫妻，第一堂舞蹈课教萨尔萨舞。在节奏明快的拉丁音乐中，两人拉开架势做示范表演。热烈奔放的舞姿，赢得游客们阵阵掌声。接着，女老师让学员们跟着她的口令学习舞蹈动作。学员大多数是中老年妇女，也有几位大叔凑热闹。

我在一旁看，一个长得像东南亚人的小伙子走过来，招呼我去学舞。我看看他胸前的船员徽章上写有国籍：China。小伙子说他是海南人。我一听很高兴。我说我们是半个老乡，我在海南生活了20多年。我问他怎么会在意大利邮轮上工作？他说他是体校毕业的，后在外企打工，听说首次中国出发环球邮轮在招中国船员，就马上去应聘了。他在船上主要负责每天早上的太极课程，教游客打太极拳。娱乐部其他工作也要做。我说挺好，边工作边环游地球。海南小伙子很直爽：哪有你们好，你们多幸福啊。我说，你比我幸福多了，我像你这么大，邮轮见都没见过。他笑，时代不一样了嘛。

我参照邮轮日报的介绍，到各个活动场所转了一圈。旅游讲座、手工课、烹饪课、儿童俱乐部、图书馆，咖啡厅、电影院、棋牌室、赌场……竖在过道上的巨幅照片告诉我，邮轮上还有环球小姐中国区冠军、中国好声音人气歌手、网络红人、美食家、摄影家等名人。

这艘意大利环球邮轮，对这条航线真是下了功夫。知道中国人好热闹，活动内容从早到晚安排得满满当当，移动着的小世界也就让人一下子有了回家的感觉。

一桌姐们儿

晚餐我选择在二层提香餐厅。提香餐厅是按房卡编号就座的。

我按编号找到餐桌，餐桌空无人一。我刚坐下，一个印尼籍服务生，立刻笑容满面地递上餐单和一筐面包。我解开丝带打开餐单，点了汤、主菜和水果。面包快吃完了，把前餐和汤也都吃完了，还不见上主菜，也不见有同桌客人来。我旁边一桌倒是人丁兴旺。一聊，得知是一大家子：一对夫妻，男的叫范伟勇，有两个孩子，还有夫妻双方父母。范伟勇今年 36 岁，大学毕业后自己创业，在资本运作的风波市场十年奋斗下来，赚了不少钱。看到环球邮轮广告后，他想给多年来支持自己事业的家人一个惊喜，默默办好所有手续后才告诉妻子。在他看来，全家坐邮轮环游地球，是最浪漫最完美的旅游，也是他向往已久的一个梦。

我点的主菜总算来了，还得等甜品和水果。我孤零零地占坐一张大桌，发现旁边瑜伽老师那张大桌也就一两个人。我说我们拼桌吧，于是，餐厅主管把我们排到一起，到后来，从一人一桌发展到 6 人一桌，最后扩大到 10 人。清一色女士，从 50 后到 90 后各个年龄段都有，都是一个人上邮轮来的。大家聚在一起高兴，七嘴八舌聊上了，有说相遇是缘，有说百年修得同船渡，有人提议各做自我介绍——

赵老师竟然已经六十出头，让我们都很惊讶。她说那得归功于练了十几年的瑜伽。她说我们这一代年轻时候辛苦，现在可以享受生活了，得有个好身体。

林是福建人，听说有中国出发的环球邮轮，就跟老公和儿子商量，让她这个家庭主妇休假 86 天。老公和儿子有些不舍也有些担心，最后还是准假了。

唐山来的赵，起初是和姐姐一起报名环游的。出发前，母亲突然得了重病，姐姐决定自己留下照看母亲，让妹妹如期出游，圆姐妹俩共同的梦。她说姐来不了，船费不能退。我得好好玩多多吃，把姐的那份都享受了。她是我们中间的运动健将，每个航海日在甲板上打几个小时乒乓球。

薛是天津人，声音很甜美，性格很豪爽。她时常相机不离手，每当看到美景美食或有意思的场面，都会举起相机边摄录边解说，她要把环游地球全过程录制下来跟全家分享。

杨从加拿大回来，喜欢到世界各地旅游。这次环游地球，是她老公送她的情人节礼物。她身材好，后来参加过邮轮上的舞蹈比赛。她英语也好，外籍船员喜欢跟她聊天。她是我们上岸观光的免费导游。

贺来自四川。五十出头，风韵依然。她是性情中人，交了朋友便推心置腹。她的经历很丰富，下过乡，当过老师，有过短暂的婚姻，后来下海办公司。她奶奶出身望族，兄弟中有官派坐船去美国留学的，有出洋做皮货生意。她大学选择了地理专业，经常和大学同学一起幻想周游世界。她要把 86 天航海途中的每一个日出日落拍摄下来，带给她的大学同学分享，这曾经是他们共同的梦想。

邓是唐山人，80 后，长得漂亮，穿着也时尚。她光衣服就带了好几大箱。我们跟她开玩笑，你老公把这么年轻漂亮的太太一个人放出来放心？她得意地说，我老公只要我高兴。她为人很热情，见人三分熟，一上船就结识了好些个朋友，包括姝和彤。

姝是 70 后的东北女子，长得特秀气。她在老家跟人合伙开了家咖啡馆。她至今未嫁，我们都想不通，逼急了就说我嫁给谁啊？我们说在船上找找，有没有"杰克"。后来我们发现，船上许多男士追她，但好像都没入她法眼。

彤是 80 后的浙江女子。上邮轮前是公务员，请不了三个月假，她宁可辞职，很有点"世界那么大，我想去看看"的决意。我们替她惋惜。她充满自信地说，不可惜，值。工作可以再找，首次中国出发的环球邮轮，错过就错过了。在后来的交往中，我感觉到她有很好的文学素养，打算做自由撰稿人。

怡是 90 后女生。她经常带给我们一些新词新玩意儿，教会我们一种叫 UNO 的欧洲扑克游戏。UNO 是西班牙和意大利语中"1"的意思，最多可以 10 个人一起玩。她会玩也会读书，环游地球结束后，将去美国留学。

就这样一张桌子，这样 10 个女人，形成了一个海上的家庭组合。每个人都有一个上船的理由，每个人都怀着一个美好的梦想。从她们的来路踪迹，实在可以感到社会生活得以塑造她们的那股子力量。

邮轮穿过马六甲海峡来到印度洋。那天吃完饭，大家提议到大堂继续聊天。杨姐是个热心肠，她在办登船手续的时候，认识了两位男士，都是一个人上船的。她把他们两位也请来介绍给大家认识。

一位是来自厦门的徐先生，经历挺悲的。他和他爱人非常恩爱，说好退休后一起坐邮轮环游地球。没想到他爱人突然得了绝症，去世前几天，他自己又查出胃癌。他爱人去世后，他做了胃切除手术，不久腿又骨折。虽然经历了这么多不幸，他还是要完成环游地球的梦想，就是想多看看这个美丽的世界。这次他是想带爱人的骨灰一起上邮轮的，听人说不让带……他说不下去，眼里含着泪。

一位是南京来的退休教师吴先生，是个诗人。他本来和一位作家约好一起来的，那位作家美国签证被拒了。吴先生说，他要每天写一首诗发到博客上，让大家分享他的感受。在我们的请求下，他朗诵了他环游地球的第一首诗："我疯了/买最贵的船票/走最远的航线/86 天，世界一圈……/八面无边无际/十二面苍苍茫茫/一心清空松透/冰凉而明净的海天。"

海上丝路新体验

环球邮轮经过 13 天的航行，抵达海上丝绸之路的一个重要驿站——科伦坡。科伦坡港是欧亚、太平洋、印度洋地区的海上交通枢纽之一，素有"东方十字路口"之称。我国明代航海家、外交家郑和在七下西洋途中，多次抵达斯里兰卡。在科伦坡国家博物馆，珍藏着一块 1911 年发现的郑和碑，碑上记载了 600 多年前郑和受明朝皇帝派遣下西洋时，向斯里兰卡佛教寺庙布施财物的详情，是中国和斯里兰卡古代海上丝绸之路往来的见证。

参观了科伦坡国家博物馆，我们又驱车来到科伦坡标志性建筑之一，班达拉奈克国际会议大厦。这座洁白宏伟的大厦，是中国 30 年前无偿援建的项目，成为中斯两国友谊的象征。

我们走进著名的贝塔市场，穿行在各种肤色各式服饰的游客中。集市里，服装、饰品、食物、工艺品，琳琅满目。店主大多是穿着斯里兰卡民族服饰的当地人，我们购物基本上都打哑语，用计算器讨价还价。

傍晚时分我们回到邮轮。即将起航离开科伦坡时，听得码头上人声鼎沸，便站到阳台望去。原来码头上几百号人站在雨中，又是呼喊又是飞吻，向邮轮上的我们挥手道别。想起白天导游说的话，我为中斯两国人民真诚的友谊而感动。

回到舱房，我在自己带来的世界地图上给科伦坡画上了一个粗粗的红圈。现在，航线图在向西北延伸，古代海上丝绸之路正被我们的足迹碾印。下一个红圈，是《天方夜谭》中水手辛巴达的家乡阿曼苏丹国。

又是一个清晨，朝阳把光芒洒满海面，邮轮正停靠在阿曼南部的塞拉莱港。第一次踏上充满异域风情的阿拉伯半岛，仿佛到了一个陌生的世界。码头上，站着一排穿着长袍缠着头巾的男子，手上举着写有车号的牌子。邮轮旅游部服务生告诉我们，那是我们的导游。邮轮上有旅游部，每个邮轮抵达的口岸，都有几条旅游线供游客选择。大多数游客都会报名跟团旅游，也有英语好的游客自由行。

我在码头等船友一起上车，忽然看见吹萨克斯的索群，推着一辆小自行车从邮轮上下来。车头挂着一面小红旗。我很好奇，居然还有人带自行车上邮轮。船友告诉我，索先生从来不跟旅行团，每到一个口岸，都是一个人骑着自行车旅游。我说，他英语一定很好。船友说，听说他英语一窍不通。索群骑上自行车从我们身边经过，穿着件蓝色运动衣，背了个摄影包，一脸兴奋，小红旗在车头飘扬，这个令人难忘的特写留我心中。

塞拉莱是阿曼南部佐法尔省首府。城外 100 多公里处有个米尔巴特渔村，在公元 4 世纪到 15 世纪是左法尔王国的首都。据史料记载，郑和曾 3 次访问米尔巴特。我们循着先人的足迹，来到这座富有传奇色彩的古城。一幢幢黄土垒成的古堡保存完好，依稀可见当年的辉煌。我们去游览当地名胜马尔尼夫岩。穿过戈壁大漠，峰回路转，眼前一派奇景凸显。一侧是悬崖峭壁，岩石倒悬，一边则是碧波万顷的阿拉伯海。不远处，就是以气孔喷泉著名的马尔尼夫岩。这里的海滩不是沙滩，是岩石滩，岩石间有天然气孔，海上风浪大的时候，海潮猛烈冲击岩石，天然气孔里水流会从气孔冲出来。这种景观可遇不可求。天公作美，我们有幸观赏到这一奇景。

我们的导游是个四十出头的阿拉伯人。一路上给我们讲《古兰经》，不仅讲，还唱，还让翻译解释。我们说听不懂，让他讲讲他的故事。他说他有四个老婆，所以得努力工作。有男游客问他，四个老婆吵架吗？他说不吵架。我给她们买一样的衣服一样的首饰。一路上他比我们还高兴，说他从没接待过这么多中国人。

走进 Al-baleed 考古遗址博物馆，仿佛走进阿曼历史长廊，走进海上乳香之路。我们慕名来到一个乳香交易市场，空气中弥漫着奇特的浓香。每个商铺前，氤氲缭绕，几个色彩艳丽的陶制香炉里，用炭熏烧着各种乳香。想起《圣经》里多次提及乳香，不由心生敬畏。

一个穿着白色长袍系着白色头巾的店主，从一个筐里捏起一粒乳香放进嘴里咀嚼，告诉我这是最好的乳香，可以香薰也可以直接食用。我买了一袋乳香，选了个红底五彩图案的小香炉和几条黑炭。其实这股香味我实在享受不了，买回去也是个摆设。但想着我从古老的海上乳香之路源头，带回海上丝绸之路源头，心里美滋滋的。

我们大汗淋漓游兴未尽地回到邮轮。我想起骑自行车自由行的索群，一打听，人说索群在半途中暑被人送回邮轮了。后来索群告诉我这段故事。那天天气特热，他从港口骑自行车到城市的中心大教堂，他的 GPS 显示，往返超过 40 公里。他在回邮轮途中，突然感觉一阵眩晕，大腿痉挛。他知道自己中暑了。路边没人也没住宅，只有孤零零一个小酒店。酒店里的两个欧洲妇女很热心，让他进酒店休息，给他喝水又给他敷冰袋，两个意大利人要帮他打电话通知船上。语言不通，大家做手势。正好有邮轮游客路过，一起把他送回邮轮。他说每到一个口岸，遇到困难总能遇到热心人。

万里疆图，风波莫测，这本是航海的题中应有之义。3 月 15 日夜晚，邮轮上许多游客跟我一样，忧心忡忡。船长向每一位游客下达了一份"旅行通告"："从 2015 年 3 月 14 日到 26 日期间，邮轮将通过一条在过去几年商船多次遭海盗袭击的海域。虽然邮轮并不代表是一个敏感目标，但是考虑到它们的结构和设备特殊性，歌诗达大西洋号已经制定了一个特定的安全计划，以保护船舱、客人和船员的安全。……如遇可疑事件，驾驶台将发出特殊广播通知，并要求您前往以下集合点……"发生意外属小概率事件，但船长让游客要做好防范准备，还进行了突发事件演习。尽管出发前也有思想准备，但当身临其境，难免忐忑。

风高月黑，骤雨如幕。我站在甲板上，忽然发觉，我们这艘在岸边看似庞然大物的邮轮，此时渺小得如同一叶扁舟，被黑夜和海浪裹挟着，孤零零地飘荡在无边无际的汪洋大海。此情此景，不由令人心生恐惧。想到海盗，想到飓风，想到海啸，想到亲人故友，想到万一什么的，直想得千般不舍，万般缠绵。

在黑暗中看到的尽是黑暗。对付黑暗最好的办法是寻找光明。这一发现让我顿时释然。我离开甲板，寻找光明。音乐酒吧烛光摇曳，琴声美妙，世界依然美好。我不禁对自己哑然失笑。希望明天是个艳阳天！

邮轮在印度洋朝西北方向航行。只见安保人员日夜警惕地注视着海面的动静。训练有素的印度籍船员正在演练用于驱逐海盗船的船舷四周的 16 支水枪。慷慨的船长宴请龙虾大餐，让我们尽情欣赏窗外马尔代夫的美景。旅友们相互劝酒，自嘲吃饱喝足了好对付海盗。

3 月 21 日，邮轮顺利通过曼德海峡进入红海。其实，真正有力的给我们定海神针的可能都不是这些，一个超级振奋的信息迅速在船友中传开：中国海军的护卫舰正在这个海域护航！人们一下子涌到甲板阳台瞭望，希望在海天茫茫中看到舰影，看到国旗。不需要多余的话，只有此刻，你才会和祖国贴得那么近，而整个海上丝路也因此变得彩练般的锦绣。

老兵的望远镜

我们没有目睹中国海军护卫舰从邮轮身边驶过，却看到一名海军老兵在甲板上，拿着望远镜在全神贯注地瞭望红海海面。从邮轮起航入海，在风清气朗的早晨，经常可以看到他拿着望远镜观海，久久不肯离去。他就是本文开头说到过的 88 岁老人毕可鑫。

坐在轮椅上的毕可鑫老人，长髯飘逸，精神极好。还没有等我问候他，他倒先向我发问："身体还好吧？"看我一愣，他儿子毕放世笑着告诉我，老人对中医很有研究，喜欢给人号脉看病。此刻在快乐的甲板上，他也习惯地行起医来，让我们后生惊讶。

追溯老人的历史，毕可鑫还真的和大海有渊源。他是威海人，解放前就参加了革命，16 岁当兵，20 世纪 50 年代当过海军鱼雷艇的艇长，抗美援朝期间在旅顺当过教官。毕老喜欢看书，知识面广，政治历史、天文地理乃至中医，什么都感兴趣。1985 年离休后，他开始带着夫人到全国各地旅游。遗憾的是，当了几十年海军军官，还没有出过远洋。他一直有个愿望，想乘船漂洋过海，到世界各地去看看。当他得知有首次从中国出发的环球邮轮，便打定主意非去不可。他夫人也想去，让儿子给他们老两口报名。家人劝住了 90 挂零的老夫人，终究没能扭过老人的执拗，儿子毕放世、儿媳韩晓晓陪同登船，不给老父留有终身遗憾。跟旅行社、邮轮公司反复磋商，来来回回折腾了大半年，拟订了好几份责任自负之类的合约，才获得了最终的成行。而妥协的旅行计划变更为只游半个地球，从太平洋横跨印度洋，穿过苏伊士运河、地中海和直布罗陀海峡，在大西洋的里斯本港口下船，再转乘飞机回国。

行前，老人特意带上了两样物件：一面五星红旗，一架高倍航海望远镜。还有两本书，《战争与和平》《王度庐散文集》。多么富有激情的年轻心态！听说邮轮给他颁发了本次邮轮"最年长旅客"证书，他在客房里索性把证书镜框翻了过来，他不服老啊！

此时，在毕老的望远镜镜头前，被马克思叫作"东方伟大的航道"的苏伊士运河正清晰地展开它的全貌。在两岸连绵沙土的夹护下，青蓝色的苏伊士运河平顺地流淌过古老的埃及大地，船只列队，开始鱼贯通过这长190千米的运河。这条连接从印度洋、红海到地中海的黄金航道，是全球最繁忙的航线。我们看到亚非大陆在这里的明晰分界。

就在邮轮停泊在河口准备进入运河中段的时候，也有一位老者全神地对着高倍望远镜在目扫两岸景色。这军用望远镜还是他黑龙江军区的战友早年送他的。说他老，不错，年逾古稀，可他又不老，除却额前头发稀松了点儿，论身板精力，整个就一个中年壮汉。巧的是他也是个老兵，来自北国，叫胡世宗。

胡世宗是位军旅诗人，要往前说，他的名气也够响的，退休前的沈阳军区政治部创作室副主任，创作了大量优秀的军旅诗歌，其中有首由他作词的《我把太阳迎进祖国》广为传唱。他从20世纪60年代起不停地记日记，记录了从学生到战士到作家的完整生活，光2006年出版的《胡世宗日记》就有8大卷400多万字，成为一个时代人物的生存记录，轰动文坛。没想到的是，他的儿子胡海泉也那么杰出，作为歌星羽泉组合中的泉，比他爸拥有更多的粉丝，所以反倒"海泉他爸"的称谓盖过他固有的名气。这次他和夫人王惠娟一起环游世界，也就引起很多人关注。中国日报·美国版的记者问他为何参加环游，他抑制不住地说，向往了解世界，向往漫游大洋，可以在航海的过程中静静思考人生与命运，时间与空间，社会与自然的许多命题。他说临来前写了打油诗："趁着腿脚能行走，不远万里绕地球。即从此洲到彼洲，青春做伴快乐游。"

以胡世宗数十年不辍的毅力，自然少不了沿途的记录，他把每天的见闻用文字和图片放到新浪的博客，成千上万的读者通过《胡世宗环球游》分享着他的经历和体验。他也读书，在航海日宁静的波涛畔阅读带来身边的《躁动的帝国》，饶有兴致地了解书中展开的中国与世界的联系与分合。而泉他妈则在夫君的读书声旁完成了她已经花工5个多月的十字绣《花开宝贵》，在231 176个格子绣上了色丝。环游航海中这么温馨的相伴图景该羡煞人了吧？

温馨不止在船上，在邮轮未来停靠的洛杉矶，一位80岁的中国老诗人满锐此刻正在用布绸面做杆"胡"字小旗。这位文缘人缘都极佳的老人，曾任北方文艺出版社副社长，退休后偕夫人投奔儿子，定居洛杉矶多年。当老满听说来了艘中国出发的邮轮，上面还有他的老友胡世宗，激动得几夜没睡好，他要去码头接。电话里老人那个激动哟："我的世宗啊，终于可以看到你了！你们邮轮出来的地方，会看到我用拐杖挑着的一面旗，上面有个'胡'字，等你们见！"

胡世宗的心里有盆火，他天生就准备去鼓动和激励人的美好的。而歌诗达邮轮就像它的名字，娱乐节目极为丰富多彩，有歌有诗，欢乐长宵。沿途不断上船更新的综艺节目不说，单是咱们中国的，上年纪人喜欢的程志，后生们追捧的褚乔等歌星，还有舞者、模特、影人纷纷上台。胡世宗想，我可以换一种方式来展示才艺，也为旅友献上别样的精神激荡啊！他主动申请做诗歌讲座，于是人们饶有兴致地涌向卡鲁索剧场，听听泉他爸的《长征路与环球游》诗歌讲座。在 45 分钟站立式的讲座中，对着 10 米乘 4 米的大屏幕，胡世宗将他写诗的经历，音画的视频一一映出，他声情并茂地朗诵着他的诗作，例如那首写于当年老山前线的《一句口号》："硝烟还未散尽，首长就把阵地登临；战士们正用发烫的弹壳，排出文字，表达坚守的决心。'誓与阵地共存亡！'每一笔画都力抵千钧！战士们愿用生命和献血呀，捍卫前进中祖国的青春。首长摇摇头，把'亡'字拣出，于是，口号成了'誓与阵地共存！'首长将手里的弹壳抛向敌阵，说：这个'亡'字属于他们！"胡世宗朗诵的声音刚落，掌声哗哗，在这样一个祥和的海上旅程，听着这样一个已经远去的战争硝烟中传递的保卫祖国边疆安宁的诗作，让人热血沸腾。他说，我曾两次重走长征路，就像我们今天环球航行，最后的理解便是"坚持"。人呵，在看似不能坚持下来的时候坚持下来了，离成功也就不远了！

是的，怀着这份坚持，邮轮扑向了爱琴海，扑向了土耳其的马尔马里斯——因为刚刚发生的突尼斯博物馆 22 名游客遭恐怖袭击致死，导致我们必须为安全计放弃原定的埃及旅程，遗憾地和向往中的金字塔失之交臂。邮轮公司临时决定，下一站停靠马尔马里斯。

追赶邮轮的人

清晨醒来，邮轮已进入地中海的马尔马里斯海港。我推开阳台门，风轻云淡，晨曦如纱，无数艘白色游艇，静静地依偎在群山环绕的蓝色海湾。丛林般的桅杆，在风中摇曳，似乎在向远道而来的客人挥手致意。一排排红瓦白墙的房屋，一处处石头垒砌的古城墙和古城堡，云集在山脚下海岸间。

马尔马里斯位于土耳其西南部，北面是爱琴海，南面是地中海，被称为爱琴海岸"蓝色之旅"的起点，是水上运动爱好者的天堂，每年 5 月这里都会举办盛大的游艇展。我们跟随导游，走进这座早在公元前 6 世纪已初具规模的古城。

最让我震撼的是卡诺斯古城遗址。舟车交替，来到达利安古村落。河边悬崖峭壁上，有几处公元 400 年前的岩墓。那是利西亚人古代君王的墓葬。墓葬位置越高代表离天堂越近。岩墓类似我国的悬棺，与悬棺不同的是，岩墓外观看不到棺木，看到的是悬崖岩石上雕凿的一座座庙宇式的高耸建筑物。而卡诺斯古城遗址，完好保存着古城当年的风貌。进了山门，是大浴场废墟，当年外人进入古城必须先到浴场沐浴，以防带入病菌。保存最完整的是建于公元前5世纪的罗马大剧场，半圆形的剧场依山而建，中间是圆形的大舞台，几十级岩石台阶的观众席呈扇形往上延伸。据说当时古城人口2万多，这个大剧场能容纳2500人。很难想象，在这般偏僻的山坳，以当时的劳动力和生产力，如何完成如此宏大的工程。

　　我们回到马尔马里斯市中心，沿着海岸线漫步在商业大道。一边是一栋栋地中海建筑风格的商店、餐馆、咖啡厅，一边是恬静而灵动的海湾。无数白色游艇和帆船，像一群群海鸥游弋在湖蓝色的海面。这个迷人的地方要不是坐邮轮，要不是因为埃及局势临时改道，我恐怕一辈子都没机会来。想想人生又何尝不是如此，一个契机，一个突发事件，可能阴差阳错地改变命运的方向。

　　我真想在这个地方住上几天。回到邮轮，船友告诉我，我们船上还真有人要留在这里住几天了。是吗？因为什么？

　　游客贾英是重庆人，一辈子难得看到大海，跟刚退休的丰辛萍结伴环游地球。一路上，姐俩玩得高兴。邮轮穿越苏伊士运河，贾英更是兴奋地在船头船尾来回观赏、拍照，中午急急匆匆吃了饭又跑去甲板。到了下午4点多，她感觉肚子有点疼，以为是中暑了，没太在意。到了下半夜，肚子剧痛难忍，就跑到前台求助。前台负责人把她带到邮轮医院，医生判断她得了急性阑尾炎，必须尽快下船做进一步的检查和治疗。负责任的船方连夜讨论治疗方案，在给贾英输液控制病情的同时，联系次日抵达的马尔马里斯港口代理处，请他们协助联系医院。

　　接下来的全部过程，具体回答了人们的一个普遍担心：万里航程，海途茫茫，怎么应对这样的突发险情？只见早上邮轮一靠岸，船方就把贾英送上早已候在码头的面包车，中国船员莉莉和贾英船友丰辛萍陪同赶往当地医院。医院给贾英做了全面检查后，确认她得了急性阑尾炎，必须马上手术。贾英很害怕，人生地不熟，语言又不通，想回国手术，但马尔马里斯没有直飞中国的航班。莉莉代表船方劝贾英听从医生意见，以免耽误治疗。于是，医院在下午2点给贾英做了阑尾微创手术，且术后必须在医院观察几天。贾英从麻醉中醒来，听说回不了环球邮轮难过极了。守在一旁的丰辛萍安慰她，说自己留在马尔马里斯照顾她。

　　邮轮甩下了两位旅客，这件事成了这天晚上餐厅里的主要话题。庆幸贾英的突发病情得到及时诊治，也为她俩怎样继续环球航行而着急。邮轮继续徜徉在美丽的地中海。希腊的雅典和圣托里尼、意大利的西西里岛和罗马、法国的马赛、西班牙的巴塞罗那，每个城市都如一座宏大的露天博物馆，让人目不暇接，流连忘返。

邮轮在意大利的奇韦塔维基亚港口只停靠一天，我们坐旅行团大巴去 70 多公里外的罗马城游览。我们基本上要以飞马观花的速度，才能匆匆参观罗马城的几个经典景点。我们紧赶慢赶回到邮轮，在餐厅吃饭，惊讶地看到，贾英和丰辛萍回来了。这让人兴奋不已。贾英的经历挺传奇：她手术后，船方代表莉莉回邮轮，由船方委托港口代理处办理贾英出院，然后转去医院外的酒店住下以便观察。这个小地方的医院和港口办理处的人都不会中文，贾英和丰辛萍又不会英文，尽管他们对她俩很热情很照顾，但交流起来非常费劲。陪伴的丰辛萍也真够姐们儿，打越洋电话给自己经常出国的丈夫想办法。丈夫通过各种渠道，联系上在土耳其留学的新疆姑娘小尼，讲好各种条件，小尼第二天就从伊斯坦布尔飞到马尔马里斯，来给贾英做翻译。

当医院医生高兴地准予贾英出院，难题来了：在千万里之外急病一场，好不容易平安痊愈了，家人说还是赶紧回国吧！但她想来想去还是要游完全程！可邮轮走了好几天，快到罗马了。那就到罗马去追赶！贾英出院后，小尼陪着贾英和丰辛萍一起飞到伊士坦布尔，帮着联系好罗马入住酒店和接机司机后，又把她俩送上去罗马的航班。在异国，同胞姐妹相助相帮精神感人。贾英和丰辛萍上了飞机，又成了"聋哑人"，恰巧遇到两个台湾人一路上照顾他们，直到把他们带出罗马机场。机场门口见到举着牌子接她们的司机，住进酒店，哪知原定只住一晚，但环球邮轮因在雅典维修设备耽搁了一天，没按预定时间抵达，还得在安排住。这下又乱套了。丰辛萍打电话给在上海的女儿，让女儿隔空当翻译把事情弄好。贾英说，真是曲曲折折，一路上闹出很多笑话，但一路上又总是遇到好心人帮忙，直到在港口一见到我们的大西洋号邮轮真是高兴，就像回到家一样。

邮轮预定晚上 8 点起航，7 点半终止登船。可过了 8 点半，还没动。我去前台问，得知还有很多游客没回邮轮。其中就有骑自行车自驾游的索群。索群打电话到邮轮求助，他迷路了。船方已让港口派车去接他。后来，索群告诉我他那天的经历。

邮轮靠岸后，索群跟往常一样，跨上相机包，带上地图，设定好 GPS，在自行车头插上小红旗出发了。他很自信，靠这几样东西，再加上手势，不会英语也绝对可以走遍天。出了港口码头，他收起折叠公路型自行车，坐大巴到港口火车站，买好到罗马往返车票。他下了火车再转地铁到罗马市区，路上花了 1 个多小时。他骑上自行车开始逛罗马城，重点游览威尼斯广场、帝国大道等主要景点。他从罗马斗兽场出来大概傍晚 5 点多，开始往回走。他买的火车票是没有时间规定的，地铁转火车，一路顺利。可在火车上坐了一个多小时，停了好几站，还没到港口火车站，他紧张了。上午来的时候火车上只用了 40 分钟，停了 4 站。他再看看火车票，应该没买错，两个地名他都事先做过功课。周围全是外国人，他说话人家听不懂，手势也无法比画。他的 GPS 和地图，在火车上毫无用武之地。他只好眼巴巴地看着火车继续慢悠悠地往前行走。等火车终于抵达港口火车站都到了 8 点啦，他骑上自行车飞快往码头赶，可绕来绕去找不到码头。眼看已经 8 点 10 分，过了邮轮起航时间，忽然想起 Today 上有邮轮紧急电话，赶紧从包里翻出邮轮日报，用手机拨通电话，向邮轮求助，船方让港口派车把他接回邮轮。好在那天有两个旅游大巴也在途中耽误了时间，邮轮还没开。后来他才明白，自己买的回程票是慢车！

贾英因为开刀住院追邮轮，索群因为买错票误时追邮轮，这些应是很少的个案吧。邮轮有严格规定的登船时间，过时不候。这种事情一般不会多发生。不曾想，时隔两天，我也追了邮轮！

那天，环球邮轮早上 8 点左右抵达巴塞罗那，规定 24 点起航，提前半小时终止登船。难得有 16 小时旅游时间，我们四个船友结伴自由行。这是我第一次到西班牙，当然也是第一次到西班牙第二大城市巴塞罗那。港口离市区不远，我们坐出租车说说笑笑一会儿就到了市中心。结伴游玩了两小时后就兵分两路了。彤和姝想逛街购物，我和杨想参观闻名遐迩的圣家堂大教堂。

正逢欧洲复活节，我和杨在圣家堂排队一个多小时，只买到晚上 7 点的票。一进教堂，惊呆了！仿佛置身于梦幻之中。夕阳透过各式图形的彩绘玻璃，羽化为一道道斑斓迷离的光束，把这座哥特式风格的大教堂照得神圣而辉煌。圣家堂是著名设计师高迪的杰作，规模极为宏大。从 100 多年前开建，到现在还在建造中，被誉为"人类有史以来最为宏伟的建筑"。

地中海沿岸城市日照时间长，我们从圣家堂出来仍然满天晚霞。我俩到海边餐厅吃饭。服务生告诉我们，码头离餐厅大概半小时路程。我俩边吃饭边欣赏海景，22 点离开餐厅，按服务生指引的路线走向码头。天已经乌黑，走了半个多小时，见海边有集装箱仓库，前面有几个讲国语的年轻人，我们以为他们是邮轮上的船员，便又跟着走了将近半小时。越走越荒凉，我越看越不对劲，便追上那几个年轻人问，人家说是天津来的货轮船员，邮轮码头在跨海大桥对面。这时已经快到 23 点，我俩慌了神，不知所措。我忽见一辆顶上装有蓝灯的轿车迎面快速驶来，立刻毫不犹豫冲过去朝轿车招手。在车子从我身边擦过一瞬间，我看清里面是俩警察，便追着轿车挥手喊叫。轿车急速掉转头来，问我需要帮助吗？我连连点头，说了好几个 Yes，回头让英语流畅的杨快告诉警察，我们迷路了，邮轮即将起航，希望他们把我俩送到邮轮码头。警察听了立即打开车门让我们上车。我们坐上车就踏实了。杨用英语跟警察开玩笑说，你们是上帝派来救我们的。警察哈哈大笑。警车快速把我们送到邮轮码头。我们下车后，杨对警察说，你们让我们太感动了，我真想拥抱你们。副驾座的警察笑着耸耸肩，双臂交叉拥抱了下自己。我们挥手目送警车离去。

载着这一个个有趣的追赶邮轮的乘客，大西洋号穿越格林尼治子午线，进入连接地中海和大西洋的布罗陀海峡，来到了大西洋岸边的欧洲大陆最西端城市里斯本。环球邮轮抵达里斯本的新闻，在葡萄牙的葡华报上了头条："首个中国出发的豪华环球邮轮抵达里斯本港，700 余名中国游客里斯本一日畅游"。报纸特别强调，里斯本平时鲜见如此大规模的中国游客从海上靠岸前来旅游观光，新鲜的中国出发邮轮带来了一个正在崛起的中国新气象。名品店的工作人员，笑容款款地站在邮轮出口处，向游客发送精心制作、印有中文封面的里斯本地图、购物指南。为了迎接中国游客来临，他们事先做足了功课，早在邮轮从上海出发时公司就开始了接待准备。

顺着地图指南，我走进被列为世界文化遗产的辛特拉小镇，仿佛走进扑朔迷离的童话世界。小镇依山丘而建，沿着碎石小道拾阶而上，两边是色彩艳丽的小洋房，墙体以粉红与白色相间为主。小洋房下面商铺，上面家居，家家阳台上都有好看的花草。商铺卖的大多是自己制作的工艺品。店主做生意不急不躁，让我想起"慢生活"这个我们向往却不容易做到的生活状态。青花软木瓷砖画是葡萄牙著名特色产品，却与中国青花瓷有很深渊源。在大航海时代，葡萄牙人率先从中国海运了大批瓷器到欧洲，中国瓷器一时风靡欧洲贵族。据说，在《葡萄牙王国记述》一书中对中国龙泉青瓷有这样的描述："龙泉青瓷是人们所发明的最美丽的东西，看起来比所有的金、银、水晶都更可爱。"我在半山腰一家专卖瓷砖画的画廊，买了一幅辛特拉王宫青花软木瓷砖画，很精美。店主兼画家开价80 欧元。可我钱包里只有 60 多欧元。我给他看钱包和歌诗达邮轮卡。他犹豫一下，OK 了。他用布擦了擦画，摇摇头，好像很舍不得。他在画的背面签上名，用泡沫胶带一层一层包好，交到我手上，很绅士地谢谢我喜欢他的画。

我很愉快地抱着画，在巷口街头的一家咖啡馆坐下，花 2.5 欧元享用一杯现磨咖啡和一个葡式蛋挞，品赏温馨浪漫的小镇风情。据说当年诗人拜伦来到小镇，称其为梦幻伊甸园。

我收获满满钱包空空地回到邮轮，碰到毕可鑫先生的儿媳韩晓晓。得知她丈夫毕放世已经陪同老父亲离开邮轮，他们将从里斯本坐飞机到德国再转机回国。毕放世让妻子继续环游地球，代表自己和父亲圆满完成环游地球之旅。

穿 越 两 大 洋

大西洋的天气变幻无常。环球邮轮横渡大西洋的第三天，风浪来势汹汹。海面上看似波澜不惊，其实洋流汹涌，把邮轮摇晃得如同摇篮，许多游客被晃得面如菜色，卧床不起。邮轮上甲板门窗全部封闭，我八楼房间的阳台栏杆和门窗玻璃上沾满盐巴，可见大西洋风浪和盐度之厉害。夜里躺在床上，听得门窗外海浪呼啸，听得船体晃动得咔咔作响，听得人心里直发毛。据说，我们横渡大西洋的航线，近似于伟大航海家哥伦布探索美洲新大陆的航线。不可想象，凭借一叶帆船，搏击这白浪滔天的大洋，是何等的艰险，需要何等的智慧和勇气。

环球邮轮经过 7 个航海日，终于跨过大西洋抵达美国纽约。

纽约港为迎接首个中国出发的环球邮轮，专门在自由女神像前的水域举行隆重的喷水欢迎仪式。消防船上喷洒出的水花，像天使飞舞着翅膀，欢迎中国客人的到来。

环球邮轮行程中，在纽约口岸停靠时间最长。游客们有三天时间可以参观博物馆，游览名胜，走亲访友，逛街购物。我女儿从加拿大赶来和我相聚，彻夜不想睡要我讲讲旅途的见闻故事。中国旅居在北美的同胞还真多，码头上看不够亲友相聚、迎送的动情场景。回邮轮时，游客还给不能下船的船员带了冰箱贴、明信片等小礼物，答谢船员们几十天风雨同舟的辛劳。

邮轮沿着美国的东海岸经过色彩斑斓的世界邮轮之都迈阿密，感受火辣辣的海洋明丽；穿过海地和古巴之间的上风通道，进入加勒比海，在牙买加的海港小镇奥乔里奥斯体会航海家哥伦布称颂的"他所见过的最美丽的岛屿"。它天生丽质，自由不羁，充满野性美，让人喜欢，又让人畏惧。据说这里的犯罪率极高，我们邮轮停靠期间，该镇几乎出动了所有警察巡逻。这个小镇也可称作 007 的故乡。詹姆斯·德邦的作者伊恩·弗莱明在这里居住多年，并写出了十几部系列作品。由肖恩·康纳利主演的 007 中许多场景在此拍摄。当然一定不能错过的是牙买加的蓝山咖啡。奥乔里奥斯这个小镇，犹如蓝山咖啡的浓郁香醇，几味杂陈。穿过加勒比海，前方就是巴拿马运河。

天蒙蒙亮，邮轮已停泊在加勒比海利蒙湾，排队等候进入巴拿马运河。穿越巴拿马运河，亲历世界七大工程奇迹之一，是游客们期盼已久的游程，也是大西洋环球邮轮的最大亮点。

我来到船顶，甲板上涌满了观景、拍照的游客。在船尾部分，有一位游客却与众不同。他不是通常的瞭望、摄影，而是一边观察邮轮的航道，一边在他的航海图上密密标注，还不时地给他身边的夫人讲述着巴拿马运河的种种。这么专业，这么传神！这位看上去 60 多岁举止儒雅的男人其实真的专业，他叫鞠申均，船友们叫他老船长。

鞠申均船长眼前的这条巴拿马运河，是他第三次穿越了。对一个以航海为职业的人来说，这条水道堪称神奇。来自大西洋的船只要被通过水闸提升 26 米，才能进入运河，在航行 82 公里后，再通过船闸降到海平面，然后进入太平洋。15 小时左右的船只通过时间对于游客是一次观景的休闲，而对于船员那是分秒紧张的历练。很多船几乎是根据船闸室的长宽量身打造，像我们的大西洋号邮轮，宽度仅仅小了 1 米，那是相当精准的操作喔！鞠申均清楚记得，他第一次经过这里时的紧张。那是 1976 年，他在中远广州分公司远洋货轮上做驾驶助理。当时的远洋货船，没有集装箱，都是杂货。把中国的鞋子、服装、帽子等产品运到欧洲的汉堡，再放空船到古巴运糖回国。他开始挺高兴，以为到远洋货轮工作，可以周游世界。上了船才知道，驾驶助理根本顾不上看风景，眼睛只盯着前方。尤其是巴拿马运河这样的险峻水道，几乎要目不转睛！

1989 年，他有机会第二次经过巴拿马运河。浙江远洋公司在委内瑞拉定购了一艘多用途远洋货轮，是一艘可以装集装箱的二手船。他率领一班人马飞到委内瑞拉接船。那时他已是浙江远洋公司的总船长了，顾名思义，总船长要为全公司的船舶安全负责，那次重任在肩，他始终站在驾驶台指挥，夜里眼睛都不大敢合，也就根本没有心思欣赏巴拿马运河景观了。他一直有个心愿，希望退休后有机会实现年轻时的梦想，作为游客坐邮轮环游他航行过的大洋。

也许他对邮轮有特别的情结。他和爱人童芍素是高中同学，1969 年两人一起到黑龙江支边。1973 年第一次招收工农兵学员进大学，鞠申均报考了大连海运学院，从此与航海结下了不解之缘。大学毕业前夕，听到校园广播，日本有一艘环球邮轮经停大连。这个消息，在他封闭的生活中打开了一扇窗，环游地球的梦想，飞进了他年轻的心灵。真正让他的梦想成为现实的是这次歌诗达公司的环游。有这样 86 天的海上故地重游是这样的牵动心灵！鞠申均长年漂泊，那时候，远洋货轮一出海就是 10 个月。他和妻子童芍素结婚后的第三天，半夜接到公司电报，第二天一早就赶往上海去执行远洋任务了。童芍素先在大学工作多年，后任中共浙江省委宣传部常务副部长，夫妻俩都是忙人，分多聚少。现在都退休了，能够一起环游，也是再度一次蜜月啊。

在整理行装时，鞠申均特意带上了航海图，那可是陪伴他几十载的海图，溅上过多少海域的海水，沿途的每一片海域，每一个海峡，每一个航道，乃至每一处暗礁，都是他熟悉不过的。他叫得出它们的名称、属地、方位，但这些都属于专业，属于职业。今天，他拿上它，最为兴奋的是，他成了专业的观赏者了！

此刻，在巴拿马运河系的加通湖，顺着海图看去，沿途风景秀美，岛屿星罗棋布。岛上植被茂盛，鲜花拥簇。游客们兴奋不已，围着邮轮转，而对于鞠申均言，清晰最是来时路，惊看海鸟白浪线，则又多了人生的回味快慰。碰巧，邮轮上，还有一位大家叫他李高工的 70 多岁老人，退休前是中石油海洋管道专家，对海洋跟鞠申均一样着迷。虽然身患癌症，也坚决要上环球邮轮，他见了海就高兴。鞠申均和他这两位属于大海的人天天在船尾观察海洋，讨论海洋。听说过新加坡海峡时，两人下半夜 2 点多起来看海峡有多宽，离赤道还有多少海里。童芍素也起来，陪在丈夫身边，问寒嘘暖。这些画面，真的已经超越了画面本身，让我们的思绪沿着长长的浪线，展开绵延……

晚上 8 点多，大西洋号环球邮轮终于通过巴拿马运河最后一道水闸，从大西洋跨入太平洋。邮轮从连接北美洲和南美洲的美洲大桥下穿过，船体左侧是灯火辉煌的巴拿马城。那一刹，我们的心开始拥抱东方。

遥看最美的日出

喝过墨西哥清香甘甜的龙舌兰酒，走过洛杉矶红尘滚滚的好莱坞星光大道，尝过旧金山渔人码头的海鲜，见过夏威夷群岛的活火山，我们在横渡太平洋途中，迎来了一个特别的日子。2015 年 5 月 15 日，大西洋号环球邮轮穿过太平洋上 180 度经线，即国际日期变更线。从而，在我们这艘邮轮航海人的生命历程中，没有 2015 年 5 月 16 日这一天，直接从 2015 年 5 月 15 日跨入 2015 年 5 月 17 日。大西洋号船长为每一位游客颁发了纪念证书。游客们站在甲板，争相把证书和借用来的鞠申均的航海图，捧在胸前留影。

大西洋号邮轮举行了系列纪念活动。舞国甲板上，制作了巨幅环球航行签字纪念牌。游客和船员们在纪念牌上踊跃签字。船友和船员，认识和不认识的，拥在一起合影留念。哈尔滨游客韩桂乐老先生是事业有成的儿子给他们买的邮轮票，很有幸福感。他写了首歌贴到纪念牌上："环绕地球走一圈，实现人生美好梦想，大海为我在欢呼，海鸥为我在歌唱。我幸福我快乐，永远在心中。"

接下来的航海日，邮轮将横渡茫茫太平洋。漫长航程渐入尾声，人们开始忙于体验的搜集，一种成功的温馨弥漫船上。

韩晓晓是学工艺设计的。她介绍我认识了邮轮上的画家魏根生。走进魏根生老师的船舱，我惊呆了。十几平米的房间，处处铺满了他的国画、水彩画。圣托里尼的蓝顶白屋、罗马城的废墟、巴黎的教堂……他把沿途风景都带回来了。魏根生是广东著名画家，中国美术家协会会员。他在邮轮上，除了吃饭很少出门，途中画了 200 多幅画。他尝试用中国画来表现异国题材。他把刚上邮轮画的海岛、古堡，和经过两个多月探索后画的作品拿出来比较，说自己感觉大不一样。看得多了，心里有了，出来的东西就活了。他计划把这次环游地球的作品，回去办个画展。

好玩的索群骑着插小红旗的自行车，登上邮轮达人秀舞台，秀了一把他的萨克斯。他在邮轮上结交了两位意大利老师，一位是驻场乐师萨瓦多雷，教他吹萨克斯；另一位是教他唱意大利歌曲的副船长弗朗西斯科。演奏起来像模像样，显然比刚上船时娴熟有味多了。

九层舞国甲板，依然每天两场舞蹈课。巴西老师教会了中国学员跳拉丁舞、恰恰舞等外国舞。中国学员教会了巴西老师跳"小苹果"等广场舞。巴西老师喊口令不再 one two three，而是敢用中文一二三。西班牙小胡子也学会了中文"请注意，请注意！""掌声！"。时间让以往的陌生变得融洽无间。

赵老师基本完成自己梦想，把瑜伽练到了五大洲三大洋，并拍下系列照片。我在赵老师的认真监督下，坚持练了两个月的瑜伽基本功，也是收获满满。

鞠申均老船长应众多游客要求，开设了《航行及航海知识》的讲座。这位中国航海人的环游地球梦实现了，又有一个新的梦想。他兴奋地告诉大家，不久前，他看到报道，由中国企业参与承建的尼加拉瓜运河已经举行首开工仪式。预计 2019 年全线通航。那时从上海到巴尔的摩比从苏伊士运河走整整少了 4 000 公里。他希望有机会坐中国邮轮，再度跨越大西洋太平洋，亲历中国企业承建的尼加拉瓜运河。

热情奔放的军旅诗人胡世宗在船舱房间里整理着他沿途写下的见闻。勤奋不停的他已经在途中留下了 100 多篇，放在博客上。他要给出版社准备书稿，也要做好图文，接受回去后文学圈、社区的演讲邀请，让更多人鼓起环游地球的梦想。

我这一桌姐们儿还是经常在提香餐厅吃晚餐、聊天。少了个唐山来的赵，得知母亲病重，已经下船回国了。灵的是她一回家，她母亲病情就好转了。

旁边这一桌，范伟勇和一大家人还是围坐着和和美美，说不尽沿途的所见所闻。他比起上船时更显从容。这时他手头的股市资金正在发力走涨，他当然不会料到在环游地球结束后的一个半月里，他的上千万资金会有过山车似的跌宕。后来我从船友微信圈得知，网上疯传的"倒在黎明前，融资客平仓"一文的作者及主角竟然是他。创业十年积累的财富，瞬间化为泡影。我真替他惋惜。几天后，我看到了他的微信，他有了涅槃重生的创业计划，更多的是感念家人，感念朋友，漫长的环球航行已经让他找到了远比金钱宝贵的东西。

哦，还有爱情。总有朋友问我，86 天的漫长航行，没有爱情？没有"泰坦尼克"？我用微信答，有，总有爱情的传说飞来飞去。最美丽的传说是，一位北京小伙和留学美国归来的女音乐人在登上邮轮那一刻一见钟情。一个风平浪静的夜晚，这对情侣爬上邮轮救生艇，点上蜡烛，享受浪漫。星空月色，海风轻拂，救生艇像荡在空中的秋千。可这浪漫下面是深不知底的印度洋啊！以致惊动了船上保安。传说还有许多，最终有否修成正果，随曲终人散，无以知晓，人们唯有在心里将祝福送去。

至于本文开头说过的明星、88 岁毕可鑫下船从里斯本飞回后，变得安静而恬淡。他儿媳韩晓晓说，老爷子好像完成了一个心愿，不怎么提这件事了。但他把环游地球途中拍的照片，都一张张挂在自己房间里了。每一天他都会从照片前来去走动，指指点点这一路的精彩。

出发时的梦想变成了这般精彩的现实。大西洋号环球邮轮，行 10 万里，过三大洋，穿两大运河，访 28 个港城，完成了 86 天从东向西环球一周的旅程，马上将回到东中国海。

清晨 4 点半，我走上邮轮顶层甲板，已经有很多游客在看日出。在环球邮轮上迎送日出日落是许多游客的必修，我的船友贺天天拍摄，每一个朝阳和落日都把她的梦想寄托，她要带走这个瞬间给她的亲朋好友。天渐渐放亮，东方低空的云彩渐渐泛红，海平面冒出一点白亮的光。"出来了，太阳出来了！"贺撇下我奔向船舷，去抢拍最后一轮日出。

我痴痴地看着太阳一点点探出头来，在她囫囵从海面跳出的那瞬间，我的视线模糊了。86 天航海环游地球中，我见过无数次日出，唯有这一轮最荡人心魄，因为她照耀着的航路前方是祖国。

在"世界中心"遇见"我"

——冈仁波齐转山行记

王萌萌　中国作家协会会员、上海市作家协会签约作家、鲁迅文学院第十九期学员、上海市工人文化宫创作员，曾荣获"上海文化新人"和"上海志愿文化宣传大使"等荣誉称号，曾应邀出席全国青年作家创作会议。

她曾历时六年，深入生活第一线，甘于清贫和孤独，以志愿者的身份和精神讴歌志愿者，成长为国内首位志愿者作家。她创作了反映中外志愿者群体的长篇小说三部曲，其中描写支教志愿者的《大爱无声》、环保志愿者的《米九》和社区的《爱如晨曦》已由上海文艺出版社出版。中国作家协会创研部等单位在京联合召开了"王萌萌志愿者长篇小说三部曲作品研讨会"，与会专家和学者给予充分肯定和赞扬。

王萌萌创作了国内首部反映中外志愿者群体的八场大型话剧剧本《花椒的歌谣》；她创作的反映上海中外社区志愿者的 48 集长篇电视连续剧剧本《爱如晨曦》获上海市重大文艺创作项目；反映支教志愿者的电影剧本《云中书》获上海文化艺术资助项目。从长篇小说到话剧剧本，再到影视剧本，王萌萌多角度、全方位地讴歌志愿服务精神，字数达 170 余万字。同时王萌萌又用三年时间，在黄茅岭以志愿者的视角编导拍摄了一部反映贫困山区妇女和儿童弱势群体追求梦想的纪录长片《书术梦嬷（彝语女教师）》。

2016 年，王萌萌获得全国"最美志愿者"称号。上海电视台曾为她拍摄了纪录片《志愿者在行动》。全国妇联最近又为她拍摄了纪录片《用青春书写大爱——记"80后"志愿者王萌萌》。该片已作为中组部主办的全国党员干部现代远程教育内容之一。

一

天幕渐渐泛白，仰头已隐约可见山顶飘扬的经幡。可脚下山路崎岖陡峭，时而冰雪覆盖、时而乱石堆砌。又一次感到快要窒息的我停下沉重的脚步，靠住一块石头调整呼吸，让过快的心跳略微放缓。

东方微橙，视线愈加清晰，冰雪映照出柔光，一沙一石的色彩都鲜明起来。

神山即将苏醒。一定要赶在日出前翻越卓玛拉山口！我如此自语，撑着登山杖站直，急迫地跨出步子，忽然间脚下打滑，整个人向前倒，扑进一片冰水之中……

打着激灵的我睁开眼，意识到自己正睡在上海住处的床上，刚刚一切皆是梦境。自今年七月从西藏归来，我就常像这样梦回转山之路，梦回阿里。

人这一生是否有些地方注定要去、有些事注定要做？即便并无长久强烈的愿望和周详的计划，但当合适机缘到来便会毫不犹豫。一路无惧险阻、心无旁骛，就像听见命运的召唤，去赴今世最重要的约定。

西藏于我本不陌生，七年前我为了自己第二部小说的创作两次进藏，曾在藏北羌塘寻找过野生动物的踪迹，也曾进入被称为人类最后秘境的雅鲁藏布大峡谷徒步。其间既感受过身心与天地融为一体的纯净喜乐，也经历过数次与死神擦肩生死一线的惊险。

可以说在我过去有限的生命里，最传奇的片段就发生在这神秘的雪域高原。因此我视西藏为遥远的灵魂归属地，知道自己早晚要回去，却总以为会是多年以后的事，未料想今年夏季却临时起意，来了一场说走就走的转山之旅。

二

近两年来，生活中诸事多磨，加之长期受腰颈疾病和失眠症的困扰，我身心交瘁、时常陷于忧思过度、消沉低落的状态中不可自拔。

暑期，在上海读大学的彝族小妹婵娟放假来与我同住。我计划带她出游，既是为她增加阅历开阔视野，也是给自己休假散心。选择目的地时，我们商量多日做不了决定。生长于云南红河州大山深处的婵娟，想领略与自己家乡截然不同的景致和风情；经常外出游历的我，向往的是最接近自然最原生态的地方，寻常景点很难吸引我。就在我们茫然不决时，一位老师的话点中我们的穴位。他说你们不是说过，想等明年婵娟毕业了去转山吗？既然现在有时间，又何必等到明年。

转山这两个字一经提起，便燃起了我们的激情，其他行程再也入不了眼。可是转山绝非一般意义上的旅行，它意味着超越身体极限，甚至冒着生命危险进行一次涤荡灵魂的朝圣。

在藏地，朝圣是人一生中的大事，甚至是很多人毕生的梦想。朝圣者从家乡出发，三步一个等身长头向着朝圣地前进，一路风餐露宿、历尽艰辛。无论遇上雪山还是湖泊，也无论遭受何种危难险阻，都不能改变他们的决心。朝圣的目的地是神山、神湖、著名的寺庙和圣城拉萨。一次朝圣所耗费的时间或许是几个月、几年甚至更久。像这样极致的朝圣方式，在其他任何一个民族、任何一种宗教、任何一个地区都不可见，因此磕长头朝圣也成为雪域圣地最令人动容的景象。朝圣者们认为，死在朝圣路上是此生最圆满的结局。

藏地诸多神山之中，我们将要前往朝拜的冈仁波齐最为殊胜。在藏语中，冈仁波齐是"雪山之宝"之意。冈仁波齐位于西藏普兰县圣湖玛旁雍错之北，是冈底斯山脉的主峰。虽然它海拔仅有六千多米，并非当地最高峰，却同时被印度教、藏传佛教、西藏本教以及古耆那教公认为世界的中心，素有"神山之王"的美称。冈仁波齐的转山环线也就成为世界上最著名的朝圣路线之一，每年适合转山的四至十月，吸引着大量来自印度、不丹、尼泊尔以及各个藏区和其他地方的朝圣者与游客。

做出决定，我们立即开始行前的准备。户外用品、食品药品等这些物资上的采购整理比较容易，有一个难题却迟迟无法解决。从拉萨到阿里地区的路程有一千六百多公里，路上单程需三天，沿途经过大片无人区。虽说如今公路已通，但若是搭长途车前去非常不便，会在路上耗费大量的时间和体力。因而对我们来说，最佳方法是参加旅行社或者户外俱乐部组织的以转山为主题的旅行团，或者自行包车。后者开销太大，我们只能选择前者。

早就知道藏区有这样一种说法：马年转山，羊年转湖，猴年转森林。这是佛留在人间的旨意，如能遵循，转一圈相当于其他年份转十三圈的功德。去年是马年，转山者众多。据一位去年十月转过山的老师讲述，当时转山路上极为热闹，神山脚下的集散地塔尔钦出现各家旅店都无床位的情况。今年是羊年，转湖又成了热点。我先后联系了多家去年做过转山路线的户外俱乐部和旅行社，得知他们今年都转而主推以转湖为主题的路线。他们反馈给的我信息基本一致：今年转山的客人极少，近期内连坐满一辆越野车的四个名额都凑不齐。

经过多次询问和各种沟通无果后，我开始怀疑这是否是种征兆，说明此行时机未到应该放弃？可是强烈的不甘令我抱着最后再试一次的心态拨出我所能查到的相关号码中仅剩的一个，不料就是这通电话成全了我们。

按照我们最初的设想是八月中旬出发，却因种种原因将行程提前了一个月，原本自以为能不慌不忙准备充分的我顿觉仓促。为了赶在出发前完成电影剧本的修改，我连续几天没日没夜地对着电脑屏幕工作，加重了颈椎顽疾。忙乱之下，出发之日转眼已到。

临行前夜我颇为忐忑。时隔七年，如今身体大不如前的我还能像从前一样迅速适应西藏的环境吗？最令我不安的则是，首次进藏的小妹婵娟是否会出现强烈的高原反应？婵娟远在云南山区的父母，对于西藏并无多少了解，更不清楚去冈仁波齐转山意味着什么。他们之所以痛快地表示支持，既是希望女儿经受历练，也是出于对我的充分信任。我必须对婵娟一家负责，照顾好这个才二十岁的小妹妹，保证她从西藏安全归来。

三

当飞机穿过厚厚云层，在贡嘎机场缓缓下降之时，婵娟问："姐姐，我们真的到西藏了？我怎么觉得像是在做梦？"

走出机舱那刻，高原独有的干爽冷硬的风扑面而来，远处青灰色的山峦线条硬朗，天空湛蓝、白云饱满，不知何处传来不染尘埃的高亢歌声……我深呼吸着、内心涌动难言的欢喜。没错，这不是梦，我真的回到了多年来无数次梦回的雪域高原。

为我们制定行程、安排食宿行的户外旅行社负责人网名叫人在天涯，为了方便，我们住进他开在拉萨河畔仙足岛的客栈。考虑我们初到高原，天涯建议我们先在房间休息。我们却按捺不住内心的激动，放下行李就去市中心游逛。

我还停留在自己七年前进藏的经验里。当年我完全没把高原反应当回事，每次一到拉萨就外出活动，吃喝行动一切如常。我知道真正的高原反应，是在到达高海拔地区两个小时以后才会发生的。那些一下飞机就高反严重的，十有八九是心理作用。最常见的高反症状是头胀头晕胸闷恶心，但只要不严重就不必惊慌。久居平原的身体到了高海拔地区总要有个适应过程，放松心情，喝一壶酥油茶再好好睡一觉，次日醒来就基本无碍了。

七年的开发建设令拉萨城的样貌大为改变，很多地方我都已认不出。走在曾经无几家店铺、如今却商业气息浓重的街道上，看着与上海市区的商场从建筑风格到入驻品牌都类同的购物中心，我既恍惚又失望。在这全球同质化的时代，连拉萨这样的高原圣城也未能幸免。

千年雪域净土的文明传承和强大的现代化进程，这之间究竟要怎样融合与平衡？幸好总有些东西是不会轻易改变。布达拉宫和大昭寺外转经的人不曾减少，千里迢迢历尽苦辛前来的朝圣者不曾减少，各寺庙内外供奉的酥油灯不曾减少，一次又一次五体投地磕长头的信徒们心中对佛法僧三宝的虔诚不曾减少。

　　入乡随俗地请理发师在头上用彩色丝线编了藏式发辫，在一家口碑极好的尼泊尔餐厅吃了风味晚餐，跟随傍晚在大昭寺外转经的人们绕八廓街一圈，又匆匆一瞥地看了布达拉宫夜景，我们的拉萨首日可谓顺利，然而就在回客栈的路上，我感到头开始胀痛。

　　夏季是西藏的旅游旺季，我们入住玛尼客栈时，只剩两个房间可以选择。为了不跟他人共用卫生间，我们选择了院子里一间低矮坡顶、没有窗户的平房。晚上在这房间里待久了使人憋闷。我静下来头就疼得轻些，稍一活动尤其是俯身低头时就疼得厉害。婵娟则呼吸困难，浑身乏力。我们简单洗漱一下就躺着休息，却由于胸闷而辗转反侧。

　　夜深了，婵娟终于因疲惫昏沉睡去。我在心里祈祷，希望经过明天的拉萨一日游能使我们平稳度过高反适应期，以最佳状态出发去阿里。

　　重游布达拉宫，我满怀感慨心绪复杂。上一回在西藏，我与高中同学刘通去雅鲁藏布大峡谷徒步险些丧命，后来幸运脱险回到拉萨，又遇上汶川地震的余震。拉萨城接连几日小震不断，虽说震感不强，却因为汶川地震惨状的影响而人心惶惶。那几天，有当地手机号的人都收到防震避灾的提醒短信。有一晚，据传夜间会有大地震，布达拉宫对面的广场上聚满了避震的市民。大家带着坐垫、毯子、食品和酥油茶，准备打持久战。时值十月，拉萨夜间已颇为寒冷，我和刘通没什么准备，在广场坐不住，只好去八廓街一带闲逛。等到半夜近两点，不见有地震的迹象，又实在困乏，我们就各自回去住处睡觉了。我住的旅馆就在布达拉宫东侧，从房间窗户可以望见布宫的金顶。那一夜我睡得不安稳，不时能隐约听见有石头从布达拉宫山上滚落的声响。次日醒来，阳光普照、圣城安好。我和刘通来到布达拉宫外，见磕长头的人比平时多了几倍，转经的人更是不见首尾。我们加入转经的队伍，在各种嗓音汇集而成的深悠浑厚的诵经声中转动每一个经筒，由衷地感激佛菩萨对世间万物的护佑。祈愿灾祸消解、众生得度。那一刻众心一体、同发善愿的巨大念力所形成的坚定平和、慈悲喜乐的气场，我此生难以忘却，也因此对布达拉宫有了别样的情感。

　　为了保护这座始建于一千三百多年前，又经历了几多战乱灾难、政权更迭的古老宫殿，如今的布达拉宫每日严格限制参观人数和时间。游客要排队在规定时间内进入，游览时间总共不能超过一小时。对于一座占地面积 36 万平方、建筑总面积 13 万平方、极尽精美奢华、奇珍异宝不计其数的宫殿来说，这短短一小时连万分之一都看不完。人们只能走马观花，进入几个主殿也不得过多停留，拜佛都是步履匆忙的。好在置身于这雄伟庄严的雪域圣殿，俯仰之际皆能感受到无处不在又难以言说的神性的流动，不论是笃信佛法的朝圣者还是到此一游的旅人，都会生出由衷的敬畏和谦卑。满怀敬畏和谦卑的人不会抱怨和愤怒，于是我看到，刚刚从布达拉宫走出的人，无一不是面色柔和、神态安详。

面对同样巨大的游客流，占地面积和建筑面积都比布达拉宫小很多的大昭寺就显得不堪重负。七年前曾多次进寺的我不想再去汹涌人流之中拥挤，就请婵娟跟其他几位临时结识的旅友一起进寺参观，独自在八廓街逛工艺品店。看过多家店铺之后，我明显感觉到如今这些店里出售的工艺品材质工艺皆不如前，价格却翻了几倍，而且大部分店铺装修类同货物相似，少见真正有特色的精品。

那些摆满柜台的蜜蜡、珊瑚、绿松石和天珠，令我惊讶之余生疑，这些在过去只有贵族阶层才能拥有的珍宝，都是自然界造化形成的天然矿物宝石或者有机宝石。原本珍稀难觅，如今居然盆装钵盛比比皆是，对于一般的游客来说孰真孰假难以分辨。而且近些年因为产量越来越稀少加之人为炒作，价格一路高涨，不少人跟风而上。来西藏的游客大多是因一时兴起去消费那些难辨真假的饰品或者工艺品，很多人并不知道这些宝石的原产地并非西藏，也不了解它们在藏传佛教和藏地文化中的意义，更谈不上真正喜爱并且懂得欣赏它们的美，受骗上当也就不足为奇。

而在大昭寺前，总有许多日日在这里磕长头的妇女。她们从早到晚除了吃饭，其余时间都在一次次俯身下拜磕头。她们有的是拉萨本地人，有的是外地朝圣者，都已在佛前发愿，要磕十万、三十万甚至更多长头。她们大都尘灰满面，额上有深深印痕。就在她们的身上，也佩戴着各种藏饰，各种大颗的宝石颜色艳丽得不正常，我却一厢情愿地认为戴在她们身上不论真假都看着很顺眼。

傍晚时分，头疼再次袭来，比前一日更加猛烈。晚饭后我们赶着去看大型实景剧《文成公主》。演出场地在拉萨河畔慈觉林村一座山上，这里可北望布达拉宫、俯瞰拉萨城，海拔大约有 3 800 米。通往剧场有长长的台阶，婵娟走得吃力，不时要停下使劲喘气。

演出以星空为幕、山川为景，演到藏北草原，真的羊群和牦牛群从台上走过，演到军队，几十匹真马在台上奔驰，临近尾声时演到下雪，果真天降大雪笼罩全场。各个藏区最具特色的歌舞和民风都融于剧情之中得到充分展示、时而恢宏时而绮丽。且不论几位主角演技如何，单就舞美设计和整体效果而言都值得一看。

可惜我从始至终处于头疼欲裂的状态之中，那感觉如同有一根绳子勒在额上不断收紧。同时颈椎病导致的头疼似乎也更加严重了，从头顶百会穴向下延伸至脊椎都如压了重石一般。见我眼睛通红，婵娟惴惴不安，我安慰她说无碍，其实有眼睛时刻要鼓出眼眶之感。演出结束，返回客栈的路并不长，但车子的每一次轻微颠簸都令我痛苦不堪。

回到客栈后，我和婵娟强忍着不适收拾行李，因为一觉醒来我们就要前往阿里。我实在头疼难捱，吃了两片散利痛又吃了片助眠的药。整理洗漱完毕，我们再也没力气看手机，关了灯躺到床上很快就昏昏欲睡。

低矮的小屋黑下来就格外安静，吃下去的药发挥了作用，头疼减轻后睡意随之而来，可内心的惶恐令我在入睡边缘挣扎。在海拔 3 650 米的拉萨我们就如此状态不佳，若是再往海拔高处去会怎样？到了阿里，平均海拔超过 4 500 米，食宿医疗各方面条件都极差，万一到时我们发生强烈的高原反应就会很麻烦。这时，我以为早就睡着的婵娟喊了一声姐姐，我应一声，说什么事。

她犹豫片刻，问道："我们这样，能去转山吗？"

是啊，我们目前这情形，能完成转山吗？可我们专程为转山而来，怎能因为刚开始碰上一点困难就畏惧放弃？这绝非我的做派。

为了让娟安心，我说："咱们是坐车一站站上去阿里，海拔每天升高一点，如有问题随时可以回撤，根据具体情况来掌握行程，不会冒险妄进的，放心吧！"

娟答应着，再没出声。我记得自己入梦之前在默念六字大明咒，祈求观音菩萨护佑，赐予我们完成心愿的勇气和力量。

四

出发首日的目的地是日喀则，我们因办理边防证耽误了时间，只好午饭后再启程。

藏族向导兼司机米玛请我们吃藏面。面汤由牦牛肉炖成，清清爽爽、加上点盐巴葱花就鲜香味美。只是那面条有筷子粗，吃上去是夹生的口感，让内地人有些难以适应。

·后来我返回上海查过资料才知道，早在六七千年前，西藏的先民们就开始种植小麦，不过因为海拔太高的缘故，产量和质量始终不高。所以西藏的小麦有"包包子包饺子露馅儿、做面条碎成段、做馒头沾牙"的说法。这样看来我们在西藏时一直怨当地厨师不擅做面食，倒还真是冤枉他们了。

一碗藏面量不多，主要是为了喝汤，再来个肉饼子、配上爽脆的酸萝卜和香浓的甜茶，一顿地道实惠的藏餐倒也吃得我们心满意足。

去日喀则的路上，最先经过的必游景点是著名的神湖羊卓雍错和卡如拉冰川，对我来说又是故地重游。

我们到达羊湖的时候，天空有些阴沉，湖水没有我记忆中蓝。转湖之年，游客和朝圣者极多，不少地方拍照要排队。站在高处俯瞰湖面，七年前那令我赞叹心醉的碧蓝和此时引我伤怀怅惘的灰蓝，是羊湖众多面相中我有缘得见的两种。

不同时刻不同季节的阳光照射与云层遮映，能使羊湖显现出层次丰富、变幻莫测的蓝色。因为形态的蜿蜒旖旎，无人能看见她的全貌。据传说，羊卓雍错曾是九个小湖，空行母益西措杰担心湖中许多生灵干死，将七两黄金抛向空中并祈愿、诵咒，又将所有小湖连为一体，其形似莲花生大师手持的铁蝎。米玛告诉我，在藏语里"雍"就是松石或者玉石，所以很多神湖的名字里都带有一个"雍"字，既是形容湖水颜色如松石一般，也是表示珍稀与神圣。来到羊湖岸边，我将手浸入水中，沁凉传遍全身，心顿时平静下来，仿佛神志融入湖水，无半点忧虑烦恼。

生长于云南红河州又来上海读大学的婵娟，对雪山冰川极其向往。起初在路上远远看见哪座山顶上有点冰雪就要兴奋，待她真的来到卡如拉冰川时，却因为高原反应而不得不压抑内心的激动。

卡如拉冰川背靠西藏四大高峰的宁金抗沙，是西藏三大大陆型冰川之一，也是西藏离公路最近的冰川。从公路通往冰川脚下的观景台皆已铺设了平整的木栈道，可是这短短几百米的路程，我们却走了很久。那里的海拔已是 5 400 米，婵娟心跳过快、呼吸困难，每走几十米就要停下休息。

然而随着我们缓慢的行进，原本遮挡在冰川上空的阴云居然散开，露出如洗晴空。卡如拉冰川顶部柔和的轮廓和冰舌前缘因冰层张裂消融形成的冰塔林清晰尽现。午后阳光照耀下，终年不化的冰雪因朝向不同映射出不同色彩，或是幽兰或是暖金，对比之下山体愈暗、冰雪更明，自然形成的褶皱纹理形态奇绝、如绘画亦如雕刻，使人浮想联翩。

在我鼓动下，婵娟随我翻越观景台尽头的栏杆，来到正对冰川的一片碧绿草地上。我让她躺下做自在状，为她拍照。她费力地照做，感慨道："这冰川太美，真想留下不走了，可这海拔我实在消受不了，看来做冰川美人没那么容易！"

之后我们经过江孜，在电影《红河谷》的拍摄地，宗山古堡下的英雄纪念碑前拍照留念后就继续赶路了。

当日到达日喀则已是晚上九点。在当地，十点才会天黑，我们却因为疲惫不想多动，到入住旅馆对面的小餐馆吃了晚饭就回房间休息。米玛在路上曾说过，如果想要洗澡只能在日喀则洗，之后我们住宿的条件会越来越差。因为怕感冒引起更强烈的高原反应，我们只能简单冲洗一下，赶快擦干身体穿好衣服。

令我高兴的是，头痛感几乎消失了。可我依然不敢掉以轻心。高原反应的特点是来无踪去无影、成因不定，无法预测它是否会来、何时会来、因何而来，更加不能确定它发作的程度会如何。但经过这一日赏羊湖、看冰川、几次过海拔五千米以上垭口都无大碍的尝试，我们都心定很多，对未来的行程满怀期待。

五

夏天是我国西部油菜花绽放的盛季。近来常于微信上、网络上，看见摄于青海、新疆油菜花田的照片。我半点都不羡慕那些摄影师，因为我相信他们拍照时取景的景色绝对不能与我在日喀则地区领略的风光相比。

母亲是日喀则人的韩红唱过一首脍炙人口的歌，名字叫《家乡》，首句歌词是："我的家乡在日喀则，那里有条美丽的河。"我原先与很多人一样，以为这"美丽的河"是泛指日喀则地区草原上流过的河，此次出行前做功课时才知道，这"美丽的河"是指发源于宁金抗沙雪山的年楚河。

年楚河在藏语中的意思是"尝味水"，相传莲花生大师所持的盛甘露的宝瓶寄放在宁金抗沙雪山处，此后甘露水便不断从雪山留下给人们品尝，故得此名。年楚河是雅鲁藏布江中游最大的支流，在它的滋养之下，日喀则地区的大片平地成为沃野。我在一篇写年楚河谷的文章里看到这样一段话："西藏的'藏'、藏族的'藏'，在古代既不指今日整个西藏地区，也不是藏族人自称，而是特指一片富饶美丽的地方——年楚河流域。发源于诺金康桑雪山的这条神奇河流，孕育了西藏的粮仓，也是'最好的庄园'——藏语称为'日喀则'。它哺育的后藏，与拉萨河流域的前藏构成雪域高原两个最重要的文明中心。"

在高海拔地区，两种作物最容易生长，一种是青稞，还有一种便是油菜花。七八月份，青稞翠绿、油菜花金黄，雪域高原展现出一年之中最绚烂热烈、生机勃勃的景象，这在大多数地区长年酷寒荒芜的后藏尤为可贵。我们经过一个个被金色花海环绕的村庄，见到可心处就停车拍照。

远景是蓝天白云、晶莹雪山，中景是一座座白墙红顶的藏式小楼，前景是连绵怒放的灿烂花田。田间劳动的妇女们唱着欢快的调子，不远处牧草丰茂的河滩上马儿悠然吃草。身在这天、地、人、动植物和谐相生、无一不纯粹、无一不自在的美妙情境之中，谁能不沉醉不满足？那一刻，我们深切地感受到，西藏是当之无愧的人间天堂。

路过拉孜县境内，遇上一块对我们来说意义非常的纪念碑。碑上内容说明，走中国最美的景观大道318国道，从上海人民广场到此地正好是整整5 000公里。我们背靠背坐在这碑前合影留念时，我不禁畅想，何时真的从上海人民广场出发自驾来到这里，那将是怎样一场壮游？

虽然赶路途中，每日大部分时间在车上度过，但坐在副驾驶位子上看外面的景色，我从不感到厌倦，即使前夜没睡好也不舍得打盹，生怕错过什么。

其实看来看去也无外乎天空、云朵、大山、河流、草原、湖泊、牛羊，不慌不忙的农民、牧民、年轻热血的骑行者与途搭者、令人敬佩的磕长头朝圣者，还有好运气才能邂逅的野生动物。然而在我看来，这些已足够了，不多不少、各在其位、各行其是，每一种色彩都那样饱满润泽、每一种形态都那样匀称得当、每一个动作都那样协调自然、每一个表情都那样明朗安详。

跑长途离不了音乐，米玛车上有一大盒光碟，多数是藏语歌，也有不少流行音乐。我个人觉得，去阿里的路上，听原生态的藏族民歌，或者许巍的歌最适宜，前者与景色相配，后者与心境相合。

路时而在群山峡谷之间盘旋、高处回首可见山体耸峙、河流蜿蜒；时而笔直延伸不见尽头，仿佛探入云间直插天际。只有亲身走一趟，才能明白这"天路"二字多么贴切。

觉得倦了，米玛将车停在路边休息。他坐到车子投下的一小片阴影里抽烟。天碧云白、旷野无边，艳阳之下色调浓郁热烈，稍微考虑下构图都可拍出大片。我们就近取景，想出各种动作拍照自娱自乐。

1980年出生的米玛虽早已当了爸爸，在路上也是个经验丰富、干练稳妥的导游，但相熟之后还是会露出大男孩般顽皮好动的一面。他建议我们在公路当中坐着拍照，还鼓动我们学他的样子使劲跳起来抓拍跃起的瞬间。当时海拔超过4 600米，我们有点犹豫，怕剧烈运动引来高原反应，后来经不住他诱惑尝试起来，发觉没事后就一发不可收拾，又是跳跃又是奔跑疯得不想停下来。过后回到车上看照片，低垂的云层如梦似幻，荒野之间的空旷公路上，我们时而席地坐于正当中，时而倚在越野车头眺望远方，时而路边盘腿合掌对着远山祈祷，时而腾空而起跃入云中……简直张张堪比西部大片的镜头，我挑了几张效果最好的略加调整发到朋友圈，因路上信号时常中断而尝试多次才成功发出，很快就引来如潮的赞叹和艳羡。

当晚我们住在萨嘎，在它西邻的仲巴县1962年划归日喀则地区之前，萨嘎是毗邻阿里的最后一个县，可以说是进入阿里地区的南门。

在藏语里，"萨嘎"意为可爱的地方。但仅就来回途中居住两夜的感受来说，我怀疑这名字有美化之嫌。萨嘎县城海拔超过4 800米，食宿条件虽不佳，但尚能接受，最让人难受的是这里干冷风大。自从到了西藏，我七年前在这里患上的鼻炎再次复发。习惯了江南潮湿气候的人对西藏的干燥会极度不适，婵娟亦不能幸免。在萨嘎，我们早晨起床都要先擤鼻子，将堵在鼻腔里已干结的鼻血清理干净，以保证呼吸的顺畅。

尽管在萨嘎过夜并不舒适，但想到过了萨嘎很快就能进入阿里地区，离神山也越来越近了，心情也就因为期待和兴奋而愉快起来，便觉得这个地方还是有些可爱的。

六

出萨嘎县、沿途地貌景观与之前渐渐迥异，绿色渐少、荒原渐多。进入阿里地区之后，天空愈加高远、旷野愈加辽阔、人烟愈加稀少、我也就愈加兴奋，因为这一路的奔波终于快要到目的地。

经过大片无人区时，我亢奋地双眼雷达般四处搜索，连眨眼都舍不得，只因这一带常有野生动物出没。看见野生动物是我在西藏最开心的事。前天我们已有幸在公路边见到四只藏原羚，其中一只幼崽轻灵可爱的身影让我这两日念念难忘。可我还渴望看见更多野生动物，比如说高原精灵藏羚羊。

近两年盛行一个讲法，是说宇宙间有种吸引力法则，当你的思想高度集中在某一领域时，与之相关的人、事、物就会因为振动频率的相近而受到吸引而来。没过多久，我在远远一处黄褐色山坡上看见一片橘色小点。我第一反应就是：难道是藏羚羊？因为藏羚羊的体色与高原上的沙石极为接近，只是略微偏红并明亮些，但我依然不能确定。见那些小点在成排移动，我赶忙指着那边喊道："米玛，快看那是不是藏羚羊！"米玛放缓车速朝我指的方位看，马上肯定地说："没错，是藏羚羊！"婵娟寻了半天看不见，急得直问在哪里。我们又是指又是描述，她终于找到那群正在缓慢移动、稍微一匆忙和疏忽就会视而不见的橘色小点。

终于见到藏羚羊了，可惜隔得太远，婵娟激动之余觉得遗憾。我却觉得这样很好，野生动物自有其习性和生存空间，我们不该为了满足自己的好奇心去搅扰它们。

藏羚羊生性机警敏感，非常怕人，但是在遵循天性沿固定路线长途迁徙去交配地交配，或者去产仔地产仔再带着幼崽返回的途中，它们就不得不冒险经过人类活动集中的区域。虽说近几年因为国家的大力打击和严密管控，偷猎行为已不再猖獗，但是修路架桥、大兴土木在很大程度上破坏了西藏原本就脆弱的高原生态，并且不可逆转。因为环境恶化、草场退化，牧民们不断往海拔更高处迁徙，现代化的交通工具和生活用具的普及，也使得他们在那些原本不适合人类居住的、海拔五千米左右的地方生活得更加容易。而以藏羚羊为代表的野生动物们的生境却岌岌可危。它们迁徙的路线被为划分草场而竖起的铁丝网阻断；家畜们的饮食结构与它们相仿，双方就产生了食物竞争。而气候变暖、雪线上升、冰川退化、河流干涸，这才是最可怕的。干旱直接影响野生动物们的存活率，随后遭殃的就是人类。青藏高原是当今气候异化、生态恶化的趋势体现最明显的地区。人类若还想在地球上安居繁衍、让人类文明继续传承下去，就必须学会尊重自然、尊重其他的物种，珍爱生命、保护环境，否则青藏高原上那些沙化之后的不毛之地就是明日地球的缩影。

苍凉、广袤、雄浑、狂野，这些词用来形容阿里丝毫不为过，若要我再加上一个词，我会选择"神奇"。青藏高原被称作世界屋脊，那么位于西藏北部、羌塘高原核心地带的阿里就是"高原的高原""世界屋脊的屋脊"。著名的喜马拉雅山脉、冈底斯山脉、昆仑山脉和喀喇昆仑山脉在这里汇聚；雅鲁藏布江、印度河、恒河从这里发源，所以这里是公认的万山之祖、百川之源。

今日的阿里，是世界上人口密度最小的地区之一，可是在久远的过去，这里曾是强大富有、威震东亚的象雄古国，也就是古象雄文化的发源地。

公元七世纪，松赞干布统一西藏，建立了吐蕃王朝，象雄文明渐被吐蕃的辉煌所淹没。但是当代的考古发现证明，象雄文明才是西藏文化的根基。古象雄文化的痕迹和影响即使在今日的西藏依然处处可见，不论是生产生活、还是民俗信仰都有象雄文化的影子。而当年被象雄王国奉为国教的古象雄佛法，即雍仲本教，是印度佛教和汉传佛教入藏之前西藏本土的原始宗教，至今依然信徒众多。本教对藏传佛教的影响也极为深远，像转神山、拜神湖、插风马旗、堆玛尼堆等都是本教的遗俗。

遥想古阿里的兴盛、再看今日的荒凉，与岁月沧桑和历史变迁相比，人的一生不过刹那，如此想来，是与非、有与无、实与虚、生与灭又有什么分别？

七

当米玛示意我们前方就是神山时，天空阴沉欲雨，浓重云雾的遮掩之下，我们看不见冈仁波齐的峰顶。

经过神湖玛旁雍错时，雨水落下，湖面一片灰暗，我们只能远观片刻就匆忙上车，此时再看神山方向，那边也在下雨。

在视野寥廓的青藏高原，如无遮挡，远方的天气变化清晰可见。云雾投下的雨雪如同巨大的灰色光柱，是平原城市不可能见到的奇异壮景。

之前我们曾经远远看见前方有降雨，待我们行至附近，发现一处海拔并不高的背阴山坡洁白一片，方才明白刚才看见的是一场大雪。此前从未见过这么多雪的婵娟兴奋不已，跑进雪地里捧起一把向空中抛撒，又躺下让我拍照。

而此时看见神山一带有雨雪，我们却是满心忧虑。来到路上米玛说起，今年转山的人少，他之前带的两拨转山的客人都没能如愿。一方面是因为体力不支、决心不够，还有一方面是运气不佳天气不好。在我们之前来转山的两女一男，不但没有完成转山，还因为连日雨雪，神山的真容都无缘得见。我心中不停祈祷，求佛菩萨保佑、神山加持，让我们能顺利转山。

　　坐落于神山脚下的塔尔钦原本只是个小村庄，却因是转山的起点与终点成为转山者的大本营，如今有多家旅馆和小饭店。去年这里曾被转山的人挤满，来得晚了就无处住宿，吃饭也只能排队。相较之下，今年就格外冷清。我们抵达时街上人影寥落，野狗倒是不少。

　　塔尔钦的住宿条件差我早有耳闻，做好了充分的心理准备。米玛把我们带到一家藏式旅馆。大院子里三排平房，几只渡鸦四下觅食。这些不怕人的黑色大鸟是羌塘草原上最自由的动物，没有天敌也很少有人伤害它们。

　　一个藏族姑娘带我们来到预订的房间门口，米玛推开房门，我们跟着进去，看见不大的屋子里五张床有横有竖地排放着。

　　米玛说，这里是按照床位收费的，不过我跟他们说过了，这一间都给你们住，你们喜欢哪张床就睡哪张，我就住隔壁，有事叫我。

　　床上的铺盖看着不太干净，有股酥油味，摸上去好像还有沙子。但我们从拉萨到塔尔钦，经过了从城市到县城、再到乡、最后到村，这样一个食宿条件一日不如一日的过程之后，已经很能适应环境的变化了。

　　塔尔钦小饭店大多是西藏到处可见的川菜馆，还有几家东北饭店。这里做生意的店铺只在四到十月营业，到了酷寒难耐的冬季，大家就回老家去，待明年开春了再来。

　　我们随便找一家饭馆解决了晚餐就返回旅店，想趁天黑前洗漱好早点睡觉，为转山养足精神。这家旅店唯一可供洗漱的流水在院子里，水管里流出的是山上冰雪融化的河水。冒着彻骨的冰冷刷牙洗脸一番，我们浑身发抖感觉脸像被冻住了一般。可不久之前我还看见，带我们去房间的藏族姑娘用这水冲洗小腿和脚好半天，还嘻嘻哈哈似乎一点不觉得冷。

　　天色虽已晚却晴朗起来，站在旅店的院子里就能看见冈仁波齐的峰顶，连它最著名的标志，由峰顶垂直而下的巨大冰槽与横向岩层构成的佛教万字格都隐隐可见。

　　"我们真的就在神山脚下了，明天真的要去转山了?!"婵娟的语气透着不敢相信这是实境的惊讶和对未知的惶惑。

　　仰望着暗蓝天幕下庄严神圣的冈仁波齐，我深呼吸让自己过于亢奋的心绪平静下来，坚定地对婵娟说："是的，我们明天就要转山了! 就要去完成我们这次西藏之行最重要的事，或许也是这我们一生最刻骨铭心的事之一。"

八

　　抵达塔尔钦之前的几晚，我都没睡好，本想转山前夜吃一粒助眠的药，无意中说起却引来米玛的强烈反对。他讲了一件事，使我彻底打消了这个念头。去年他曾多次带客人来转山，其中一批客人里，有位小伙子就因为吃了安眠药，半夜发生强烈的高原反应而浑然不觉，第二日被发现时已来不及救治。

未吃助眠药，加上心绪浮躁亢奋，我翻来覆去到半夜还似睡非睡。婵娟突然唤我，说着让人听不懂的话。我大惊，以为她因高原反应神志不清在说胡话。我叫醒她，问她是否知道自己在说什么。她解释半天语无伦次，竟也说不清自己刚才在说什么。我愈加担心，开了手机上的电筒看着她，她指着自己的脸"这是鼻子这是眼睛……"地自语一番，对我说她意识清楚，要我放心继续睡觉。过不多久，我耳边又响起她睡着时经常会发出的磨牙声，可是我却更加睡不着了。

次日起床，因为惧怕刺骨的冰水，我们洗漱格外潦草。吃早饭时，老板娘听说我们马上要去转山，再三强调要多吃点，说转山消耗太大，不吃饱半道饿了走不动。可是婵娟自从到了西藏，食欲一天比一天差，当时就只想喝稀饭。我连哄带劝地让她吃包子，看着她勉强的吃相，我忧思忡忡，担心年轻娇小的她能否承受两天转山之路上的种种考验。

为了轻装上阵，我和婵娟只在登山背包里装了轻型的睡袋和羽绒服、一点必备药品和零食、保温杯、雨伞和一次性雨衣、最精简的洗漱用品、护肤品和防晒霜、纸巾和湿巾。

身上的行头是精心搭配过的，上身是贴身速干衣套抓绒衣，最外面穿防水冲锋衣，腿上里穿薄抓绒裤，外穿速干户外裤。头上先戴魔术头巾，再戴户外登山专用的帽子，后面垂下的一片能挡住耳朵、脖子，从前面扣起来还能遮住鼻子。要走长路最重要的是鞋，所以我们脚上的登山鞋，早在从上海出发前几日就开始穿，到了此时已十分合适跟脚。

当我们武装齐全出门跟米玛碰头时，发现他居然什么都没带，只在手中拿了两副登山杖，还是给我们用的。

面对我们的疑问，米玛说，转山很累的，到时候你会觉得背一瓶水都像背了块大石头，反正每走一段就有休息的帐篷可以喝茶吃东西，我不用带什么。我说晚上住在山上没有睡袋你不会冷吗？他笑道反正住的地方有被子，这个季节又不会太冷。

米玛将登山杖给我们，教我们如何使用。我自认走过的艰险山路不少，从没用过这玩意也都有惊无险地过来了，表示自己可以不用它们，建议他放回车里。他说山上有些地方有冰雪，用登山杖能防滑，上下坡也能省力些。

我和婵娟试着用登山杖走了一小段，都觉得带两根太累赘，分别还给米玛一根。他想放回车里，又顾虑走到后面我们还是会需要，只好自己带着长短不同的两根登山杖上路。

九

转山之路正式开始之时，湛蓝晴空令我们欣喜而信心倍增。今年转山的人少，在塔尔钦过夜也觉得到处萧条冷清。不料走出不远，先后遇见几批同道者，大多是藏族家庭，也有年轻的内地游客。

走在最初一段转山路上，遥望远处海拔 7 694 米的神女峰纳木那尼和碧蓝如海的神湖玛旁雍错，想起两段关于神山、神湖和神女峰之间纠缠不清的爱情故事。有种说法是，原先冈仁波齐与纳木那尼为一对夫妻，后来冈仁波齐被龙王之女玛旁雍吸引，令纳木那尼十分伤心。她决意要回到娘家喜马拉雅山脉，却在回家途中变成了一座雪山。后来冈仁波齐也变成雪山与她遥遥相望，而玛旁雍则变成了湖隔在他们之间。还有一种说法是纳木那尼峰与玛旁雍错才是一对相依相守、不离不弃的恋人。这些难辨对错的传说，为这方世界屋脊之巅众神居住的神奇土地增添了更多神秘。

第一个 5 公里是极平缓的长坡，强烈新鲜感加上充沛的体力，我紧紧跟在米玛后面，丝毫不觉得累。可婵娟却走得很慢，有点跟不上我们。米玛主动提出帮婵娟背包，此时我才明白他什么都不带是早想到这一点。其实他本没有义务陪我们转山，把我们带到塔尔钦就已完成了工作内容，只需要在那里等我们回来，再陪我继续下面的行程即可。但他看今年转山人少我们找不到可靠的同行者，担心我们出状况应付不来。另外他今年还未转山成功过，自己也很想转一圈，毕竟对于藏族人来说这是增加功德、增长福报的大好事。所以他还许了诺，说这次若能转山成功就把烟戒了。

卸下登山包，婵娟顿感轻松不少，脚步也比之前快一点。但是没过多久，她又拉在后面，与我们离得越来越远。我起初总是停下来等她，后来米玛说，你不能总是在离她很近处等她，这样她会产生依赖性，还会越走越慢。应该走得快一点，让她能远远看见你，但转眼间你又拐弯不见了，这样她就会一直尽力追你，还能走得快一点。我立时领悟，不再走走停停地等婵娟，而是调整好呼吸与脚步的节奏不快不慢地向前走。

临近中午，我们来到了地势平坦的经幡广场。这里是转山者和游客必到之处，所以一派热闹景象。有沿公路开上来的旅游大巴和不少乘大巴上来的游客，有不少供游客雇来骑乘或者驮物的马队和一群正准备骑上马出发的印度来的转山者，另有许多像我们一样的散客，看样子来自国内各地甚至国外，藏族人因为安静不引人注目反倒显得不太多。

经幡广场的西侧有转山途中最著名的景点双腿佛塔，据说从它两腿之间穿过会得到佛的保佑，而有罪之人则无法通过。佛塔东面几百米处有由一根巨大经幡柱和二十根小经幡柱组成的色尔雄经幡阵。每年藏历四月十五日是传说中释迦牟尼佛诞生、成道、涅槃的日子，是藏传佛教传统节日中最重要的萨噶达瓦节。届时经幡广场会举行规模盛大的佛教庆典和集会，届时将会更换主经幡柱，前来参观的信徒们则身着节日盛装诵经转山。

过度的嘈杂与喧闹令我急于离开这里，米玛却兴致盎然地去和印度人攀谈合影。因家境贫困小学只读到四年级的他，起先在拉萨城区踩三轮车养活自己。偶然听朋友说起有学习英语的机会，他开始利用业余时间上英语课，四年后考取了导游证。前些年曾带过不少外国旅行团。所以他虽然对于汉语只会说不会读写，英语却相当不错。在我的催促下，与印度人聊得火热的米玛和坐在地上休息的婵娟都拿起登山杖，我们重新上路。

在阿里的海拔高度，我走平路尚好，一爬坡就立即感觉气喘不上来，加上鼻炎发作一只鼻孔不通，就不得不放慢速度甚至停下来休息。

第一天的路没有陡坡，平均海拔在4 800米左右，完全不觉吃力的米玛越走越快，爬过几次坡就把我甩在了后面。而婵娟又比我慢得多，后来我转头已看不见她。

路上的人也渐少，原先还能遇上按逆时针反转的信仰本教的藏民，与他们互道"扎西德勒"的时候，心里异常温暖。到了后来就几乎见不到人了，只有黑色渡鸦不时从前方掠过。

中午的阳光格外炽烈，仰望神山，只见它对称如金字塔般的峰顶端严神圣，闪耀着奇异光辉，令人不可直视。我不禁双手合十默诵佛经，一位磕长头的朝圣者此时从我身后而来。听着他喃喃念经和手上木板拍地的声响，看着他在这崎岖山路上一次次俯身磕头、站起来、再次下拜。我心中翻涌着强烈的感动，为他、为我自己、为正行进在这转山路上的所有人。

在今生之前，我们曾轮回流转了多少世？于哪一世转生人身，哪一世有幸听闻佛法，哪一世与神山结缘，又经过多少世的苦心修行积累资粮，才能在此世来到神山朝拜，走在这转山之路上？

十

过了转山途中经过的第一座寺庙曲古寺，米玛很快就走远不见了，回头看婵娟也没有踪影，这雪山峡谷之间似乎只有我一个人。一种天地之间我独行的豪气油然而生，可此时肚子不应景地咕噜噜叫起来。看看手机时间，已近下午两点，难怪腹中饥饿。我从包里找出奶糖吃，突然想起婵娟的背包在米玛那里，她身上没有食物和水，会不会饥渴之下更加走不动？

灼热刺眼的强光照得我在帽檐遮挡下依然睁不开眼，饥饿感越来越强烈，已走了十多公里，腿脚开始觉得酸了。前方出现一片帐篷，是供转山者喝茶吃饭的休息点。我知道米玛一定在某个帐篷里，正寻找时，一个四五岁的藏族小女孩朝我招手。我走进她家的帐篷，见米玛正端着方便面桶喝汤。

卸下登山包、扔掉登山杖，我一屁股坐在藏式沙发上深深吐出一口气。米玛递给我一杯清茶，我接过来一饮而尽。以前我来过西藏两回，却只知道酥油茶和甜茶，是这次转山才知道藏民们也常喝清茶。

在过去，清茶主要流行于社会下层。因为制作酥油茶不但需要酥油还费时费力，对于下层黑头百姓来说不那么容易，所以就只能喝仅仅加了盐的清茶。就是这样一杯杯微烫淡香的清茶，给那些田地里劳作、草原上放牧、茶马古道上赶马的底层劳动者提供了最基本、最熨帖的补充和慰藉。而此时这清茶的味道对我来说十分爽口，淡淡的咸味生津止渴，又补充了体内因出汗流失的电解质。

在转山途中的休息点，只能吃饼干和方便面充饥。我一边等待方便面泡好，一边在担心婵娟。米玛叹道："哎呀她走得太慢，我都可以睡一觉了！你的小妹妹明天要怎么办?!"

饥肠辘辘的我快把泡面吃完时，婵娟才走到这里，被米玛看见叫进了帐篷。她迫不及待地躺倒，有气无力地感慨一句累死了！我问她身上没吃的，后面是不是走不动了？她说自己走着走着看见一个人都没有心里开始发慌，后来没力气了坐在路边休息，有种不想再站起来的感觉。此时一个藏族老伯伯经过，给她一粒糖，还对她说加油。她鼓足勇气站起来，嘴里含着糖，心里给自己鼓气，终于走到这里来跟我们会合。

疲劳和高原反应让婵娟胃口全无，她只想喝茶不愿吃饭。为了有体力走完当天余下的路程，她在我的建议下喝了罐红牛。

米玛说吃喝好了就尽早赶路，不然坐得越久就越不想动。我对此说法很赞同，告诉婵娟走路一定要抬起腿，不能拖着脚走，那样既慢又容易累。我建议婵娟带点吃的和水在身上，她当时却觉得带任何东西都会增加负担，只肯在口袋里装几颗糖。

十一

重新披挂周全上路。走出帐篷那一刻，我的眼睛刺痛流泪，抬不起眼皮还眩晕眼花。米玛问我，你前面是不是一直没戴墨镜？我这才意识到自己犯了多严重的错误。

　　此次行前，我再三嘱咐婵娟不要忘记戴墨镜。她到了西藏就始终墨镜不离脸。我却因为觉得戴着墨镜视物变色，一直弃之不用。可在这海拔如此之高、日照如此强烈、还到处有冰雪反光的地方，长时间户外行动不戴墨镜眼睛有眼盲的危险，难怪我的眼睛会出现这些症状。虽然不愿看见变色的景象，我还是只能找出墨镜戴上。

　　也许是休息过后体力得以恢复，红牛也起了作用，婵娟下午走得明显比上午快。我则下定决心紧紧跟着米玛，所以起初一段路我们都在一起。

　　常有年轻体壮的藏地汉子超过我们，他们黝黑的脸庞洋溢着轻松笑容，还不时来一小段野性十足的民歌调。不论平路还是爬坡，他们皆是同样的步速，中途几乎不休息，五十多公里的转山路，他们一天就能走完。米玛说自己第一次转山就是几年前跟几个导游兄弟聊着天、唱着歌、一路快步不停留，用十二个小时完成的。这样的体能和速度，我等长期在汉地平原生活的女子只能佩服不可企及。我们选择的是常规的二日路线，一般体质较好的转山者都能承受。外国转山者和体弱或者年长者通常是将这五十多公里分三日走完。

　　到达转山首日宿营地止热寺的路还剩下约12公里，大多为缓上坡。爬坡最消耗体力，我的呼吸越来越急促，胸部开始发闷，脚步不自觉地慢下来，又跟米玛拉开了距离。回头看婵娟，她已远远落在后面，正拄着登山杖躬着腰喘息。

　　清澈的拉曲河弯曲流淌，水面闪烁点点金光，河中石头色彩丰富，道路有时中断，就从河上踩着石头通过。午后气温高，山风却是寒凉的，我穿上之前脱掉的冲锋衣，加快脚步去追前方不远处的米玛。

　　一片河流干涸形成的平滩上，米玛仰躺在登山包上休息。见我停下脚步却还是站着，他拍拍身旁空地说坐一会儿，很舒服的！看着那堆满大小不一圆石头的滩地，我对他说的"很舒服"有些怀疑。但想到此前每次追上在休息的他，他总会指着附近某块石头说坐那里，仔细去看果然比较平整且高度适合，坐上去舒服站起来也容易。于是我挨着他坐下来，虽然那些圆石头高低不一凹凸不平，但在徒步十多公里的情况下能坐下来就觉得挺满足。就在此时，他肩膀一歪将重心压在我背上，脸上浮起一丝坏笑。我当然也清楚他这是开玩笑、也是表示熟悉与友好，所以就干脆也往他身上一靠，我们就这样背靠背在这河滩上休息。那一刻我们没有性别、民族、地域之分，就是旅途之中的同伴、朝圣之路上的同道、互相扶持患难与共的朋友，一种真诚纯粹的情谊在我们之间流淌传递。

　　对面山崖之上，一条细细的瀑布沿石壁垂直落下，如一条哈达又像嵌在崖间的银带，我起身请米玛帮我拍照，遇上两位反着转山的藏族老伯。大概是从未见过像我这么高的女子，互道"扎西德勒"之后，他们没有离开，而是好奇地打量着我，我干脆拉住其中一位合影，他立即亲热地搂住我，露出灿烂笑容。

在这河滩上休息了半天，才看见小绿点出现在来时路上，走走停停异常缓慢。

我忧虑地说："她明天怎么办啊?!"

米玛挥挥手站起来："先别想明天了，她快来了，我们走吧，到了今天住的地方再说。"

之后的路全是缓上坡，离当晚住宿的止热寺营地只剩下四五公里。虽然不长，却因为体力所剩不多而海拔又不断增加而令人颇感费力。沿途经过几处有典故的景点，有的跟格萨尔王有关，有佛的脚印还有马头明王的雕像，据说还有一条隐秘的空行母密道，但即使是常年行走于转山之路上的背夫，也很少有人知晓。越来越吃力的行走已经令我顾不上好好寻找欣赏这些景点，注意力全部在如何平稳持续地走路上。

过了一段下坡看到一座桥，米玛说过桥之后左右两侧的东道和西道都能通往止热寺，东更近且先经过宿营地，若走西道进止热寺再走到营地，就要多走一个小时的路程。我和婵娟非心比金坚、遇寺庙必拜的朝圣者，我们至少要先保证能完成转山。为了给最艰巨的明日行程储存体力，我们决定放弃止热寺走东道直接去宿营地。

过桥之后又是踩着石头走，然后再上坡。天不知何时阴沉下来，温度也越来越低，米玛说快要到了，兴奋地跟我聊天，我气喘吁吁无力应答。

突然他指着前方大声道："神山!"我抬头，神山已在眼前。

路边一小片平地上挂着经幡、堆着玛尼石，是观赏拍摄神山北壁的最佳点，而营地就在不远处。我们决定在这里休息拍照，等婵娟到来一起去前往。

由于阴天的缘故，加上北壁冰雪较少，此时的冈仁波齐仿若退朝回宫的君王，脱下了富丽锦绣、光芒四射的金袍，却是一派平和慈祥又不失威严的长者之风。

我和米玛先是各种互相拍、又一起自拍，折腾了半天才看见婵娟的身影渐渐走近。米玛开玩笑的兴头又上来，指着去止热寺方向的路对我说，等她来了我们就说要走到那边去住。说笑间婵娟到了，她二话不说，扔了登山杖就往米玛指的石头上坐。米玛把刚才的话说了，本以为她会有很大反应，不料她已累得反应迟钝，只是胡乱点头。我叫她去那片平地上拍照，她费了半天劲才站起来走过去，表情很是僵硬。米玛依旧兴致不减，又跳起来叫我抓拍，还让我们也这样做。想到这里海拔 5 100 多米，我们都摇头。他却再三怂恿说就跳几下不会有事。在他鼓动之下我们都跳了起来，但因心有顾虑不敢太放肆。回看照片，发觉成像之后显得人比神山峰顶还高，实属大不敬，赶忙忏悔。不过在此海拔还蹦跳无碍，也值得我们小小得意一下。

十二

止热寺的宿营地如今规模已然不小，供游客住宿的有活动板房和帐篷。此处夜间温度极低，住帐篷不够保暖，半夜可能会被冻醒。米玛怕我们到得晚了活动板房没有床位，早已打电话预订好。一个房间四张床位，我们多付一张床位的钱，可以三个人住一间。

房间里的情形跟我们昨日在塔尔钦住的地方相似，床上被褥反而看着更干净。徒步一天之后能在海拔5 100的地方住上这样的房间，而且这板房背后就是神山，我们还有什么不满足？可是房间里没有炉子，在里面稍待一会儿就觉得浑身冰冷。米玛建议我们去作为茶馆和餐厅的大帐篷里，那里面有温暖的火炉还能喝茶吃饭。

半躺半坐在大帐篷最里面的藏式卡座上，喝着温热的清茶，听着录音机播放的舒缓沉婉、深情如水的扎木年情歌对唱，疲惫的我们浑身放松下来昏昏欲睡。

随着一批批转山者的陆续到达，帐篷里的人越来越多，最后几乎坐满。精神恢复些许之后，我开始饶有兴趣地观察这些人。

靠近门口处，坐了一桌七八位内地来的年轻人，他们点了餐，正兴奋地回顾今日行程中的趣事，为明日的挑战做各种猜测和打算。

围绕当中火炉的位子上，坐着藏区来的家庭和三五结伴而来的藏民，他们或是小声交谈着，或者默默喝茶吃饭。

也有落单的汉子蜷缩在座位上睡觉或者独自喝酒。其中一位离我们很近，他已是醉眼蒙眬，还不停地用仅有的一条手臂举起酒杯。后来我听米玛说，他专门靠替人转山为生。若是谁想要转山却因为身体不好或者其他原因不能成行，就可以花钱请他代劳，他八九个小时就可转完一圈。今年我们遇见他时，他已转山六十几圈。

这委实令人惊诧，既是为他竟以转山为职业，也是为他转山之快之多。若按照那关于转山的传说，转满108圈可立地成佛。即使此处所说的成佛并非获得无边法力或者飞升净土，而是心的觉悟，那他为何还是如今这副酒鬼的样子？难道是我肉眼凡胎不识真佛？稍一思索我立时明白，他转山动机是为了赚钱而非朝圣修行，这样转多少圈都只是在做劳务而已。

米玛跟几位日喀则来转山的中学老师聊得投缘，约好明日同行，路上既可做伴也可互相照应。他点了碗鸡蛋面，我又为他添了罐啤酒。也许是海拔太高加重了高原反应，我和婵娟都无食欲，又必须得吃饭补充体力，就两人点了一份土豆丝盖浇饭。吃了觉得味道不错，又单点了一盘土豆丝。米玛等待许久，啤酒喝了大半，他点的餐还未上。

客人太多，负责招呼点单的圆脸"普姆"（藏语里姑娘之意）忙得晕头转向，我们催促几次才把米玛的鸡蛋面端来。米玛迫不及待地吃一大口，告诉我们非常好吃，问我们要不要尝尝。看看那面的样子，我们都认为他一定是饿坏了所以吃什么都香。不过在这里能吃到现做的热饭热菜已经是莫大的享受了。

明日我们要四点起床，四点半出发赶路。而在当地，晚上十点钟才天黑，凌晨四点还是不见五指的半夜。米玛说之所以要起这么早，是为了能赶在日出前翻过第二日行程里最陡峭险要的卓玛拉山口。

若是等到天亮再出发，翻越卓玛拉山口时会是在中午，日晒强气温高，体力消耗得更快，险峻山路又看得清清楚楚，心理上就先崩溃了，很难有勇气继续走下去。

而凌晨四点时，这间帐篷餐厅还未开始营业，我们只能买方便面再拎一瓶热水回房间，第二天泡面作为早饭。听婵娟说下午喝红牛后的确有兴奋剂一般的功效，米玛建议我们买两罐明天早上喝，以保证我们能以不太慢的速度按照他预计的速度翻过卓玛拉山口。

十三

走出帐篷时天色已开始变暗，寒风阵阵犹如初冬。

我们抱着方便面和冰冷的红牛进入房间，准备简单洗漱一下就睡觉。米玛却觉得时间尚早，不甘心就这样躺到床上，又回去帐篷里找人喝酒聊天。

室外的温度和大风令我和婵娟不敢设想去露天的流水处洗漱会是怎样的酷寒透骨，我们决定用洁面湿巾擦脸，牙齿嚼木糖醇搞定。在这样的地方不生病是第一需求，其他都不再重要了。听米玛说，过了夜间十一点，若这里有人突发严重的高原反应，如肺水肿、脑水肿，或者其他急病，是不会有车开上来救助的，所以每年都有人在此死去。结伴去厕所的路上，我们仰望天空想看看满天星斗璀璨闪烁的景象，却因为时间不够晚天色不够暗而效果不佳。

钻进睡袋里再盖上被子和毯子，依然觉得不够暖。婵娟穿了两双袜子还是腿脚冰冷，我想起登山包里带了两片暖宝宝，找出来跟她一人一片贴在后腰。

看看时间还不到九点，我已记不起自己有多久没这么早睡觉了。房间关了灯更显得冰冷，恍然之中觉得这一切很不真实。似乎前一秒我还在上海租住的房间里熬夜改电影剧本，这一秒就睡在了海拔5 100多米神山冈仁波齐的边上。何为真实、何为梦境？空间和时间的本质又究竟是怎样的呢？

强烈的胸闷令我只能保持仰睡姿势，因为侧躺会有窒息之感。我静静躺着想让自己早点入睡，婵娟却在一旁翻来覆去，时而粗重喘气时而叹息。

过一会儿她猛地坐起来，急道："姐姐，我胸闷喘不上气，今晚怕是要睡不着了！"

我何尝不是同感，但只能故作淡然地说："越急越睡不着，仰躺会气息顺畅一点，静下心来闭目养神就慢慢睡着了。"

我倦意渐浓，迷迷糊糊半睡半醒，隐约听见婵娟又是翻身又是起床折腾了许久。之后米玛回来，他上床不久就响起鼾声。继而我又听见婵娟睡着之后才会发出的磨牙声。左右两位都入梦了，我却突然清醒过来再也难以入眠。

睡袋的束缚再压上一床棉被和一条毛毯，压迫感令憋闷加剧。后背贴的暖宝宝变得发烫，身上开始冒汗。我把睡袋拉开，伸出一只脚，却还是觉得很热，又不敢露太多怕着凉。仰躺久了忍不住侧身，却很快就因呼吸不畅而恢复原来姿势。

左右的鼾声和磨牙声此消彼长连绵不绝，我哭笑不得。掀了盖在最上面的毛毯，又摸到纸巾擤掉鼻腔里堵塞的鼻血，静卧许久还是睡不着。这使人时冷时热、胸闷气短、睡不着又动弹不得的夜晚，每一秒都如一年般漫长难熬。我开始盼着四点钟早些到来，时间却如变慢了、甚至停滞了一般。

十四

不知过了多久，米玛的手机闹钟声响了，他立即醒来喊我们起床。我起身后发觉，被子和毛毯全被我掀到了地上，这说明后半夜我什么都没盖也不觉得冷。看来米玛这个季节转山不背睡袋是非常明智的选择。

我告诉米玛自己几乎一夜没睡，他有点紧张地说那怎么办？你难受吗？我说没事，我经常失眠，习惯了。他不解地说，你走了一天路到了这个地方还能失眠？这是怎么回事嘛？！

房间里没电，米玛打开带来的头灯，我拿手机电筒照明，我们一起蹲在门边把方便面泡上。

婵娟还在梦中，我叫了一声她毫无反应。米玛说让我来叫她，他大声喊小美女，起床转山了！婵娟头动了动，还是没有起床的意思。米玛无奈笑道叫她起床还真难。我只好上前连推带拽把婵娟拉起来，她半睁着眼睛呆坐不动，被我催促几遍才开始穿外衣。

此时屋外除了几声犬吠听不见一点动静。我问米玛："难道只有我们这么早出发，其他人呢？"

米玛笑说："也许有的人起不来，有的人可能今天不想走了，还有的人出发太晚也许走到卓玛拉山口就要放弃了，能坚持下来的人，恐怕得晚上八九点钟才能回到塔尔钦。"

照旧用洁面湿巾擦脸，多日未洗的头发胡乱抓几下就套上户外头巾，为了御寒把带来的薄羽绒服穿在冲锋衣里。整理收拾好登山包，吃过早饭就可以上路了。

海拔5 000米的地方，水的沸点只有八十多度，又灌进暖水瓶过了一夜，水温低到直接入口也只是微烫，用这样的水泡出的方便面是什么口感可想而知。

我们三个人围在靠门的床边借着头灯的光亮吃这半软半硬的泡面。米玛说起自己曾经为一个英国青年登山团做向导去希夏邦马峰，为了节省经费他们没有请厨师，全程二十多天都以方便面为主食。从那之后米玛闻到方便面的味道就有些反胃。可是在这转山途中，大多数时候也只能吃泡面来填饱肚子维持体力。我和婵娟因为起得太早没有食欲吃不下多少面，只能尽量多喝几口汤。米玛将自己的泡面桶冲洗一下，倒上热水，把两罐冰冷的红牛放入浸了片刻后才拿给我们喝。

十五

一切准备就绪，我们出门上路。室外漆黑一片，默然无声，神山与营地都在深深睡梦之中。

仰头看天，满目繁星闪烁光华，一颗颗星子仿若近在眼前触手可及，凝神静观，感觉它们明灭的节奏与自己的心跳遥相呼应，渐渐就似自己也化为星星身在其中了。

时有风气起，虽不大却寒气十足。我们拉好冲锋衣的拉链，迎风走在上坡小道上。米玛的头灯是我们主要照明，婵娟手上有只小小的手摇电筒。米玛担心我看不清路摔跤，提议我跟在他身后走。可我考虑到自己遇上艰险路段会自顾不暇，而眼下绝不能让婵娟掉队。否则这山路上黑灯瞎火又罕有人迹实在太危险，米玛走最前面又容易越走越快。于是我坚持走最前面，让米玛走中间带婵娟。

上坡、全是上坡，而且山石林立，路就是在狰狞怪石间曲折向上的小径，还不时中断，需要自行开发看似比较容易的走法。在这样的路上往海拔更高处爬，米玛也开始呼吸急促起来。走了约半个小时，我们看见前方远处有一束亮光在摇晃，米玛说："看，那是在我们之前出发的人。"他又转身指着下方，我们回望，见来时路上也有点点亮黄色灯光在跳动。米玛大吼一声，一时间前后都有人回应，刚才还黑暗冷寂的转山路上顷刻间多了几分光明和温暖。

坡度渐陡，米玛开始念经，藏族汉子特有共鸣之音在暗夜之中尤显沉厚。虽然我听不懂他念的是什么，却在他念经的那段时间里心内一片宁静，缺氧的痛苦也消失了一般。我受到启发，开始默诵六字真言，慢慢调整脚步节奏与之配合，后来发觉这果真是个凝神定心的好办法。当你注意力高度集中的时候，效率自然就提高了。

我的脚步不知不觉间加快，与米玛和婵娟之间的距离渐渐增大。可是走着走着，我突然发觉有几个似是而非的岔口，前路无法辨清。

我回头大声问米玛该往哪里走。他喊道："朝我灯光指的地方走！"然后用头灯点明一个方向。我立即走上去，却听见他在后面说："你今天走得太快了，别用力过猛，海拔越高越要慢慢走。"

可当时在那片近八十度又危机四伏的陡坡上，我实在不愿在任何地方停留太久，眼看着山顶垭口一点点近了，只想着快点翻过去再找个平稳处好好休息。这个在抵达卓玛拉山口之前翻越的垭口，据米玛说按照他多次转山的经验来看，某些路段其实比卓玛拉山口更艰险。只可惜我当时没记住他说的那个名字，后来去查资料，不确定是不是叫作"康珠桑拉姆拉"山口，只是感叹多亏是在黑暗中凭着无知无畏的冲劲和尚未消耗太多的体力以惊人的速度攀越而过。

这里有一处天葬台，遍地是朝圣者留下的衣服帽子等物品和玛尼堆。据说留下一样随身物品代表着一次象征性的死亡，也表示断绝过去的罪孽。我留下一只用了很久的发圈。婵娟将之前戴在头上的、后来被米玛发现印有六字真言字样的魔术头巾取出套在一块玛尼石上。

过了天葬台，有一小段路格外平坦，沿途还有些景点和典故。比如有一处，是米拉日巴尊者的脚印。据传这里是米拉日巴和本教大师那若苯琼斗法之地。两人以法力高下来决定谁有权住在冈仁波齐和玛旁雍错。

先是比转湖，那若苯琼一步跨过了圣湖，米拉日巴则用身体盖住了湖面。又比试转山，两人从相反方向开始，在卓玛拉山口相遇。接下来比试魔法仍然难分高低。于是那若苯琼提议，在十五月圆那天，首先到达冈仁波齐峰顶者为胜。太阳升起前，那若苯琼站在一面鼓上飞向峰顶，他四下搜寻不见米拉日巴，心有疑虑没有全力前行。当第一缕阳光照在冈仁波齐峰上之时，米拉日巴乘着光线一下子到达峰顶。那若苯琼受惊从鼓上摔下，在崖壁上留下了深深印痕。

我们经过之时，天尚未明，视线不清，便并没有特地去寻找这些圣迹，只是在心里想象，或许这更好些。还没来得及完全调匀呼吸，通往卓玛拉山口的急陡坡就到了，真正令人死去活来的考验开始了。

十六

不到两公里的距离内，要攀升的绝对高度达 762 米，最后到达转山之行最高点，海拔 5 780 米的卓玛拉山口。

这一段路有个别称叫作"地狱坡"，因为它能让你体验到如在地狱中的痛苦，而且每年转山者之中，总有人会在这里倒下。

也许是因为每个人到了这里都走不快，大多数人需要花费近两个小时才能走完这短短两公里。所以我们陆续碰上很多人，有昨日在帐篷里见过的那几位日喀则来的中学老师，有不少藏族家庭，有反转的本教信徒，还有三步磕一个等身长头的朝圣者。

天色渐明，海拔渐升。呼吸越来越急促，肺部像有火炉在烧，我依然默诵着六字真言，心脏虽然狂跳心内却静如止水。

走不快就只能不时停下休息，但我坚持不轻易坐下，因为坐下再站起来会更累。米玛此时也没力气说笑或者唱歌了，只是靠坐在石头上跟我一起等待渐渐走近的婵娟。婵娟这天早上的表现令我们惊讶，她从四点半出发到现在，始终紧跟米玛，保持着不慢的行进速度，虽说到后面时而会多停一会儿再走，但从未像昨日那样掉队。

米玛说："你的小妹妹今天很厉害嘛！你看看她的样子像什么？"

我去看离我们已经很近的婵娟，只见她像拄拐一样拿着登山杖，而登山杖每一下都重重戳在地上发出很大声响。走到我们面前时，我原以为她会急不可耐地找个地方坐下，不料她眼皮下垂面无表情地走过去。看她的背影有些摇晃，似乎随时会倒下，可又总能稳住身体继续向前。

"就像那些拄着拐杖转山的藏族老奶奶一样，"米玛笑道，"虽然走不快，却一直在走，这样也能走到终点。"

我担心地说："她没看见我们吗？怎么不停下休息？"

米玛说："不会是在闭着眼睛走吧？"

事后我问婵娟，她自己说当时就怕掉队，所以只能拼命走，好不容易追上我们却不敢停，怕一停下休息就又跟不上了。

海拔持续攀升，乱石堆叠的崎路上开始有冰雪且不断增多。口鼻共用大力呼吸依然喘不上气，冷硬凛冽的空气吸入过多，肺部阵阵刺痛。心脏跳得前所未有的快，好像绷得过紧的弦随时会断裂一般，总觉得心脏会突然罢工停跳。

婵娟面色惨白气息微弱地对我说，姐姐，我心脏好难受！我提议她吃我来之前特地准备的一种叫"携氧"的药，效用是迅速缓解高原反应，并且能持续四个小时，但是一旦吃了就会有依赖性，在海拔降低之前必须继续服用。婵娟想了一下表示不用。我知道她是想着我们只有一小包这种药，药量只够一个人吃三次，她怕自己吃了后面万一我需要就没了。我又建议她吃点速效救心丸，她说再坚持一下，实在不行再吃。我嘱咐她别心急，根据自己能承受的速度慢慢走，我和米玛先到山口一定会停下等她。

"我这就先上去等你们！"米玛突然发力，憋足气大步向上爬。我想紧紧跟上他，快爬几步却发觉力不从心。

<h1 style="text-align:center">十七</h1>

曙光微现，视线愈加明晰。卓玛拉山口的经幡仰头可见，可脚下之路却更加刁钻难行。要么乱石参差、要么冰雪泥泞，根本找不到稍微平整一些的落脚点。

极度缺氧和疲累又令我烦躁，心想反正走哪里都是一样，那就放开走吧。于是我靠在路边石头上稍做歇息后，不再看脚下，不管不顾地跨出大步。冒进的后果立刻显现，我突然间就失去平衡，脚下打滑向前扑倒，摔进一片融化的冰雪之中。尽管我立即撑着登山杖扶着石头站起来，下身轻薄不防水的速干裤还是浸湿了，尤其是左腿，连里面的薄抓绒裤也已湿透，酷寒侵入双腿，让人禁不住打冷战。经此一摔，我再也不敢大意，只是湿了裤子受点寒冷是小事，若是摔下山崖可就要永远留在这里了。

一步、一步、再一步……每一步都用尽全力和十二分的小心。默默咬着牙向上、向上……很多次明明不想停下，却不得不在接近窒息昏厥的边缘停住，喘息片刻、定定神，再继续向上。人生之中也总有些段落像是这样，任你再迫切再拼尽全力，却依然欲速不达，该暂时放慢或者停下时万不可硬生生与之对抗，事物发展运行自有规律，穷达得失命运自有安排。

五彩经幡终于近在身旁了，层层叠叠飘扬蔓延。在西藏的每一处山口，都能看见经幡，五种颜色分别代表蓝天、白云、火焰、绿水和大地，排列次序跟自然界这五种物质存在的立体顺序一致。每当风吹过，经幡飘动一次就代表诵经一次。因此经幡日夜随风飘扬就是日夜诵经不止，这是为世间万物众生在礼佛祈福不止。卓玛拉山口的经幡一望无边，如一片缤纷的海洋。离山口最高处还有几百米，但已胜利在望。

忽而听见高亢入云的清亮歌声，紧接着看见一家五口反方向转山的藏人迎面走来。为首的老伯伯笑容满面地向我问好，唱歌的是他们当中一个高个子姑娘。想到米玛说，反转的人要从背面翻越卓玛拉山口，坡度更陡难度更大也更危险。可看他们的神情，完全不像是刚刚走过那样艰险的路，不但有说有笑，还能中气十足地放声高歌，着实令人羡慕。

藏族姑娘天籁般的歌声使我振奋起精神，一步步朝着最高点迈进。此时坡已平缓，路也不再陡峭。我终于能一边行走，一边细细打量眼前的事物。

经幡、冰雪、山岩、沙砾、飞鸟的翅羽……它们的模样与我平日见到的并无二致，但是在这转山路上的最高点，在神山冈仁波齐金色晨曦之下，我感觉到天地万物、每一细微之处都散发着至真至纯的灵性之美。

海拔 5 700 米，我至今到过的离天最近的地方，而且还是在神山之王冈仁波齐，这传说中的世界中心。心里没有原本预想的激动，反而异常平静。有那么一瞬间，甚至没有一丝念头。

没有念头也就没有分别，没有分别也就没有执着，没有执着也就没有烦恼，没有烦恼也就一片空寂澄澈。过后回想，我确信那就是我转山路上的新生之时。然而再想到究竟处，我们平日里一念过去、一念又生，此种情绪刚过，别种情绪又来，生灭相续、轮回不止，何时不在死亡，又何时不在重生?!

米玛的声音将我从近乎入定的状态唤醒，他正坐在山口背风处一块大石头下面等我们。

我刚在他旁边坐下来，他便问有没有吃的，说爬山爬得肚子好饿。我去包里找巧克力，说起自己刚才摔了一跤。米玛摸摸我湿透的裤脚，问我会不会冷。我说没关系，太阳都已经升起来了，很快就能帮我把裤子晒干。

面朝向阳光，咬一口巧克力，嘴里甜滋滋、浑身暖洋洋，我和米玛尽情享受这难得的片刻安逸。

婵娟总算登顶来与我们会合，她说自己刚才也在冰雪堆积处摔了一跤，是后仰倒下的，好在只是摔疼了屁股，其他无妨。之前一直怕自己爬不上卓玛拉山口的她，此时欣喜若狂，苍白的小脸洋溢着明媚笑容，对此后的路程再无恐惧。

十八

山口风大不可久坐，略作休息后我们便开始下山。

过了小巧浑圆、碧绿如玉的托吉错（藏语意为慈悲湖）之后，约五六公里的小道急转直下，且布满碎石，是全程最容易受伤的路段。不少转山者好不容易爬上卓玛拉山口，却因为体力和意志力都消磨殆尽，看见这下山之路凶险，便失去勇气和决心，只能骑马走完后面的路。

都说上山容易下山难，在这里则是上山难下山更难。我们时刻注意脚下谨慎而行，路最狭窄时人却多起来。大批反转的藏人来到这里，印度人雇佣的马队也陆续而至。米玛提醒我们听见马蹄声就赶紧避让。我却在一次拐弯时因为弯道过窄无处可避被马撞了一下，整个人扑倒在山石上。后来听说此地马队的马性情凶悍，经常冲撞行人，去年有位转山的藏族妇女被马撞头部摔成重伤，等不及送下山抢救便去世了。相比之下我真是幸运，但愈加不敢掉以轻心。

在这段走路都觉得极艰难、时刻都有危险的乱石陡坡上，依然能看见三步磕一个等身长头的朝圣者。他们不会因为艰险而简化每一次下拜当中任何一个微小的动作，每一次都念诵佛经，每一次都额头触地、每一次都带起一片尘土。看得我既心惊胆战又崇敬不已。若平日里有这样的坚韧不拔和至诚之心，还有什么事成就不了呢？

此时海拔下降心肺压力渐减，从小在大山里长大、走惯山路的婵娟，在最前面下得飞快。遇上较平直处，她竟如同插了翅膀般一路小跑俯冲而下，看得米玛颇为惊讶。

随后我们走过了山阴处大片尚未融化的雪地，来到一片开阔的河谷。此后的路，在海拔上再无太大差距，但离终点却还有约22公里，相当于昨日一天的行程。而经过之前过鬼门关一般的折腾，体力已所余无几，剩下的就只能靠意志力来完成。

尽管不再有艰险的陡坡，前路也并非皆是坦途。时而要踩着石头过河，时而要蹦跳着穿过沼泽。

到了较为平整的路段，米玛不再担心我们的安全，开始跟那几位日喀则的老师边聊边走。婵娟因为体力不济步速逐渐变慢又开始落后。我则调整到默诵一句六字真言走三步的节奏，专心前行走得极快，不知不觉间超过很多藏人，把米玛他们也甩在了后面。

路过第一处补给点，我们进帐篷休息。米玛说他不想吃方便面，我也有同感。几位日喀则的老师随身带了青稞粉，开始用清茶捏糌粑。我点了罐可乐，喝一口觉得很是清凉舒爽，便几大口全部喝光，殊不知已给自己种下了祸根。

过了一会儿婵娟到了，她依然没有食欲，只想喝清茶。米玛一边在自己的茶碗里捏着糌粑，一边说你们也吃点吧，不然下午走不动。几位日喀则的老师也说还有好远呢，不吃东西怎么行。于是我和婵娟都接过了米玛递来的他刚刚捏好的小块儿糌粑，逼着自己吃下去。

过了多天回到拉萨后，说起转山时吃的糌粑，我故意逗婵娟说米玛当时可是没洗手。婵娟笑说其实我当时也想到这事，后来一想在那种情况下还介意这个也太矫情了，所以没再多想就那么吃下去了。我笑说放心吧，在海拔五千多米的地方，细菌根本无法繁殖，连灰尘都是干净的。

与之前走过的路相比，后面的路平淡无奇，上下坡都比较平缓，但却因为体力透支让人感到格外漫长。据说有很多人行至此段，会因精疲力竭和总也看不到终点而心理崩溃甚至产生轻生的念头。

也有人把转山之路比作人生不同阶段，起初十公里是童年，平缓而风景优美，之后十几公里是青年时代，起起伏伏、痛苦初生，过卓玛拉山口的时候是各种挑战纷至沓来、压力最大最艰难的中年，而下坡之后的路就是中年以后，大风大浪已过，平淡而漫长、离终点还有很远，最需要调整好心境坦然面对。

我依旧默念六字真言按照自己的节奏走，速度极快，始终走在米玛和几位老师的前面。

途中遇见一对反转年轻藏族夫妇，男人手中居然抱着一个婴儿。藏人对于转山的热情和虔诚一次次震撼着我。

十九

走过一片清流蜿蜒的碧绿草滩，我被美景吸引停下休息。背着太阳坐在草地上，凉风阵阵、清流淙淙，点点野花于草间盛放，鸟儿起落、鼠兔奔忙，若是与三五知己在此相聚，就地取水泡茶畅谈，实乃人生一大快事。

坐下不久，米玛和几位老师就到了。其中一位对我说，你今天走得太快了，慢一点，等等你的小妹。我忙向来时路上眺望，不见婵娟绿色的身影。之前我以为她今日速度比昨日快很多，不会落下太远，现在看来她是又走不动了。日喀则的老师们稍做歇息就又上路了。我决定等看得到婵娟再走，米玛也留下来陪我。

过了半天看见婵娟走走停停、缓慢走近的身影，我们也该上路了。站起来时我突感眩晕，当时只以为是起得太猛没有在意。

又走了六七公里，到了尊哲普寺的补给点。那些用三天转山的朝圣者，将会在这里过夜。米玛说他又饿了，得吃点东西，不然走不动。

我们走进一个帐篷。米玛问除了方便面是否有其他食物，藏族老板娘说可以用他们自己吃的白菜和青椒做盖浇饭给我们吃。老板娘开始炒菜的时候，婵娟到了。她一进门就问还有多远，听说还有十多公里，她长长叹了口气。

我此时感到很难受，却又说不清是哪里难受。头有些晕、腹部隐隐作痛、有点发冷但是身上冒汗。我趴在登山包上闭目养神，默默祈祷千万别在这个时候生病。油烟味传来我感到阵阵恶心，连忙跟老板娘说只要做两份盖浇饭即可。

盖浇饭端上来，米玛狼吞虎咽很快就吃得一粒不剩，他说之前吃的糌粑里没放酥油和红糖实在不够味。我的确感到很饥饿，想忍着恶心吃几口，却刚把筷子举到嘴边就放弃了。婵娟此时倒有了胃口，就着不多的一点蔬菜和辣酱吃了大半盘饭。

再次出发，我明显感觉到体力不支，再也无法像走得像之前那样快，不久之后我最担心的事来了。我突然感觉眼前发黑、浑身冒虚汗，想停下喘口气，却身体摇晃站不稳。我一时心慌，不知道自己这是怎么了，思维也变得十分迟钝，过了半响才反应过来，我这是低血糖了？过去我曾经有过几次因为低血糖昏倒的经历，现在若昏倒在这里，那可就麻烦了。自己受伤倒没什么，关键是会拖累别人。

　　我赶忙蹲下，从包里翻出巧克力，忍着恶心剥两块塞进嘴里快速嚼几下就咽下去。前面的米玛仿佛有心灵感应般回头看我并停下等候。待我走近了，问我发生了什么事，为何脸色变得如此难看。我故作轻松地说没事，有点低血糖，已经吃过巧克力了。他把我之前在供给点买给他的运动饮料递给我，要我喝一点增加血糖。我接过来喝了几大口，此后又喝过几次，不料这半瓶冰凉的饮料加重了我的不适。

　　后面一段是起伏的悬崖土路，我体力急剧下降，行至此处已有腿脚不受控制之感。强烈的光照增强了眩晕，我像往常一样回头去寻找婵娟，却发觉视力模糊已看不清并不太远的她的轮廓。望着悬崖我心中生起恐惧，怕脚下一滑或者头晕摇晃掉落下去，便只敢紧贴着内侧行走，哪怕内侧的路有时比外侧的更多障碍或者要多绕个小圈。

　　走过一个弯，又看见一个弯，大拐弯接着小拐弯，然后又是大拐弯，似乎总也走不到头。眼睛开始睁不开了，背上还在不停地出虚汗，登山包像是装了石头，脚腕是软的，脚底已经麻木，不时被翘起的石头绊一下险些摔跤。几次遇上反转的藏人，说一句"扎西德勒"都变得费力起来。

　　两位磕长头的朝圣者出现在前方，我已看不清细节，是通过衣服的颜色判断出是两位女性。我想起曾经看过的一首流传在藏区的关于磕长头朝圣者的歌谣：黑色的大地，是我用身体量过来的，白色的云彩，是我用手指数过来的，陡峭的山崖我像爬梯子一样攀上，平坦的草原我像读经书一样掀过……

　　"啪"……"啪"……磕长头者们每次匍匐时手上木板拍地的声音在我耳中格外响亮，也犹如警钟敲醒了我。我重新开始默诵六字真言，无力按照之前的节奏走，那就念得慢一点，也走得慢一点。渐渐地，心越来越定，痛苦还在，但不那么难以忍受了，恐惧渐渐消失了，步子也踏实了。

二十

　　宗堆是抵达塔尔钦之前的最后一站。米玛在茶馆里等我们，我走进去时他正在喝啤酒。

　　我靠在卡座上，喝着清茶看对面一家藏民吃自带的面饼和风干牛羊肉。米玛说那是那曲地区来的朝圣者，他们来一次不容易，通常至少要转十三圈才会回去。

　　婵娟这次来得很慢，米玛说我们今天走路速度还算快，但是每次休息都停留时间过长，以至于每次出发时他都感到极度倦怠有种不想再走的感觉。婵娟进门后问的第一句话依旧是"还有多远"。米玛说，快到了，还有四五公里。刚刚坐下的她精神一振说，那我们快点走吧！

在过去，很多人走到宗堆就算是完成了转山，坐等车子来接回塔尔钦。可是如今，这神山作为一个景点被某公司承包，不允许其他车辆进入景区。若想搭车只能听从那家公司的安排，且费用高昂。

不过我们早就认定，既然转山就要从起点出发再回到起点，这才是转了完整的一圈，所以绝不会在最后阶段功亏一篑。但从早晨四点半出发，爬让人死去活来的地狱坡、翻海拔5 700米的卓玛拉山口、下乱石陡峭的急下坡、走河谷、穿沼泽、过悬崖……一路到这里，高强度徒步近十二个小时，体能已极度透支、腿脚酸痛至麻木无力。所以有人形容，最后的四公里会令人感觉像再转了一次山。

也许是神山为了给一路上运气颇佳、走到哪里都是晴空的我们一点考验。我们从宗堆出发不久，看见前方阴云聚集，似是大雨欲来。

米玛有点紧张地说，我们得快点走，下起大雨就麻烦了。可当时我们的身体已几乎不受大脑支配，心里想着要走快点，却怎么都抬不起腿迈不开步。眼看着阴云朝我们上空移动，不多时就下起冰雹。我们庆幸是下冰雹而非下雨，不然身上淋湿走不动不说，在这个海拔受寒发烧可是要命的病。在我们手忙脚乱地找一次性雨衣互相帮忙穿上身时，冰雹已噼里啪啦地砸下来。同时大风呼啸，轻薄脆弱的一次性雨衣仿佛随时会碎裂。

沿途路过丰茂的高山草甸，圆滚滚的旱獭们发出独特的叫声，三两成群嬉戏玩耍。但是冒着冰雹和大风，前行变得更加困难，我们无暇赏景，三人之间很快又拉开了距离。到后来，每个人都成了独行者。

不过在转山的路上，即使有再多同伴，你最终还是会感到孤独。因为说笑热闹只在一时、互相帮助也只在某些阶段，绝大多数时间里，你还是只能靠自己。独自一步步向前走，独自面对和承受，独自思考和感悟，独自完成死去再重生的过程。

对于我个人来说，后来每次回忆起转山，感受最强烈的就是最后这一段路，因为那时我的痛苦程度已接近所能承受的极限。眩晕、冒冷汗、阵阵腹痛如绞，视力不时模糊成一片连眼前人的脸都看不清楚，意识时而清醒时而糊涂，停住时站立不稳得使劲拄着登山杖，脚下的路稍有一点不平整就感到走得很艰难。当时心里只剩下一个念头：不能倒下！

时间像是被拉长了百倍千倍，每一秒都度日如年。我感觉自己变成行尸走肉，就这么机械地向前走。塔尔钦似乎近在咫尺却又远在天涯，不停地走却怎么都走不到。米玛察觉出我的异常，先是放慢脚步、最后干脆停下等我。到了他跟前，我像婵娟一样问道，还有多远？这是我转山两天以来首次问出这句话，米玛知道我是真的要支持不住了，指着前方连声说，快到了，快到了！

　　终于来到公路上，再过一片河滩就是终点。米玛说我先走，去给你们订新的住处，说完兴奋地迈开大步走了。我记起自己昨日半路上休息时曾问他，塔尔钦是否有条件好一点、带卫生间的房间，如果价格合适我们可以加钱去住。想到今晚也许就有热水洗漱、可以睡在干净而没有酥油味的床铺上，我满心期待想要走快一点。可那片半干不湿的河滩对当时状态的我来说处处危险，在经过两次险些滑倒和一次严重的崴脚之后，我只能放慢速度，竭尽全力地走稳每一步。

　　跨上河岸就是塔尔钦了，我习惯性地转身回望找婵娟的身影。眼前还是模糊的，只能看见一片苍茫的大色块和粗线条，但是我知道，她就在那条我刚刚走过的路上奋力前行，她终于用超出年龄的忍耐和坚毅走完了转山之路。

　　我突然间感到有些不舍，不舍刚刚结束的这非凡的旅程，不舍得跟在这非凡旅程中遇到的那个不一样的自己告别。可生命本是修行，人人时刻都在朝圣的路上。至于心中之圣为何，又以何种方式去朝拜，选择亦在个人之心。因此转山虽已结束，朝圣还在继续，而不论在何时何境，"我"就是我，"我"又非我，每次起心动念之时、每次生灭轮回之间，"我"的本性从未改变。

二十一

　　下午五点多的塔尔钦，阳光比内地的午后更炽烈。路上不见人影，只有几条狗趴在路边睡觉。

　　走在平坦街道上，看着两旁店铺，我有种历经千万劫难终于回归人间的感觉。心里憋着的那股劲瞬时松了，整个人一下子软了。我再也走不动，又不敢坐下，怕坐下就起不来，就近找到一根电线杆靠在上面不停地深呼吸。

　　此时米玛就在不远一家宾馆面对街道的走廊里唤我，可他又是大声喊又是招手，我却浑然不觉，他只好走出来到我跟前叫我。

　　这家名叫冈底斯的旅馆的房间宽敞，床铺干净，有卫生间还有热水，我竟觉得舒适得有些奢侈。怕自己全身尘土会弄脏床铺，就坐在圈椅沙发上。米玛坐到我对面，我们相视而笑，一动不动地瘫坐着，直到看见婵娟出现在街道上，才起身喊她进来。

　　约好晚饭时间后，米玛先回自己的房间洗澡休息。我和婵娟对坐许久，实在耐不住脱了外衣上床。脱下鞋袜之后我发觉，自己左脚的小指和右脚的大拇指甲下全是黑紫色的瘀血，望之惊心。但那一刻，一起苦痛都是过眼烟云，躺着就是世上最幸福之事。

　　再起床，行走就变成一件很困难的事。脚上的水泡不能沾地，从胯部到小腿无一处不酸疼难耐，我们走起路来都像鸭子。吃晚饭时，只有几分钟的路米玛竟要开车去。为了庆祝转山成功，我们点了几个好菜，米玛和婵娟胃口大开，我却只想喝汤。

明日就要离开塔尔钦前往阿里最西部的县城札达，当晚需将行李全部打包。我们实在没力气，就坐在地上整理东西，最简单不过的动作都变得艰难而迟缓。

睡前我开始严重腹泻，连续跑了多次厕所，眼看着有脱水的危险。我终于明白自己从中午开始持续的腹痛是何原因了。我的确不该在艰辛的转山路上空腹喝冰冷饮料，肠胃受不住，自然要给我点颜色瞧瞧。幸好没在半道上腹泻发作，不然我肯定走不到终点。在这世界屋脊之巅，生任何病都不是小事情，何况后面几日还有不少行程，我按照最大剂量吃了止泻药，祈求神山保佑让我快些痊愈。

当晚，我这习惯性失眠的人竟也一夜安眠无梦。次日早餐后，我又吃了一次治疗腹泻的药就奇迹般地痊愈了，此后照样吃油腻咸辣的川菜也再没发作过。

我们的车子驶出塔尔钦，路过一处视野开阔、可从极佳的角度观赏神山之地时，米玛将车子停在路边，我请过路的藏族大哥为了我们三人拍摄了合影。

彼时晴朗少云，碧空之下冈仁波齐端整对称的轮廓完全显露，崖壁上的万字纹异常清晰，晶莹峰尖在群山环绕衬托之下闪耀着王者之光。再一次对它合掌朝拜，此时是真真切切地相信，它就是理想世界之心。那理想世界非实景却是实境，个中情形只有亲身前往朝拜方能真正领受。

二十二

暂别神山圣湖之后，我们前往札达县。

探访曾强盛一时又神秘消失的古格王朝遗址，在幸存的佛殿中欣赏虽已残破却仍不失富丽与精妙的造像和壁画；又穿行于地质变迁后又经百万年风雨侵蚀形成的总面积两千多平方公里的札达土林，并在高处俯观远处雪峰连绵、近处土林万顷，一点点被晨曦染上金红的壮美日出。无论是古国遗迹的断壁残垣，还是自然造化的宏阔景观，都令我深感世事难料、兴衰无常，人生真无任何事值得执着攀缘。

隔日回程，再一次经过神山圣湖，我们的车沿着草原的车辙来到玛旁雍错边。湖水一如既往的碧透澄澈，如此深邃如此圣洁的高原蓝，摄人心魄又使人心静。盘腿坐在湖畔遥望冈仁波齐，回想几日之前曾围绕它走过的路，真有隔世之感。

转山之前和转山之后，面对神山时心境迥然。这千百年来无数朝圣者们心中的世界中心，这众神居住的殊胜无量之地，并不会因为你曾经接近过它就减少一丝一毫的神秘感。因为你曾经在朝拜它的路上历经磨难、直面孤独、直面生死，直面最真实的自己。在最极端的状态下迸发出最原始的力量和灵性，超越原先曾困扰你、束缚你、阻挡你的一切障碍，抵达从未抵达之境。

归途之路，依旧是在天高地阔、苍茫荒野中穿行。我们运气比来时更好，经行之处天气极佳，期盼的美景和野生动物尽皆如愿得见，还不时有意外惊喜。或是纯蓝明净、云影梦幻的不知名湖泊，或是起伏曼妙、层次丰富的七彩山谷，更有丰茂草原上灿烂摇曳的野花之海……

"我们一定得到了神山的加持！"每一次至纯至美的邂逅和全然敞开的感知都会令我们如此感慨，虽然有时语气像是玩笑，但心中却深信不疑。

经过阿里之行，我终于明白，为何青藏高原上的人们对信仰那样虔诚，以致这虔诚融入血液，成为稳定强大的基因代代传承，即使是在信仰普遍动摇甚至缺失的当今时代，依旧不曾改变和消减。

在青藏高原这样的极端高原苦寒之地，自然环境极度恶劣，人类竭尽全力也仅能维持最基本的生存，而面对变幻莫测的自然现象和不可知的未来，唯有通过追求信仰，才能获得心灵的安宁。

哪怕是在今日，现代工业和科技的产品已进入并且日益普及，当地牧民的生活也并不容易。许多我们在城市之中习以为常的事物，例如自来水、热水淋浴、网络等等对于他们来说都属奢侈之物。女人夏天要去河里背水、冬天要去山上背冰，男人从早到晚赶着牛羊在广袤荒原上放牧。他们饮食单调粗糙、穿衣仅为御寒，却愿倾家荡产扶老携幼去转山、转湖，不远万里磕长头去朝圣。他们的虔诚，我过去不懂，还妄加揣测做出过种种猜想。

而当我与他们置身于同样的环境、走在同样的朝圣路上、吃同样的食物、看同样的景色、受同样的艰辛、诵同样的佛经……慢慢的，我也就成了他们。

其实我们原本也是他们，同他们一样明了人类与天地万物之间的关系，知晓自己的生命与土地、河流、草木、鱼虫、鸟兽联为一体，知晓天上看得见的日月星辰和看不见的神是要永远仰望和敬畏的。只是渐渐地，我们的眼睛蒙了尘、心迷了方向，我们丧失了信仰的能力，不愿再五体投地地放低自己，也就错失了通往真正的自由之途径。

返回上海后，我失落多日，不适应大都市的纷乱压抑，做梦都想回西藏。我怀念我们三个人、三个民族，出生成长背景迥异，却彼此守望、心心相应地行走在阿里的日子。怀念在雪地里撒欢、对着藏野驴和藏羚羊大声喊"I love you"的婵娟；怀念转山后果真扔了香烟和打火机、小心翼翼地将一只卡在车头的蝴蝶放归草丛的米玛；怀念目光如猎手般敏锐、总能第一时间发现野生动物的自己；更怀念随时可以盘腿坐下，放眼皆是仙境美景，走进任何一个帐篷都有笑容和清茶的广博宽厚无所不包的高原。我找来许多关于西藏的书籍、音乐和影片，一有闲暇就沉浸其中。

　　在日常生活里，此次西藏之行带来影响也逐渐凸显。自从转山完成，困扰我多年的顽固性失眠竟然从未发作。过去时常辗转反侧整夜难眠的我，如今合上眼皮便能不知不觉进入梦乡。同时我变得更加果断，无论是做决定还是付诸行动，因为我能更迅速更明晰地听见自己内心真实的声音，并且坚信自己的直觉。最重要的一点，是我感到许久不曾有过的轻松和自在，仿佛卸下了重担、脱去了枷锁。那些曾经紧抓不放的多余之物尽皆松手，那些曾经耿耿于怀的无关之事尽皆释怀。对于困惑和恐惧，我也不再视若大敌，总想找出办法立即解决。因为我已明了，它们源自我本心本性，该来时来，该去时自然会去。

　　一日，当初鼓励我们下定决心去转山的老师发来图片。图面上只有三种颜色，金黄的大地、净蓝的湖水和天空，还有纯白的冰雪和雪峰。这是酷寒冬季静默守望的玛旁雍错与冈仁波齐，空茫寂寥之中尤显超拔清净，又散发出无限的包容与慈悲。泪水刹那间涌上我的眼眶，那是一种无法言明的强烈情绪。

　　闭上双眼，我又行走在转山之路上，回到传说中的世界中心。坚定，专注，宁静，继而空明。睁开眼睛，窗外车声喧闹、此时的我和身边的一切时刻都在变化之中。而我心却已觉知，在永不止息的朝圣之路上，在无处不在的修行之境中，那个恒久不变之"我"既很远又很近，见与不见，它都在那里。

［记忆］

我和父亲之间

陈建功 中国作协全委会委员、中国作协第八届、第九届副主席、全国政协委员。著有长篇小说《皇城根》（合作），作品集《建功小说精选》《建功散文精选》，短篇小说集《迷乱的星空》，中短篇小说集《陈建功小说选》，中篇小说《鬈毛》《前科》，随笔集《从实招来》《北京滋味》等。根据中篇小说《找乐》改编的同名电影获 1993 年柏林电影节青年影评大奖、东京电影节金奖、西班牙圣塞巴蒂安电影节奖、法国南特电影节最佳故事片奖，特写《探访：大饭店 W·C》获庆祝建国 45 周年报告文学佳作奖等。

　　20多年前，1994年9月5日凌晨，先父因脑溢血突发病逝于张家界的一家宾馆。父亲那时已从北京调到广州工作，是为出席湖南籍已故经济学家卓炯的学术研讨会而去那里的。上午，接到噩耗，我先是飞往广州，又和父亲单位的领导以及几位亲属一起飞往长沙。多亏湖南省有关方面鼎力相助，派车送我们赶赴湘西，料理丧事。

　　"养在深闺人未识"的张家界，自从被吴冠中先生推崇，后又经摄影家陈复礼等人传扬，到了20世纪90年代，已是名满天下了，我对她当然也心仪久矣。然而谁能想到，自己竟以这样一种方式到了那里。

　　自此很长一段时间，不愿提张家界，不愿提武陵源，不愿提索溪峪。

　　那是我的伤心哀痛之地。

　　再往前数10年，1984年，我失去了母亲。10年后我又失去了父亲。令人不胜唏嘘的是，父母的离去都如此突然，连抢救时的焦虑都不容儿女们承担。母亲离去时我在南京，那是到《钟山》杂志讨论《找乐》的定稿事宜。离京前一天我还回到家里去看她，没想到第二天飞机还没在南京落地，《钟山》便已得到我母亲因心脏病突发而逝的消息。而父亲，竟是在异乡终老。这种方式恰如父母的一贯作风。他们一生不愿给任何人添麻烦，包括自己的子女。

　　父母的一生并没有多少传奇性。父亲唯一令我吃惊的事迹，至今我还将信将疑：1949年，我妈怀上我不久，他就离开家乡北海，远赴广州求学。据说那一次远行很有些惊心动魄——几天以后他只剩一条短裤，狼狈不堪地回到家里。他说船至雷州半岛附近遇到了台风，船被打翻，他抓住一块船板，凭借过人的水性而逃生。"你知道台风来时那海浪有多高？足有四五层楼高呀！"这故事是他教我游泳时说的。我当时就质疑他讲这故事，只是为了给我励志。那时我还不到8岁，可见就已经不是"省油的灯"。当然，那一年，我爸最终还是从北海来到了广州。不久，广州就成为叶剑英治下"明朗的天"，他顺风顺水被吸纳进新中国培养人才的洪流，进入了南方大学。而后，他又被送到北京，在人民大学读研，最后留在这里任教。我爸离开北海不久，北海也解放了，我妈也和全中国的热血青年一样，被时代潮流裹挟进来。先是在北海三小做副教导主任，随后也获得到桂林读书的机会。她毕业于广西师范学院中文系，毕业后分配到北京工作。

　　1957年，父母应该是在北京团圆了。夏天，父亲回家乡接祖母和儿女上北京，我才第一次见到父亲，那时我已经跟着祖母长到8岁。"留守儿童"忽然发现，时时被祖母挂在嘴边的"爸爸"回来了！其实此前我已无数次看过父亲的照片，并向同龄人炫耀。在那照片里，爸爸穿着黑呢子大衣，头戴皮帽，站在雪地上，一副英气逼人的模样。就是为了找这个人，我曾经求赶牛车的搭我，沿着泥泞的小路，吱溜吱溜地走了一下午。天傍晚时，扛不住好奇的赶车佬问我：细崽，你坐到哪里才下？我说，离北京还有多远？我到北京找我爸呀……那赶车佬吓了一跳。他说他也不知道北京有多远，但坐这样的牛车肯定是到不了啦，"细崽，天黑啦，野鬼要出来捉人啦，赶快回家啦！"……那时我才明白，坐牛车是找不到爸爸的。

而忽然有那么一天，一个人，一手拿着一只装满了花花绿绿糖球的玻璃小汽车，张开胳膊把姐姐和我搂到了怀里。这就是爸爸呀！络绎不绝的亲友提着活鸡活鸭和海味，来看望"从北京回来的阿宝"；过去曾牵着父母的手耀武扬威的玩伴儿们，扒在院子的栅栏墙外观看……从此我寸步不离地尾随在我爸的身后，直到一顿痛打把我扔到了可怜巴巴的地方。

离开少年北海半个世纪之后，当我以花甲之身回到故乡的时候，在我的姨表弟阿鸣家，看到了当年我爸爸用他带回的相机为他们拍摄的"全家福"——四姨和四姨夫站在中间，左右站着他们家的五个孩子。四姨和四姨夫已然过世，表姐妹和表弟同我一样，当年不过垂髫总角，今亦老矣。谈笑间大家说这是我和他们仅存的童年照——因为就在作为背景的公园凉亭里，我不知什么时候溜进了画面，远远地骑在栏杆上，肢体语言里散发着不平。这就是当年我时时刻刻要独霸父亲的"眼球"，不准任何人染指的铁证。然而也正是这独霸的心思，招来了平生挨的第一顿，也是唯一的那顿痛揍。

回想那次，我实在没有理由为自己开脱——起因是我爸那天中午和我的四姨父一起到我家附近的酒楼吃饭。这是何其简单而自然的事情！可一直"监视"着爸爸去向的我，为我爸不带我去而气恼。我居然跟踪他们到酒楼门口，"坐实"了父亲的"罪证"，随即回家向祖母告状，要祖母"御驾亲征"。祖母固然不会糊涂至此，却也顺着孙儿指天咒地，甚至言之凿凿地许诺，待这儿子回来定痛打无疑……谁知这都无法平息我的骄蛮。父亲和四姨父吃完了饭，回到家，看到了正在院子里撒泼打滚的我。

估计自从回到故乡，我爸已经忍了我几天了，一直想找个机会践行"棍棒"与"孝子"的古训。他先让四姨父离开，又把蹲在身边哄我劝我的祖母拽回屋里，反锁了屋门。听到祖母在屋里又哭又喊，我还不知道大祸临头。直到我爸提着一根竹棍冲到跟前，我才恍然大悟。我被按在当院，当着篱笆墙外围观的街坊邻居的面，连哭带号，饱饱地挨了一顿。

到今天还在思忖，是不是自此我就变成了一个敏感、内向的人？

此后我爸再也没打过我，甚至连粗声的训斥都没有。我相信父亲也一直在为那次暴打而后悔着，虽然其错在我。我感到他的一生都在弥补。比如他每一次到外地讲课回来，都会给我买一件玩具。那些玩具有训练动手能力的拼装模型，有带有小小马达的电器组合，如今想起来，相比我并不富裕的家境，那些玩具的价格，都令我大感吃惊。后来，父亲又给我买了《少年电工》《少年无线电》，而由此而衍生的各种电工器械、无线电元件的开销，更是巨大。我还清楚地记得父亲带我到地处新街口的半导体元件店，为我买下的那个半导体高频管的型号3AG14，其价为6元1角6分，而那时父亲的月薪，仅仅是89元。我至今还记得，那店员用电表帮我们测试三极管的时候四周的电子迷们那艳羡的目光。而我，从挨打以后，似乎已经"洗心革面"，成了一个"乖乖崽"，甚至可以说有一点唯命是从。我虽不再骄纵，却也从此和父亲生分。只要面对他，我永远会感到游弋于我们之间的一种隐隐的痛。至今想起自己在少年时代那永远不卑不亢的沉默，让我为自己羞愧，更为父亲心痛。难道我是个记仇的孩子吗？我为什么再也没有在他面前展露过作为儿子的天真与无忌——哪怕是得到一件玩具后的欣喜，跑过一趟腿儿回来复命的得意？

不过后来我又怀疑，也许，我们之间隔膜的起因，并不像这样富于戏剧性。作为一个父亲，待孩子长到8岁时才出现，无论你再想怎么亲，大都无济于事了吧。

直到他去世，我也没有找到机会，把我们之间的隔膜做个了断。

当然我是爱他的。我又何尝不知道他也爱我们！

回想起来，其实从我很小的时候，父亲就开始为我谋划为生之路了。我甚至看出来了，是学"理"还是学"文"，父母有着不同的梦想。我妈之所以要我做文学，用今天的话来说，因为她当年就是个文学的"脑残粉"。我少年时代偷看过她的日记，走异路寻他乡的理想，破牢笼换新天的激情，洋溢其间，后来便明白其源盖出于鲁迅和巴金。父亲并不和母亲争辩，但他不愿我"子承父业"，从事文科类的工作，是显而易见的。比如他对自己的"工业经济"专业，甚至不比做木工电工水暖工兴致更高。他对我妈隔三岔五就"点赞"我的作文也从来不予置评，只是每当他修理电闸、安装灯泡的时候，都把我叫过去扶凳子，递改锥。他还教我拆过家里的一个闹钟，又教我把它复原。我的未来，似乎做个修表工更令他欣喜。

年齿日增我才渐渐地理解了，父亲似乎对过往"意识形态领域"不断的"运动"更为敏感。而最终使我恍然大悟的是，他原来和我一样，很久以来就隐隐地感到，头顶上一直笼罩着一团人生的阴影。

"阴影"应该是在我全家移居北京两年以后罩上来的。那时候知识界有一场"向党交心"的运动，父亲真正由衷地向党交了心：解放前夕他大学毕业时，为了不致失业，曾经求助过一个同窗，据说那同窗的父亲是一个有来头的人物，亦即今人所言之"官二代"吧。随后我父亲发现，那"官"是一个国民党的"中统"。为此他狼狈逃窜，再也没有登门求助。

父亲这种完全彻底的"交心"之举，来自那个时代青年的赤诚，也薪传于"忠厚传家"的"祖训"，就像高血压脑溢血，属于我们家人祖传的病患一样。而父亲终生的遗憾，就是这"忠厚"竟使他成为一个"特嫌"。那时候他还不到30岁，全然没料到这样的后果。直到"文革"中两派组织打仗，争相比赛揪"叛徒"、抓"特务"，他被"揪"了出来，这才恍然大悟，原来早已入了"另册"！他这才明白，为什么争取了几十年，入党的梦想永难实现？为什么兢兢业业、勤勉有加，也永远不能得到重用？而我，当然也如梦方醒，明白了自己何以不能入团，不能参军，不能成为"红卫兵"而被称为"狗崽子"……被高音喇叭宣布"揪出来"的那天凌晨，父亲把我和姐姐、妹妹叫了起来，坦诚地把向"组织"交过的心又给儿女们"交"了一遍。他请我们相信他，他不是特务，绝不是。

我记得听他讲完了，姐姐和妹妹都在看我。

我当然相信他，但我只是点点头，"唔"了一声。我早已不会在他面前表达感情。

又十年，他终于得到了"解除特务嫌疑"的结论。

那时候我还在煤矿当工人，已经快干满10年了。我妈来信催我温书考大学，还告诉我，父亲被"解脱了"。我记得母亲的笔调仍然激情洋溢，她赞颂了高考的恢复、政策的落实，还赞颂了南下北上、调查取证的"组织"。

然而由矿区回到家里，听母亲说父亲还是决计南调广州。

我理解。

其实，在人民大学，比他冤的人就有的是。比起那些蒙冤者，这点委屈又算得了啥？但对于他，这就是一生。他若继续留在人大，那个笼罩了他近30年的心理阴影或将挥之难去。

父亲平反南调后，据说终于入了党，先是参与了中山大学管理系的筹办，最后做到广东管理干部学院的副院长。在别人看来，他晚景辉煌。我却觉得，"辉煌"之谓，言之过矣，但他在广东，疗治了中年时代留下的心灵创伤。作为儿子，聊可慰藉吧。

我们之间的隔膜，却只能是永远的遗憾了。

我所能做的，就是小心翼翼地待我的孩子。

当然，更期待，这世界，小心翼翼地待每一个人。

父　　亲

肖复兴　北京人，毕业于中央戏剧学院。已出版各种杂书 140 余部。曾获全国、北京及上海文学奖、冰心散文奖、老舍散文奖多种奖项。

一

我对父亲最初的印象，是母亲去世之后第二年的清明节。那时，我六岁。一清早，父亲便催促我和弟弟赶紧起床，跟着他走到前门大街，坐上5路公共汽车，一直坐到广安门终点站。广安门外，那时是一片田野。我不知道前面是没有公共汽车了，还是有，父亲为了省钱没再坐。沿着田间的小路，父亲领着我和弟弟往前走。不知走了多远的路，反正记得我和弟弟已经累得不行了。那时，弟弟才三岁，实在走不动了。父亲抱起了弟弟，继续往前走。我只好咬着牙，跟在父亲的屁股后面走。开春的田地在翻浆，泥土松软，脚底上粘了一鞋底子的泥。记忆中的童年，清明节从来没下过雨，天总是湛蓝湛蓝的。在这样开阔的蓝天和返青发绿的田野背景下，父亲抱着弟弟，像一帧剪影，留给我童年难忘的印象。

一直走到了田野包围的一片坟地里，父亲放下弟弟，走到了一座坟前，从衣袋里掏出两张纸，然后，扑通一下跪在坟前。突然矮下半截的父亲的这个举动，把我吓了一跳。

坟前立着一块不大的青石碑，那时我已经认识了几个字，一眼看见了碑的左下侧有一个"肖"字，一下子猜想到那上面刻的是父亲的名字，而碑的中间三个大字，我不认识，一直过了好几年，我才认识上面刻着我母亲的名字"宋辅泉"。又过了好几年，我才明白母亲名字的含义，我父亲的名字叫肖子泉，母亲的这个名字是父亲起的，是要母亲辅助父亲支撑这个家的。可是，母亲37岁就去世了。父亲比母亲大整整十岁，母亲去世的那一年，父亲47岁。

这个埋葬着我生身母亲的坟地，除了这块墓碑，再有就是旁边不远有一条小溪，之外，我没有别的印象了。之所以记住了这条小溪，是因为给母亲上完坟后，父亲要带着我和弟弟到这条小溪边来捉蝌蚪。小溪里，有很多摇着小尾巴的蝌蚪，黑亮黑亮的，映着春天的阳光，小精灵一样，晃人的眼睛。那时候，我和弟弟都盼望着赶紧上完坟，去小溪边捉蝌蚪。

那时候，我还不懂事。父亲每年清明都要到母亲的坟前来祭祀，还能理解；让我不可理解的是，父亲每一次来都要跪在母亲的坟前，掏出他事先写好的那两页纸，对着母亲的坟磨磨叨叨地念上老半天，就像老和尚念经一样，我听不清他都念的是什么，只见他一边念一边已经是泪水纵横了。念完了这两页纸后，父亲掏出火柴盒，点着一支火柴，把这两页纸点燃，很快，纸就变成了一股黑烟，在母亲的坟前缭绕，然后在母亲的坟前落下一团白灰，像父亲一样匍匐在碑前。

真的，那时候，我实在太不懂事，只盼望着父亲赶快把那两张纸念完，把纸烧完，就可以带我和弟弟去小溪边捉蝌蚪了。

　　让我更不理解的是，除了清明节来为母亲上坟，到了中秋节前，父亲还要来为母亲再上一次坟。而且，父亲照样是跪在坟前，掏出两页写满密密麻麻小字的纸，念完后烧掉。我当时常想，那两页纸写的都是什么内容呢？每一次写的内容是一样的吗？却像是惯性动作一样，每一次来给母亲上坟，父亲都要写这样长的信，念给母亲听，母亲听得到吗？父亲怎么有这么多的话要对母亲说呢？

　　这样做，打破了常人的习惯。因为一般人都是一年一次在清明节给亲人上坟，不会在中秋节再上第二次坟的。当然，长大以后，我明白了，这说明父亲对母亲的感情很深。但是，在当时，中秋前后，青蛙都已经绝迹，小溪边没有蝌蚪可以捉，又要走那么远的路，我和弟弟对母亲的思念，常常被对父亲的抱怨所替代。特别让我不能理解的是，为了省钱，给母亲上坟回来的时候，父亲常常是带着我们从广安门上车坐到牛街这一站就提前下车，然后，对我和弟弟说：你们是想继续坐车呢，还是走着回家？现在，咱们要是坐车坐到珠市口，一张车票是五分钱，要是不坐车，就用这五分的车票钱，到前面的菜市口，给你们买一包栗子吃。那时候，满街都在卖糖炒栗子，香味四散，勾我和弟弟的馋虫。我和弟弟抵挡不住栗子的诱惑，选择不坐车，用省下了这五分钱买栗子。

　　那时候，五分钱能买一包栗子，可是，常常是吃不到珠市口，栗子就吃完了。我和弟弟还想吃栗子。父亲说：从珠市口坐车，坐到前门，一张车票也是五分钱，你们要是不坐车，就可以用这五分钱再买一包栗子。我和弟弟当然又选择了栗子。就这样跟着父亲走回了家，天不知什么时候已经不知不觉黑了。父亲没有吃一口栗子。下一年中秋节前，父亲带我们去为母亲上坟，尽管知道要走那么远的路，一想到栗子，我和弟弟还是很愿意去。

　　现在想想，那时我和弟弟毕竟小，对母亲的印象是很模糊的，对母亲的感情，远没有父亲对母亲的感情那样的深。父亲之所以用这种方法带我们去为母亲上坟，是为让母亲的在天之灵看看我和弟弟。这其实是父亲对母亲的一份感情。只是，我不懂。我更不清楚，父亲和母亲是怎么相爱的，又是怎么结婚的，在那些个战火纷飞的日子里，又是怎么样一路颠簸从信阳到张家口最后来到北京的。清明的蝌蚪，中秋的栗子，小孩子的玩和馋，和大人的之间的感情拉开了距离。一直到父亲去世之后，我也并不了解父亲，更谈不上理解。似乎命中注定，我和父亲一直很隔膜，像是处于两个世界的人。童年母亲坟前对母亲那种迷迷糊糊又似是而非的感情，和父亲在坟前对母亲毫无掩饰而且是无法遏制的感情，只不过是我和父亲隔膜与距离的一种象征。

　　我只知道，母亲是河南信阳人，长得个子很高，看过我家唯一存下来的她的照片，长的肤色白皙，应该属于漂亮的女人。父亲是在那里工作时，和母亲结的婚。那时，父亲在南京国民政府的财政局受训之后，来到信阳工作。1947年，

　　我出生后，父亲先到张家口，又紧接着到北京工作。父亲在北京安定下来，母亲抱着刚刚满月的我，带着我的姐姐随后投奔父亲。因为正是战乱时，张家口站人特别拥挤，母亲带着我们没有挤上火车，只好坐下一班的火车，火车开到南苑时停了下来，停了很久也没有开。一打听，原来上一班火车被炸药炸了。而正在前门火车站接站的父亲，以为母亲和我们都在这列火车上，心急如焚。

　　很多年后，当姐姐对我讲起这件往事的时候，想象着当初的情景，我才多少理解了父亲对母亲的一份感情。战乱动荡的时局中，普通人之间的感情，便显得那样揪人心肺，而容易相濡以沫，弥足情深，所谓聚散两依依。

　　母亲突然的离世，对父亲的打击，显然很大。那时，北京刚解放三年，日子刚安定下来不久。只是，那时，我太小，难以理解一个人到中年父亲的心情罢了。母亲去世不久，父亲就回老家一趟，为我和弟弟娶回一个继母。继母比父亲大两岁，比母亲大十二岁。还有和身材高挑和清秀的母亲不同的是，继母缠足。

　　那时，我不懂得父亲为什么要娶回我的继母。我不懂得父亲所做的这一切，都是为了幼小的我和弟弟。

　　1994年，孙犁先生读完我的《母亲》一文，知道我小时候生母去世后父亲回老家又为我和弟弟娶回一个继母的这段经历，来信说"您的童年，无论如何，不能说是幸福的，使我伤感。"然后，又驰书一封特别说："关于继母，我只听说过'后娘不好当'这句老话，以及'有了后娘就有了后爹'这句不全面的话。您的生母逝世后，您父亲就'回了一趟老家'。这完全是为了您和弟弟。到了老家经过和亲友们商议，物色，才找到一个既生过儿女，年岁又大的女人，这都是为了你们。如果是一个年轻的，还能生育的女人，那情况就很可能相反了。所以，令尊当时的心情是痛苦的。"

　　孙犁先生的信，让我没有想到，因为在我写文章的时候，一直到文章发表之后，都没有曾经想到过一点点父亲当年那样做内心真实的感情，而只是一味地埋怨父亲。孙犁先生的信提醒了我，也是委婉地批评了我。真的，对于父亲，我一直都并未理解，一直都是埋怨，一直都是觉得自己的痛苦多于父亲。也许，只有经历过太多沧桑的孙犁先生，对于哪怕再简单的生活才会涌出深刻的感喟吧，而我毕竟涉世未深。我不懂得一个人到中年的父亲，选择一个比他大的女人，作为我和弟弟的新母亲，是为了我和弟弟。我不懂得孙犁先生所说的父亲"当时的心情是痛苦的"。

　　当时间和我一起变老的时候，回想童年时父亲带我和弟弟为母亲上坟的那一幕，便越发凸显。父亲跪在母亲的坟前为母亲读信的那一幕，才越发让我心动。可惜，我从来不知道父亲在那两页纸上密密麻麻写的都是什么，但我可以想象得出来。想象得出来，又有什么用呢？人老了之后，才渐渐明白了一点人生，才和父亲有了一点点的接近，付出的却是几乎一辈子的代价。我才明白，在这个世界上，亲人之间，离得最近，却也有可能离得最远。

二

在我的印象中，父亲胆子很小，一直到他去世，都活得谨小慎微，有毒的不吃，犯法的不干，树上掉片树叶都要躲着，生怕砸着自己的脑袋。长大以后，当我知道父亲的这件事情之后，对父亲的印象有所改变。

父亲很年轻的时候，就独自一人离开家乡河北沧县，跑到天津去学织地毯。我的爷爷当过乡间的私塾先生，略有文化，他有两个孩子，一个是父亲，一个是父亲的哥哥。和一辈子守在乡下种田的哥哥不同，父亲在乡间读完初小，就想离开家乡。别人怎么劝都不行，他还是来到了天津。天津离沧县 120 里地，是离沧县最近的大城市。沧县很多人都曾经到天津跑码头，这个传统一直延续至今，在现在天津的街头还能碰到不少打工者，操着沧县的口音。想想，父亲只身一人跑到天津学织地毯的情景，很像如今那些北漂。尽管时代相隔了近百年，年轻人的躁动的梦想和盲目的行为方式，基本相似。那时候的父亲，胆子并不小，性格里有很不安分的成分。

我一直在想，父亲为什么曾经会有这样不安分的性格？后来，为什么又将这种性格磨平乃至变得如此谨小慎微呢？

受我爷爷当私塾先生的影响，父亲读书的时候，爱看一些杂书，特别是章回体的旧小说。我读小学的时候，在晚上我和弟弟睡觉前，他常常讲《三国演义》《施公案》《水浒传》《聊斋志异》里的一些故事给我们听，也不管我们听懂听不懂，爱听不爱听。他也喜欢沧县地区有名的文人纪晓岚的《阅微草堂笔记》，他常讲一些他小时候听到的关于纪晓岚的民间传说。一直到现在我还记忆犹新，听他有声有色地说起纪晓岚小时候，有一位从南方来的大官，看见纪晓岚在田里放牛，大夏天的，还穿着一件破棉袄，摇着一个破芭蕉扇，觉得很可笑，就随口说了句：穿冬衣，拿夏扇，胡闹春秋。纪晓岚回了一句：到北地，说南语，不识东西。讲完这个故事，父亲呵呵地笑，他故意将"识"说成"是"，然后又对我们讲这里一语双关的意思，讲这个对子里的对仗，对得非常简单，又非常有趣。我和弟弟也觉得特别的好玩。父亲去世之后，整理他极其简单的几件遗物，其中有一本旧书，就是《阅微草堂笔记》。

父亲从来没有对我讲过这类文学的书对于他的影响，他只是说自己从小喜欢读书，以此来教育我和弟弟要好好读书。所以，只要是我买书，他从来都不反对。读小学一年级的时候，他为我买的第一本杂志，是上海出的《小朋友》，那是一种很薄的画册。以后，我识字多了，他为我买《儿童时代》。再以后，他为我买《少年文艺》。这样三种杂志，成为我童年读书的三个台阶，应该说是父亲领着我一步步走上来的。

那时候，我家住的大院斜对门有一家邮局，那里卖这些杂志。跟着父亲到邮局里买这些杂志，成为我童年和少年时代最快乐的事情。我想，以后我能写一些东西，最初应该是父亲在我的心里埋下的种子。父子两代人，总有一些相似的东西，影子一样叠印在彼此的身上，是遗传的基因，也是潜移默化的结果，是上一辈人未曾实现的梦想不由自主的延续。

偶尔一次，父亲对我说，在部队行军的途中，要求轻装，必须得丢掉一些东西，他还带着这些旧书，舍不得扔掉。说这番的时候，其实，父亲只是为了教育我要珍惜读书，没小心说秃噜了嘴，无形中透露出他的秘密。当时，我在想，部队行军，这么说，他当过军人，什么军人？共产党的？还是国民党的？那时候，我也就刚读小学四五年级，一下子心里警惕了起来。如果是共产党的军人，那就是八路军，或者是解放军了，应该是那时的骄傲，他应该早就扯旗放炮地告诉我们了，绝对不会耗到现在才说。所以，我猜想，父亲一定是国民党的军人了。

事实证明了我的猜想没有错。

我家那时有一个黄色的小牛皮箱，我知道，里面放着粮票、油票、布票等各种票据，还有就是父亲每月发来的工资，都是我家的"金银细软"。有一天，我打开这个小牛皮箱，翻到了箱子底，发现了一本厚厚的相册，和一张委任状的硬皮纸。委任状上，写着北京市政府任命父亲为北京市财务局科员，下面有市政府大印，还有当时北京市市长聂荣臻手写体签名的蓝色印章。这是北京和平解放之后，对于像我父亲这样的国民党政府留下的人员接收时的证明。应该说，没有任何问题，问题出现在那本相册上。那是一本印刷品，当我打开相册，看见里面每一页都印着一排排穿着国民党军服的军官的蓝色照片。这样的国民党军服，只有在电影里才见过，是那些杀人不眨眼的刽子手才穿的军服。我一下子愣在了那里，小小的心，被万箭射穿。我几乎忽略掉了这本相册下面还压着四块袁大头银元。

读中学之后，我才渐渐弄清楚了。父亲在天津学织地毯，并没有多长的时间，他是觉得这样一天天织下去，没有什么前途，就投奔了在冯玉祥部队当军需官的一位亲戚（这位亲戚后来官居国民党少将，居于并逝世于上海）。父亲不安分的心，再一次蠢蠢欲动。因为他多少有一些文化，在部队里很快得到了提拔，最后当了一个少校军衔的军需官。抗战结束后的1945年，他从部队转业，集体到南京国民政府受训，然后转业到地方的财务局，从信阳到张家口到北京。

国民党，还是一个少校军官。这样的一个曾经拥有过的身份，对于我简直像一枚炸弹，炸得我五雷轰顶。

而这样的一个身份，如一块沉重的石头，一直压在父亲的档案里和父亲的心里。

我读初一的时候，已经是 1960 年。新中国伊始的许多政治运动，如三反五反反右等，都已经轰轰烈烈地过去了。父亲都相安无事，实在是不容易的事。后来，我才发现父亲写的那些交代材料一摞一摞的，不知有多少。父亲对我也不隐瞒，就放在那里，任我随意看。那里有他的历史，有他的人生。有一段时间，我非常好奇，曾经翻看父亲的这些交代材料，有很多都是重复的车轱辘话，在不厌其烦地反复地讲，又要发自肺腑地深刻地讲。食不厌精，脍不厌细一般，不怕交代的琐碎，不怕检查的絮叨。父亲的字写得很小，又挤在一起，像火车站拥挤上车的人群，生怕挤不上车，眼睁睁地看着火车开跑，自己被无情地甩下。那些密密麻麻的钢笔字，有很多已经颜色变浅，甚至模糊，不知道为什么让我想起父亲带我和弟弟给母亲上坟时，他写的那两张纸的信上密密麻麻的字迹。同样也是不厌其烦的反复讲的车轱辘话，同样也是发自肺腑深刻讲的话，却是那样的不同。

读初三的时候，我十五岁，退了少先队之后，要申请加入共青团，首先一条，就是要和家庭划清界限。于是，步父亲后尘，如同父亲写交代材料一样，我不知写了多少对家庭出身对父亲历史认识的报告，交给团支部，接受组织的一遍遍的审阅，一次次的考验。我才知道，写这些材料，不是一件简单的事情。尽管那时我的作文写得不错，但是，这样的材料，远比作文难写，总觉得写得枯燥，心很累。但是，我并没有理解父亲写这些交代材料时候真正的心情。那时，我只顾自己的心情，觉得好多的委屈，埋怨自己为什么会摊上了这样一个父亲，却难以理解父亲的心情其实是更为复杂，更为疲惫不堪的。

想想，有时候，为了表现出来和家庭划清界限，还要做出一些决绝的举动，对父亲的伤害，就更不知晓了。

记得有一次，我们大院里住的一个在解放以前曾经当过舞女的女人，突然和我们大院的油盐店的少掌柜的生下一个私生女，从不多言多语的父亲，在家里和我妈妈悄悄地议论这事，说了句：王婶也不容易，一个女人带着两个孩子，日子怎么过呀！没有想到，他的话，被我听到了，我当时就反驳他：你站在什么立场上说话？还王婶王婶地叫着？父亲立刻什么话也不说了，像霜打的茄子，蔫蔫地待在一旁。那时候，我不懂得上一辈人的历史，也不懂得生活的艰难，只知道阶级的立场，只知道要时时刻刻睁大眼睛，警惕着和父亲划清界限。

父亲的棱角就是这样渐渐被磨平。年轻时候的不安分，本来就是摇曳在风中的一株弱小的稗草，更禁不住一阵又一阵的风雨的洗礼了。而在这一番番的风雨中，父亲所要经受的，不仅来自时代和社会，也来自家庭，而在家庭中，主要是为了追求自己前途的我。

年轻的时候，谁没有过不安分的心思和性格呢？不安分，其实就是不安现状，渴求一种新的生活。年轻的时候，谁不像一株迷途而不知返的蒲公英一样盲目而莽撞呢？我长大了以后，要去北大荒插队之前，曾经和父亲当年一样，没有和他商量，就那样毅然决然地离开了家，父亲当时什么话也没有说，他知道说什么也没有用，眼瞅着我从小牛皮箱里拿走户口簿，跑到派出所注销。我离开家到东北的那天，父亲只是走出了家门，便止住脚步，连大院都没有走出来。他也没有对我说任何送别嘱咐的话，只是默默地看着我离开了家。

现在想想，我就像父亲年轻时离开沧县老家跑到沧县学织地毯一样，远方，总是比家更充满诱惑，以为人生的理想和前途在未知的前方。尽管成长的历史背景完全不同，父子各自的性格以及一生的轨迹，总会有相同部分，命定一般在重合，就像父子的长相，总会有相像的那某一点或几点。

以后，看北岛的《城门开》，书中最后一篇文章是《父亲》，文前有北岛题诗："你召唤我成为儿子，我追随你成为父亲。"文中写道："直到我成为父亲……回望父亲的人生道路，我辨认出自己的足迹，亦步亦趋，交错重合，——这一发现让我震惊。"读完这篇文章，我想起了我的父亲，眼泪禁不住打湿了眼睛。

三

父亲不善交往，也不愿意交往。每天是骑着自行车，上班去，下班回，两点一线，连家门都不怎么出。只有退休之后，每天清晨天不亮就出家门，到天安门广场南面的花园练太极拳，才在大院里多了出出进进的次数。那时候，还没有建毛泽东纪念堂，在那个位置一直往南到前门楼子，是一片花园。从我家出来，走十来分钟就到。他到那里练拳，独自一人，面对花草树木和天安门与前门楼子，可以什么话也不用说。不知那时他的心里都想些什么，他从来没有对我讲过，我从来没有问过。他像一个独行侠，其实，他的身上没有一点儿侠的气质，倒像一个瘦弱的教书先生，尽管他练的拳脚很正规，而且，特意买了一双练功鞋，并在鞋帮上缝上两个带子，系在脚脖子上，以免使劲踢腿时把鞋踢飞。现在想想，自从退休后，那里是父亲唯一外出的地方，远避尘世，有花草树木相拥，那里是他的乐园，一直到他去世。

在我的印象中，父亲这一辈子似乎只有一个朋友，便是崔大叔。

崔大叔和父亲是一起在南京受训时候认识的，然后，两人一起到信阳、张家口和北京工作，一直都在一个税务局工作。崔大叔和他的妻子都是河南信阳人，我的生母，就是崔大叔两口子做的媒，和父亲相识结的婚。崔大叔先到北京找到的工作，然后邀请父亲前往北京。母亲带着我和姐姐从张家口来北京投奔父亲，起初没有住处，是先住在崔大叔家的。住了好长一段时间，父亲才在前门外的西打磨厂的粤东会馆找到了房子后搬的家。有意思的是，父亲带着我们全家从崔大叔家搬出，崔大叔到我家庆祝父亲乔迁新居的那天晚上，两个人都喝多了，一个小偷溜进我家外屋，偷走父亲新买的一袋白面，扛在肩上，大摇大摆地走出我们大院，一路上还和街坊们打着招呼，以至于街坊们都以为小偷是我家的什么亲戚，成为对父亲和崔大叔的笑谈。

只有和崔大叔在一起，父亲才会喝那么多的酒。一种新生活开始的兴奋，让他们两人都有些忘乎所以。

崔大叔是父亲唯一一个可以无话不谈的朋友。在我渐渐长大以后，父亲的话变得越来越少，几乎成了一个扎嘴的葫芦。因为，在那个阶级斗争的弦紧绷的时代里，他知道像他这样历史有"疖儿"的人，要谨防祸从口出。而且，因为和我越来越隔膜，父亲更是很少对旁人说起对我评点。但是，我知道，他一定对我有他的看法，甚至意见。只有一次，春节在崔大叔家，父亲和崔大叔喝酒时，说到了我，我听见一句：复兴呀，我看他将来当老师！这让我有些奇怪，因为那时我还很小，刚上小学几年级，父亲怎么就一眼看穿断定我以后一定得当一名老师呢？

每年过年的时候，父亲都要带着我和弟弟去崔大叔家去拜年。除此之外，父亲没有带我们到任何一家去拜年，足见崔大叔对于父亲的特别重要。记得最清楚的是，每次去崔大叔的路上，父亲都要教我见到崔大叔和崔大婶以及他家老奶奶的时候问候拜年的话。那时候，我的脸皮薄，特别害怕叫人，在路上一遍遍地重复着父亲教给我说的话，让这一路显得特别的长。

其实，从我家到崔大叔家很近，过前门，从东南角到西北角，一个对角线，穿过天安门广场，走几步就到了。崔大叔家就住在那里一个叫作花园大院的胡同里。这个名字很好听，让我一下就记住，怎么也忘不了。崔大叔家的大院门前有一棵大槐树，总能够把老枝枯干慈祥地伸向我们。那院子是北京城并不多见的西式院落，高高的台阶上，环绕着一个半圆形的西式洋房，特别带着有宽宽廊檐的走廊和雕花的石栏杆，以及走廊外面伸出几长溜的排雨筒，都是在别处少见的，更是大杂院里见不到的景观。崔大叔就住在正面最大的房子里，里面是一个非常宽阔的大厅，一边一间小房间，全部铺着的是木地板。那个大客厅，更是属于西式的，中国人一般住房拥挤，哪儿还会弄出一个这么宽敞的客厅来。以后，崔大叔的孩子多了，客厅的两边便搭上了两张床，让孩子们睡在那里了。那时，他家的老奶奶，也就是崔大叔的母亲还健在，就住在刚进房门的那一间小屋里。老奶奶总要对我说："你爸你娘带着你，就住在我这屋子里，那时还没有你弟弟呢。"

去一次，说一遍。

　　崔大叔人长得特别英俊，仪表堂堂，很高的个子，戴一副近视眼镜，知识分子的劲头很足，说话很开朗，特别爱笑，呵呵大笑的时候，仰着头，很潇洒的样子，在"文化大革命"期间，让我觉得很有几分像当时正走红的乔冠华。特别是冬天，崔大叔爱穿一件呢子大衣，从远处那么一看，有些威风凛凛的样子，就更像乔冠华了。

　　很长一段时间里，我对崔大叔并不了解，父亲也从不对我说崔大叔的经历，只是每年要带我和弟弟去给崔大叔拜年。

　　小时候，我不懂事，只是觉得那一年去崔大叔家，他家好像有了一些变化，到底有什么变化，我又说不清。后来，我仔细想了，是崔大叔没在家，每次去，他都会在家的，他都要烫上一壶酒，陪父亲喝上几杯的。为什么父亲带着我们特意去他家，他偏偏不在家呢？而且，又是春节，难道他不放假吗？

　　后来，发现父亲不仅仅是春节时带我们去，而是隔一段时间就去一次。奇怪的是，每次去，崔大叔都不在家，这在以前是绝对不可能出现的事情。这让我的疑惑越来越重，也越来越让我好奇。我问过父亲，父亲并不回答我，只是截长补短去崔大叔家，每次去，都和崔大婶在一旁低声说着什么，老奶奶在一旁叹气，不时地咳嗽。

　　在我的记忆里，大概就是前后这时候，老奶奶去世了。每次再去崔大叔家，因缺少了崔大叔爽朗的笑声，也因缺少了老奶奶温和的话语声和一阵阵的咳嗽声，让我觉得这个家不仅缺少了生气，还笼罩着一些悲凉的气氛。那是我十岁左右的事情了，一切雾一样迷离得那样似是而非，那样的遥远而弥漫着轻轻的叹息。

　　一直到我读了高中以后，我才对崔大叔有了一些认识和理解，那种突然之间撞在心头的残酷现实，让我认识了崔大叔，也让我认识了父亲。在同一个西城区税务局里，崔大叔混得比父亲要好许多，他曾经当过部门的一个小官，而且是一名经济师。但是，出头的椽子先烂，混得好的容易遭人忌恨。1957年，反右时，父亲侥幸逃离，崔大叔却当了右派，被发送到南口下放劳动，一般不允许回家。他和我父亲都是从旧社会里过来的人，在国民党的税务局干过事，加上他爱说，就这样莫名其妙地成了右派。

　　我私下里曾经莫名其妙地涌出过这样奇怪的想法：是不是因为崔大叔人长得气派，也是成为右派的一个理由呢？在我小时候的印象里，在电影和小人书里那些从国民党那里出来的人，都是猥猥琐琐的，或者像项堃演的国民党一样阴险，起码不应该长得是这样的堂皇。

　　我记得那时父亲在拼命地写检查材料。在税务局里，一定是谁都知道他和崔大叔非同一般的关系吧？父亲的谨小慎微，态度又极其恭顺，也就是他的性格帮助了他，好歹没有跟着崔大叔一起倒霉。父亲所能够做的，就是在崔大叔劳动改造的日子里，多去几次崔大叔家，看望崔大婶一家。在我长大以后，回想这一切的时候，就像看一幅老照片，拂去少不更事和时光落满的尘埃之后，才渐渐的清晰起来。崔大叔应该是父亲唯一的朋友。在父亲坎坷的一生中，他唯一能够相信，并且能够给他雪中送炭一些帮助的，只有崔大叔一个人。而在崔大叔蒙难的时候，他唯一能够做到的就是多去几次崔大叔家里看望。尽管父亲所做的这些如同一粒小小的石子投入河中，溅不起多大的水花，是那样的微不足道，却是父亲平淡乃至平庸的一生中最富有光彩的举动了。起码，父亲没有投井下石，将这一枚小小的石子砸向崔大叔。起码，在我看来是这样的。

崔大叔大概是由于劳动改造得好吧，没有过几年——也许是过了好多年之后，在小孩子的记忆里，时间的概念和大人是不同的，更何况是崔大叔劳动改造那艰难又不准回家的日子，一定就更显得漫长吧——便被摘下了右派的帽子，又重回到税务局工作。再去他家的时候，又能够看见谈笑风生的崔大叔了，我们两家的聚会便又显得那样的愉快了，父亲和崔大叔多喝了两杯酒，都面涌酡颜了。也是，作为一般人家，图的还不就是一家子平平安安和团团圆圆？但是，他们两人再没有一次像那年父亲搬家后在我家喝多过。我想，他们或许年龄已经大了，再不是以前的时候了。

我从没有见过他们在一起交谈过去，不管是他们的伤怀往事，还是他们曾经的飞黄腾达，仿佛过去的一切都并不存在。也许，他们是有意在避讳我们孩子，过去的一切毕竟沉重，他们不愿意让那黑蝙蝠的影子再压在我们孩子的身上。也许，他们都相知相解，一切便尽情融化在那一杯杯酒之中了，所谓功名万里外，心事一杯中吧？

"文化大革命"中，我去北大荒，弟弟去了青海油田，崔大叔都是派了他们的大女儿小玉来送的我们，一直把我们送上了火车，我们在车窗里掉下了眼泪，小玉在车窗外也跟着哭。小玉和我一般大，但比我工作得早，她初中毕业就到地安门商场当了一名售货员，那时候，崔大叔正在南口劳动改造。她早早地替家里分忧，担起了生活的担子。我和弟弟离开北京之前的那些日子里，小玉下了班后，一趟趟往我家里跑的情景，总让我忘不了。贫贱而屈辱的日子里，两代人的心便越发地紧密，让心酸中有了一点难得的慰藉。

我们离开北京没多久，她的两个妹妹分别去了内蒙兵团和山西插队，最小的弟弟最后参军去了外地。和我家一样，她们家也只剩下了崔大叔老两口。我们再见到他们，只有在回家探亲的时候了。走进花园大院，一种从来没有过的凄凉感，不禁油然而生。坐在客厅里，从来没有显出来是那样的空空荡荡，说话的回音在木地板上跳荡着，让我忍不住把话音放低。

那年的冬天，我从北大荒回来探亲，崔大婶看见我穿的棉裤笨重得很，棉花赶毡都臃在一起。她为我特意做了一条丝绵的棉裤，说我在北大荒那里天寒地冻的，别冻坏了，闹成了寒腿，可是一辈子的事。那棉裤做得特别的好，由于里面絮的是丝绵，又暄腾又轻巧，针脚分外的细密。我接过来，感动得很，一再感谢她，并夸她的手艺好。她叹口气说：你的亲娘要是还活着，她比我做活儿好，还要细呢！她说这番话的时候，让我从她的眼睛里能够看到对往昔的一种回忆。

父亲去世的那一年，我还在北大荒插队，弟弟在青海油田，接到母亲打来的电报，我和弟弟星夜兼程往家里赶。我妈见到我时对我说，崔大叔和崔大婶听说父亲去世后，先来家里看望过了。他们担心老母亲一个人怎么应付这突然到来的一切。我到现在还清晰地记得崔大叔当时对我妈说过的话：老嫂子，有什么困难，需要我们做的事情，一定要说啊！每逢想起崔大叔这话的时候，眼泪总会忍不住润了眼角。

弟弟回来后，我们一起去崔大叔家，见到他们两口子，我和弟弟忍不住要落泪，忽然才觉得父亲去世了，他们是我们唯一的亲人了。

以后，我结婚，生了孩子，都曾经特意到崔大叔家去，为的是让他们看看。他们是我的父母一辈子唯一的朋友，现在，我们去看他们，也就等于让父母也看见了我们长大了，已经成家立业了吧。他们看见后都很高兴，崔大叔连连地对我们说：好！多好啊，多快呀，你们都大了！崔大婶则一边抹着眼泪一边说：要是你亲娘活着，该多好啊！

似乎是一眨眼的工夫，我们都长大成人了，而他们却都老了。从税务局退休后，崔大叔一直都没有闲着，因为有技艺在身，懂得税务，又懂得财务，许多地方都争着聘他去继续发挥余热。后来，他参加了民主党派，还曾经当过一段时间的区政协的委员或人大的代表。晚年的崔大叔，应该是充实的，也算是苦尽甜来吧，是命运对他的一种补偿吧。有时候，他会想起我的父亲，对我说：你父亲是个好人，他要还活着，该多好啊！我站在他的身边，不知该说些什么。我知道，他是看着我长大的，由于母亲去世得早，父亲也去世了，算一算时间，我和他接触的时间比父母都要长许多。在他经历的动荡而磨折的一生中，他比我们这一代饱尝了更多的艰辛，但比我们乐观而达观地看待一切，并始终把他的关爱给予我和弟弟，默默替代着父亲的那一份责任，默默诉说着父亲的那一份心情。虽然，大多的时候，他并不说什么，但我能够感受得到，就像是风，看不到，摸不着，却总能够感受得到风无时无地不在吹拂着我的脸庞。我常常会记得，让我感动，而难以释怀。

我应该感谢父亲，是他让我拥有了这样一位长辈，在父亲不在的时候，替代了父亲的位置。我想，这应该是父亲做人的一种回报吧。

四

我小时候亲眼看到，父亲有三件宝贝。这三件宝贝都挂在我家的墙上。

一件是一块瑞士英格牌的老怀表。父亲从来没有揣在怀里过，却一直挂在墙上当挂钟用。那时候，家里没有钟表，就用它来看时间。我和弟弟小时候，常常会爬在椅子上，踮着脚尖，把老怀表摘下来，放在耳朵边，听它嘀嘀嗒嗒的响声，觉得特别好玩。

一件是一幅陆润庠的字，字写的什么内容，一点儿印象都没有了，只是听父亲讲过，陆润庠是清大学士，当过吏部尚书，是皇上溥仪的老师。另一件是郎世宁画的狗，这个人是意大利人，跑到中国来，专门待在宫廷里画画。他画的狗是工笔画，装裱成立轴，有些旧损，画面已经起皱了，颜色也已经发暗，但狗身上的绒毛根根毕现，像真的一样，背景有树，枝叶茂密，画得很精细。

我不知道这两幅字画，父亲是怎样得来的，是什么时候得来的，从字画陈旧且保存不好的样子看，再从父亲喜爱又熟悉的样子看，应该年头不短了。

我猜想，父亲并不是为附庸风雅，或真的喜欢字画。他只是喜欢两幅字画的名气。值钱，使得这两幅字画的名气，在父亲的眼睛里，更形象化。父亲就是一个俗人。在一面墙皮暗淡甚至有些脱落的墙上，挂这样的字画，多少显得有些不伦不类。不过，这种不伦不类，让父亲心里暗暗自得。在税务局里所有 20 级每月拿 70 元工资而且始终也没有增长的同一类职员里，父亲是得意的，起码，他拥有陆润庠、郎世宁，还有另一位，就是他的老乡：纪晓岚。

墙上的这两件宝贝，常常是父亲向我和弟弟炫耀他学问的教材。同时，也是父亲借此教育我弟弟的机会。父亲教育我们的理论就是人生在世要有本事，所谓艺不压身。不管什么本事都行，就是得有本事，像陆润庠不当官了，写一手好字，照样可以活得挺好；像郎世宁画一手好画，在意大利行，跑到中国来也行。父亲常会由此拔出萝卜带出泥，由陆润庠和郎世宁说出好多名人，比如，他会说，同样靠一张嘴，练出本事，陆春龄吹笛子，侯宝林说相声，都成为雄霸一方的能人。本事有大有小，小本事有小本事的场地，大本事有大本事的场地，就怕什么本事都没有，只有人家吃肉你喝汤了。

在我小的时候，父亲不像我长大以后不怎么爱说话，而是话很多，用我妈的话说是一套一套的，也不怕人家烦。

父亲教育理论中，这种成名成家的思想很严重。我大一点儿的时候，曾经当面反驳过他，他并不以为然，相反问我：不是成名成家，而是说本事大，对国家的贡献就大。你说说，到底是一个科学家对国家贡献大，还是一个农民对国家贡献大？我回答不上来，觉得他讲的这些也有些道理。一个科学家造原子弹成功，当然对国家的贡献，比只种出几百斤几千斤粮食的一个农民要大。但是，在我长大以后，还是把小时候听到父亲的这些言论，当成了反面材料，写进我入团的思想汇报里，在那些思想回报里，我对父亲进行了批判。

现在回想起来，父亲的这些言论，一方面潜移默化地激励了我的学习，一方面又成为我入团进步的垫脚石。父亲的这些话，一方面成为开放在我学习上的花朵，一方面又成为笼罩在我思想上的乌云。在那个年代里，我的内心其实是有些分裂的。在这样的分裂中，对父亲的亲情被蚕食；对父亲的教育理论，作为批判的靶子，常常冷冰冰地矗立在面前，可以随时为我所用。

父亲教育我和弟弟的另一个理论，也曾经潜移默化地影响着我，那就是他常说的本事是刻苦练出来的。那时，他常说的口头语，一个是要想人前显贵，就得背后受罪；一个是吃得苦中苦，才能享得福中福；一个是小时候吃窝头尖，长大以后做大官。

如果我的考试得了九十九分，父亲就会问我：你们班上有考一百分的吗？我说有，父亲就会说，那你就得问问自己，为什么人家考了一百分，你怎么就没有考一百分？一定是哪些地方复习得不够，功夫没下到家！你就得再刻苦！

父亲教育我和弟弟的方法，就是不厌其烦。父亲的脾气很好，是个慢性子，砸姜磨蒜，一个道理，一句话，反复讲。有时候，我和弟弟都躺下睡觉了，他站在床边，还在一遍又一遍地讲，一直讲到我和弟弟都睡着了，他还在讲，发现了之后，才不得不停下了嘴巴，替我们关上灯，走出了屋子。

弟弟不怎么爱学习，就爱踢足球，父亲不像说我一样说他，觉得说也没有用，便由着弟弟的性子，踢他的球。弟弟磨父亲给他买一双回力牌的球鞋，那是那个年代里最好的球鞋，一双鞋的价钱，比一双普通的力士鞋贵好多。父亲咬咬牙，还是给他买了一双。这对父亲来说，是不容易的，在我和弟弟的眼里，他从来以抠门儿而著称的，很难让他从衣袋里掏出钱来。我读中学的时候，他每月只给我三块钱，买公共汽车月票，就要两元，我便只剩下可怜巴巴的一元钱。过春节的时候，弟弟要买鞭炮，他会说：你买鞭炮，自己拿着香去点鞭炮，还害怕，你放炮，别人在一旁听响，所以，傻小子才买鞭炮放。他有他的花钱的逻辑和说辞，我和弟弟常在背后说他是要饭的打官司，没的吃，总有的说。

从王府井北口八面槽的力生体育用品商店买回一双白色高帮回力牌的球鞋，弟弟像得了宝，穿在脚上，到处显摆。父亲对他说，给你买了这双鞋，是要你好好练习踢足球，不管学什么，既然学，就一定把它学好！对于我和弟弟，在我们渐渐大了以后，父亲采取的教育策略也相应进行了调整和改变，他不再说那些大道理和口头语。说得好听一些，他是因材施教；说得通俗一些，就是什么虫就让他爬什么树。他认定了弟弟不是学习的料，既然喜欢踢球，就让他好好踢球吧，兴许也能踢出一片新天地。

初一的时候，弟弟没有辜负父亲给他买的那双回力牌球鞋，终于参加了先农坛业体校的少年足球队。弟弟从业体校回来，很兴奋地对父亲说，教练说了，我们练得好的，初中毕业就可以直接升入北京青年二队。父亲听了很高兴，鼓励他，把足球踢好，也是本事，你看人家张宏根、史万春、年维泗，就得好好练出人家一样的本事！

我家墙上的陆润庠和郎世宁，就这样成了父亲教育我和弟弟的药引子，可以引出无数的说法，编着花儿的说明他的教育理论。

在父亲的心里，有一个小九九，是一碗水没有端平，而是偏向我的。他觉得弟弟学习不成，而我的学习不错，希望把我培养上大学，是他最大的希望。

20世纪60年代，我读初中。父亲突然病了。那正是全国闹天灾人祸的时候，连年的灾荒，粮食一下子紧张，我家又有弟弟和我两个正长身体的男孩子，粮食就更不够吃，每个人每月定量，在我家，每顿饭要定量，要不到月底就揭不开锅。因此，每顿都吃不饱肚子。父亲和母亲都尽量省着吃，让我和弟弟吃，仍然解决不了问题。

有一天，父亲不知从哪里买来了好多豆腐渣，开始用豆腐渣包团子吃。团子，是用棒子面包着馅的一种吃食，类似包子。开始的时候，掺一些菜在豆腐渣里，还好咽进肚子里。后来，包的只是豆腐渣，那东西又粗又发酸，吃一顿两顿还行，天天吃，真有些受不了。可是，父亲却天天在吃豆腐渣，中午带的饭也是这玩意儿，最后吃得浑身浮肿，连脚面都肿得像水泡过一样。单位给了一些补助，是一点儿黄豆。但是，这点儿黄豆，已经远远解决不了父亲身体的严重欠缺。他开始半休。等他的身体稍稍恢复了以后，他的工作被调整了。

但是，父亲一直没有对我们说，他是怕我们为他担心，也是怕自己的脸面不好看。直到有一天，我发现父亲下班回来没骑他的那辆自行车，才发现了问题。原来，父亲把这辆自行车推进委托行卖掉了。

父亲的那辆自行车，就像侯宝林说的相声里那辆除了铃不响哪儿都响的破老爷车，一直是父亲的坐骑。父亲上班的税务局是在西四牌楼，从我家坐公共汽车，去一趟要五分钱的车票，来回一角钱，父亲的这个坐骑，可以每天为父亲省下这一角钱。现在，这个坐骑没有了，他要每天走着上下班了。

大约就在这个时候，姐姐来了一封写得很长的信，家里一下子平地起了风波。姐姐想把我接到呼和浩特她那里上学，这样，家里少了一个人的开销，特别是我读中学之后，又想要买书，花费就更大一些，姐姐想用这样的方法，帮助父亲解决一些困难。

　　我不知道我自己的命运会有怎样的变化。从心里想，我很想念姐姐，能够到呼和浩特去，就可以天天和姐姐在一起了；只是，离开北京，离开熟悉的学校和同学，我又有些不舍得。而且，到一个陌生的新学校去，又有些担忧，况且，我们的学校是一所百年老校，是北京市的十大重点中学之一，姐姐帮助我选择的学校是他们铁路的子弟中学，教学质量肯定不如我们学校。我拿不定主意，就看父亲最后是怎么决定了。

　　父亲没有同意，他没有像我这样的瞻前顾后，他以果断的态度给姐姐回了一封信，不容置疑地回绝了姐姐的好意。这对于一辈子优柔寡断的父亲而言，是唯一一次毅然决然的决定。或许，这是父亲性格的另一面，在年轻时军旅生涯中有所体现，只是那时还没有我，我不知道罢了。

　　父亲在给姐姐的信中说，他可以解决眼下的困难，他还是希望把我留在北京，以后在北京考大学，各方面的条件都会更好些。

　　姐姐没再坚持。其实，姐姐和父亲都是性格极其固执的人，如果不是固执，姐姐不会主意那么的大，那么不听人劝，17岁时就独自一人就跑到内蒙，在风沙弥漫的京包铁路线上奔波了一生。当时，我猜想，姐姐一定明白，在父亲的心里，我的分量很重，亲眼看到我考上大学，是父亲一直的期待。姐姐也一定明白父亲的想法，因为她只读了小学四年级，便开始参加工作了，父亲一直笃信自己的教育水平，不会相信她，更不会放心把我交到她的手里。

　　在我长大以后，我的想法有了改变，我猜想，除了对姐姐的不信任，和希望亲眼看到我上大学之外，他的心里一定在想，已经把一个女儿送到塞外了，不能再把一个儿子也送到塞外。在父亲的眼里和懂得的历史中，尽管呼和浩特是一座城市，毕竟无法和首都北京相比，这么说，那里是昭君出塞的地方。

　　我留在了北京。父亲继续步行，从前门到西四上班。日子，似乎又恢复了平静。只是，粮食依然不够吃，每月月底，是最紧张的时候，面对两个正在长身体的男孩子，父亲和母亲常常面面相觑，一筹莫展。

　　没有过多久，我发现墙上的那块英格牌的怀表也没有了。

　　又没过多久，墙上的陆润庠的字和郎世宁的狗，也都没有了。

　　我知道，它们都被父亲卖给了委托行。那时，我妈吐血，为给我妈治病，也为治他自己的浮肿，要买一些黑市上的高价食品，父亲不得不卖掉了他仅有的三件宝贝。

　　我知道，父亲是希望用这样的方法，补我妈的身体，更为挽救自己江河日下的身体，希望尽快恢复原来的工作。

　　可是，这三件宝贝没有挽救得了父亲的身体。他的身体下滑得厉害，而且，黄鼠狼单咬病鸭子，又患上了高血压。税务局让他提前退休了。那一年，他57

岁，离退休年龄还有三年。

退休那一天，我去税务局接父亲，顺便帮助他拿一些东西。我才发现，他被调整的工作，不再是税务，而是税务局下属的第三产业，生产胶木产品的一个小工厂。在税务局旁边胡同里的一个昏暗的车间里，我找到了父亲，他正系着围裙，戴着一副白线手套挑胶木做的什么电源开关。听见同事叫他的名字，他抬起头来看见了我，站了起来，和同事打过招呼之后，和我一起走出车间。我能感到，车间里几乎所有的人的目光都落在我和父亲的身上。我不清楚那些目光的含义，是替父亲惋惜、悲伤，还是有些幸灾乐祸？

那一天，我和父亲从西四一直走到前门，一路上，我和父亲什么话也没有说，就这么默默地走在车水马龙的大街上，想象着从建国以后他一直是骑着自行车上班下班来往在这条大街上的。现在，工作没有了，自行车也没有了。我知道，父亲的心里一定很痛苦，他一定没用想到他自己会以这样的一种方式，告别了工作，提前进入了拿国家养老金的人的行列里。他一定不甘心，又一定很无奈。

我一直在想，按照父亲的教育理论，他这一辈子算是有本事的呢，还是没有本事的呢？如果说没有本事，父亲是凭着初小的文化水平，靠着自己的努力，从国民政府，到共产党开国以来，一直担当起这一份工作的。如果说有本事，他却最后沦落到做胶木电源开关的地步，和他原来所学所干的工作相去甚远。他是被身体打败的呢？还是由于身体的原因而被单位借此顺坡赶驴一样赶下了山？父亲从来没有和我谈论过这些，而在那个年代，我也没用能力思考这一切。相反觉得让父亲提前退休，是组织对他的格外照顾。

很久以后，也就是父亲去世之后，税务局的工会派来一位老人来家里进行慰问。因为这个老人在税务局工作的年头很长，曾经和父亲一起共事。对父亲有所了解。他对我说起父亲，说你父亲脾气倔，工作认死理，他去人家单位收税的时候，据理力争，虽然得罪人，但是总能把税给收上来。

父亲退休以后，开始练习气功和太极拳。他做事有定力和恒心。那时候，因为父亲提前退休，每月只能拿百分之六十的工资，四十二元钱，家里的生活一下子变得更加拘谨。便把原来的三间住房让出一间，节省一些房租。家里就剩下两间屋子，清晨，是父亲练太极拳的时候；晚上，是父亲练气功时候；雷打不动，无论什么情况，他都能坚持，特别是晚上，即使我和弟弟在外屋复习功课或说笑打闹有多吵多乱，他都会一个人在里屋练气功，站桩一动不动。

父亲的举动，让我很受触动。不仅是他的耐性和坚持，而是由于他的提前退休，让家里的日子变得艰难。我本想读高中将来考大学的，在初中即将毕业的时候，把这个念头打消了，想考一所中专或师范学校，上学可以免去学费，又能管吃住，帮助家里解决一点儿负担。父亲知道后，坚决不同意，说是砸锅卖铁也要供你上大学。你弟弟不爱读书也就算了，你学习成绩一直不错，绝不能因为我耽误了你！

我姐姐知道了这时候，每月从她的工资里寄来三十元，说是补齐父亲退休前的工资，一定要我读高中，考大学。

我如愿考上了理想的高中，父亲多日阴云笼罩的脸上露出了笑容。

读高中的时候，我迷上了文学。我常常在星期天的时候逛旧书店。那时候，北京几家有名的旧书店，琉璃厂、东安市场、隆福寺、西单商场……我都去过。西四的旧书店，也是我常去的地方。父亲曾经工作过的税务局，就是书店旁边。路过它的大门的时候，让我想起父亲，想起父亲退休的那一天我来接父亲的情景，心里总会涌出一种酸楚的感觉。我都会暗暗地想，一定好好地读书，考上一个好大学，为父亲的脸面争光。

我的儿子读高中的时候，我曾经带着他到西四去过一趟，西四牌楼早就没有了，过西四新华书店不远，税务局还在，大门依旧。我指着这扇大门对我的儿子说：你爷爷以前就是在这里工作。

（编者注：肖复兴《父亲》全文共8章，本文节选前4章。）

人生是一个圆

——庄则栋的最后时光

鲁　光　当代著名作家、画家。1937 年 9 月生于浙江永康。曾任中国体育报社社长兼总编辑、人民体育出版社社长、中华全国体育总会常委、中华全国新闻工作者协会常务理事、亚洲体育记者联盟副主席、中国报告文学学会副会长、中国武术协会副主席等。享受国务院特殊津贴。代表作有《中国姑娘》《中国男子汉》《世纪之战》《近墨者黑》等。作品曾多次获得国家级文学大奖。

绘画师从国画大师李苦禅、崔子范。中国美术家协会会员。中国画学会创会理事。

永 远 关 机

　　癸巳蛇年正月初一，晚上五点刚过，我拨打庄则栋的手机，"136……175"。对方已关机！

　　我与庄则栋相交半个多世纪。五十多年来，或采访，或结伴出访，或共事机关，或私下走动，从未间断联系。

　　他得了癌症之后，我去他家里看望过他。他依然乐观，依然快人快语，一点也不忌讳病情，说是医生误诊为痔疮，耽误了一年多时间。当发现是癌症时，癌细胞已从直肠扩散到肝肺。他的妻子佐佐木敦子忧心如焚，说："医疗费用太高了，承担不了。"庄则栋说："我是靠药物在维持生命，大都是自费药，一个月至少要自掏八至十万元。我们的积蓄都花进去了。体育总局得知情况后，马上送过来十万元，唉，还是不够呀！"佐佐木敦子说："不得已，我们给温总理写信。"

　　英雄落难了！不过，他依然精神饱满，说："我已着手写书，写一本自传，还想办个书法展览。"

　　我环视了他的家居摆设，只见正墙上挂着范曾手书的横幅——"仁者不忧智者不惑勇者不惧"。庄则栋说，这是孔夫子的话，范曾新近送给他的。

　　"我的书法是学范曾的，学得还挺像吧？"庄则栋拿出几件书法作品向我展示。

　　说起写书，说起书法，他仿佛把致命的癌症忘到了一边，像一个健康的人，浓眉上扬，双目放光。

　　去年（2012年），也是大年初一，我给他打过一个电话，除了说几句祝福之类的套话，就激他："小庄，不是常讲战略上蔑视，战术上重视吗？如今，你应以这种精神对待疾病……"

　　"哎呀，老鲁，我动了好几次手术了，割下来的肿瘤都像鸡蛋那么大，一割就好几个。可不久，肿瘤又长出来，真是没有办法了。"

　　看来，恶性肿瘤的快速扩散，已使这位硬汉子不得不悲叹了。

　　今年大年初一的电话，没有听到庄则栋那悲叹的声音。

　　入夜之后，我们全家到便宜坊烤鸭店，一起过团圆年。刚坐下，我的大女婿周业一边看手机屏幕，一边突然说："17点06分，庄则栋去世了。"

　　我不禁惊讶地叫了起来："那我打他手机时，他刚走，他刚走。"

　　关机，庄则栋的手机永远关机了！

人生是一个圆

20 世纪 80 年代初，有一天我与庄则栋在中国画研究院院长刘勃舒家邂逅，他很直白地说："我的结论下来了，敌我矛盾（其实正式结论定的是犯严重错误），但按人民内部矛盾处理，开除党籍。"

有了结论，好像了却了一件大事，他的心情显得很轻松。

是啊，隔离审查了四年，又被派往山西工作了四年，这个结论来得不容易呀！

据知情人说，对庄则栋的结论，有争议。一种意见认为，庄则栋跟于会泳、刘庆棠这些"四人帮"的亲信一样是江青的宠臣，是敌我矛盾，应该判刑，送监狱。而另一种意见则认为，庄则栋是运动员出身，历史上有功，只要有认识，可以从轻处理。当时的国家体委主任王猛，就持后一种态度。他认为，庄则栋本质是好的，对中国的乒乓球事业有过杰出的贡献，年轻人犯错误有客观因素，他本人也是受害者，应该给予重新开始的机会。但当时难以达成一致意见，于是王猛采取了冷处理的办法，这便是庄则栋审查结论迟迟未定的原因。后来，通过党组会议讨论决定：庄则栋犯有严重错误，但按人民内部矛盾处理，解除隔离审查，派往山西太原从事乒乓球教练工作。

当今官员退休，常调侃"裸退"。庄则栋这回是"裸撤"，党员、部长，一切都撤掉了。用乒乓球队的话说，他真正是"从零"开始了。

从天上掉到人间，从高层回归底层。后来，庄则栋曾在博客中写道："年岁大的同志和朋友，都知道我的一生逆境多于顺境，失败多于成功。人的适应能力是很强的。我从高山落入谷底，就犹如瀑布从山上跌落下来并没有自暴自弃，而是回到了大地的怀抱，开始了它的新生。"

1980 年，在体委两位同志的护送下，庄则栋踏上了去山西执教的道路。他瞅瞅两位护送的同志，感到无话可说。他默想，"从今往后，我要走的是一条忏悔和赎回过失的路。"

1981 年 8 月，王猛在国家体委这个被"四人帮"插手的"重灾区"又工作了两年之后，完成了党中央赋予他的历史重任，离开体委，调到广州军区任政委，继续他钟情的军旅生涯。

此时，李梦华出任国家体委主任。他到山西开会时，特地去看望了庄则栋。这位老主任对运动员，包括犯了错误的庄则栋都是非常关心的。他常说："这是我们自己培养出来的运动员。"当李梦华会见山西省委书记时，他的秘书郭敏与庄则栋在外屋聊天。庄则栋感慨万千，说："搞政治，我是小学生；搞乒乓球，我是大学生。跌了这一跤后，我再也不从政、不问政治了。"郭敏说："在当今社会，不问政治是不可能的。"

实际上，仅从打乒乓球的技术来说，庄则栋何止是大学生水平！他堪称是研究生、博士生。当然，从政是不可能了，但不问政治也不可能。他到处讲"乒乓外交"，不就是政治吗？只不过是一朝被蛇咬，永远怕井绳罢了。

在山西，他发挥了乒乓球特长，传授技艺，与队友合写了一本《闯与创》的书，度过了孤独而又充实的四年。1984 年，他回到北京，到北京市少年宫当教练。这里是他成长的地方。从这里，他进入国家乒乓球队，开始了运动员生涯的辉煌时期。经历了政治跌宕之后，如今他又回来了。人生真是一个圆，从哪里来又回到哪里去。

一个过惯了饭来张口、衣来伸手的运动员、教练员，一个曾经车前马后、前呼后拥的部长，突然需要自己料理一切生活的琐事，着实让庄则栋有一阵子不习惯。尽管日本妻子学了厨艺，负责做饭的事，但买菜的任务落到了他身上。他一进菜市场，就晕头转向，不知买什么好。他照着妻子开的菜单，买回去的萝卜是糠的，西红柿是捂红的，黄瓜是蔫的，而且从不讨价还价。人们说，不讲价是傻瓜。可他抹不开面子，人家要多少钱就给多少钱。后来有一位买菜的人，也是当年他的粉丝认出了他，教他讲价，教他挑选新鲜菜……渐渐地，他成了一位买菜的"老手"。不过，他只买普通的蔬菜，鱼、肉、鸡、鸭之类，他舍不得掏钱。因为，口袋里钱不多，要省着花。偶尔买一次，还要受到妻子的嗔怪。

庄则栋回归平民百姓，真正成了食人间烟火的普通市民。在北京市少年宫，一干就是十几年，直至退休。由于工作出色，1994 年北京市人民政府、北京市教委授予他特级教师的光荣称号。

他除了教孩子们打球之外，还与别人合办过乒乓球俱乐部，甚至经过商。但他的脑子里依然只有乒乓球——中近台两边攻。他以为当今乒乓球界不重视这种打法，逢人便说，每到一地就宣传推广他的最新研究战果——"加速制动"。

大约是 1993 年，在古城西安，庄则栋夫妇去参加中国体育博览会。在一次"百饺宴"上，庄则栋大谈他正在研究的中近台快攻新打法。其理论依据是少年习武时的一句行话——"先下手为强，后下手遭殃"。席间谈到体育界退伍后经商成功的体育明星李宁。坐在我一旁的佐佐木敦子指指庄则栋，说："他呀，脑子里除了乒乓球就没有别的。干什么都不行，但一说起乒乓球来，就滔滔不绝。"

是的，庄则栋离不开乒乓球，极想回归乒乓球队伍，回归乒乓球界。他已离开乒乓球队伍太久了。自从步入政坛之后，他伤害了许多昔日同甘共苦的队友。乒乓球界有什么活动，都把他忽略了。或者说是有意冷淡他。2002 年初，庄则栋准备在北京大钟寺附近的一所小学成立庄则栋、邱钟惠乒乓球俱乐部时，邱钟慧建议他与老队友们重修旧好。儿子庄飙也诘问他，俱乐部揭幕仪式上，不请当年的队友们来吗？徐伯伯、李叔叔他们？庄则栋一时语塞，沉默不语。经过再三思考，他终于写了一封信，向队友们承认错误，请求队友们的原谅。

中国乒协徐寅生、李富荣等各位领导：

你们好！憋在心中多年的话，由于种种原因……借"北京庄则栋国际乒乓球俱乐部"在 10 月举行揭牌仪式之际，我真诚地欢迎、期待着你们的光临。

过去我们是战友，为祖国的乒乓事业，做出了开创性的贡献。由于我在"文革"中犯了错误，伤害了我们之间的感情，经过这么多年的风风雨雨，回头看去深感遗憾。我希望把我们之间的隔阂结束在上一世纪，对历史也有个积极的交代。

新世纪开始了，我们已是花甲之年，在我们有生之年，将继续为祖国的乒乓事业，为人民的健康再做点儿力所能及的工作。"渡尽劫波兄弟在，相逢一笑泯恩仇。"在今后的工作中还请给予指导和支持。

顺致

真诚的敬意！

庄则栋

2002 年 9 月 6 日于京

解铃还须系铃人。

看到这封真诚的信，队友们原谅了他。

庄则栋、邱钟惠乒乓球俱乐部揭牌仪式上，徐寅生这位曾出任过国际乒乓球联合会主席、国家体委副主任的重量级人物，李富荣这位与他多年并肩作战为祖国争得殊荣，又出任过国家体育总局副局长、中国乒乓球协会主席的重量级人物，还有队友张燮林等乒乓球界元老名将，都到场祝贺。他们相隔多年之后的握手，成为开幕式，不，成为中国乒乓球界的闪光点。

庄则栋请我去过他的乒乓球俱乐部。在那儿，我与俱乐部成员打过球。对手惊叹我的球技不同寻常。庄则栋向他们介绍："鲁光当年在国家队蹲过点，球技自然不一般。"在他的办公室堆满了他的新书《邓小平批准我们结婚》。常有球迷敲门进来购书，求他签名，有的还拿来新球拍，请他签名留念。我觉得，庄则栋又有了自己的事业，又寻找到了自己新的快乐。

他举办了全国少年宫乒乓球"如意杯"比赛，自己下基层辅导少儿打球，足迹遍及一百七十多个城市，为乒乓球事业的发展贡献出了自己的一切。他用自己的真诚、自己的使命感，回归乒乓球队伍，回归乒乓球界。

从此，凡是乒乓球界的重大活动，再不会有庄则栋的缺席。徐寅生七十大寿时，庄则栋赶去苏州出席祝寿宴，并即席清唱了一段京戏，为老友助兴。

此后，在第 26 届世乒赛五十周年、中美乒乓外交四十周年、中国乒坛辉煌五十载荣誉揭牌仪式等许多乒乓球界的重大活动中，都活跃着庄则栋的身影。在日本名古屋举行的乒乓外交四十周年庆祝活动中，他抱病前去，并带去了一些在家写好的书法作品赠送给朋友，还在机场做俯卧撑，一点也不忌讳向人讲述抗癌的经历。

2003 年，东阳老家的妹妹徐爱萍给我来电话，诚邀庄则栋去东阳与中外球迷见面。

当时，妹妹的公司与一位美国商人有业务往来。而那位美国商人痴迷乒乓球。他知道中国有个乒乓球世界冠军叫庄则栋，曾为打开中美建交大门做出过贡献。

他问我妹妹："中国的世界冠军庄则栋你认识吗？"

我妹妹告诉他，他是我哥的朋友。

美国商人惊喜不已，说："能把他请来吗？我想见见他，跟他打打球。"

于是，妹妹不抱希望地给我打了个电话。

我给庄则栋一说，他非常愿意南行。由于当时他只拿体校普通教练员的工资，各种商务活动都不顺利，经济上较窘迫。

我对他说，你和当地的球迷们打打球，与当地的工人骑骑电动自行车，相应参加一点宣传活动，他们答应给一笔酬谢金。

庄则栋几乎是大声地叫了起来："太好了，我已经多年没有拿奖金了……"

过了两天，他又给我来电话，说："敦子说，你给鲁先生说说，叫他妹妹再多给一点点行吗？"

"当然，加一点点钱，成一桩美事，是不成问题的。"

初夏时节，我陪庄则栋飞杭州萧山机场，又坐两个小时汽车，下榻东阳的五星级酒店白云宾馆。

庄则栋的到来，轰动了东阳市，也轰动了我的老家永康市和中国小商品集散地义乌市。庄则栋的日程安排是一场球、一场报告、一次骑车漫游。

乒乓球联谊活动，安排在酒店大厅。闻讯想跟世界冠军交手的球迷蜂拥而至。当然第一个上场的是美国商人。他穿一身崭新的运动服，脚穿一双崭新的运动鞋，横握一块崭新的球拍。与世界冠军打球，这是他一生的荣幸。

"庄先生，您好。您的名气，在美国很大。今天能见到您，真没有想到。我太激动了，昨夜就兴奋得睡不好觉。"握手时，美国商人真诚地向庄则栋表达谢意。庄则栋也很有风度地向他表示感谢。

美国商人与庄则栋的交手，是无甚可说的。只见他头上冒汗，不停地捡球、摇头，不一会儿就笑着败下阵来。其实，对他来说，跟庄则栋见了面、交过手，就一切都满足了。

拿着球拍等待出场的人太多了。我妹妹过来问我，能上几个？怕庄则栋太累了。我问庄则栋，怎么办？庄则栋说："尽管上吧，能满足就满足，大家高兴就好。"

走马灯似的，一个接一个上场，每人打个三五板，多者十来板。庄则栋一身大汗，湿透了衣衫，几乎满足了所有持拍者。粗略估计，至少有三十多人。

电动车，是我妹妹工厂的新产品。庄则栋与当地的几十位工人、农民工一道，骑着崭新的车，在山道上飞驰，远远望去，颇为壮观。此时的庄则栋融入了百姓中，他高兴得不时挥手。

而报告厅则座无虚席。庄则栋讲中国乒乓球长盛不衰的辉煌，讲比赛中的轶事，讲与美国运动员科恩的交往，讲毛主席、周总理用小球推动地球改变世界的往事。会场时而鸦雀无声，时而掌声雷动。庄则栋的口才，在三十多年的数不清的演讲中练出来了，道理、细节、包袱，运用自如，可以称为一位演说家。

他带了许多本《邓小平批准我们结婚》签名送人，也签名售书。还带了二十来幅自己的书法作品，送人或出售。人们说他没有架子，很随和、很随意。我觉得，他们看到的是一个历经磨难而重新回归百姓的传奇人物。

入夜之后，坐落在山野中的酒店，安静至极。听到的是流水声，见到的是洒进屋里的皎洁月光。一杯清茶，轻松闲聊，直至深夜，我们几乎无所不谈。他所经历的一切，得与失，成与败，苦与乐，甚至深藏不露的隐私……

几夜的长谈，让我更深入地了解了这位相识几十年的老朋友。他说："人生几百步几千步几万步，关键时就几步。一步走错了，就造成千古恨。"他的悔恨是真诚的，他的忏悔是发自内心的。一个人一生总会摔几个跟头。摔个跟头，买个明白，这个跟头就摔得值。

按理说，历史的那一页已经翻过去了。庄则栋的晚年，有温柔的日本爱妻陪伴，日子过得温馨、幸福。他在一本书中写道："如今，我和敦子一直住在北京，过着普通市民淡泊宁静而又美满幸福的生活。也许在一些人看来不起眼儿，但我心足矣。只有经历了海洋狂风巨浪的颠簸，才能真正体会到平静港湾的珍贵。"但每当想起自己在体委当政的那段时间、那段经历，就无法安宁，深深的负罪感在咬噬着他的心。他觉得最对不起的一个人就是他曾经的老领导——国家体委主任王猛。

当年他那么毫不留情地批斗王猛，几乎伤害了王猛的身体，但王猛却宽容大度，不计前嫌，还为他说好话，显示了老将军博大的政治胸怀。在北京电视台的节目访谈中，王猛谈到了庄则栋，他说："庄则栋本人应该说是好的，品质上是不坏的，对中国乒乓球事业做出了重要贡献。当时主要是江青、王洪文他们把他拉过去了。就是在拉过去的时候，他的表现也是比较好的。开始时，他主动提出要在会上给大家解释，证明我没有扣压江青、王洪文的批示，谁知当天晚上江青把他找去，给他交了底，要把我拉下马。结果第二天到了会场，他突然倒戈，而且指着我的名字要我自己交代。我当时就觉得他完全站过去了。年轻人毕竟没有经验，在复杂的政治斗争情况下难以把握。"

庄则栋也几次跟我提起王猛，他说："我攻击、伤害他那么厉害，他却宽容大度，坚持实事求是，还公开为我说好话。我得找个机会当面向他赔礼道歉。"他请王猛的秘书孙景立和当年核心组秘书王鼎华转交送给王猛的书，并表达请王猛给机会让他当面谢罪的意愿。

王猛豁达大度，收下了庄则栋送的书《邓小平批准我们结婚》，并告诉秘书，很愿意与庄则栋见一面。当时他正要南行广州，说好从广州回京后，安排这次见面。谁知这位年届八十八岁的老将军，不久就病故广州，庄则栋也永远失去了当面谢罪道歉的机会。

在"文化大革命"中，领袖在犯错误，时代在犯错误，年轻的乒乓球运动员庄则栋跟着也犯错误，其实真是不足为奇的。他也是受害者，一个严重的受害者。

庄则栋在我们老家特别有人缘。2006 年，他们又让我邀请庄则栋和邱钟惠两位世界冠军一起光临。他们先到我的五峰山居，爱好乒乓球的人们早早就在山居恭候，欢谈至暮色降临，再驱车去东阳。我的朋友，金华市委原副书记马际堂、义乌市委书记楼国华等也闻讯赶来与他们一叙。

庄则栋一直以身体强健而自豪。在东阳做客时，他说出来前，刚检查过身体，是用最先进的医疗仪器查的，一点毛病也没有，特棒。他十指并拢，膝盖不弯，双手碰地，"你们瞧，我的身体多棒！"然而，说此话后不到半年，万恶的直肠癌便袭倒了他。在他最盼望的北京奥运会开幕前夕，住进了医院。

最 后 一 搏

自 2007 年发现恶性肿瘤转移之后，庄则栋就在北京、上海、石家庄等地四处求医。人们对为祖国立过功的人是尊敬的，对他是一路绿灯。昂贵的医疗费，国家都给解决了。

《乒乓世界》的主编夏娃是我在《中国体育报》任职时的下属。她说，国家体育总局和乒羽中心获悉庄则栋患癌症后，各拿出五万元用于他的治疗。从2009年起，乒羽中心每月拿出四千元补贴，用来雇人照顾他。随着病情的加重，又多次送钱过去。从国务院总理到财政部，从国家体育总局和乒羽中心到北京市体委，都给予全力帮助，最后以"不封顶"地支付医药费用来挽救他的生命。

当年的队友陆续到医院看望他，球迷们更是用各种方式表达对他的关心关爱。据说，内联升的一位老职工，自己拿钱买了一双棉鞋送给庄则栋，并说："我特别佩服庄则栋，让庄老穿着我送的棉鞋走，是我一生的荣耀。"

庄则栋虽曾官至正部级，但已削职为民。对于来自国家的特殊照顾，他是感激的。当年在乒乓球队时，人们曾送给他一个绰号"装不懂"。其实，他聪明过人，什么都懂、什么都明白。他感激党和人民对他的关怀和照顾，他对自己的后半生知足。

患病后，他希望医生们如实地告诉他病情。他说："我一直要求不要对我隐瞒，自己深知目前的危重程度。我能做的就是配合医务人员，与病魔最后一搏。"

这最后一搏的战场，就是他就医的医院——北京市佑安医院。

眼下，患癌症的人出奇的多。谈癌色变，是一种通病。有位作家说，我不体检，一位朋友老体检，结果查出了癌症，不到三个月就死了。当然，也有"抗癌英雄"，像学人苏叔阳先生，明知患了癌症，依然到处跑，病情转移了，动完手术，又照跑不误。他的观点是与癌症交朋友。这种乐观心态，是治癌症的最好良方。有的人不是因癌症致死，而是被癌症吓死的。

2007年5月1日，庄则栋开了自己的博客。确诊为癌症晚期后，他把博客作为与球迷和各界朋友交流的平台。他在博客中写道："面对这无情的打击，让我掰着手指计算时日。现在我已经不能以年计算，这对我可能是奢望了。我只能按月、按日计算。越是这样，可能越会激发我的创造力。"他还赋诗一首以自勉：

> 繁华落尽归平淡，
> 烂漫顽童变老夫。
> 莫道盛年成往事，
> 擒龙伏虎意如初。

庄则栋喜欢书法，他将毛泽东、周恩来有关"乒乓外交"的事写成条幅，也将自己喜欢的格言和诗词写成条幅，在博客中向朋友们展示。大家说，博客成为庄则栋抗癌斗争的全记录。

2011 年 7 月 14 日，他的肝脏确定已坏死八分之七。他于 9 月 5 日在博客上写了一篇《公告》："本人因手术原因，近期无法更新博客，望广大网友谅解。"

9 月 15 日，又发了一条博文，重复《公告》内容："因手术原因，可能会很长一段时间无法更新，望广大网友见谅。"

然后，病魔使他的"博客"永远消失，就如同"永远关机"一样。

庄则栋对癌症的态度是战斗，是"永不放弃，永不言败"。

在病危时，他说，对待生死，我很想得开。生是偶然，死是必然。人生对我来说，重要的不是凯旋，而是战斗。活一天，就战斗一天。

北京佑安医院的郑加生大夫，是中国肿瘤微创治疗技术战略联盟理事长，一位权威专家。他是庄则栋医疗团队的负责人。据他介绍，庄则栋从 2012 年 8 月入住医院后，先后对他进行了五次 CT 引导下的肝脏射频消融手术，初期效果不错，但无力回天。

2013 年 2 月 4 日，病情恶化，庄则栋知道自己将不久于人世，他对站在病床边的记者和家人说："我走后，不要开什么追悼会，让大家劳累，大老远地跑到八宝山。其实武则天的无字碑就很高明。有的人还要计较'贡献'还是'重大贡献'的区别。真正的评价在人们的心中。"

庄则栋很崇敬的两位名人，都到病房去看望了他。文怀沙说："庄则栋不论此岸彼岸，天上人间，都是中华精英，了不起的人杰。他永远是中国人民的儿子。"

庄则栋去世前，最放心不下的是他的日本妻子佐佐木敦子。佐佐木敦子为了与他结婚，放弃了日本国籍，眼下无工作无医保。如果碰到困难就麻烦了。文怀沙对庄则栋说："敦子夫人得到庄则栋的爱，她是幸福而富有的。今后我有饭吃，她就饿不着。"庄则栋还把文怀沙送的书，放在床头，随时翻看。他最欣赏文怀沙的这几句话："人类最高的学问：谦虚和无愧、善良和虔诚。"

庄则栋去世后，我在文怀沙的工作室见到了这位文坛老人，提起"四人帮"的事，他大声说："那个时候，江青叫谁去谁敢不去呀！……"我明白，他是为庄则栋的过失解脱。文老不愧为庄则栋至死都念叨的忘年至交！

范曾先是从国外打电话问候，在庄则栋去世的头一天，2 月 9 日上午，他匆匆地从国外回来赶到佑安医院，送来一幅他特地书写的字——"小球推地球，斯人永不朽"。他还为体育界的这位老朋友，留下最后的音容。他用熟稔的笔，勾勒出庄则栋的头像。而庄则栋也出人意料地挣扎着坐了起来，使劲地睁大眼睛，让自己留在画家笔下的形象尽可能精神些。

范曾与庄则栋这最后的一次见面，牵线搭桥者是宏宝堂经理、书法家淳一先生。淳一与庄则栋有二十多年的交往，庄则栋在送给淳一的自传《邓小平批准我们结婚》那本书上，有八九条内含深意的亲笔留言。

最令庄则栋感到欣慰的是佐佐木敦子始终陪伴在他身边，只要一刻不见，他就要呼叫她。2月8日下午，医院通知家属准备后事。佐佐木敦子回家取衣服，庄则栋不断地呼叫敦子的名字，声音微弱颤抖。他让人接通敦子的手机，声音微弱地说："敦子，你快回来吧，不然咱俩就见不上面了。"

前妻鲍蕙荞和儿女们也守着他。

闭眼前，敦子抱着他的头，握着他的手，悲痛欲绝。身边的人问他："你在拉着谁的手？"庄则栋居然说是鲍蕙荞的手。鲍蕙荞急忙过去，从儿子手中拉过他的手，说："则栋，我是蕙荞。"

庄则栋临终时，我没有在场，但从网上看到记者的特写，看到那情那景的照片，我感动，我沉思。

庄则栋走时，一手拉着日本妻子的手，一手握着前妻的手，这是人世间多么感人、多么凄美的一幕啊！

爱！大爱！

"人在临死前，大多是不流眼泪的，哭的是别人，这说明死亡有活人所不知的快乐与平和。"庄则栋生前说过这样充满哲思的话。

2013年2月28日，一个雾霾的日子，在北京佑安医院太平间，亲友们向庄则栋做最后的告别。红底黄字的横幅上写着一行字："沉痛悼念亲人——庄则栋"。庄则栋安详地躺在透明的棺椁中，身上盖着白布。灵柩前有三个花圈，一个是北京市少年宫送的，一个是亲属送的，还有一个是队友们送的，签了徐寅生、李富荣、庄家富、张燮林、邱钟惠等数十位队友的名字。美国前国务卿基辛格老人从大西洋彼岸发来唁电，悼念这位"乒乓外交"功臣：

> 作为一位重新建立中美友谊的先锋人物，庄则栋先生的美好形象将永远被美国人民怀念。在中华人民共和国和美利坚合众国之间几乎没有任何联系的年代，在一次国际乒乓球赛时，庄则栋将他的欢迎之手伸给了他的美国对手。他的这一伸手是如此重要又出人意料，它成为两国关系新一页的象征。

> 在过去的许多年中，我跟庄则栋时有见面，他充满慈爱和宽广胸怀的精神给我留下了深刻的印象。今天，我们悼念他，为中美共同向往的新时代而努力。

亨利·A.基辛格

2013年2月于纽约

我想，假如开追悼会，那么前来悼念的人会很多很多，花圈会堆积如山。因为他有太多的崇拜者和球迷。

在这种场合，在这个时刻，鲍蕙荞与佐佐木敦子悲痛相拥。儿子庄飙捧着父亲庄则栋的遗像走出太平间，登上了去八宝山的灵车，灵车的号码是京A·A6788。

斯人已去，我想用网友的一句话，为本书结尾："记住他的功，忘掉他的过。"

朋友情温暖了陈独秀凄凉晚年

刘湘如　刘湘如又名刘相如，笔名老象。安徽肥东人。20世纪80年代加入的中国作协会员，中国散文学会理事，中国报告文学学会理事，中国名家书画研究会副会长。国家一级作家。曾任安徽电视台高级编辑。作品涉及小说、报告文学、散文、诗歌、影视剧等。迄今发表出版作品千余万字，主要著作30多部。其散文集《星月念》《淮上风情》《瀛溪小札》，报告文学集《十步芳草》《共和国星光》《马拉松大战》，长篇小说《美人坡》《风尘误》《朱熹别传》，影视作品《山雨》《青楼情殇》等曾获广泛社会好评。作品获国内外多种奖项，《美人坡》获2006全国优秀长篇小说一等奖。《风尘误》为八届茅盾文学奖入围作品。《星月念》获首届中国图书奖。作品被译成多种文字至国外，选入《高中语文教材》《中国新文学大系》《大学语文课外阅读》《百年中国散文经典》等。当代著名诗人公刘评价："笔尖上流着作者自身的真血，真泪，点点滴滴，必将渗入读者的良知，一如春雨之于土地。只有这样的作品兴旺起来，散文复兴的口号，庶几可望变成现实。"（《星月念》序）当代著名作家鲁彦周称其散文是"散文中的精粹"（《淮上风情》序）。

　　1937 年 8 月，"七七卢沟桥"事变后一个月，在中华民族面临大规模空前劫难时刻，一代领袖人物陈独秀被提前从南京监狱释放，此刻他既不是中共领袖，更非国民政府要人，那社会名流的风光也早已被战争烽烟淹没，作为一介平民投路无门的他，遭受着国破家亡妻离子散的悲酸，他怀着几近绝望的心情，辗转来到武汉避难，他的行囊中除了一本破旧的《新青年》，只剩下几件简陋的生活用品，苦于囊中羞涩，他只得找到一家偏僻的私人小旅馆住了下来，这时他的妻子也来陪伴他。他的窘迫生活虽未向社会外界宣布，但还是被一个人知道了，这是个神秘的人物，他以普通朋友身份去探视陈独秀，他的实际身份是当时武汉警备司令部少将参谋、武汉防空司令部办公厅少将副主任，在他的精心呵护和多次周旋下，陈独秀夫妇才移居武昌双柏庙街 26 号一所桂系军人的旧式房屋里，陈独秀在避难武汉期间，一直受到这个人的照顾，两人私交甚密，陈独秀视他为"知音"，以至于常常促膝谈心至深夜。

　　1938 年，武汉沦陷，陈独秀的这个知音调往四川成都任川康绥靖公署少将参谋，以后又担任成都中央陆军军官学校少将教官及军事参议院参事、中将高级顾问等职。在 1938 年秋天的一个夜晚，陈独秀乘船到达四川，以后就在江津寓居了下来。仿佛冥冥之中有一种上苍特意安排的缘分，陈独秀在江津很快便与这个朋友联系上了，这样两人交往反而比在武汉时更好，书信、便束，往来更为频繁，互相交流，索取字画、印章、拓片等。陈独秀比这个朋友年长 21 岁，但他视他为兄弟，逢上心情郁闷或有喜怒哀乐之事，陈独秀总是最先告诉他。1939 年 3 月，陈独秀养母谢氏在江津病逝，他十分悲痛。5 月 5 日他在致朋友信中，就表达了他悲痛欲绝的心情："弟遭（母）丧，心情不佳，血压高涨，两耳轰鸣，几乎半聋，已五十日，未见减轻，倘长久如此，心丧何止三年，形式丧制，弟固主短丧，免费人事，然酒食酬应以及人为作文作书，必待百日以后。"

　　读者朋友一定会问："这个被陈独秀视为知音朋友的神秘人物究竟是谁？"他就是国民党爱国将领杨鹏升将军。仅从 1939 年 5 月 5 日至 1942 年 4 月 5 日陈独秀去世前月余，陈独秀寓居江津时亲笔写给杨鹏升将军的私人信笺就达四十多封，此外还有明信片若干，这些信笺和明信片大都谈的是私人交往间的感情，家中琐事以及对世事、对政治、社会、人生的看法，读来情真意切，这些信笺至今还保存在北京中央档案馆里，它成为研究陈独秀晚年生活和思想脉络内心世界的珍贵史料。

　　那么，陈独秀和杨鹏升的关系是从什么时候开始如何形成的呢？这还得从遥远的历史说起，而且需从杨鹏升这个人谈起。

　　杨鹏升生于 1900 年，别名秦坤，铁翁，字劲草，四川渠县三汇镇人。他幼年丧父，家境贫寒，由于学习刻苦，拜师求艺学了一手好书法，在兵荒马乱的年代，他求职无门，只得到渠县街头卖字、刻章为生。一日正在卖字，被路过的四川军阀杨森见到，他很赏识这个青年人，把他带回军中器重使用，后来资助他到北京大学读书。这时正是 1917 年左右，陈独秀受聘担任北大中文系教授、任文科学长，十七八岁的杨鹏升求知若渴，思想新潮，很快就喜欢上了陈独秀主编的《新青年》及《中国现代文选》等书刊，他十分景仰陈独秀，后经蔡元培校长的引荐，他拜访了慕名已久的陈独秀，从此与陈独秀结下了亲密无间的师生友谊，杨鹏升思想激进，才华敏捷，他积极参加了陈独秀、李大钊等人发起的新文化运动，和李大钊、胡适、高一涵等人均有来往。此后他为了寻求救国真理，又追随了孙中山，几度留学日本，"五四"运动以后，陈独秀回到上海，与李大钊一起创建中国共产党，杨鹏升也再度留学日本，陈独秀当上了中国共产党的总书记时，杨鹏升也从日本回国，他投笔从戎，成为一名国民党军官，由于杨鹏升骁勇智慧，才华出众，思想精锐，屡屡被上司看中，一直做到国民党中将军衔。他虽是国民党军官，但与陈独秀的友谊却一直保持，他们俩的关系也就像一个小小的晴雨表，国共两党关系缓解或者两党合作期间，他们总是有点沟通来往，两党关系紧张分道扬镳期间，他们虽不能往来，但彼此都在自己心中给对方留下位置。1932 年 10 月，陈独秀在上海被国民党当局逮捕后，关押在江宁地方法院看守所，后来又以"危害民国罪"判刑押至南京监狱关押，杨鹏升得知消息后，即请为陈独秀辩护的律师章士钊等一路护送，并给他送烟卷、水果、糖果等物表示慰问。此后，因他自己的军人身份不便，杨鹏升便常常托章士钊去看望陈独秀，并送一些物品给他以作为帮助。

　　1939 年夏天的一个晚上，陈独秀在江津寓居的家中不慎被窃，小偷偷去了他所有的破烂家当都未使他惋惜，唯有失窃的衣物中有两样东西让他痛心不已，一是他的书稿，二是一枚印章，印章是他最不忍心失去的心爱之物，那是精心篆刻的阳文"独秀山民"四字章，这枚印章一直被陈独秀视为珍宝，他给朋友写字或写信、赠书都常要盖上这枚印章，而雕刻这枚印章的作者正是杨鹏升。杨鹏升不仅自己善书善画长于金石，连他的夫人包和平也擅长国画，实为女中之才秀，陈独秀在江津时常写条幅请杨夫人作画，而杨夫人作画时也请陈独秀专为题款，这样，客居江津的陈独秀由于有了杨鹏升一家人的友谊，竟使自己忘记许多孤独和苍凉。

　　现今保存于中央档案馆里的四十多封陈独秀写给杨鹏升的亲笔信中，其中：1939 年 7 封，1940 年 18 封，1941 年 12 封，1942 年 3 封。寄信人地址多为"江津县西门内黄荆街八十三号""江津县东门外中国银行宿舍"，另有寄"重大石板街戴家巷宽仁医院一楼二号"者两封。信封分中式和西式两种，皆用毛笔直书。信笺多为陈独秀自制，也有的为杨鹏升所赠，系毛边纸加印红色边框，右下角印有"陈独秀用笺"四字。字体行草兼容，舒展苍劲，有如流水行云。

陈独秀的这四十封信，虽然是他与杨鹏升的私人交往的信件，但也反映了他晚年对中国政治经济形势与抗战前途的关心。1940年8月3日，他在给杨鹏升的信中说："弟对大局素不敢乐观，近益情见势绌，倘一旦不支，成渝水陆大道，必被敌人及汉奸所据，乡间又属土匪世界，无军队或秘密会党势力，亦不能生存，兄为川人恐无大碍，弟为老病之异乡人，举目无亲，惟坐以待命耳！"陈独秀对战时物价飞涨极为关注并做了分析，先后几次在信中指出"实出人为"、"只有县长或管粮食之职务，可以发大财"。同时，与第一次世界大战时德国相比较："前次欧战中德国危机，乃物资天然不足，今中国人为居半，谷物之暴涨，则全属人为，封销时代又加以奸商横行，此事无法解决也。"（1940.10.19信）因此，希望"政府"徐图良策："挽救之法甚多，政府何不急图之以自救耶？"并指出："实物税只能解决军食问题，于民食蔬无好影响。"（1941.9.6信）

众所周知，陈独秀在中共党史上是个有争议的人物，他早期创办《新青年》，宣传新文化运动，无疑对中国革命产生过积极而深远的影响，他后来成为右倾机会主义路线的代表人物，给中国革命造成无可挽回的损失也是铁的事实，对这些功过是非陈独秀本人都默认不讳，唯独不能容忍的一件事是：陈独秀对王明康生诬陷其是"每月领取三百元津贴的日本间谍"一直耿耿于怀，甚至认为是整个党中央所为。所以，他在信中也流露出对当时中共中央领导同志的不满与牢骚。1940年6月12日，他在复杨鹏升的信中说："尊函云：'恩来昨日来蓉'，不知是否周恩来，兄曾与彼接谈否？此人比其他妄人小人稍通情达理，然亦为群小劫持，不能自拔也。彼辈对弟造谣诬蔑，无所不至，真无理取闹！"

陈独秀晚年一直客居江津，生计维艰，心情惨淡，回首往事常会生出人生无常的慨叹。一代马克思主义的传播者、中国共产党的创始人，中共的早期领袖人物的晚年是如此窘迫，实为一种历史的错置。

1940年12月14日，他在给杨鹏升的信中特别提到"物价飞涨，愈于常轨"一事，表示出对时局的不满。1941年8月6日给杨鹏升的信中又提到时局混乱对民众生活的影响，并发出无奈之感，至于他自己则"生活一向简单"云云。

据考证，陈独秀晚年在江津的生活来源主要有三个方面：一是北大每月寄给他三百元生活费，这在1941年8月6日给杨鹏升信中他就写到这点："月有北大寄来三百元"；第二是适当的稿费，这在1940年1月31日给杨鹏升信中也提到过："至于医药费，曾与编译馆约过一稿，可以支取使用。"；另一就是社会的馈赠，因为陈独秀的知名度在中国毕竟尽人皆知，许多人都表示对他生活的关心，在1941年10月4日给杨鹏升的信中就写道："某先生赐陆百元，已由省行转到。"这些方面的经济来源对陈独秀维持生活本应是绰绰有余了，但由于战乱岁月烽火连天，江津又是个弹丸之地，全国各地避难者蜂拥而至，使得人口数量猛增，物价飞涨，粮价惊人，生活用品供不应求，所以钱就不值钱了。陈独秀寓居的鹤山坪大米涨到每升30余元，比县城的大米要高一两倍，使得贫病交加的陈独秀生活十分窘迫，日子难熬。他家每月生活费要达600元。"比上年增加一倍"（1941.11.22信），因此，有时不得不靠典当度日。为此，杨鹏升在经济上仗义救助陈独秀，然则，他又深知老学长的为人，"无功不受禄"。于是，有时以向他索取字条、字联、碑文、金石篆刻等为由变相送钱给他。甚至要他为其父写墓志铭，有时又以某先生托转之种种理由，分期分批，帮助他钱物。小则300元，多则千元不等地赠款给他，以解陈独秀生活之窘迫。1940年2月，杨鹏升从信中得知陈独秀去重庆看病，他及时寄给陈独秀住院医疗费300元。陈独秀甚感不安："顷接行严由渝转来16日手书并汇票300元一纸，不胜惶恐之至！此次弟留渝二星期，所费有限，自备后即差足，先生此时亦不甚宽裕，赐我之数，耗去先生一月薪金，是恶可乎……"（1940.2.26信）杨鹏升当时经济并不宽裕，一家老小20多人，靠他一人供养，每月开销至少500元。但据信中统计，先后共六七次寄赠款，总数达近5 000元。另外，滋补品银耳以及画笔、信封也时常赠予。陈独秀也心中有数，有时也以写条幅，或赠其作品如《中国古史表》《韵表》和《告少年》诗作以相谢。

陈独秀与杨鹏升的最后一封通信为1942年4月5日。这天，陈独秀正好收到杨鹏升赠他的信纸、信封及一千元，感到"却之不恭而受之有愧"。于是，他在复信中不无感慨地说："鹏升先生左右：3月12日两示均敬悉，承赐信纸二百信封一百，谢谢您！吾兄经济艰难，竟为弟谋念，且感且愧！弟于印章过于外行，然累奉命，不能坚辞，间集成时，拟勉强数语以塞责也。前次移黔之计，主要为川省地势海拔较高，于贱恙不宜，非生活所迫，与晋公素无一面之缘，前两承厚赐，于心已感不安，今又寄千元，且出于吾兄之请求，更觉渐恶无状，以后务乞勿再如此也。"当杨鹏升6月20日收到陈独秀的这封信时，陈独秀已于5月27日病故于江津，他颇为伤感地在信封背后记道："此为陈独秀先生最后之函，先生于五月廿七日逝世于江津，四月五日寄我也。哲人其萎，怆悼何极，六月廿日。"

陈独秀病逝时正是中国人民抗日战争处在生死决战阶段，中国共产党领导的人民和军队为挽救民族危亡正在进行艰苦卓绝的斗争，加之国共两党的明争暗斗，国内硝烟弥漫，人民生活困危，没有人对这位中国新文化运动的代表人物和思想界的英才表示出更多的关注，他的逝去没有给当时的社会历史留下更多的缺憾。他走了，走得几乎悄无声息。然而，他在九泉之下的灵魂并未能察觉到，由于他与杨鹏升将军的交往特别是晚年与此人的过多干系，却终于使这个性情正直才华横溢追求真理乐于助人的朋友置于灭顶之灾的不幸。

由于杨鹏升将军思想进步，历史上对共产党多有帮助，解放后又热诚地拥护中国共产党的领导，拥护人民政府，所以也受到党和人民政府的宽待，当时并没有处理他。解放后还先后任成都市政协委员和西南美专教授、西南博物馆委员等职。他并没有因为自己的国民党军官的身份受到查处，却因为与陈独秀的关系而栽了跟斗。1953年全国性肃托运动后，他由于陈独秀的牵连而无法洗清自己，于1954年作为残余历史反革命而被捕入狱，他在狱中依然笃信自己与陈独秀的交往没有过错，也没有给自己留下遗憾，直到1968年"文革"内乱中，他终于病死在狱中，他不能瞑目的是他竟然死于自己生前好友创建的共产党的监狱中。他生前没有留下什么，唯独留下了我们党史上的难得的一份珍贵资料——陈独秀亲笔写给他的四十多封信。这些信他一直收藏着，他被捕后抄家时被公安机关抄去，并作为罪证在渠县街头展出，几乎数次被毁，四川省档案馆得知后立即赶往收存，于1980年7月，移交给中央档案馆收存。

党的十一届三中全会以后，杨鹏升的历史得到了平反昭雪，恢复了名誉，杨将军的女儿曾去到中央档案馆要求索回陈独秀给杨鹏升将军的那些信，但未能如愿，因为这些信任何个人保存都不能形成更大的价值，也没有必要，而对于我们党来说，它却是研究陈独秀晚年的思想生活状况，以及党的历史的一份重要资料，后经国家有关部门商量，给她出具了收存证明。

如果陈独秀和杨鹏升在天有灵，他们在九泉之下也许会赞许这样做的。

［往事］

驰骋二战欧洲战场的
中国记者

秋　石　中国作协暨冰心、巴金研究会会员，绍兴鲁迅研究中心暨浙江省社科院国际鲁迅研究中心特约研究员，出版《两个倔强的灵魂》《我为鲁迅茅盾辩护》《追寻历史的真相：毛泽东与鲁迅》等专著7部，连同《求是》《人民日报》《文汇报》《当代》《中国作家》《上海文学》等报刊发表评论、研究、纪实等约500万字。

　　萧乾于 20 世纪 30 年代步入文坛，是著名的国际友人埃德加·斯诺的学生与亲密战友，他与被其尊崇为"吾师"与"恩师"的沈从文先生（1933 年 10 月，是慧眼独具的沈从文将他的处女作短篇小说《蚕》发表在《大公报·文艺》上，萧乾也由此与《大公报》结下了终生不解之缘）一起，归属于"京派"作家的代表人物。萧乾于 1939—1946 年应邀赴英国伦敦大学东方学院任讲师，同时兼任《大公报》驻英国特派记者。时值二战爆发，他以战地记者身份驰骋欧洲战场，——亲历了盟军诺曼底登陆、美军第七军挺进莱茵河、著名的波茨坦会议与纽伦堡国际军事法庭的战犯审判，以及联合国成立大会等传奇般的历史时刻；并于战争结束前后三次进入德国采访，是中国唯一经历欧战全过程，同时又是采访欧洲战场被破格授予盟军少校军衔的唯一一位中国派驻记者，由此发表了上百万字让人们耳目一新丰富多彩的以战争战地战后见闻为重的新闻作品和纪实文学。

　　值得一提的是，由毕生心系中国的埃德加·斯诺与海伦·福斯特·斯诺夫妇联袂主编，使西方世界读者深刻了解中国、鲁迅先生生前耗费心血并殷殷期盼的《活的中国》一书，也同样凝结着萧乾先生的心血与汗水。

从硝烟弥漫的中国踏进了战火遍地的欧洲

　　1939 年 9 月 1 日，这是 20 世纪人类历史上一个惨重的黑色日子。

　　就在这一天，战争魔首希特勒悍然下令大举进攻波兰，随后，忍无可忍的英、法政府向法西斯德国宣战，二次世界大战由此正式全面爆发。

　　也就在这一天，中国《大公报》记者萧乾从香港启程，乘坐法国阿米拉斯号航轮前往英国，开始了长达 7 年的讲学、深造和战时、战地记者的多色彩生活。

　　此前，他收到了发自伦敦大学东方学院的邀请函（系一位在该院讲授佛教和藏语的中国学者于道泉推荐），他被聘为该学院中文系的讲师。但去该学院任教，条件十分苛刻，年薪（而且是税前）仅为 250 英镑，且只签一年合同。此外，旅费还须自备。就在萧乾左右为难的当口，具有远见卓识的香港《大公报》社长胡霖把他找了去。胡霖快人快语地吩咐道："马上回他们一信，接下聘书。至于旅费，报馆可以替你垫上，靠你那管笔来还嘛！"

　　胡霖社长还精辟地给他一一分析道：希特勒已经吞并了奥地利，如今又进占了捷克。这小子胃口大着呐！他这么一点一点地蚕食，列强安能眼睁睁地望着？大战注定是非打起来不可的了。从我们干新闻的这一行来说，这可是一个千载难逢的机会。现在，我就是想出钱派个记者过去，英国也未必肯让入境。如今，他们请上门来了，你还在乎什么？我马上通知会计科给你买船票，叫庶务科给你办护照！

　　不出几天，在胡霖社长快节奏的操持下，社里很快为萧乾办好了赴英任教的一切手续。其间，胡霖为萧乾准备的几十英镑生活费，以及过境用的法郎遭小偷光顾。胡霖知道后，二话未说，又立马为他补发了一份。在过去了几十年之后，人到晚年的萧乾先生每每谈及当年发生的这一幕时，心中就会由衷地升腾起对老社长胡霖的深深感激之情。胡霖是一位罕见的伯乐，一位极富人情、远见卓识的伯乐。他在萧乾的成长史上占据着不可动摇的一席之地。

　　在伦敦大学东方学院，萧乾教授着只有一两个学生的中文课。在轻轻松松任教的同时，他有更多的时间观察着处于战争状态中的英国社会的众生相，一丝不苟地履行着《大公报》特派记者的职责。由于来英国之前，萧乾刚刚采访过滇缅公路，并在那里逗留了三月之久，而这条公路正是由英国援建的，其对处在战争中的中国又是如此之重要，因此他应邀在英伦三岛的多个城市现身说法，做有关这条中国战时生命之路的演讲，宣传中国军民英勇抵御日本法西斯侵略的事迹。萧乾还积极参加了英国人民为支援中国人民抗战成立的公谊会和援华会的各项活动。在他的推动下，1941 年，公谊会组织了一支由 40 名英国青年组成的救护队，志愿前往中国从事医疗工作。在这支志愿救护队来华前夕，举办了为期 3 个多月的培训班。萧乾负责教会他们日常用汉语，以及讲授有关中国的地理、历史等方面必要的相关知识。抵达中国后，这支医疗救护队一直活跃在大动脉滇缅线上，用鲜血、生命和宝贵的医疗急救技术，为保障战时中国的这条生命之路，做出了宝贵的贡献。

　　1940 年初，也就是抵达英国不到半年的时间，应国际笔会伦敦中心秘书长欧鲁德的邀请，作为来自炮火连天的中国的一名作家和前沿记者，萧乾向英国的同行和听众做了题为《战时中国文艺》的精彩讲演。演讲中，他介绍了去世不久的著名诗人、英国人民熟悉的最早高举反法西斯侵略大旗的抗日斗士王礼锡，以及由著名左翼作家丁玲领导的八路军西北战地服务团等众多中国文化名人活跃在抗日救亡第一线的动人事迹。

　　演讲结束后，受当时在场听讲的国际笔会主席威尔斯的委托，欧鲁德热情地邀请萧乾加入国际笔会及伦敦中心。萧乾是因宣传中国作家抗战和反映同盟国抗击希特勒法西斯侵略战争业绩，并将它介绍给东方人民的中国记者的双重身份加入国际笔会的。

　　在 1940 年伦敦遭受希特勒法西斯狂轰滥炸的那几个月间，萧乾常常不顾自身安危，冒着上千架德寇飞机轮番"饱和轰炸"的危险奔走于火线废墟中，及时地向中国人民报道同仇敌忾的英国军民英勇抗击法西斯侵略，坚持生产、工作、生活的动人事迹。他几乎每周都要向重庆《大公报》提供一篇有关战时英国和欧洲战局的通讯,有的长篇通讯则需要好几天才能连载完毕。他为中国人民提供了一个了解战时英国军民战斗、生活的独特窗口。有时,稿源匮乏的《中央日报》,也不得不从《大公报》那里"批发"一些萧乾发自伦敦的二战通讯。由中国共产党主办的《新华日报》,则高度赞扬了萧乾的敬业精神,以及二战通讯的独到之处。

宣讲中国抗日和为弱小民族主持正义他赢得尊重

　　旅英6年,在紧张繁忙的讲学、深造、新闻采访中——而且这一切都置身于激烈的战争状态下,萧乾先后出版了5本专著。这5本专著都是介绍中国的——中国新文学运动、中国抗战文艺、中国战况、中国相关知识和近现代史。名叫《苦难时代的蚀刻》的第一本书出版后,几乎伦敦所有的报纸都为此发表了评论,赞扬"中国新文学充满了活力"。5本书出版后,受到了读者的普遍欢迎,因而曾一一再版过。

　　1941年12月7日,骄横不可一世的日本军国主义当局发动的珍珠港事件爆发后,太平洋战争由此拉开了序幕。与此同时,由于正式参与了对日本法西斯的宣战,英国的宣传媒体加大了对中国抗战的宣传力度。伦敦电影公司也邀请萧乾为他们创作了一部名为《中国人在英国》的影片。为此,电影公司专门为萧乾布置了一间类似萧乾在剑桥大学皇家学院读研究生的书房,录下了由萧乾担纲的全部解说词。在那一段时间里,历史悠久的英国广播公司约请了一些常驻伦敦的同盟国记者,用各自国家的母语向本国听众播讲,其主要内容为欧战局分析与预测,以及英国所起的作用。约请的美国广播评论员是《纽约时报》的驻英记者,而中国方面则由《大公报》特派记者萧乾担纲。萧乾向重庆广播的日子是每星期二。电台的规定是:头一天由萧乾提供英译本内容,到了第二天播出时则用中文,作为萧乾个人对二战战局及战时英国的观察。播讲顺利地进行了好几个月,效果也挺不错。后来,发生了一档子双方对时评内容各不相让的事情,使时评播讲起了变化。一次,在时评稿中,萧乾谈到了中国与印度这两个古老国家源远流长的友谊,对印度的独立运动明确地表示了同情的态度(时印度为英国托管)。按照约定,萧乾将事先译成英文的广播稿提前一天送至电台。但是没过多少时间,电台却派专人将此稿送还给了萧乾,内中还附了一封信,措辞委婉地要求萧乾把文中有关印度独立的那段内容删去,同时改用电台为他另行起草的一段内容。萧乾过目后认为:时评既是用他个人名义播的,那么,电台的这个做法就不太合情理了。思忖之下,萧乾也提笔写了一封回信,其大意是:如果英国政府就印度问题有所评论的话,他们尽可以用自己的名义去发表,而他萧乾无意充当英国女王陛下政府的代言人。就在广播时间到来的前一个小时，萧乾坦然地将自己的这一立场通报给了英国广播公司。这样一来，左右为难的英国广播公司不得不临时改换节目，将本应由萧乾广播的内容改播了音乐。从此之后，英国广播公司的时事评述栏目，也就不再以盟国记者的名义播出，而是改由雇员播送公司审定的讲稿。然而，这并不影响广播公司同萧乾之间业已形成的友好合作关系。后来，该公司远东组组长乔治·奥维尔先生还充分发挥萧乾的另一特长，邀请他对美国及印度多次做有关文学范畴的专题广播。

1943年的岁末，由重庆国民党政府派出的以王世杰、王云五为首的中国友好访英团抵达伦敦。在这个访英团成员中，有4年前力挺萧乾赶赴英国任教的重庆《大公报》社长胡霖先生。这一回，浑身上下充溢着高度新闻职业敏感的胡霖，再一次力挺萧乾迈向激战中的欧洲战场。

具有非凡超人目光的胡霖，告诉眼前这位于一年前辞去伦敦大学东方学院教职、而今正在剑桥大学皇家学院撰写文学硕士论文的爱将说：现在墨索里尼完蛋了，纳粹在斯大林格勒被红军打得落花流水……依我看，西线沉寂的日子将很快过去，盟军非反攻不可，而且是把希特勒夹在中间狠狠地打！

随即，仿如4年前雷厉风行地任命他为《大公报》驻英特派员那样，胡霖迅即正式任命萧乾为《大公报》特派员兼伦敦办事处主任。

六个月后，盟军在诺曼底登陆了，一场以彻底埋葬希特勒法西斯为总目标的西线大反攻全面开始了。

很快，萧乾向英国新闻部呈递了附有重庆《大公报》证明书要求充任战地记者的申请。正是由于自1939年及抵英后，萧乾一直兼任《大公报》驻英特派记者，更是由于他的勤奋多产和英国广播公司的好评，曾经审阅过萧乾撰写的大量反映英国本土战时通讯的英国新闻部，异常迅捷地给他颁发了相应证件。在这份贴有萧乾本人照片和标明他所属的中国《大公报》名称的战地记者证上，颁证部门这样标注道：

此人如被俘，应按照国际联盟规定，享受少校级待遇。

就这样，身着盟军少校戎装的萧乾开始了追赶他所服务的美军第七军挺进希特勒法西斯巢穴的战地记者生涯。

与老友斯诺战地重逢，令他窥见了活的中国的灿烂前景

令萧乾意想不到又欣喜异常的是，1944年秋天，在盟军刚刚解放了的巴黎，

供盟军各路战地记者下榻的斯克里伯旅馆的酒吧间里，一身戎装的西方战地记者斯诺——他当时是获得苏联方面特别许可采访东线（苏联和东欧战场）的六名美国记者之一，与同样穿着军装英姿勃发、正准备随盟军挺进希特勒巢穴的中国《大公报》欧洲战场记者萧乾重逢了。然而，又是一个令萧乾意想不到的是，对于这次两人的意外重逢，斯诺向他说的第一句话，并不是有关战争的话题，也不是分别多年的人们在异国他乡乍一见面时呈现出的异常激动，或互致寒暄，或询问老朋友的现状，却是"鲁迅是教我懂得中国的一把钥匙"。这句令萧乾进入晚年后一再向人提及的经典名言。自然，这也是老朋友斯诺的肺腑之言。

斯诺为什么会在追剿法西斯希特勒的战争大规模展开之际，脱口说出这种在常人眼中"不着边际"的话呢？

毋庸置疑，这是斯诺在中国"探险"的十三年卓有成效的实践中获得的真谛。

从斯诺一张口就说出的这句话里，萧乾的感觉是："我深深感到他身在欧洲，心还牵挂着中国。"

继说出这句话后，斯诺又向萧乾解释道：他在中国的岁月，是他一生中最难忘、也是最重要的一段日子。他自幸能在上海结识了鲁迅先生和宋庆龄女士。他十分怀念中国，特别怀念孙中山先生夫人宋庆龄，认为正是她以及鲁迅使他认识到真正的永恒的中国。那是关东军、戴笠或任何邪恶势力都征服不了的。

事实也正是如此。

令斯诺为之大开眼界的，并不单纯是鲁迅那些富有哲理的向旧世界宣战的作品，而是鲁迅独特的富有中国民族特色的逻辑思维。而鲁迅对整个世界和中国未来发展的看法，从某种程度上来说，甚至要比斯诺所敬仰的另一伟人毛泽东还要有远见卓识一些。

在1933年2月21日两人的初次晤谈中，鲁迅精辟地认为（斯诺亲笔记录，见其《鲁迅印象记》一文，后收录《我在旧中国十三年》一书，北京三联书店1973年出版——引者注）：

"民国以前，人民是奴隶。"鲁迅说，"民国以后，我们变成了前奴隶的奴隶了。"

"既然国民党已进行了第二次革命了，"我（斯诺）向鲁迅问道，"难道你认为现在阿Q依然跟以前一样多吗？"

鲁迅大笑道："更坏。他们现在管理着国家哩。"

"你认为俄国的政府形式更加适合中国吗？"

"我不了解苏联的情况，但我读过很多关于革命前俄国情况的东西，它同中国的情况有某些类似之点。没有疑问，我们可以向苏联学习。……此外，我们也可以向美国学习。但是，对中国来说，只能够有一种革命——中国的革命。我们也要向我们的历史学习。"

正是鲁迅那独特的不同凡响的思维，使得斯诺和后来成为他妻子的海伦·福斯特改变了"想看一看中国就走"的初衷。20 世纪 80 年代中叶，独居在美国康州麦迪逊小镇小木屋里已经进入暮年的海伦·福斯特对我国访问学者安危先生这样描述道：

"埃德和我先后结识了宋庆龄和鲁迅，他们就像磁石一样吸引着我们。他们使我俩明白如何去研究中国社会，怎样去认识错综复杂的中国问题。我们从宋庆龄和鲁迅身上发现了东方的魅力，看到了中国的希望。在中国，埃德和我受宋庆龄、鲁迅的影响最大。我俩不谋而合，最初的计划极其相似，都想看一看中国就走，结果一待下来，竟是十几个年头。"

萧乾先生后来在其所著的《斯诺与中国新文艺运动》一文（刊 1978 年创刊号《新文学史料》）中开宗明义地向我们介绍道：

30 年代上半期，斯诺在中国曾做过一件极有意义的工作：他和他当时的妻子海伦·福斯特（佩格）花了不少心血把我国新文艺的概况及一些作品介绍给广大世界读者，在国际上为我们修通一道精神桥梁。这项工作同时也使斯诺大开眼界，他从中国事态的表层进而接触到中国人民的思想感情，使他在对中国现实的认识上，来了个飞跃。40 年代中期在一次会晤中他告诉我，在这条路上指引他的是鲁迅先生。《活的中国》是《西行漫记》的前奏。

萧乾先生指出：一九二八年这个密苏里出生的美国青年来到中国时，才二十三岁。他自己说，像所有的冒险家一样，他到远东最初也是来撞大运的。然而皇姑屯的炮声很快震撼了他。随后，由于认识了鲁迅先生和孙夫人，他接触到中国人民为抗日、为民主而进行的英勇不屈的斗争。同时，为了编《活的中国》，他读了鲁迅先生和三十年代其他中国作家的作品。同旁的外国记者不一样，他看到了一个被鞭笞着的民族的伤痕血迹，但也看到这个民族倔强高贵的灵魂。通过新文艺创作中的形象和其中的精神世界，他一步步地认识到中国人民的伟大并成为我们革命事业的同情者。

萧乾先生进而指出：《西行漫记》问世于一九三八年。在那之前，斯诺最重要的一部书不是《远东战线》（一九三三年），而是《活的中国》。这本书的编译，也正是他在鲁迅先生指引下，认识旧中国的现实和新中国前景的开端。

那个时代报道震撼世界大事件最多的中国记者

与斯诺在巴黎一起意外地盘桓了大半天，且是两人人生中的最后一次会面结束后，萧乾立即马不停蹄，赶往了昔日不可一世欲图吞并整个地球的法西斯希特勒政权正摇摇欲坠的德国境内。然而，当萧乾刚刚进入满目疮痍的德国境内，尚不及深入前线采访战事，便又一次遇到了意外，而且是在欧洲战场上其他中国记者不曾相遇的意外，令他一生新闻和文学生涯锦上添花的意外——在美军第七军莱茵前线，萧乾意外地收到了司令部派遣专人送至的一封急电。电报要他火速赶返伦敦，接受另一个重大使命：前往美国旧金山采访联合国成立大会……

给他拍发这封急电的正是他的顶头上司胡霖，胡霖也是中国出席联合国成立大会的代表团成员之一。

采访联合国成立大会期间，面对十几位国民党"中央社"记者得天独厚的垄断性优势，在胡霖的精心安排下，萧乾作为民营报纸《大公报》的记者，抢先一步向国内发出了苏联政府代表团团长莫洛托夫向中国政府代表团团长宋子文提出的关于订立"中苏互不侵犯条约"的独家新闻。萧乾还有幸多次同代表团中的中国共产党代表董必武同桌共餐——这是他后来毅然放弃在英国的优越生活条件，回国报效的原动力之一。

当时活跃在二战欧洲战场上的中国记者中，乃至众多的外国战地记者中，萧乾先生是时代的幸运儿，他是唯一一位跟随美军挺进莱茵河，尔后中途折返英国乘船转赴美国旧金山报道联合国成立大会（1945年4月25日），并在美国各地采风的中国记者——此时，盟军在德国的战事已接近尾声；尔后，萧乾又飞返他为之生活、工作了6年之久的英国首都伦敦，报道令全世界人民大跌眼镜的导致功勋卓著的丘吉尔下台的英国大选（1945年7月26日），以及戏剧性走马灯式地两任英国首相出席的波茨坦三巨头聚会（1945年7月17日—8月2日）；尔后，他长时间驻留已被盟军完全占领了的德国进行采访。之间，他还见缝插针进入西欧诸国深入采访，是报道独家新闻、战后各国包括战俘和吉普赛人在内各阶层人民生活最多的一位中国记者。之后，他还采访了纽伦堡国际大审判，并深入德国全境采访。

与此同时，趁着采访波茨坦美、英、苏三巨头历史性聚会的空隙，素有平民情结的萧乾，首先想到的是六年欧战期间被迫滞留在德国境内的那些中国留学生，他们更需要祖国亲人的抚慰。之后，他将竭尽全力采访到的真实情况，匠心独具地向国内发出了一个又一个有名有姓同胞的平安电讯。重庆《大公报》刊出后，很快接到了这些留德学生亲属的感谢电、函，以及广大读者的内心感观，从而进一步提高了《大公报》在国人心目中的亲和力。这是国民党御用新闻机构的大员们不曾想到的。为此，萧乾又一次受到了社长胡霖的褒奖。

他是一个儿不嫌母丑的炎黄子孙佼佼者

1946 年初，凭借过去七年中为促进中英、中欧人民伟大友谊的出色表现与业绩所获得的英国当局给予他的优先权，萧乾携着伦敦办事处为《大公报》挣下的丰硕家产——几辆奥斯汀小轿车与当时堪称国内首屈一指，连国民党喉舌《中央日报》也不具备的一套彩印设备，乘坐格林诺高号货轮，回归了阔别已久的祖国。

归国不久的一天，多年来一直提携并对萧乾一生产生重大影响的《大公报》老板胡霖把他叫了去，说是南京国民政府当局同他商量，要借调萧乾重返伦敦，接替叶公超担任驻英使馆的文化专员职务。为此，胡霖征询萧乾的意见。但萧乾一听，二话不说，就坚决地予以谢绝。萧乾坦然说出了自己心底的想法："我不是国民党员，平生也最怕做官，如今好不容易回来了，再也不想走了。"

萧乾拒绝去伦敦担任国民政府派驻的文化专员的使命的做法，在他与英国籍的妻子谢格温之间还产生了一场不小的风波。从此，也埋下了家庭离散的祸根。

然而，离奇的事情接踵而来。在他拒绝去伦敦的使命不久后的一天，在上海金融界供职的一位头面人物——国民政府财政部长孔祥熙的左右手，请萧乾吃饭。此时的萧乾既担任着上海《大公报》文艺版的负责编辑和专门撰写国际性社评的主笔，同时又担任着复旦大学的教职。席间，一位自称是安徽大学校长的人向萧乾提出，请他去为蒋介石左右手的军委会参谋总长陈诚将军讲一讲欧洲战局。萧乾听后，如同前不久一口拒绝国民政府外交部要他去担任驻英使馆文化专员那样，当席予以了回绝。但是对方并不死心，之后一连去了三趟他供职的复旦大学。最后，某校长退而求其次的说辞是：如果他不肯给陈诚总长一个人讲，他们可以为萧乾单独开设一个班，陈诚也在座听讲行不行？然而，萧乾还是予以了坚决拒绝。

上海的世道太复杂了，继家庭遭人破坏后，根本不能适应中国生活的妻子谢格温宣布与他彻底分手，独自一人回了英国。但萧乾又不想出国，无奈之下他只得又去了香港。

此时的萧乾，正如其晚年回首往事时所描绘的那样：

1949 年初，我曾站在生命的大十字路口上，需要做出决定自己与一家人命运的选择。当时，我母校剑桥大学要成立中文系，系主任何伦（Gustar Haloun）教授邀我去讲现代中国文学课。他不但函约，三月间还亲自来到香港。他从《大公报》馆打听到我的住址后，就气喘吁吁地来到了九龙花墟道我家，苦口婆心地劝我接受大学的聘请。他说此行一则为新创办的中文系购置一批书籍，再就是促我去剑桥。这回和 1939 年那次大不相同。大学不但负担全家旅费，还答应给我终生职位。

两天后，这位怕爬楼梯的老教授又来了。这回先声明不是代表大学，而是作为一位老朋友来规劝我。

临告辞，他说第二天早晨再来听回话，还逗了逗坐在婴儿车里吮着奶瓶的铁柱儿说："为了他，你也不能不好好考虑一下。"

风闻我要去北平，几位东方的"何伦"也上门来劝阻。有的为我出起主意："上策嘛，还是接下剑桥这份聘书。中策？要求暂时留在香港工作，那样既可以保持现在的生活方式，受到一定的礼遇，又可以静观一下。反正这么进去太冒失了。进去容易出来难哪！有老朋友了解你？到时候越是老朋友越得多来上几句。冲你这个燕京毕业，在国外待了七年，不把你打成间谍特务，也得骂你一通洋奴……"

整整一个晚上，翻来覆去，辗转难眠，考虑再三，萧乾终于下了决心。

担忧归担忧，也许正是五年前巴黎斯克里伯饭店酒吧间里与老友斯诺重逢时的一席谈所起的作用，在主导着他的中枢神经。最终，萧乾恋家恋国的情结，还是牢牢地占了上风。

在煎熬中一夜无眠，头脑却异常清醒的萧乾，早晨起来在去《大公报》上班前，他给何伦教授留了一封短简。短简上面是短短的 46 个字的表白：

十分抱歉，报馆有急事，不能如约等候。更抱歉的是，白白害你跑了三趟。正是为了这个娃娃，我不能改变主意。

说实话，他并不是没有"路"可走，而是他根本不想走洋朋友和香港朋友们为他铺设的舒适而又平坦的路。一句话，他要走依据自己独立思考架设的路。

还是在何伦教授几次三番地力邀他去剑桥大学讲授中国文学之前，也就是国民党全面溃败大陆之际，对他有所器重，正在美国做着国民政府特命全权大使的胡适博士力邀他赴美国发展，但同样被他拒绝了。他的心，与美国老友斯诺的心是一致的：已经同中国共产党即将启航的新中国大业这艘巨轮紧紧地维系在了一起。

这一年 8 月底的一天，也就是新中国成立的一个月前的一天，萧乾领着一家人自香港登上"华安轮"经青岛抵达天津塘沽港，换乘火车回到阔别 12 年之久的北平。

在这之前，1949 年的 7 月，萧乾应邀北上，参加了在即将还原为首都北京的北平举行的属于新中国第一次文代大会。但在这之后的三十年间，他一直背负着"某大权威"强加给他的莫须有的所谓主编过美帝国主义走狗的御用工具《新路》的黑锅，而被排斥在新中国的文艺队伍外面……（秋石注：真实的历史是，北平解放前夕，这家纯粹由北平几所大学著名教授主持的名为《新路》的刊物出版不久，即遭到了国民党当局的查封，永远夭折了。至于萧乾，虽然在刊物酝酿阶段，担任主编的清华大学教授吴景超等人力邀他主持国际问题及文艺栏，但在刊物问世前，萧乾则明确表示了不参与的态度与立场。事后出版的刊物上，也并没有萧乾的名字或由他撰写的文章出现。)

尽管他饱尝了近 30 年被归入另类的人世间冷眼和酸楚，但他从来没有动摇过对自己祖国的信念。就是在晚年他平反复出后，海外有人向他抛出橄榄枝，他也不为心动。

毋庸置疑，他是一位名副其实的炎黄子孙。虽说后来有 20 多年的光景，他以及他的家庭遭受了极不公正的非人道待遇。但直到晚年，他仍然心平如镜。他是一个儿不嫌母丑的人，一位值得我们尊崇的新闻界前辈和文学界前辈。

韬奋先生在上海

孔明珠 祖籍浙江桐乡，生于上海。出版社工作 10 年后东渡日本，20 世纪 90 年代开始写作。前《交际与口才》主编，编审。中国作协会员，上海作协理事。著有《东洋金银梦》《孔娘子厨房》《七大姑八大姨》《上海妹妹》《煮物之味》等十几部著作。作品被介绍到日本以及台湾地区出版。2013 年获《上海文学》散文奖。

邹韬奋

——伟大的爱国者，杰出的民主战士，中国革命知识分子卓越代表，著名新闻记者和出版人

——20年代著名品牌《生活》周刊主编，生活书店（三联）创始人

——抗日期间"救国会案件"中入狱坐牢的"七君子"之一

——解放后以他的名字命名的"韬奋奖"为中国新闻出版界最高编辑奖项

——他的政论和著作至今是中国新闻学教材

今年是邹韬奋先生诞辰120周年。缅怀先生之际，回忆起十年前对韬奋先生的女儿，韬奋基金会副理事长，《交际与口才》杂志社社长邹嘉骊所做的采访。

2005年11月，北京和上海两地分别举行了隆重的纪念邹韬奋先生诞辰110周年纪念活动，洁白素雅的新书《韬奋年谱》散发着油墨的芳香。三本书的封面上印着：邹嘉骊编著。邹嘉骊是韬奋先生的女儿，韬奋基金会副理事长，《交际与口才》杂志社社长。采访邹老师，探索一代新闻工作者先驱邹韬奋先生在上海的足迹，是我很久以来的愿望。2006年春节大年初三，此愿终于以偿。

冬日屋外寒风呼呼，邹老师的家中很温暖，老人家今年76岁了，齐耳的短发，两鬓略显斑白，慈眉善目，言辞温婉，她轻轻地叹了一口气，回忆起爸爸那如烟的往事。

17岁到上海入南洋公学，显露写作才能

邹韬奋先生1895年11月5日出生，祖籍江西余江县，父亲做过清代的候补官，辛亥革命后受到"实业救国"思想的影响筹办工厂，虽结果负债累累，却仍坚持理想，欲将儿子韬奋培养成强国利民的工程师。1912年父亲携韬奋来到上海，17岁的他进入了上海南洋公学（交通大学的前身）读书。小韬奋非常聪明、用功，学习成绩不负众望，一直遥遥领先于同学，然而，他心底的文学梦想却时时涌动，他的理想是做一个新闻记者。

上海是韬奋先生的第二个故乡，他的大半生与上海有着不解之缘，学习、工作、婚姻，很多故事发生在这里，居住过的地方不下七八处。

通读韬奋先生的自传《经历》，常常被他所写人和事的细节惹得笑出声来，邹老师说，是呀，爸爸是一个有趣的人，在《忆韬奋》这本书里面，很多人回忆到他的文字，说很受感动，因为文字背后有人，他是用真情写作，而"浅写"是韬奋先生文风的标志。

　　在南洋公学附属小学，韬奋最喜欢国文课，沈永癯老师批卷子很严格，最好的文章，在题目上加三圈，其次的加两圈，再次的加一圈。此外还在句子的精彩之处加双圈。于是同学间就有了竞争。韬奋显然很在乎他作业本上的圈多圈少，很重视他的"劲敌"，故对写作产生了浓厚的兴趣，闲暇时猛看《纲鉴》，读《史论》。其实，韬奋小时候的算学成绩也很好，但是他内心却不那么喜欢，没有自发的动力，不像他弟弟会自己去买一本《珠算歌诀》到算盘上去研究九九归一的问题。韬奋喜欢文科，仰慕沈永癯老师的人格魅力，常常跑去他那里请教，从老师的书橱中借当时梁启超主办的《新民丛报》回来，在帐子中偷点蜡烛看到深更半夜。

　　进入中院（中学）后，韬奋笑话自己"向上爬"的心理很严重，仍然硬着头皮啃数理化，然而却已属"外强中干"。也是韬奋先生的幸运，南洋公学在注重工科之外，积极提倡研究国文，英文的教学水平除了圣约翰大学，就是这老牌的南洋公学。由是，韬奋先生国文和英文在中学里打下了很坚实的基础。尤其是他的文学写作兴趣被一位朱先生进一步点燃，朱先生课堂上近乎可笑的"一点不肯拆烂污"的认真态度，改文章的本领和写作的要诀都使韬奋一生受用。

　　可是，入中学几个月后，韬奋先生的经济就陷入了绝境，家里没钱支持他了。一天在学校的图书馆他偶然看到《申报》的《自由谈》栏目刊登着请作者领取稿费的通知，不觉惊喜，决定投稿。一个中学生能写什么，写什么才能换来钱呢？聪明的脑瓜子一转，想到自己的特长——英文。于是，韬奋便到图书馆的英文杂志上寻找选题，选译几百个字一篇的健康卫生方法或科学上有趣的发明等等，投到《申报》。几次石沉大海后，他不泄气，继续抽出时间译稿、投稿。终于有一天打开《申报》居然看到了自己的"大作"和胡乱起的笔名"谷僧"。

　　现在看韬奋先生当时的投稿选题，不难发现他与生俱来的个性，有主见，很少阶级偏见。做事情首先考虑为大众服务。那些国外的科学思想、实用的健康信息给尚处在封建思想十分浓厚，消息相当闭塞环境中的中国人以一种冲击，获得一种打开窗户豁然开朗的效果。

　　第一次拿稿费的景象是有趣的。韬奋携着弟弟先去小摊上刻了一个图章，跑去伸手取钱。韬奋先生在自传中形象地写道："心里一直狐疑着，不知到底能够拿到多少。不料一拿就拿了六块亮晶晶的大洋！如计算起来，一千字至多一块钱，但是我在当时根本没有想到这样计算过，只觉得喜出望外。我的弟弟比我年龄更小，看见好像无缘无故地柜台上的人悄悄地付出几块大洋钱，也笑嘻嘻地很天真地为我高兴。我们两个人连蹦带跳地出了申报馆一直奔回徐家汇。"好玩的是，这两个孩子钱到手后萌发了企图"暴富"的心理，"居然土头土脑地下决心掏出一块大洋买了一张彩票"，结果当然是打了水漂。

受到鼓舞，韬奋先生的投稿积极性更高涨了，他又向商务印书馆出版的《学生杂志》进军。几千字一篇的有关学生修养方面的文字滚滚地"炮制"出来，写作有了深度和理性，上了一个台阶。

考入圣约翰大学，自我奋斗不止

韬奋先生不断地寻找着适合自己读的书，不断探索自己将要走的人生道路。此时他愈来愈觉得自己不适合当工程师，一次听考入圣约翰大学医科的同学讲起那里的文科环境，不觉欣喜向往，决定投考。

圣约翰大学是上海最著名的老牌教会学校，也是著名的贵族学校。我问邹老师：为什么说韬奋在圣约翰大学是"穷小子"？邹老师说是穷小子啊，你看爸爸在圣约翰大学和同学的合影。好几本有关韬奋的书中都收了这张9人合影。合影中的邹韬奋在后排居中，果然是头发很短，脸型清瘦得露出病态，穿的袍子单薄且皱巴巴的，而其余的同学，不是西装白裤浅色皮鞋，就是小分头梳得油光光一副贵族公子的模样。而韬奋先生完全是凭借自己扎实的学习成绩和几个月赴宜兴当私塾"老学究"赚来的学费，顺利"杀入"圣约翰大学。

圣约翰大学良好的学习环境使韬奋如虎添翼，可是冬天别人棉衣上身了，韬奋还穿着单衣，夏天的蚊帐破洞百出，还有三弟弟也到上海南洋公学读书需要他接济。金钱的压力迫使他既要"节流"，又要"开源"。古往今来，大多数文人"文字都为稻粱谋"，像托尔斯泰那样穿睡袍在洋房中踱步，口授给女秘书写作的可谓渺若星辰。韬奋先生身边虽然也有一些能"救急"的好人，但他必须自我"救穷"才行。

到图书馆打夜工，辅导考高中的学生，写作投稿组成了韬奋自我救穷的三部曲。这个心向高远，睿智，意志坚忍不拔且生性幽默、乐观的年轻人就这样在压力下，高唱着三部曲一步步成长，于1921那年从圣约翰大学毕业。

韬奋先生大学毕业后的第一份工作和新闻界无关，走的是"曲线就业"的道路——去上海纱布交易所担任英文秘书。虽然工作比较枯燥、简单，韬奋还是勉力而为，并同时去《申报》兼职翻译英文信函，去上海青年会中学代课。初涉社会，有心积累了那么多的职业经验后，机会必将来临。中华职教社聘请韬奋先生当编辑部主任，从此正式开始了邹韬奋先生的新闻职业之路。

进入中华职教社，接办《生活周刊》

中华职业教育社大楼地处雁荡路南昌路口，是一幢古老而雄伟的大厦，至今保存完好。邹嘉骊老师说，记得我年轻的时候也在里面读过书，考过试。韬奋先生20世纪20年代就在这幢大厦中主持两种工作，一是编辑职教社所出的月刊《职业与教育》，二是编辑职业教育丛刊，后来教英文，兼任教务主任，晚上读书写作、备课，忙得不亦乐乎。

正如韬奋先生自己所说："但是能使我干得兴会淋漓，能使我的全部身心陶醉在里面的事业，竟渐渐地到来，虽则只是渐渐地到来。这是什么呢？这是民国十四年十月（1925年）间创办的《生活周刊》！"几乎是在韬奋先生的长子呱呱坠地的同时，韬奋先生接办了《生活周刊》，把全副气力都用在工作上面，他的夫人说，怕是你想把床都搬到报社去了。

接办《生活周刊》是韬奋先生事业上一个里程碑。当时印数是2 800份左右。而在韬奋先生手中到达最高峰时的印数是15.5万份！

《生活周刊》原本是中华职教社办的机关刊物，主要用来赠送社员和教育机关。韬奋先生接编后，根据读者需要，改变编辑方针，以讨论社会问题为主，同时辟"信箱"专栏，为读者解答各种人生的疑难问题，如生活、求学、职业、婚姻、医药等各种问题。读者给周刊社来信，韬奋先生主张每信必复。这样，在同仁们的努力下，《生活周刊》从不为人注意的内部刊物，发展成社会影响力很大的媒体。

《生活周刊》社开初只有两个半人，在辣斐德路（现复兴中路）444号的一间很小的过街楼内办公，到1928年业务逐渐扩大后，才搬到华龙路（现雁荡路）80号，有了像样的房子。

韬奋先生找到了自己心爱的工作，他夜以继日扑在刊物上，不仅开会定选题讨论，还亲自编稿、改稿，没有一个错别字想逃过他的眼睛，也没有一句高深莫测老百姓看不懂的话能够混上版面。此外，韬奋先生最着力的是每期必写的"小言论"。虽是每周短短的数百字，耗费了他很大的精力。小时候在老师那里学来的"不肯拆烂污"的精神此时发威，有过之而无不及。周刊社穷，几乎没有稿费，于是必然只得由他自己扮演甲乙丙丁，大唱独角戏。这一来，写作上过瘾是过瘾了，一天24小时哪里够他用呢？

韬奋先生的婚姻和爱情

韬奋先生的第一次婚姻几乎是指腹为婚的。韬奋说："我的父亲和我的岳父在前清末季同在福建省的政界里混着，他们因自己的友谊深厚，便把儿女结成了'秦晋之好'，那时我虽在学校时代，五四运动的前奏还没有开幕，对于这件事只有着糊里糊涂的态度。后来经过'五四'的洗礼后，对这件事才提出异议。"

　　但是，韬奋的抗议没用，双方家长都不同意，尤其是未婚妻叶女士秉着"诗礼之家"的训诲，表示情愿为韬奋而终身不嫁，于是僵持不下。这样坚持了几年，韬奋先生感到于心不忍，只好回乡还婚。

　　韬奋先生真是个有趣的人。他在自传中回忆当初的婚礼时讲笑话说，因为他是维新人物，岳丈家对他十分看重，都顺着他的意思办。韬奋作为新郎发表演说是顺理成章，他认为一个新式男人当众讲几句话总是会的，可当时硬是要勉强新娘演说，弄得她担了好几天的心，结果敷衍过去。可是居然还不算，要让岳父也演说，可怜的老实人，整整几天手里拿着一张白纸，踱来踱去背诵，结果到了当天，站在几百个客人面前时，竟全部忘记了。后来他想想真是太难为人了。不幸的是，结婚只有两年，这位以韬奋为最重，待他十分温厚的女子患了伤寒症去世了。韬奋一度很悲伤。

　　1926年元旦，韬奋先生与沈粹缜女士在上海永安公司的大东酒家设宴结婚，以后生了三个孩子，两男一女。

　　那么，韬奋先生和沈粹缜是怎样认识的呢？邹老师回忆起此事，脸上露出了笑意。她说，爸爸在上海，妈妈在苏州，他们是通过中华职教社的同事介绍认识的。记得爸爸是坐火车去苏州相亲的，在苏州留园和妈妈见面，真可以说是一见钟情。沈粹缜比邹韬奋小6岁，出身名门世家，聪慧温良，在北京读的书。她的姑姑沈寿是我国近代著名的刺绣大师，在姑姑的言传身教下，沈粹缜专攻美术和刺绣，她手十分巧。长大后考入"女红传习所"当小先生，还是美术科主任，她琴棋书画都会，配色很在行，世面见得多，接受近代思想，谈吐也十分新式。韬奋先生一见之下非常满意。相亲结束回到上海后，立即发挥他的专长，将一封封滚烫的情书寄到苏州，开始了鸿雁传书。

　　韬奋先生是个很幽默风趣的人，他沉浸在爱情中，花样百出，一会儿用上海话，一会儿用苏州话写信，沈粹缜没有精神准备，拿到信一下子竟然看不懂。看到产生戏剧效果，韬奋再调皮地坦白出来。热恋期间，韬奋写文章时常常不由自主地将女朋友的名字署上去，再将文章拿去给沈粹缜看。邹老师说，妈妈欣赏爸爸的才华，支持他的事业，一生非常爱爸爸，自始至终。韬奋先生找到了他的真爱，但是他当时还很穷，结婚时花费的钱还是借来的。

　　婚礼以后，韬奋和妻子借住在上海辣斐德路成裕里（现复兴中路221弄18号）一间石库门房子里。婚后两年，他们搬到劳神父路玉振里，也就是现在的合肥路458弄5号。1926年，长子邹家华（嘉骅）出生，1929年次子邹竞蒙（嘉骝）出生，1930年女儿邹嘉骊来到人间。女儿出生时，他们在上海的住处是吕班路万宜坊，也就是如今的韬奋纪念馆。

　　邹嘉骊老师和母亲沈粹缜在上海还住过淮海中路的上海新村和康平路大院。

韬奋先生和夫人一生恩爱，他逝世以后，周恩来致沈粹缜的信中说："由于您的协助和鼓励，才使他能够无所顾虑地为他的事业而努力……"是的，沈粹缜与韬奋风雨同舟，经历了那么多的磨难，含泪送走先生，她独自挑起了家庭的重担，抚养孩子，培育出邹家华（原国务院副总理）、邹竞蒙（原国家气象局局长）两位优秀儿子，培养出邹嘉骊这样的好女儿。解放以后在中国福利会工作。1997 年 1 月 12 日，沈粹缜在上海因病去世，享年 96 岁。

抗日救国，被迫流亡国外

1931 年，日本帝国主义在我国制造了"九一八"事变，民族危机空前严重。韬奋坚决反对国民党反动派的不抵抗主义，以《生活周刊》为阵地，强烈主张抗敌御侮。韬奋先生运用他的笔杆呼吁民众，他说，《生活周刊》就是为劳苦大众的利益而奋斗的。

面对民众高涨的爱国热情，《生活周刊》号召全国通报捐款援助东北抗日军队以及东北义勇军，得到各地读者的响应，一下子捐款数达到了 17 万余元。与此同时，《生活周刊》的销量猛增，达到了 12 万份。

1932 年"一·二八"淞沪战争爆发，日本帝国主义袭击上海，十九路军奋起抗战。《生活周刊》立即刊登了"上海血战抗日记"，并出版《紧急临时增刊》及时报道战况，鼓舞军民抗战斗志，呼唤人民宁死不屈抗日。他在周刊上用显著位置刊登抗日文章，态度鲜明，突出标题，表现出大无畏的精神，给民众以强烈的振奋感。

此时，《生活周刊》的印数激增为最高峰：155 000 份，打破了当时中国杂志界的发行纪录。韬奋创造了一个奇迹，这种紧贴民众需要，与时俱进的办报、办刊风格至今还常常被学新闻、搞出版的人津津乐道。

1932 年 7 月，在共产党人胡愈之的帮助下，韬奋先生创办了著名的生活书店，出版了大量的进步报刊和书籍，在当时对唤起大批爱国青年的热情，功不可没。它的内部体制和服务宗旨是独创的。生活书店是一个合作社，由社员共同经营，以促进进步文化事业、为社会服务为宗旨；对内采取民主集中制；领导机构理事会由全体职工选举产生。韬奋先生被选为理事会主席。生活书店成立时的店址在上海陶尔斐斯路（现南昌路东段）48 弄的弄口。后来发展到全国共有 56 个分支店的规模，经营、管理的模式都是由韬奋先生等人独创的。

1933 年 1 月，韬奋先生在上海参加了由宋庆龄、蔡元培、杨杏佛等发起组织的中国民权保障同盟会，被推举为执行委员。

1933 年 6 月 18 日，中国民权保障同盟总干事杨杏佛先生在上海被国民党暗杀，白色恐怖笼罩全国，韬奋先生的名字终于上了国民党的黑名单，于1933年7月被迫离开上海做第一次流亡。1933年7月到1935年8月，韬奋考察了英、美、法、德、意和苏联等国，到大学听课，图书馆读书，了解世界大事，求索自己民族的出路。他陆续写下70万字的考察心得寄回上海，在《生活》周刊和《新生》周刊上刊登，后集成《萍踪寄语》1、2、3和《萍踪忆语》出版。在国内影响非常广泛。

1935年8月，韬奋先生回国。眼看国事危殆，立即以全新姿态投入战斗。经过短期筹备，11月便办出一张崭新的报纸——《大众生活》周刊。提出三大目标：1. 民族解放的实现，2. 封建残余的铲除，3. 个人主义的克服。明确提出抗日民族统一战线的主张。周刊的销量创下当时全国最高纪录。

韬奋先生办报的进步倾向，他的无畏精神和日益增长的影响力大大地惹怒了国民党反动派，国民党先是派宣传部长张道藩和特务头子刘健群对韬奋进行威胁，继之蒋介石授意上海大亨杜月笙中间调停，企图使韬奋改变立场。但是韬奋"三军可夺帅，匹夫不可夺志"。国民党如芒刺在背，拿他没有办法。

为了免遭国民党迫害，韬奋被迫做第二次流亡。此次目的地是香港。到香港后他一刻也没闲着，创办了《生活日报》。7月，韬奋和沈钧儒、章乃器、陶行知联名在《生活日报》上发表《团结御侮的几个基本条件和最低要求》，并印成小册子，要求国民党停止内战，承认中国共产党的合法地位，各党派联合起来共同抗日。后来，国内局势变化，救亡运动需要韬奋，他回到上海。

闻名中外的"七君子事件"

国民党反动政府媚敌卖国，残酷镇压人民群众的抗日救亡运动，公然逮捕爱国人士。从50年后日本友人仁木富美子在日本发现记载日中战争的《现代史资料》中，可以看到"七君子事件"完全是日本侵略者与国民党反动派狼狈为奸、秘密策划的阴谋。从那一封封日本驻沪领馆发回日本的秘密情报中看到，韬奋先生便是由日本人点名拘捕的救国会领导人之一。

1936年11月22日深夜，韬奋在自己家中被捕。同时被捕的另6位救国会领导人是：李公朴、章乃器、沙千里、沈钧儒、王造时和史良（女）。

这次拘捕的过程被富有幽默感的韬奋在《经历》里面写得十分戏剧化，他的裤带、皮鞋带和须臾不可离的近视眼镜都被除去，变得像猴子和瞎子。隔天被律师保出后由朋友"拥进汽车，直驱觉林去吃晚饭。这时我还带着'半瞎'的眼睛，拖着没有带子的皮鞋，领和领带也没有，大家都说我的面孔瘦了好多，面色也憔悴得很，我想这时的形态也许很像上海人所谓'瘪三'了！……这夜我回来好好地洗个澡，很舒适地睡了一夜。"

不料第二天韬奋被再次拘捕，被押送到特区第二监狱。好笑的是，监狱办事人员例行公事问他犯的什么罪？韬奋脱口而出："救国"！办事员听了这两个字，毫不迟疑地在簿子上写下四个字："危害民国"。

此"救国会案件"震惊了全国，七位"爱国犯"博得人民群众的无限同情和尊敬。人们尊称他们为"七君子"。在监狱中，他们除了坚持抗日主张，积极争取出狱外，组成小集体，读书、讨论、写作、练字、学外语、锻炼身体。后来他们被移送苏州看守所，一关就是 243 天。

韬奋先生是乐观的，也是极为勤奋的。他在狱中写作了自传《经历》，记叙了他的人生历程，以及从事文化生活的经验和思想变化。《萍踪忆语》记述了第一次流亡时考察美国的观感。周恩来对这本书的评价是"关于美国的全貌，从来不曾看过有比这本书所搜集材料之亲切有味和内容丰富的"。他还把旅居伦敦时研读的马列著作英文笔记整理成《读书偶译》出版，可说是坐牢的收获相当可观。

"七七事变"以后，全国抗日吼声高涨。西安事变和平解决，国共第二次合作实现。1937 年 7 月 31 日，七君子终于获得了释放，结束了为时 243 天的牢狱生活。前来迎接的家属这才露出了笑脸，他们排成两排，一共 17 人在看守所合影留念，为历史画卷记载下了这个既令人耻辱又感到荣耀的特别时刻。

挥别上海去大后方，最后时刻

1941 年 12 月 8 日太平洋战争爆发，日军攻陷香港。1942 年 1 月，韬奋和一大批文化精英在共产党的策划保护下，撤退到广东东江抗日游击区。韬奋后来转移到广东梅县隐居。为躲避国民党特务手持"就地惩办，格杀勿论"密令，历经艰险，经上海到达苏北抗日民主根据地。那一段颠沛流离的日子不堪回首。

韬奋隐居梅县期间，左耳已经发炎，红肿疼痛，没有条件及时治疗。途经上海时，匆匆忙忙又贻误了治疗的时机，结果到达苏北后，病情愈来愈重，无法生活，不得不在党组织的护送下，秘密回到上海求医。生活书店的地下党员陈其襄、陈云霞夫妇，张锡荣等冒着生命危险帮助韬奋先生找医院和好的医生，结果诊断出来是患了中耳癌，而且已经是晚期，每隔 4 个小时就痛得要吃止痛药。接着，韬奋化名为季晋卿住进红十字医院（现华山医院）接受手术治疗。

在白色恐怖的上海，一走漏风声结果不可设想。为了韬奋的安全，先后辗转了五六个医院，最后在上海医院（今上海市第二人民医院）住下。

可惜的是，韬奋先生的病情日益严重，人慢慢地瘦成皮包骨头，耳病还影响到他的眼睛，终日发出难闻的味道。止痛药也不起作用，疼痛厉害时，韬奋满地打滚，情状极其惨烈。1944年春，韬奋还在病中写下《患难余生记》，坚持了一个月，写下5万字，第3章还未写完病情转剧，此文成了韬奋的遗作。

同年6月，徐雪寒（徐伯昕）受新四军代军长陈毅委托，代表中央到上海看望韬奋，并送来治疗的经费。韬奋很感动，深知自己将不久于人世，请徐雪寒代笔，口授遗嘱。遗嘱中"最后一次呼吁全国坚持团结抗战，早日实行真正的民主政治，建设独立自由幸福的新中国"。要求中共中央审查他的一生，"如其合格，请追认入党"。

中国社会科学院原院长胡绳先生说，韬奋先生早在30年代在思想上已经是一个共产主义者，是没有入党的共产党员。也是因为他原先就具备的正直、善良的品格。

1944年7月24日早晨，伟大的爱国者、民主战士韬奋先生与世长辞，终年49岁。中共中央电唁家属，接受韬奋的入党要求，追认他为中共党员。

韬奋先生逝世时，上海还在日寇的魔爪中，不能公开安葬。抗日战争胜利后，韬奋的灵柩落葬于上海虹桥公墓。1967年韬奋墓迁葬于上海市烈士陵园。如今，每到清明时节，都有很多小朋友前去献花，有他的家属后人，他的事业的继承人前去鞠躬、缅怀。

尾　声

和邹嘉骊老师聊天很愉快，她是一个很感性的人，自幼喜爱文学，一生从事出版编辑工作，兢兢业业，精益求精。平时说话在慢条斯理中常常有生动的细节蹦出来。她在父亲邹韬奋逝世60周年纪念会上的发言"六十年前父亲的嘱咐"中这样说道：

60年前的今天清晨，上海医院的一间病室里，寂静无声，只听见妈妈低低的哭泣声。父亲静静地躺在床上，嘴在颤颤地抖动，似乎还有话要说，但已经发不出声音了。妈妈递上一支笔和一个练习本，父亲用仅有的，最后的一点力气，颤抖地写下了三个不成形的字："不要怕。"随后，父亲的手脚开始渐渐凉下来，7点20分，他永远地离开了我们，离开了他的亲人，他的同志，他的事业。

今年3月30日，父亲的战友徐伯昕的儿子送来了1944年6月2日，父亲口述徐伯昕记录的一份《遗言记要》原始稿。原始稿中提到对三个孩子的嘱咐时，其中对我的嘱咐，更引起我对父亲无尽的思念。在已经发表的遗嘱中，说到我只有一句话，说"幼女嘉骊爱好文学"，而《遗言记要》中，他是这样口述的："小妹爱好文学，尤喜戏剧，曾屡劝勿再走此清苦文字生涯之路，勿听，只得注意教育培养，倘有成就，聊为后继有人以自慰耳。"看到这段口述，好像时间倒退了60多年，我，一个十多岁的小姑娘，多次依偎在父亲身边，他平和细语，娓娓道来，劝我不要走清苦的文字生涯之路，而我却犟犟的，勿听，他奈何我不得，只得退一步，要求注意教育培养，如果有成就，也是对他后继有人的一份安慰。这就是父亲生前最终对我的一点期望。实现他的期望，要靠我的努力，更靠父亲临终给我留下的三个字："不要怕。"回顾我的一生，正是用父亲的"不要怕"，和我自身的"害怕"较量了一辈子。不要怕，成了我终身受用的精神力量。

我问邹嘉骊老师，你觉得你爸爸一生最大的成就是什么？他的著作！800多万字的著作！邹老师十分感叹地说，爸爸去世时49岁。他真正参加工作，从事写作的日子是从1922年到1944年这二十多年。800万这个数字是很惊人的。

还有呢？那是爸爸的人格魅力！爸爸是个性格很活跃的人，是一个幽默发噱的人。他有信仰有追求，在白色恐怖的时候，他也懂得如何去同新闻审查官打交道，通过曲笔发表自己的进步主张，有时候，改一个标题就能通过审查。这就是爸爸的聪明之处。爸爸早就懂得"与时俱进"了。爸爸的文风是很鲜明的，通俗易懂，非常讲究辩证法。还有，生活书店的经营很值得研究，那种股份合作制，能够充分调动职工积极性的管理模式，到今天一点也不落伍。爸爸和普通老百姓心相通的，对读者是真情关心，把他们当家人，回信推心置腹帮人家分析，解决问题……

是的，太多了，韬奋先生的经历和事迹，他的思想，就像一座金矿，有待我们去挖掘。

血光中的奋抗

——日军大轰炸重庆记事

何建明 著名作家，中国作家协会第七、八、九届副主席、党组成员、书记处书记，中国报告文学学会会长。全国劳动模范。全国政协委员。中宣部"四个一批"人才。国务院特殊津贴专家。国家新闻出版领军人物。博士生导师。

何建明是当代中国报告文学的领军人物，曾三次获得"鲁迅文学奖"，五次获得中宣部"五个一工程奖"，四次获得"徐迟报告文学奖"。代表作有《爆炸现场》《南京大屠杀全纪实》《国家》《忠诚与背叛》《部长与国家》《生命第一》《根本利益》《落泪是金》《中国高考报告》等。30余年来出版40余部文学著作，改编成电影、电视剧8部。作品被翻译到十几个国家。

天很晴朗。太阳突然被一群"飞鸟"掩住，然后漫天下起黑色的"雨点"。那些密密的"雨点"在头顶变得越来越大，随后是一声巨响，四周顿时火光冲天，整个街道在顷刻间倒塌，石头随之飞溅，所有房屋燃起大火，母亲的身子留在地上，衣服和尸首则高高地挂在树梢上……父亲和两个姐姐更不知去向。

这是重庆市民杨明辉在五岁时所经历的一幕。这一天是1941年6月5日。

傍晚，残阳如血。成了孤儿的杨明辉，一边哭一边来到大人们躲藏的大隧道防空洞。在这里，他看到了更加惊悚的场景：数以千计的大人和孩子们躺在洞口内外，他们都死了，躺着的姿势像是在相互打架，各自的衣服全都撕得烂烂的，血肉模糊，肤色青黑，一双双张着的眼睛在看着燃烧的天空……长大后，杨明辉才知道，就是在他全家人被日本侵略军的飞机炸死的当天，重庆发生了市民因为躲避日军飞机轰炸而造成数千人窒息死亡的"六五"大隧道惨案。

"日军轰炸重庆，鬼子恶啊——！"几年前，孤独的老人在谢世时只留下这句埋在他心头一辈子的话。

74年后的今天，当我来到"六五"惨案的"十八梯"隧道遗址前，凭吊那些因日军大轰炸而惨死的同胞时，心潮无法平静，我仿佛听到滚滚东流的长江水依然在呜咽与哭泣……

"六五"惨案，仅仅是当年日军对重庆实施长达六年零十个月的大轰炸中的某一天而已。因此我从重庆的老人嘴里，听到这样的话：那几年里，重庆人的眼里，天上的太阳是黑的——硝烟笼罩了悲惨的岁月，日军的炸弹将明朗的阳光严严地掩住了。

呵，我苦难的山城人民，尚未尝得"首都人"滋味，标着太阳旗的日军飞机，则如一群黑压压的乌鸦在头顶上盘旋而下。顷刻间，炸弹四处开花，街头、码头、石阶和成片的吊脚楼在崩裂、倾塌、飞溅与燃烧……

这是1938年2月18日。这一天非同寻常，因为世界战争史学家认为：这是日军对中国战时首都重庆首开的一个极其恶劣的先河，因为这是在世界战争史上第一次有计划、有预谋地对一个不设防的大城市和无数无辜平民进行的长期的、大规模的大轰炸。它比纳粹德国对伦敦的恐怖空袭还早了整整两年。

战争恶魔的释放，意味着人类的巨大灾难降临。事实上，早在1899年和1907年，国际文明社会曾形成过两个《海牙公约》及附件，对"战争"双方定下被公认为"不可动摇"的共识：即"交战在损害敌人的手段方面，并不拥有无限的权利"，禁止"以背信弃义的方式杀、伤属于敌国或敌军的人员、毁灭或没收敌人财产"，更"不得以任何方式攻击或炮击不设防的城镇、乡村和住宅"。第一次世界大战后，《海牙公约》又被进一步细化与规范，尤其是1929年日本也参与签字的国际《海军条约》，更明确规定："禁止以对平民造成恐怖、破坏的或损害非军事性质的私人财产，或伤害非战斗人员为目的的空中轰炸。"然而，时过不足10年，侵华日军违背国际公约，从1938年2月开始，对我战时首都重庆，实施了长达六年多之久的无差别大轰炸。如果说在这之前，日军在南京犯下的臭名昭著的大屠杀是一种"农耕式的战争屠杀"的话，那么日军在重庆则制造了机械化的"工业式大杀戮"。这般赤裸裸的反人类血腥暴行，山城的每一块石头和交汇于山城的两条大江流淌的每一滴水，都记下了日本侵略者的笔笔罪孽……

1938年，日军的轰炸行动似乎处在试探阶段。从2月18日9架飞机第一次进入重庆区域到10月4日首次在重庆市民的头顶扔下第一批炸弹的数月间，日军并没有实现"大本营"制定的所谓用轰炸来达到"以坚实的长期围攻战压制残存的抗日势力、使其衰亡"的目的。这或许多少要感谢"雾都"特有的天然屏障，因为日军还没有准确地掌握如何在迷雾重重的山城上空实施"空中大屠杀"战术。但从天上扔下的炸弹随意而混乱，这也足够让重庆人民的安稳日子从此消亡，替代的则是死亡的威胁和火光的焦灼。

山城本是石头上建起的城市，而城市里又都是些木头与竹子搭建起的房子以及长满各种茂盛树木的街道，于是在这样的城市里，别说一颗炸弹，即便是慎之又慎的火星都有可能燃起一场要命的大火。但侵略者的炸弹不是一颗、两颗，而是一串串、一排排如倾盆大雨般从天而降，且这些罪恶的炸弹中，还掺杂着大批燃烧弹、汽油弹，于是1938年的大轰炸日子，让重庆人知道了什么叫炸弹和炸弹下的恐怖……

当时有记者这样描述轰炸前后的重庆市景：

有人到过重庆的，遥望翠绿的群峰，浩浩大江东流，清湛澄澈的嘉陵江，多少热情的诗人、骚客，游子，缅怀古老的山城，发出咏叹的向往。然而，在日本法西斯轰炸之下，一切都变了。全城已经成了疯魔。远远近近从几层楼的屋顶到处冒着熊熊的火光，一阵阵浓黑的烽烟，直蠹天空，像是万道云霞，这时江水也被烈火的光焰映得通红。空前的灾难窒息着千千万万的无辜的人民。"血肉横飞，烽火连天"，这一类的句子实在不够形容这等凄惨的景象。

飞机去了，人声嚣浮起来，千百的人群熙熙攘攘地忙乱地走着、跑着、叫着，这真是忘魂失魄的号叫，悲痛凄人的惨叫，和失望无救的绝叫呵！这时，许多人已经像潮水一样把马路堵塞住了，时候已入暗夜，灯笼、手电筒，四处照射着。马路两旁山积的箱笼、家用木器、锅盆，乱杂杂的全堆满了，男男女女老老少少坐在马路上，成了无家可归的流民，小孩子睡在母亲怀里咿咿唔唔不知说些什么。一排排的房屋高楼横倒下来，瓦片伴着飞灰腾舞，火场里燃烧着人类焦灼的骷髅，房屋的木架零乱地塌了下来。青葱的树木连根都拔倒了。仅存的那些歪歪斜斜的屋宇，被弹片打得零零落落，满身疤痕……那些树木破碎的丫枝上，张挂着褴褛布片，血紫的肉块、破帽、断臂、花花绿绿的肚肠，天哪，这竟是人间的景象吗？

是谁毁灭了这一切？……

当然是日本法西斯！"法西斯就是战争"，日本挑起的侵华战争。到了1939年，曾经的"东亚共荣"等一切虚伪的假面具统统被撕破，剩下的只是赤裸裸的屠杀与嗜血。

这年5月3日早晨，浸泡在雾雨中长达五六个月的重庆市民醒来后便有了第一个笑脸，因为他们在这天见到了久违的晴天。然而他们谁也没有想到，就在距重庆八百公里外的武汉日军W机场的36架满载炸弹的战机，此刻正以飞箭之势，经酉阳、南川，直奔重庆城区人口最密集、商业最繁华的地方，朝天门——陕西街——望龙门——太平门一带，投下百枚炸弹和68枚燃烧弹。瞬间，朝天门到中央公园两侧的四十余街道犹如一片火海……

"大批的飞机在头上过了，那里三架三架地集着小堆，这些小堆在空中横排着，飞得不算顶高，那声音沉重沉的压下来了。顿时，四边火光起来，有沉重的爆击声，人们看见半天是红光……"这是作家萧红在重庆大轰炸现场记录的场景。日军的飞机走了，"被炸过的街道，飞尘卷了白末扫着稀少的行人，行人挂着口罩，或用帕子掩着鼻子。街是哑然的，许多人生存的街毁掉了，生活秩序被破坏了，饭店关起了门……大瓦砾场一个接一个，前边又是一群人在拉着断墙，这使人一看上去就要低了头。无论你心胸怎样宽大，但你的心不能不跳，因为那摆在你面前的是荒凉的，是横遭不测的，千百个母亲和小孩子是吼叫着的，哭号着的，他们嫩弱的生命在火里边挣扎着，生命和火在斗争。但最后生命给谋杀了。那曾经狂喊过的母亲的嘴，曾经乱舞过的父亲的胳臂，曾经发疯般对着火的祖母的眼睛，曾经依偎在妈妈怀里吃乳的婴儿，这些最后都被火给杀死了。孩子和母亲，祖父和孙儿，猫和狗，都同他们凉台上的花盆一道倒在火里了。这倒下来的全家，他们没有一个是战斗人员……"

人们想哭，但已没有眼泪，只有咬着牙诅咒着残暴的敌人！那一刻，无论你曾经是穷人还是富豪，炸弹落下的时候，大家都变成了一无所有的、无家可归的难民，像流浪狗一样，只能在街头露宿，度过那凄凉恐怖、四周燃烧和一片哭叫的夜幕。

这是日军首次对城市中心区实施的大轰炸，并创下了一日内造成超过千人伤亡记录的罪恶记录。

5月3日那天流淌在街头的血水尚未来得及擦尽，次日——5月4日傍晚七时前后约两个小时里，日战斗机共27架，再次轮番向城区最繁华的上半城（3

日的轰炸是商业区的上半城），当场炸死市民达 3 318 人、炸伤 1 973 人，近 4 000间房屋被烧成灰烬，整个重庆老城区陷入一片火海，滚滚浓烟遮天蔽日，熊熊大火数天内不绝。据新华日报报道，丧心病狂的日军，还"抛掷新月牌毒质纸烟数十包外，并掷有白色棉花。在紫金门一带，被一无知小孩拾得，手指顿时红肿，疼痛难忍"。

"血腥 5 月 3 日、5 月 4 日"，日军以炸弹血洗山城，激起包括重庆人民在内的全中国人民的巨大愤慨与抗议，尤其是在炸弹下亲眼目睹日军暴行的众多文化界著名人士，他们纷纷跳出火堆，站出来控诉侵略者的无耻暴行。

"不错，这晚上有月；可是天空的光亮并非月色，而是红的火光！多少处起火，不晓得；只见满天都是红的。这红光几乎要使人发狂，它是以人骨、财产、图书为柴，所发射的烈焰。灼干了的血，烧焦了骨肉，火焰在喊声哭声的上面得意地狂舞，一直把星光月色烧红！"老舍本不是诗人，但日军的轰炸将他逼成诗人在疾呼："'五四'这一天，我正在赶写剧本。已经好几天没出门了。连昨日的空袭也未曾打断我的工作。写，写，写；军事战争，经济战争，文艺战争，这是全面抗战，这是现代战争。每一个人都当作武士，我勤磨着我的武器——笔。"

"我们的心中时刻燃起火焰。啊，美丽的建筑，繁荣的街道，良善的同胞，都在大火中！"侵略者"烧得尽的是物质，烧不尽的是精神；无可征服的心足以打碎最大的侵略的暴力！"

火焰仍在燃烧，敌机的炸弹仍在疯狂地投掷……山城内外每一天都在地动山摇，烟硝云烧，到处生灵涂炭，血流成河。

1939 年的重庆，从"血腥五月"到雾季来临的 10 月间，日军先后 26 天、30 批次对重庆城区进行了大轰炸。面和点，几乎涉及了所有重庆城内外全部的重要标志和要害机关，当然更多的是市民居住处和街道。

时至 1940 年，日军为了"彻底摧毁和挫败敌国民的战意"，对早已体无完肤的重庆再次实施更加疯狂的"疲劳轰炸"，即所谓的"101 号作战计划"。日军的这项作战行动，从这一年的 5 月 26 日开始，至雾季前来临时的 8 月 23 日的 90天内，连续对重庆城区攻击 32 次。其间，日军出动战机 2 023 架次，投下炸弹数量 1 400 余吨。

"101 号作战计划"行动时间之长、投入兵力之多、使用炸弹种类之广，都是前所未有的，也是世界空中战争史之首创。日军不分昼夜的"疲劳轰炸"战术和"既砍肉又断骨"的残忍方式，使重庆人民每日都处在死亡边缘的噩梦之中。这样的恐怖摧残，远过于死亡本身。

1941 年的日本军国主义狂人们，不仅丝毫没有减速战争机器的转速，反而变本加厉地袭击了美国的珍珠港，于是乎，对重庆的大轰炸也成了他们的救命稻草，此刻的日军，如同喝醉酒的疯子一般，又推出了"102号作战计划"。与"101号作战计划"不同的是，"102号作战计划"的行动所出动的轰炸机型号、数量要更先进、更多，出动的时间频率更高，而且每天早、中、晚一概不论，想来就来，想炸就炸……完全控制空中主动权的日军飞机，如入无人之境。有时昼夜连轴持续轰炸七天七夜，每次的轰炸时间长达五小时之多。这种无节制、无间隙的长时间的空前大轰炸，令地面防不胜防、备而无用，且容易使人产生心理上和行动上的焦虑与急躁，最后便出现了"六五惨案"这样的恶性事件。

一度称为躲避炸弹的"天堂"的防空洞，却顷刻间又变成了"人间地狱"。

这一年，日军派出的飞机和掷下的炸弹，超过了前两年的总和，其轰炸的范围和目标远远超出了重庆城区，甚至殃及四川省府成都市。日军对成都的大轰炸一样疯狂野蛮，并酿成一次死亡1600多人的"7·27惨案"。

1942年，中、美、英、苏、荷等26国发表联合声明：保证全力对轴心国作战。日本法西斯的丧钟敲响，但虚张声势的轰炸仍在勉强进行。这年"雾季"即将结束之时，重庆举办了日军空袭损害展览，国民政府宣布：前4年间，日军共空袭117次，掷弹22312枚，我平民被炸死30140人，炸伤9141人。

这一年，中美在喜马拉雅山开通"驼峰运输线"。美军"飞虎队"空军在重庆参与反击日军战机的战斗。日军从此变得"胆小"和"慎行"，气焰也因此不再。

1943年的日军轰炸，有气无力、虚张声势。

1944年12月19日，日军勉强对重庆周边实施了最后一次轰炸之后，他们的战斗飞机就再也没有出现在重庆和巴蜀大地的上空。

一场史上从未有过的野蛮轰炸，最终于失败告终。历史又一次严正地告诉我们：那些发动战争的刽子手最后永远不能主宰战争的命运。只有爱好和平与坚持真理的人们，才是决定战争最后方向的根本力量。

抗战史上的重庆大轰炸事件，以及由此带来中华民族抗战命运的过程本身，值得今天的我们去思考和了解一个与坚持持久而最后获得不败的内因——这便是中国共产党人领导下的人民的坚定的抗战意志和信仰。

我们自然知道，当时以重庆为中心的大后方，深处国内外时局的激荡风云，政治与外交的斗争复杂多变。中国共产党对"战时首都"重庆的关注与所倾注的力量非同一般，派出了以周恩来为代表的一批优秀领导干部长期"驻阵"于重庆，后来又成立了以周恩来为首的中共南方局。南方局既处在统一战线的第一线，又置身于国统区险恶的斗争环境的漩涡之中。他们时刻经受着疾风骤雨式的意志与生死的考验，更需要沉着、果断、机智、灵活的应变能力和高超的决策水平。而正是在这特殊的环境与多变的时局，周恩来一方面坚定贯彻来自延安的党中央指示精神，另一方面根据重庆随时随地变化的情况，利用自己的智慧和高超的政治艺术，广泛团结和结盟各种社会力量，甚至是有利于我国和我党抗日形势及政策所需的种种关系，有时仅仅是一次偶得的机会，周恩来也从不放过。

在与蒋氏集团的国民党政权严峻斗争的时刻，我党的抗战态度和政策需要及时传达给世界时，恰逢美国作家海明威来到重庆，周恩来敏感地抓住了这一机会，于是也有了下面这一不为人知的情景：

某日，在重庆一个市场上，一位满头金发的荷兰女子，突然靠近正在市场上观光的美国著名作家海明威的新婚妻子玛莎，轻声对她说："请问你和你的先生愿不愿意见见周恩来先生？""周恩来是谁？"玛莎奇怪地反问。荷兰女子神秘一笑，说："你回去原话告诉你的先生便是。"

玛莎如实回去报告了丈夫。"什么？是周恩来要见我？太好啦！他可是个了不起的人物！我要见！见！"海明威兴奋地抱起妻子，大声叫唤着。

于是第二天便有了那位荷兰小姐神秘地将海明威先生带到一辆黄包车上，然后七拐八弯地穿过无数小巷，最后到了间四壁密封刷得雪白的地下室，与周恩来见面的历史性一幕。

"先生，全世界都在关心你们中国和你的中国共产党的抗日态度……"海明威从第一眼看到这位驻重庆的中共领袖后，便认定眼前的周恩来是一位"伟大的人物"。

没有翻译，他们用的是法语直接对话。

"我要告诉先生，也请你转告全体美国人民和世界上一切爱好和平的国家人民：我们中国共产党人将坚定不移地高高举起抗日的旗帜，并相信胜利一定属于我们！"

海明威感动了，他坚信中国会在周恩来等一批中国共产党人的领导下，抗日的最终结果，必定如同他在《老人与海》的名著中说的那样，"生活总是让我们遍体鳞伤，但到后来，那些受伤的地方一定会变成我们最强壮的地方"。

那天，海明威从地下室走出，再次来到两江交汇处的"龙首头"——朝天门码头时，回首瞻望半岛上的重庆城时，成片成片的火光将他映得通红、灼烫，那连片的火光中，他看到不息的人群中有军人、有官员，更多的是平民百姓，还有周恩来、宋庆龄、冯玉祥、董必武、叶剑英等国共要员，以及他们身后一批长长的闪着金光名字的人物，他们是科学家竺可桢、李四光、严济慈、许德珩，史学家翦伯赞、周谷城、陶希圣、钱穆，文学家郭沫若、茅盾、田汉、阳翰笙、曹禺、夏衍、老舍、吴祖光，演员赵丹、白杨、张瑞芳、秦怡、金山、舒绣文、陶金和导演焦菊隐、郑君里、黄宗江、沈西苓……而这，仍然不是"周公"麾下的统战兵马，他们自然还包括了远道而来的安娜、斯诺、史沫特莱、列鲁等外国记者。是的，这些人都是"周公馆"和"红岩村"的常客，也是我党抗日统一战线上最坚定的英勇战士。无论在日本人的炸弹底下，还是特务的明枪暗箭的威胁，他们从容应对，利用各自的优势，坚持抗战，宣传抗战。他们既是抗战的火帜，猎猎照耀在最黑暗的地方；同时又是点燃和动员民众抗战的火种，只要他们在哪里，哪里的抗日烽火便会熊熊燃烧，越燃越烈。

重庆人至今仍然记忆犹新的一件事是：当年日本飞机轰炸最严重和惨烈的头三年里，山城内外到处是硝烟迷漫、陈尸腐臭，倒塌和仍在燃烧着的残壁断墙，然而就是在这样的环境和情形下，重庆人最激动、最兴奋的是，他们可以在迷雾重重的季节，能美美地看到一流的戏剧节目和各种丰富多彩的文艺演出。这得归功于以周恩来为首的中共南方局在重庆领导和积极推动抗日民主文化运动的卓越贡献。

"雾季戏剧节"是大轰炸时期英雄的重庆人民最富创造、最富激情的抗战精神的体现。有位重庆老人回忆当年的情景时这样对我说："那几年日本飞机炸塌、炸烂了重庆城，甚至把我们的亲人都炸死了，许多人都一样没吃的、没住的，但我们坚持了下来，整整坚持了八年。要我说，是街头的那些鼓舞人心抗战的好戏好节目好演员让我们安下了心、鼓足了劲，等到了日本侵略者投降的那一天……"

什么叫文艺为大众、为人民？重庆抗战时期的"雾季戏剧节"就是；什么叫文艺的高峰？重庆抗战时期涌现出的一批诸如郭沫若的《棠棣之花》《屈原》《雷电颂》、阳翰笙的《天国春秋》、夏衍的《上海屋檐下》、曹禺的《北京人》和吴祖光的《风雪夜归人》等作品就是。

有人说重庆大轰炸时期的我国革命文艺工作者创作的一批文学艺术作品是20世纪的中国艺术高峰，这是有足够理由证明的。除戏剧外，茅盾的《霜叶红似二月花》、巴金的《火》、老舍的《四世同堂》、沙汀的《播种者》，还有艾青、碧野、张恨水、胡风、徐悲鸿等等居住和来到重庆的文艺界名流在此创作出的诸多作品，同样堪称经典。

有人也许会问：大轰炸时期的重庆，可谓条件和环境最危险、最艰苦，为什么作家、艺术家却创作出了如此多的经典作品和艺术高峰。我想有两点可以肯定：其一，是因为那时的艺术家们心中熊熊燃烧着灼热的抗战激情，这种激情让他们不惜一切地为抗战艺术而活着、而创作；其二，活生生的现实生活激励和激奋着他们，同时也深刻地影响和丰富了他们的创作源泉。这便是为什么越困苦的时刻，越能出伟大艺术作品的道理所在。

毫无疑问，提到重庆的抗战精神，周恩来领导的《新华日报》一定不能不提。这是我党在国统区心脏传播和宣扬我党政治主张的一面旗帜，而旗手便是周恩来。

因在 30 年代创作《子夜》而闻名的作家茅盾先生是 1940 年接到周恩来的邀请来到重庆"红岩村"的，作为左翼作家联盟负责人之一的茅盾先生到"战时首都"不久，便写下了著名的纪实作品《雾的重庆》。他这样写道："雾的重庆是一种朦胧的美。"这是茅盾对周恩来领导下的中共组织活跃于国统区景象的赞美。同时，他又看到了这片废墟与政治矛盾交织一起的山城所面临的种种困境，并清晰地意识到"朦胧之下还有不美之处"。这个"不美之处"就是蒋介石统治集团对我党抗战主张的歪曲与打压，以及国民政府内部的种种不利于全面抗战的内讧。

重庆人清楚地记得：1939 年日本大轰炸的第一个疯狂阶段，这时的"战时首都"重庆内外交困，汪精卫的背叛和日军的狂轰滥炸，使得原本在抗战立场上左右摇晃的国民党政府中向日本侵略者妥协的倾向越来越明显。周恩来及时利用《新华日报》等阵地，提出"坚持抗战到底，反对中途妥协；坚持统一战线，反对搅动内讧；发动全面战争，反对包办研制"的三大原则。南方局在重庆的抗战主张，后来获得了在延安的党中央的采纳，不久中共中央发表了《为抗战两周年纪念对时局宣言》，正式提出"坚持抗战，反对投降；坚持团结，反对分裂；坚持进步，反对倒退"的三大政治口号。

山雨呼啸，雷火交加，然后两江不绝，它们汇集的滔滔洪流始终向东方奔腾而进。我党通过利用重庆与延安两地的政策互动与行动联动方法，大大加强了对国民党政府及全国全面抗战时局的影响，也从而有效把控了当时复杂多变形势下的抗战时局发展方向。

争取和调动社会的中间力量，是决定国共两大政治派别之间生死命运的关键所在。以周恩来为代表的中共南方局，利用日军对重庆大轰炸的血的活生生的现实，帮助中间派认清坚持抗战、抗战到底、抗战必胜的道理。一位资深民主党派人士回忆当年在重庆八年抗战的经历时感慨万千："那时重庆的中间力量头面人物，都愿意跟着周恩来、共产党走，因为他们的抗战主张英明正确，而且坚持抗战始终不折不扣。我们大家跟周恩来本人的关系也特别融洽亲善，所以只要周恩来和'红岩村'一招呼，我们这些爱国人士就会积极响应。可以说，重庆抗战时期的中共统一战线工作做得最完美、最有成效，堪称经典。"

1939 年之后的日子，是日军对重庆实施大轰炸最严重的岁月。当国难本应成为四亿五千万中国人民同仇敌忾的战斗任务时，以蒋介石为首的国民党反动集团的"限共""反共"丑恶行径，则从暗地转为公开，并且连续不断地制造了多起反共血案，尤其是组织大军，多地、多次围剿袭击我八路军、新四军。以周恩来为代表的中共南方局一方面直接与蒋氏集团频频交涉抗议，同时又利用《新华日报》等舆论工具，积极宣传我党"坚持抗战到底——反对中途妥协！巩固国内团结——反对内部分裂！力求全国进步——反对向后倒退！"的主张，揭露和回击了国民党的反共逆流。但是，让卑鄙者收敛等于水中望月，盼背信弃义者施德行善更不可能。每年的冬天至来年之春，是重庆的雾季，日军的飞机难以实施轰炸。原本此时的重庆国民党政府应当借机团结各界，以求修复创伤，再迎来犯之敌。可他们并不这样想，更不这样做，而是重拾旧罪，变本加厉地制造亲者痛、仇者快的反共事件。

继1939年冬发动对延安革命根据地的封锁围剿，1940年冬天来临之时，从重庆国民政府发出的"皓电"，无中生有地诬蔑我八路军、新四军"不守纪律"。更严重的是，1941年1月，暴发了震惊中外的"皖南事件"，国民党军队偷袭我新四军军部，造成军长叶挺被俘，项英、周子昆、袁国平等领导及8 000余名新四军官兵被害。

"千古奇冤，江南一叶，同室操戈，相煎何急！"次日，在得知"皖南事件"之后的周恩来，立即在享有"雾都灯塔"之誉的《新华日报》上发表了"为江南死国难者志哀"的诗篇，对国民党政权的卑劣伎俩予以无情的鞭挞和揭露，强烈地震撼了国统区有良知的爱国人，尤其是生活在重庆的各界人民，越发清楚地认清了谁是真正的抗日力量和抗日意志。

抗日统一战线与和平民主力量，便因此在重庆渐渐形成。这是中国共产党领导下的、为全面战胜日本侵略者而准备并行动的一支强大的抗战队伍。

我们再没有眼泪为你们流、只有全量的赤血能洗尽我们的悔与羞；我们更没有权利侮辱死者的光荣，只有我们还须忍受更大的惨痛和苦辛。我们曾夸耀为自由的人，我们曾侈说勇敢与牺牲，我们整日在危崖上酣睡，一排枪、一片火，毁灭了我们的梦景。烈火烧毁年轻的生命，铁蹄踏上和平的田庄，血腥的风扫荡繁荣的城市，留下——死，静寂和凄凉。我们卑怯地在黑暗中垂泪，在屈辱里寻求片刻的安宁。六年前的尸骸在荒莽里腐烂了，一排枪、一片火，又带走无数的生命。"正义"沦亡在枪刺下，"自由"被践踏如一张废纸，侵略者在中国的土地上安排庆功宴，无辜者的赤血喊叫着"复仇！"是你们勇敢地从黑暗中叫出反抗的呼声，是你们洒着血冒着敌人的枪弹前进："前进呵，我宁愿在战场做无头的厉鬼，不要做一个屈辱的奴隶而偷生！"

弱不禁风的巴金站了起来，他雄赳赳地挺着胸膛对倒在敌机炸弹下的死者这样说。

诗人郭沫若更无法接受"六五大隧道惨案"这样的悲剧，日本侵略者的野蛮行径固然可恨，但"政府"反共有力、抵抗不力才是导致惨案的真正原因。"罪恶的金字塔"是由侵略者和反共者一起垒成的，于是诗人无法抑压悲愤，向侵略者和反共者控诉——

心都跛了脚——

你们知道吗？

只有愤怒，没有悲哀，

只有火为，没有水。

连长江和嘉陵江都变成了火的洪流，

这火——

难道不会烧毁那罪恶的金字塔吗？

　　诗人的愤怒，变成燃烧的焰火，他和他的战友们无法容忍侵略者的战机向手无寸铁的百姓没完没了的扔炸弹，当敌机再次咆哮着在他头顶上盘旋时，他站在黄葛树下，高声怒斥："炸裂呀！冲着我的身体！炸裂呀，宇宙！让那赤条条的火滚动起来，像这风一样，像那海一样，滚动起来，把一切的一切，一切的污秽，浇毁了吧！把这包含着的一切罪恶的黑暗烧毁了吧！"

　　他骂日本军国主义政府：

　　"你，你东君，你是什么东西？别人说你是太阳神，你、你坐在那马上丝毫也不能驰骋。你、你红着一个面孔，你也害羞吗？啊，你、你完全是一片假！你、你这土偶木梗，你这没心肝的，没灵魂的，我要把你烧毁！烧毁！烧毁你的一切！特别要烧毁你那头马！你假如是有本领，你就下来吧！"

　　日机真的又一次下来了，于是诗人的四周，顿时腾起的火焰与烟尘又将遍体伤痕的山城整得骨碎筋断、痛不欲生！

　　但重庆不死，重庆人民反抗侵略者的精神和意志不死，相反他们的生存能力变得越发强盛。

　　我们因此到处可以看到：

　　——当扔下炸弹的敌机刚刚呼啸而走，熊熊大火边就出现了一道道人墙，他们或是军人，或是机关职员、商店小贩，甚至是刚刚失去家园的难民。他们有的用消防车在向火焰射水枪，有的拿着水桶，甚至还有人用吃饭的碗，连失去了亲人的孤儿们也会过来帮着大人们送水提桶……燃烧的火焰不灭，这样的情景也便不消。

　　——当敌人的炸弹在长江和嘉陵江上溅起无数冲天的水柱还未平静江面，运输战时物资的船工又豪迈地吆喝起拍岸惊天的响亮号子：哎哟——哎哟，鬼儿子的炮弹没有炸着，我就往前走啊！哎哟——哎哟，前方的将士等着子弹和药包，后方的亲人等着粮食和面包，我们劈浪越峡往前走啊——永远不歇脚。

　　——当敌人的炸弹还在头顶隆隆爆炸、山崩地裂时，隧道深处的兵工厂仍然机声隆隆、一颗颗刚出炉的子弹带着愤怒被送出洞外；纺织厂的女工哼着《摇篮曲》一边催促怀中的婴儿入睡，一边双手忙着织啊、缝啊个不停。

——当敌人的哑弹落在中央大街的水泥地上还不知何时爆裂时，四周的小商贩、棒子军们已经开始忙碌着为一群群救护队员和消防战士们煮饭、挑担；《新华日报》的报童已经把"号外"高高地举过头顶，演员们则把慰问的歌舞与小品搬到了灭火的现场……

呵，这就是重庆！这就是在侵略者疯狂大轰炸中依然炸不死、震不垮的中国人民！

这样的气概和情形，在许多作家的笔下呈现过——

……有许多难民，即使是平时不关心国事的，只一次经过敌机狂炸的教训后，他们都自发地要求做救亡工作，实践"抗战报仇"，甚至有许多儿童，他们曾向孩子剧团要求参加服务工作，再也不愿再随父母逃亡到乡下，要求进保育院，去受战时教育的。

沿途有许多机关许多团体在各站设招待所，送茶、送粥，并免费医治疾病……许多学校工厂等都设立了茶粥站。新华日报也组织了两个服务队积极地参加这个工作，他们一面照料难民，一面进行抗敌宣传。每个人都在敌机狂炸下，改变了平时只关心自己不顾他人的传统习惯。当你踏进难民收容所时，一定可以听到下列的语句。

"你走累了，我帮你拿些东西，好吗？"

"你渴了吗？我的热水壶里还有些水哩！"

在抗战烈火的锻炼下，我们同胞的团结，越凝结得巩固，敌人的狂炸，虽然使我们遭受损失，但绝不能摇撼我坚持抗战的决心。相反，它只有促进了政府与民众的团结，促进了军民合作，更坚定了全民族一致的敌忾同仇！

……

重庆人民的乐观、坚韧、勇敢精神，感染了多少才子佳人的笔端！女作家冰心激情抒怀道：

"重庆是忙，看在淡雾时里奔来跑去的行人车轿。重庆是挤，看床上架床的屋子。重庆是兴奋，看新年的大游行，童子军的健壮活泼和龙灯舞手的兴高采烈。我渐渐爱了重庆，爱了重庆的'忙'，不讨厌重庆的'挤'，我最喜欢的还是那些和我在忙中挤中同工的兴奋的人们，不论是在市内，在近郊，或是远远的在生死关头的前线。我是疲劳，却不颓丧；是痛苦，却不悲哀，我们沉静的负起了时代的使命，我们向着同一的信念和希望迈进。我们知道那一天，就是我们自己，和全世界爱好和平的人们，所共同庆祝的一天，将要到来。我们从淡雾时携带了心上的阳光，以整齐的步伐，向东向北走，直到迎见天上的阳光……"

侵略者在英勇的山城人民面前胆怯了、退缩了。而山城重庆则以自己不屈的精神，极大地鼓舞了世界反法西斯的另一个战场。

1944年初，远在大洋彼岸正指挥着同盟军向希特勒法西斯进行殊死决战的美国总统罗斯福先生，被重庆人民的精神所深深地感动，他在轮椅上吃力地挪动着疲倦的身子，用颤动的手写下这样的话：

"在此次战争中，给我国奋斗精神以最大的鼓励之事，非此一端，而其中之一即为重庆人民——无论成年男女或幼童——在长期之封锁及屡受日军轰炸下所表现出的伟大勇气。这种勇气固深印我们的脑海而不可磨灭。美国人民对于重庆市民的坚毅不屈的精神，实为不胜敬佩至之。"

"为向中国人民——尤其是重庆市民——对于联合国家作战努力之伟大贡献表示深深的敬意。贵国人民对于侵略者之坚强抵抗，已为贵国之友人树立了楷模。"

"我兹代表美国人民，敬向勇敢的重庆人民，表示最崇高的敬意。远在世界一般人士了解空袭恐怖之前，贵市人民屡次在日军猛烈轰炸之下，坚毅镇定，屹立不屈。这种光荣之态度，足以证明坚强拥护自由的人民之精神，绝非暴力主义所能损害于毫末。你们的这般坚信和忠诚于自由的行为，将使后代人永远铭记并永垂不朽。"

这位杰出的反法西斯斗士，在写下上述这些话后的不多久日子便与世长辞了。然而，中国人民抗战的烽火，此刻越燃越烈，尤其是作为身在全国抗战中枢的重庆人民及抗日统一战线的各界人士，他们以前仆后继、勇往直前的精神，投入到反轰炸、反进攻的抗日的最后战斗之中。

当苏联红军和同盟军兵分两路，剑指希特勒老巢之时，《波茨坦公告》传来了让东方战场振奋人心的喜讯：彻底消灭日本法西斯的战斗号角终于吹响。为了惩罚日本军国主义犯下的滔天罪行，中美两国的军事决策者联手制定了以中国腹部为战略基地，迅速建造十几个远程轰炸机场，随时准备实施对日本本土的报复性大轰炸。不到半年时间，要在重庆和成都之间修建十多个机场，重庆和四川人民再次被召唤起来，尽管他们的家园已经被日本侵略者的大轰炸毁了，亲人和孩子的尸骨尚未掩埋，50余万民工，被无偿应征去修机场。没有一人在不分白天黑夜的紧张战斗中说一声苦和累，劳动的号角响彻云霄：

　　　　肩上一根扁担
　　　　嘴上一支纸烟
　　　　不论勤快和偷懒
　　　　修好机场回家转哎——

　　从红岩村送出的一批批战地漫画，鼓舞着机场上干活的每一个民工，九条2 000多米长的跑道和十几个仓库与炸药安置地，短短五个月时间便全部如期完工。

　　1944年6月16日，第一批十余架美军"超级空中堡垒"B—29大型轰炸机，从中国腹地重庆至成都中间的机场上腾空而起，带着全中国人民和世界爱好和平的人民久积的仇恨，向东、向东……飞去，一直飞到清晰可见的日本本岛上空，然后以排山倒海之势，将一颗颗巨型炸弹倾泻在曾给中国人民和世界人民带来巨大灾难的那些日本工厂与兵营……

　　之后，又有第二、第三、第四……批"超级空中堡垒"飞向日本本土，以更加猛烈的轰炸投向法西斯的头顶与身躯上，直到他们俯首投降。

　　这是苦难的重庆人所获得的最后胜利。这是苦难的中国人民所获得的最后胜利。这更是全世界反法西斯战争的最后胜利。

　　1945年8月15日，日本天皇发布了投降的《终战诏书》。重庆的天空前所未有的晴朗，市民们仰望晴空，再不感到恐怖。

　　8月28日，毛泽东来到重庆。山城更加阳光明媚。

　　9月3日，举国同庆抗战全面胜利。

　　史无前例的第二次世界大战结束了。山城人民以热泪和血泪庆祝这一伟大胜利。

　　胜利之后的人们，在思考一个问题：人类到底能否避免战争？似乎谁也无法回答，然而战争却可以使我们有所清醒。

　　当年参加重庆大轰炸的日军"零式"战机的驾驶员松井先生，在战后曾经接受中国学者访问时悔罪道：

　　"战前我受过高等教育，卢沟桥事件之后我就卷了进去。一开始我就在空军，我驾驶过各种飞机，轰炸过重庆。那个年代，不去不行。我的轰炸机被中国军队的地面部队击伤，回国后冷静思考了几十年……1942年我躲在东京的防空壕里，听着轰隆隆的美国飞机声、炸弹爆炸声，我就想我们去轰炸别人，所以别人才来轰炸我们。美国人为什么和中国人一起报复我们呢？我们日本国有那么多敌人，全是我们自己树立起来的……"

　　松井先生的反省，告诉我们一个简单的道理：那些制造战争罪孽的人与国，终将会背负着罪孽迈向灭亡尽头。而爱好和平者，以及用生命的血水涂染民族与国家光芒的人们，终将会在死亡中复活，会在火光中一次次涅槃。难道不是吗？当你再看一看今天如钢琴交响一般激昂、像诗赋一样悠扬、似霓虹灯一般梦幻的新重庆时，我们犹如清晰地听到回荡在空中那响彻云霄的真理！

　　重庆不灭。侵略者的炸弹炸不断山城的血脉与根筋，更炸不灭中华民族不屈不挠的奋抗精神。

新重庆在中国共产党领导下的大发展时代，比任何城市更具活力，更具生命力，更具美丽的光艳，它也以自己的不屈生命力从另一方面告诉世界：我们不惧任何野蛮和强大的侵略者，而我们更渴望和平与安宁的幸福生活。

是的，和平与安宁，才是人类幸福的根本。

呵，回首瞻望万家灯火、车水马龙、高楼云叠、大桥如网的今日重庆的那一刻，我感觉自己已无法用任何赞美的文字来表达对这座不朽城市的敬仰之心，只觉得她应该是世界上最生动、最艳美、又永远青春丰韵的地方……

如火的青春，如歌的岁月

——记巴金的抗战岁月

周立民 1973 年出生于辽宁省庄河县。复旦大学中国现当代文学专业博士；2007 年进入上海市作家协会工作，现为巴金故居常务副馆长、巴金研究会常务副会长。系中国现代文学馆首批客座研究员之一。出版有巴金研究专著和传记《另一个巴金》《巴金手册》《巴金画传》《巴金〈随想录〉论稿》《似水流年说巴金》等；文学评论集《精神探索与文学叙述》《世俗生活与精神超越》《人间万物与精神碎片》等，散文、学术随笔集《翻阅时光》《五味子》《简边絮语》《槐香入梦》《文人》《甘棠之华》等，编有各类文献资料多种。

　　1945 年，抗日战争已经进入第八个年头，巴金在重庆怀念几个月前去世的朋友缪崇群，他动情地写道："在那光秃的斜坡上，在经不住风吹雨打的松松的土块下，人们埋葬的不止是你的遗体和那些没有实现的希望，还有我过去十四年的岁月。那应该是我一生中最美丽的日子。青春、热情、理想、勇气、快乐……那些编织幻梦的年龄……它们已经跟着可以为我印证的友人同逝了。"（《纪念一个善良的友人》，《巴金全集》第 13 卷第 517 页）这里，当然包括抗战这八年，从三十四岁到四十二岁，这是巴金一生的"黄金时代"。

　　然而，那又是怎样的岁月啊，颠沛流离，在炮火下求生，在艰难的条件下履行人生的使命。巴金的妻子萧珊曾对朋友叹息："你不觉得我们一生中最好的时光都在战争中度过了么？"（转引自杨苡《梦萧珊》，《雪泥集》第 111 页，北京三联书店 1987 年 5 月版）可是，生命的活力，青春的热情，却又是任何力量所不能阻挡的，即便是在那些阴云密布、烽火连天的日子里，他们也有自己如火的青春，并且以坚强的意志和强大的坚韧，造就一段如歌的岁月。

一、烽火中的呐喊

　　1937 年 7 月，卢沟桥事变后，平津告急，8 月 13 日，战火便烧到了上海。四年后，巴金仍然难忘上海的大火：

　　　　四年前上海沦陷的那一天，我曾经隔着河望过对岸的火景，我像在看燃烧的罗马城。房屋成了灰烬，生命遭受摧残，土地遭着蹂躏。在我的眼前沸腾着一片火海，我从没有见过这样大的火，火烧毁了一切：生命、心血、财富和希望。但这和我并不是漠不相关的。燃烧着的土地是我居住的地方；受难的人们是我的同胞、我的弟兄；被摧毁的是我的希望、我的理想。这一个民族的理想正受着熬煎。……我咬紧牙齿在心里发誓：我们有一天一定要昂着头回到这个地方来。我们要在火场上辟出美丽的花园。我离开河岸时，一面在吞眼泪，我仿佛看见了火中新生的凤凰。（巴金：《火》，《巴金全集》第 13 卷第 412 页）

　　战火似恶魔，吞噬一切，却无法吞没中国人的坚强意志。无须别人来组织，他们自觉地行动起来，文弱的书生与亿万民众一道，立即投入到抗日救亡的行列中。8 月 14 日，茅盾等一批文化人即决定要办起一个适应战时需要的小刊物，并推举茅盾作为主编。当天下午，茅盾便约了冯雪峰去找巴金：

巴金完全赞成办这样一个刊物，他说，文化生活出版社已决定《文丛》停刊，听说上海杂志公司的《中流》《译文》也已决定停刊，现在可能出现这样一种反常的现象：抗战开始了，但文艺阵地上却反而出现一片空白！这种情形无论如何不能让它出现，否则我们这些人一定会被后人唾骂的！不过当前书店都忙着搬家，清点物资，收缩业务，顾不上出版新书和新刊物，所以新刊物只有我们自己集资来办。好在一份小型周刊所费不多，出版了第一期，销路估计一定会好，这就可以接着出下去。……我们又研究了刊物的名称，初步确定叫《呐喊》，发刊词由我来写。（茅盾：《我走过的道路》下册第4—5页，三联书店香港有限公司1989年9月版）

十天后，8月25日，《呐喊》创刊号便出版了。刊物声明没有稿费，可是，作家们投稿踊跃，人们竞相表达自己的义愤和心底的声音。《呐喊》出了两期，因为要补办登记手续，更名《烽火》。

"又考虑到登记后照例要注明刊物的负责人，就在《烽火》第一期封面上加印了'编辑人茅盾，发行人巴金'。后来上海沦陷，《烽火》搬到广州继续出版，又把两个负责人倒换过来，成了'编辑人巴金，发行人茅盾'。其实，从十月份起，我暂时离开上海，《烽火》的实际主编就是巴金了；搬到广州出版后，我这个发行人更完全是挂名，因为那时我已在香港编《文艺阵地》了。"（茅盾：《我走过的道路》下册第8—9页）

这份小刊物迅速团结了当时文化界的众多重要作家，除了两位编者以外，郑振铎、王统照、胡风、黎烈文、黄源、靳以、萧乾、端木蕻良、鲁彦、芦焚、骆宾基、田间、杨朔、刘白羽、周文……纷纷为之撰稿，他们控诉揭露日军暴行，描述自己在烽火下见闻与感想。巴金在上面发表了杂感、散文、小说、译文等多篇文章，在《呐喊》的创刊号上，他就表达了与民族共存亡的坚定决心：

　　个人的生命容易毁灭，群体的生命却能永生。把自己的生命寄托在群体的生命上面，换句话说，把个人的生命联系在全民族（再进一步则是人类）的生命上面，民族存在一天，个人也绝不会死亡。
　　上海的炮声应当是一个信号。这一次中国人民真正团结一个整体了。我们把个人的一切完全交出来维护这个"整体"的生存。这个"整体"是一定会生存的。整体的存在，也就是我们个人的存在。我们为着我们民族的生存虽然奋斗到粉身碎骨，我们也绝不会死亡，因为我们还活在我们民族的生命里面。为大众牺牲生命的人会永远为大众所敬爱；对于和大众在一起赌生命的人来说，死并不可怕，也不可悲。（巴金：《一点感想》，《巴金全集》

第 12 卷第 549 页）

在《给山川均先生》中，巴金给那些不明真相的日本人描述了日军在中国的暴行，拆穿日本某些战争狂人迷惑民众的宣传：

九月八日，贵国空军轰炸松江车站的"壮举"，在贵国历史上是值得大书特书的罢。以八架飞机对付十辆运送难民的列车，经过五十分钟的围攻，投下十七枚重磅炸弹。据一个目击者说，当飞机在列车上空盘旋的时候，拥挤在车中的难民还想不到会有惨剧发生。然而两枚炸弹落下了，炸毁了后面四辆车。血肉和哭号往四处飞进。未受伤的人从完好的车厢里奔出来。接着头等车上又着了一颗炸弹。活着的人再没有一个留在车上了。站台四周全是仓皇奔跑的人。飞机不舍地追赶着，全飞得很低，用机关枪去扫射他们。人的脚敌不过飞机的双翼。一排一排的人倒下了。最后一群人狼狈地向田里奔逃。机关枪也就跟着朝那边密放。还有一部分人躲进了一个又大又深的泥坑，正在庆幸自己侥幸地保全了性命。然而贵国的空军将士又对准那个地方接连地掷下三个炸弹，全落在坑里爆炸，一下子就把那许多人全埋在土中。

对于这样冷静的谋杀，你有什么话说呢？你不能在这里看见更大的鬼畜性和残虐性么？自然，你没有看见一个断臂的人把自己的一只鲜血淋漓的胳膊挟着走路；你没有看见一个炸毁了脸孔的人拊着心疯狂地在街上奔跑；你没有看见一个无知的孩子守着他的父母的尸体哭号；你没有看见许多只人手凌乱地横在完好的路上；你没有看见烧焦了的母亲的手腕还紧紧抱着她的爱儿。哪一个人不曾受过母亲的哺养？哪一个母亲不爱护她的儿女？（巴金：《给山川均先生》，《巴金全集》第 12 卷第 566 页）

在这场旷日持久的战争中，日军一直是两方面来打击中国，一方面是军事行动的攻城战，另一方面是摧毁中国人意志、动摇抗战决心的心理战。包括轰炸城市，给平民生活造成灾难，企图能从心理上瓦解中国人的心理防线，使之成为他们希望的"亡国奴"。在这种情形下，不拿枪不在炮火连天前线的作家们，以笔为枪，激起民众的抗战热情，激励民族斗争的信心，他们与那些巡回在街头的演讲队、深入到战地的剧团一道，为重铸民族的信心起到了举足轻重的作用。历史学家是这样评价抗战文化运动的：

"抗日文化运动是揭露敌人、发动群众共赴国难、参加抗日的重要手段。抗战后期国统区抗战文化运动的发展，在唤醒民众将士的觉悟，粉碎日本侵略者妄图涣散我国军民抗日的意志和精神的文化进攻战和精神战，激励军民的战斗意志和胜利信心，防止妥协投降行为和失败心理，暴露和抨击时弊，推进中国社会进步，推动大后方文化事业发展方面，都发挥了极其重要的作用。它是中国抗战胜利的重要因素之一。"（李新总编《中华民国史》第 10 卷第 266 页，中华书局 2011 年版）那么，巴金和茅盾编辑的《烽火》，则是抗战文化运动的先声和鲜明的火焰。

《烽火》在上海一直出到 10 月 21 日被租界当局阻挠停刊，次年，巴金到广州后，于 1938 年 5 月 1 日复刊，直到当年 10 月 11 日广州沦陷前停刊。在广州，后来《烽火》和《文丛》两个刊物的编辑之责都落在巴金身上，"稿子编好留在印刷局，有的校样送来就得赶快校好送回印局；有的久未排好就应当打电话或者派人去催索校样。刊物印出送到便是八九千册。我们应该把它们的大半数寄到各地去。于是大家忙着做打包的工作，连一个朋友的九岁孩子也要来帮一点小忙。此外我们还答应汉口一个书店的要求，把大批的书寄到那边，希望在武汉大会战之前从那里再散布到内地去。这类事情都得在夜间空闲的时候做。大家挥着汗忙碌工作，一直到十一点钟，才从办事处出来。我们多做好一件事情觉得心情畅快，于是兴高采烈地往咖啡店或茶室去坐一个钟点，然后回家睡觉，等待第二天的炸弹来粉碎我们的肉体。""但是刊物终于由旬刊，变成了无定期刊。印刷局不肯继续排印以加价要挟，连已经打好纸型的一期也印了十多天才出版；至于五月中旬交割一家印局的小书，则因为那个印局的关门一直到八月一日才找回原稿。"（《在轰炸中过的日子》，《巴金全集》第 13 卷第 126—129 页）那不是一个可以安心搞文化的年代，很多基本条件都不具备，1938 年 10 月 1 日《烽火》第 19 期上，巴金以编者的名义写道："我最近带了编好的三期《烽火》的稿子走过许多地方，甚至在汉口也找不到一个适当的承印处。我们既没有雄厚的资本来付高昂的印价，又没有充裕的时间精力和印局负责人不断地交涉，在这陌生的环境里两三个人的有限的努力常常是没有什么效果的。……但我们以后还是要尽力克服种种困难把这刊物维持下去的。"［《给读者》（《烽火》），《巴金全集》第 17 卷第 34 页］他们就是这样工作的，他们在工作中实现着自己的誓言。

更为令人感动的是，1938 年 10 月 20 日，广州沦陷前的十个小时，巴金一行人才乘小木船离开广州，后又换乘货船去梧州，由梧州到桂林，在兵荒马乱的岁月里，这一路上经过的艰难险阻自不必言，而巴金随身所带的，除了简单的行李外，居然还有离开广州前一天，从印局中取出的《文丛》第二卷第四期的纸型。1938 年 11 月 25 日在桂林写这一期《写给读者》中，巴金叙述了这个经历：

　　　　大亚湾的炮声就隆隆地响了。我每天去印局几次催送校样，回"家"连夜批改，结果也只能在十月十九日的傍晚取到全部纸型。那时敌骑已经越过增城，警察也沿街高呼过"疏散人口"了。第二天的黄昏我们就仓皇地离开广州。我除了简单的行李外，还带着本期《文丛》的纸型。二十一期《烽火》半月刊虽已全部排竣，可是它没有被制成纸型的幸运，便在二十一日广州市的大火中化为灰烬了。

我带着《文丛》的纸型走过不少的地方。在敌人接连不断的轰炸下它居然不曾遗失或者损坏，这倒是意外的事。现在我能够在桂林将它浇成铅版、印成书，送到读者的手里，在我也算是了却一桩心愿，我当然高兴。

这本小小刊物的印成，虽然对抗战的伟业并无什么贡献，但是它也可以作为对敌人暴力的一个答复：我们的文化是任何暴力所不能摧毁的。

而在接下来两期的编辑中，他遭遇了更为困难甚至惊险的环境，与桂林城市一同真正经历了炮火的洗礼：

"这本刊物是在敌机接连的狂炸中编排、制型、印刷的。倘使它能够送到读者诸君的眼前，那么请你们相信我们还活着，而且我们还不曾忘记你们。""我在这个城市里经历过它最惨痛、最艰苦的时刻，我应该借着这本小小刊物把这个城市的呼声传达给散处在全国的读者诸君。物质的损坏并不能摧毁一个城市的抗战精神，正如刊物的停刊与撰稿人的死亡也不能使我们的抗战的信念消灭。倘使这本小小的刊物能够送到诸君的手中，还希望你们牢牢记住弟兄们的这样的嘱咐。"［《写给读者二》（《文丛》），《巴金全集》第 17 卷第 88—89 页］

八年来，巴金就是在这样的环境中工作的，在广州，桂林，昆明，重庆，不论多么艰难，不论遭受了多大的困难，甚至是毁掉了重来，巴金和他的朋友们呵护着小小的文化生活出版社决心和行动从未改变，总将控诉的声音传播出去，将中国新文学最美的声音传播去，将人类文明的火种传播开来，《文学丛刊》《译文丛刊》《现代长篇小说丛刊》《文季丛书》《烽火小丛书》……这些丛书和其中光辉的名字，已经早已写在了民族的文化史上，了解这段历史的人，不难体会到那是一段什么样的日子，在天上有敌机的轰炸，地上是逃难的混乱人群，战争让社会生活陷入停顿、混乱，物资紧缺，物价紧张，这一批可敬的文化人在生命尚且不保的情况下，居然还在写稿子，编稿子，跑印局，办刊物，把心中的火焰传递到中国民众的心头。今天看来，这些个行为的本身所蕴含的知识分子坚守岗位、不屈不挠的韧性精神，本身就是一笔重要的财富。

二、身经百"炸"

这位中国的克鲁泡特金，巴金先生，太使我们爱护了，它拥有许多忠实读者，也就有许多人注意他的言行举止。最近一时期，大家为他的失踪，急坏了人，有的说他已到昆明，有的则说他及早避难香港，也有人竟说他蒙难广州了，但终究没有可靠的证实，沪港朋友全打听他音讯行踪，萧乾特在香港《大公报》刊了则"寻朋友"，照录如下："广州失陷后，巴金先生迄今尚无音讯。现沪上及各方友人函电频来，乾个人亦甚焦灼。如有知其行踪者，务祈立即通知鄙人为感。萧乾谨启。"

这是 1938 年 11 月 21 日上海《电声》周刊第 42 期上刊登的一则消息，虽然后来担心被解除了，但朋友的惦念不是没有理由的。那时，人的生命随时都可以交出去，在 11 月 28 日该刊的下一期上，巴金曾有短简叙述自己逃难的情况：作家巴金，自离沪后就到了广州去，但自广州失陷以后，直到现在，一直没有音讯，失踪了好久，外间竟有传谣说他已经遇了难。直到最近，他才有信给外界关怀他的人，报告他最近的状况，极为详细，那信是这样的：

> 诸友：我们二十日晚上平安地离开了广州，同行十人，搭的是一只装货的木船。乘客就只有我们这一伙。在船上住了五天才到达都城，在都城换小火轮转梧州。二十五深夜到了梧州。我们在这里等船。我预备去桂林。广州情形很混乱。我们在这里还见好些二十一日出来的人，知道二十一日情形就乱得一塌糊涂，在那天上午走的人都不能带行李出来。过几天我再寄一篇描写最后两天广州的情形及我们退出的经过。祝好。二十八日。巴金

巴金是在上海沦为"孤岛"，写完长篇小说《春》之后，于 1938 年春离开上海，转道香港奔赴广州。从此，他也开始了抗战八年的颠沛流离的生活。10 月 20 日在广州沦陷的前夕，他与萧珊、弟弟李采臣、林憾庐等人离开广州，26 日达梧州，月末到柳州，11 月中旬抵达桂林。后来，回过上海，又去昆明，重庆，成都，贵阳……抗战八年，在大后方很多城市都留下了巴金的足迹。他甚至戏称自己是"身经百炸的人"："对于和平城市的受难，我已经有了丰富的经验，一九三七年下半年在上海，一九三八年上半年在广州，下半年在桂林，生命的毁灭、房屋的焚烧、人民的受苦，我看得太多了！但是这一切是不是就把中国人民吓倒了呢？是不是就把中国知识分子吓倒了呢？当然没有。上飞机的前一两天，我和开明书店的卢先生闲谈，我笑着说：'我们都是身经百炸的人。'他点头同意。"（巴金：《关于〈龙·虎·狗〉》，《巴金全集》第 20 卷第 630 页）

手无寸铁的百姓被轰炸致死的惨剧，一座城市变成废墟的景象，生命随时都被炮火夺去的惊恐，逃难路上的艰辛……这些都化成了文字写进了他的《旅途通讯》《旅途杂记》（《旅途通讯》，初版为上下册，分别于 1939 年 3 月、4 月文

化生活出版社初版。《旅途杂记》，1946年4月由万叶书店出版）等书中。"这些全是平凡的信函。但是每一封信都是在死的黑影的威胁下写成的。这些天来，早晨我见到阳光就疑惑晚上我会睡到什么地方。也许把眼睛一闭，我便会进入'永恒'。"（巴金：《〈旅途通讯〉前记》，《巴金全集》第13卷第113页）

巴金曾这样描述他1938年8月8日在广州所经历的大轰炸：

　　飒飒声一起，一些陌生的人（还有邻舍那位太太带了小孩）疯狂地涌进我们的屋子里来。他们带着轻微的惊呼，一齐往地上蹲伏。炸弹爆炸了，声音不大，似乎落在很远的地方。我觉得奇怪。但是第二次"飒飒"声又起了。仍旧只听见小的爆炸声。大家略为安心。可是飞机还在上空盘旋。在第三次的"飒飒"声响起之后，一个巨大的爆炸声震撼了这间屋子。我在这里用"震撼"二字自然不恰当，因为房间不过微微摇动一下，我还觉得一股风吹到我的腿上，别的就没有什么了。然而在那巨声刚起的时候，我和别的人都以为这颗炸弹一定在我们的头上爆炸。我们的办事处是在楼下，头上还有三层洋房，倘使是一颗小炸弹，我们在下面还有活命的希望。我坐在藤椅上没有动一下，头埋着，眼光固定在一堆校样上面。我微微张开口，我想要是这里被炸，我还能活的话，为了不使耳膜震破，我应当将口张开。我们定了神，静悄悄地看看四处，眼前还是一个和平的世界。轧轧声消失了。房里没有一点改变。桌上多了一层灰。蹲下的人站起来，慢慢地走出房去。紧张的空气松弛了。我看朋友们的脸。那些脸上好像蒙了一张白纸。可惜我看不见自己的脸色。（巴金：《在广州》，《巴金全集》第13卷第118—119页）

　　在那些日子里，"飞机在头顶上盘旋，下降，投弹，上升，或者用机关枪扫射。房屋震动了，土地震动了。有人在门口叫。有人蹲在地上。我们书店的楼下办事处也成了临时避难室。……我在咖啡店里看不见什么，玻璃窗给木板通了大半，外面是防空壕，机关枪弹一排一排地在附近飞过，许多人连忙伏在地上。我不能够忍受这种紧张的空气，便翻开手里的书，为的是不要想任何的事情，却以一颗安静的心来接受死。这时我的确没有想什么。我不愿意死，但是如果枪弹飞进来，炸弹在前面爆炸。我也只好死去。"

1938年底在桂林过着的也是差不多的日子，"十二月二十九日的大火从下午一直燃烧到深夜。连城门都落下来木柴似地在燃烧。城墙边不可计数的布匹烧透了，红亮亮地映在我的眼里像一束一束的草纸。那里也许是什么布厂的货栈罢。"巴金也曾看到过这样情景："在某一处我看见几辆烧毁了的汽车：红色的车皮大部分变成了黑黄色，而且凹下去，失掉了本来的形态。这些可怜的残废者在受够了侮辱以后，也不会发出一声诉冤的哀号。忽然在一辆汽车的旁边，我远远地看见一个人躺在地上。我走近了那个地方，才看清楚那不是人，也不是影子。那是衣服，是皮，是血肉，还有头发粘在地上和衣服上。我听见人讲起那个可怜人的故事。他是一个修理汽车的工人，警报来了，他没有走开，仍旧做他的工作。炸弹落下来，房屋焚毁，他也给烧死在地上。后来救护队搬开他的尸体，但是衣服和血肉粘在地上，一层皮和尸体分离，揭不走了。"（巴金：《桂林的受难》，《巴金全集》第 13 卷第 214、214—215 页）

1941 年，在昆明，他看到是一个少女的死："那天中午我也走过这个园子，不过不是在这里，是在另一面，就是在楼房的后边。在那个中了弹的防空洞旁边，在地上或者在土坡上，我记不起了，躺着三具尸首，是用草席盖着的。中间一张草席下面露出一只瘦小的腿，腿上全是泥土，随便一看，谁也不会想到这是人腿。人们还在那里挖掘。远远地在一个新堆成的土坡上，也是从炸塌了的围墙缺口看进去，七八个人带着悲戚的面容，对着那具尸体发愣。这些人一定是和死者相识的罢。那个中年妇人指着露腿的死尸说：'陈家三小姐，刚才挖出来。'以后从另一个人的口里我知道了这个防空洞的悲惨故事。"（巴金：《废园外》，《巴金全集》第 13 卷第 405 页）

逃难的一路上所经受的颠簸之苦也是平常住惯了大都市的人所难以想象的。从广州逃出来，先是要雇小船将他们转运到货船上，船都涨价了，雇个小船都要费一番口舌。终于弄好了，行船的一路上，走走停停，为的是躲避敌机的轰炸。这样要等的船也可能来不了，焦急地等待，深夜十二点半被叫醒，慌忙收拾行李，还没有弄好，说是拖渡船已经走了，折腾得疲乏不堪又睡下了，到凌晨四点，又被叫醒，在黑暗与寒冷中上了小艇上……这样的情况很常见。巴金在《旅途通讯》中不避烦琐地报告着这个路上的每一个细节，这些文字写出了离乱年代中普通人的窘迫和无力，在逃荒、转移中，在炮火的追赶下，人是多么渺小啊，生命是多么脆弱啊，但恰恰是这样，哪怕一点点相互扶助却有莫大的温暖；恰恰是这样，他们才深切地理解了自由和生命的真正价值……

时过境迁，重温巴金的这些文字，我们会发现：这些就是活生生的民族记忆，是一部私人的民族苦难史。

三、孤岛中的沉思

日军攻陷上海时，因为并没有对英、法、美等国宣战，他们在上海的租界区便形成了一个不在日军管制之下的特殊的"孤岛"，从 1937 年 11 月到 1941 年 12

月，这段时期有四年之久。"孤岛"中蛰伏了一批文化人，造就了特殊的"孤岛文学"。巴金曾有两段孤岛时期的生活经历，其间，他分别完成了《春》《秋》两部长篇小说，与之前的《家》构成了中国现代文学史上久负影响的《激流》三部曲。

在前方激战正酣之时，一向与时代主题紧密联系的巴金，为什么不直接写抗战题材的作品而去追述古老的家族故事呢？对此，巴金有自己的考虑："人们说，一切为了抗战。我想得更多，抗战以后怎样？抗战中要反封建，抗战以后也要反封建。这些年高老太爷的鬼魂就常常在我四周徘徊，我写《秋》的时候，感觉到我在跟那个腐烂的制度做拼死的斗争。"（巴金：《关于〈激流〉》，《巴金全集》第 20 卷第 682 页）这种想法，与巴金独特的抗战观也有联系，在巴金看来，抗战不仅是双方争胜负的一场战场，也是中华民族自我觉醒、更新、重生的契机。不仅要"抗战"，还要"改革"，抗战只是一道"门"，跨过它还要往前走，最终掀起"社会革命"才真正挽救民族危亡：

> 我从没有怀疑过"抗×"的路。我早就相信这是我们目前的出路。我所看见的大众的路里就包含着争取民族自由的斗争。……但是大众的路也并非简单的"抗×"二字所能包括。单提出"抗×"而不去想以后怎样，还是不能解决问题。我们且把"抗×"比作一道门，我们要寻到自由和生存，我们要走向光明，第一就得跨进这道门。但跨进门以后我们还得走路。关于那个时候的步骤，目前也该有所准备了。因为我们谁都不是狭义的爱国主义者，而且近年来欧洲大陆已经给了我们不少有益的例子。（巴金：《路》，《巴金全集》第 13 卷第 102—103 页）
>
> 他以西班牙革命为例子说："我们过去的政治的机构是不行的。我们在这方面需要着大的改革……"因此，他认为应该提出的口号是"抗战与改革"，"这两者是应该同时进行的"。（巴金：《公式主义者》，《巴金全集》第 13 卷第 250 页）

正是在这样的观念下，1937 年底，上海成为"孤岛"之后，一时离不开的巴金，重拾抗战前就开始写的《春》，直到写完它才离开。孤岛的生活有一种愤怒淤积于胸不得抒发的愤懑，巴金说："在这里空气太沉闷了。有人把这里称作'孤岛'，但我说，它更像一个狭的囚笼，有时我觉得连气也缓不过来，在这里真可以说是有一只魔手扼住我的咽喉。"（巴金：《感想（一）》，《巴金全集》第 13 卷第 228 页）写作，让巴金内心的郁闷找到了倾吐的空间，"下笔的时候我常常动感情，有时丢下笔在屋子里走来走去，有时大声念出自己刚写完的文句，有时叹息呻吟、流眼泪，有时愤怒，有时痛苦。《春》是在狄思威路（溧阳路）一个弄堂的亭子间里开的头，后来在拉都路（襄阳路）敦和里二十一号三楼续写了一部分，最后在霞飞路霞飞坊五十九号三楼完成，那是一九三六到一九三七年的事。"（巴金：《关于〈激流〉》，《巴金全集》第 20 卷第 681—682 页）

其实在 1935 年 10 月写《爱情的三部曲·总序》时，巴金就曾预告《春》的写作，当时巴金曾经听过一个四川姑娘为求学自杀未遂的故事，她逃出后又被找回家中，后来终于得到父亲的同意，在哥哥帮助下离开家乡……《春》中巴金以"淑英"的故事来改写四川姑娘的事情，并创造了蕙这个人物。战前，因为连载小说的《文季月刊》停刊，巴金仅完成小说前十章。淞沪会战爆发后，巴金忙于抗日救亡的宣传活动，小说又被放到了一边。但中国军队撤退后，人们纷纷离开上海，巴金打算将小说告一段落也走开，就用了十多个日夜完成了小说第一部。此时，书店决定在上海排印和出版这部书，巴金于是又拿起笔记将《春》的故事继续下去，"那些日子的确不是容易度过的"。"那个时候我除了写作外常常在霞飞路上散步，我喜欢看那些充满朝气的年轻面孔。每次看见青年学生抱着书从新开办的学校和从别处迁来的学校里走出来，我就想到为他们写点东西。回到自己的房间拿起笔写小说，我就看见平日在人行道上见到的那些天真、纯洁的脸庞。我觉得能够带给他们一点点温暖和希望是我最大的幸福。"（巴金：《谈〈春〉》，《巴金全集》第 20 卷第 424、425 页）《春》完成于 1938 年 2 月，看完全书的校样，巴金离开上海去广州。

《秋》的完成同样是在孤岛中的上海，1939 年下半年到第二年上半年，巴金和从天津逃难到上海的三哥尧林度过了一段难忘的书斋生活。"当时我在上海的隐居生活很有规律，白天读书或者从事翻译工作，晚上九点后开始写《秋》，写到深夜两点，有时甚至到三四点，然后上床睡觉。我的三哥李尧林也在这幢房子里，住在三楼亭子间，他是一九三九年九月从天津来的。第二年七月我再去西南局，他仍然留在上海霞飞路一直到一九四五年十一月我回上海送他进医院，在医院里他没有活到两个星期。他是《秋》的第一个读者。我一共写了八百多页稿纸，每次写完一百多页，结束了若干章，就送到开明书店，由那里发给印刷所排印。原稿送前我总让三哥先看一遍，他有时也提出一两条意见。我五月初写完全书，七月中就带着《秋》的精装本坐海船去海防转赴昆明了。"（巴金：《关于〈激流〉》，《巴金全集》第 20 卷 682—683、682 页）沈从文高度评价了在一个动荡的大时代中，坚守信仰，沿着自己的思路思考的巴金这样的写作者："个人所思所愿虽极小，可并不对别人伟大企图菲薄。如茅盾写《子夜》，一下笔即数十万言，巴金连续若干长篇，过百万言，以及并世诸作家所有良好表现，与在作品中所包含的高尚理想，我很尊重这种有分量的工作，并且还相信有些作家的成就，是应当受到社会上各方面有见识的读者，用一种比当前更关心的态度来尊重的。人各有所长，有所短，能忠于其事，忠于自己，才会有真正的成就……"（沈从文：《给一个作家》，《沈从文全集》第 17 卷第 345 页，北岳文艺出版社 2002 年 12 月版）

巴金的离开，也是不得已的。那时候的孤岛，特务横行，暗杀、绑架爱国人士的事情，时有发生，已很难为他提供安宁的写作环境。很多人为了安全，不得不隐姓埋名，不在社会上露面。巴金一直在发表作品，鼓舞民众抗战，无疑对其人身安全带来很大威胁，一旦《秋》完成，他不得不选择离开。他没有想到，这一别五年，再回来时，三哥已经缠绵病榻不久于人世，兄弟俩再也没有在一起倾谈、写作的时光了。

1940 年 5 月，巴金即将告别上海，在文字中，他表达了自己的复杂心情：

> 两年前在广州的轰炸中，我和几个朋友蹲在四层洋房的骑楼下，听见炸弹的爆炸，听见机关枪的扫射，听见飞机的俯冲。在等死的时候还想到几件未了的事，我感到遗憾。《秋》的写作便是这些事情中的一件。
>
> 因此，过了一年多，我又回到上海来，再拿起我的笔。我居然咬紧牙关写完了这本将近四十万字的小说。这次我终于把《家》的三部曲完成了。读者可以想到我是怎样激动地对着这八百多页原稿纸微笑，又对着它们流泪。
>
> 这几个月是我的心情最坏的时期，《秋》的写作也不是愉快的事……每夜我伏在书桌上常常写到三四点钟，然后带着满眼鬼魂似的影子上床。有时在床上我也不能够闭眼。那又是亨利希·海涅所说的"渴慕与热望"来折磨我了。我也有过海涅的"深夜之思"，我也像他那样反复地念着：
> 我不能再闭上我的眼睛，
> 我只有让我的热泪畅流。
> 在睡梦中，我想，我的眼睛也是向着西南方的。
> 在这时候幸好有一个信念安慰我的疲劳的心，那就是诗人所说的：
> Das Vaterland wird nie verderben.（祖国永不会灭亡。）
> （巴金《〈秋〉序》，《巴金全集》第 3 卷第 3—5 页）

四、爱情的收获

早年，巴金曾有奉行独身主义一说，抗战时，他的身边多了一位年轻漂亮的女孩子，自然不能不引起人们格外关注。西南联大教授吴宓 1940 年 10 月 18 日日记曾记："遇巴金，携一年少而摩登之妻。苏人。寒暄。后知系其女友（联大女生），非妻也。"（《吴宓日记》Ⅶ卷第 248 页，北京三联书店 1998 年 6 月版）其实，抗战伊始，他们就相依相伴。与他们一起逃出广州的张兆和的弟弟张宗和就曾记过："巴金先生和他的女友很亲热，陈小姐很会撒娇，我们常常背后笑他们。"（《秋灯忆语》第 22 页，人民文学出版社 2013 年 8 月版）这八年，虽然也曾有分散两地之时，然而这个美丽的身影，要么在巴金的身旁，要么也在他的心上。巴金说：

　　她陪着我经历了各种艰苦生活。在抗日战争紧张的时期，我们一起在日军进城以前十多个小时逃离广州，我们从广东到广西，从昆明到桂林，从金华到温州，我们分散了，又重见，相见后又别离。在我那两册《旅途通讯》中就有一部分这种生活的记录。……我决定不让《文集》重版。但是为我自己，我要经常翻看那两小册《通讯》。在那些年代每当我落在困苦的境地里、朋友们各奔前程的时候，她总是亲切地在我的耳边说："不要难过，我不会离开你，我在你的身边。"（巴金：《怀念萧珊》，《巴金全集》第 16 卷第 26—27 页）

　　他们两人相识于抗战前，萧珊，本名陈蕴珍，原是巴金的一个读者，先是书信联系，后来才见面，并确立了恋爱关系。萧珊的身影很快也出现在巴金的作品里，长篇小说《火》中有一位性格活泼的少女叫冯文淑，"冯文淑也就是萧珊。第一部里的冯文淑是'八一三'战争爆发后的萧珊。参加青年救亡团和到伤兵医院当护士都是萧珊的事情，她当时写过一篇《在伤兵医院中》用慧珠的笔名发表在茅盾同志编辑的《烽火》周刊上，我根据她的文章写了小说的第二章。这是她的亲身经历，那时不过是一个高中学生，参加了一些抗战救国的活动。倘使不是因为我留在上海，她可能像冯文淑那样在中国军队撤出以后参加战地服务团去了前方。"（巴金：《关于〈火〉》，《巴金全集》第 20 卷第 638 页）巴金在作品的前言后记中，都提到了萧珊带给他的鼓励和温暖。

　　那个特殊岁月中，也曾留下他们终生难忘的记忆。1940 年夏天，在昆明，"萧珊在西南联合大学念书，暑假期间，她每天来，我们一起出去'游山玩水'还约一两位朋友同行。武成路上有一间出名的牛肉铺，我们是那里的常客。傍晚或者更迟一些，我送萧珊回到宿舍。"（巴金：《关于〈龙·虎·狗〉》，《巴金全集》第 20 卷第 629 页）第二年暑假，巴金再次来到昆明："那些日子里我的生活很平静，每天至少出去两次到附近小铺吃两碗'米线'，那种可口的味道我今天还十分怀念。当然我们也常常去小馆吃饭，或者到繁华的金碧路一带看电影。后来萧珊的同学们游罢石林归来，我们的生活就热闹起来了。"（巴金：《关于〈龙·虎·狗〉》，《巴金全集》第 20 卷第 633 页）

　　八年相恋，在那个战火纷飞的岁月里，有情人终成眷属。"我们没有举行任何仪式，也不曾办过一桌酒席，只是在离开桂林前委托我的兄弟印发一份'旅行结婚'的通知。"1944 年 5 月 8 日，他和萧珊两个人在贵阳郊外的"花溪小憩"举行了特别的"婚礼"：

> 我们结婚那天的晚上，在镇上小饭馆里要了一份清炖鸡和两样小菜，我们两个在暗淡的灯光下从容地吃完晚饭，散着步回到宾馆。宾馆里，我们在一盏清油灯的微光下谈着过去的事情和未来的日子。我们当时的打算是萧珊去四川旅行，我回桂林继续写作，并安排我们婚后的生活。我们谈着，谈着，感到宁静的幸福。四周没有一声人语，但是溪水流得很急，整夜都是水声，声音大而且单调、那个时候我对生活并没有什么要求。我只是感觉到自己有不少的精力和感情，需要把它们消耗。我准备写几部长篇或中篇小说。（巴金：《关于〈第四病室〉》，《全集》第 20 卷第 588—589 页）

尽管那是在偏僻的小镇，但是，当时灵敏的报刊还是迅速捕捉到巴金生活的变化。1944 年 9 月 1 日出版的重庆《时兆月报》第 2 卷第 9 期上，便看出一篇题为《巴金有"家"》的短讯："以著作小说，尤其《家》的写作著名的巴金，其于五月八日在贵阳花溪与陈蕴珍女士结婚。新娘上海人，现年二十五岁，长于英国文学。读者谓，久悬中馈的巴金，现在真有'家'了。巴金平日沉默寡言，此次结婚亦在沉默中举行，故知知者甚少。"他们后来会聚到重庆，才真正建立起自己的家，朋友曾记下这个简陋的家：

> 萧珊和巴金结婚以后，从贵阳来到重庆，住在重庆民国路文化生活出版社楼梯下的一间小屋里。那间小屋，黑暗、潮湿、窄小，用作新居，实在太不像样。那时，我是重庆文化生活出版社的经理，巴金是总编辑。我既是主人又是朋友，所以我坚持要把我住的一间楼房腾出来。但巴金不肯，萧珊也不叫让。……
>
> 巴金夫妇住的那间小屋，除了一张双人床外，几乎一无所有。出版社要为他们置办几样家具，他们无论如何不要。因为他们觉得为了他们的新居，让出版社花钱，这会使他们不安，说什么也不让买。于是，新房简朴，一切从简。简朴之至！（田一文：《忆巴金写〈憩园〉》，《我忆巴金》第 20 页）

没有摆过一桌酒席的婚礼，"四个玻璃杯"开始组织起来的家："从贵阳我们先后到重庆，住在民国路文化生活出版社门市部楼梯下七八个平方米的小屋里。她托人买了四只玻璃杯开始组织我们的小家庭。"（巴金：《怀念萧珊》，《巴金全集》第 16 卷第 26 页）这样简单的生活里，却不乏温馨的细节，尤其是多少年后的回忆，战火中宁静的一刻更值得让人珍惜、留恋：

> 婚后，巴金每天都在文化生活出版社的一张写字台上写小说《憩园》。当巴金写作时，萧珊或看书，或看报，或者做别的事情，从不打扰巴金。晚饭后，他们才出去散散步，看看电影。有时，巴金也在夜晚写《憩园》。遇到这种时候，萧珊总是坐在一旁，安静地做自己的事。（田一文：《忆萧珊》，《我忆巴金》第 108—109 页，四川文艺出版社 1989 年 12 月版）

他不停地写，有时写到深夜，有时在吃完晚饭以后跟萧珊出去散散步，或者上电影院去看一场电影（他够得上是个影迷），或者上咖啡店去喝一杯咖啡。我有时也跟他们一起出去。散步的时候他习惯把双手插在西装裤袋里，萧珊习惯挽着他走。他喜欢热情地谈论一些事情……（田一文：《忆巴金写〈憩园〉》，《我忆巴金》第 20 页）

五、民族基本力量的探寻

田一文也曾回忆，1941 年夏天，巴金在重庆沙坪坝互生书店写作的细节："巴金和我都住在书店楼上的一间宽敞的房间里。在这里，巴金开始了《火》第二部的写作。""互生书店的那间宽敞楼房，只有一张白木方桌，几个白木方凳，几张木架板床，巴金写作和休息，就在这么一个简陋天地里。"巴金就坐在临窗的方桌前写作，"巴金没有一般作家的习惯，不抽烟，也不喝茶。摆在他面前的是一杯开水，一叠稿纸。""每天晚上，他写作总是写到夜深人静、更锣响过两遍以后才睡。只在晚饭以后，约我一起出去散散步。早上，巴金起得很早。习惯在书店对角的一家甜食店吃早点。他只吃一小碗'醪糟荷包蛋'或'炸酱面'。他是成都人，喜欢四川小吃。中饭和晚饭，他跟店里几个人一起进餐。"然而，这并非世外桃源，不过是战时的一张书桌而已，而且条件依旧很艰苦："正值初夏，重庆沙坪坝已热得可怕。更可怕的是臭虫和耗子，它们肆无忌惮，一到夜晚，它们就会猖獗活动，任意骚扰。耗子在房里乱窜、乱啃，臭虫使人睡不安稳。而且，暑气逼人，入夜也不解凉。要跟白天比较，夜晚更加闷热。没有一丝风，没有一架电扇，巴金就在这火一般的房间里写《火》第二部。"（田一文：《忆巴金写〈火〉第二部》，《我忆巴金》第 8—10 页）

沙坪坝的这段生活，巴金后来曾写进他的小说《还魂草》，而从《还魂草》开始，巴金的创作已经在酝酿着转变。巴金后来解释："我在四十年代中出版了几本小说，有长篇、中篇和短篇小说集，短篇集子的标题就叫《小人小事》。我在长篇小说《憩园》里借一位财主的口说："就是气魄太小！你为什么尽写些小人小事呢？"我其实是欣赏这些小人小事的。这一类看不见英雄的小人小事作品大概就是从《还魂草》开始，到《寒夜》才结束，那是一九四六年年底的事了。"由"英雄史诗"到"小人小事"，巴金的这个转变与他抗战实际的生活经历和对这片土地的重新认识有关，正如他所说："我始终认为正是这样的普通人构成我们中华民族的基本力量。任何困难都压不倒中华民族，任何灾难都搞不垮中华民族，主要的力量在于我们的人民，并不在于少数戴大红花的人。四十年代开始我就在探索我们民族力量的源泉，我写了一系列的'小人小事'，我也有了一点理解。"（《关于〈还魂草〉》，《巴金全集》第20卷第658、659页）在他抗战后期的创作里，更关注普通人的现实与理想，对"生命的开花"的渴求、对理想的寻找，不再是在血与火中谋求实现了，而是在平凡的人生中、日常生活里怎样让它发出光辉。在黑暗的"第四病室"生造出了一位好心的充满朝气的女医生，"希望变得善良些、纯洁些、对人有用些"。"她并不是'高、大、全'的英雄人物"，她不过是一位年轻的医生（巴金：《关于〈第四病室〉》，《巴金全集》20卷595页）。在自己的岗位上散发着光和热，给周围的人送来幸福和温暖，《憩园》中那个写"小人小事"，而且自己不断怀疑写作价值的作家，却没有想到在女读者万昭华那里获得了意外的鼓励。万昭华说："你们就像是在寒天送炭、在痛苦中送安慰的人。"在残酷的战争和严峻的现实面前，作家对生活和人生有了更深入的思考，而这些信念在动荡的岁月里，又支持着作家坚定而平静地写作。

抗战时期，是巴金创作的成熟期，香港文学史家司马长风在其《中国新文学史》中高度评价巴金这一时期的创作，他说："在老作家中，写作成就最令人鼓舞的，是最初蔑视文学的巴金。唯有他，在颠沛流离的战时生活中，一直不曾停笔，在小说成绩黯淡的抗战前半期，他完成了《秋》和《火》（三册）两部巨著，短篇小说集有《还魂草》，还翻译了屠格涅夫的《父与子》《处女地》。一九四四年五月他与萧珊女士结了婚。婚后，写出了划阶段的三部小说：《憩园》《第四病室》和《寒夜》。从这三部作品看出来，他的小说技巧，已臻炉火纯青，对文艺有了庄严和虔诚，同时政治尾巴也刨得干干净净，成为一点不含糊的独立作家了。从文学史来看，没有比这更令人兴奋的了。"（《中国新文学史》下册第72页，昭明出版社1978年12月版）他甚至这样盛赞巴金的《憩园》："论谨严可与鲁迅争衡，论优美则可与沈从文竞耀，论生动不让老舍，论缠绵不下郁达夫，但是论艺术的节制和纯粹，情节与角色，趣旨和技巧的均衡和谐，以及整个作品的晶莹浑圆，从各个角度看都恰到好处，则远超过诸人，可以说，卓然独立，出

类拔萃。"（同前，第 75 页）

环境虽然恶劣，但那年月，巴金似乎有使不完的劲儿，他叙述在昆明写作《龙·虎·狗》时说："在这落雨的日子里我每天早晨坐在窗前，把头埋在一张小书桌上，奋笔写满两三张稿纸，一连写完十九篇。……我有的是激情、有的是爱憎。对每个题目，我都有话要说，写起来并不费力。我不是在出题目做文章，我想，我是掏出心跟读者见面。好像我扭开了龙头，水管里畅快地流出水来。"（巴金：《关于〈龙·虎·狗〉》，《巴金全集》第 20 卷第 632—633 页）青春岁月里，遭逢这样一场残酷的战争，不能说是一件幸事。然而，苦难，常常也是一个大熔炉，冶炼人的意志，提升人的境界。青春，不论什么年代里的青春，都是一股充满着热情和创造力的扑不灭的火焰，于是，在追溯那个年代的文学史时，在那段如歌的岁月里，我们看到了久久难忘的一幅巴金写作图，它也是一代作家奔走抗战奋笔疾书的剪影：

> 一九三七年全面抗日战争爆发后，我离开上海去南方，以后又回到上海，又去西南。我的生活方式改变了，我的笔从来不曾停止。我的《激流三部曲》就是这样写完的。我在一个城市给自己刚造好一个简单的"窝"，就被迫空手离开这个城市，随身带一些稿纸。在那些日子，我不得不到处奔波，也不得不改变写作方式。在一些地方买一瓶墨水也不容易，我写《憩园》时在皮包里放一锭墨，一枝小字笔和一大叠信笺，到了一个地方借一个小碟子，倒点水把墨在碟子上磨几下，便坐下写起来。这使我想起了俄罗斯作家《死魂灵》的作者果戈理在小旅店里写作的情景，我也是走一段路写一段文章，从贵阳旅馆里写起一直到重庆写完，出版。有一夜在重庆北碚小旅馆里写到《憩园》的末尾，电灯不亮，我找到一小节蜡烛点起来，可是文思未尽，烛油却流光了，我多么希望能再有一节蜡烛让我继续写下去。……（巴金：《文学生活五十年》，《巴金全集》第 20 卷第 564—565 页）

疾风知劲草

——王元化在抗战中

朱大建 高级编辑，《新民晚报》原副总编辑。上海记协常务理事，上海作协理事、散文委员会主任，《上海纪实》电子刊主编。中国作家协会会员。

出版著作《时代风采录》《上海滩新"大亨"》《心弦之歌》《灯下文谈》《灯下文谈全编》《域外萍踪》《静夜凝眸》等。主编《上海作家散文百篇》。两次获《萌芽》文学奖。中篇报告文学《鲲鹏展翅》获中国作协 1990 年—1991 年度全国优秀报告文学奖。杂文《资源与陷阱》获 2006 年全国报纸副刊金奖。2004 年被评为全国百佳新闻工作者，2008 年获中国晚报杰出贡献奖。

翁思再 华东师范大学王元化研究中心研究员、教授。曾任新民晚报文化部负责人，在此期间于王元化先生门下受教，合作主编《京剧丛谈百年录》。曾在央视《百家讲坛》主讲《梅兰芳》《伶界大王谭鑫培》。剧作有《大唐贵妃》《道观琴缘》《唐寅与秋香》等。是《中国京剧百科全书》系列音韵条目的撰写者。

要抗战要救亡

1935 年 12 月 9 日，北平城里爆发学生运动，六千余名悲愤的大中学生涌上街头，举行抗日请愿游行。学生的口号是："反对华北自治"，"停止内战，一致抗日"，学生挥舞小旗，一边游行一边高喊"打倒日本帝国主义"口号。王元化的父亲王芳荃此时任清华和北方交大教授，正好在家里休息，他就对王元化的两个正在燕京大学读书、刚回家休假的姐姐王元霁王元美说："你们的同学，为了祖国的存亡，都在冰天雪地里呼吁，你们怎么能在家里呢，你们要回到队伍里去！"王芳荃喊了一辆汽车，将元霁元美送到西直门外的游行的队伍中去。事后，当王芳荃任职的学校当局请教授讨论如何处置学生游行之事时，王芳荃首先站立起来发言说："作为一个中国人，我的良心告诉我，我不能反对学生运动。"

父亲作为一个正直知识分子的爱国行动感染了王元化，那年他才 15 岁，正在育英中学读书。1935 年 12 月 16 日，北平学生、市民再次举行游行示威时，王元化跑到学生临时组织起来的非常自治会，要求参加非常自治会的活动，投入抗日洪流。他被推荐为校刊《课外选课专页》的主编，平生第一次编著了两篇文章，一篇是谈意大利侵略阿比西尼亚，一篇是谈日货走私，虽然只是报纸文章的综合，却也显示了他分析社会观察社会的眼光。也正是这两篇文章的影响，引起国民党蓝衣社特务学生的注意，捕风捉影地怀疑他和共产党有联系，到校长面前去告状，王元化被撤职了。

然而，憧憬着社会公平公正和民主自由的热血青年的人生理想，岂能被几个特务的威胁吓倒？哪里有压迫哪里就有反抗，如同当年许多青年知识分子的人生道路一样，正是因为日军的野蛮侵略，国民党的腐败和不抵抗，使王元化一步一步走向共产党。1936 年，在国难当头时，王元化与李克（查先进）、夏淳（查恒禄）一起参加共产党外围组织——"民族解放先锋队"。

"七七事变"爆发，中国军队开始抵抗日军的进攻，因中国军队准备不足加上装备落后，一个月时间里连吃败仗，29 军副军长佟麟阁和师长赵登禹阵亡。守城的 29 军军长宋哲元率领部队一直抵抗到 8 月初，只能撤退。8 月 8 日，日军进入北平。就在日本军队进城那天凌晨一点钟，王元化随父母离开北平南下逃亡。

天下着细雨，古城静悄悄的，街上没有行人。正在病中的王元化，被扶上马车。一家人恋恋不舍地望着街道，备感凄惨。国破家亡，山河破碎，青年王元化满腔悲愤。

到了火车站，但见一片嘈杂。这是最后一班列车。许多不愿眼睁睁看着北平城沦陷，不愿在日寇铁蹄下当亡国奴的知识分子和平民，这时都在逃难。日寇痛恨知识分子，见到读书人就抓。为了安全，逃难人群中的知识人，上衣不插钢笔，口袋不放片纸，有的还把眼镜也摘下来了。不过王元化还是瞒着家人，把一幅自绘的鲁迅像，两本鲁迅编辑瞿秋白翻译的文艺理论著作《海上述林》，偷偷装入随身的小箱里。家里的藏书，装进一口大缸，心想等抗日胜利后再来取，哪里想到抗战竟如此艰难漫长，一直打了 8 年才胜利。

京津路上，迎面不断有呼啸的日本运兵车开过，逃难平民所乘列车时时停下来。仅两三个小时的路程，它竟整整走了一天。当时天津已被日军占领，出站时，只见日军在站台上杀气腾腾，荷枪实弹。逃难人群走出车站，必须从两排端着刺刀的日军夹道里通过，日军后面还有一些便衣特务，站在高处，凶狠地检查人群，只要看着谁像军人和知识分子，就拉出去架走。王元化一家人就夹在人群中，经过敌人的检查走出天津车站。这种屈辱、恐惧、惊慌、愤怒，加上哀伤的情感，让王元化铭刻心间，那种伤心欲绝的痛楚，永远难忘。

到天津后，由于战事正紧，火车已经无法开行，南下逃亡只能坐船从海上走。那时船运主要靠洋商，从塘沽口出海。王元化的父亲只能在天津租界租房暂居，整整花了一个月，才买到去青岛的船票。在轮船上，王元化在愤怒和哀伤的情绪中，写出了他的第一篇小说《南行记》，写的正是平津沦陷后一艘开向上海轮船上的流亡人群的生活，后来发表在上海学联主办的特刊《上海一日》上。

出渤海湾到了青岛，刚安顿下来，却发现这里也不是安身之地。原来日本军队长驱直入，已经逼近胶东。于是赶紧再候船，继续南下。如此辗转折腾，直到十月份才到达上海，此时"八一三"抗战烽火已经熊熊燃烧到最后阶段。

素不相识的热血青年学生来接站，他们手里摇着小旗子，不停地喊着抗日救亡的口号。望着"热烈欢迎平津流亡同学"的横幅，青年王元化和他的姐姐们不约而同，"哇"的一声哭出声来。王元化来到静安寺赫德路（今常德路）金城别墅，找到"平津流亡同学会"总部，他们专门为那些人生地不熟的南下学生提供帮助，解决各种初来乍到时的困难问题。王元化通过这个同学会，联络到了自己的组织——民族解放先锋队。

排演抗日话剧

1937 年 11 月，日军在杭州湾登陆，妄图迂回包抄中国军队。中国军队怕腹背受敌，后撤之路被截断，仓皇撤出上海，八一三抗战结束。日军占领了上海的中国地界，租界沦为"孤岛"。王元化热情投入抗日活动。他在平津流亡同学会中恢复了"民先"组织身份，不久考入大夏大学经济系。日寇的侵略使他难以安心经济学，于是开始拿起战斗的笔。1938年写出文艺作品《雨夜》，刊登在《文汇报》副刊"文会"上，而后便一发不可收。他主要写文艺理论文章，兼顾文艺创作。1938年初，还不到18岁的王元化正式加入中国共产党。

地下党派他去联系学生运动，具体是抓排演抗日话剧工作。王元化通过同学汪玉岑的关系，使汪家在长乐路陕西路口的一所花园洋房，成为"平津流亡同学会"的基地，王元化还代表平津流亡同学会参加"学联"，出任上海市学生联合会宣传部副部长。

"孤岛"时期，上海救亡团体如雨后春笋般地出现，职业界、学生界，各行各业如邮局、铁路、银行、钱庄甚至巡捕房里的中国人，都组织起救亡团体，他们的一个重要活动方式，就是通过群众文艺演出宣传抗日，鼓舞人民士气。当时上海有200多个业余剧社。王元化负责话剧排演活动的组织工作，于是长乐路的"汪家花园"就成为排戏场所。王元化身边聚集着一批业余话剧精英，经常派他们到各剧社去辅导，帮业余演员化装，兼当导演。王元化本人也常去剧社说戏，有一次他到暨南附中为学生剧团分析丁玲的剧本《重逢》，剧团成员听得津津有味，便说"你讲得头头是道，干脆直接导演算了"！然而毕竟隔行如隔山，业余演员往往需要手把手地教戏，这就难为王元化了，排了两天，败下阵来，只好另请高明。

孤岛抗战文艺活动蓬勃开展起来后，地下党就租下一个剧场，逢周日演出，名为"星期小剧场"，地点在今天的新光电影院，吸收团体会员加盟，为群众救亡话剧演出提供舞台。"星期小剧场"很快成为文艺青年向往的地方，王元化在此基础上组建"戏剧交谊社"，进一步把上海200多个剧社团结在地下党周围，上演了60部左右的话剧，涌现出四大导演费穆、黄佐临、吴仞之、朱端钧；四小导演吴天、胡导、洪谟、吴琛。

后来成为王元化妻子的张可，是"星期小剧场"演抗日话剧的活跃分子，王元化和张可也就在这抗日舞台上，自然地、悄悄地绽出爱情的新芽。王元化认识张可的时候，张可正在暨南大学外语系读英国文学。年轻的张可，身穿淡蓝竹布袍子，简单又素净，气质高雅。王元化在组织剧社活动时，读了张可发表的一些散文，心生爱慕，常常与张可谈艺说文，相知日深，感情愈深。

历艰险皖南行

1939年初，受地下党组织派遣，王元化随上海各界救亡联合会组团赴皖南新四军军部慰问，王元化参与筹集书报、药品等慰问品。一些进步文艺青年，将随团赴皖参加新四军，加起来有30多人。行前，才十六七岁的白沉被他的两个姐姐送到王元化面前，这是一位在"星期小剧场"展露才能的小伙子，他姐姐说："弟弟年轻幼稚，烦您把他带到皖南，交给革命，一路上拜托您多关照。"其实，王元化不过才比白沉大两岁而已，在自己父母眼里，何尝不是个孩子？不过，当时慰问团里党员极少，王元化又有少年老成之相，自然成为重要骨干，谁也不会小看他。慰问团要出发了，王元化的母亲看到儿子冒险远行，难过得哭了起来。知子莫如父，父亲王芳荃毅然对妻子说："他向往革命，让他去吧。"

为安全起见，30多人的慰问团分几路赴皖南。慰问团团长是吴大琨、副团长是杨帆。王元化凌晨乘飞康轮从十六铺起锚开船，刚刚蒙眬入睡，哪知轮船出了吴淞口就被敌人汽艇截住，日寇上船搜查，四处寻找抗日书报，将旅客全部赶到甲板上，一个个盘问，看看头上有没有帽印，食指上有没有老茧，这是在搜捕中国军人。王元化和散在各舱的团员沉着应对，但随慰问团到第三战区去的四位军人伤病员却被日本兵抓走了。第二天，上海报纸刊登"今晨日军飞康轮抓走四个抗日分子"的消息，王元化的母亲以为儿子可能在其中，难过得大哭一场。后来接到王元化从温州寄来的家信，母亲才稍稍安心。王元化等从温州乘民船溯瓯江而上，借道青田，来到金华。这里是第三战区的中心，长官是顾祝同和上官云湘。当时是国共合作时期，王元化在这里见到了邵荃麟、骆耕漠等我党文化精英。慰问团里准备投奔第三战区所属新四军的演剧人才，就在这里先演了几个节目。此时，适逢周恩来从皖南视察后来到第三战区，王元化在一个小旅馆里见到他。同时在国共两党担任要职的周恩来，穿着缴获来的黄颜色日本军大衣，亲切地问："上海的情况怎么样？"王元化挤在人群中汇报了各界救亡工作，重点谈了抗日宣传，他才19岁，居然毫不怯场，侃侃而谈。其实当时国民党已经在内部下达了"禁制异党活动"的命令，周恩来告诉面前这位青年人，自己作为国民政府军事委员会政治部副主任，来到这里居然也有特务监视，宪兵来这里声言说要检查周恩来，被周恩来严词骂了出去。由于周恩来的来到，金华还遭到日军的空袭。

在金华盘桓期间，王元化病倒了，高烧热度很高，幸亏由他带去投奔新四军的青年郑大方日夜照料，下挂面、炖鸡蛋，终于使病情渐渐好转。郑大方在上海时受到王元化的影响，他俩一块儿研读过日本人藏原惟人写的辩证唯物论。

离开金华后，王元化离开慰问团大部队，率慰问团中去新四军的小分队沿青弋江步行，第一天走了80里山路，王元化脚上起了三个大泡。山道一面是绝壁，一面是悬崖，有时遭遇对面有人骑马而来，王元化只好身靠绝壁、背贴马肚，先让他们通过。

一天晚上，下起了大雨，慰问团小分队来到小旅舍住宿。那里地上积水，只能是两个人合睡一块窄窄的床板。慰问团里唯有一名女青年，她姓汪，提出和自己合睡对象是王元化。是夜,这两位抗日青年,一男一女,和衣而卧于窄板床,毫无杂念。晚年王元化回忆说,当时的进步青年,心灵就是这样纯洁。

就这样辗转到达皖南,顺利送上药品、书报和青年才俊,还赠给新四军一面锦旗,上写"变敌人后方为前线"。王元化从未使用过的牙膏管内取出由领导亲笔写的介绍信。负责与王元化联络的是原在上海写理论文章的冯定(解放后任华东局宣传部副部长),他的笔名叫贝叶,有着"贝叶传经"的意思,意为用文字传播马克思主义。冯定非常热情地接待王元化。冯定穿一身灰布军装,左臂上缝着一块新四军的臂章,上面印着"抗敌"两个字,字下面还有一个端着刺刀冲锋的军人木刻像。冯定个子不高,身材瘦小,剃着光头,戴着眼镜,脸上皱纹很多,说话声音不高,但精力充沛,一直是兴高采烈眉飞色舞的样子,情绪高昂。冯定告诉王元化,政治部主任袁国平要接见。于是王元化跟着冯定,来到袁国平的办公室门外。冯定喊一声:"报告!"袁国平在里面说"进来!"进门后冯定"啪"地立正,打一个敬礼,介绍说:"这是上海地下党派来的白蚀(王元化的化名)同志"。军队里的礼节,使王元化感到十分新鲜。那天谈话后,袁国平还挽留他共进午餐。王元化应邀在新四军教导、服务团做关于上海救亡运动情况的报告,全文被整理发表在新四军《抗敌报》上。王元化还在那里多次看新四军服务团的演出,看过张茜(当时尚未与陈毅结婚)在《杨乃武与小白菜》中演的小白菜,看过吴强(后来当了作家写出长篇小说《红日》)演的阿Q。王元化初步体验了革命军旅的生活,并同那里的文艺工作者接触,知晓了新四军中文化人的文艺思想。

在新四军军部服务团,王元化被安排在辛劳住的单独的院落里。王元化很高兴,他遇到故人,晚上可以畅谈了。

辛劳是年轻的进步作家,1938年春天,王元化带着地下党的介绍信去马斯南路(今思南路)一家难民收容所去见辛劳,当时辛劳在难民收容所做难民的文教工作。王元化想请辛劳去"平津同学会"谈谈文学创作。王元化说明来意后,辛劳用一双湿漉漉的鹰眼注视着王元化,好像要在王元化身上搜索出什么可疑的东西。王元化发现,辛劳长着一张狭长的脸,一头蓬乱的卷发,穿着一件乌克兰衫式样的农民服上衣,身上有一种浪漫的气息,一下就感觉到辛劳在模仿普希金。王元化对辛劳的第一个印象并不好。辛劳谢绝了演讲的邀请,但写了一张便条改请别人去讲。以后,王元化对辛劳的散文和诗发生了兴趣,由兴趣再到喜爱。1938年下半年,辛劳带着难民收容所一批青年难民到皖南参加了新四军。

在新四军军部的院落里的遇到辛劳,王元化多高兴啊。这个院落,辛劳住一间,聂绀弩住一间。王元化去的时候,聂绀弩正好去金华了。不料,到了晚上,王元化和辛劳谈文艺问题,竟激烈争论起来,双方都动了感情,拉长脸谁也不理谁。一夜过后，两人又重归于好，乌云散尽。当时的文艺青年，就是那样的单纯明朗天真。辛劳将他写的长诗《捧血者》给王元化看，辛劳还为王元化朗诵，朗诵时，辛劳的脸因兴奋而发红，眼里闪着热烈的光，嘴唇在颤抖，声音也在颤抖。王元化被辛劳的诗所感染，也领会到辛劳诗中的美和真情。后来，辛劳在抗战快要胜利时，经过专门与新四军作对的顽军韩德勤驻地时，被抓住关进监狱死于狱中。王元化晚年时，写了《记辛劳》散文，深深地怀念这位性格独特的诗人。

从皖南回来后，王元化多次在进步青年中做报告，介绍新四军见闻，并创作报告文学《出征》。他根据在皖南搜集到的材料，发表了长篇论文《艺术—宣传—宣传戏剧》，其中"中国作风，中国气派"的提法，为上海文坛所首见，带来一股清新气息。和王元化一起到皖南的三十多个知识青年中，很多人成为新四军的优秀人才。白沉成为电影军事片导演。郑大方参军后，作战勇敢，从日本鬼子手里夺来一门大炮，立了大功，后来当营长，在战斗中壮烈牺牲。

办好"文艺通讯"

敌伪统治凶残暴戾，但在党的地下文委领导下，抗日的进步文化活动就像炽热的岩浆，在地底下秘密地流动。当时，隶属江苏省委的地下文委，第一任书记是孙冶方，副书记是顾准。文委下设若干小组，文学组由戴平万、林淡秋各任一个组的组长，小组成员有钟望阳、林珏、蒋锡金、蒋天佐、束纫秋、肖岱、王元化等。自皖南回来后王元化从戏剧组转到文学组工作。这个时期，王元化发表过小说、散文、杂文等，用的笔名除佐思外，还有洛蚀文、方典、函雨等。1939年他在《新中国文艺丛刊》第三辑《鲁迅逝世纪念特辑》中发表长篇论文《鲁迅与尼采》，1940年在《戏剧与文学》上发表长篇论文《现实主义论》，显示出他在文艺批评、治学方面的才华。在地下文委的领导下，王元化和梅雨、林淡秋等人共同组织和主持文艺通讯工作，开拓群众抗日文化活动新方式。王元化一直记得顾准第一次来文艺通讯支部开会的情景。顾准又潇洒又和蔼，拎了四大包水果、点心（顾准是潘序伦会计事务所高级职员，薪水高，又有会计著作版税），和文艺通讯支部同志开会时一起吃，他富有人情味的、轻松活泼的工作作风，很受文化人党员的欢迎。

文艺通讯工作简称"文通"，是上海地下文委在抗战期间，开展群众抗日文化活动的另一种方式。文学组搞"上海一日"的征文活动，请青年文学爱好者写上海救亡活动中的真人真事，在地下党控制或联系的文艺刊物上发表，从中发展通讯员，并由他们进一步团结其他青年。王元化到"文通"后负责组织工作，宣传工作则由钟望阳负责。他们办的公开刊物起先叫《野火》，后改为《春风》，编辑部承担辅导作者的任务。表面上，"文通"类似现在报纸、刊物的固定作者、通讯员制度，实际上它是地下党的外围组织。通过王元化一段时间的工作，建立起"文通"总站——分站——支站，这样一种自上而下的网络，可以逐层传达上级指示、文件精神。"文通"的日常学习分作政治和业务两类，前者主要是不断地做形势报告，演讲世界反法西斯战争的时局，介绍抗日前线的战况，分析抗战的前途，这是大家特别关心的。业务学习就是写作辅导，当时往往选用苏联的教材，如苏联作协《给初学写作者的一封信》，以及高尔基辅导"工农通讯员"的文章等。王元化也专门写过"文通"辅导报告，题为《关于文艺通讯》，论述了"文艺通讯的意义""怎样做一个文艺通讯员""怎样写文艺通讯"等问题，油印后下发供学习，后来分三次在华美晨报副刊连载。

通讯员入选的文章，除了登载在《野火》《春风》外，王元化等还推荐发表到其他报刊，如《文汇报》《大美晚报》《华美晨报》《神州日报》等。在此过程中，"文通"队伍如滚雪球似的壮大起来，后来达到二三百人。这些人后来多数参加革命，而且成为骨干，解放后成为我党的干部。还有些"文通"成员干脆投笔从戎，由地下党陆续送到皖南，或其他抗战前线（如钟敬文、田青）。有些人（如何为）则一直在文坛辛勤耕耘。

由于形势变化，文艺通讯支部被顾准撤销并入其他支部，王元化不了解这是为了适应日军可能南进的形势变化，写了一份长达六七页纸的报告表示反对，王元化的意见并不正确，顾准却毫不责怪，反而说，王元化敢于向领导提出不同意见，精神可嘉，是个人才！当时的党内上下级关系，就是这么健康单纯！为了给顾准写秘密报告，王元化还为顾准起了个化名"王开道牧师"。不久，顾准、孙冶方先后奔赴苏南抗日根据地，又去华中根据地。

分管《奔流》杂志

1941年春，上海地下党文艺总支由黄明任书记。那时，党组织正确地估计到日寇将会南进和英美交战，租界可能会沦陷，上海局势将会发生很大变化。为此，地下党将比较暴露的王任叔、林淡秋等党员作家撤退至华中根据地，由比较隐蔽的王元化、肖岱和新来的总支书记黄明组成负责文艺工作的党组织。王元化分管《奔流》文艺丛刊，并联系文学组方面的党员以及党外人士。该刊后来改名为《奔流新集》，参加编辑的有楼适夷、满涛、锡金。满涛是张可的胞兄，是翻译家，《奔流》编辑部设在满涛家里，实际上也就在张可家里。1941年7、8月，上海地下党成立文艺工作委员会，黄明任书记，王元化、吴小佩为委员，王元化负责联系原来的文艺总支。

《奔流》利用租界的特殊地位，一方面揭发日寇的暴虐和国民党反共顽固派的阴谋，一方面继续坚持现实主义原则，扩大我党的思想和文化影响，并对文艺界出现过的反动逆流进行斗争。发表过作品如：林淡秋的《渣》《寒村一宿》，钟望阳的《丧事》，反映底层人民的苦难，揭露国民党的腐败；越薪即束纫秋的《李德才的遭遇》，控诉日军的暴行。有一批作品是颂扬革命领袖和革命阵营里的作家的，如景宋即许广平的《鲁迅先生在北平的反帝斗争》、莫洛的《陈毅将军》、楼适夷的《怀雪峰》等。发表过的理论和评论文章有：茅盾的《谈技巧、生活、思想及其他》，以及"每月读书"栏里一些作者对名著如《静静的顿河》《约翰-克利斯朵夫》等的评价。在《奔流》的撰稿人中，有蒋天佐、戴平万、辛劳、林珏、赵不扬、孙石灵、孙家晋、辛未艾（包文棣）以及仇山（唐弢）、柯灵、朱维基、姜椿芳、田青等。该刊改名为《奔流新集》后，参加编辑的还有楼适夷、满涛、蒋锡金、蒋天佐等。

那时国民党顽固派帮腔文人标榜所谓"抗建文学"，敌伪方面则叫嚷所谓"和平文学"。"抗建文学"派认为，揭露国民党阴暗面的暴露文学，是帮助敌人破坏抗战，损害了民族的健康，是"病态文学"。为此王元化以"佐思"的笔名，在《奔流》第五期上，发表《民族的健康与文学的病态》予以反驳，指出暴露国民党的黑暗面，打击少数顽固派，符合广大人民群众意愿，这样做非但不损害民族健康，反而有利于医治民族弊端，恢复民族健康。王元化批评某些"帮腔文人"，只反对所谓暴露文学，却把敌伪的"渣滓文学"轻轻放过，忠告他们不要滑到敌人方面去，希望他们不要在既反对"渣滓文学"又反对所谓"病态文学"之间，老是矛盾下去，而应走到进步方面来。此文一出，立即遭到围攻，"帮腔文人"谩骂王元化是什么"卑劣的文士""黑暗中的蠕虫"。指责作者所肯定的作品，是什么弯弯曲曲忸怩作态的不良倾向。王元化随即发表应战文章《论隐蔽，弯弯曲曲、直接地戳刺》指出，今天"颂扬"鲁迅直接戳刺的人，过去在鲁迅活着时，也曾指责鲁迅弯弯曲曲；弯弯曲曲不是判定作品好坏的标准，正是恶劣环境下顽强生长的表现；标准应该是：是否反映现实，揭示真理，而指责别人弯弯曲曲的人，正是在弯弯曲曲地替抗战阵营内专门吃摩擦饭，发国难财，反对民主，实行倒退的顽固派进行掩饰。

地下工作的一个重要特点，就是一切都在隐蔽中进行。当时文艺总支的定期组织生活，没有固定地方，有时在党员供职单位的办公室，如银行、钱庄等，有时在公园里。如今的静安公园当时是外国人的坟地，里面很安静，居然也一度成为"游击式"地下党过组织生活的场所。那时已是1941年，处于"孤岛"末期，许多同志已在党组织安排下撤至抗日根据地。为了维持刊物生存，王元化和其他编辑便自愿捐款，虽然大家钱都不多，却还是你十元、他五元，集腋成裘，而且义务劳作，不要稿酬，硬把《奔流》坚持办下去。那个时候，时局非常黑暗，城里常常封锁、戒严，铁丝网将上海分割得像一座座监狱，晚上常常停电，连空气中焕发出一种令人窒息的肃杀的味道。只要楼梯上一传来咚咚的大皮靴声，王元化母亲的心就抽紧了，她以为是日本人来抓她的儿子。日军还到处搜刮军粮，于是上海粮食奇缺，老百姓能吃到碎米、杂粮已是万幸，更多的人是吃了上顿没下顿，忍饥挨饿是常事。在这样艰苦的局势下，王元化等人还是节衣缩食地在坚持办好《奔流》杂志，这是上海孤岛时期最后一个公开的进步刊物，多么顽强啊。

根据党提出团结鸳鸯蝴蝶派作家的要求，王元化在1941年11月出版的《奔流新集》之二《横眉》上，发表《礼拜六派新旧小说家的比较》一文，肯定张恨水、包天笑等的成就，指出张恨水的文学作品，目的在创造人生、叙述人生，张恨水在"一·二八"后写的《弯弓集》，是充满民族解放思想的。王元化同时赞扬包天笑的《无婴之村》，是"警戒"那些侵略者、好战分子的。包天笑在《小说家的审判》中，以判官阎王作比喻，无情鞭挞国民党反动派，如用酷刑一般地残酷镇压左翼作家。王元化这篇文章为团结鸳鸯蝴蝶派发挥很好作用。包天笑晚年在香港写的《钏影楼回忆录》中说："孤岛时期，有一位名叫佐思的青年作家经常上门，他很能说话，是左翼阵营里的人，我的一篇长篇小说《海市》就是应他的邀约而创作的，并由他拿去发表在一份新办的《万人小说》月刊上。"这里的"佐思"就是王元化。

1941年12月8日，太平洋战争爆发，日军占领租界，孤岛时期结束，上海完全沦入日寇之手。这时，上海地下党的抗日斗争，就处于十分危险的境地。为此，江苏省委根据中央提出的"隐蔽精干，积蓄力量，长期埋伏，以待时机"的地下斗争方针，指出在上海沦陷后仍要贯彻周恩来在抗战前就提出的白区地下工作要"勤业""勤学""交朋友"的工作方针和斗争策略。"勤业"是指党员要在职业上显出自己的正直和才能，"勤学"是指学生党员要做一个公认的好学生，"交朋友"是指在"勤业""勤学"的基础上，用多种形式，在敌人的心脏里开展最广泛的抗日统一战线工作。王元化后来在《我认识的绚秋》一文中说："太平洋战争爆发，日军占领租界，上海顿时陷入黑暗之中，我们充分尝到在敌人刺刀下丧失家国之苦。"

坚持独立思考

抗战期间，王元化一边从事地下文委抗战文化的领导工作，一边埋头笔耕，文思泉涌。然而那时他毕竟刚 20 岁出头，反应灵敏的负面，就是"跟风"。那时的马克思、恩格斯著作，是通过日本转译过来的，还有些是演绎之作，文艺理论更是照搬苏联那一套，王元化受此影响，文章里难免有机械论和极左的东西。比如上述皖南回来后所写的论文，有些提法就是受了藏原惟人的影响。苏联"拉普派"关于社会价值和艺术价值的"二元论"理论，最早也是由这位日本左派理论家引进中国的。普列汉诺夫说，艺术作品中有社会等价物，这就把商品两重性的性质引入艺术领域。王元化受其影响，附和社会标准、艺术标准的提法，并以社会标准为第一，写进文章发表出去了。颇有见识的文委有关领导对王元化的观点不以为然，戴平万、林淡秋都希望他能从机械论里跳出来，更不要过多引用那些教条的文字。可是王元化年少气盛，而且见报多了知名度高了，正在沾沾自喜呢，耳朵里听不进批评，有一次戴平万向他正面提出这类意见时，竟被他顶了回去。王元化我行我素，继续以老腔调撰文投稿，于是戴平万、林淡秋就不发表他的文章。屡投屡不中，迫使他带着困惑去苦读，系统地研读，改进文风。如此约两年时间，他的理论素养得到有效的提高，终于醒悟了，发现并承认了自己过去的机械论问题。这时候，朋友们再见到他的文章时，都刮目相看，说他"脱胎换骨"了。

在思想方法转换的进程中，王元化跨入了 1942 年。从延安来的文件中，他发现"政治标准第一，艺术标准第二"的论点，这时他有了独立思考的意识，心里存有异议，觉得应该商榷。

1941 年至 1943 年，这是世界法西斯最猖獗的时期，也是上海沦陷后地下斗争最艰难的时期。地下党江苏省委根据中央指示全部撤往华中根据地，原属各委独立开展工作，通过交通员同根据地上级联系。在这个时期，王元化一度担任地下文委的代理书记。他后来向上级坦率地谈了自己对"政治标准第一，艺术标准第二"的不同意见。这时许多地下党干部随省委领导撤退至抗日根据地，比较能理解他的干部也转换了岗位，王元化的顶头上司刚从延安调来，刚经过"三整三查"，警惕性异常高，自然对王元化所提出的问题很警觉。然而其政治敏感性高得越过了界限，于是乎，学术问题仿佛成了"政治问题"，王元化在文委里开始变得"不可靠"起来。渐渐地，一些会议不让他出席，一些工作不让他做，甚至还让党员"背靠背"地揭发他言行。

王元化在党内的遭遇是戏剧性的，他 21 岁就担任地下文委的委员，23 岁负责文委工作，可是很快又如火箭般地下来，而且领导长期不安排他工作。对此，王元化并不后悔，并把这种反思精神一以贯之，直到半个多世纪后的人生晚年。他曾说过，正因为自己当年搞过极左，对危害文艺工作的机械论、教条主义有切肤之痛，因此反省起来尤其深刻。

　　从那时一直到抗战结束，王元化的公开身份是储能中学教师。他化名王少华，每天骑自行车到那里上班，给学生上语文课。他不用日本人编的教科书，而是自编讲义和教材，选讲王秀楚的《扬州十日记》、文天祥的《指南录》等文章。他给同学们讲鲁迅，讲雨果、果戈理、契科夫、陀思妥耶夫斯基，希望在这漫漫长夜中点起一盏心灵之灯，启发这些懵懂孩子们的慧心、悟性和爱国热情。

　　上课了，王元化走上讲台，翻开书："同学们，今天讲鲁迅的《聪明人、傻子和奴才》……"王元化把鲁迅收入《野草》的这篇杂文，作为教学生辨别大是大非的首选教材，他要让同学们认识到生活中有些什么样子的"聪明人""奴才""傻子"。王元化生动的讲课，大大激发起同学们的爱国热情和求知欲望，也引起他们对鲁迅文章的兴趣。那几年储能中学先后有50名学生投笔从戎，分赴苏北、浙东、苏南、淮南抗日根据地，其中有20人出自王元化担任班主任的初三班。

　　1945年8月15日，抗战胜利了。这时王元化只有25岁。一个当年由看不惯人间不平、一心抗日而走向共产党的少年，此刻终于尝到了斗争带来的幸福感。

　　八年抗日战争，八年秘密战斗，意味着2 900多个日夜躯体与精神的煎熬，民族自尊的隐忍！在这个过程中，他周围也有人掉队，有人颓唐。回首往事，王元化想，如果自己的内心没有对真诚、对正义、对人生的坚定信仰，他的精神或许支撑不到这一天。这几年，家境也变得很清贫，他教书赚来的钱，仅够一天两餐之用。在如此拮据的境况下，他连买一包花生吃，都成为一种奢望。可是，在等到日本人投降的那一天，他怀着孩子般的兴奋，上街买了一副久违的大饼油条，吃得比任何时候都有滋有味。

　　此时，王元化已不在地下文委的领导岗位。他照例骑着自行车，每天到储能中学上班，去给那些可爱的少年上课。他不久便到《时代日报》上班，与满涛合编《热风》周刊。他那颗炽热的心，仍然紧贴着祖国和人民；他的大脑，一刻也没有停止独立思考，一刻也没有停止对真理的追求。

萧伯纳到上海

徐茂昌 资深媒体人，作家。上海市人。20世纪70年代初进入解放日报，自此度过近40年报界生涯。其间，曾多年采写农村与都市经济报道，也编过多种报纸专刊、副刊。兼爱新闻与文学，是"作家型的记者"，亦是"记者型的作家"。著有长篇纪实文学《车轮上的上海》、文集《沉寂时看曾经的喧繁》，编著有报告文学集《澎湃人生经营魂》等。

　　1933 年 2 月 16 日，下午。"不列颠皇后"号自香港北上驶近上海，停泊在吴淞口外。因为船太大，在黄浦江码头无法靠岸，只能从市区派小火轮来接驳乘客上岸。船上的旅游团一众游客，已一批批地被接走，同是旅游团一员的萧伯纳夫妇，却依然滞留在船上，没有一点要下船的动静。

　　77 岁的萧老头儿，也许不愿受上船下船的折腾；也或许，他对游览上海原本就兴味索然——后来下船后他回答记者的询问，就直截了当地表白说："上海也像香港一样，讨人厌的——是 gangs（狐群狗党）所造成的都会。"他丝毫不给上海面子，只因为他觉得上海太西方化了。他向往在中国游览有中国风味的景点，离开英国前他就已说过，到了中国，他要和夫人"搭飞机去游万里长城"。

　　再也许，他也怕像看猴子戏似的被人围观，成为小市民们的观赏物。

　　所以，他无心登岸。

　　但他不知道，因为他的到来，黄浦江畔如地动山摇一般，早已一派沸反盈天。

　　中国民权保障同盟机关，是沸腾的中心。一个月前，民权保障同盟刚由宋庆龄、蔡元培、杨杏佛等在上海发起成立，这时从香港发来电报，说萧伯纳要在上海与宋庆龄见一面，使同盟的同人们顿时振奋异常。与宋庆龄一样，萧也是世界反帝大联盟名誉主席。他的到来，使同盟增加了一个超级政治伙伴，也得到一个登台亮相、声名远播的机会，自然要倾巢而出、使尽气力来款待这远来的贵客。

　　最兴奋雀跃的还数戏剧家们。这个国际戏剧大师的光临，自然是戏剧界的盛大节日。戏剧家洪深一下午就去轮船公司打听了四次，询问小火轮何时开出、几时回来，碰了一鼻子灰还死不罢休。这天的《申报》上，电影界戏剧界还登出广告，声言明日将由他们举行欢迎会，欢迎"伟大的萧伯纳先生"，请"这位愈老精神愈壮的大文豪"演讲，且一厢情愿地敲实了时间、地点：17 日下午 7 时，在八仙桥青年会。

　　国际笔会，这个世界性作家组织的中国分会就设在上海，麾下一班文坛名宿不容分说地认定：萧伯纳就是我们的人，他来上海是我们的荣耀。因为 1921 年国际笔会在伦敦成立时，萧就是它的顶梁人物，一个锅里吃饭的人，还有比这更亲密的吗？一向走"幽默"路线的作家林语堂，为这位幽默大师的来临更是兴奋异常，当天已经挥笔不停，大谈萧伯纳的人生路、萧伯纳的宗教观，还想一篇一篇地接着写下去。

　　报刊上也密集地响起一派激进者的声音，他们为"社会主义者"萧伯纳的到来而热血汹涌，希望萧伯纳"再一次扭住帝国主义的大鼻"，轰起"劳苦大众反帝的高潮"，希望他能以"和平老翁"的身份，遏止日本的军事行动。为他的到来，一些人也正在书写标语、横幅准备欢迎他——"欢迎革命艺术家萧伯纳！""欢迎和平之神萧伯纳！""欢迎同情中国土地完整的萧！""欢迎同情中国独立解放的萧！""欢迎反帝国主义的萧！"……

有热也必有冷。在热浪翻涌的另一端，一些人在翻着白眼，瞪着怒目，甚或摆出了一副决斗的架势。因为这个可恶的爱尔兰老头，竟然为红色苏俄唱赞歌，竟然满世界地发宣言、反对日本皇军的"九一八"行动，竟然怂恿、鼓动青年"做赤色革命家"，他来上海，不是又要兴风作浪、拆一摊死人烂污吗？

外面山呼海啸，船上的萧伯纳却一无所知。他不知道，在许多人拿的镜子里，他的形状、面目已经严重地变形走样，恐怕他自己都不认得是谁了。他也不知道，他是许多人心中的救世英雄，万千重任已压在他肩上；他也是一些人眼里的混世魔王，无数恶名正等着他领受。

77 岁的老人看到这一切，一定会感到眼前晕眩、内心发笑吧！

但萧伯纳就是萧伯纳，他只想做他自己，而不是谁要求做的人。

傍晚，宋庆龄等几人上船来接他去市里，他又推辞不受："我就是想来看看你们，现在已经见到你们了，干吗还要上岸？"

但经不住孙夫人的一番劝说，终究答应第二天"登岸一行"。"你的口才真好！"这位大演说家笑着对宋庆龄说。

翌日——2 月 17 日，清晨 5 时许，宋庆龄和杨杏佛等乘着"镜涵"号小汽轮驶往吴淞口，去迎接萧伯纳。6 时三刻，他们登上"皇后"号，与萧伯纳一起用过早餐，就一起返回市区。小汽轮开得慢，近两个小时的水上漂泊，倒也成就了宾主间的一席深谈。

萧伯纳不是象牙塔中人，他的主业——戏剧创作，就几乎都着力于"揭下绅士的假面""揭穿社会的内幕"，将大人先生圣贤豪杰"都剥掉了衣装，赤裸裸的搬上舞台"。笔触锋芒所指，几乎从不移离英国的社会时弊。这会儿在"皇后"轮早餐室里开始的交谈，自然就从中国的时局入港。因为风雨飘摇中的中国时局，使客主双方都忧心忡忡。日本挑起的"一·二八事变"刚过去一年，在上海，空气之中似乎还残留着战争的火药味。

萧直入正题，关切地问宋庆龄，日本要侵略你们，你们中国有哪些准备呀？差不多没有——宋庆龄回答道。随即又气愤地说，北方的军队仅有一些陈旧的军械和军火，而最好的军队、最好的军械军火，都被南京政府拿来去打工农红军，却不用来抵抗日本军队。

这是为什么呀？萧伯纳有些吃惊，也使他深为不解：南京政府，就不能与红军组成联合阵线，一起来抵抗日军吗？宋庆龄回答说，红军倒是有这样想法的，他们的中央苏维埃政府就曾发表宣言，说只要南京政府停止"围剿"，他们愿与政府军结成同盟，一起抵抗日本侵略……话未说完，萧老头就兴奋地接茬儿说，这好啊！这不是一个很公平的提议吗？"你说很公平，南京政府可不接受这个提议。"宋庆龄说，"他们还在继续向红色苏区发动进攻呢。"

萧伯纳耸耸肩膀，一脸的失望。他越听越感到迷糊。而唯一清楚的是，他对苏维埃红军已越来越有好感，因此兴趣甚浓地又一个劲儿打听，苏维埃政府在什么地方，它的区域有多大面积，又是如何生存的，等等。像记者采访新闻似的问个不休。

日本对中国威胁的警报，一直都还没有解除，谈话就总离不开战争的话题。如何对待战争呢？同样反战的萧与宋，话一吐口，就显出了明显的观点差异。用战争来制止战争断不能解决问题——萧伯纳说，要制止战争，各国只有真下生存于和平的决心才行。听着他这番貌似理直气壮的话，孙夫人一定偷偷地感到好笑。善良的愿望，怎么能对抗残酷的现实？对侵略成性的战争恶魔，它会听你的"和平"说教吗？但她没有反驳他，只是软软地说出她的"硬道理"：真能消灭战争的唯一方法，唯有消灭造成战争的制度——资本制度。

"社会主义者"萧伯纳，一下又回到了资本主义的原地，吃惊地问宋庆龄："但是我们不都是资本家吗？我自认有好几分是……难道你不是吗？"

"不！"宋庆龄回答说："完全不是。"

萧老头一直自诩是姓"社"阵营的一员，但此"社"却不同于那"社"。他信奉的费边社的社会主义，主张用和平手段而非暴力革命、缓慢渐进而非激进地进入社会主义，与马克思、列宁走的不是同一条道。

话题就转到了列宁创建、领导的苏俄。这是1931年他访问过的世界第一个姓"社"的国家。那年访问时，他见过斯大林、高尔基和列宁夫人，在苏联，还度过了他的75岁生日。虽然他不赞同"暴力""激进"，但看过苏联取得的建设成就，对这个由暴力革命战火催生的社会主义国家却骤生敬意，回国后到处演讲、游说，为苏联唱赞歌，惹得英国政府立即发出了黄牌警告。这时船头晨谈，一说起苏联，他又像站在演说台上那样滔滔不绝——谈他在莫斯科独自闯进警察所"亲见的一幕"，谈他的西方同行者在苏联专找"坏处""忧患"，要人家"承认错误与不乐"而大失所望的情景，谈他对"美男子"斯大林"很美""很谦逊"的印象，还称颂列宁夫人克鲁普斯卡娅是"一个极可爱的温和的老妇"，是他"生年所见最有意义的妇人之一"。"听说斯大林曾告诉克鲁普斯卡娅，假如她继续找政府麻烦，他可以取消她的列宁夫人的头衔。"他忽然说起这个已传遍全欧洲的笑话、他眼里的谎言，说罢便一阵大笑，颔下的胡须都抖动得厉害。

"告诉我，"他似乎突然触发了某种联想，转身问宋庆龄，"南京政府也打算取消你的孙中山夫人头衔吗？"

"尚未——"孙夫人笑着回答，"但是他们很愿意。"

　　面对一个大文豪、大剧作家，总还要说说写作的事。宋庆龄一提起这个话题，引来了他的一阵牢骚，他说，社会主义的报纸常常要顾虑到被人封禁。"我记得一位编者删去我投稿的一大部分——自然是最精彩的部分。我问他什么理由，而他回答：你是不是以为我们的报纸是要宣传社会主义？"

　　宋庆龄颇有同感地说，中国的情形就更糟了。于是说起她自己的遭遇：国民党的报纸说她是国民党中央委员，当她否认时，却命令报纸不许登载。"他们自然一定是这样做的。"萧伯纳眯起的眼睛，变成了两条讥讽的细线。他说，比方现在报上说，萧伯纳杀死他的岳母，这便是新闻好材料；如果我否认，说他们撒谎，我正在安然地同岳母吃早饭呢，他们就认为这不是新闻的好材料，就不会刊登……

　　若有所思的萧老头，忽然问起一个他似乎很关切的问题："请告诉我，孙夫人，你在国民党的地位如何？"

　　"一点没有关系了。自从 1927 年革命的统一战线在汉口破裂以后，我就脱离国民党出了国。嗣后我跟他们一点没关系……"

　　萧伯纳恢复了他惯有的幽默感："你真是个令人生畏、说话天真的小孩！"

　　说是谈文学、谈写作，却一下又扯上了政治问题。

　　因为他谈政治，也内行得很，尽管时常会露出破绽。也因为，这时的对话者，她可是中国最著名的政治人物之一。

　　400 多人围拥在外滩新关码头，一清早就已举着旗帜、标语，站在残冬的寒风中等待萧伯纳的到来。

　　剧作家洪深像昨天一样，依然死不罢休要见到萧大师。戏剧协会的应云卫、国际笔会的邵洵美、电影界的名角金焰和青年作曲家聂耳等等都来了。还有二三十个中外记者，一大帮学生剧社的年轻人。林语堂一早与宋庆龄、杨杏佛一起到了新关码头，宋、杨乘船去接萧伯纳，他就留下来在码头等候。他在，就是一个标志：萧伯纳一定会是从这里上岸的。

　　几百双眼睛，齐齐地眺望着江面，搜索、辨认着从北边驶来的船只，却一次次地失望。

　　就是不见"镜涵"号归来的影子。

　　其实，等多久也已是白等。约莫 10 时 30 分钟时，"镜涵"号已提前停靠在杨树浦路码头，萧伯纳他们早已悄悄地上了岸。

　　这主意正是出自萧老头，他不愿当大庭广众前的展览品，只想静悄悄地潜入这座城市。至于那里等候的人怎么抱怨、不满，他并不知道也压根不想知道——聂耳在当天日记里记下了这些人的失望："从上午 9 时站到下午 1 时，还望不见萧伯纳的影子。""这些抱着热望要见萧老头的接客都失望地离开了码头"，有的

"还站在那儿老等，两眼眺望黄浦江，但有的却在失望的归来途中不断地咒骂着"。

可骂也是白骂。这就是萧伯纳，他就只想做他愿意做的事。当上岸后，他们临时雇来出租汽车、直赴莫利爱路宋庆龄宅邸时，车子正巧从外白渡桥旁的礼查饭店驶过，萧老头却突然喊着要"停车"。原来与他同船的旅游团一帮游客，就下榻在这家饭店，他不忘要去与"一条船上的人"照面、问候一番。

爱说什么、爱做什么都率性随意的萧伯纳，自然让规矩多多的中国人很不适应。但汇聚在宋庆龄家的一拨人，却都很欣赏他的率真、他的放任不羁。这几个人，除了宋庆龄、杨杏佛之外，在外滩寒风中站了两个小时的林语堂，很快也到了；蔡元培是他们接回萧伯纳的途中，萧去蔡府拜访后，他就乘自备车尾随而来的。一会儿，又来了美国记者伊罗生和史沫特莱。最后到的是鲁迅，因为他家没有电话，是蔡元培匆匆写就一短简、派车将他接来的。这拨人聚在一起为萧伯纳接风洗尘，也俨然是民权保障同盟执委会的一次密会，因为除萧伯纳之外，他们几个全都是中国民权保障同盟的核心成员。

因为人还未到齐，就聚在客厅里，一起围着萧伯纳闲聊。话一向很多的林语堂，成了陪聊的主力队员。边聊着，他也边细细打量着这个到哪儿都会引来惊天动地的怪老头。日后的一篇随笔中，他描述当日的情景说："萧翁正坐在靠炉大椅上，眼光时看炉上的火，态度极舒闲，精神也矍铄。大凡英国人坐在炉边时，就会如在家居的闲适，这就是萧翁此时的神态。他一对浅蓝的目光，反映着那高颡中所隐藏怪诞神奇的思想。"

他也为萧讲话时的神态而着迷："……浅蓝的眼睛时时闪烁，宛如怕太阳一样，使人觉得他是神经敏锐的人，有时或有怕羞的可能。最特别的就是他若有所思时，额头一皱，双眉倒竖起来，有一种特别超逸的神气。"

暗中的观察，引来了他的恍悟：怪老头其实一点也不怪。"常人每以为萧氏的幽默，出于怪诞炫奇，却不知这滑稽只是不肯放诞，不肯盲从，而在于揭穿空想，接近人情，撇开俗套，说老实话而已。"

到了用餐时间，宋庆龄一阵招呼，大家便一起移步至隔壁的一间小屋。因为萧伯纳是个素食者，圆桌上摆的都是各式素菜。宋府厨师烹制的菜肴，虽然及不上功德林素餐馆，色香味却也都很了得。吃得津津有味的萧伯纳，谈性随之高涨起来，又像往常老不正经似的大侃他的素食理论："动物是我的朋友，我不会吃我的朋友的。"他说，有人问他为什么这样年轻，其实不是的。"不是我看起来年轻，是我的相貌与年岁相仿，只是其他人看起来比他们的实际年龄苍老罢了。"他笑着说，吃动物尸体的人便是这样，你还指望他们怎样呢？

同样奉行素食的蔡元培，与萧伯纳一唱一和，一通素食经说得满桌人都大笑不止。

鲁迅匆匆赶来了。午宴这时已吃了一半，大家忙招呼他赶快入席。鲁迅进门来，一眼就注意到坐在圆桌首席的萧伯纳，看着他"雪白的须发、健康的血色、和气的面貌"，感觉这正是一幅出色的肖像画。

两个大文豪碰在一起，似乎给满屋灌足了热量和生气。

萧伯纳抵达上海前夕，作家郁达夫撰文"欢迎那位长脸预言家"，意味深长地发出过一声感慨："在我们中国，幸喜还有一位鲁迅先生——可以和萧伯纳对对。"正被郁达夫一语言中，这会儿，就有一段两人言简意赅的对话——

萧："他们称你为中国的高尔基，但是你比高尔基漂亮。"

鲁："我更老时，将来还会更漂亮。"

一年多前访苏时，萧伯纳曾见过高尔基，事后称他是"一个高瘦的老者，一个著作家"。听了鲁迅的回答，显然感觉这中国文坛老将更风趣老到，略作沉思后，萧伯纳不禁笑着说："鲁迅的答复真是有意思的笑话。"

但两人的对话也仅此而已。后面的情形正如鲁迅自述："我对于萧，什么都没有问；萧对于我，也什么都没有问。"因为桌上有英语娴熟又谈锋甚健的林语堂，几乎谁都已插不上嘴。萧伯纳也同样健谈，素食之外又大谈中国的家庭制度、第一次世界大战，大谈英国大学的教授戏剧、中国茶及博士登茶，等等，这番在饭桌上有啥说啥的"随便扯谈"，被林语堂形容为"顺当自在，诙谐俳谑"，如"看天女散花"般让人"目不暇顾"。

不再多言的鲁迅，倒有了静观的空暇。别人都在细听萧老头的"扯谈"，他却注意着萧学用筷子的一个细节："到中途，他用起筷子来了，很不顺手，总是夹不住。然而令人佩服的是他竟逐渐巧妙，终于紧紧地夹住了一块什么东西，于是得意地遍看着大家的脸，可是谁也没有看见这成功。"这个细节后来被写进他的杂文中，很能博人会心一笑。

惯用曲笔的鲁迅却直言说："我是喜欢萧的。"也许他所喜欢的，除了萧老头往往能"撕掉绅士们的假面"之外，也包括他毫不雕琢的率性自在吧！

萧老头带来的笑声，时不时地在宋府回荡着，一直延续到饭后众人走进花园散步时。几天来一直灰蒙蒙、阴沉沉的天空中，这天竟出奇的晴朗。午后淡淡的阳光，正洒向花园的一草一木，也照在这位萧大文豪的脸上，使白色的须发更白、浅绿的眼睛更绿了。有人一时高兴，也想让萧伯纳高兴，讨好地说："萧先生，你真是好福气，在多雨的上海能见到太阳。"

"不，这是太阳的福气，能够在上海看见萧伯纳。"老头说着，很有几分得意，惹得众人前仰后翻地一阵欢笑。

谈笑间，在花园的草地上，在相机镜头前，萧伯纳就和宋庆龄、蔡元培、鲁迅等人留下了永恒的影像。

惯于任性的萧伯纳，也已经身不由己。一道道防线已被冲破，他只能任由摆布，随主人的安排去见他并不想见的人，说他其实并不想说的话。

下午 2 时 30 分左右，他先去见国际笔会的一班人。刚走出宋府，门口就有许多记者围拢过来。突出重围的萧老头急忙钻进汽车，沿霞飞路一路疾驰，开向福开森路上的世界学院。学院的一间小厅里，早有笔会麾下的四五十个人已经就座。蔡元培因为是笔会的会长，也已经到场。鲁迅答应日本改造社的约稿，乘着摩托车也赶到了会场，冷眼旁观"为文艺的文艺家，民族主义文学家，交际明星，伶界大王"们"像翻检《大英百科全书》似的"向萧伯纳问这问那。与萧伯纳两次失之交臂的洪深，这回捞到了一个临时翻译的差事，还兼做现场情景设置"导演"，一直在不停地忙里忙外。被众人围拥着的萧伯纳，连大衣也没有脱下，像一尊石像般地一直兀立着，与来宾们一一握手致礼，好不容易才被洪深硬按到座位上。等到大家要他演讲时，他又霍地从皮椅上站了起来，滑稽地说了一声"小姐和君子们请了……"

摆出一副要演说的架势，一张口，却说了一通不想演说的理由。他说，诸君也是文士，演说这玩意儿，你们是全部都知道的，所以，还有什么可说的呢？他笑着称自己来到这里，就是动物园中的一件陈列品，"你们既已经都看到了，我想也不须再多说了"。顿时引来一阵哄笑。

萧老头虽已老迈却并不糊涂，他很明白，眼前无非是一群"看客"，看到了就已达成目的，故无须多说什么。他不做演说，别人就向他提问，提的问题也都是可问可不问的，更证实了他的洞见。

有人冷不丁地问他：先生为什么理由不吃肉？他不假思索地回答说："我不喜欢吃，就不吃，没有理由，也没有什么主义。"

心里一定在暗笑，这算什么问题？没话找话吗？

"笔会"组织的欢迎会上，真正出彩的却是一位非笔会成员，特邀而来的京剧名旦、大家梅兰芳。萧氏点名要见梅大师，是因为 1930 年梅访美演出十分轰动，激起了他的好奇。一见面，这个编戏的高手便向那个做戏的能人道一声知己："我们都是同样的人物啊！"不等梅兰芳说出更多客套话，萧老头便问他：台上演戏，台下的观众就需要静听，可为什么中国的剧场里总是敲着大锣大鼓，很吵闹。难道中国的观众喜欢在热闹中听戏吗？

梅兰芳做了一番解释：京剧来自民间，以往在乡间旷野演出时，总要先敲一阵锣鼓来招引观众，这个传统就被一直延续了下来。他又说，中国的戏也有讲求静的，譬如昆曲，就从头到尾都不用锣鼓的。

萧伯纳满意地点着头，对他而言，这倒是个意外的收获。当梅兰芳说到他已从艺 30 年时，老头不禁一阵吃惊，将他细细地打量一番，感叹说："你真是驻颜有术啊！"随之又将梅兰芳幽默了一把。梅说他素知爱尔兰人重友情，愿与萧伯纳交个朋友，萧老头狡黠地瞅了他一眼，警告说：当心爱尔兰人，他们说话是不能算数的。一边嘿嘿地笑出了声。

见面会只有半个多小时，结尾依然带有浓浓的戏曲情调。那位在新关码头白等了几个小时的邵洵美，这会感叹"我也总算见过他了"。作为"看客"之一，他瞅着"皮色红到发嫩，胡须白到透明"的萧老头，暗叹"他简直是个圣诞老人"。末了，他代表笔会，恭恭敬敬地给老头捧上一套礼品——用一只大玻璃框子装着的十几个北平出产的泥制京剧优伶脸谱，和一件古绣衣。那脸谱中有红面孔的关云长、白面孔的曹操、长胡子的老生、包扎头的花旦，五颜六色的煞是好看，萧老头欢喜得合不拢嘴。接过礼品，老先生终于说了一句正经话：

"戏中有战士、老生、小生、花旦、恶魔的不同，都在面貌上鉴别得出来。可是我们人类的面目，虽则大多是相同的，内心却未必相似啊！"

匆匆告辞出来，又忙着去赶另一个场子。下午 3 时左右，一回到宋家宅邸，早已在门外守候的四五十个记者便涌起一阵骚动。最初放进了 6 个公推的代表，继而又放进一半人，终了萧老头为不让一些人失望，在主人同意下放进了所有记者。萧老头一下就陷入了中外记者们的包围圈。

早就赶回宋府、一直在冷眼旁观的鲁迅，以鲁式笔调记下了这时的情景："在后园的草地上，记者们排成半圆阵，替代着世界的周游，开了记者的嘴脸展览会。萧又遇到了各色各样的质问，好像翻检《大英百科全书》似的。"

阅尽人间沧桑的萧老头，自然会淡然面对。一个循踪而来的作家走进宋府后园，就见这雪白胡须的老头儿，这时正站立在鸽棚前，想去抚摸那儿的一只小白鸽，不料那小东西却扑的一声飞走了。老头愣了一下，莞尔一笑。他内心的恬淡，可见一斑。

没有新闻发言人的字斟句酌，没有戏剧台词般的精心设计，也不用半点外交辞令，唯有一无遮掩地"说老实话"——如林语堂评价他时所说的。对付这群难缠的无冕之王，这也许是他唯一的武器。

要他谈对中国革命的看法，他回答说："被压迫民族应当自己解决自己的问题，中国也应当这样干。中国的民众应该自己组织起来，并且，他们所要挑选的自己的统治者不是什么戏子或者封建王公。"

"社会主义"的话题无法避开。虽然他的社会主义打有费边主义的改良印记，但终是他的信仰。他坚守他的信仰："社会主义，早晚必然要普遍实行于世界各国，虽然革命的手段和步骤，在各个国家里所采取的方式也许互相不同，但是'殊途同归'，到最后的终点，始终还是要走上同一条道路，而达到同一个水平。"

那就谈谈苏联吧，这个已经实现了社会主义的国家。他毫不遮掩地带着对苏联的好感说："苏联最近内部的现象，无论精神上物质上，都有良好的充分的表现。而这种有规模的进步，不但苏联自己能够得到极好的利益，达到美满的成功，就在其他各国也可以'借镜'，采取他的长处而实行模仿它。"

不料话音刚落，突然冲出一个俄文报的记者，朝萧伯纳大声嚷着："我离开俄国的时候，俄国境内的情形紊乱得不堪，哪有你称赞的那么好！"萧老头淡淡地看他一眼，回答却丝毫不松软："你说的，还是你离开俄国的时候——1922年所看见的情形，不是现在苏联的状况。如果你现在回国去观察一下——"稍作停顿，话中带刺地说："假定你回国之后还能够逃得出来——那你一定知道现在的情形是很好的了。"

那俄文报记者一脸的尴尬，不再吭声。他还哪有胆量再回苏联去？

你从英国来，那英国的对华政策又如何呢？有记者问。老头笑着说："英国人士可谓无一人认识中国，故而根本谈不上什么政策。"话锋一转，又说道："今日英国本身的问题，急待解决的甚多，所以，根本没空闲再来过问中国的事！"

绕了一圈，又要他谈谈是如何看待中国的。变得不耐烦的萧老头，回答不免显得有几分生硬："问我这句话有什么用——到处有人问我对于中国的印象，对于寺塔的印象。我刚刚到中国，还谈不上什么印象。老实说，我有什么意见与你们也都不相干——你们不会听我的指挥的。假如我是个武夫，杀死过10万条人命，那样你们才会尊重我的意见吧！"

一个半小时的访谈，萧老头已一脸疲乏，一身老迈之躯的他，也早已不是当武夫的料。但他知道身边这城市一年前就经历过"武夫"的洗劫，而且仍置身在"武夫"的虎视眈眈下。疲乏、老迈不影响他继续活动筋骨，做一件真正他要做的事。下午4时30分，他在宋庆龄、杨杏佛等人陪同下，从宋府出门又驱车来到"一·二八"淞沪抗战遗址，去凭吊抗战英雄，也见证"武夫"们的杀人"豪举"。战争废墟的断壁残垣前，他接过了一位抗战名将托人送来的一本"血书"——英文版《淞沪血战回忆录》，一向嬉笑随我的萧老头，这时却一脸严肃，似乎接过了一种信念，一种嘱托。

晚6时许，萧老头的上海一日闪电行，就在他乘着汽轮往吴淞口外的"皇后"号驶去、渐行渐远时打上了句号。当晚11时即启程北上，继续他的中国之行。

大师远去。人还在海上漂行，身后他刚离去的陆地，却已淹没在一片狂潮怒涛中。翻滚的浪头比海上的还大、还凶猛。

　　萧老头的上海一日，已经翻了过去，却还远没有结束。

　　老头也许意想不到，他的实话实说或随口一说，却已开罪了许多人。如乌云从各处涌来、迅疾密聚，一个国际联合阵线已经组成，借助报界舆论、手法无奇不有的一场"呸萧"大合唱也已开始。

　　在上海英国半官报《字林西报》上，他的贵同胞独创了一个新名字——"呸萧"先生。新闻的真实性之类，太碍手碍脚，该报记者索性捏造一个人物，就可让他要说什么就说什么。于是就让呸萧先生说一番梦呓般的醉话，然后说他把布尔什维克的教义拉在自己身上，说他抢了鲍罗廷的饭碗。鲍罗廷是赤色苏俄曾派往中国的顾问，"呸萧"——亦即萧老头是何许人，就不言自明了。

　　《大陆报》和《大晚报》，这两张穿一条连裆裤的中国上海当局半官报，则特别能变戏法。先由《大晚报》发一篇社论，大骂萧伯纳"不诚恳"、是"挂羊头卖狗肉"，然后就在《大陆报》上刊发弹眼落睛的报道——"中国报界怀疑萧的思想——'英国作家的不诚恳'是各报社论的基调"。一家晚报馆变成"中国报界"，一篇社论变成多数社论，且还是一切社论的基调，如有业内人士评论："这个戏法变得有些离奇。"

　　《大陆报》还"创造"出若干"萧先生说的话"，诸如"一个好的统治者在民众之中永久不会有好名声的"，因为"他不知道怎么去取悦于他的民众"等等。由此推理，就可以得一结论：南京政府在民众之中没有好名声，因此南京政府是一个很好的统治者；它永久没有好名声，就证明它永久是好的。

　　日文报纸《每日新闻》不按常理出牌，独辟蹊径地大做"怕老婆"的文章，说他"对着老婆，是抬不起头的"。17日萧伯纳从"皇后"号上被宋庆龄接走后，得知他太太因不愿抛头露面，没有随行，《每》报的日本记者就偷偷登上"皇后"号，在翌日登出一篇绘声绘色的《太太的"娇羞"出诊记》。说"他俩的船，实实在在是海上的浮城。……走进船里面去，只是两个字：'豪奢'！"然后出现面目可憎的萧老太太："是从头发到脸、皮肤，从衣服到袜、鞋，全部都是褐色的老婆子。脸是圆的，眼睛下面的肌肉，松掉了，在银脚的，没边的圆眼镜后面画着脸谱。鼻子圆圆，是和萧翁的鹰嘴鼻取着调和的。"识货的上海读者，于是给该大记者送上了四字评语："卑污无能"。

　　日文《上海日报》也制造了许多"萧伯纳名言"：如说"亚美利加是压制者的国家，没有什么国民的自由之类，简直和奴隶没有两样"；如说"在中国的共产主义这东西，好像弄错了似的，掠夺东西，压迫国民的所谓共产军，那简直是土匪"。借萧老头之口浇心中之块垒，让伯纳·萧充当日本皇军的代言人，真是东洋人的好算计！

　　不甘落后的俄文报《上海霞报》，更不忘萧伯纳嘲讽俄文报记者的"一箭之仇"，于是让一个所谓俄国"女作家"语无伦次地披挂上阵，大谈"上海人"对萧如何冷淡，称他是个"山羊式胡子"的老头儿，说"上海人"都知道，萧的那些好剧本都"不是他自己写的，而是他的当差写的"，等等。同日刊出的一篇"文艺评论"，更有丰富想象力，竟然能隔空看到17日在宋府的那顿"奢侈的午饭"："那次午饭，当然布置得非常之好，桌子旁边有数不清的仆人侍候着。"

如果靠胡言乱语就能当记者、作家，那份俄文报将能造就多少就业职位。

又何止于仅是那份俄文报。还有英文的、日文的、中文的，似乎都在给上海的失业者传输着福音。

一直冷眼旁观着这场闹剧的鲁迅，声言"被我自己所讨厌的人们所讨厌的人"，觉得"他就是好人物"。显然，他是站在萧氏一边的。面对着这些小丑般既拙劣又发噱的表演，他都感到不屑于"横眉冷对"。但他觉得让这场闹剧很快烟飘云散，则是太可惜。因为这是"一面大镜子"，"将文人，政客，军阀，流氓，叭儿的各色各样的相貌，都在一个平面镜里映出来了"。受到当局通缉、正躲藏在鲁迅家的"赤色分子"瞿秋白，与他有一样同感，于是两人决定一起动手，收集当天报刊的捧与骂、冷与热，把各方态度的文章剪辑下来，出成一书。鲁夫人许广平上街去收罗了一大叠当天的各种报纸，拿回家来，就由鲁迅、瞿秋白圈定需要的材料，由许广平和瞿的爱人杨之华两人负责剪贴，然后，瞿秋白边编边写按语，鲁迅急赶出序言，很快编成了一本《萧伯纳在上海》。3月，书出版，上海的报界、文坛又热闹了一番。

但远去的萧伯纳，也许什么都没有听到。在北平，他只是淡淡地告诉人们，他的中国之行是"休假旅行"，"是属于游历的性质，并无任务"。而鲁迅其实早就点明："他本是来玩玩的。"如此而已。

一百年前的上海外语补习班

沈嘉禄 中国作家协会会员，上海作家协会理事，上海报业报业集团《新民周刊》主笔、高级记者。

从 20 世纪 80 年代开始小说创作，兼及报告文学和散文、影视作品。出版有长篇小说、中短小说集、散文集三十余种，作品曾多次获《上海文学》《萌芽》等文学奖。近年来专注于对上海城市文化与历史的研究，并涉及非物质文化遗产保护与传承、文物收藏、饮食文化等方面的专题研究。

　　上海开埠以后，西方传教士加快了登陆上海的步伐，建教堂、办学校，他们自比上帝的牧羊人，将中国人视作羊群，当然目的还是为了推广资本主义的文明，推行资本主义的生产方式。不过上帝是说"英格利西"的，为了让中国信众听明白上帝的谆谆教诲，传教士们一开始就要努力学中文，同时也要教会中国信众说外语。另一方面，中国的知识分子在探寻中国落后挨打的原因时，需要追溯到文化差异的所在，对传统文化进行反省，对西方文化进行研究。中国社会的大变革、大动荡也需要更多的知识分子通过西方语言文字为载体渠道，进行更广泛的、更高层面的学术沟通与学习。两方面的动机，共同促进了西学的热潮。

　　除了正式西方教会学校和中国官办、民办的学校如火如荼地开展外语教育外，彼时上海还创建了形形色色的外语补习班，并成为一支重要的力量。

　　早在19世纪60年代，也就是与教会学校创办同步，上海就出现了外语补习班。比如1864年有洋泾浜复和洋行内的大英学堂，专教中国10岁至14岁的儿童学习英语，他们中有不少人后来成了外国人的"西崽"。1865年，英商在石路开办了英华书馆。这是上海最早外语培训班。后来，这类学校雨后春笋般地出现了，仅1873年至1875年在《申报》上做广告招生的就有15所，比如由外国人开办的英话文法公所、英语夜校、得利洋行英语培训班等，以及中国人开办的番文馆、英话英字班、英语夜校等。当时的竹枝词也记录了这一盛况："英语英文正及时，略知一二便为师，标明夜课招人学，彼此偷闲各得宜。"

　　民国职业外交家顾维均少年时就在上海英华书馆学习英语。这是一所由外侨与沪绅于1865年合办的学校，教授英语汉语双语，兼及其他课程，学费每年50两银，着实不便宜噢！顾维均在日后的回忆录里还生动地忆及当年与年龄比他大的同学进行英语单词比赛的情景，其规则有点像今天《中国好声音》的淘汰赛。"我们每周上三次英文课，每次上课，拼读比赛对全班学生来说都是一件令人兴奋的事。"

　　还有一个同文馆，创办于1893年，创办人是英国伦敦会传教士布茂林，曾在中国台湾传教并兴办新式学校，后在广东同文馆任教，并受湖广总督张之洞委托编纂《洋务要辑》。同文馆起初只设日班，后加设夜班，教学内容偏重英语。1900年后，中外衙署、铁路矿务及洋行、律师等行业的专门人才需求告急，同文馆就从优秀学生中选拔助教，帮助管理学生并适当教点低年级学生，酌付报酬。据同文馆在1904年的一份告白中称，"计由海关、邮政、电报诸局业考取者百余人，外则如洋行司事、买办及翻译与写字之职为数不少。"

　　著名学者、出版家王云五就是同文馆的学生，因为成就优良，他也"被布先生拔充教生，以承其乏"。布茂林对王云五关爱有加，任他借阅自己的上千册藏书，这些书大多是英文名著，对于王云五开阔视野大有裨益。在布茂林的指导下，王云五阅读了《英国史》《富国论》《教育论》《英宪精义》《社会契约论》《法国革命史》等世界名著。另外像郑观应、穆藕初，前者是近代著名思想家、买办，写过影响深远的《盛世危言》，后者是著名实业家，他们都没有进过正规的外语学校，是在英华书馆或海关外语夜校进行补习的，并在他们日后的事业中发挥了极大的作用。

包括英华书馆、上海同文馆在内的各种外语培训班，有的延续多年，有的旋办旋停，此伏彼起，蔚为壮观，体现了上海持续不断的学习外语与西学热。

与此同时，在 1901 年，南京同文书院也移至上海高昌庙，成为上海东亚同文书院，这所学校的背景是由东亚同文会，会长是日本贵族院议长近卫笃磨，一个典型的亚洲主义者。移至上海并考察了上海的各方面条件后，遂将上海作为永久院址。它的办学宗旨为"讲中外实学，教中日英才"，学生有中国的也有日本的，毕业后多为日本方面重用，分散到日本领事馆、银行、商社等部门任职。鲁迅、胡适都到东亚同文馆做过演讲，鲁迅讲了一次《流氓与文学》，在当天日记里记了一笔：同文书馆"给车资 12 元"。但必须指出的是，东亚同文书院后来设立了支那研究部，书院的教师都是研究部部员，他们非常注重收集中国方面的研究资料，包括书籍、新闻、货币、地卷、商业文件，甚至传单，还让日本学生利用假期去内地旅行，散发随身带去的牙膏、味精、人丹等日本小商品，起到广告宣传的作用。

1923 年后上海至长崎的航线开通，日本侨民来上海增幅加大，逐年上升的日本侨民主要集聚上海虹口一带，最多时达到近十万，此时侨民举办的日语补习班和译书所也有不少。

俄罗斯侨民也是上海外侨中的重要群体，上海开埠后的二十年里，俄侨的人数并不多，直到 1900 年也不过 47 人，但十月革命爆发，大批俄侨涌入上海避难。由于他们被红色政权视作敌对势力，故称"白俄"。而后又有一部分来自日军侵占的东北地区，他们从哈尔滨、牡丹江等地辗转而来。至 20 世纪 40 年代初，聚集上海法租界并受到法国工部局庇护与照顾的俄侨有两万多人。

白俄中有旧俄海军人员，也有白军及旧俄政权机关的雇员及家属，还有士官武备学校的学员，以及文艺界、法律界人士等。俄侨在上海的人数与同时期在上海避难的犹太人差不多，但在文化领域及城市气质上，白俄对上海的影响远远比犹太群体深远得多，这是一个非常值得研究的课题。

白俄在上海建立了自己的社会组织，比如保护上海俄侨难民权利委员会、俄侨普济会、俄侨各机会联合会、俄侨律师协会等，俄侨中有许多杰出的艺术家，在上海的文艺活动开展得也相当出色，演出歌剧与话剧，举办定期音乐会，还将芭蕾舞带到了上海，造型艺术方面也留下了许多精彩的印痕。上海交响乐团的班底就是白俄人打下的。

白俄非常重视文化教育，在法租界内设有电台，还办起了出版社与书店，出版的报刊之多，这是其他国家侨民所不能比拟的。报刊方面影响较大的有《上海柴拉报》《俄文日报》《罗西亚回声》《自由的俄国思潮》《东方风气画报》《俄国评论》《我们的时代》等，林林总总有近200种，绝对繁荣繁华。史学家认为上海国际艺坛的半壁江山是俄罗斯文化，这是有事实依据的。

在此背景下，白俄还办了许多学校，从托儿所到专科学校及女子学校都有，还有一所上海俄文专修学校，招收的对象主要是华人。至于俄语补习班，在淮海路沿线的支路及弄堂里就有不少，许多中共地下党人就是在这里学了初级俄语，然后再秘密去苏联深造的。

甚至，如果允许我们将叙事语言转成电影镜头，回放至1925年1月11日那个寒冷的冬日下午，任由镜头摇至虹口东宝兴路一条小弄堂的一幢石库门房子里，我们便会看到，当底楼的黑漆大门被推开后，迎面的客堂间已经布置成一个典型的英语补习班教室，讲台、黑板、课桌椅一应俱全，课桌上也整整齐齐地摆放着英语教材，但是没有一个学生。学生都到哪里去了？原来都挤在二楼，差不多二十个成年男人围坐在一张由三张八仙桌拼成的长桌周围，表情兴奋而严肃，这里正在召开具有历史意义的中共四大，共产国际代表维经斯基此刻正装扮成外教，一旦有事就出面忽悠巡捕，而正在做报告的就是48岁的陈独秀。由此可见，外语补习班是上海一道再寻常不过的风景。

此后，我们还可以在上海看到这种令人热血沸腾的情景，但要等一百年后，在中国进入改革开放之初才得以重现。

书生本色赤子心

叶良骏 作家、陶行知研究学者、诗人。为上海市作家协会、上海诗词学会、上海楹联学会会员；现任上海市教育发展基金会英盛教育基金管委会主任。

12岁发表处女作，几十年笔耕不辍，已出版散文集《霜露》《爱满天下》《博爱存心》及陶行知研究著作《陶行知的故事》《陶行知教育思想论述》《唯有傻瓜能救中华》《永远的陶行知》等及教育文集、大型画册等30余部。散文、随笔、诗歌发表于《解放日报》《文汇报》《新民晚报》《劳动报》《青年报》《上海证券报》《联合时报》《南方周末》《读者》《青年文摘》《联合早报（新加坡）》《世界日报（台湾）》《上海诗词》等百余种报刊。

为话剧《永远的陶行知》文学顾问。京剧《少年中国梦》、舞台剧《东方之舟》编剧。

几十年里，我认识的、同事过的、拜访过的、听说过的、接触过的、一面之交的有文化的人不计其数，也自认是个有文化的人。随着年龄渐长，阅历增深，一个问题常纠结在心头，究竟什么样的人才算知识分子？字典上知识之解为学识、学问，也就是说，有学问的人即为知识分子，真是那样吗？我不敢苟同，因为我见到过真正的、令人信服的知识分子。

印象最深的是巴金先生。我上初二那年才12岁，学校文学小组组长轮到了我这个全校最小的学生，我不知组长怎么当，也不知该去问谁。语文老师说，按规定，自己想法子吧。一个小孩子，会认识谁？急得没办法，忽然想到了巴金。他的小说我都看遍了，他似乎是一个熟人了。于是打听了他地址，就从大场走了去。学校在上海北面，巴金家在市中心淮海中路，走了三个多小时，好不容易走到淮海坊。来不及擦把汗就敲门，出来个阿姨，得知一个小孩要找巴金，她说，别闹，快回去，把门关了。我又累又急，女孩子没别的本事，只会哭，我越哭越伤心，门又开了，终于让我进屋了。那天，我说了些什么，巴金说了哪些，我一点也记不起了，只记得他请人打来一盆水，让我洗脸，他在一边温和地看着我。临走时，他问我长大做什么，不知天高地厚的我回答，要做中国的冰心。巴金一点没笑话我，他很高兴地在我本子上写下：愿中国文坛出现第二个冰心。尽管，从此我再无缘见他，那留着巴老祝愿的题字本，连同许多珍贵的纪念品，都在动乱中化作了灰烬。尽管，不仅是我还是别人，都未能成为中国第二位冰心。尽管，生活中有那么多的遗憾和悔恨，但当年巴老对一个冒失闯进他家的小孩子流露的善意，正是知识分子应有的品质：对人、对孩子、对弱者充满爱，因为爱，他才如此自然地敞开胸怀。巴老的话温暖了我一生，就如他的作品温暖了几代人一样，他使世界变得明亮。巴老走时，去送他的人包括我在内，并不仅因为他是作家、大师，更多的是因为他爱人民，爱孩子，我们因爱而去向他鞠躬致敬，送他上路。知识分子就应该是这样的人。

第二个是贺绿汀先生。他是我们母校在四川时的音乐组组长，是陶行知请来培养音乐幼苗的专家。母校迁沪后，他还教音乐。我进校时，他已去了音乐学院，但因为学校里有好些他的学生因各种原因不再学音乐而成了我的同学，故常常听见贺先生的许多故事，对他的认真、严格早有所闻。有很多机会跟着学长们去音乐学院听音乐会，看贺先生教钢琴、作曲，最爱听他弹"牧童短笛"，他边弹边吟唱，一副怡然自得的样子。有好长一段时间，我甚至以为这是世上最美的钢琴曲。这么一个视音乐为生命、为生活唯一内容的大师，我难以想象离开音乐他是否还能活！谁知竟会有这么一天！在人妖颠倒的日子，"上音"成了重灾区。人隐藏在心灵深处的恶，在自身有危险或被迷惑时，竟会突然爆发甚至变本加厉。那些抚弄乐器，传播美感之手，竟一个个舞刀弄枪，变得凶神恶煞。"上音"一片杀气，教授、专家，国外回来的大师纷纷倒下，作为院长的贺先生眼看他的同事、他请来的国外学者无一幸免，心急如焚，到处呼吁。结果，他被押上批判台，上海在文化广场举行万人批斗大会，他成了罪该万死的大黑帮。那天，全市电视现场实播，人人都被迫观看这场骇人听闻的批斗会。因为得知有贺先生，我早早就坐在单位会场，心里忧愤交加：贺先生这么瘦弱，哪经得住那些人打啊！当时这种会总是群情激奋，你心里再不愿意，谁敢不举拳头不喊打倒！正是群魔乱舞、棍棒乱飞时，忽然电视上出现了出人意料的镜头，是贺先生！有人一次次按下他的头，他却一次次挣脱，他昂首挺立，即使只有一两秒钟，全市所有的人都看到了一张愤怒而正气凛然的脸，一张痛楚却坚贞不屈的脸！电视屏立刻变成了黑色，可以想象现场接下来会发生什么事。但这张瘦弱、痛楚却始终保持尊严的脸，已永远定格在人们心中。在那个寒气逼人的严冬，成为多少人追寻的希望之火！拨乱反正后再见贺先生，他已垂垂老矣，但他爱音乐之心不变，他对学生的关爱不变，他依然热情似火。他去世那天，龙华殡仪馆挤得水泄不通，人们去送他，不仅因为他是音乐大师，不仅因为他那些动人的歌曲，更多的是他的人品。人不可以有傲气，但要有傲骨，这是徐悲鸿先生的话。但从那个年代走过来的人都知道，在人性变兽性的年代，为了活下去，同流合污是无奈，把别人打翻在地再踏上一只脚是必须，从狗洞里钻出来是策略，能保持傲骨又不怕死的人犹如凤毛麟角，但知识分子若没了风骨，还能称为君子？贺绿汀先生铮铮铁骨，士可杀不可辱的气节，令人敬之。实为真知识分子也！

以上两位是名闻海内外的大家，再说一个小学教师。毛蓓蕾老师，她只读过几年书，小学没毕业就因战争家道中落，13岁就当了小学教师，后来再没进过学校。她在教坛六十多年，从语文教到包括音乐在内的所有学科，教语文被评上特级教师。做班主任被评为全国模范班主任。做少年队工作总结的经验出了书，成为全国大队辅导员的经典。她教过的学生几十年记着她，她的同事，她带过的徒弟都视她为良师。不管是邻居、亲戚、家人，还是一面之交的陌生人，都敬她爱她，为她所感动。我好多次去她家，不管冬日夏天或清晨夜深，不管事先约定还是路过闯去，每一次都见到她坐在桌前，不是看书就是写文章。她并不宽敞的家中，没有任何豪华的装饰，只有满橱的书。因为她为我做了许多事，我曾希望表示一点心意，她坚拒后对我说，如果可能，送点书给街道图书馆吧！后来我购了一批书送去，她高兴极了，她说，读书是一辈子的事，街道居民有书看，可少打麻将，是大好事！因为读书，不断学习，毛老师身上散发出特别温雅特别美的气质，和她在一起，人们会忘记她的年龄、职业，只觉得被一个强大的气场牢牢地吸引着，觉得周围有了纯净、雅致的清风，令人心暖且有诗意。小学教师也许不一定个个能称得上知识分子，但手不释卷几十年的毛老师，一定是名副其实的知识分子。

　　老知识分子中我见过的有过交往的还有我们中国陶行知研究会的两任会长，一位是老"海归"钱伟长，一位是为教育奋斗一生的方明，他们经历不同，出身不同，职业不同，性格也不同，却同样的温和慈祥，待同志或我这样的小辈，同样的热情有礼，平易近人。方老常对我说的一句话是，你大胆去做，有什么事我来负责。好几次去上海大学找钱老，请题字，送去请柬，请示汇报……每次他都有求必应，还总是亲自给我泡茶。有一次他无法来参会，还特地写信来致歉！两位部长级老同志，如此有担当，对下属充满善意！还有徐中玉、钱谷融这样的学者、名教授，每次去，他们的满腹经纶、渊博知识，完全不是我这样的晚辈可以对话的，但已经功德圆满的他们只是妙语如珠，温润如诗，从来不会令我感到咄咄逼人。每次离开，无论我怎么劝，他们总要送，有时还要陪我在华师大校园走上一段，他们容貌不同，口音也不同，却展现了同样美丽的文化风景。

　　还有像家父这样的老文化人，他们除了读书做学问，几乎不谙世事。家父在20世纪60年代因诗获罪入狱。7年时间与世隔绝，也无家里接济，他心如止水，竟养得白白胖胖，问他怎么过的，他说天天面壁作诗！这是何等之修炼。我的老师闵克勤先生是陶行知学生，被以莫须有罪名送农场劳改。拨乱反正后落实政策，却发现档案里没有劳改材料，不能平反。我们都急得不得了，他却满不在乎地说，是非自有公论，重要的是赶紧工作。他一头扎在资料室，留下了十几万字珍贵的史料。直到去世，没有一句怨言，整天开开心心地做事。这是怎样的出世之精神！

　　知识分子究竟应是怎样的人？他与职业、出身、学历、地位、性别等似都无关，他不仅应有广博的知识，独特的人生感悟，还应引领人们去体验生命，以自己的人品、书品、文品影响社会，为人们树立一个高贵又并不高高在上的丰碑。儒雅、睿智、洒脱、宽厚、认真、执着，对金钱、名利的淡漠，对祖国、人民、孩子的一往情深……实为书生本色，赤子之心！这就是我心中的知识分子。写到此，我不禁问自己，我能称得上是知识分子吗？我竟有点不敢回答了。

［风情］

从前上海有个荣康别墅

聂崇彬 上海出生，在传统的书香门第熏陶中长大，中学就读于上海华山美术学校，香港理工大学（Hong Kong Polytechnic University）管理专业毕业，进修于中国美术学院（China Academy of Art）。曾任酒店和广告公司经理。移民美国后弃商投文，在《星岛日报》（Sing Tao Daily）当副刊记者、新闻编辑以及生活资讯主编，美国、上海等地多份报纸杂志的专栏作家，北美食尚杂志《品》（Distinctive Taste）的总编辑。曾出版了《梦寻曼哈顿》（Seeking Dreams in Manhantton），《行走美国》（Rambling in the US），后者由陈香梅女士（Mrs. Anna Chennault）写序，以及纪实小说《年华若水》。现为海外华文女作家协会（Overseas Chinese Women Writers Association）永久会员，美国岩彩画画家，曾在旧金山市立总图书馆开了个人画展。

嘿嘿，其实呢，现在荣康别墅还在，不过经典的故事都应该以这样格局开头：从前有座山，山里有座庙，庙里有个老和尚和小和尚，有天，老和尚讲了个故事……

上　部

荣康别墅的故事也是这样开头：从前上海有个荣康别墅，清朝的末代道台（相当于今上海市市长）的小儿子，在道台位于虹口的公馆被日本人霸占后，辗转至此，用了七根大金条，顶下了其中三层楼一栋。

当时不兴什么签约或契约，顶下来的房产就是你的了。常熟路那片六排弄堂建立于1939年，是介乎于石库门弄堂和花园弄堂之间的新式建筑，统称荣康别墅。用今天的话来说，就是连体别墅，十栋是一排，弄堂自然形成。底层是客堂间和吃饭间，后面是厨房，还有小洗手间，起居室有门通向朝南小花园的前门，朝北的厨房和楼底各有一门。朝南的二楼三楼各有两个卧室，三件套的大浴室，所谓的洗脸盆，抽水马桶和浴缸的组合。而厨房上面的亭子间，通常二楼辟作佣人间，三楼是箱子间，上海滩就是喜欢用上只角和下只角的来划分区域等级，其中上只角就是荣康别墅那种带抽水马桶阳台落地玻璃钢窗设备的住宅区域。最初弄堂里的居民很少，每栋一户，道台儿子他们家还能在弄堂里停汽车，还有一辆自用的黄包车。

解放了，无论多少金条抵押的房子，都归了房管所，住在里面的人都要付租金。好在，随着岁月的进程，真正在十号常住的，只有道台儿子夫妇，及他们两个儿子，收留的乡下本家孩子，佣人以及四位孙女小囡，那时候道台儿子也因为好医施善被邻居尊称为爷爷了。

房子归了公家，当然要配合政府安排，解放后居住面积在人均三平方米不到就算困难户，家里面积多一点的，就会被劝说腾出一间两间让给困难户居住，爷爷家的底层吃饭间就是这样给了某一家困难户。到了"文革"，人心激进，看不惯房管所慢悠悠的工作态度，纷纷自己行动，看到哪层自己喜欢的房间，就直接搬进去住了。道台家因在清朝末年不知好歹地经商了，在黄浦江边盖了座两千人的纱厂，这是大资本家的铁证呀，所以在精神批判之后，劳动人民要改造你的呀，还能让你住得那么舒服？一阵骚动之后，爷爷家只剩下最小的四间房了。当时家里有八个常住户口三代人，佣人只好回家。

人丁兴旺，弄堂里也热闹了起来，每年的夏天，弄堂几个女小囡都喜欢每天一早聚在一起，扬脸朝最后一栋楼的四楼天台嚷道：爷爷，爷爷，喇叭花。随着清脆的叫声，天空中果然纷纷扬扬地飘下了五颜六色的小降落伞，小囡们惊呼着去抢夺，然后互相比较着战利品的美丽，没抢到的，只好扬起脸，再一次呼喊起来：爷爷，喇叭花。那就是那个年代中和美接触的开心时光。

爷爷家的小囡很羡慕其他人把晚饭都搬到弄堂里，不像自己家里规矩老大的。有对面十号的叶家姆妈，她当时的工作很令人羡慕，是对面南华新村小菜场做的，当然辛苦是要很早起身，但是在那个配给的年代，有票子也不一定买得到小菜，要老早老早去排队的。记得爷爷家的烧饭阿姨，总是在吃饭时讲，这个豆腐我四点钟起来才排在前头买到的，但买到了豆腐，肉又买不到热气的了。

值得一书的荣康别墅一景是十号门口的那口井，曾发生了很要紧的功能，排长龙排队拎水，不是干旱，而是一种免费的消暑乐趣。人们常常把西瓜吊在门口的水井里，之后吃的时候就和冰过的一样。再用井水冲洒弄堂的地面，到晚上，就是乘风凉的大好时候，那时候，人人都睡在露天，男人们还赤膊呢，女小囡们当然也有理由在弄堂里和小朋友"嘎三胡到老黯"（闲聊到很晚），很多时候也是探讨弄堂里有隐秘刺激的八卦。

七号有一右派，老是被罚扫弄堂，当年不懂事的小囡们还躲在一边对他指指点点。他姓陆，很有趣的，他的女儿嫁进了十号，嫁给了就是爷爷把客堂间让给的林家阿四头。当时是大新闻，因为林家大嫂和陆家不对头的，好像结婚后阿四头也不和大阿嫂来往了。

阿四头长得一表人才，又是复员军人，他给小囡们印象最深的是早上用盐刷牙的，后才恍然大悟为什么他牙齿可以如此的白。

居然有房子有卖相的复员军人讨了右派的女儿，弄堂里就传出了陆小姐是狐狸精之说，关于这件事小囡们都发誓没有讲过。陆小姐后来养了姓林的儿子，可能她在十号也不怎么愉快，和二楼王家也吵过，当然不是为了政治，而是因为厨房间公用地方之争，那个年代，是家常便饭的事。陆小姐后来和阿四头调房子搬走了。

上海人的弄堂文化，在外来西方文化长期的淫浸中，有了变化。为全国男性一族最为不齿的上海男人的妻管严，其实主要是受了 Lady First 的影响。西方男人对女人是宠爱的，上海男人对女人的宠爱当然不是具体到开汽车门，而是体现在做家务中了。九号的张小囡的老公，邻居们对他的最深印象是每个周末都要在一个人都很难托起的大大木盆里，洗出可以晾满几根竹竿的爱心衣服。尤其是洗床单，拧干的时候需要两个人各站一头，拉开拔河的架势，往不同的方向用力，才能拧干。但张小囡的老公不舍得老婆用力，他拉开马步的架势，独自一点点用双手拧，拧干部分就往自己的肩头搭去，整个床单拧干了，他的头也埋在被单里了。

在弄堂当中，5 号附近，有一个大米汤缸，大家都把淘米水和吃剩的碗里剩菜倒在那个缸里，据说再运去农村喂猪，其实那个方法很好。"文革"之前，爷爷的老伴奶奶还是居民小组长，记得奶奶老是要值班拍苍蝇，拍死的苍蝇尸体还要装在塑料袋里上交的。奶奶老是站在那米缸旁边，她说那边苍蝇最多。

那时候，夏天还流行烟熏蚊子，家里不准留人，用街道发的药放在一个盛器里，点燃冒烟，把门窗都关死。大概熏一个小时，就可以回家，小囡们蛮欢喜的，因为那晚弄堂里肯定特别热闹。

可以用时间飞逝来形容弄堂的变迁，走的走，留的人也很多。爷爷奶奶早就作古去了天堂，他的后代孙女小囡们都出国了，正所谓，人挪活，树挪死，就同当年谭盾得了奥斯卡金像奖后回到他以前在纽约讨生活的教堂外面，当年的同伴还满足于200美元一天的卖艺生涯一样。爷爷的一位孙女小囡在海外兜了一圈，居然混成了作家，要知道在上海她因为脚疾，未能通过高考的健康检查而被拒之门外，现在脚残疾的人，只要你分数够，就可以上大学了吧，生不逢时，讲的就是这种无奈。

那天，作家一进弄堂，看到八号楼下的叶小囡一如以往，坐在小凳子上，在弄堂的中央，看起来，她这动作五十多年不变。奇怪，她看着作家仿佛不认得，作家上前问："不认识我了吗？我是十号的琳琳"，她才如梦初醒，原来她中过风，不过恢复得很好。在她的口中得知当年抢占作家出生地朝南大房间的王姓人家，现在还是三代同堂地挤在那24平方米的屋里，叶小囡也同是，三代同堂。作家是看着她从一个姑娘家结婚，现在孙子都读小学四年级了，她的屋子的比以前更简陋黯淡，她说，上海的起飞，物价的飞涨，令他们拿1 000多元退休金的人如同雪上加霜。九号底楼的张小囡恰巧在家，69届初中生的她，已经白发苍苍！她倒是一眼认出，高叫着作家的名字，夏天我们晚上坐在一起乘凉，常常讨论怎样在云南她插队的地方掀起文化热潮。算来也有四十年的时光，往事不堪回首，时光飞逝依旧。留守荣康别墅的老小囡们问作家，香港、美国的生活怎样，作家这样回答："哪都是生活，有好有差，像她们儿孙满堂，近在眼前，已经是天大的好福气。"

离开了老房子，作家的确去查了一下荣康别墅的房价，哇塞，五万多一平方米可以顶出去，要知道，作家离开荣康别墅的时候，那四间小小的房间，只要付76元房租，那时上海人民乃至全国人民的工资，是一口价，36元万万岁的当口。但是，但替叶小囡想想，就算她那间客堂间有20平方，也换不到什么可以容纳她三代人的居所的对哦？市面上的房子，附近的，没有500万好像买不到三居室的，哪怕二手房也不行。

下　部

上海人万万想不到，上海再次在世界人民面前崛起，不是靠马勒别墅，不是外滩几号到几号，而是过去上海人最看不起的浦东，这在上海上只角下只角都不可能沾边的烂泥地，居然遭到世界五十强的青睐。不过上海人很快发现了秘密，在金茂凯悦 76 楼，躺在浴缸里看星星的乐趣，毫不犹豫地马上把外滩迷人灯光下的景色收为己有，一种胜利者的骄傲悠然而起。

上海人沉着地接受时光带来的变化，但骨子里依然保持着固有的矜持。就说跳舞吧，中国人的广场大妈舞，跳出了国门，风行一世，虽然跳到纽约时受到美国警察不中国式的对待，舞者被带去了警察局。上海人跳舞分层次的，锻炼身体的广场舞有，交际生活的茶舞也有，如果不知道上海有个青松城的就 out 了，那里有音乐伴奏的茶舞，也不贵，每人入场 25 元人民币，当然类似的舞场很多，还有晚上酒吧里的闻乐起舞，那消费各有不同，但要说到最正宗的呢，就是要在上海百乐门舞厅跳舞，280 元人民币一位，二位起算，现场乐队伴奏，吃喝另算。通常先生太太们都要请个老师（也就是伴舞）才算上档子。伴舞老师价钱有 250 到 800 不等，跳得是标准的社交舞。有一年作家的美籍德裔老公，就在惊天动地的感叹声中坐在百乐门舞厅内动都不敢动，怕自己自由式的摆身运动诋毁了百乐门庄严的华丽辉煌。

当然，那是忽悠老外的。另一年，作家和同在美国的堂妹，紧跟着自己的老克勒长辈爷叔，去玩了一次百乐门，老克勒，最简单的注解就是精通吃喝玩乐的绅士。当天，克勒爷叔头发梳得锃亮，笔挺的有缝的哔叽裤子下面，一双锃亮的皮底尖头皮鞋，这才能在舞厅的弹簧地板上有所呼应。他一拖三，从头跳到尾。虽然两个侄女已经全盘美国化了，一穿运动鞋，一着拖鞋，但没有妨碍老克勒的兴致，因他知道，两个侄女全然懂得这场舞的精华所在。上海人就是这样，可以在并不得体的环境中，保持自己的极致。陈丹燕在她的《上海的金枝玉叶》中描写的一位被扫地出屋的贵妇人，用铝质饭盒在煤球炉上烘制外国蛋糕，物质差了，精神永远不倒。这就叫会生活。

即便在空气最容易凝固的破四旧的红色恐怖中，上海人可以关紧门窗，拉上窗帘，在床底下拖出马上要散架的老式唱机，放上黑胶唱片，闭上眼睛，让命运交响乐的铿锵声，毫无顾忌地在空气中回荡！

上海滩是在 20 世纪 90 年代后飞腾的，因为那时作家已经离开了伟大的祖国，绝对没赶上，这三十年间，腾飞成怎样了呢？作家可以负责地告诉你，要比上海滩所有的高层建筑物叠上去，还要厉害。话说，作家现在居住地是全世界人民公认的，世界上最富有的地方，美国加州硅谷。这里先要有个注脚：住在最富有地方的人，不富有的大有人在，例如，像作家那样，在硅谷没有自留地的以卖字为生的假农民，也是因生不逢时，但每每要回答很多硅谷富翁从上海回来惊异的发问：上海人怎么这么有钱？请客不问价钱，吃剩不带打包，出门行头一日换几套，家里除了自住屋，还有三五七栋出租？很明显，他们被上海人的做派惊倒了。

上海人有钱分四类致富，这是作家多次往返硅谷上海明察暗访得来的答案。一是靠房子，例如，不论以任何理由离开老房子，哪怕在海外流浪也好，可老房子却因为没人住可以出售，尤其是当只有使用证的房子也可以买卖的时候，钱就来了。很有上进心努力工作的上海人，当年是可以以劳动先进升职来得到单位奖励的。只要有了除了自己居住之外的房产，经过这三十年房地产的腾飞，你不想变百万富翁都难。二是靠教育。接受过高等教育的上海人，进入法律、会计等管理阶层的，工资都很高，尤其是上海是个外企最早和大范围进入的城市，几十万年薪的人不说多如牛毛，手抓一把，也会掉下三五七九个人来。三是靠海归人士从海外带回的资金。改革开放后，去日本和澳大利亚的人不少于去美利坚的，他们即便没有拿个博士文凭回来，但外汇一定是赚够了，足以开店做生意才舍得回到老家的。最后一种，也是最早下海的，当年做小生意起家的万元户，他们以财换财，利滚利，利达利，不是高利贷那个利，而是利益带动更多利益的意思，千万别误会，否则作家回不了家乡了。

有人会说，这种状况全中国都有，那为何硅谷富翁偏偏被上海人惊倒？那你就有所不知了。上海人，是十里洋场熏陶出来的，早就有了一种意识，以本位制约洋务，就是吸收了洋人的东西，整合之后便成了自己的了，然后拿出去招呼人，对方一试，似曾相识，不便反对，不认识部分，很容易看为比自己高等，只好从了，要不怎么那么多西洋的江洋大盗反把上海认作是冒险家乐园呢？！

作家的妈妈几年前买了车，她的好些朋友都买了车，为了舒缓叫车难的困境，主要是用来交际应酬之用，如出去跳舞，打麻将，和朋友吃饭什么的。请个司机，月薪在 1 500 至 2 000 元。

以前，普通的上海人一辈子只有三次坐车的机会。一次是结婚的时候，另一次是生完孩子从医院回家，再有一次就是死了之后睡殡仪馆的车了。从坐轿车是一种极端奢侈的行为到老人家也可以请司机来开车，这在香港和美国都是非常有钱的人才能考虑的事，不能不感叹上海真的今非昔比了。

前两年，作家的父亲回上海，经过荣康别墅时，突然想起几十年前居委会主任王宝珍。他弯进弄堂，走到 104 弄 2 号的后门，看见一位老太，走到她前面，看了看，"应该是王阿姨呀！"王阿姨看了他几秒钟，高兴地站起来，认出了！

他们到屋内聊天，王阿姨当时已 92 岁，记忆力好，思路清晰，动作相当灵活。作家爸爸对王阿姨说："天翻地覆的时期，多亏你的特别照顾，我们全家少吃很多苦，感激不忘。"阿姨则说他们家的人都是善良厚道的，当年一些事她都记得。是的，当年爷爷收留了几十年的同乡人，为了把爷爷家的一间房据为己有，竟打官司胡说被剥削了几十年，是居委会不避嫌疑，挺身做证，才让这位可耻的原告败诉。得已，还灰溜溜地从此在荣康别墅消失了。

现在的居委会也在为居民做好事，就在荣康别墅所在的静安区华山街道，有一项为老人的美食服务，每天大概 15 元，老人们就可以领到二菜一汤的健康饮食。还有就是，不想买车的老人，如果身边又无子女同住，可以享受特别的叫车服务，只要在居委会登记后，就可以领取一个神奇盒子，每当要车，就按钮一按，一位美丽动听的女声就会发问：阿婆/阿伯，想去哪？只要说目的地就可以，因为盒子里记录着他们家的地址，于是乎，五分钟左右，一辆出租车就会停在你家门口。当然，如果需要有人清洁，或陪伴上医院，盒子里好听的女声都会一一给老人们解决，就像是不露面的传说中的田螺姑娘。

总的来说，上海人是识时务的。虽然很早的时候，弄堂里的小囡们都莫名其妙地喜欢调侃外地人：外地人到上海，上海闲话讲不来，米西米西炒咸菜。但现在，当全国人民都一窝蜂地涌来上海奋斗的大好日子里，上海人 99% 的孩子，都不说上海话了。

不幸的要算是上海早去海外谋生的人，回到上海，高楼飞起，高架飞建，找不到北了！问路吧，人家不知道你在说什么。所以当克勒爷叔的美国侄女在 15 路电车上听到说沪语乡音的女生报告：华山路常熟路到了。她才敢确信自己是在上海，荣康别墅就在前方，她，泪水盈眶了。

上海火车站：从历史烽烟中走向辉煌

陆士清 1933 年生，江苏张家港市人。复旦大学中文系教授，中国作家协会会员。历任中国现代当代文学教研室、研究室主任、台港文化研究所副所长、中国世界华文文学学会监事长等职。现任中国世界华文文学学会名誉副会长，上海华语文学网顾问。主持编写了我国第一部正式出版的《中国当代文学史》，出版有《台湾文学新论》《三毛传》（合作）《曾敏之评传》（复旦大学版、香港作家出版社版）《探望文学星空》《血脉情缘》《笔韵》等专著。

上海火车站，人生旅途的驿站，它引渡人生，有时改变着人生的命运。

王安忆 1981 年获将小说《本次列车终点站》开头写道：

"前方到站，是本次列车终点站——上海……"

"上海到了。"打瞌睡的人睁开了眼睛。

"到终点站了。"急性子的人脱了鞋，站在椅子上取行李了。

……

这些旅客中，有的因为到达上海火车站而开始了新的旅程，小说的主角、回城青年陈信则迎来了人生的转折。多少年来，无数青年学生、工人、农民、商务人士、知识分子等等，不都是因为进出上海火车站，进出上海而改变了人生的命运。笔者也是，在第三次踏进上海火车站、进入上海后，即从一个人民银行的工作人员，变而为复旦的学子，以至在复旦生活了一甲子！

更典型的如，1913 年 3 月 20 日，当时可与孙中山、黄兴并称的国民党代理理事长宋教仁应袁世凯电召，乘坐当晚 10 时 45 分的火车去北京共商国是，10 时许，当他走向检票口时，袁世凯亲信派出的杀手射出了罪恶的子弹，击中了宋先生。宋先生立即被送往沪宁铁路医院急救，但未能挽回生命！这是民国二年政治斗争在上海站演出悲惨的一幕。革命志士宋教仁死了，而袁世凯阴谋复辟帝制也只是黄粱一梦。又如，1966 年 11 月，在"文革"中冒出来的王洪文，为了争得他纠集的"工人造反总司令部"的合法性、夺取上海市的领导权，而冲进上海火车站强行登车去北京请愿。上海火车站和铁路局阻止，他们就卧轨，阻挠火车运行，制造了"安亭事件"。他们得逞了，从而王洪文这个野心家，在中国政坛翻云覆雨、折腾了十年，最终不得不接受人民的审判，悲剧下场。

上海火车站见证历史烽烟中的悲喜剧，也是从历史的烽烟中走来的。

上海火车站在时间的长河中浮沉

1825 年，世界上有了第一列火车，那是在英国。半个世纪后的 1876 年，中国第一条铁路吴淞铁路在上海建成。据记载，英国第一列火车开动汽笛的吼叫，曾把围观者吓得逃跑；而 1876 年 7 月 3 日由英资怡和洋行投资兴建吴淞铁路通车时，上海市民已无惊慌之感，他们蜂拥而至，乘坐观看，铁轨两旁"立如堵墙"。当时沪上有竹枝词《咏火轮车》："轮随铁路与周旋，飞往吴淞客亦仙。他省不知机器巧，艳传陆地可行船。"可惜的是，当年 8 月 3 日，因火车碾死一名士兵，沿途居民阻止列车继续运行。10 月 24 日，无奈的清政府出银 28.5 万两买下了铁路，并于次年 10 月将铁路拆毁运往台湾，吴淞铁路的车站也就烟消云散了。23 年后（1897）盛宣怀重建淞沪铁路，1898 年 9 月 1 日通车，全长 16 公里，从现今河南北路延伸到宝山区的吴淞、炮台湾。淞沪铁路的建成，促进了上海虹口和闸北地区的发展。上海最早的火车站就建在今天的东华路、虬江路道口附近。

这条号称中国人自己建的第一条铁路，在上海城市建设中已逐为新的轨道交通三号线所替代。为纪念它，宝山区在吴淞大桥东侧（原址）淞桥东路口的绿地上，按原样重建了淞沪铁路的蕴藻浜火车站——

一段水泥地坪上铺着的铁轨，玻璃房里一个老式火车头，一座车站小屋，木板的候车室，小屋里陈列着照片资料，站旁边还有一座五六米高的钟楼，时钟依旧跳动着秒针……

继淞沪铁路之后，沪宁铁路1905年开建，1906年沪杭甬铁路开工。1908年，沪宁线全线通车，沪杭线局部路段也开始办理客运。沪宁线火车站最初选址于现今的恒丰路，命名为上海东站，因为它处于沪宁线的最东端。后来铁路延伸至繁华区与淞沪铁路并轨，就将车站建于现今的宝山路、天目路交会处。当时，这里还是一片芦苇荡，沪宁线总管理处根据英籍工程师西排立的设计，建成了高四层的西式洋房车站。1909年落成，命名为上海站，因它处于上海的北部，又称上海北站。

上海火车南站1908年4月落成，建于上海老城厢南面商业繁华区。

两座火车站，分别位于城市南北两侧长达8年之久。1916年，在城市西侧修建了沪杭甬铁路与沪宁铁路的连接线（沪新铁路），上海火车南站成为以货运为主的车站，上海北站成为铁路沪宁、沪杭甬两条铁路的总站。这个总站，像上海城市的一颗心脏，跳动了80个岁月，到1987年新的上海站，亦名新客站建成启用，才消失在历史中。

上海火车站铭刻着民族的苦难

上海站流淌过革命志士的血，也流淌过中国无辜老百姓的血。1932年一·二八事变和1937年的淞沪会战期间，淞沪铁路两侧是中日两国军队对峙和激烈争夺的地区。一·二八战火中，日寇轰炸了淞沪铁路的炮台湾车、张华浜车站，上海站的四层楼房也被炸毁，1933年只局部修复。据记载，1937年淞沪抗战，日机对上海狂轰滥炸，炸毁无数建筑设施，上海站再次被炸。8月28日下午2时许，日机十二架，轰炸上海南站，南站站台、天桥及水塔，车房被炸毁，在站台候车离沪难民，死伤达六七百人。2015年5月29日上海《文汇报》刊出了一张名为《中国娃娃》的照片，拍摄的就是当年日机轰炸上海南站后悲惨情景。一个失去父母满身血迹的孩子，跌坐在上海南站断垣残壁的地上，惊恐大哭。这张照片，是当时服务于米高梅影片公司的摄影师王小亭拍摄的影像片，单独冲洗成照片后，刊登在美国 1937 年 4 月号的《生活》杂志的封面上。这张记载着苦难的照片，也布展在上海铁路博物馆。上海铁路博物馆，还专门开设了一间视频室，展映当年日本侵略者轰炸上海多个火车站时的影像。炸弹落地，硝烟冲天。

上海火车站在改革开放中熠熠生辉

日军占领上海后，拆除了上海南站及附近长约 1.5 公里铁路，上海南站从此不见踪影，只留下南车站路等路名，让人们记得它曾经的存在。日军修复了上海北站，但将它改名为"上海驿"。抗战胜利后，京沪区铁路管理局接管上海北站，开始修复和扩建。新中国成立后，上海站真正浴火重生。1950 年 8 月，经铁道部批准，上海北站更名为上海站，定为特等车站。1960 年，上海站的货运移至东站，成为专营的客运车站。1961 年，上海站进行改造和扩建候车室，延长月台，形成南北两区 11 股到发线，日到发车 29 对，年运送旅客 3 900 多万人次。今昔对比，已不可同日而语了。

上海站虽经改建、扩建，但终因受地理环境限制，站场和设备无法得到根本改善。为了应对改革开放后日益增长的客流，于 1981 年规划在上海东站的原址上建一座新的上海站，1987 年建成。1987 年 12 月 27 日晚，原上海站（老北站）开出了最后一班列车、完成历史使命后关闭。1987 年 12 月 28 日，新的上海站启用。为迎接 2010 年上海世界博览会的召开，上海站又进行了大规模整修翻新，真正建成了规模宏大的铁道枢纽站。新的上海站又称为新客站。新在哪儿？新闻报道称，它的站厅设计理念新："高架候车、南北开口"。为见证它的新，笔者曾趁赴宁开会之机会，提前进站巡访。原来它将候车室建成"过街楼"，连同无廊柱雨棚一起，将月台和车道抱入怀中。"过街楼"中有宽敞的中央通道，将候车室分开左右。左右两侧候车室旁，开设了各色饮食和日用品商店，服务旅客所需。原来的老北站，只能从南面进站，现在"南北开口"，设置南北两个车站广场和完善的客运服务的配套设施，旅客可以从南北两个方向进站，乘坐自动电梯抵达候车室中央通道，再根据电子显示屏指示，找到自己候车的准确位置。同时根据"上进下出"的原则，将登车旅客从候车室的两端引至楼下月台；在地下开辟东西两条出站通道，将出站口旅客导入地下通道，分别从南北两个方向出站。接客的小车和出租车也循此原则，导入地下，从而有序疏散人流和车流。上海火车站衔接三条地铁线和将近 20 条公交线，可将赴上海的旅客快速分流到全市各个角落。北广场左侧，还设有上海长途汽车客运总站。总站含数十条客运线，到达与出发几乎可达大半个中国的长途客车，与上海站一起迎送南来北往的旅客。上海火车站，不仅是全国铁路交通枢纽，也是公路客运枢纽。现在，即使一般的节日，车站广场上，已再也见不到往日那拥挤得乱哄哄的人流和车流。上海火车站方便、有序、安全。上海站建成运行后带动了周围的商业繁荣，入夜辉煌的灯火与上海站相映，将上海站变成了"不夜城"。"不夜城"已成为上海站的专有名词。

上海火车站，高铁时代的明珠

这里所说的"辉煌明珠"，不仅指上海站，还包括上海南站和虹桥站。为适应中国经济建设和上海对外交流的需要，上海南站 2002 年 7 月开工建设，2008 年 7 月 1 日投入运行。上海南站位于离徐家汇约 5 公里，地铁一号线和三号线会合处。主站房和南北广场占地 60 公顷，由法国 AREP 公司（集团）设计。主站房如一巨形飞碟，气势磅礴。一次我同小外孙乘坐地铁一号线去到莘庄访友，钻出地面的列车行临上海南站时，小外孙突然指着窗对我说："外公，看一个大飞碟！"我说：那是上海南站。小外孙觉得好玩，回程非要去参观。我们出地铁一号线站，转乘自动电梯即进入上海南站。它的设计理念也是"高进低出，高架候车"。南来北往的火车可从主体建筑的架空部分穿行而过。主站屋分为三层：中层与地面同高，为站台；上层为候车区，有周长为 800 米的环形候车平台，可同时容纳一万余人候车，不同的候车区由袖珍绿化带间隔。站房的天棚是透明的，小外孙对此感兴趣，问："这有什么好处？"我说："白天旅客可以完全享受自然光，也便于候车室的绿色植物生长，节能、环保。"上海南站下层为到达层，设有旅客出站地道，接南北地下换乘大厅、地铁一号线、三号线和十多条公交线，南北广场有大面积的绿化地和旅客的集散地。我们仔细看了电子显示的列车到发时刻表，发现上海南站日往返列车竟达 234 列，其中动车 43 列，线路覆盖上海、天津和重庆市 3 个直辖市以及浙江、江苏、江西、黑龙江、内蒙古、安徽、四川、贵州、云南、河南、山东、湖北、湖南、广东、广西、福建、吉林和海南 18 个省，约 19 分钟就发一趟车。据报道，上海南站建成后，分流了上海站三分之一的客流。

上海南站投入运营之际，正是我国高铁时代到来之时。2007 年 4 月 18 日和谐号动车组列车投入运行，拉开了我国高铁时代到来的序幕。2008 年 8 月 1 日，时速 350 公里的京津城际高铁的开通，是我国高铁时代到来的标志。为适应上海城市交通发展的需要和迎接高铁时代到来，上海于 2006 年底开始建设虹桥综合交通枢纽工程，这是一个将高速铁路、城际和城市轨道交通、公共汽车、出租车及航空港紧密衔接在一起的现代化大型交通枢纽。枢纽除空港铁路外最终将有 5

条地铁、30多条公交线路，由此连通上海各区，还有上海西部最大的城际巴士客运站，真可谓四通八达。虹桥火车站紧靠虹桥机场，2008年开工建设，2010年7月1日启用。建筑占地面积超过130万平方米，相当于3个天安门广场。站房总建筑面积约23万平方米，其中铁路站房约10万平方米，雨棚面积约11万平方米，站房分为5层，恢宏的候车室可同时容纳10 000名旅客候车。今年五一节当天，我乘地铁十号线去虹桥站，途中遇73岁周姓老太，她告诉我，她们家族四十余人（多半为六七十岁的老伯老妈），将于5月2日去浙江嵊州（越剧之乡）返乡聚会，要乘高铁前往。为保证大家顺利登车，她先到虹桥站察看一下，熟悉现代化的设备。我说："你们这么多人为什么不包一部大巴呢？""大巴大家坐过了，现在要享受高铁，快、舒适、安全、便宜。"她说。想想倒也是，从我家打的到上海站要40分钟，车资45元。从上海乘高铁到苏州工业园区，百公里，31分钟，车票30元。周大妈对我说："老伯，侬阿好领领我？"于是我当起了志愿者，从地铁出站后，我们顺着指示进入虹桥火车站，登上候车室的上层，俯瞰候车室大厅。大厅像个长方形的广场，厅内人来人往，排排展列的簇新的铝质座椅，坐满旅客，秩序井然。我陪她下到候车厅，看站内人工和自动售票处，看发车时刻的电子显示屏，找到她明天登车检票口，让她看了自动检票系统、自动引导系统等自助服务设备，特别告诉她，各进站口都设有为老、残服务电梯，老伯老妈可乘直达电梯进站台。她问我，这里候车室为什么不分区？我按自己的理解告诉她，电子显示屏显示了检票口，在检票口前候车，实际上已达到了分区的目的；另外，这里日到发列车三百多对，平均十分钟不到就发一次车，人流疏散非常快，不必分区。她很满意，愉快地离去了。据报道，虹桥站主要承担高铁运输，是当今东亚规模最大的现代化客运站。它北端引接京沪高铁、沪宁城际铁路、沪汉蓉高速铁路；南端与沪杭高铁、沪昆高铁、沪广高铁接轨。它是长三角一体化，以及中国"两带一路"（长江经济带、丝绸之路经济带、21世纪海上丝绸之路）大通道。

上海站、上海南站、上海虹桥站，以它现代化的设备、优质而安全的服务，服务于进出上海的旅客，显示了巨大的能量，据报道，2015年春运，它最高日发送旅客达45万人。这三个车站，分别位于上海的闸北、徐汇和长宁区，像三颗闪闪发光的明珠，辉耀在三区构成的三角点上。

上方花园上演
"辞旧迎新"故事

沈轶伦 《解放日报》专刊部记者，上海作家协会会员。

"已经挂牌了，这房子准备出售。"宗伯说，直起腰来，手里还捏着一把草。

我们站在屋脚台阶下，面对着他正在修整的花园。从这个花园走出去，穿过弄堂就是上海的淮海中路。几步之遥而已，这个与繁华为邻的小院子却神奇地保持着静谧。这是上海老派人熟知的"上只角"生活的代表，民国沪上花园里弄代表作之一的上方花园，也是宗伯出生至今的家。可是如今却要卖了。

我陪宗伯站在花园和住宅的分界线上，看着这碧草一片的院子，心里却有说不出的滋味。父亲走来，也打量着这修整过的院子，忽然想起来什么似的问，"咦，院角那棵大树呢，怎么没了？"宗伯扔掉手里的草，一边脱下手套淡淡道：

"哦，我处理掉了，树一旦太大，阴影下面寸草不生。"

一

我小时候常来这里玩。"文革"时期，父亲和宗伯同在街道生产组做工，患难之交。及我长大，每每要随父亲去看宗伯，总是第一个欢呼雀跃。因为宗伯有个和我年纪相近的女儿，我们都是形只影单的独生子女，难得有机会遇到玩伴，自然难分难舍。

另一重吸引力自然也是因为宗家的住宅。20世纪80年代，上海人均居住面积不过4.5个平方米，全国倒数第一，除了等待单位分房之外只能在祖辈屋内螺蛳壳里做道场，家庭居住状况普遍逼仄，遑论隐私空间。而宗伯一家在这花园新式里弄里竟拥有独栋住宅，占半亩地，仅花园就有150平方米。在孩子眼里，这豪宅豪得已经无边无际。这幢房子，房子里宽阔锃亮的硬木地板、扶手雕花盘旋而上的楼梯、大扇透光的铸铁法式窗、这一切对我都是新奇，是一个与新村社区截然不同的天地，承载我童年许多想象的梦幻城堡。

然而宗伯一家并不拥有这三层独栋的全部。六房三厅五卫三阳台，总共360平方米的建筑面积里，他们一家三口，当时仅拥有一间而已。

20世纪40年代，宗伯的外祖父购下这独栋之初，住在这房子应该相当舒适。但外祖父过世后，其一众子女，子女的后代，"文革"时搬进来的工农子弟职员家属，插队下乡后回城的青年和新添的家庭，林林总总，都挤在同一幢楼里，群租一般。

子娶妻孙生子，大房间分割成前后间，洋房的储物间和汽车房也拿出来置家具住人。好在对于80年代的上海人来说，周边所有人的居住条件都逼仄，因此自己的处境也就不觉得难捱。对于一个外来的孩子来说，这一切更是无关紧要。

于我和宗家的女儿而言，这幢房子里那些对我们关闭的门、一些堆到走道的陌生橱柜，以及散发着生人勿进气息的区域，只是平添趣味的神秘。于是，我们分明是在他们自己的家里，却要时时小心翼翼绕开"别人的领地"和"别人的东西"，才能游戏和捉迷藏。

二

发生在上方花园的时光，似一张切片，记录下这个城市开埠后的一段历史。

自 1843 年上海开埠后，这一片土地的初代主人，是个洋人。随着开埠，大量欧美移民和商人进入上海，"冒险家"们在这里开设大量洋行工厂，进行贸易投资，也由此滋生了第一代靠上海发财的富商。1839 年，上海道台同意辟设法租界，准许外国人在沪建设屋舍，租界便沿着今日淮海路由东到西一直筑路过去，房屋也跟着一路建设过去。至 1916 年一名英籍犹太人看中今上方花园处的土地，在这里建造了私人花园。相比旧南市老城厢，淮海中路当时还是田园风光，简直可算郊区。不过随着法租界对辖区内的种种建设经营，淮海路周边逐渐成为沪上西式高档住宅林立的区域，城市化和现代化的进程慢慢推及至此。

对于淮海路周边的城区定位，租界的公董局曾在 1900 年做出决议：必须以欧洲习惯采用砖石做建筑材料，房屋设计图则要经规划工程师批准。对于街区的绿化，法租界当局要求是所有道路各边人行道，7—10 米之间必须有一棵树，界区内的清洁力度也详细规定到，人行道面"至少每日应冲洗一次，水沟亦应每日以水冲洗"。

包括这一带静谧的本身，也来自洋人规划。公董局在 1933 年制定了《管理摊贩章程》，详细限定摊贩在人行道的营业位置和路段，对过境车辆则规定了"行车喇叭，应适当按鸣。不准在住宅区及夜间滥按喇叭，尤其不准同时并用多种喇叭"，对街面噪声也要求"凡商店或其他一切公开性质之机关……或其乐声妨及附近邻居时，即遵照巡捕之通告，立行停止发音"。

至 30 年代，华商能与外商共舞抗衡。中国最早的商业银行之一浙江兴业银行于 1933 年从洋人手里购下这一片私人花园，请英资洋行设计，用于建造职员住宅。然而不久抗日战争爆发，时局动荡，工程至 1941 年才完成建设。自此，这个地处常熟路淮海中路口的花园里弄里，竖起 74 幢 3 层西式砖木结构住宅，成为洋行高级职员、知识分子、政府高级官员青睐的寓所。

出版家张元济曾在上方花园居住并题名，原国府特刑庭首席检察官徐世贤、原国府经济部常务次长潘序伦都是这里的住户。宗伯的外祖父，一位从福建来沪的商人也在这里购置下住宅，期待一家人日后的生活能如花园的名字一样，"月在上方诸品静，心持半偈万事空"。

三

可城市却不安静，而是雄赳赳气昂昂地进入了一次洗牌年代。

因为居住者的社会地位和阶层，上方花园和比邻的新康花园在从1957—1976年的整整二十年，都是灾区。赶在20世纪50年代和平世界里出生的宗伯并未享受到祖上的荫庇。他一懂事，就被抛入社会底层，日日在街道生产组和不识字的老妈妈们一起做工，直到青春流失殆尽。

总算他赶上恢复高考的机会，读了大学，幸运挣扎着脱离了日后拉垮这一代人的下岗潮。

印象里的宗伯很搞笑有趣，饭桌上有他气氛永远活跃。虽然是叔伯长辈但从无架子，是非常善于和小孩子打成一片的那种男人。和我说话时会蹲下来，用儿童视角和我聊半天。有时我去上方花园玩，他就会一手带着他女儿一手带着我去临近的复兴公园，那里有当时很少见的整套儿童游戏设备"勇敢者之路"和"时光隧道"。

我壮着胆子爬上游戏区的高台，克服了种种关卡，终于从塑料桶做的"隧道"顺利钻出来。我兴奋地站在高台上用眼光在一大群等候的家长群里搜索他的身影。

我记得我发现他了。他略略离开人群，独自在花坛边出神地抽烟。那是和他平时搞笑样子判若两人的，一种疏离感。我一时被慑住，也就没有叫他，而是滑下滑梯走过去，悄悄说"我们玩好了，走吧"。

我想我终究是不会明白的，父辈这一代经历的一切。我从"时光隧道"钻出来只是好玩，但他们却的确在某一个黑洞里，永远失去了什么。

四

进入90年代，上海忽然如梦初醒。浦东全速发展，系列隧桥通车，高架兴建、东方明珠日长夜高，外商又回来了，怀旧又出现了。电台里播放着20世纪三四十年代的金曲，人们著书立传、抢救记忆一般地回访沪上的老克勒、老名媛、回味着西餐旗袍领带舞厅，回味着老建筑。

1994年，奇贵无比的美美百货在上方花园对面开门，开启了上海人对奢侈品的第一次想象。1995年，上海地铁一号线一期工程完工，其中常熟路站的一个出站口就在上方花园门外。1994年，上海市人民政府挂牌，上方花园从此成为优秀历史建筑。

这是全城扬灰、触目皆工地的十年。我和宗伯的女儿长大了。考高中、考大学，毕业后她出国，我留在上海工作。高楼林立起来的上海，变得像纽约、像东京，总之变得不再是我们童年所熟悉的上海。

时不时宗伯来看我父亲。大家交流些老友的近况，最后话题如回旋镖一样，反反复复绕着一个话题回来：谁最近买了房子，谁在哪里买了房子，谁把房子卖了，谁离开了上海、谁的房子被动迁了、拆掉了、没有了。熟悉的朋友们开始搬到内环外、中环外、甚至外环外，城市一寸一寸变得陌生，因为故人的离去和故园的消失。

可我总是高兴，起码宗伯的房子还在。上方花园是不会被动拆迁的。那么只要它还在，就好像我童年的一部分还在。然而现在，宗伯要把它卖了。

可这也是没有办法的事情。

随着宗伯的父母辈逐渐离世。房屋的产权面临着分割。那么多居住者不可能同时拥有它，便只好一起卖了它再分配。宗伯一家，大约占了庞大分母中的几分之一，因他常年在上海，众亲人就委托他处理出售事宜。所有的亲戚住户都搬走了，房屋大修一次，厨卫恢复成 20 世纪 40 年代风貌，客厅和卧室的硬木地板重新打蜡，"文革"时被劈坏的桌子修旧如旧。窗帘和沙发都按照米白乳黄的色调新配整齐。

曾经充满了各种居住者和杂乱气息的房屋，曾经是我们玩捉迷藏的老房子，一朝被擦去了历史的积尘，时隔几十年之后一次展示出干净、洋派、敞亮的独栋洋房气度，如它在 20 世纪 40 年代被初次交付时那样，等待着城里的新贵买下。

等待着这城市翻云覆雨重新洗牌后，涌现出的新人。

五

儿时有一次和宗家女儿玩得兴起，到了回家的时间也不愿意跟父母回去，我就在他们房间里留宿一晚。晚上四个人挤在一屋，我和宗家女儿睡一张小床，夜里抬头打量老洋房高挑的层高。宗伯新买的窗式空调为了我特意开了整晚，整晚洋房都好安静，只听得到窗玻璃随着空调机轻微的震颤。

宗伯的母亲那时候还在，早晨她来招手，叫我去她房间吃葡萄。葡萄是楼下花园里自己种的。宗伯怕酸，拦着叫我别吃。而我乖乖坐在老太太面前，把小半碗葡萄都吃了。老太太极高兴。这位昔日的大小姐爱唱戏，在"文革"后期风声稍松的时候，就大着胆子叫来琴师和朋友，躲在房间里拉琴吊嗓子。

她终身爱穿高跟鞋。她终生没有离开过上方花园。而宗伯要离开了。宗伯的女儿已经离开了。花园草坪上的大树不在，葡萄藤也没了。

　　我告别出来，站在上方花园门口，恰逢有地铁在下面经过，隆隆震动轻轻传到地面，经由鞋底传上来，摇动心志。对面的美美百货早就在商场激战中悄然关门，淮海中路上有人开玛莎拉蒂风驰电掣而过，叫人喟叹，这是一个多么日日新、又日新的魔都。

　　那一次留宿时，我和宗家女儿正在学游泳。夜里临睡前，宗伯太太放了一浴缸水让我们去洗澡，我们却打打闹闹，最后在浴缸里学屏气。这是在 20 世纪 40 年代的战乱中，英资建筑商为上方花园的住户安下的白瓷浴缸、黄铜把手，边上皆贴雪白马赛克，洗手池上的镜子里都是水汽弥漫。

　　我们无忧无虑手拉手，一起捏着鼻子潜入水中，如潜入未知的海域。

万象

道路清扫工的一天

戴仁毅 上海市作家协会会员、青浦区作家协会副主席。1974年始发表叙事长诗《千年红》，有抒情诗《不该凋零的花朵》、组诗《炊烟飘逸》，以及纪实散文《寸草心》等，分别在全国及省市获奖。已出版诗集《午夜星空》《独木舟》，长篇纪实文学《晚霞满地》（与人合作），此外有散文随笔、报告文学散见于报纸杂志。

　　凌晨四点半张彩英就起床了，她吃好早饭还要准备好带去的午饭，一只饭盒放米饭，另一只饭盒常常放一只咸蛋几条萝卜干，有时候也炒一点青菜，放上一块红烧肉。菜是冷的不要紧，只要饭是热的就可以了。因为每一个班组就设一个道班房，里面有一个微波炉可以加热，这样饭菜都是热的，这已经使她很满足了。

　　一早出门时，张彩英就觉得风有点大，已是农历十月二十八，冷空气不时南下，天阴冷阴冷的，让人出门就打了个寒噤。张彩英是一个地地道道的农民，她不怕起早，不怕天冷，不怕风大，自从当上道路清扫工她就怕风大了，大风刮落的树叶随风满地打旋，路人乱扔的垃圾、广告纸也随风飞扬，清扫时多了点麻烦，还多花了不少工夫和力气。尽管在宽阔的大马路上有机动清扫车，但对于人行道，比较窄的小街上，主要还是靠人工清扫。在村里种田时，张彩英是不怕花力气不怕流汗的，种了大半辈子的田，什么苦活都体验过了，还怕清扫地皮吗？53岁的张彩英，微微黝黑的脸上气色还不错，看上去蛮结实健康的样子，自从离开土生土长的练塘镇蒸淀老家，她就和她的老伴一起在青浦当道路清扫工，一晃已经三年了，他们在城区边缘的地方租了一个简陋的单间，这里的房租比较便宜，每月400元，对于一个出来打工的农民来说，还承受得起。张彩英家里原有二亩半农田，如今已由村里统一租给外地来青浦打工的农民了，每年靠田地出租的收入仅有1000多元钱。儿女尽管都已经工作了，各自有了自己的家，但他们的收入也不高。与其闲在家里，还不如找点事做。如今，当她第一次穿上了美都发给她的清扫工工作服，心里能不高兴吗？做道路清扫工的大多是合同工，收入虽然不多，每月2000元左右，但她看到工作服的胸前、肩膀上印有"美都0050"的工号时，她甚至还觉得有几分自豪，像她这样年龄段的妇女在村里还有好多呢，她却有这个机会，她总是提醒自己要珍惜这份工作，要好好干，不要给美都公司丢脸。

　　张彩英清扫的区域在城区热闹地带，从城中西路的百货大楼起到城中东路青松路口的工商银行，这里的商店多，一家连一家，人也多，加上小商品市场就在那里，整天人群川流不息，有发广告纸的，有卖瓜子炒货的，还有在路边设摊的外地农民工。一到晚上，更是喧哗热闹，有叫卖羊肉串的，有卖河粉的，有卖煎饼的。问题不在人多，而在于乱扔果壳纸屑的人多。这使张彩英的工作量大大增加。不少人有乱扔果皮纸屑的陋习，这些人似乎从娘胎里带来了坏习惯。张彩英心里清楚，插秧要一棵棵插，扫地要一段段扫，她已经习惯了她的清扫顺序，但更让她看不惯的是，许多商店，不管是卖电信手机的还是卖服装、化妆品的，还有银行，他们常常把店里的垃圾扫到门外，扫到人行道上。搞卫生不是明明有门店责任三包的规定吗，他们为什么只贪图自己便利，而不惜损害环境卫生增加别人的劳动呢？其实，把垃圾扫在畚箕里，然后倒在垃圾筒里不是举手之劳的事么？有一次，张彩英她看见一家商店有个年轻女人把店里的垃圾扫到了人行道上，她终于忍不住了，上前对她说："请你把垃圾倒在门店的垃圾筒里好不好？"不料，那人却大言不惭地说："我们不扔垃圾的话，你们饭也没有吃！"

张彩英愣了一下，心里很生气，回敬她说："难道你乱扔垃圾，还要我谢谢你不成！"

那个穿戴时髦扔垃圾的年轻女人非但没觉得乱扔垃圾是不文明的行为，反而冷言冷语还讥讽她说，："一个扫垃圾的，神气点啥，档子又不高，不跟你说了！"

张彩英窝了一肚子火，她想，自己虽然读的书少，但做事也通情达理。一个人档子高不高，不在于他的地位外表，也不在于他的财富，而在于他的素质教养。在村里，张彩英既勤劳又善良，但假如有人欺侮她，她也不是省油的灯！此刻，她正想冲上去，跟她评一评理，甚至骂她几句。但张彩英没有这样做，她想到她是美都公司的一员，是代表环卫美都公司的，要以美好的形象出现在青浦的大街小巷上。张彩英忍下了这口气。自从到美都做一名道路清扫工，她并不觉得自己选择的工作档子不高地位低。社会总有分工不同，一条马路，一个城市离得开道路清扫工吗？可以毫不夸张地说，一条马路假如三天没人清扫，早已垃圾成堆了。道路清扫工是城市的美容师，也是带给人们美好生活的"马路天使"，理应得到应有的尊重，而有的人不讲卫生，还看不起道路清扫工，只能表明这些人的素质低，缺少教养。

是的，为了一个城市的市容卫生，道路清扫工的工作实际上也是十分繁重的。张彩英她们除了清扫马路、人行道之外，还要清理清洗人行道上的果壳箱，负责门店一店一桶的垃圾收集，路边的窨井口通道是否畅通，也是她们的职责范围。如今，为了实施一体化保洁，绿化地带的保洁也划入她们的工作范围。根据市绿化市容局的规定，道路上的垃圾必须要在 20 分钟内清理掉，工作确实比以前繁重了，但张彩英没有一点怨言，她知道青浦区已经申报全国国家卫生城市，第二次复审已经通过，创建上海市第二轮文明城区，她的每一点付出也是在为打造一个美丽青浦而做的默默奉献。想到这里，她觉得自己多付出一点，有时受一点委屈也没什么。

动力来自内心的感受，还来自美都及上级部门对道路清扫工的关爱。为了保护每一个清扫工的健康，应对雾霾中的 PM2.5，公司对每个道路清扫工发下了朝美牌防护口罩。事情虽小，也带给了他们一点温暖。针对道路清扫工每天起早摸黑清扫马路，也存在交通安全隐患的风险。为此，美都公司为每一个清扫工买了意外险和意外医疗保险。

一个普通而又平凡的道路清扫工，就是这样对于生活中的点滴温暖抱有感恩之心。张彩英不仅勤快，吃苦耐劳，而且心地善良。有一次，她在清理果壳箱时，发现一只被丢弃的皮夹子，打开一看，里面有一张身份证，还有两张银行卡，很有可能小偷偷到了皮夹子后，取走了里面的钱之后，就把皮夹子扔到了果壳箱里。张彩英心想，失主此时一定很焦急，说不定会来寻找。张彩英的目光在人群里寻觅，她突然发现人群里有个人急急忙忙来回在地上寻找东西，于是，她判断这个人很可能就是被偷了皮夹子的人。于是，张彩英就上前问那个人："喂，你这位大叔掉了东西没有？""是啊，我刚下车就发现皮夹子被人偷了，真倒霉！"

"你叫啥名字啊？"

那人抬起头看了一眼张彩英，连忙说："我姓刘，叫刘大毛，里面还有我的身份证呢！"

"还有什么呢？"

"哦，还有我的两张银行卡，一张是农行的，一张是工商银行的，记得还有1 000元钱，这位大姐，你捡到了？"

张彩英打开皮夹子抽出身份证，对着他的脸看了一下，说："不错，是你的。我是清理果壳箱垃圾发现的。不过，里面没钱。"

"里面的钱肯定被小偷拿去后丢掉的。"姓刘的无奈地苦笑了一下。

"是啊，现在小偷多，以后你可要小心啦！"说完就把皮夹子递了过去。那人感激地连声说道："谢谢，谢谢。"然后消失在车水马龙的大街上。寻到了失主，张彩英也美美地舒了一口气。

道路清扫工每一天是平凡的，每天重复的劳动重复的故事或许也算不上精彩，但是，他们付出的很多很多，回报的却很少很少，正是他们的可爱和平凡之处提升了城区的品位，保护了市民出行的生活环境；他们的劳动值得人们尊重，他们的精神值得人们颂扬赞美。试想，假如一座城市离开了这些守护环境卫生的天使，我们不难想象这座城市的容貌会是什么样呢。可以说，道路清扫工的每一天就是用他们辛勤的汗水，用他们不算精彩的故事扮靓了一座城市的精彩。

"我觉得上海就是故乡"

——初中同学华子的自述

王磊光 湖北人。当过数年高中语文教师，2011年赴沪读研。现为上海大学文学院在读博士，从事当代文学与文化研究。热爱读书和写作，小说、诗歌、散文作品见诸《青年文学》《青春》《文学界》《天涯》等多种刊物。亦有多篇论文发表。2015年春节，其论坛发言稿《一个博士生的返乡笔记：近年情更怯，春节回家看什么》引起广泛关注。

华子是我的初中同学。那时候，我们乡分成上下两片，各有一所初中。我们学校属于上片，每个年级两个班，入学时，每个班有学生近七十人，但是一年后，就只剩四十多个。那些流失的学生，大多回家放牛种田去了，年纪格外大的，一回家就结了婚。——那时候，未成年人出去打工还没有形成潮流。等到上头下来检查义务教育的落实情况之时，学校又会派老师去把他们找回来凑人数。学生流失的情况越来越严重，而好些老师也无心上课——记得当时我们的物理老师是师专毕业，本来在某高中工作，据说是得罪了领导，被下放到我们学校；他不情愿来，一学期就来一个月，一个月就上完一学期的课。等到我们要读初三，学校被撤并到了下片的初中。来自上片那两个班的学生，后来读高中的，好像就只有三个人，其中两个便是华子和我。华子的家境比我的好，但是我比华子刻苦得多，成绩也稍微好一些。2000 年，我考上了师范学院，华子只考上专科。

许多年后，我和华子见面的地点，却是在上海。我们首先说起了母校。离开那里也有十七八年了吧，华子从来没有回去看过，而我，也仅仅只去看过一次。去看什么呢？早在多年前，那里就变成了养猪场。记得那一回，我爬上围墙，想重睹母校的容颜，除了这片土地还在，那口池塘还在，其他都已面目全非。就在养猪人的住所，一条黑狗冲着我叫唤；紧接着另一条黑狗从门里边窜出，一声不吭地向我冲过来，那只叫唤的狗紧跟其后。我连忙跳下围墙，跨上摩托车，逃走了。

以下是华子的讲述：

一

你看，我住的这个地方是城边村，原住民都搬到城里去住了，坐着收租金。说难听点，这就是上海的贫民窟，住的都是外来务工人员。来自我们 L 县的，可能有一百多人租住在这里。有的做保姆，有的当建筑工人，有的进工厂，有的在地铁站做保洁；也有很多人有一天没一天的，有事做的时候一天能挣到 150 到 200。农村人只能做这些事情，像我们这种读了点书的，就跑跑销售。我选择在这里住，主要是因为它的价格便宜，750 块一个月，面积也还大，带卫生间，外面还可以做饭。这样的房间，在市区要 2 000。公司本来也提供宿舍，几个人住在一起，条件太差，我不愿去住。出来闯荡，已经十多年了，何苦要为难自己呢？

我是 2003 年 7 月 9 日来的上海。这是个历史性的日子，我永远都会记得。大学谈的那个女朋友，一开始也要跟我一起来，我不要她来。因为我刚上班，住的是集体宿舍，没有钱出去租房子，更没有钱去供两个人过日子。后来她去了广州。一年之后，我们就分手了。有些事情男人太无奈，太没有面子了。分手之前，我坐 25 个小时的火车去看她，舍不得买卧铺，就坐硬座，心情沮丧，累得像要死一般。

我学的是网络技术与信息工程，当时学业不精，进好公司进不了。而且我的毕业证到现在还没有拿。在武汉上大学时，第一年的学费交齐了，第二年的交了一部分，第三年只交了住宿费，学费没有交。那时候我们的学费是 6 000 块一年，书本费 400，住宿费 800。我总共还欠学校一万多块吧。我想现在要是回去拿毕业证，给它 5 000，它能不给我？扣在那里有什么用？废纸一张。不过，我暂时不打算要。

话说回来，我当时放弃自己的专业，选择跑业务这条路也不是错的。2003年毕业时，我同学的工资基本在 800 到 1 200 块之间。我一到上海，老板供吃管喝，每个月拿到手的就是 2 000。我叔，也就是我爸的养父的亲儿子，有个同学，专门干这一行。是他把我带出来的，我就拜他为师。

刚开始时，我专门跟车送货、送发票、拿支票，到处跑。通过这些事情，我慢慢了解了生意是怎么做的——在学校里没有工作经历，永远不会知道工作是怎么一回事。做了半年后，到 2004 年，我就开始跑业务。整个上半年，我一分钱的业务都没有跑出来，完全是师傅把我养着。到了六月份，生意来了。是一个小单——销售了六台网络机柜，每台的价格是 1 400 元，我提成到了一千多块钱。我高兴得不得了，因为这是我做的第一笔生意。当时我就很有激情。为什么呢？因为你签一个小单，就相当于同学做一个月，你说我有没有激情？就这样，慢慢地，生意来了，越来越多了——因为你付出了。我也就慢慢进入到跑业务这个圈子里。客户介绍客户，我的生意就这样盘活了。到年终，除去各种花销，我赚了两万多块钱。2004 年，我拿两万块钱回家过年。

说实话，那一年过年，我在同学中间，还算是有钱的，过得很风光。

2005 年年终，一算账，我的纯收入达到了五万，但是没有全部收回来。

2006 年，我挣到手的有六万。

2007 年，我的纯收入达 98 000。这一年虽然挣得多，但是没有用，因为我新找了个女朋友。毕竟年纪大了，要给家里一个交代，就委曲求全找个女朋友。平时带女朋友出去吃饭，游玩，五一将她带到我家……花了好几万。这一年花钱真是大呀，过有钱人的日子——也是因为我赚了点钱。

不幸的是，同是在这一年，我妈出了车祸。她到山上摘了一点茶叶，晚上坐别人的摩托，去茶厂做茶。结果摩托车撞上了堆在路上的一堆杉树。我妈摔到木料上，头上撞了一个窟窿，送到医院抢救。据说当时血都快流光了。我在上海一听到这件事，立刻坐飞机赶到武汉，又从武汉转车回 L 县。当时她话都不出来话，望着我，只是不停地流眼泪。她躺在病床上，很长时间不能翻身，一翻身就会晕过去。我妈差一点就没有了命。这次住院花了不少钱；堆料在路上的人，只赔了几百块。做完这个手术，她又做胆结石的手术。紧接着，我哥也做了一个手术，我哥的病到现在还有后遗症。所以说，身体健康是最大的事情。我现在出差，特别注意照顾自己，吃要吃好点，住要住好点，出门就打车。就算你有再好的家境，一旦这样的事情发生，就麻烦了。

第二年，我跟这个女朋友也分了手。

她是湖北天门人。正月初二我去她家拜年，他爸说我们要是在武汉买房，愿意支援五万——那时候武汉的房价是四千多。但我才工作了三四年，平时花销不小，给点家里，谈恋爱花一点，左一算右一算，手头没有几个钱。你说要我到武汉买房，叫我怎么跟家里要钱，家里也没有钱。

不过，话说回来，几万块钱，当时我还是能拿得出来。如果家里能帮点，我再借点，加上女方的支援，还是能够付个首付。但我爸一听说我想在武汉买房，没有任何商量，一句话就给否定了。像很多农村人一样，他穷怕了，不愿欠债过日子。只要不欠债，什么都好说。

我爸小时候很不顺。他很小就被过继给被别人，这家人的家境本来也可以，唯独缺个儿子。但是，造物弄人，在他十岁的时候，养母死了，养父重新找了个老婆，生下一个儿子，也就是我叔。新的养母对我爸很不好，养父也不怎么关心他。我爸十二岁就开始一个人住，一个人过日子，在队里劳动，拿一半的工分。后来养父也死了。在养父家过不下去，亲生父亲那边又不收，回不去了。记得我很小的时候，家里没有地方住，我爸就将一座山挖开一边，建起了房子。这是1985年的事情，我记忆非常深刻。建房的时候，一家人住在芝麻毡盖的棚子里。非常不巧，房子建好后，我爸又生了病，肾结石。肾结石现在看起来没什么了不得，但当时医疗水平差，差点要了我爸的命。那是个大手术，切掉了他的一个肾。从此以后我爸不能干重活，就去做点小生意。一开始卖小人书（连环画），后来做木材生意，卖百货，卖甘蔗，倒买倒卖的。我爸爸头脑还可以，所以我家的日子也过得去了。我家的那个门面，就一间房子，没有厨房，没有卫生间。铺面分成两个部分，外面做生意，里面睡觉。一家人在那里住了五六年。那时候做生意还要交税。我爸就凭着自己做个小生意，供我和我哥读书。

想起来，我家还是挺坎坷的。

二

2008年，我老表来上海。我的生活突然出现波折，完全是因为这个老表。

　　我老表让我去他住的地方玩，就在那里，我学会了打麻将。每个周末，我都要跑过去玩，而且总是输。人一到输了钱，又总想回本，根本没心思上班。那一年，我只是维持着平时的那些客户，没有去发展新客户。要说，打麻将也还没有特别大的输赢。关键是，老表把我带到了赌场。我在赌场输的钱，具体数目也没有个统计，非常保守地估计，有个十来万。到 2009 年年终，我就感觉，像这样下去不行，但是又觉得无法自拔。因为你人在这个地方，就会老想着它。

　　看着我花销大，心思不在工作上，师傅的老婆对我很有看法，于是就产生了一些矛盾。因为师父一向对我很好很好，滴水之恩，应当涌泉相报，你说是吧？我不能让师傅为难。所以，2010 年 4 月，我选择了离开上海。

　　回顾我在上海的这一段经历：开始时，我是有雄心壮志的，感觉跑业务有来头，真有来头呢！我一个单子，有时候提成就是一万几千块，相当于同学埋头干半年。那时候，我常喜欢到江苏路延安西路的天桥上看车水马龙，每次都要看很长时间。那么多人、那么多车，红灯一亮，所有车都停下来，绿灯一亮，所有车很快跑走了，紧跟着又是一批。当时就想：这么多好车，啥时候能自己拥有一辆开开。满街跑的都是财富，遍地都是黄金啊。

　　其实我也清楚，像我们这种打工的，很难富起来，除非去做生意，才有可能暴富。要说商场上的很多东西我都懂，去做生意的话，没有资本。后来误入歧途，人也有些消沉了。这说出来是个丑事，人一旦沾上赌，就变态了，无法自拔。

　　2010 年 4 月 23 日，我离开了上海。我到了深圳，也还是跑业务。那边同学多，其中一个就约我去中山做灯饰生意。因为有个女同学已经在那边做，我和一个男同学就去加盟她。我把仅有的五万块钱都投入到其中了。其实，在那时候，做灯饰生意的起步资金非常少，十几万就够了。

　　一开始，我也是满怀雄心壮志。工人忙不过来，我们去帮忙，常常是从早上六七点，忙到凌晨两三点。我一生中，从来没有吃过这样的苦。但是，我左算右算，发现我们所赚的钱，除去工人的工资，只能维持日常的开支。

　　其实，中间也赚过一些钱，比如我们帮大公司加工，赚了几十万，但是，我们两个没有分到钱。因为那同学是老板，她一拿到钱，不是想着投入生产，不是分红，而是去买车，没跟我们商量，就把车订了。再赚点钱，又想着去买其他什么的。我到这里唯一的目的就是赚钱。至于其他吃喝玩乐，我什么没经历过啊，这对我已经没有吸引力了。说到底，女同学除了有点销售能力外，根本没有管理能力，没有全盘操作的能力。而且，到后来……你看过《中国合伙人》了吗？里面说了个"三不要"，最后一个"不要"是：永远不要和朋友合伙开公司。这一点说得透彻，我是有切身感受的。那个男同学，我跟他关系非常好，但是你有什么建议，他总是不能接受，于是就吵架，争得面红耳赤，但是又怕影响友情，所以每次争吵之时，我都要跟他强调："今天我跟你吵，不影响任何的朋友关系，只是从各自角度谈自己对问题的看法……"但是，一旦争吵起来，很多事情就不受控制了。到后来，我就感觉到，这日子没法过下去。我要算账走路，但是公司没有钱。本来，有个大股东说好要来投资，结果没有投。后来，公司就一直处于亏本状态。我们三个人的关系，也闹得很僵，我就干脆退了出来。那个男同学，坚持了一段时间，也退了出来。我们两个人投进去的钱，都是血本无归。那个女同学后来干脆就不接我们的电话。

所有的本钱投进去了，泡都不冒一个，还浪费了近两年的时光，人累得不成形。

当时要是没有离开，留在上海好好做，说实在话，日子应该还不错。我有个高中同学，在上海做得很可以。他是个二本大学毕业，以前在深圳做财务，后来到上海来，找不到房子，还是我帮他找的。当时他跳了好几个单位，2007 年的时候，能拿到 6 000 元一个月，他女朋友是中山大学毕业的，搞软件，每个月比他拿得多，有 8 000 元多。后来他辞职了，去交大读了两年 MBA。出来后，先是在证券交易所做咨询师，后来又跳这跳那，现在在一家汽车公司，每个月能拿到五万元，还可以搞到外快。他们已经在上海买了房，日子过得爽死了。在打工的人群中，他算是一个有成就的人。有钱，日子才能好过啊！

三

2012 年 1 月 1 日，我又回到了上海，重拾旧业。

我始终是觉得上海的钱好赚。我毕竟对上海要熟悉，机会也多些。而且上海出品的东西，的确过硬些，口碑更好。比如说人家一说到某某地方，就会想到伪劣产品。我现在对上海非常有感情，宁可在上海讨米要饭，也不愿到别处去。说真的，现在，我觉得上海就是故乡。

你不知道，在外地，偷盗抢劫，司空见惯，根本没有安全感。比如我在中山，两年丢了三辆电动车。直到如今，我还有同学在广州被抢。而你在上海火车站，拿着再高档的手机，有谁来抢劫你？没有人抢。前一段时间，广东那个男同学——也就是做灯饰生意的合伙人结婚，我在广州汽车站转车到中山去，手机就不敢拿出来，怕被人抢。一句话，在那边，人过得不自在，不踏实。

我现在对家乡的感情已经很淡漠了，除了我的娘老子在那里。我是坚决不回去的；就算有一万块钱一个月，我也不回去！那是个什么地方呀！任何一个小城市对我一点吸引力都没有。

　　我已经习惯了上海的快节奏生活。以前跑业务的时候，我天天挤公交。开始晕车，后来经过长期训练，不再晕了。记得我往金山跑客户时，一天转公交车十几次。那时候还没有打车的经济条件，只有坐公交车，每天早出晚归。坐公交车，你可以透过窗户看城市风景，心情就会好些。我坐公交车，从不睡觉，并且有方向感，因为刚开始跑业务时，我手里总是拿着地图，对照地图看公交车的走向，也不在乎别人嘲笑我是乡下人。经常，我下车后，需要走很远的路。我记得曾经从一条路的这一头走到另一头，一个号一个号地找，晒得头脸通红，汗水直流，像虾子一样。就这样，我对上海的大街小巷非常熟悉。哪一条路上，有几栋商务楼，我都摸熟了，我感觉自己就是上海的活地图。有些同学来上海找工作，或者是在上海买了车的朋友，找不到方向，就会给我打电话，我不用看地图，就跟他们讲得清清楚楚。

　　上海的大街小巷，我跑了很多很多，我感觉自己对这个城市特别熟悉，有归属感。在这里，我没有迷茫，因为我一直有个多多挣钱的信念，怎么迷茫得了？不过，要说迷茫，我以前偶尔也有过，那就是为自己在上海买不起房子而着急。不过，现在，我暂时放弃了这个理想，所以也就没有了迷茫。

　　说实话，我的确有雄心壮志，就是想在郊区买一套房，说不定哪一天，房价不涨了，甚至是降了；再买一辆车，满上海跑。

四

　　今年是我大学毕业的第十年。我感觉自己最大的成长是已经没有了学生腔，经验增加了很多。

　　因为家里穷，对我的发展制约很大。比如前几年，我有那样的收入，让我缴月供，我也供得起，但是，我始终凑不齐首付，那个几十万，始终拿不出来，就像后面的台阶你有能力登上去，但是第一步台阶太高了，你就可能永远也上不去。这些年，房价飞涨，每一级的台阶越来越高了，你就更没有希望登上去了。我们是地地道道的农民子弟，家里确实帮不了我们，即使帮，也就几千块钱、一万块钱，但是，这点钱拿到城市，不过是杯水车薪。

　　我现在着急的是还没有结婚，我家里人急得伤心。我人不中用，但眼光高，结果高不成低不就。我以前总想着要先积淀些什么，但是时间不等人啊。你看我们现在30多岁还没有结婚，说出去真丑，而人家二十多岁，孩子已经很大了。再加上农村人的思想，你又不是不晓得哈，他们动不动就在大人耳边议论："哎哟，他家的儿子找不到媳妇……"让人听了难受得很。我也想过去网上征婚，但是你什么都没有，谁跟你？人家网上征婚的，都要求有车有房。

人家说我们这种人叫"屌丝",你说是不是叫屌丝?平民百姓一个,什么都不是。又在这种大城市里打拼,感觉真难啊!现在觉得自己就是挂在悬崖上,要掉,掉不下去;要上,上不上来。时间又到了,要是现在能你年轻五到八岁,日子也好过点。

生活往往就是这样,你有这没有那,有那没有这。你想两全其美,办不到。

家里帮不了我们,但是也不要我们回报,他们最大的希望就是孩子能够过得好,看到我们过得好,他们就过得好。我赚到钱的时候,曾把我妈接到上海住了一个月,但是她住不惯,看到这么多车就晕了。坐地铁起步就是三元,几站路就下,她觉得太贵了。那么一段路就要三元,在家乡,差不多可以从家里坐到县城。给她买衣服,都嫌贵,不肯要。

说实话,我要不是误入歧途,还算是混得不错的。在我的同学中,绝大部分人都过得不如意,少数人死撑。除非你当老板,公司有起色,你才真是能赚到点钱。很多人撑到最后,好不容易买了个车,四处招摇,好像很风光,其实那是假的——表面风光,内心惶惶。

回头一想,我觉得,拿个大学文凭对于农村青年已经没有什么用了。你在上海拿五六千元一个月,在家乡可能要被传为佳话,但是凭这点工资在上海过日子,真不知道有多么拮据。有些人为了省钱,到郊区租房子,每天上班,一个来回,要三四个小时。比如徐泾东地铁站外,那片大坪上停满了小车和摩托。那都是租房在城边村的人,把车停在那里,然后再坐地铁去上班。

对于农村大学生来说,没有基础,出路总不会好。相反,那些小学或初中毕业就出去打工的同学,如今过得比我们强多了——当个小老板,或者建筑工地当个包工头,最差的,手头也有一定的积蓄,在家乡的县城买了房。人家现在都已经安定下来了,而你三十多岁,始终还处于漂泊状态。现在网上不是有很多漫画或者段子将这两种人进行对比:小学没毕业的出来当老板,大学毕业的找不到工作……

这样的例子太多了。在大城市里生活,房子是最主要的,最关键的。

有些人撑不下去就回去了,返乡在将来也可能成为趋势。但是,回去能做什么呢?比如在我们 L 县,基本没什么工作机会,除非自己做点小生意……我不赞成返乡,我赞成留在城市。越是山里出来的,越要去城市,尤其是上海这样的大城市。虽然,在小县城里,你每个月拿两千块钱的工资,日子就能过下去;我在上海,每个月的收入必须上万,才能过得稍微像样点。但是,你还要想到:我挣的钱,并不是只在上海用,还拿回家乡用,我只要稍微节约一点,把钱拿回家,就可以做很多事情;而你在家乡,不吃不喝,把两千块都存下来,也只有两千,除了养家糊口,没有多余的钱来发展,来享受。所以说,钱跟钱,是不一样的。

　　我始终觉得，托生为人，首先是要让自己过得好。比如在上海，你想过什么样的日子，都可以过。但是你在农村，这也没见过，那也没有见过，就算你有钱，想买点什么东西享受一下，经常是买不到的。你在家乡再有钱，依然是个土狗子，对不对？没有见过大世面，没有一点人生享受。但是在大城市，你什么都能经历，什么都能看到，即使是逛逛街，也比待在农村舒服。比如说王磊光你吧，研究生毕业，如果选择回去，那就是大错特错！你好不容易跑出来，再跑回去，有什么意义？上海机会多，你要是在上海找工作，不能把希望寄托在一个地方，要广撒网，就像我们做销售的一样。

　　在这个社会，经验比知识重要得多。

　　附记：晚上我和华子在城边村里的饭馆吃饭。饭馆是我们 L 县的老乡开的。华子到那里，自己端碗筷，拿啤酒，像是在家里一般。在我们吃饭时，进来一个女子，用家乡话跟华子和店里的伙计打招呼，看到我们桌上的鲫鱼汤，就从碗柜里取出一只碗，一把勺子，直接盛了一碗汤喝了，如自家人一般随意。晚上，我们在村中散步，看到一群群人聚集在屋外乘凉，聊天，不时发出一阵阵笑声。华子说，这里除了湖北人，还有江西人、河南人和安徽人。熟人看到华子，就要跟他打招呼：你同学来了啊？

　　大家聚在户外的空地上，乘凉，讲古，开玩笑，传播新闻，是我小时候最美好的记忆之一，但在农村，它已经消失了十多年，现在每到夜晚，家家户户就紧闭大门，关了电灯；黑暗的客厅里有一道一道的光在闪动，穿过窗户，投射到外面静悄悄的夜里——那是老人和孩子在一声不响地看电视。我没有想到，农村的那些欢愉的夏夜，竟被这些来自四面八方的民工移植到了这遥远的上海。

上海全职太太生活面面观

朱慧君　上海作家协会会员，现任上海人民出版社编辑室主任；自 20 世纪 80 年代起一直为全国各地的报刊及电视台、电台撰稿。著有长篇小说《非常初三》《那一年我们经历了一场忧伤》《致大四》，青春励志图书《你是一个怎样的女生》《你是一个怎样的男生》，中篇小说《红披巾》《世纪末的爱情》，电影剧本《能不忆蜀葵》，电视剧本《都市老百姓》《一代歌女周璇》（合作）等。

　　我最早受到"全职太太"这个词启蒙，是一位从台湾移居来上海的女士，那还是在90年代末，地点是在台湾歌手张信哲开在上海襄阳路上的一家叫三千院的咖啡吧里，那是一家布置得很有几分禅意的咖啡吧，这在当时的上海算得上是很有品位的聚会之处么。沿着木制的楼梯走上二楼，透过透明的玻璃墙，襄阳路上原来日渐平淡的街景立刻变得惊艳起来。一袭长裙的安安就安静地坐在长桌的一侧，见到我上楼来也只是浅浅地一笑，好像是见了老朋友一样。她不很美，但她身上那种闲适慵懒的感觉是我们这些正被家庭和职场双重折磨得精疲力竭的职业女士学都学不来的。就在那次弥漫着博尔赫斯气息的朗读会上，安安告诉我们，她是跟着丈夫从台湾移居大陆的全职太太，她的丈夫在一家台资的企业做工程师，一年前被公司派到了上海的分公司工作。目前他们家住在位于青浦的一栋大HOUSE里，家里雇了一位保姆和一位专职司机，保姆负责家里的一日三餐，司机负责接送孩子上学，送她去美容院做SPA，去咖啡馆会朋友，这天就是司机把她送过来的，等她完事了，只要打个电话，司机就会把车停在楼下等她上车，送她到她想去的任何地方。那时，我们的住房大多还没有得到改善，住在没有花园的小房子里，拿着永远都不够花的薪水，对这位来自台湾的全职太太真是羡慕嫉妒恨啊！

　　不久，经济的发展让全职太太这个词走下了神坛，如雨后春笋似地出现在我们的视野里，一些先富起来的家庭主妇摇身一变也纷纷成了全职太太，那时候的全职太太是有钱男人的装饰品，就如拥有商品房、汽车、大哥大手机一样的值得炫耀。而那些有幸能成为全职太太的女人，被毫无悬念地贴上了幸运女神的标签。

　　斗转星移，时事变迁，风华正茂的全职妈妈们造就了家庭，造就了孩子，可就是不知道在青春流转的时光里有没有造就自己？随着二胎政策的全面开放，中国将会有更多的女性自觉或不自觉地加入全职太太的行列，全职太太的出现让女性的选择变得更加的多元。那么，这些全职妈妈们将会度过一段怎样的人生？她们真的能不忘初心，如她们期待的那么幸福吗？她们能在百分之百的家庭角色里不迷失自己吗？让我们一起走近几位全职妈妈的世界，用一颗温暖柔软的女性之心去体会这些走在这个时代里的貌似高大尚的全职妈妈的人生。

一、我的事业就是让老公走到天涯
海角也能记得回家的路

　　钱瑜的一天是从早晨五点开始的，她的丈夫在青浦开着一家服装公司，专接海外的订单，每天开车到青浦上班单程就要一个多小时。婆婆身体不好，和他们一起住。为了能让家人吃上丰盛的早餐，钱瑜每天比鸡起得都早，忙忙碌碌地要弄七八样早餐，鱼片粥、五谷杂粮粥、八宝粥、鲜榨果汁、自制豆浆和面包、三

鲜馄饨、小笼馒头、自制酸奶、蔬菜沙拉、白木耳甜羹，等等，每天轮流不重样，每一样都是新鲜出炉，决不允许有隔夜的，为此，钱瑜每天都不辞辛苦地把早餐搞得跟五星级酒店的自助餐似的五彩缤纷。

钱瑜的早餐工程大概要忙到八点才能结束，送走了老公和女儿，收拾好碗筷，钱瑜就该陪婆婆去公园散散步，做做操，顺便去超市采购一些食品和家用。婆婆没什么朋友，也不会去跳广场舞，她像是赖上了拐杖一样地赖上了钱瑜，她到哪，钱瑜就得到哪，钱瑜的时间被婆婆分割得七零八落，没有一点属于自己的时间。

从公园回来，钱瑜就得给婆婆做午饭了，又一阵煎炸煮炒的忙碌。等婆婆餐后去午睡，钱瑜才可以忙里偷闲地上上网，发发微信，炒炒股。

三点钟，股市收盘，婆婆也醒了，钱瑜就该帮婆婆洗澡按摩了，钱瑜的按摩很专业，是特意跟按摩师学的，每次按摩她都把自己弄得满头大汗，让婆婆舒服得直夸她贤惠。

晚餐，又是钱瑜的重头戏，她得根据营养学为老公配备合适的佳肴，老公可以突然改变主意不回家吃饭，但她没有权利不准备晚餐，如果哪天老公在外应酬到凌晨，那她必须得做好了夜宵等老公，直等到天昏地暗。

生活单调而又乏味。

我曾问她这样把自己弄得跟高级保姆似的有意思吗？为什么不找一个保姆或阿姨，为什么要这么亲力亲为地鞠躬尽瘁？她们家又不缺那几个钱？！

钱瑜说几年前找过保姆，但换了好几轮，婆婆对保姆极度的挑剔总不满意，嫌人家干活不主动，又嫌人家手脚不干净，买个菜还虚报数字，往往雇不了几天就把保姆给气走了。

你婆婆自己干不了，又看不上保姆的活，那不是存心把你变成保姆给她做牛做马吗？

我们几个姐妹都为她打抱不平。

但是我愿意啊！至少这样老公就离不开我，婆婆的挑剔反倒成了我绑架老公的一个筹码。

没出息的钱瑜如是说。

真是恨铁不成钢啊！

钱瑜原来也有一份体面的工作，重点中学的语文老师，她和老公是大学的同班同学，改革开放以后，她们国外的亲戚在美国拿到了服装加工的订单，就问他老公愿不愿意负责在国内的加工生意。嗅觉敏锐的钱瑜老公觉得这是一个发财的好机会，便毅然辞职，借钱在青浦租了厂房添了设备开了一家服装加工厂，服装加工厂的利润并不高，但是由于他加工的产品价廉物美，订单像自来水一样源源不断地涌来，就在他们收获金钱一脚踏进了富翁的门槛时，钱瑜的婆婆脑中风倒下了，她的公公早几年已经离开了人世，雇佣的保姆又被婆婆接二连三地赶走，作为孝子的老公就和钱瑜商量决定把老人搬来和他们共同生活，并且要求钱瑜辞职回家照顾婆婆。开始钱瑜老大的不愿意，但老公表示如果钱瑜不回家当全职太太，那他就关掉服装厂自己回家照顾老人。为了让老公能安心赚大钱，钱瑜不得不辞职回家，无可奈何地成了全职太太。

为此，老公送了她一个 LV，激动得发誓会永远爱她。

钱瑜就这么被老公的誓言绑架了。

十年过去了，老公的工厂因外单减少而停工。老公关了工厂，开始和朋友们驰骋在世界各地的高尔夫球场上，她很想跟着一起去，但终因要照顾婆婆而无法同行。

面对被困住的生活，钱瑜感叹：我已经没有自己了，还好我还有老公，有他就有整个世界，我的事业就是让老公走到天涯海角也能记得回家的路。

钱瑜在微信里如是说。

二、远漂加拿大

和钱瑜比起来，周从从的全职太太的生涯看起来要高大上得多。

年轻的时候，周从从一直理直气壮地认为嫁老公就是找一张终身饭票，自持美貌如花的她选夫的第一标准就是愿不愿意变成她的终身饭票。一位在一家国企当着高管的中年男士进入了她的视线，他收入丰厚，并且大度地表示可以成全她的全职太太梦，于是一言定乾坤，周从从嫁给了这位比自己大了十多岁的成功男人，从此过上了不用工作、金卡自然刷的潇洒生活。

她的母亲曾无不忧虑地警告她全职太太有风险，入行需谨慎。在中国，老公供养家庭仅仅只是君子协议，在这种不平等的家庭关系中，女性的幸福岌岌可危。

周从从安慰母亲：她有个嫁给了日本人的闺密说，在日本，女人外出工作对男人来说是很没有面子的，人家会觉得她老公的能力有问题，所以在日本女人不工作做全职太太是天经地义的，在她们眼里，全职太太也是一种职业。

但是在中国不一样啊！母亲提醒她：在日本，政府对全职太太是很保护的，全职太太不工作，照样可以享受社会保险，一旦离婚，老婆还可以名正言顺地分走家里一半的财产，不像在中国，如果房子是老公婚前买的，不管老婆对家庭的贡献有多大，离婚时老婆也只有净身出户的份。

周从从觉得虽然母亲说得有理，但青春就是任性，她还是义无反顾地当上了全职太太。

就这样，周从从一路无悔地当了十五年的全职太太。

刚结婚的时候，他们的日子是甜蜜的，生孩子的那天，一直守候在旁边的老公紧紧地抓住她的手，怜爱地发誓要永远爱她。那时的她被幸福的感觉包围着，身体上再疼也觉得值。

然而，孩子满月不久，他就变了，动不动就大发雷霆，甚至摔东西。一天晚饭后，他们说好一起带孩子出去散散步，他先抱了孩子下楼去，她因为要换衣服，还得准备孩子的奶瓶之类东西，就耽搁了一会儿时间，没料到刚走到楼下，就当头迎来他一顿指责，她一气之下抱着孩子回了娘家。

好不容易熬到儿子十岁了，周从从又面临了新的挑战，由于周从从儿子的功课一直不上不下没有起色，周从从好强的老公为全家办了加拿大移民，并把十岁的儿子送到加拿大去上学。儿子太小，没有自理能力，老公就让周从从在加拿大陪读，自己则留在国内继续工作赚钱。一开始，周从从觉得能移民加拿大是一件特有面子的事，满心欢喜地和老公一起去了加拿大。刚到加拿大时，由于温哥华的华人已多得如同国内，一般的银行超市都雇有会讲中文的员工，可以用中文无障碍地生活，周从从很快就适应了那里的生活，拿着老公每月打到她卡上的钱把儿子照顾得妥妥帖帖。

可当老公回国后，周从从在加拿大的日子便滑向了寂寞的深渊，没有朋友，没地方可去，好不容易认识的华人朋友皆因要上班要养家糊口，根本就没有时间陪她这个全职太太一起玩。

于是，在温哥华美丽的冬天里，她得了忧郁症，每天发疯似的给老公打国际电话，泡电话粥，时间久了，老公便烦了，就不再接她的电话。无助的她只好给哥哥打，给妹妹打，给侄女打，给国内能联系到的一切人打电话，直到所有的人纷纷烦了她怕了她屏蔽了她的电话，她才发现自己的忧郁症已十分严重。无助的她天天都想早日回到祖国的怀抱，回到上海的家，但老公军令如山，坚决命令她扎根在温哥华，直到儿子考上大学。

对于老公的冷漠，周从从十分的伤心，分居两地的零交流生活已经令老公对她如同陌人，她像一件旧衣服一样被老公丢弃在了加拿大辽阔的土地上。

不久前，她得到了老公经常带着新秘书出入各种社交场合的消息，新秘书是90后，明显的比她年轻比她漂亮。周从从几乎要气疯了，得到消息的几天后她就不计后果地火速回到上海，面对不再年轻的她，老公掷地有声地跟她摊牌：如果她还想要这段婚姻，那就立即回到加拿大去；如果她执意要回上海，那他们就离婚。气急败坏的周从从彻底地崩溃了。对她来说，离婚谈何容易，四十多岁的她那么多年没有工作了，难有自力更生养活自己的能力，离婚后的日子想想都是害怕，左思右想之后，她只得忍气吞声地回到了加拿大。

那你将来有什么打算呢？

当她无助地把我也归入了她的电话听众圈后，我关心地问她。

她说：对一个没有缚鸡之力没有工作没有技能不再年轻的女人来说，她还能有其他的选择吗？以前的全职太太的生涯已经透支了她的福气，未来完全不在她的掌控之中，她现在能做的只有坚守加拿大，继续靠老公每月汇来的钱打发日子，并对着加拿大广袤的天空祈祷：希望老公能遵守诺言，在儿子考上大学她可以回上海之前，千万不要听到老公跟她再提"离婚"这两个字，她是离不开老公的豢养的。

但你总得为自己做点什么吧？总不能把自己所有的未来都寄托在已经不爱你的老公身上吧。我提醒她。

她停顿了片刻，用沙哑的嗓音说：她已经去加拿大的社区学院报了名，学习会计，也算是一技之长，万一老公抛弃了她，那她就可以靠会计这门活来颐养余生了。

穷途末路的周从从做了十五年的全职太太后，似乎醒了！

三、老公主动当全职爸爸

全职妈妈回归家庭，看似是当代女性的一种自由选择，而背后却隐藏着深深的无奈。夏冰冰的全职太太的生活是在每天精打细算中度过的。夏冰冰和老公都是来自外省的新上海人，双方老人的身体都不好，外公外婆还没有退休，还都在工作。她自己和老公都在事业单位工作，每天早出晚归，没有办法带儿子，再加上儿子体弱多病，一上幼儿园，就反复发热，每星期都往医院跑。在医院从挂号开始就要不停地排队，一待就得一天。老公的工作经常要出差，请保姆的钱比她的工资都高，且不放心完全把儿子交给保姆。无奈之下，夏冰冰只得辞去了工作回家当起了全职太太。

在上海这个大都市里，没有钱是寸步难行的，夏冰冰辞职后，家里一下子就少了一半的财政收入，近年来她老公的收入一天不如一天，夏冰冰本来打算辞职后自己交养老保险，以防不测，但事实上老公赚回家的钱付了房租后，连维持最基本的生活都不够，根本没有多余的钱交养老保险，无奈之下只好中断。

没有父母的帮忙，夏冰冰的生活是无比忙碌的，自从儿子出生以后，夏冰冰就没有睡过一个安稳的觉，吃过一顿安心的饭。全职太太的生涯也没有让她轻松起来。每天，她起得比鸡都早，只为了能在儿子睡醒之前多做些家务，把当天要吃的饭菜都做好，把该洗的衣服都洗好，把该拖的地都拖好。不然儿子一旦醒了，那她就什么也干不了了。

　　匆匆地扒几口早餐，儿子就该醒了，放下碗筷给儿子洗了脸换了尿布，就让儿子自己在地板上玩，她开始包馄饨，煮鱼汤，儿子的胃口一直不好，得变着法儿给儿子弄些可口的早餐。正煮着馄饨，身后突然响起了儿子的哭声，猛回头，发现儿子的头居然撞在了桌角上，皮都蹭破了，夏冰冰这一吓可不轻，从此再也不敢让儿子单独玩了，全天候寸步不离，儿子生性好动，一刻也不得停，她吃饭从来就没有固定的时间，一切取决于儿子几点睡觉，她才可以忙里偷闲地吃上几口。几个月下来，身材倒是恢复了苗条，脸上却长出了皱纹，她的生活被儿子百分之百的占有了，没有了工作，没有了事业，也没有了朋友，更不用说和朋友上街逛商店了。

　　一次，夏冰冰感冒了，发烧，浑身一点力气也没有，吃了感冒药也无济于事，无奈之中，只得抱着儿子去医院看病，一场病看下来，居然花了一千多元，最要命的是，她没有工作了，没有医保，医药费都由自己全额承担，这笔钱，相当于老公四分之一的工资呢。她害怕了，知道再这么不交医保，那他们家的财政风险太大了，可是如果交保险，那每月的一千多元又从哪来？

　　交保险的事情一天天地拖着，终于拖出了心病。

　　夏冰冰的一些朋友一听她当了全职妈妈，都以为她成了不识人间烟火的阔太太，又有谁知道她天天在为什么时候交保险而发愁呢？

　　她的老公尽管也知道她辛苦，可无论是金钱还是时间，根本就帮不上她。老公不仅工资低，他的单位在市中心，而他们家住在浦江镇，每天上班花在路上的时间要三四个小时，所以老公天天早出晚归，回到家里还要加班。双休日，老公的时间多半也是被各种各样的加班占据的，连陪她们母子逛公园的时间都没有。夫妻之间能说的话越来越少。夏冰冰觉得自己像折断了翅膀的鸟，生活走进了死胡同，有一次她去阳台晾衣服，看到楼下的草地，竟然有一种想跳下去的冲动。是儿子的哭声把她唤醒到现实之中，她不禁吓了一跳，怎么可以有自杀的冲动呢？儿子那么小，她有什么权利撇下儿子去自杀？她发微信把这一切都告诉了老公，向老公求助。老公也被她的行为吓住了，为了挽救妻子，渡过难关，他咬了咬牙，终于决定把孩子送到山东的孩子奶奶老家，请老人帮忙带，好让夏冰冰能趁年轻重回职业女性的行列。

　　但是旧的问题解决了，新的问题又来了，三个月后，奶奶那里告急，老两口因为日夜带孩子，本来就很虚弱的身体终于被压垮了。于是，不得已，孩子的外婆外公提出提早退休来帮他们带孩子。为此，夏冰冰和老公内心非常的不安和愧疚，父母辛苦了大半辈子，自己不仅没能孝敬他们，反而把带孩子这么繁重的工作交给了他们。再说隔代带孩子，对孩子也不好，不利于他的健康成长。于是老公主动提出，他的工作是做设计，不如由他辞职在家开一家设计工作室，这样又可以圆自己做自由艺术家的梦，又能兼顾带孩子。夏冰冰问老公会不会后悔，老公说没事，大导演李安不也当过八年全职爸爸吗？这一点儿也没有妨碍他成为世界上最好的华人导演，有一阵我还羡慕他呢。夏冰冰感动了，表示坚决支持老公为家庭所做出的牺牲，于是她每天一下班就回家，大包大揽了所有的家务和带孩子的任务，好让老公多一点时间忙自己的事。现在，夏冰冰的孩子已满 18 个月，到了送幼稚园的年龄，夏冰冰的老公却不再提找工作上班的事，他觉得现在的状态挺好的，孩子上幼儿园了，他正好可以全心全意地把工作室做好。他说，谁说只有女人可以做全职妈妈，男人也可以成为全职老爸的嘛。未来的路很远，但又何妨！

四、让心灵的园地开出鲜花

徐悦的双方父母倒是争先恐后地愿意做他们的"带薪保姆"，"所谓的带薪保姆"就是老两口不仅免费带孩子，还把自己的养老金都花在儿子女儿的家里。这种模式在目前的中国几乎成了常态，老人图的是可以为子女分担生活的重压，并享受含饴弄孙的快乐。但是从日本回来的徐悦坚持认为不能让老人隔代带孩子，孩子必须自己带才能最大程度地保证孩子的身心健康。她认为，父母含辛茹苦大半辈子，好不容易把自己拉扯大了，应该利用还走得动的这段时间去游山玩水，做自己想做的事，完成自己过去没有时间去完成的心愿，而不能无情地把他们捆绑在本应由自己承担的责任里。

于是她和老公商量，在孩子到 18 个月能进幼稚园以前，孩子由他们俩自己带。两人同时上班带孩子是不可能的，由于老公的收入比她高出许多，于是她决定自己辞职，在一片同事的惋惜声中，她回家当起了全职太太，她的老公也很棒，怕她失落，她织毛衣，他说好；她学缝纫，他也说好。她经常学习新的东西，给他带来的总是新奇。他的鼓励对她很重要。结婚前，她什么家务也不会做，结婚以后，她发现什么都能学会，婚姻发掘出她极大的潜能。

徐悦是从日本留学回来的，学法律专业的，硕士毕业后当了律师，工作几年后她发现自己最最喜欢的不是律师，而是烹饪，于是她天天变着法儿为女儿做最有创意的儿童餐，由于她的用心，每一道菜里都有着她满满的爱意，所以做出来的菜又好吃，又好看，她用手机把这些菜拍下来发到了微信上，很快就有客户订制她的儿童餐，一位微友的小孩过生日，还请徐悦上门给他们的小客人做菜，并支付她很可观的报酬，于是她干脆用这报酬请了一个钟点工，每天给她看护小孩做家务，而她则用多余的时间为微信订户做好菜，客户在支付宝上付款，她只要把烧好的儿童餐请快递送去就好，她这样在家工作，既可以免去不放心保姆带孩子之忧，还可以去做自己喜欢的烹饪。后来生意越来越多，为了保证在最快时间将儿童餐送到客户手中，她那已退休的爸爸主动要求开车送餐，徐悦就把送餐的钱给了爸爸，让爸爸当起了快乐的兼职司机。

如果遇到有请上门当厨师的，她就也让爸爸开车，她带着儿子和她一起去，她工作的时候她爸爸就帮着她看孩子，直到她工作结束，她爸爸再开车送她回家。

不久前，她创意的一款熊猫图案的蛋糕被一家食品公司看中，出资购买了她的专利。这让她的成就感得到了巨大的满足，徐悦说，等她的粉丝群积累到一定的数量，她就去开一家专门供应儿童餐的餐馆，起一个很文艺的店名，餐厅里设一个儿童角，放一些儿童玩具，这样不仅可以照顾餐厅，还不误照顾儿子，徐悦说，互联网时代，去不去上班不是一件值得纠结的事情了，互联网工作的特点是成就了一大批在家也可以上班的人，只要你够创意，够勤奋，天天都可以赚到钱。时代发展了，全职妈妈不是奇葩，全职爸爸才是新闻。

徐悦现在虽然没有传统意义上朝九晚五的工作，但她现在的收入已远远地超过了原来的工资。

现在，她把学做儿童餐的视频放在网上，点击率直线上升，她的收入也跟着水涨船高。

徐悦希望中国能为全职妈妈创造更好的环境。她说，在日本，即使是做全职太太也不会让人觉得寂寞。女性的社团活动是非常多的，一些女性社团和活动的组织者会像推销员一样主动登门劝人去参加，而日本的男人也很愿意他们的太太用他们的钱去做社团的事，这会使他们在自己居住的社区里很有面子。因此有人说，日本的女性社团是密切家庭关系的一剂良方，它不仅使夫妻之间有了可以共同探讨的话题，也让彼此体会出各自的社会价值和影响力。所以对于日本女性来说，她们不会因为不工作而改变对生活的态度，她们对于婚前工作、婚后回到家庭的选择也是很轻松的，不需要什么讨论。

徐悦认为"人生要过的其实只有自己这一关。譬如你怎么理解心理上的独立？依附单位绝对不能离开是一种依附，而能够放弃一份工作，随心所欲做出回家的选择，则是一种独立"。

让心灵的园地开出鲜花，这是徐悦对自己也是对所有全职妈妈的忠告。

五、全职妈妈的时代将会到来，我们做好准备了吗？

随着二胎政策的落地，保姆等服务工作的价格正在快速上升，增速高于白领，不菲的价格令不少家庭直呼请不起。而这对于中国符合"单独二孩"政策的夫妇来说，主妇的收入低于聘请保姆所花的费用，雇佣保姆照顾二孩就变得不划算。同时，由于城市老龄化加剧以及城市人日益晚婚晚育，中国家庭愿意帮助子女抚养孩子的祖父母或外祖父母，显得已经有心无力。不久的将来，将会有越来越多的女性主动或被动地在生育前后离开职场、回归家庭，但对于受过高等教育的全职妈妈而言，放弃独立、全然依附于丈夫的生活并不能让她们满意，只有全社会能在工作环境、市场服务、社区建设等方面充分保障女性做出全职妈妈的自由选择时，才意味着真正的社会进步。为此有很多女性表示，决不选择做全职太太，这样老公不仅是丈夫还是老板，一旦出现问题就要承受双重打击，年轻时出问题还能比较容易找到工作，但万一人到中年出了问题再把毕业证书翻出来，就已经是一张废纸了。有一份独立的事业是爱自己的生活方式。由此可见，要消除全职妈妈的后顾之忧我们还有很长的路要走。

日本是世界上全职太太比例最高的国家，日本政府的各种优待制度，也促使了部分女性选择婚后或产后不工作。上班族太太需要向国家缴纳税款，而全职太太则不用缴税就可享受保险的待遇，即便一天也没工作过，到了65岁也同样可以领取国民年金。

在韩国，政府部门会向全职太太们提供摄影、法律等课程，培养民间监督员，举报违法行为，并每次支付给她们最低5万韩币的奖金。

在马来西亚：政府鼓励丈夫给自己的妻子开个单独的养老基金，或者按月给家中劳动的妻子发工资。

德国的全职太太每个月会获得国家发放的300欧元的津贴。不仅如此，家中有全职太太，老公还能享受优惠税。两样加在一起，全职太太在德国能从政府那里最多能享受到1000欧元补贴。

在法国，愈来愈多的人选择当全职太太，因为全职太太能享受政府给予的可观的津贴，补贴最高达800欧元，再加上200欧元的住房津贴，总额也有1000欧元，和普通上班族收入没有太大的差别。

意大利政府除了为全职太太提供"多一个孩子多一份补助"的补偿之外，社会保障政策还为她们消减不幸离婚或丧偶的后顾之忧：如果丈夫一方想离婚，同时作为全职太太的女方又没有过错，法官就会判定丈夫支付一定的生活费用给前妻，直到前妻找到工作或找到下一任丈夫为止；而如果在养育孩子的过程中丈夫不幸去世，政府还会付给全职妈妈丈夫生前三分之二的工资，直到自己去世。同时，国家还会补助她的子女一直到18岁。

经济实力比较强的美国，只要家庭中有一人工作，全家人就可以享受到医疗保险，而且全职太太每年还可享受免税优惠。因此，美国的全职太太就不用太担心钱的问题。

据说美国最近还掀起了一股主妇潮，大量妇女辞职回家养孩子，回归"传统"主妇。有人甚至精确地计算出家庭主妇应该得的年薪。计算的办法是用美国政府的官方数字统计，把家庭主妇所从事的家务等等工作量化，看看如果这些事情按市场价值雇别人来干的话应该是多少钱。结果是，家庭主妇的平均年薪应该为125 900美元，比美国中等家庭的年薪要高出许多。

在中国，全职太太对家庭与社会的贡献并没有得到国家和家庭的重视，没有获得最基本的利益保障。失去单位的全职太太失去了一切社会资源，除了人才中心，她几乎找不到一个能为她盖章的机构，证明她作为一个独立的受过教育的个体的存在。

但即便这样，一些全职妈妈在做家务、教育孩子的同时，理财投资、开网店、写专栏、出小说……为家庭创造的经济收益甚至超过工作时的工资收入。全新概念的全职太太的生活方式正在年轻女性中兴起。

生活在继续，有意思的是，在我写这篇文章时，本文开头提到的安安的老公已经被公司辞退在台湾租了一块地过上了放马劈柴的日子了，他们的别墅也卖了，搬进了一套小公寓。为了不坐吃山空，做了二十多年全职太太的安安重新找到了一个在社团的工作，尽管工资不高，但足以让全家过上一份粗茶淡饭的日子。

作为女性，写全职太太的生存实录多少有些惺惺相惜的意思，不可否认，全职太太为我们的社会，为下一代做出的贡献是巨大的。他山之石，可以攻玉。那么我们的社会，又将为这些可爱可敬的全职太太们多做些什么？

而当我们的女性朋友一旦选择回家当全职太太时，也不妨想一下，如何合理地规划好自己，以充分地承担起自己的未来？！

愿我们的全职太太们，把幸福稳稳地抓在手中！

迷雾重重《瘗鹤铭》

蔡永祥 1961年10月出生，江苏镇江人。中国当代文学学会理事、江苏省作协理事、《东方散文》副主编、镇江市作家协会主席、镇江市政协办公室副主任。先后在军内外报纸、杂志发表小说、诗歌、散文100多万字；出版诗集2部、散文集2部、长篇报告文学3部。其中长篇报告文学《破解"弱农"致富之谜》《张雅琴——一位女支书和她的新农村创业传奇》，中篇报告文学《戴庄圆梦》，广播剧《我心中的梦》等作品，曾获全国多个文学奖项，两获"江苏省五个一工程奖"。作品入选多种选本和高考模拟试卷。

一千多年前，一个不知名的隐士为悼念死去的家鹤，写下了一篇铭文，叫《瘗鹤铭》，瘗，（yì）埋葬之意，铭文镌刻在镇江一座四面环江的小岛的摩崖石壁上。

中国历史上几乎所有的文人墨客都喜欢将题字篆刻在岩石上，大概认为石头万年不毁，诗文也可以万古流传。

他哪里想到，正是由于刻在石上，这篇铭文的命运就与石头的命运纠结在一起，在漫长的时光流逝中命运多舛，两次遭遇雷击，刻石崩落江中，变得支离破碎，铭文由此残缺不全。他更没有想到的是，因为没有具真名，没有写年号，从而引发了众多文人墨客长达几个世纪的争论。

多少年来，无数文人墨客试图拼凑出它的本来面目，还原这个极具中国道家精神的故事。然而，在一千多年的时光里，它却避过了众人的纷纷探寻，也避过了世间的动荡与变迁，它和它的故事就这样一直静静躺在幽暗的江底，伴着寺院里日复一日响起的晨钟暮鼓，给世人留下了千古之谜。即使多次打捞，依然迷雾重重，这就使得这块残碑愈加扑朔迷离……

藏身洞窟躲一劫

1937年12月11日，作为民国江苏省省会的镇江，在日本侵略者的炮火声中沦陷。

"我们是在冬天进入这座城市的，作为南京的东大门，这座江边上的小城有着东京银座一样的繁华与热闹，占领它，为帝国的军队顺利攻入支那人的首都铺平了道路。"写下了上述文字的，是日本军医小野正男，这位生于日本久留米市大石町的实习医生，喜爱摄影，同时有写日记的习惯。从1937年11月至1938年5月，小野正男沿沪宁线共拍下了1 113张照片，其中，有关镇江的照片居多，大约有260张。他将这些照片仔细编号，寄给日本的报纸上连载。令他想不到是，这批照片在被送到报社的同时，也被送进了一个秘密组织。

1937年上海"八一三"事变后，全面抗战开始。而上海沦陷后，日本军队向南京方向一路进发，伴随着野蛮铁蹄的是明火执仗的疯狂掠夺。日军沿路洗劫了难以计数的金银、珠宝，还有文物、古籍和艺术品。日军的洗劫并不盲目，而是具有高度组织性。这年11月，日本成立了一个意在对入侵国家进行系统性洗劫的秘密组织，这个组织有个名称，叫"金百合计划"。而小野正男所拍摄的镇江照片，正是被归入"金百合计划"中的一份档案，这份档案的全部情报，都与镇江焦山小岛上的一块刻字的残碑《瘗鹤铭》有关，日军早已将《瘗鹤铭》纳入了攻占镇江后首先劫掠的重要名单。

12月8日，日军攻入镇江，在残忍屠城的同时，派重兵夺取焦山岛，激战三日后，日军终于占领焦山。一队日军直奔目标所在地：定慧寺。按照"金百合计划"有关档案的记述，几百年来，五块《瘗鹤铭》残碑一直被收藏于定慧寺寺院内的伽蓝殿南壁。

然而，让有备而来的日军百思不得其解的是，伽蓝殿南壁空空如也，在搜遍整个寺庙后也是一无所获。

原来，早在日军逼近镇江的时候，焦山定慧寺方丈静严法师就组织僧侣，把焦山主要的文物秘密转移到了苏北泰县，也就是现在的泰州市姜堰区。而《瘗鹤铭》因为不方便搬运，只好藏起来，就在日军攻入焦山岛的前夜，隆隆炮声中，十几个僧人举着火把疾步行走在定慧寺的廊道上，火光映红了一张张年轻的脸，时任监院的雪烦法师带领法徒，连夜将放置于伽蓝殿南壁的残碑转移出来，秘密埋藏在一处人迹罕至的洞窟中，此时，焦山岛上的夜空正被火光不断映亮，而一江之隔的镇江城，在入侵者的野蛮杀戮中，已成人间炼狱，这些年轻的无名僧人知道，明天有可能会死于日军的屠刀下，而他们这一夜的所为，将使得《瘗鹤铭》逃过一劫。

在镇江焦山天王殿的背后有这样一副楹联："遇难不离山，为护法降魔不改本来心愿；立功在首刹，虽化身换貌仍存旧日容颜。"讲的就是在抗日战争期间，焦山定慧寺方丈静严法师以及寺院的僧人们和日军周旋的传奇故事。

抗日战争胜利后，《瘗鹤铭》并未重见天日，它静静地躲在寺院最隐秘的地方，又过了17年，一直到1962年，五块《瘗鹤铭》残碑被正式移入定慧寺边上的碑林，镶嵌在焦山碑林碑亭内，成为中国书法史上的碑中之王。

不知何时崩江中

《瘗鹤铭》到底是什么时候创作的？至今未有定论，围绕《瘗鹤铭》创作年代的争议很多，有东晋说、南朝梁说、唐代说等五种，然而它系唐前石刻却毋庸置疑。

而《瘗鹤铭》又是何时崩落江中，也是个未解之谜。但是，可以从现有记述来进行初步判断，大约是在唐代宗大历年间，题刻着《瘗鹤铭》的岩石，因遭雷击而崩裂滑坡坠入江中，石碑也裂为五段，自此《瘗鹤铭》就这样在水底静静躺了三百多年。

时间到了北宋熙宁年间，焦山岛水域修建运河，江水分流，疏掏工人从江中捞出一块断石，铭文只书其号，不写真名，只写甲子，不列朝代，也未著撰书年月。监工之人正好是一个书家，经辨认，发现正是史书上记载的坠落水中的

《瘗鹤铭》，于是上报给镇江郡守钱子高。钱子高实地查看，不看则已，一看惊为天书。他立刻命人将残碑保护起来，同时开始在摩崖附近进行搜寻挖掘，不久又发现了尚未落水的瘗鹤铭上半部，便将其一起置于焦山之上，取名宝墨轩，焦山碑林由此而来，这一年是北宋庆历八年，也就是公元1048年。

由于残碑岌岌可危，钱子高就在崖边摹刻了一幅以方便人们观看，令他始料不及的是，这个出于保护的举动却成为日后碑文拓本混乱的开始。很多文人把它当作原作钻研临习，这其中也包括陆游。北宋末年，镇江知府更是据此制作了大量拓片，并迅速成为官场上文官之间相互赠送的珍贵礼品，史称《府刻本》，这个著名的官方错误，一方面使得伪本被作为官方认定的真本大量流行，另一方面，使得《瘗鹤铭》被更广泛地传播出去。

《瘗鹤铭》的发现，令北宋书法界一片哗然，古朴自然的书风，无法归类的字体，字号大小不一，字序从左到右更是中国书法历史上绝无仅有的异类，不具真名，不写纪年，一派飘逸的六朝之风，吸引了众多学者的倾慕与关注。

从《瘗鹤铭》字体结构看，有草书圆劲之势，有汉隶瘦擎之笔，又有篆书的经脉。虽然它已经是成熟的楷书，但仍从中看出楷书发展过程中的篆隶笔势的遗意。难怪，陆游等人要"踏雪观看《瘗鹤铭》"，米芾等人要在夏天"观山樵书"呢！

残石重见天日以后，有许多人前来观摩摹拓，有的甚至凿几字带走，学者们也都来研究它，《瘗鹤铭》从此闻名天下。

然而数十年后的明洪武年间，焦山上的残碑再次消失了。一种说法是由于风化再次跌落江水，另一种说法是被痴迷的文人盗走，均无从考证，自此之后，《瘗鹤铭》的故事只存在于文字记载中，其碑文内容和作者身份都成为一个被封沉江底的未解之谜。一块至今无法找到全文的无名之碑，更因其坎坷传奇的经历被赋予了神秘的色彩。

时间又过去了七百多年，一个与《瘗鹤铭》密切相关的人物出场了。清朝康熙五十一年冬天，苏州知府陈鹏年携家眷谪居镇江。在从苏州坐船到镇江的那一天，原本他在船舱里看书，听船夫说到焦山了，他连忙走出船头，望着不远处的焦山岩壁，再看看脚下的滔滔江水，他感慨不已，思绪万千。作为一个金石学家，他知道脚下的江水中隐没着一段中国书法史上历史最持久、牵涉名人最多、影响最为深远的一个公案。

陈鹏年，湖南湘潭人，擅长书法，清康熙三十年（1691）进士，曾任江苏布政使。两次入英武殿修书，官至河道总督，兼漕运事。秉性刚直，敢于任事，不畏权贵。在江宁任上，因得罪总督阿山下狱，江宁商民因此罢市，句容生童焚烧试卷罢考，百姓填街塞户争送酒菜，并愿代其受罪。在任江苏布政使时，得罪总督噶礼，再次被诬下狱。镇江百姓奔走呼吁，情同江宁。康熙两次下旨特为昭雪。为官勤于政事，革除陋习，开仓赈灾，亲上治河工地督工，死时家无余财，是当时的廉吏、名臣。公元 1712 年，陈鹏年谪居镇江，抛开了官场上的是非种种，在寄情于山水间的同时，他命人找来《瘗鹤铭》的各种拓本，终日习字临摹，作为寄托。但是很快，他就发现面前的各种拓本正在将他带入一片混乱。

随着《瘗鹤铭》的名气越来越大，这种最初文人间用作交流的拓本，逐渐成为一种可以标价出售的商品，从宋代到清代，《瘗鹤铭》产生了上百种拓本，这些拓本不但碑文内容不尽相同，字形字体也有差别，如果细细审看，各有不同，证明其中很多是伪本。这些拓本的出现给学界造成极大的混乱，到陈鹏年时，这种混乱已经达到顶峰。他翻遍古籍，潜心考证，却发现陷入更大的混乱，《瘗鹤铭》诞生已经有一千多年，而在长达七百年的时间里，它都静静躺在水下，谁能证明，这些记录在纸上的文字，一定来自最初的石碑？

怎么办？清除混乱的唯一希望就在水底下那几块刻了字的断石身上。除了书法，陈鹏年还是个金石专家，这帮助他从大量史料中判断出《瘗鹤铭》坠江的大致区域。

康熙五十一年冬天，注定会成为《瘗鹤铭》发掘史上一个重要的时刻。

此时，正是枯水季节，他不惜巨资，招募了十多个工匠，开始了长达三个月的打捞，终于打捞出残碑五块，文字已残断不全。

在打捞出第一块残碑的时候，天色已晚。但此时的陈鹏年是激动的，他等不及天亮，也忘记了饥肠辘辘，将石块连夜运回府邸，并带着书童于书房内秉烛拓片，当石面上大小不一的文字一点点显露出来，清晰地出现在纸上，陈鹏年感慨万千，他看到，由于长期浸入江水中，字迹残缺伤损，但笔势开张，点划飞劲，依然保留着原碑的神采。在烛火摇曳中，他确认了这就是自北宋以来无数史料记载过的《瘗鹤铭》原文。

这是七百多年来，只存在于传说中的《瘗鹤铭》第一次浮出水面，向世人展露真容，而陈鹏年也因此成为七百多年来有幸目睹《瘗鹤铭》出水真迹的第一人。

这次打捞，计得字 86 个，其中全字 77 个，残字 9 个，他按前人考证的摩崖石刻行次排列，无字处用空石镶补，在焦山定慧寺伽蓝殿南面建亭加以保护，于康熙五十二年春竣工。并亲笔写下《重立瘗鹤铭碑记》从此，千年古碑《瘗鹤铭》摆脱了被江水淹没、泥沙冲击的厄运。

陈鹏年在《重立瘗鹤铭碑记》文中说道："盖兹铭在焦山著称，殆千有余年，没于江者又七百年。"叙述了石碑多灾多难的经历，也正因为《瘗鹤铭》的坎坷遭遇，愈显该碑的珍贵。

何人所书成谜团

随着《瘗鹤铭》获得越来越多的关注，那个一千多年前，隐居小岛、伤心葬鹤、不具真名的作者，在有关碑文内容的世说纷纭中，却始终隐没在这个水雾弥漫的故事深处，只留给后人一个模糊的背影。

《瘗鹤铭》的书写者到底是谁？成了《瘗鹤铭》研究中最大的分歧之一。主要有王羲之、陶弘景、隋代人书、唐王瓒、颜真卿、顾况、皮日休等说，至今未有定论。

一说为东晋王羲之所书，由唐人孙处玄所撰的《润州图经》，最早记载黄庭坚等学者认为出于王羲之笔下；乾隆皇帝曾临写过《瘗鹤铭》并说："非晋人不能。"在镇江，也流传着王羲之在焦山饲养仙鹤，鹤死后写下《瘗鹤铭》的传说。

二说是南朝道教首领陶弘景所书。此说最早由北宋学者、书法家黄伯思提出，他认为陶弘景隐居句容茅山时，晚年自号"华阳真逸"，铭文含有道教口气，此说宋代即得到大批学者认可，明清也有许多学者赞附。时间到了1981年，在句容茅山北镇街一农户家中发现一梁代井栏，上有铭文："此是晋世真人许长史旧井，天监十四年更开治十六年按阑"，专家们分析，有可能是陶弘景所书，因为书写风格与《瘗鹤铭》十分相似。

三说书者为唐朝的王瓒。宋张邦基在《黑庄漫录》云："……观铭之侧，复有唐王瓒刻诗一篇，字画差小于《鹤铭》，而笔法乃与瘗鹤极相类，意其王瓒所书。"另外还有其他几种说法，认为是唐朝顾况、皮日休等所写，对此也各有各的理由。

然而，不管是谁写的，有一点可以肯定，那就是《瘗鹤铭》的地位和影响。

《瘗鹤铭》被历代学者、书家尊奉为"大字之宗"，它是我国书法艺术发展史上的重要碑刻，是书法石刻中的珍品，它在中国书法史上具有至高无上的地位。可以说，自古以来，唯有《瘗鹤铭》被历代书法家、书论家推崇备至，而绝少非议。

《瘗鹤铭》怎么会获得如此殊荣和如此的盛赞呢？

首先是《瘗鹤铭》本身的艺术魅力，《瘗鹤铭》无论是用笔、结字、章法还是风格神韵均有着独特之处。它融古铸今，有继承，亦有创造。在中国书法艺术史上，从实践到理论，具体地说，就是技术法、书论，都崇尚要求在继承中创新，创新中要有传承。而此铭正是出新意于法度之中，是情与理、意与法的完美结合。尤其可贵、值得称道的是《瘗鹤铭》既有南派书风的俊逸恬静典雅，又有北派书风的粗犷豪放雄浑，这种新书风，为南北书风的融合、发展开创了一条道路，成为典范之作。

其次是历代名家的推崇评价和定位，《瘗鹤铭》寂寞了几百年无人问津，到了宋代才受到人们的重视。

最早对《瘗鹤铭》评价的，是欧阳修，他认为"字亦奇放"，其笔法"类颜鲁公"。但并没有谈到它的价值和地位。

黄庭坚是第一位为《瘗鹤铭》确定其历史地位的，"瘗鹤铭者，大字之祖也"，黄庭坚的论断，将它推上了"大字之祖"的宝座。黄庭坚的这一定论是有前提的，他以为是晋右军将军王羲之所书，其胜处乃不可名貌，非右军不可。

而有研究的学者说，事实上，《瘗鹤铭》和王羲之的笔法不同，从王羲之传世之作来看，他善写方寸小字，以恬逸秀雅见胜。如此雄强粗放、纯朴豪放的大字铭文，他是难以胜作的。这是反方的意见，如果黄庭坚知道瘗鹤铭不是王右军书而为陶隐居所作，他还会这样评价吗？

南宋曹士冕在《法帖谱系》中鉴定："焦山瘗鹤铭见称于世，不在兰亭之下。"又称"《瘗鹤铭》笔法之妙，为书家冠冕。"宋代诸书家的评鉴，为《瘗鹤铭》在中国书法史上的地位奠定了基础。

到了明清两代，书论家的鉴定推崇，巩固并扩大了《瘗鹤铭》的历史地位和影响。

明王世贞《瘗鹤铭跋》评定："此铭古拙奇峭，雄伟飞逸，固书家之雄。"

清龚自珍评说："南书无过《瘗鹤铭》，欲与此铭分浩逸，北朝差许《郑文公》。"龚自珍说的《郑文公》为中国名碑之一，与《瘗鹤铭》相较，仍有不及之处，亦可见价值之大，地位之高。

清康有为《广艺舟双楫》将《瘗鹤铭》列入妙品行列，并说："梁碑则《瘗鹤铭》为贞白之书，最著人间。"

以上论述，都对《瘗鹤铭》在中国书法史中形成的地位和影响立下了汗马功劳。

第三是《瘗鹤铭》的影响。

《瘗鹤铭》对后世书家以及类似风格之书法流传与发展有着极为深远的影响。其中得其神髓又融合己意取得成就，自成一体的，首推宋代黄山谷。黄山谷的传世名作《松风阁诗卷》《伏波神祠诗》《赠张大同卷跋尾》等，无不沾溉于《瘗鹤铭》，而形成中心聚敛，四向辐射的独特面目和风格。明王世贞曾夸奖黄山谷："山谷大书酷仿《鹤铭》。"翁方纲也评价说："山谷老人得笔于瘗鹤铭，其攲侧之势，正欲破俗书姿媚。"

《瘗鹤铭》不仅对中国书法艺术的发展有着深刻、巨大的影响，而且对海外，尤其是对韩国的书法、日本的书道都产生过深远的影响。

早在明代以前，《瘗鹤铭》的碑帖就远渡扶桑传入日本，备受日本书法大家推崇，并深深地影响了日本书道的进程。

良宽，日本一代书法大家，被称为书法之神。18 岁遁入空门后，34 岁时开始云游四方。一生住草庵、行乞食，修行佛事之余精研汉诗、书画，在偶然看到传入日本的《瘗鹤铭》拓片后，被其中所蕴含的厚重高古，萧疏淡远之气深深吸引。在长达数年的时间里，良宽于每日清晨，坚持在竹林中临摹《瘗鹤铭》，作为修行的重要功课。

晚年的良宽在日本书法界的地位已经达到了几乎被神化的程度，甚至开始对中国的书法界产生影响，他无数次对学生表示，来自中国的《瘗鹤铭》是自己的老师，由于他的推广，《瘗鹤铭》开始在日本获得广泛的影响力，并得到日本皇室的高度重视。百年之后，当这种重视被置于残酷铁血的战争背景时，重视则变成了贪婪的窥视，而成了"金百合计划"的一部分。

真伪铭文难辨清

《瘗鹤铭》问世以后，由于石碎字残，补佚考证历代不乏，拓刻文本种类很多，究竟谁是铭碑的真迹全文，迄今尚无科学论断。

《瘗鹤铭》现存的拓本，分水前本和水后拓本。

水前本是在清康熙五十二年前传世的拓本，以后则为出水后拓本。而真正的水前拓本，宋代时已属凤毛麟角，拓得字数过少，且不清楚的字也多，因为椎拓时在江滩上，十分困难。除此而外，还有摩崖别刻本，明朝以前是全文拓本，明朝以后即为 59 字半截本。在焦山宝墨轩内，还有宋人据水前拓本翻刻的 83 字本、明代顾宸家藏的别刻本和乾隆皇帝御临的玉烟堂本《瘗鹤铭》碑等等。现在保存国内许多博物馆和流散在世上的《瘗鹤铭》拓本，有数十种之多，真伪难辨。

镇江焦山定慧寺，收藏着"陈鹏年从水中舁出原石铭图"的《瘗鹤铭》碑拓珍品，由 5 块遗石组成，共 73 字，不全 9 字，其无字处，以空石补之；"张弨考订瘗鹤铭图"共 102 字，不全 3 字；"汪士鋐原室定位行题图"由 6 块遗石组成。同时，还发现《瘗鹤铭》别字刻本 6 本，即"壮观亭遗址别刻本""程康庄重刻玉烟堂本""钱升重刻顾宸家藏本""陈鹏年重刻本""林企忠重摹本"和"小字摩本"，以及前人考定的一些《瘗鹤铭》铭文诸本。这些碑拓本，文字上多有出入。

至今为止，《瘗鹤铭》有文字记载的最全的文本是在北宋时被发现的，而从记录者到发现者之间的距离，竟跨越了几百年的时光。

唐代，镇江金山寺内，一个无名僧人信手在一本佛经的背面抄录下了《瘗鹤铭》全文，并随手把夹藏着蝇头小字的佛经轻轻放回了藏经阁。没有人知道这个僧人是谁？他又是从什么地方抄录的？而这原文又出自哪里？唯一能肯定的是，这个僧人并没有意识到这次在昏黄油灯下信手书写的内容，为后世留下了《瘗鹤铭》原刻全文的唯一孤本。

几百年之后，北宋学者刁约在金山寺去看佛经，无意间在一本佛经背后发现了《瘗鹤铭》文本的抄本，成为当时书法界一个重大发现。在引发关注的同时也引发了更大范围的争论，一位僧人在佛经的背后随意书写，一定不是很郑重的行为，加之全凭记忆默写，难免出现错漏。

类似于这样的争论已经持续了一千多年，中国历史上很多名人均牵涉其中，对于《瘗鹤铭》文本的猜想逐渐成为中国书法史上一个著名的谜题。仅举几例，供读者赏阅：

之一：刁约在金山寺发现的碑文，叫《金山唐人抄本》，简称《金山本》，全文如下：

瘗鹤铭

鹤寿不知其纪。壬辰岁得于华亭，甲午岁化于朱方。天其未遂吾翔寥廓也，奚夺余仙鹤之遽也？迺裹以元黄之币，藏之兹山之下。故立石旌事，篆铭不朽。词曰：

相此胎禽，仙家之真。山阴降迹，华表留名。真惟仿佛，事亦微冥。西竹法里，宰耳岁辰。鸣语解化，浮邱去莘。左取曹国，右割荆门。后荡洪流，前固重扃。我欲无言，尔也何明。爰集真侣，瘗尔作铭。宜直示之，惟将进宁。

丹阳仙尉、江阴真宰立石。

之二：北宋学者张坫依据"存于焦山及宝墨亭"的《瘗鹤铭》残石，抄录隶定《瘗鹤铭》文本（简称《张坫本》）。全文如下：

瘗鹤铭　华阳真逸撰　上皇山樵（阙一，本有"书"字）

鹤寿不知其纪也壬辰岁得于华（阙一字，当为"亭"）甲午岁化于朱方天其未遂吾翔（阙一字，当为"寥"）廓耶奚夺（阙一字）仙鹤之遽也迺裹以玄黄之币藏乎兹山之下仙家无（阙四字）我竹（此字不完）故立石旌其事篆铭不朽词曰

相此胎禽浮邱（阙二字）余欲无言尔（阙五字，当有"雷门"二字）去鼓（阙一字，当为"华"）表留（阙二字，当为"形义"）惟仿佛事亦微冥尔将何之解化（阙五字）厂（此字不完，又阙一字）惟宁后荡洪流前固重扃右（此六字不完，又阙八字）华亭爰集真侣瘗尔（阙四字，或但止于此，未可知也）

丹阳真宰（此四字不知其次）。

之三：北宋佚名学者参考宋存残石及其他文本，编撰《瘗鹤铭》的又一文本，即俗称《别刻本》。全文如下：

瘗鹤铭并序　华阳真逸撰

鹤寿不知其纪也。壬辰岁得于华亭，甲午岁化于朱方。天其未遂吾翔寥廓耶，奚夺之遽也？廼裹以玄黄之币，藏乎兹山之下。仙家有立石旌事，篆铭不朽。词曰：相此胎禽，浮丘著经。乃徵前事，出于上真。余欲无言，纪尔岁辰。雷门去鼓，华表留声。我惟仿佛，尔亦微冥。尔其何之，解化惟宁。后荡洪流，前固重扃。（此阙一字）割荆门，未下华亭。爰集真侣，瘗尔作铭。

上皇山樵人逸少书、山徵士、丹阳外仙尉、江阴真宰立石。

……

终极打捞未解谜

2010年6月4日，是注定要写入《瘗鹤铭》历史的日子。

这天下午，焦山南麓水域，一艘80多米长的巨型浮吊船停在水面上，这是上海打捞局的"勇士"号浮吊船。

随着"勇士"号打捞船巨型吊臂上数根缆绳的上下错动，疑有《瘗鹤铭》残字的卧江巨石的终结打捞正式启动，这块巨石呈橄榄状，重达800吨左右，像个小山似的蹲在江中。1时10分，网住卧江巨石的高强度尼龙缆绳就开始逐渐收紧，随后巨石自水面缓慢匀速上移，仅仅4分钟的时间，巨石刚上升没多少，只听见"嘣"的一声巨响，从巨石上破裂剥落出几块石头，跌落江水中溅起一阵水花。

不好，巨石裂了！现场气氛顿时紧张起来，打捞工作暂停下来。在打捞预案中已有巨石破裂的预案，并且打捞方认为这种可能性超过50%，因为巨石是从焦山顶上摔落至江中的石体早已受损；加上多年的风化、江水长期浸泡，使得石体出现质变，打捞只不过将巨石的隐性伤痕变为显性。

专家们立刻进行分析和研究，对巨石进行全面的考察和评估，重新采取新的打捞方案，力求以最安全的方法完成打捞。打捞工作继续进行……

这是《瘗鹤铭》历史上第四次打捞，也是最大规模的一次打捞活动，更是最后一次在焦山水域运用如此大体量的船只打捞，因为焦山水域北部航道已经淤塞，镇江正在建设焦山南部大坝，假如建坝，打捞船将无法进入焦山岛附近。所以，这一次是终结打捞。

这次打捞能够实施，要归功于一个人，他就是被誉为"当代陈鹏年"的原中央政治局常委、国务院副总理李岚清。

事情还得从 2008 年的第三次打捞开始说起。

2008 年 10 月 8 日—11 月 20 日，镇江博物馆、镇江焦山碑刻博物馆、镇江市水利局联合组成的考古队，在焦山西麓进行《瘗鹤铭》残石水下打捞考古工作。这次打捞，是采用较为原始的"海选法"，所有的机械也就是类似于清淤船的抓手，就是将石块和淤泥一股脑地挖上来，用水将泥沙冲洗干净，对打捞出水的 1 000 多块山体落石，逐个拓片，仔细比对，经过整整三个月的辛苦工作，大海捞针地从其中的 3 块残石上，初步认定了 4 个《瘗鹤铭》的残字。为此，他们建立了一个长期展室予以展示、保管。

这次打捞时，有 4 块疑有文化痕迹的江边巨石无法翻动，这些巨石大约重达 700 吨—1 000 吨，给《瘗鹤铭》残字的打捞留下缺憾。这次打捞有个重要的成果，就是被中央电视台拍了专题片。

很快，专题片《瘗鹤铭》在央视十套《探索·发现》栏目播出。专题片播出的当天，镇江人奔走相告，而这一天，在北京的一个小院里，一位老人也正在收看这个节目，他就是李岚清。

李岚清是镇江人，又是一名篆刻家，他对《瘗鹤铭》一直情有独钟。当他在电视上看到有四块巨石无法翻动，而焦山正在建设南部大坝，假如建成，打捞船将无法进入焦山水域的情况，他着急了。他立刻打电话联系了交通部，他知道，海上救捞局一定有办法。

很快，交通部有了回音，他们认为，这是一件大好事。交通部把这项光荣而艰巨的任务交给上海救捞局，准备派"勇士号"来搬这些大石头。"勇士号"属于工程船，本身没有动力，需要拖船拖带才能航行，这样形成的船队体积非常庞大。同时，"勇士号"要进入焦山水域，必经的焦南水道，这条水道因为泥沙淤积，1986 年开始就已停用，已经有 24 年没有走过大型船舶，不仅水深不能满足通航需要，沿途还有过江高压电缆和一条用来运送游客的索道。

索道建了近 20 年，连接焦山岛与陆地，这个旅游用索道当时造价 800 多万，索道建成后，就引来不少诟病，认为有碍观瞻。而这条索道因为低悬于江面之上，"勇士号"根本无法通过。

怎么办？由镇江市领导牵头的打捞小组作出决定，先疏浚航道，同时拆除索道。

另一个大的阻碍是过江高压电缆，这个肯定不能拆，但如何让"勇士号"通过，也让所有人头疼。

高压电缆离江面 36 米，"勇士号"的船高是 35.4 米，虽然吃水有 5 米多，但风浪、淤泥都是不确定的因素，这些都要排除。供电公司的专家到场了，他们实地察看了地形，计算了船体的高度，最后，很自信地说，保证"勇士号"顺利通过，要是还有问题，他们可以用叉棍将高压线抬高数米。

为成功打捞《瘗鹤铭》巨石，"勇士号"的船长曾多次前往现场勘查航道和地形，上海打捞局也多次对打捞方案进行研讨，这些准备工作整整进行了将近一年。

就这样，经过无数次的协调、商量，结合水文、地形等情况，再综合考虑潮汐等因素，确定了"勇士号"通过的时间。

那天，"勇士号"缓缓开过来的时候，供电公司的工人们，就站在船体的最高处，真的拿着叉棍，将高压线叉高了，才使得"勇士号"顺利通过。

"勇士号"来了，打捞正式开始，在离摩崖石壁上游、下游、向北各一百米处，打捞船把江底翻了个遍，但最后的结果并不理想，也就找到几个疑似的字。

千百年来，有多少人想亲眼目睹这一千古谜碑的芳容，有多少人希望见证这个拼图游戏通关的一天，可是，躺在江中的《瘗鹤铭》残碑，依然保持着神秘的面容，以它特有的方式，在时光的流逝中，等待着有缘的人悄然出现……

犹太妈妈在虹口

——犹太后裔沙拉·伊马斯签名背后的故事

陈理春 浙江省义乌市人，上海市作家协会会员。著有《军旅求索》《军旅有缘》《军旅悟道》《扇思善行》等作品。

有本事，很本分。知识广博，眼界宽广，胸中梦广阔。

她身上有古老的犹太特征，褐色的眼睛、短下巴；她性格中充溢着华夏女儿的坚忍品质；她眼神中闪烁着上海女性的精明与智慧；东西方血统在她身上完美融合，汉语普通话、英语、希伯来语、上海话、宁波话、苏北话、四川话手到擒来。她就是出生在虹口的犹太妈妈——沙拉·伊马斯。

沙拉女士是虹口重要的统战人士。其父为了躲避德国纳粹的迫害，从欧洲大陆辗转来到上海，在虹口的大名路住了下来，后来与一位勤劳能干的苏北保姆结合，生下了小沙拉。沙拉从小接受的教育是复合的，就像她的血统那样。在外，沙拉接受社会主义小学教育，能讲普通话、上海话甚至苏北话；在家，同犹太人联合会的犹太人用英语交流，犹太父亲还教给沙拉一些犹太礼俗和宗教信仰，以及一种古老的希伯来语。由于犹太人的特殊身份，沙拉经历坎坷，家里被抄，中途辍学，被关进看守所……她先后经历三段婚姻，育有两子一女。在教育子女方面，沙拉一方面继承了中国母亲的奉献精神，甘做孩子的"电饭煲""洗衣机""清障机"，靠卖春卷抚养孩子；一方面又学习了犹太母亲的"特别狠心特别爱"，用有偿生活机制、延迟满足等方式，挖掘孩子的富翁潜质，用以色列的教育观和财富观，成就了孩子的富翁梦。

沙拉赠给我一套由她亲笔签名的书，书名《特别狠心特别爱》（1、2）。该书是她教育子女的心得总结，去以色列之前，她完全按照典型中国妈妈的方式教育子女，想尽办法照顾好子女的一切；去以色列之后，她认识到了教育方式的缺陷，她体会到，父母爱孩子要爱得有意义、有价值、有作为，就得狠下心来，走出"子宫之爱"的误区，让孩子远离"满足陷阱"，"用篝火点燃孩子的人生和前程"。中国有句老话叫"富不过三代"，但以色列很多家族的财富是世代传承的，其实传承下来的不仅是金钱，更是一种生存的技能和素质，一种对自我人生负责、对社会负责的精神。犹太人是世界上最富有的民族，他们对孩子的理财教育，堪称典范。他们教孩子认识钱，培养孩子的掌钱能力、赚钱能力、财富知识。他们将沟通能力作为与人交往的心灵钥匙。她在书中写道："沟通是一门艺术，孩子不会一天就能掌握它。多数孩子小时候都不喜欢和陌生人说话，但是孩子总有一天要自己出去打拼，要成家立业，要承担社会责任。"沙拉在书中总结，父母治家教子要弄清楚"活泼与放肆"的界限，要弄清楚"有规有矩与缩手缩脚没主见"的界限，不能混为一谈；要把握原则界限，不能违背原则走进超前满足、超量满足、即时满足的误区。这些教育理念，被一个只受过初中教育的母亲积极践行，是多么了不起。

三个孩子的成长比沙拉想象的还优秀。他们说，妈妈给了他们三把钥匙——坚强、自信和宽容；他们也要给妈妈三把钥匙，分别是一把别墅钥匙、一把车钥匙、一把装满珠宝首饰的保险箱钥匙。现在沙拉已经拿到了其中两把钥匙，小女儿也读了大学，女儿许诺的珠宝箱钥匙也快要兑现了。

儿女们都走上正轨之后，沙拉还继续发挥余热。由她参演的《梦回提篮》音乐朗诵剧荣获首届上海市民文化节话剧大赛最佳市民原创剧目。该剧的演出团队提篮桥社区文化中心篮梦实验剧社被评为优秀团队。沙拉的参演为该剧增添了色彩，她本人获得最佳女演员奖。《梦回提篮》反映了二战时期提篮桥居民救助犹太难民的历史，讲述了犹太男孩到上海寻找爷爷曾经的生活印记，在霍山公园巧遇爷爷战友生前恋人的故事，情节催人泪下。这是社区市民自编自导自演的剧目，虹口的摩西会堂、霍山公园等曾是犹太人聚集的地方。该剧的几位主创人员，有的家中曾经居住过犹太难民，有的就居住在曾经是"隔离区"的石库门弄堂。沙拉在剧中分别扮演一对先后出场的犹太母女。她的犹太面孔与经典的石库门背景令人觉得时间恍若定格，虹口人民与犹太难民在抗日战争最艰苦的岁月里互相帮助、共渡难关的佳话始终焕发着人性的光芒。

这段感人故事就像一尊以《伞·记忆·生命》为题的雕塑描述的那样——雕塑底座是石库门弄堂的青石小路，一个抱着熊猫玩具的外国小女孩微仰着头。她的身前，一位中国阿姨俯身将手中的伞倾斜着挡住了女孩头顶的雨幕。伞，象征着保护；熊猫是和谐、和平的象征。雕塑的设计者是上海高级工艺美术师赵樯，小女孩的原型就是沙拉。那是1943年2月一个傍晚，石库门前的上海阿姨为迷路的外国小女孩沙拉撑起了挡雨遮风的雨伞。在《特别狠心特别爱2：赢在家风》新书交流会上，沙拉先介绍的不是自己的新作，而是这尊雕塑。2013年，赵樯曾设计了以这幅画面为主体的贵金属作品。当年5月，曾在上海生活10年的92岁犹太老人马公达回沪寻找帮助过他的上海"亲人"，赵樯将作品送给老人，老人激动得哭了。这段经历让赵樯对犹太人在上海的历史愈发感兴趣，进一步完善设计稿后，2014年初，沙拉提议将这个创意化为雕塑。目前，1米高的雕塑小样已经完成，就陈列在虹口区政协办公室。

2015年，沙拉被评为"虹口区统一战线'五联共建三结对'特色工作先进个人"。我在表彰仪式上为沙拉颁奖时，她悄悄告诉我，她正在计划表演"脱口秀"，已经筹备了7讲。沙拉希望通过这种方式，声情并茂地向社会传播正能量。我由衷地祝福她的"脱口秀"获得成功，打响头炮，场场爆满。

此外，沙拉在政协委员、社会活动家、义工等角色中游刃有余地来回转换着，古道热肠，风雨兼程。一次，沙拉女士过马路时，在人行横道上遭遇一辆闯红灯的大巴士碰撞，沙拉当场被撞得飞了出去。也许吉人自有天相，她不久便恢复神智，发现自己并没有受伤后，就宽容地放行了这辆着急送旅客赶飞机的大巴，车上乘客都很感激她。沙拉女士还积极奔走于以色列驻上海领事馆与虹口区政府之间，为双边关系发展添砖加瓦。她送给我一幅犹太风格的小画，并用希伯来文签名，还在世博会以色列国家馆的纪念封上用中文和希伯来文双语为我签名，我甚为喜欢。沙拉说："虽然有时口里叫着'忙，忙，忙'，却像陀螺一样旋转着停不下来，这大概也是我的性格吧。真的让我静下来，反而会不习惯。"

昨天我去政协办事时，一看到雕塑《伞·记忆·生命》就浮想联翩。晚饭后，我又瞥见橱窗里这张犹太小画和纪念封上的双语签名，就再次拿起这套沙拉女士签名的《特别狠心特别爱》翻阅，与她相处时的点点滴滴都浮现出来。这位长着犹太脸的虹口妈妈，人生经历就像一段历史的缩影。她仿佛是嫁接在中华文明大树上的一朵夺目的犹太之花，她是一种精神象征，她是中华民族与犹太民族患难之交的生动见证；她是一部历史传奇，她是沧桑历史洗去铅华之后的人性回归。我赞许她是个"二本三广"的党外代表人士，即：有本事，很本分。知识广博，眼界广宽，胸中梦广阔。其实，每个统战人士都是一本书，统一战线就是一座人才的宝库、不同人生经历的宝库、各种思想汇集的宝库。不断发掘、宣传统战成员身上的财富是统战部门的重要任务。我们今后要进一步服务好、团结好统战人士，和他们交心，通过讲好统战成员的故事，扩大统一战线的影响力和辐射力。